위키드

WICKED

레인 이야기

위키드

그레고리 머과이어
이지연 옮김

민음사

차례

5권   레인 이야기

6권   오즈마 이야기

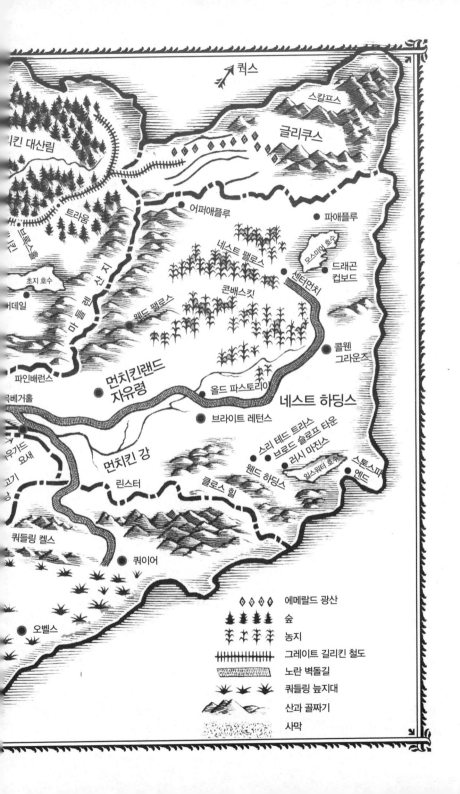

——— 위키드 시대의 시간 진행———

"아하, 시간으로 말하자면, 오즈에 있는 그 누구도 그렇게 틀에 맞춰 제대로 째깍째깍 가지는 못하지."

점선의 점과 세로 선들은 하나하나가 1년을 나타낸다. …… 대략 그렇다는 얘기다.

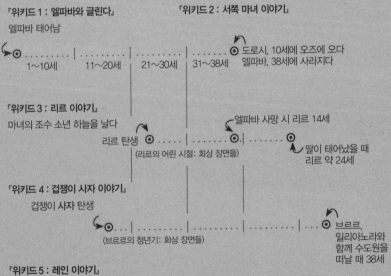

『위키드 1 : 엘파바와 글린다』
엘파바 태어남

1~10세   11~20세   21~30세   31~38세

『위키드 2 : 서쪽 마녀 이야기』
도로시, 10세에 오즈에 오다
엘파바, 38세에 사라지다

『위키드 3 : 리르 이야기』
마녀의 조수 소년 하늘을 날다
리르 탄생
(리르의 어린 시절 : 회상 장면들)
엘파바 사망 시 리르 14세
딸이 태어났을 때 리르 약 24세

『위키드 4 : 겁쟁이 사자 이야기』
겁쟁이 사자 탄생
(브르르의 청년기 : 회상 장면들)
브르르, 일리아노라와 함께 수도원을 떠날 때 38세

『위키드 5 : 레인 이야기』
이야기는 "겁쟁이 사자 이야기"의 결말로부터 반년 뒤에 시작된다.
리르는 서른 살 언저리이며 레인은 여덟 살 정도, 대략 그럴 것이다.

= 결혼   (∼) 혼외 관계

오즈마 가문
—— 에메랄드 시 ——

시조 (始組) **오즈마**

|

다수의 **오즈마**들과 몇 명의 오즈마 섭정들

|

역겨운 오즈마 = 파스토리우스(오즈마 섭정)

|

오즈마 티페타리우스

먼치킨랜드의 트롭 가문

——— 콜웬 그라운즈, 먼치킨랜드 ———

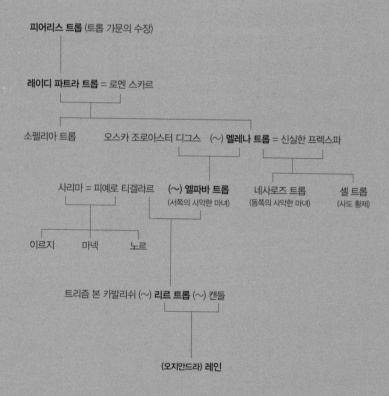

피어리스 트롭 (트롭 가문의 수장)

레이디 파트라 트롭 = 로멘 스카르

소펠리아 트롭   오스카 조로아스터 디그스   (∼) **멜레나 트롭** = 신실한 프렉스파

사리마 = 피예로 티겔라르   (∼) **엘파바 트롭**
(서쪽의 사악한 마녀)   네사로즈 트롭
(동쪽의 사악한 마녀)   셸 트롭
(사도 황제)

이르지   마넥   노르

트리즘 본 카발리쉬 (∼) **리르 트롭** (∼) 캔들

(오지안드라) 레인

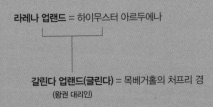

길리킨의 업랜드 가문
프로티카, 길리킨 북서부

라레나 업랜드 = 하이무스터 아르두에나

갈린다 업랜드(글린다) = 목베거홀의 처프리 경
(왕권 대리인)

티겔라르,
빈쿠스의 아르지키 족장 가문
빈쿠스 그레이트 켈스 지역의
노블헤드 파이크 산비탈에 있는 키아모코 성

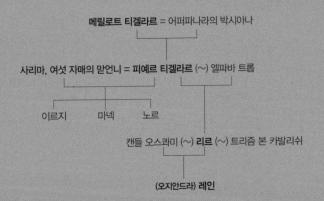

메릴로트 티겔라르 = 어퍼파나라의 박시아나

사리마, 여섯 자매의 맏언니 = **피예르 티겔라르** (〜) 엘파바 트롭

이르지   마넥   노르

캔들 오스콰미 (〜) **리르** (〜) 트리즘 본 카발리쉬

(오지안드라) 레인

오즈의 역대 통치권자들에 대한
─────── 간략한 해설 ───────

근현대사를 공부하는 학생들이 관심을 가질 만한
선별된 사건들에 대한 메모를 첨부하여 증보함

오즈마 집권기

모계 상속의 오즈마 가문이 설립되다.

오즈마 혈통은 한 길리킨 씨족으로부터 이어져 내려왔다. 오즈마 가문은 본디 전설적인
오즈의 창조자 럴라이나와 혈연이 닿아 있는 신성한 핏줄이라 알려진 데 근거하여 정통성
을 주장하였다. 그러한 주장에 힘입어, 역사에는 마흔 명에서 쉰 명에 이르는 오즈마들과
그 섭정공들이 기록되어 있다.

마지막 오즈마인 오즈마 티페타리우스가 '역겨운 오즈마'로부터 태어나다.

'역겨운 오즈마'는 쥐약을 탄 리조토와 관련된 사고로 인해 승하하다. 오즈마 티페타리우
스가 미성년인 기간 동안 그녀의 부군(父君)인 파스토리우스가 오즈마 섭정 자리에 오르
다.

파스토리우스가 오즈 중앙지를 두루 다스리다.

고대의 매장지인 '열린 무덤' 근처 너블리메도스라고 불리던 작은 촌락을 파스토
리우스는 에메랄드 시라고 재명명하고, 에메랄드 시를 오즈 연방국의 수도로 선포
하다.

대기근이 시작되다.

기구를 타고 오스카 조로아스터 디그스가 에메랄드 시에 당도하다.

디그스가 궁전 쿠데타를 성공리에 완수하다. 파스토리우스는 암살당하고, 갓난아이인 오즈마 티페타리우스는 행방이 묘연하다. 오즈마 티페타리우스는 살해되었을 것으로 추정되며 아마도 '남쪽 계단' 감옥('열린 무덤' 위에다 세웠다.)에서 살해되었겠지만, 시들 줄 모르는 뜬소문은 그녀가 마법에 걸린 채 동굴 안에 누워 있으며 오즈에 가장 암울한 시기가 닥쳐오면 비로소 돌아올 것이라고 주장하다. 디그스는 '오즈의 마법사'라 알려진 존재가 되다.

마법사 집권기

에메랄드 시의 새 단장이 완료되다.

오즈의 마법사가 노란 벽돌길 건설을 명령하다.

이 길은 에메랄드 시 군대의 신속 통행로로 기능하며, 또 이전까지는 독립적이었던 지방 거주민들, 특히 쿼들링 지역과 빈쿠스의 그레이트 켈스에 살고 있는 이들로부터 지방세를 거두어들이는 데에도 일조한다.

'동물' 조례가 제정되다. (일명 '동물' 규제법이라고도 했다.)

먼치킨랜드, 오즈 충성령으로부터 분리 독립하다.

먼치킨랜드의 총독인 네사로즈 트롭의 치리 하에, 분리 독립은 최소한의 유혈로써 진행된다. '오즈의 곡창 지대'는 오즈 충성령과 불편한 상업적 교류를 유지한다.

네사로즈 트롭의 사망

오즈에 한 방문자인 캔자스(때때로 '칸지즈'나 '캔주스'라고 표기되기도 함)의 도로시 게일이라 하는 이가 찾아옴으로써 총독의 죽음이 초래되다. 네사로즈의 언니인 엘파바 트롭이 먼치킨랜드로 돌아와 에메랄드 시에 대항하여 네사로즈가 일평생 했던 것 이상으로 크게 공격적인 군사 작전을 전개할 것이라는 추측이 대두되다.

엘파바 트롭 완패당하다.

이른바 '사악한 서쪽 마녀'이자 한때 반항적 운동가였다가 은둔자가 된 이가 막강한 도로시 게일 앞에 진압되다.

오즈의 마법사 하야

마법사는 근 40년이나 권력을 쥐고 있었다. 그가 떠나간 이유들은 추측의 영역으로 남다.

1, 2차 왕권 공백기 정부 시대

글린다 처프리 부인(옛 성은 업랜드)이 짧은 기간 왕권 대행 수상으로 자리하다.

'동물' 규제법은 철폐되었으나 별 효과가 없었다. '동물'들은 오즈의 인간 사회에 다시 어울려 들어갈 수 있을지에 관하여 여전히 회의적이었다.

허수아비가 글린다를 대신하여 왕권 대행 수상 자리에 오르다.

출신이 분명치 않은 인물인 이 허수아비가 왕권 대행 수상 직위를 차지하게 된 것은 용병으로서 첩보 분야에 몸담고 있던 야심만만한 벼락출세자 셸 트롭에게 동조하는 궁전 기관원의 소행이라고 추정하는 이들이 많다. 허수아비는 아무 힘도 없는 허수아비 수상으로 판명되었다. (비유적으로도 그렇고 말 그대로 진짜 연약한 지푸라기 인간이기도 했다.) 그러나 그의 재임 기간이 있었기에 셸 트롭은 지휘권을 얻기 위해 대중의 신망을 받고 있는 글린다 부인에게 도전할 필요가 없었다. 단출하게 끝이 난 치리 기간 이후에 허수아비의 행방은 드러난 바가 없다. 몇몇 역사가들은 왕권 대행 수상으로 일했던 허수아비는 도로시와 벗했던 그 허수아비와 다른 허수아비라고 고집한다. 그러나 이러한 주장은 입증된 바 없다.

셸 트롭이 스스로 오즈의 황제 자리에 군림하다.

트롭 가문 삼남매 중 막내인 셸은 궁전의 실세들을 교묘하게 조종하여 스스로 지배력을 행사할 수 있는 권한을 요구, 획득한다.

일단의 먼치킨랜드 게릴라들이 오즈 충성령 땅에 들어와 감행한 방어적 공격 작전에 대한 대응으로써 셀은 오즈 최대의 호수인 레스트워터에 접근할 목적으로 먼치킨랜드 침략 전쟁을 승인한다.

위키드 시대

우리들의 이야기는 지금 여기까지 와 있습니다.

『위키드』는 초록색 피부를 가진 어린아이 엘파바 트롭의 탄생으로 시작된다. 훗날 사악한 서쪽 마녀로 알려지게 된 인물이다. 이야기는 엘파바가 시즈 대학에서 만난 갈린다 업랜드와의 있을 법하지 않은 우정, 그리고 피예로 티겔라르와의 사랑을 그려 보인다. 야욕에 찬 오즈의 마법사는 에메랄드 시와 오즈 전역에 걸쳐 점점 막강한 권력을 틀어쥐기 시작한다. 그러나 먼치킨랜드는 '사악한 동쪽 마녀' 네사로즈 트롭의 치리 아래 오즈 충성령으로부터 분리 독립한다. 초록색 마녀 이야기는 '도로시 사태'로 마무리되는데, 그때 엘파바는 서른여덟 살이며 그녀의 아들 리르 트롭은 열네 살이었다.

『위키드 3: 리르 이야기』는 리르의 인생 스토리를 들려준다. 단속적인 회상을 통하여, 엘파바의 남동생 셸이 에메랄드 시에서 본인의 입지를 강화해 나가고 있는 가운데 특히 먼치킨랜드를 강제로라도 합병하려는 본심을 드러낸다. 열네 살에 고아가 되어 이끌어 줄 이도 보살펴 줄 이도 없게 된 리르는 어쩌다가 군대에 몸담게 된다. 거기서 쿼들링들을 소탕하는 작전에 휘말렸다가 탈영병이 되어, 결국에는 외삼촌인 셸에게 반대하는 저항 운동의 선봉에 서기에 이른다. 리르 이야기는 한 아기의 탄생으로 결말을 맞이한다. 초록색 피부를 가진 딸아이, 리르와 쿼들링 여인인 캔들 사이에서 태어난 딸이다. 리르는 대략 스물네 살이다.

『위키드 4: 겁쟁이 사자 이야기』의 원서 제목인 '가장 늠름한 사자(a lion among men)'는 브르르라는 이름으로 알려진 '겁쟁이 사자'를 가리킨다. 브르르의 이야기는 예언자 노파 야클의 이야기와 교차되어 펼쳐져 나간다. 브르르는 '도로시 사태'

에서 자신이 수행한 역할을 회상하고, 사회에서 그가 출세했다가 망했던 사연과 금고형을 선고받는 것을 피하고자 에메랄드 시의 치안판사와 형량 협상을 한 일, 수수께끼에 싸인 예언자 야클의 뒤를 캐게 된 일 등을 들려준다. 그리고 정부와 거래 조건으로, 사라져 버린 마법책, 황제 셸이 찾고자 하는 『그리머리』의 행방을 쫓는 일을 맡는다. 한편 소설의 끝에서, 불만에 찬 먼치킨랜드인들과 에메랄드 시 군대 병력의 국지적인 무력 충돌은 전면적인 내전으로 비화할 조짐을 보인다. 격전지의 한복판에 놓이게 된 브르르는 타임드래곤의 시계와 함께한 일행을 따라 탈출하여 다른 길을 걷게 된다.

『위키드 5: 레인 이야기』는 4권의 결말로부터 몇 달 뒤에 시작된다.

오즈로부터

도로시 게일과 그녀의 친지들이 캔자스 발 열차를 타고 산에 도착하기까지는 사흘이 걸릴 것이라고, 여행 설계사가 말해 주었다.

학교 선생들이 갈릴레오나 코페르니쿠스를 비롯해 분위기 못 맞추는 얼뜨기 놈들에 대해 뭐라고 가르치든 간에, 세상이 둥글다고 이르는 그 어떤 어처구니없는 이론도 대평원이라는 넉넉한 사실들에 적용된 덜컹거리는 기차라는 기하학적 기구 앞에서는 모조리 논박을 당한다. 도로시는 그림자를 드리우기에는 너무 높은 곳을 날아가는 독수리와 매를 바라보고, 돌아오는 종다리와 파랑새를 바라보면서 이 세상의 형태에 관하여 그 새들이 아는 것은 무엇일까 궁금해하고 만약 새들이 그런 이야기를 해 준다면 얼마나 좋을까 생각했다.

그러다 총탄이 난무하는 도시 덴버의 저편으로부터 로키 산맥이 봄의 지평선을 따라 얼음 덮인 봉우리를 솟구어 올리기 시작하였다. 헨리 아저씨는 그런 장관을 전에 한 번도 본 일이 없었다. 저렇게 높은 산들을 보니 막 뭐가 솟구친다고 아저씨가 말했다.

"정말 오즈의 그레이트 켈스가 생각나네요. 켈스는 뭐랄까, 저보다는 덜 울끈불끈하는 느낌이지만 말이에요." 도로시가 맞장구쳤다. 그리고 헨리 아저씨와 엠 아주머니가 흘긋 주고받은 시선을 못 본 척하려고 했다.

벌써 4월 초인데도 여전히 가는 길에 더러 새로 내린 눈이 덮여서, 기차는 시간표가 약속했던 것보다 느리게 전진해 갔다. 엠 아주머니는 잡아 둔 호텔 방이 다른 사람에게 넘어갈까 봐 몹시도 조바심을 쳤다. 헨리 아저씨는 사교적인 재치를 발휘해 보겠답시고 이렇게 말했다.

"내 요다음 번 기회가 오는 대로 전보를 쳐 두겠소, 엠. 그러니 입 다물고 이 나라의 장관을 즐겨요."

근사한 휴가 여행이 아주 익숙하다는 듯이 굴다니, 이 무슨 허술한 겉꾸밈인지. 돌발 상황에 대비한 여유 자금은 없는 거나 다름없는 줄 도로시도 알고 있었다. 저금했던 돈을 헐어서 온 여행이다.

콸콸 흐르는 물소리가 요란한 골짜기를 따라 기차는 칙칙폭폭고가 철길 위를, 마치 구입하기 전에 한 번 시험 삼아 달려 보는 것처럼 힘을 들여 한 발 한 발 밟고 지나갔다. 철길은 어울렁 더울렁 위로 경사져 올라갔다. 날 흐린 오후 내내 기차는 여행객이 어디가 동쪽이고 어디가 서쪽인지 전혀 감을 잡지 못할 만큼 수많은 갈지자 산악 철로를 꺾고 또 꺾어 올라갔다. 도로시는 자기 좌석에 앉아서 잠깐 콧노래를 불렀다. 한순간 산등성이에 성채가 서 있는 것을 본 것 같았지만, 사실은 그냥 교묘하게 배치된 바위일 따름이었다.

"그렇지만 나는 성 같은 바위는 한 번도 본 적이 없구나." 엠 아주머니는 밝게 말했다.

아주머니는 성을 보신 적이 한 번도 없으시잖아요. 실망하지 않으려고 애를 쓰면서 도로시는 생각했다.

그들은 우중충한 봄날의 네바다 주를 이럭저럭 통과하였고, 과수원과 포도밭들이 옹기종기 깔려 있는 단조로운 지대를 지나 내려가서 마침내 '캘리포니이~ 에이~'로 접어들었다. 기차가 땔감을 싣기 위해 새크라멘토 외곽에 멈추었을 때, 도로시는 군대를 열병하는 장군과 같이 으스대며 철로 옆을 걷고 있는 흰 공작을 보았다. 공작은 도로시가 내다보는 창 앞에 멈춰 서서 그 신기한 장식깃을 좌라락 펼쳤다. 도로시는 그것이 백공작이었던 것, 즉 말을 할 줄 아는 공작이었던 것을 맹세라도 할 수 있었다. 하지만 토토가 열린 창으로 깽깽 짖어대기 시작했고, 새는 모른 척 자기 하던 일을 했다.

결국에는 기차가 움찔 차체를 흔들었고, 칙칙폭폭 몸을 흔들며 샌프란시스코로 들어섰다. 몹시도 크고 지저분하고 북적이는 도시였기에 헨리 아저씨는 심지어 이렇게 중얼거릴 엄두를 내었다.

"내 장담하는데 그놈의 에메랄드 시보다 여기가 한층 윗길 갈 거다. 두고 보렴."

"헨리. 다문 입이 좋은 입이라고들 하지 않아요." 엠 아주머니가 말했다.

일행은 예약해 놓은 호텔을 찾았다. 호텔 직원은 충분히 친절했다. 깔끔하게 생긴 젊은 남자였는데, 그의 입은 그다지 다문 입은 아닐뿐더러 루비처럼 빨갰다. 늦게 온 것은 그냥 접어 둘 수 있지만, 예약했던 대로 한 층만 올라가서 있는 방은 줄 수 없다고 직원이 말했다. 엠 아주머니는 오티스 씨 표 수력 엘리베이터에 한 번

타 보는 것을 거부했으므로, 일행은 5층까지 걸어서 올라가야 했다. 팁을 주어야만 하는 상황을 피하고자 가방도 직접 날랐다.

그날 밤 일행은 기차역에서 사 두었던 카이저 롤을 먹었다. 엠 아주머니가 철도 차량에서 흔들린 결과 어쩔 수 없이 쇠해 버린 신경을 추슬러야 했기에 일행은 다음 날 하루 종일 참회를 시키려는 듯 살풍경한 호텔 방 안에만 죽치고 있었다. 엠 아주머니는 여행 첫날 호텔 방 안에 혼자 덩그러니 남겨진다는 것을 차마 견딜 수 없었다. 더욱이 기차가 그랬듯이 건물 전체가 흔들리고 뛰는 느낌이 들어서 더 더욱 참을 수 없었다.

도로시는 나가서 구경이 하고 싶어 안달 났지만 아저씨와 아주머니는 도로시가 혼자서 도보로 나가는 것을 허락하지 않았다.

"도시는 대초원이 아니란다." 이마부터 턱까지 다 덮도록 덮어쓴 물에 적신 수건을 통하여 엠 아주머니가 선언했다. "도시가 어떤지 요만큼도 물정을 모르는, 면역 없는 여자애가 다닐 곳이 못 된다."

다음 날 아침 열린 창으로 들어온 봄철의 공기에 엠 아주머니는 활기를 찾았다. 이렇게 여러 층을 올라온 높은 곳에서도 공기에서 라일락과 머릿기름과 말똥과 뜨끈뜨끈한 사워도우 빵 덩어리의 냄새가 풍겨났다. 부추김을 받아서, 평지 사람들은 감히 문 밖에 나설 엄두를 냈다. 도로시는 예전의 일도 있었으니만큼 토토를 고리버들 바구니에 넣어서 안고 나갔다. 세 사람은 그 유명한 팰리스 호텔의 마차 출입구까지 산책을 나갔고, 친구가 오기를 기다리는 척하며 그곳의, 죄악이 될 만큼 차고 넘치는 부의 광경을 흘긋 훔쳐볼 수 있었다. 열린 문을 통하여 살며시 곁눈질을 해 화분에 심은 양치식물들과 둔한 적색의 벨벳 휘장, 반들반들 윤이 나는 문손잡이 등을 훔쳐보면서 일가족이 보여 준 태도는 어쩌면 그렇게 아무렇지 않다는 듯 무덤덤했던지. 게다가 반짝이는 목걸이들과 귀걸이들과 소맷부리 장식쇠들이 있고, 또 너무나 깨끗하게 풀을 먹여서 보는 눈이 아플 지경인 신사들의 셔츠라니!

"제법 괜찮네요." 엠 아주머니가 말했다. "남들 앞에 대놓고 멋쟁이 짓을 해야만 하겠다는 저런 사람들한테는 딱이에요."

아주머니는 마음이 동하면서 동시에 멸시감도 느끼고 있구나. 도로시는 생각했다. 사고방식이 판에 박힌 여자 치고는 상당한 발전이다.

"팰리스 호텔도 참 근사하네요." 점심을 먹으면서 도로시가 말했다. 점심은 핫도그에다 유니온스퀘어 근처의 매점에서 산 호화로운 과일, 오렌지였다. "그렇지만 에메랄드 시의 황궁도 정말 크고요."

"난 병이 날 거다." 혈색이 가시면서 엠 아주머니가 말했다. "얘야 도로시, 난 병이 날 거야. 우리가 저당까지 잡혀 가며 돈을 쥐어짜서 이 먼 길을 여행 왔는데 네가 굳이굳이 샌프란시스코를 그 무슨 상상 속 다른 세상과 비교해 가며 봐야만 하겠다면 난 정말, 정말로 심하게 병이 날 거란다."

"정말 그러려던 건 아니에요. 죄송해요, 아주머니. 전 그냥 가만히 있을게요. 제가 이런 건 거의 본 적도 없는 게 맞아요." 도로시가 말했다.

"세상은 굳이 다른 세상을 상상해 내지 않아도 충분히 대단한 곳 아니냐." 헨리 아저씨가 말했다. 이쯤 되자 피곤해졌고 또 호인도 아닌 아저씨는 시간이 있는 동안에 단도직입적으로 하고 싶은 말을 내뱉었다. "온통 망상에 환상에만 빠져 있으면 누가 너랑 결혼해서 너를 데려가겠니, 도로시야."

"사악한 것이 걸리는 올무들이지." 오렌지 씨를 길에 뱉으며 엠 아주머니가 말했다. "우리는 너한테 잘해 주었다, 도로시야. 그리고 많이 참아 주었지. 아무 말 없이 있어도 보았고 또 대놓고 말도 했지. 그 오즈라는 더러운 악몽을 이제 졸업해야 하지 않니. 다 과거 지사로 접어 두고 문을 닫으렴. 그리고 다시는 그 얘기는 하지 말도록 해라. 그러지 않았다가는, 정신을 차려 보면 넌 그 안에 단단히 갇혀 있을 거다. 혼자서 말이야. 우리가 영원히 살지는 못한단다. 그러니 너는 실제 세상에서 살아가는 법을 배워야만 해."

"결혼 생각을 하기에는 제가 아무래도 너무 어리지 않나요?"

"벌써 너도 열여섯이야." 아주머니가 쏘아붙였다. "나는 열일곱에 결혼을 했다."

헨리 아저씨의 눈이 명랑하게 반짝였고, 아저씨는 아내의 머리 저편에서 도로시를 보고 입모양을 지어 보였다. 너무 어려.

도로시는 두 분이 진정으로 자기가 잘되기를 바란다는 걸 알고 있었다. 그리고 오즈에서 돌아온 6년 전부터, 도로시가 희귀한 존재이자 자연스럽지 못한 별종 노릇을 톡톡히 했던 것도 사실이었다. 아저씨와 아주머니는 도로시를 어찌해야 할지 도무지 알 수가 없었다. 도로시가 지평선 저 멀리로부터 대초원을 걸어서 가로질러 왔을 때(신발은 신지 않았지만 토토는 꽉 끌어안고 왔다.) 헨리 아저씨와 엠 아주머니의 집이 날아가 버린 후로도 충분히 시간이 흘러서 두 분은 날려간 집 대신 새 집을 지어 놓고 있었다. 도로시의 귀환은 통계학적으로 불가능한 일이라고 생각되었던 것이다. 그 누가 회오리바람에 실려 날아갔다가 살아 돌아와 자신이 겪은 일을 이야기할까? 아무리 캔자스가 계시라는 개념 위에 굳게 선 지역이라 해도, 누가 원단 상태의 복음을 사라고 들이민다면 그들은 자기들이 포목점 기둥에 직접 쳐 박은 놋쇠 못으로 그 길이를 재 볼 수 없는 한 미심쩍어할 사람들이었다. 그래서 집으로 돌아왔을 때 도로시는 귀신이나 천사로 대접받지 않았다. 도로시는 하나님의 은총을 받은 것도, 필경 '사악한 존재'와 계약을 맺었을 텐데 그 비밀을 숨기고 있는 것도 아니었다. 그냥 살짝 돈 거야, 선량한 지역 주민들은 그렇게 결론지었다. 더럽게 생각 많은 그 머리가 살짝 돌았지.

전에도 종종 도로시에게 거리를 두었던 근방의 학교 다니는 아이들은 이제 그녀를 따돌리고 피하려는 태도를 바꿀 가능성을 남기지 않은 채 완전히 굳혔다. 한결같은 마음이었지만 그걸 말하지는 않았다. 그들은 뭐라 해도 기독교도들이었으니까.

도로시는 오즈 일을 혼자서만 간직하지 않을 수 없게 되어 갔다. 아무튼 다소간은 그렇게 되었다. 물론 새어나가는 것들이 있기도 했다. 하지만 남들 눈에 별난 아이로 비치고 싶지는 않았다. 도로시는 학교에서 집에 오는 길에 아무도 자기와 함께 걸으려 하지 않는다는 사실을 위장할 요량으로 노래를 부르기로 했다. 그리고 이제 학교에 갈 일이 없어지자, 이웃들 중 누구도 도로시가 결혼해서 색시가 될 만하다는 걸 알아차릴 만큼의 시간 동안 진득이 참고 그녀와 함께 있어 주지를 못하는 것 같았다.

그래서 헨리 아저씨와 엠 아주머니는 전능하신 주 하나님의 평범한 이 세상이 충분히 풍요롭고 놀라워서 경이로운 것을 향한 도로시의 호기심을 만족시켜 줄 수 있음을 증명하려는 막판 안간힘 삼아 이 여행을 오게 된 것이다. 자꾸만 있을 수가 없는, 말도 되지 않는 것들을 지어내고 있을 필요가 없다. '계속해서 쿨적쿨적 열에 들뜬 오즈 꿈 이야기를 지절거리다가는 노처녀로 늙어서 토토의 죽은 뼈 이외에는 누구 하나 어르고 얘기할 상대도 없이 살게 될 거야.'

그들은 케이블카를 탔다. 케이블카가 조금씩 조금씩, 톱니바퀴의 톱니 한 개씩 기듯이 위로 올라갔다가 다시 아래로 뚝 떨어지듯 하강하자 도로시가 말했다.

"오즈를 통틀이도 이런 것은 없어요!"

그들은 피셔맨스와프 부둣가(샌프란시스코의 관광 명소)에 갔다. 도로시는 이전에 큰 바다를 본 일이 한 번도 없었다. 헨리 아저씨와 엠 아주머니도 마찬가지였다. 신문지를 비틀어 담은 생선튀김 한 무더기를 그들에게 판 남자는 이건 대양이 아니라 그냥 항만 앞바다일 뿐이라고 말했다. 대양을 보려거든 좀 더 서쪽으로 나가서 프레시디오로 가든지 아니면 골든게이트 파크로 가라고 했다.

일행은 더 예쁜 이름으로 들리는 골든게이트 파크 쪽을 향했다. 경찰관 한 명이 이야기해 주기로는 기다랗게 우거진 녹색 식물 지대가 배치되었을 무렵에는 아직 도시가 서쪽으로 디비사데로 거리 이상으로 팽창해 있지 않았고, 그래서 지역 주민들에게나 멋대로 눌러앉은 자들에게나 그 너머에 있는 동네는 모두 '바깥쪽 나라'로 통한다고 했다.

"어머, 그래요?" 도로시의 얼굴에 관심의 빛이 환하게 돌았다.

"거기에 가면 큰 바다가 펼쳐집니다."

그들은 처음에는 마차를 타고, 마차에서 내린 후에는 걸어서 대륙의 끄트머리를 찾아갔지만, 세상 끝은 안개에 폭 파묻혀 있어 실망스러웠다. 큰 바다란 사기였다. 태평양이랍시고 샌프란시스코 만 너머를 건너다볼 때 보였던 것 이상 멀리까지는 바라볼 수도 없었다. 게다가 거기는 더 추웠다. 센바람이 소금기 있는 공기를 계속해서 쳐 보냈다. 갈매기들이 울어 대었다. 「예레미야서」라도 읊어 댈 성서의 선지자, 입 밖에 내는 예언보다 더 많은 것을 알고 있는 선지자들이었다. 엠 아주머니가 콧물이 나기 시작하는 바람에 일행은 더 이상 그 자리에 머물러 안개가 걷힐지 어떨지 기다리고 있을 수 없게 되었다. 축축하니 짠내 나는 공기는 자기에게 맞지 않는다, 그리고 자기가 이런 공기 속에 있어서 좋을 것도 없다고 엠 아주머니는 선언했다.

그날 밤, 엠 아주머니는 침대에 가 눕는데 헨리 아저씨가 아내를 잘 구슬려서 도로시를 데리고 시내에 나가도 좋다는 허락을 받아냈다. 헨리 아저씨는 도로시를 차이나타운이라 불리는 지구로 데려가기 위해 이륜마차를 불렀다. 도로시는 헨리 아저씨께 오즈에 있을 때 바로 이런 기분이었다고 말하고 싶어 몸살이 났다. 이 낯선느낌, 이렇게 요상하면서도 수긍하게 되는 현실감⋯⋯ 도로시는 말하지 않으려고 입 안을 꽉 깨물면서 참았다. 토토는 문간에 나와 선거주자들이 토토 한 마리면 그들의 중국인 친척 친지 몇 명이 먹을 수 있을까 하고 근수를 재어 보기라도 하는 것처럼 주위를 경계하는 눈치였다.

출발을 상당히 여러 번 그르친 후에, 헨리 아저씨는 신을 두려워하는 다른 백인들도 부담 없이 들어갈 만한, 그리고 몇은 심지어 안전하게 그곳을 나오기도 하는(이것은 좋은 징조였다.) 식당을 찾아내었다. 그래서 둘은 안으로 들어갔다.

카운터에 있던 조용한 여자가 고개를 끄덕여 알은체했다. 표정 변화가 요만큼도 없는 그 얼굴은 마치 쇠고기 육즙 젤리 속에 굳혀 놓은 것 같았다. 여자가 헨리 아저씨를 자리로 안내하려고 앉아 있던 걸상에서 미끄러져 내리자, 도로시는 그녀의 키가 정말 작다는 것을 알 수 있었다. 자그마하고 체격이 탄탄하고 광택 있는 빨간 비단으로 온몸을 휩쌌다. 그녀의 키는 도로시의 갈비뼈 맨 아래까지밖에 오지 않았다. 도로시가 '먼치킨!'이라고 말하려는 것을 막으려고 헨리 아저씨는 도로시에게 눈짓으로 말했다. 안 돼.

그들은 축축한 모래 같은 게 잔뜩 씹히는, 흥건하게 물기가 많고 향신료가 많이 들어간 묘한 음식으로 식사를 했다. 호텔에 돌아가 엠 아주머니에게 먹은 것을 하나라도 어떻게 말로 묘사할 방법이 없었다. 엠 아주머니가 같이 안 온 게 다행이었다. 아주머니는 음식이 너무 신비스럽다 못해 그만 까무라쳤을 것이다. 둘은 음식이 괜찮았다. 비록 헨리 아저씨는 한입 먹다가 도중에 생각이 바뀔 경우를 대비하여 입술을 앞쪽은 다물면서도 양옆은 벌린 채로 음식을 씹었지만 말이다.

"이 사람들은 어디서 온 사람들이에요? 왜 여기 와 살아요?" 토토에게 씹을 거리를 주려고 젓가락 한 짝을 바구니로 밀어 넣으며 도로시가 속삭여 물었다.

"중국에서 온 외국 사람들이야, 중국은 세상 반대편에 있단다." 헨리 아저씨가 말했다. "우리가 타고 다니는 기차의 철로를 깔러 왔지. 그랬다가 여기 남아서 세탁소며 식당들을 연 거다."

"왜 캔자스에는 안 왔을까요?"

"똑똑해서들 안 왔겠지."

둘 다 이 말에 웃음을 터뜨렸다. 얼굴이 빨개지도록 웃었다. 도로시는 헨리 아저씨가 자신을 사랑한다는 것을 알 수 있었다. 도로시가 정신 나간 애 같은 건 헨리 아저씨의 잘못이 아니었다.

둘이서 풀 맛이 나는 차를 다 마시기 전에, 도로시가 말했다.

"헨리 아저씨, 전 아저씨가 저를 여기 데려와 주시려고 구빈원에 들어갈 지경으로 돈을 들이셨다는 거 알고 있어요. 아저씨랑 엠 아주머니가 왜 그러셨는지도 알아요. 저에게 세상 구경을 시켜서 현실에 정신이 팔리게 하시려는 거죠. 훌륭한 작전이고 아주아주 건전한 포부세요. 전 오즈에 대해서 입을 딱 다물고 지냄으로써 두 분의 자애에 보답하도록 노력할게요."

"너의 성녀 같은 엠 아주머니는 그 일에 관해 함구하기로 하고 있다만, 도로시야, 하지만 아주머니도 네가 거의 필적할 사람이 없을 기이한 경험을 한 줄은 알고 있단다. 어쨌든 넌 회오리바람이 우리 집을 낚아채어 날려 보내고 나서 네가 허허벌판으로부터 돌아올 때까지 어떻게든 목숨을 부지하지 않았니. 네가 힘들게 긁어모아 먹은 것이 뭐든 그 탓에 네 머리가 이렇게 박약이 된 게지. 그래도 아무튼 넌 살아남았어. 고향 사람들 누구도 우리가 네 시신을 찾을 수 있으리라고는 생각 못 했단다. 밝고 낙천적인 그 모습 그대로 너를 다시 만날 수 있기는 고사하고 말이다. 넌 훌륭한 개척민이야, 도로시. 네 인생의 매 분 매 초가 그대로 진정한 기적이란다. 그 무슨 바보 같은 허깨비에 홀라당 정신이 팔려 그걸 부정하지는 말렴."

도로시는 조심스럽게 단어를 골라 말했다.

"그냥 제 마음속에 전부 너무나 뚜렷해서 그런 거예요."

"마음이란, 캔자스의 젊은 아가씨라면 혼자만 속으로 간직할 줄 아는 것이란다."

다 먹은 접시를 한편에 쌓기 시작하자 먼치킨 중국 여자가(그러니까, 비단 공단 옷을 차려입고 인사하던 키 작은 여자 말이다.) 바삐 와서 도중에 끼어들었다. 여자는 얇게 민 반죽으로 만든, 쭈그러뜨린 콩깍지를 닮은 작은 과자를 한 명에 하나씩 갖다주었다. 헨리 아저씨와 도로시가 어리둥절해 있자 여자는 과자를 쪼개 여는 법을 가르쳐 주었다. 조각난 부스러기는 엠 아주머니가 구운 비스킷 같은 맛이었다. 메마르고 아무런 풍미도 없었다. 과자 안에는, 참 우스꽝스럽기도 하지. 종이 오라기가 하나씩 들어 있었다.

한 면에는 무엇인가 우스운 사각형 문자로 된 글이 찍혀 있고 다른 면에는 영문자가 있었다.

두 사람이 앉은 자리 위에 기웃이 비치는 중국 등잔의 빨간 불빛으로, 헨리 아저씨는 비밀 쪽지를 해독하려고 열심히 더듬어 보았다. 아저씨는 공부 밑천이 거의 없다시피 했다.

"즐거운 곳에서는 날 오라 하여도 내 쉴 곳은 작은 집 내 집뿐이리. 존 하워드 페인" 아저씨가 읽었다.

"정말 고통스럽죠."(경구를 말한 사람의 이름 페인(Payne)은 고통스럽다는 뜻의 'Pain'과 음이 같다.) 도로시가 말했다. "헨리 아저씨 말씀이 틀리다는 건 아니에요."

"그렇기는 해도 일리가 있구나. 도로시야. 언제나 늘 겸손해라, 그러면 우리가 겸손한 그 부분을 잘 덮을 수 있을 테니. 내 집만 한 곳이 어디 있겠니. 이제 네 것을 읽어 보렴."

"내 마음은 왕국과 같아, 그 속에서 생생한 기쁨을 찾네, 그 기뽐이 온갖 다른 희락을 물리치나니, 땅이 키워내는 그 무엇도 미치지 못해. 에드워드 다이어 경.〔다이어(Dyer)는 무시무시하다는 뜻의 'Dire'와 음이 같다.〕

"정말 가공할 이야기구나." 헨리 아저씨가 말했다.

통 좁은 긴 치마를 입고 눈이 쭉 째진 빨간 옷의 여인은 두 사람이 거리로 나가는 출입구의 구슬발을 지나는 것을 쳐다보고 있었지만, 옻칠한 문에 이르자 그녀가 도로시의 소맷자락을 붙들었다.

"아갓쉬에게 드려요." 여자는 그렇게 말하면서 도로시에게 자그마한 대나무 우리를 건네주었다. 안에는 귀뚜라미가 들어 있었다. "생운을 위해, 생운의 귀투라미예요."

나에게 무슨 행운이 필요해? 도로시는 혼잣말처럼 생각했지만, 흡사 소리 내어 말하기라도 한 듯 여자가 대답했다. (어쩌면 말을 했는지도 모른다. 어쩌면 도로시는 살짝 돌았을지도 모른다. 미치광이지. 아이들이 도로시를 향해 외치던 것처럼 말이다. 정신 나간 도로시. 미치광이 도로시.)

"아갓쉬 여행 길에 나서요."

나이 든 여자는 그렇게 말했다. 이 말이 관찰인지, 예언인지, 아니면 그냥 잘 가라는 인사인지 도로시는 알 수 없었다.

도로시는 기분 나쁜 듯이 자그마한 대나무장에 손가락을 대었다. 캔자스의 메뚜기를 보고 지낸 탓으로 도로시는 귀뚜라미가 영 탐탁지 않았다. 하지만 그래도 그 작은 잔가지 부스러기 같은 놈은 살아 있었다. 폴짝 뛰어서 밀짚 색 대나무 창살에 부딪힌 걸 보면. 노래는 하지 않았다.

"전 동물들을 우리에 가두는 게 별로예요." 도로시가 헨리 아저씨게 말했다.

"사람들도 그렇지." 아저씨는 거의 자동으로 그렇게 대답했다. 늘 단조로운 설교다.

"너 스스로 네 환상 짓거리 속에 들어가 갇히지 말도록 하렴, 얘야. 너무 때가 늦기 전에 오즈에서 마음을 떼려무나. 그렇지 않았다가는 후회하게 될 거야."

"무슨 말씀이신지 알아요, 헨리 아저씨. 이제 알아들은 지도 한참 됐어요."

"그럼 다행이고." 아저씨는 한 손을 갈비뼈에 얹고 잠시 고통스러워하며 숨을 쉬었다.

두 사람은 말없이 거리를 따라 걸었다. 그 거리에 나 있는 조각과 칠이 들어간 장엄한 문 아래로 그렇게 걸었다. 샌프란시스코에는 전기가 들어와서, 화강암 건물들이 마치 돌 위에 점점이 뿌려진 눈의 결정인 양 반짝거렸다. 그 광경은 해괴한 낮 같기도 하고 반만 밤인 것 같기도 했다.

아마도 헨리 아저씨 말씀이 옳은 것이리라. 아마도 이 세상에는 도로시가 오즈를 잊게 해 줄 일이 넉넉할 것이다. 하지만 그것이 도로시가 캔자스 농사꾼과 결혼할 마음을 먹는 올바른 동기가 될까? 일단 도로시가 한 명을 얻긴 얻는다 치고?

오직 그 사람이 내가 바라는 그런 농부라야 해. 도로시는 그렇게 생각했다.

호텔에 와서 도로시는 헨리 아저씨께 그들의 방이 있는 층까지 엘리베이터를 타고 올라가자고 졸랐다.

"너의 아주머니는 허락하지 않을 거다. 우리의 안전을 몹시 걱정

36

하니까." 아저씨가 대답했다. "아주머니가 옆에 있어서 우리가 어찌하는 줄 알든 모르든 간에 나는 너의 아주머니가 찬성하지 않을 짓은 하지 않으련다. 아주머니를 존중하니까 말이다."

걸어 올라가야 할 층계가 몇 층이야? 도로시는 생각했다.

하지만 5층까지 왔을 때 아저씨는 도로시에게 한쪽 눈을 찡긋 하더니 계속 올라갔다.

서네 개 층을 더 올라갔다. 도로시는 말없이 아저씨의 뒤를 따라갔다. 꼭대기 층에서 그들은 문 하나를 발견했다. 문은 쉽게 열려서 두 사람 앞에 휘황히 불이 켜진 도시의 야경을 엿보게 해 주었다. 건물과 건물 사이의 깊은 골짜기들로 불빛과 소리들이 줄줄이 흘러가고 있었다. 푸르스름한 전기장의 밤 가운데 도로시와 헨리 아저씨의 주위 사방으로 사람들이 들어 있는 방들이 공중에 온통 휘황히 빛을 내고 있었다. 그 사람들의 진행 중인 생활이 담겨 있는 박물관 전시실이었다. 황금빛 정사각형과 직사각형들.

"어머나." 도로시가 외쳤다. "거짓말 아니에요, 에메랄드 시보다 더 멋져요! 그런데 어디가 큰 바다일까요? 우리가 정말 높이 올라와 있네요. 보면 보일까요?"

두 사람은 어느 방향을 바라보아야 할지 따져 보았다. 이처럼 늦은 밤중에는 거기에 단지 어둠뿐, 아무것도 보이지 않았다.

"불빛이 없는 저쪽의 빈 곳 말이다. 분명 저기에 있을 거야. 눈에 보이지는 않더라도 말이지." 헨리 아저씨가 말했다.

"다른…… 나라들에 대해서도 그렇게들 말을 하죠." 도로시는 그렇게 대꾸했지만 모질게 말한 것은 아니었다. "큰 바다 저 너머에, 거기에는 무엇이 있을까요?"

"일본인들과 중국인들 나라가 있지. 거기도 거기대로 다 사람 사는 세상이야. 그 왜 무슨 노래처럼 솅숑솅숑 하는 말로 서로 얘기하며 살고 있다지."

"그리고 바다는요, 바다는 어떨까요?" 도로시는 거의 참을 수가 없었다.

"나도 아직 한 번도 본 적이 없단다. 하지만 내일 다시 여기 올라와 보자꾸나."

도로시는 그날 밤 마음을 잡을 수 없었다. 간신히 잠을 이루기는 했지만 무슨 꿈이라고도 뚜렷이 분간 못할 꿈들이 거친 발톱으로 움키며 싱숭생숭하게 했다. 누운 자리 한쪽 옆에서 귀뚜라미가 찌륵 찌륵 울고 다른 쪽 옆에서는 헨리 아저씨의 몰아쉬는 숨소리가 반주를 넣었다. 첫 여명이 새까맣던 하늘빛을 조금 연하게 만들 때, 하지만 새벽이 오려면 아직 한참 남은 그때에 토토가 낑낑거리며 보채기 시작했다.

"조용히 해. 엠 아주머니가 오랜 여행 끝에 몸 상태가 별로 안 좋으시잖니." 도로시가 속삭였다. 하지만 토토는 변이 급한 모양이었다. 도로시는 주섬주섬 옷을 주워 입고 귀뚜라미 장을 집어 들고는 살그머니 방을 빠져나왔다. 좋으신 친지 분들을 방해하지 않고 돌아올 수 있도록 문은 빠끔 열려 있게 해 두었다.

토토가 지저분한 흙땅 한 쪼가리를 발견하여 볼일을 볼 때까지는 긴 시간이 걸리지 않았다. 도로시는 외면해 주었다. 불빛들은 이제 상당수가 흐려졌으나, 이제부터 연극이 시작될 서막의 무대처럼 그 어떤 낯설고 긴장된 주시의 느낌이 거리에 감돌고 있었다. 석탄 같던 한밤의 어둠은 삭아들어 연기 같은 어스름으로 화했다. 여전히 어둡기는 했지만 뭔가 좀 더 투명한 느낌이었다.

"이리 와. 우리끼리 거리에 나와 있는 걸 들키는 날에는 혼날 거리가 여섯 개는 될걸." 도로시가 말했다. "올라가자."

로비에서 도로시는 엘리베이터 직원이 라운지 의자에 앉아 잠들어 있는 것을 보았다. 머리가 한쪽으로 젖혀져 쓰고 있는 작은 모자가 삐뚜름해 있었다. 허리선이 높은 우스꽝스러운 재킷을 입은 탓에 그 사람은 흡사 도로시가 한때 안면을 텄던 날개 달린 원숭이같이 보였다. 어떻게 이 돈을 다 대셨담, 불쌍한 우리 헨리 아저씨랑 엠 아주머니가. 여태껏 캔자스 대초원에서 사신 두 분이? 도로시 때문에 무척이나 겁을 내고 걱정하다가. 받아들일 만한 미래를 무척이나 바라고 또 바라서. 정말 그분들이 애쓰신 만큼 부응해야 한다.

도로시는 엘리베이터 철장 안으로 걸어 들어가 문을 당겨 닫았다. 문은 가위를 줄줄이 연결해 놓은 것 같은 쇠창살 문이었다. 마치 낡은 앞치마를 양잿물로 너무 벅벅 비벼 빨아 올올이 사이가 뜬 것처럼 숭숭 뚫려 있다. 전부 하나로 맞물려 있지만 공기는 잘 통했다. 도로시의 눈에 보이는 조종 장치는 단 한 개뿐이었다. 도로시는 놋쇠 손잡이를 잡고 끝까지, 반 바퀴가 다 돌도록 돌려 보았다. 그러자 올라선 바닥이 상승하기 시작했다. 도로시와 토토와 귀뚜라미를 안에 싣고 올라가고 있었다. 도로시는 꺅 소리를 지를 뻔했다. 하지만 조그마한 소리라도 냈다가는 자칫 엘리베이터 승무원이 잠에서 깰 수 있었다. 그랬다가는 아마 몰래 숨었다가 엘리베이터에 올라 재미로 엘리베이터를 탄 죄로 감옥에 들어가게 되는지도 모른다.

건물을 관통하는 작은 방은 5층을 지나, 돛을 단 듯 스르르 위로 9층까지 한 번에 미끄러져 올라갔다. 9층에는 옥상으로 나가는 문이 있다. 도로시는 기억하고 있었다.

도로시는 발끝으로 살금살금 엘리베이터를 나와서 어깨로 문을 밀어 열고 큰 바다를 굽어보는 곳 싸늘한 새벽 공기 속으로 나왔다.

엘리베이터를 타고 올라온 그 짧은 시간에 하늘은 한결 밝아져 있었다. 이제 그렇게 연기 낀 것 같지 않고 좀 더 진줏빛으로 광택 어린 느낌이었다. 앞서는 빛으로만 분간되던 건물들이 이 시간에는 덜 그랬다. 건물들은 그 어떤 상상할 수 없는 지질학적 사건이 있은 후에 남겨진, 줄을 지은 큰 돌딩어리들처럼 보였다.

도로시는 건물들 너머 서쪽으로 비죽이 들어온 바다 한 자락을 분간해 볼 수 있었다.

하지만 이렇게 멀리에서는 소리가 들려오지 않았다. 눈에 띌 만한 움직임도 없었다. 오직 하늘로 서서히 흐려지며 그늘져 가는 섬세하기 이를 데 없는 색채뿐. 거기엔 수평선이 없었다. 그저 끝없는 아득함뿐이었다. 바다와 하늘을 둘로 나눌 수 없었다.

토토가 칭얼거리면서 9층에서 뛰어내리고 싶기라도 한 듯이 깡총깡총 주위를 뛰어다녔다.

"겁날 것 없어, 무섭지 않아." 도로시가 말했다. 자기 자신에게 하는 다짐인지 개를 달래려는 건지 자기도 몰랐다. "이건 그냥 큰 바다인 거야. 그리고 건너편에는 다른 세상이 있는 거야. 넌 거기에 대해 전부 알고 있잖니. 넌 세상에서 제일 제대로 여행을 해본 강아지란다, 토토야. 난리 좀 그만 피우렴! 도대체 뭘 가지고 그렇게 야단법석이니?"

개는 척 보기에도 심하게 흥분하고 있는 게 분명했다. 빙빙 원을 그리며 미친 듯이 도로시의 주변을 뛰었고, 무엇인가 위기감을 느긴 듯이 깽깽 짖어 댔다.

도로시는 사람들이 옥상에서 떨어지지 않게끔 쳐 있는 돌난간 위에 귀뚜라미 장을 올려놓았다.

"나와도 돼." 도로시가 귀뚜라미에게 말했다. "내 운은 내가 알아서 해. 넌 너대로 살아야지. 아무도 우리에 갇혀 살아서는 안 돼. 결코 우리에 굴복해서는 안 된단다."

귀뚜라미는 장에서 나와 이쪽저쪽 긁고 문질러 몸단장을 했다. 귀뚜라미가 뛴 것인지, 바람에 휩쓸려 날아간 것인지 도로시는 분간이 되지 않았다. 귀뚜라미 손님은 어느 한순간 거기에 있다가, 다음 순간에는 없어져 버렸다.

"안전하게 내려앉기를." 도로시가 날아간 귀뚜라미 뒤에 대고 가볍게 소리쳤다.

"어머나, 괜찮아, 토토야. 그렇게 정신없이 난리 치지 마. 바람이 너까지 휩쓸어 가지는 않을 거야. 네 평생에 한 번 날려갔으면 충분하지." 도로시는 개를 안아 올려 도로 건물 안으로 들어섰다. 엘리베이터는 도로시가 내린 그대로 거기에 있었다. 높이가 높이인지라 덜덜덜 떨리고 있었다. 도로시는 엘리베이터를 타고 5층으로 내려갈 터였다. 내려가서 방 안에 계신 아저씨와 아주머니 옆에 가서 쉴 것이다. 도로시는 대양의 일부분을 엿보았다. 대양의 가장자리 작은 자투리이나마 엿볼 수가 있었다. 지구는 둥글었다. 이 세상 너머에 또 다른 세상이 있다는 것을 도로시는 알 수 있었다. 그러면 됐지. 일단 지금은, 어디 우수한 품종의 알팔파 목초로 자기 인생에 네 벽을 쌓고 오로지 옥수수에만 눈이 먼 어떤 농사꾼이 도로시를 기다리고 있으니까.

도로시는 엘리베이터에 타고 내려가기 시작했다. 8층을 지나고 7층을 지났다. 1906년 4월 18일 아침 5시 15분경에, 샌프란시스코의 건물들은 흔들리기 시작했다.

───── 물 위에 겨울 불러 내리기 ─────

1

가장 이른 기억 중 하나. 어쩌면 맨 첫 기억일지도 모른다. 딱 잘라 말하기는 어렵다. 그 시절에는 시간이 붙박이가 아니었다. 겨드랑이까지 오게 자란 풀 속을 헤엄치듯 가고 있었다. 어쩌면 여름이 지나지 않아 아직 이삭이 패지 않은 곡식밭이었는지도 모른다. 아마도 늦은 봄날. 녹색 붓끝 같은 풀이 사락사락 턱에 스쳤다.

세계 속으로 푹 잠겨서, 세계의 마법을 느끼는 것 말고는 아무것도 할 수 없었던 기억. 나뉜다는 게 불가능했던 기억.

들판은 하늘만큼이나 넓디넓었다. 그녀의 키가 너무 작아서 어느 쪽으로도 지평선은 전혀 넘겨다볼 수 없었다. 농부의 수레나 써레가 방향을 돌릴 만한(나중에 깨달은 사실이다.) 작은 빈터에서, 그녀는 우연히 데이지꽃이 핀 풀숲 속에 있던 생쥐 가죽 한 장을 보았다.

생쥐의 털가죽은 여전히 보드라웠고 따스한 감마저 있었다. 가죽처럼 빳빳하지 않고 말랑말랑했다. 마치 뱀이나 올빼미 같은 게 쥐를 잡아서 솔기를 통하여 그놈을 먹어 치우기라도 한 것 같았다. 피와 뼈와 조그마한 간 등을 싹 발라 먹었지만 껍질은, 털이 붙은 빈 껍데기는 다치지 않고 고스란히 통째로 휙 던져 버린 것만 같았다.

그녀는 그것을 집어 들어 검지에 끼워 치장해 보았다. 생쥐가 되어 보았다. 생쥐에 빙의했다. 그러자 자기 자신이 생경해졌고 그 느낌은 아주 또렷해졌다. 한층 더 생생해진 기분이었다. 그런데 곧 그 감각이 압도적으로 밀어닥쳐 와서 그만 소리를 지르며 몸서리를 쳐 생쥐 가죽을 떨쳐 버렸다.

그것은 곡식밭 어디로 없어졌다. 그러자 곧바로 겁쟁이 짓을 하여 마법적인 물건을 잃고 말았다는 데 스스로 몹시 기분이 상해서 그 가죽을 찾아 사방을 뒤졌고, 그러는 동안에 그 기억은 어리석음과 후회에 대한 관념으로 굳어졌다.

그녀는 그 기억을 간직했고 열망으로 속을 끓였지만 다시는 그처럼 실감 나게 생쥐가 되어 볼 수 없었다. 평생 그렇게는 못 되었다.

2

"제발요. 그 양반한테 안 된다고 하셔도 먹히지 않아요. 벌써 한 시간 반이 지났다고요." 머스 양이 말했다. 머스 양은 손바닥을 자기 가슴 위에 올렸는데, 그 모양이 마치 자칫하면 남이 그녀에게 유방이 있다는 사실을 눈치 챌까 하여 몸을 사리는 것 같다고 글린다는 생각했다. 머스 양의 손가락들이 퍼들퍼들 뛰었다. 그녀의 치아와 마찬가지로 삐죽삐죽 제멋대로이고 튼튼치 못한 손가락들이었다.

"남자들은 겁낼 필요 없어, 머스 양."

"집에서 편안히 하고 계시지 않을 때 방문객을 응대하신다는 게 부담이 되시겠지요. 하지만 지금은 힘든 시절이에요, 글린다 마님. 서두르셔야만 해요. 그리고 그분의 의장용 제복에 붙어 있는 작대기며 꽈배기 모양의 계급장으로 볼 때 지휘관인 게 틀림없다니까요."

"그래서 뭘 어떻게 지휘하던? …… 됐어, 아무 말 마. 최소한 의장용 제복을 야전 시에도 갖고 다닌다는 얘기네."

글린다는 브러시를 써서 머리카락을 손질한 후 상아 빗을 찔러넣어 목 쪽의 머리를 부풀렸다. 아, 머리는 참 성가시기도 하지.

"이 상황 전체가 아주 짜증이 나. 내가 젊어서 학교에 있었을 때는 말이야, 머스 양……."

"마님은 아직도 젊으세요, 글린다 마님."

"몇몇 사람들에 비하면야 젊겠지. 끼어들지 마. 세월이 참 얼마나 변해 버렸는지! 지위 있는 여성이 내실 문을 나서기도 전에 쫓아와서 추근추근 귀찮게 구는 판이라니. 게다가 제대로 된 소개 편지도 없이 말이야."

"알아요. 제가 어떻게 좀 도와드릴까요?"

글린다는 제법 고상한 디자인의 손잡이가 달린 자그마한 안경을 집어 들었다. 그것으로 자기 얼굴을 흘끔흘끔 뜯어보고, 두 눈을 보고 입술을 보았다. 아, 턱이 목으로 이어지는 곳 아래로 수직의 주름들이 생기려고 하네. 머지않아 음악회의 가수 같은 몰골이 되겠지. 하지만 이 상황에 글린다가 할 수 있는 일이 무엇일까? 눈썹 위에 분을 조금 더 발라나 볼까? 최소한 그녀는 대놓고 노망 난 티를 내는 머스 양보다는 젊었다.

"이제 어떤지 보고 판단이나 해 줘봐."

"썩 괜찮아요, 글린다 마님. 잔가지 무늬 옷을 그렇게 자신 있게 입어 보일 수 있는 사람이 많지는 않죠. …… 지금 같은 상황에서 말이에요."

"내전의 진흙탕 속에 허우적거리는 이 마당에, 그런 얘기야? 대답하지 마. 그 환영 못할 손님을 정원의 정자로 데려다 놔. 내가 금방 내려갈 테니까."

"날씨가 좋건 궂건 마님은 저희들에게 긍지가 되신답니다, 글린다 마님."

글린다는 일단은 아무 소리 하지 않고 그냥 손만 내저었다. 머스 양이 사라졌다. 글린다는 생각할 시간을 벌기 위하여 계속 경대 앞에서 꾸물거렸다. 작전을 짜는 건 글린다가 평생 잘해 본 적이 없는 일이었다. 지금까지 몸단장에 골몰하여 보낸 시간 끝에 얻어진 것이라고는 매니큐어가 다였다. 뭐, 철컹거리는 사슬에 묶여 자신의 아름다운 손톱을 보며 감탄할 수는 있을 것이다. 만약에 이 사태가 그쪽으로 흘러간다면 말이다.

문이 벌컥 열렸을 때 글린다는 귀걸이를 고쳐 달고 있었다. 머스 양이 뒷걸음질 쳐 들어왔다.

"여보세요, 이러시면 안 돼요. 정말 이러시면 안 된다고요…… 마님, 전 분명히 안 된다고 말씀을 드렸어요. …… 지휘관님, 정말 이러지 마세요!"

사나이는 머스 양을 밀쳐서 의자에 털썩 앉게 만들었는데, 어찌나 세게 밀쳤던지 그녀의 존경할 만한 블라우스의 위쪽 단추 세 개가 타다닥 튀어서 따그르르 마룻바닥에 굴렀다. 머스 양의 사적인 부분인 목덜미가 몇 치인가 드러났다. 머스 양은 긴 쿠션을 움켜쥐어 앞을 가렸다.

초라하고 가련한 내 신세여. 나에게 딱 걸맞은 하인들에게 둘러싸여 살아가지. 글린다는 그렇게 생각했다. 글린다는 체리스톤 대장에게 고개를 끄덕여 알은체를 하고 쿠션이 달린 등받이 없는 걸상을 손짓하여 가리켰다. 그는 앉지 않고 그냥 서 있었다.

"날 만날 준비가 되셨다고 하더군요." 체리스톤 장군이 말했다.

"글쎄, 난 댁을 뜰의 정자에서 접견할 채비가 거의 되어 가던 참이었지요. 거기는 포도덩굴 덕택으로 빛이 덜 가혹하니까." 글린다는 두 개째의 귀걸이 달기를 마쳤다. "그렇기는 해도, 상황에 맞추어 해나가야 하겠지요. 머스 양, 자기 이제는 어떻게 좀 수습이 되었어? 숨 좀 쉬어야겠네. 창문 열어. 공기가 이렇게 탁해…… 실내 공기가 이래요, 장군. 양해 바랄게요. 여자들이 틀어박혀 있는 규방이다 보니."

"유감스럽지만 부인이 하인 출입구를 통해 나가려다가 적발되었다고 들었습니다. 내 부하들이 부인을 구금 상태로 만들었다고요. 난 부인이 체모를 손상하지 않게 해 드리고 싶었습니다. 90분이면 몸을 추스르시는 데 충분한 시간이라고 생각했는데, 과연 내 생각이 맞았군요. 글린다 부인, 부인은 여전히 매혹적이십니다."

"내가 오즈의 왕권 대행 수상으로 있을 때라면 그 말은 더할 나위 없이 부적절한 언사였겠지요. 그렇기는 하나, 이제 나는 은퇴한 몸이지요. 그러니 정말 고마워요. 우리 장군님하고 자리를 함께했으니 이제 또 무슨 젊은 머스마들 같은 농탕질을 받아들여야 할까요?"

"순진한 척하지 마십시오. 이제는 안 어울립니다. 나는 목베거홀을 점거하러 왔습니다."

"그렇지만 물론 장군은 그런 짓을 하실 리가 없지요. 아무런 근거도 없고, 내 확신하건대 장군에게 그렇게 할 권위도 없어요. 그래도 계실 거면 계시다가 오전 다과나 드시지요? 그렇게 하세요."

"에메랄드 시의 청문회에서 부인의 이름이 거론된 사실은 물론 알고 계실 겁니다. 저택을 비우고 나가지 않겠다고 거절하신 건으로 해서요. 어떤 이들은 그것을 불온한 선동 행위라고 부릅니다."

글린다는 말을 하는 체리스톤 장군을 지그시 뜯어보았다. 두 사람의 행로가 엇갈린 이후 몇 년이나 세월이 흐른 뒤였고, 한때는 그녀가 체리스톤의 명령권자였다. 그 시절에 글린다는 체리스톤을 잘 대우했던가? 하지만 그랬다 한들 지금 그게 무슨 상관인가? 여기에 그가 있었다. 머리숱도 꽤 풍성하다. 글린다는 쉰 살이 넘은 남자가 숱이 많으면 그것을 매우 높게 쳤다. 머리채에 반드르르하던 윤기는 이제 간 곳이 없지만, 그리고 머리색도 더러운 동전 같은 색이 되었지만 말이다. 체리스톤은 수염을 밀고 있었다. 한쪽 귀 밑에 깜박 못 보고 덜 깎은 그루터기에서 희끗하게 센 수염 가닥을 포착할 수 있었다. 면도를 했단 말이지…… 글린다 때문에 한 것일까? 글린다가 우쭐한 기분을 느껴야 하나? 희한한 일이다. 체리스톤의 눈에 이전에 그랬던 것과는 달리 이제는 벽이 쳐 있지 않다. 바로 저렇게 해서 저 사람이 출세를 거듭했구나. 글린다는 그렇게 생각했다. …… 아, 맙소사. 순간적으로 또렷해지네. 얼마나 특이하게 꿰뚫어 오는 듯한 느낌인지. 하지만 집중하자, 그러니까 그 생각이 뭐였지? …… 체리스톤은 언제나 뭐랄까…… 가까이하기 쉬운 사람 같았다. 낙천적이고 쾌활하고. 평범하고. 태도가 밝고. 저 씁쓸하니 곤란한 듯한 미소를 보라. 자조하는 미소다. 어깨를 움찔해 보인다. 다른 사람들과 하나도 다를 것이 없는 자세다. 조심해, 갈린다. 그녀는 스스로를 타이르며 어릴 적에 쓰던 이름으로 자신을 불렀지만 그런 줄도 미처 몰랐다.

"선동 행위라고요? 요상하기는. 지금 농담 하시는 거죠?" 글린다가 내질렀다.

체리스톤은 머리가 잘 돌아가지 않는 의뢰인에게 사건을 설명할 때처럼 언성을 높이지 않고 조곤조곤 말했다.

"글린다 부인, 오즈 충성령은 먼치킨랜드 침공 길에 나선 참입니다. 우리는 지금 전쟁을 하고 있어요. 이런 상황에서 에메랄드 시의 행정관들에게는 부인이 목베거홀을, 그러니까 먼치킨랜드를 떠나지 않겠다고 거절한 일이 영락없는 반역으로 보인다는 말씀입니다. 나에게 설명하실 필요는 없습니다. 황제의 보좌 측에서 외교 행낭 편으로 부인께 요청서를 보냈는데 부인은 거기에 응답하기를 거부하셨죠."

"난 편지 주고받는 일을 잘 못하겠어요. 딱 어울리는 편지지를 도무지 고를 수가 없다니까요. 무지개 색 편지지로 할지, 나비가 그려진 걸로 할지."

"부인의 태도 때문에 누구라도 부인 편에 유리하게끔 사건을 구축할 방법이 없습니다. 에메랄드 시에 있는 부인의 지지자들마저도 왜 그렇게 고집을 피우시는지 당혹스러워하고들 있어요. 이러시는 이유가 뭡니까? 고인이 되신 처프리 경은 수도 출신이셨지요. 부인의 출신지는 길리킨 지방이었고 말입니다. 이곳에 무슨 가족의 연고가 있다고는 우기지 못하실 겁니다. 그런고로, 구태여 우리가 현재 상대하여 전쟁을 벌이고 있는 국가 안에 거주하겠다고 완고히 고집하는 부인의 행위는 오즈 충성령에 대한 반역에 상당합니다."

"요즘에는 반역자를 그런 식으로 결정하나 봐요? 사는 주소로?"

"이제는 아무 소용 없습니다. 부인이 현재 체포 구금 상태에 계시다는 것을 알려 드리는 게 저의 슬픈 의무로군요. 그렇기는 하지만……." 자기 할일을 하고 있는 착한 남자다. 글린다는 지금 눈앞에 보고 있었다. "부인은 마음껏 기록에 남기실 진술을 하셔도 좋습니다. 부인의 시녀가 이 자리에 증인으로 참석해 있으니까요. 부인은 스스로 무엇이라 자칭하십니까? 반역도인가요? 아니면 충실한 지지자입니까?"

"나는 좋은 집안 태생이라고 자처해요. 그건 곧 사교 생활에 정치 이야기는 삼간다는 뜻이지요."

체리스톤은 고개를 반쯤 끄덕이는 둥 마는 둥 했는데, 글린다는 그게 자기 이야기를 알아들었다는 뜻인지 아니면 그가 자신을 완전히 미치광이로 넘어가기 직전 오락가락하는 여자로 보고 있다는 건지 짐작이 가지 않았다. 그러고도 체리스톤은 끈덕지게 이야기를 계속했다.

"부인은 에메랄드 시 행정관들이 어떠한 생각을 갖고 있는지 이해하실 겁니다. 그걸 아셔야만 합니다. 목베거홀은 먼치킨랜드에 자리 잡고 있습니다. 그리고 부인은 5년 동안이나 도시에 모습을 보이지 않으셨어요. 부인은 몇 번인지 세기도 힘들 만큼 여러 계절을 메니핀 광장의 부인 저택에서 야회(夜會)를 주최하지 않고 보내셨지요."

"사람이 유명해지면, 물건 사러 나가기도 한결 힘이 들어요. 복받으시라고 기원해 주는 사람들이며 어중이떠중이들이 따라붙어 귀찮게 구니까요. 그리고 정말이지, 내가 가면 어디를 가겠어요? 에메랄드 시에라도 갈까요? 제발 좀. 난 사람들이 우루루 몰려들지 않고는 메니핀 광장의 집 정문을 한 발짝이라도 나설 수가 없는 몸이에요. 그렇게 꼭…… 꼭 빛을 받는다는 건 참 성가신 일이죠. 얼굴이 따끔거린다고요."

체리스톤은 글린다를 바라보았는데, 꽤나 서투른 거짓말쟁이라고 생각한 듯했다.

글린다는 고집을 부려서 말을 이어 갔다.

"이제는 조용한 생활이 더 좋아요. 내 정원을 가꾸고…… 덩굴장미가 타고 오를 버팀대를 쳐 주고, 팬지는 시든 꽃을 따 주지요." 이건 듣기에도 좀 한심한 것 같았다. "나는 꽃꽂이를 좋아한답니다."

두 사람의 시선이 함께 그들 사이 식탁 위에 놓여 있던 땅딸막한 밀크저그〔우유를 담는 주전자이지만 꽃병으로도 사용함〕로 향했다. 거기에는 한 줌의 시들어 가는 튤립이 꽂혀 있었는데 꽂은 지 한참 되어 꽃잎이 종이처럼 얇고 투명해졌고 누렇게 시든 꽃잎 몇 장은 떨어져 있기까지 했다. 슬펐다. 정말이지. 질 수밖에 없는 꽃이라니. 글린다는 다시 한 번 시도했다.

"사실은, 내가 회고록을 쓰고 있는 중이에요. 그래서 시골 생활이 기억을 되살리는 데 도움이 된답니다. 장군도 아시겠죠."

"하지만 왜 굳이 아르두에나와 업랜드 사람들이 만세를 부를 오즈 충성령이 아닌 외국의 시골에 거처를 정했습니까?"

"이보세요, 체리스톤. 처프리 경의 일가가 이 집을 소유한 건 먼치킨랜드가 분리돼 나가기보다 한참 전부터예요. 그게, 그러니까 이제 한 30년 전쯤 되나요? 그리고 내가 왕권 대행 총독이 되었을 때에 이 장소는 여전히 동쪽으로 뻗은 노란 벽돌길의 한 갈래를 통해 접근할 수 있는 상태였다고요. 그러니 여길 수리하지 않을 이유가 뭐겠어요? 여기서 수도까지 수월하고도 편안하게 오갈 수 있었는데요."

"장소를 옮기실 수도 있었지요. 궁전에서 탈것을 타고 며칠 안 걸리는 거리에 번연히 다른 대저택들도 있습니다."

"하지만 이게 저택인걸요. 이 집은 진짜라고요. 복고 팔란틴 양식이죠, 모르시겠어요? 끈끈이 테이프나 안전핀으로 철썩 달라붙은 그놈의 소위 진보했다는 것들은 하나도 없는 진짜배기예요. …… 그럼요, 같은 집들 중에서 이 집이 단연 으뜸가지요. 남쪽 현관 포치 양쪽에 서 있는 스트라보스 흑옥을 이중으로 아로새긴 기둥들은 보셨어요? 진짜 패리스 제 기둥이에요. 패리스 협회에서 진품 인정을 받았답니다. 패리스는 여기 말고 다른 데서는 흑옥을 가지고 작업한 기둥이 없어요. 아무리 에메랄드 시라 해도 없다고요."

"나라에 대하여 신실한 마음을 지닌 애국자라면 모든 것을 챙겨 가지고 집을 옮길 텐데……."

목소리가 영 조짐이 나빴다. 체리스톤은 남쪽 현관 포치를 잘 보지 않고 넘어왔던 모양이었다. 미련퉁이 같으니.

"옮기다니, 이 집은 꿈쩍도 안 해요. 집들이 대개 그렇죠. 아니면 지금 도로시 얘기를 하시는 건가요?" 글린다가 차갑게 말했다. "도로시는 아주 가뿐하게 집을 옮겨 놓았죠. 우리 모두가 기억하고 있듯이 말이에요. 세상에나. 그렇게 집을 휙휙 옮기다니."

"늘 그렇듯이 영리하십니다. 하지만 말입니다, 글린다 부인, 애국자의 대오에 동참하시지 않는다면 그래서는 안 될 부류들과 연합하시는 게 됩니다."

"말씀하시는 대오니 국경선 같은 건 내가 그어 놓은 선이 아니에요. 난 아예 선을 긋는 법이 없어요. 그리고 '연합해서는 안 될 부류'라는 게 고인이 된 트롭 자매 네사로즈와 엘파바를 말하는 거라면, 흠, 그 사안은 정말 낡아서 진력이 나네요. 트롭 자매는 애초에 죽어 없어진 사람들이에요. 그런 지도 15년, 이제 16년이 지났네요."

"이렇게 왈가왈부할 시간이 없습니다. 들을 것은 다 들었군요. 부인은 스스로 모호한 점이 없는 애국자라고 명쾌하게 입장을 밝히지 않으셨습니다. 그 점은 이제 공적 기록의 문제입니다. 하지만 제가 경고 말씀을 드리죠, 글린다 부인. 세상엔 넘나들어서는 안 될 경계선이라는 게 있는 법입니다."

"눈앞에 어떠한 경계선을 보았다면, 씩씩하게 앞으로 나가서 스스로 그 경계선을 침범하는 게 엘파바였지요. 아니면 우리가 지금 이야기하는 것이 한 다리 건너서 사회 계층 이야기를 하고 있는 건가요? 브랜디 한 잔 드세요. 시간도 거의 한낮이 되었잖아요. 머스 양, 어때, 좀 괜찮아졌어? 디캔터〔와인 등의 주류를 침전물이 섞이지 않게 따로 담아 두는 술병〕에서 우리한테 뭐 좀 따라 줄 수 있을까?"

체리스톤이 거절했다.

"사양하고 물러가야겠습니다. 이것저것 안배할 일이 많아요. 부인은 가택연금에 들어가게 되셨다고 통지를 해 드렸습니다. 목베거 홀은 제가 인수하여 사령부로 사용합니다."

글린다는 앉은 채 몸을 앞으로 내밀며 의자 팔걸이를 움켜쥐었다. 하지만 음성은 여전히 평소 같았다.

"내가 당신이라도 똑같이 했겠지요. 아마 그랬을 거예요. 당신처럼 소박하게 출발한 소년이 이 보물상자 같은 저택에 자리 잡게 되는 일이 그렇게 흔히 일어나지는 않을 테니까요. 그렇지만 다정한 분이 돼 주시겠어요? 혹시 소파에 앉거나 할 때 피투성이 장화 좀 조심해 주세요, 네?"

체리스톤의 장화는 물론 얼음처럼 반들반들 윤이 나고 있었다.

"그리고 난 또 어디에서 거처할까요?" 글린다는 한층 뻣뻣한 목소리로 말을 이었다. "나와 내 가솔들을 어디 토굴 같은 데에 처넣을 생각이에요?"

"부인은 부인이 지내시던 사실(私室)에 그대로 계셔도 좋습니다. 누가 방해하는 일은 없을 겁니다. 그런데 일 봐주는 사람들은 그만 해고해야 할 것 같군요."

그 말에 글린다는 까르르 웃었다.

"이봐요 선생, 난 일 봐주는 사람 없이는 생활이 안 돼요."

군인 계급을 부르지 않고 일부러 선생이라 부른 것은 모욕감을 주려는 의도였고, 글린다가 눈앞에 보듯이 그 말은 제대로 먹혀들었다.

"그럼 꼭 필요한 인원으로 하시죠. 두세 명으로."

"열두 명으로 해요. 그리고 우리 식솔 중에 떠나는 사람들에게는 군대가 주둔한 지역을 안전하게 통과시켜 준다는 보증이 있어야 해요." 글린다는 창을 가리켰다. "보아하니 심어 놓은 수국을 엉망으로 만들며 화단에 주둔해들 있군요."

"저택에 남을 사람들 명단을 불러 주세요. 저희가 조사해 볼 수 있게." 체리스톤은 긴 다리를 접어 올려 책상다리를 했다. 마치 무슨 숲 속에서 야영이라도 할 것 같네. 신경 굵긴. "지금 바로 거명해 달라는 말씀입니다."

"어머나, 어쩜 이런. 군대 생활이라는 게 정말 무지막지하군요. 이런 거 거의 까먹고 있었어요. 당신이야말로 잊어버렸나요, 체리스톤 대장? 나의 신분 지위가……."

"장군입니다. 체리스톤 장군이라 불러 주세요. 대장이 아니라
요."

"어머, 미안해요." 체리스톤이 그녀에게 성질 돋우지 말라는 말
을 할 수 있나? "아무튼 간에, 내가 사병이라도 키워 두었더라면 당
신을 여기서 몰아낼 수 있었을 텐데 그게 아쉽기는 하지만 어쨌든
당신이 하라는 대로 하겠어요. 정리해고 대상이 된 우리 일꾼들을
신체적으로 못살게 굴지 않기로 약속만 해 준다면요. 나한테 있어
야 할 사람은, 어디 봅시다. 요리사하고 소믈리에하고 집사가 있어
야 해요. 그러면 세 명이지요. 말구종하고 마차부도 있어야 하고요.
그럼 다섯이에요. 그리고 집에서 내 곁에 붙어 있으면서 일을 보아
줄 시녀가 있어야 하는데……." 글린다는 몸짓을 하여 가까이 있던
여자를 가리켰다. "당신은 안 돼, 머스 양. 당신은 너무 둔해."

머스 양이 소리 높이 울음을 터뜨렸다.

"장난친 거야, 머스 양! 하지만 또 그렇게 꽥꽥거리면 진짜가 될
지도 몰라."

"그러면 여섯이군요. 그만하면 충분하고도 남습니다. 다만 현실
적으로 말씀드리면 부인께 말구종이나 마차부는 필요하지 않으실
겁니다."

"설마 나를 방 안에 꽁꽁 처박아 둘 생각은 아니겠지요? 교구를
한 바퀴 돌면서 가난한 이들을 만나지도 못하게 가둬 두려는 건가
요?"

체리스톤이 콧소리를 냈다.

"부인이 자선 행위를 하신다고요?"

"그렇게 놀랐다는 듯이 말하지 마세요. 재미가 깨소금 맛이라고

요."

"후하게 베풀고 싶어지시면 저한테 말씀하세요. 마부와 수행원을 붙여 드릴 테니까. 이걸로 부인이 열거하신 여섯 사람 중에서 두 명이 빠졌습니다. 말구종은 관두고, 마부도 안 남기는 걸로요. 그러면 네 명이 남지요. 그거면 충분할 것 같군요."

"아 참, 맞아요! 목욕을 도와줄 여자애가 하나 있어야 해요."

"목욕하는 법도 잊어버리셨나요?"

"이봐요, 친애하는 선생. 분을 발라야 하잖아요. 연고도 발라야 하고요. 머리카락도 과산화수소로 살짝 색을 손을 보아서 색을 밝게 해야지요. 내 모습을 좀 더 자세히 뜯어보셔야 되겠어요. 아니면 설마 당신은 내가 겉보기처럼 이렇게 미인인 게 전부 다 자연의 이치에 따른 것이라고 생각하고 있나요?"

체리스톤은 약간 홍조를 띠었다. 넘어왔다. 글린다는 더 밀고 나갔다.

"당신이 젊은 보병 아이 하나를 특파해서 그 일을 시켜 줄 생각이 아니라면 말이지요. 군대의 경제적 이득을 위하여 그렇게 할 참인가요? 뭐, 좋아요. 그래야만 한다면 그렇게 하죠. 내가 후보자들을 직접 면담해 보고 직접 선택할 수 있다면 그럴게요. 내가 이래봬도 보는 눈이 있다고 자부하고 있다니까요. 아주 팔팔하고……."

"가솔 다섯 명으로 하지요, 그러면. 저에게 그 사람들의 이름과 원래 출신지를 알려 주십시오. 죄송하지만 먼치킨랜드 사람은 남겨두실 수 없습니다."

"그래요, 뭐, 그 문제에 대해서는 서로 의견이 일치하네요. 전부터 늘 생각한 건데 토종 먼치킨 사람들은 너무 조그마해서 찬장에 손이 닿지를 않더라고요. 뭐가 어찌 되었든 셰리주는 위쪽 선반에 보관하는 게 현명한 일이잖아요, 안 그래요?"

체리스톤은 한 손의 손가락을 착착 꼽았다.

"말동무 한 명, 집사, 요리사, 소믈리에, 사적인 몸종 아이 하나. 오후에 시간을 내서 이 사람들의 신원에 관하여 적도록 하십시오. 하지만 소믈리에는 빼 버려도 되겠군요. 제가 와인에 대해서 좀 압니다. 와인 추천은 기쁜 마음으로 제가 직접 해 드리도록 하지요."

"관계 서류를 내지는 않을 거예요, 체리스톤 장군. 나는 글린다 부인이에요." 너무 갑자기 벌떡 일어났기 때문에 머리가 다 어찔했다. "당신네 말들이 내 장미꽃을 먹고 있어요. 머스 양, 장군을 안내하여 밖으로 내보내 주겠어?"

체리스톤이 가 버린 뒤, 글린다는 그대로 창가에 서 있었다. 오즈의 호수들 가운데 가장 큰 레스트워터 호수가 높이 솟은 태양 빛을 받아 날카롭게 백열했다. 황새 몇 마리가 가까운 만의 골풀 속을 성큼성큼 걸었다. 글린다가 내다보는 수면 위에 고기잡이배들은 거의 눈에 띄지 않았다. 고기 잡는 어부들은 어딘가에 고깃배를 단단히 처박아 간수해 놓고 침략에 휘말리지 않고 굶어 죽기 전에 이 사태가 지나가기만을 바라고 있었다.

글린다에게 오즈 어디에든 안전한 장소란 없었다. 글린다는 이 사실을 잘 알았다. 에메랄드 시에 있는 정부의 장관들, 황제의 부하들은 그저 글린다가 표면에 돌출하기만을 기다리고 있었다. 글린다는 에메랄드 시를 멋대로 우아하게 떠다니도록 내버려두기에는 지나치게 인기 있는 인물이었다. 최근 정부를 비판하는 선동적인 인쇄물을 찍어낸 것으로 고발당한 한 수녀회를 오랜 세월 후원해 왔다는 것만으로도 글린다를 잡아 가두기에 충분한 이유가 되었다. 후원자 노릇을 한다는 건 위험한 짓이다. 아무렴, 글린다의 빵에는 틀린 쪽으로 버터가 아주 듬뿍 발라져 있었다. 여기에서는 뚝심 있게 버텨서 글린다 자신의 사적인 성향을 최대한 유지하도록 하는 편이 낫다. 할 수 있는 데까지 버텨 보자.

3

점심때쯤 되자 병사들의 말들이 분수 물을 홀딱 다 마셔 없앴다. 호수에서 나는 전복 껍데기를 부숴서 깔아 놓은 앞뜰 바닥에서는 말똥 냄새가 풍풍 풍겼다. 글린다가 말했다.

"장군에게 메시지를 전해. 잔디밭에서 12미터만 내려가면 통째로 호수가 펼쳐져 있다고 명심시켜 줘. 이번 침공의 목적이 물을 마음대로 쓰자는 건데, 그러면 부디 장군이 친절하게도 기병들을 물가로 좀 이끌고 내려가 주시면 안 되겠느냐고 가서 말 좀 해 줘."

"그분이 제 말을 그렇게 귀담아 들으실 것 같지는 않네요, 글린다 마님." 머스 양이 찜찜한 얼굴로 답했다.

"해봐. 우리 모두 압박을 받고 있잖아, 머스 양. 우리가 할 수 있는 한 최선을 다해 봐야지. 그리고 우리가 한동안은 연금된 신세로 지내야 할 것 같으니 도와주는 일손들을 한자리에 불러 모아 내가 이야기를 좀 하든지 해야겠어. 이 침입을 맞이하여 우리는 공통된 자세를 보이도록 할 것이고, 뭐 그런 얘기를 말이야. 어떻게 생각해?"

"저는 원래 시사 문제에 밝은 편이 못 되어요. 차라리 섬세한 바느질이나 서신 왕래 쪽에 밝지요."

"서신 왕래? 도대체 자네가 누구한테 편지를 쓴다는 거야?"

"으음, 신문을 받아 보잖아요."

"그래, 신문을 받는단 말이네. 그렇지만 그 신문을 읽지는 않지?"

"새 소식은 아무래도 더럽고 격이 떨어져요." 머스 양은 글린다 부인의 오후 외출용 모자에 달린 깃털을 만져서 부풀리려 했다. 그래도 깃털은 축 처져 있었다. 하지만 글린다 부인은 아무데도 가지 않을 터였다. "이제 생각해 보니 현명한 선택이 아니었어요. 정치난을 좀 읽었어야 했을 텐데 사교계 소식 쪽이 더 좋아서요. 마님이 그쪽 기사에 나오시던 무렵에 말이에요."

"물론 난 아직도 사교계 인사야."

머스 양이 한숨지었다.

"말뚝이라니 정말 너무해요."

"머스 양, 내 말 듣고 있어?"

머스 양은 자기가 정말 듣고 있었다는 것을 보여 주기 위하여 어깨를 폈다. 빌어먹을.

"자네도 일어나는 사건들을 주시해야 해, 머스 양. 지난 가을에 먼치킨랜드인들이 오즈 충성령으로 들어와 무력 충돌을 빚었던 일 기억하고 있지? 아이 참, 그런 눈으로 보지 마. 이곳에서 서쪽으로, 켈스워터와 레스트워터를 가르는 좁은 땅 근처에서 벌어졌던 일이야. 기억 날 텐데. 세인트글린다 수녀원 가까운 곳에서였지. 왜 내가 종종 내 영혼을 돌아보러 들르던 곳 있잖아. 가서 영혼도 돌아보고 빚 진 거랑 식사 조절이랑 이런저런 것들을 챙기고 그랬지. 알지?"

"알지요. 자기네들이 그렇게나 거룩하다고 생각하는 수도원 여자들과 어울리러 가셨더랬죠."

"머스 양, 얘기 좀 제대로 들어. 내 진심을 다하여 좋은 뜻으로 내가 눈치 챈 사실을 알려 주려고 하는 거니까."

머스 양은 그때 일을 농담처럼 이야기하여 결과적으로 잘난 체를 했다.

"무력 충돌 말씀이죠. 네, 그래요. 다들 정말 심사가 불편했지요. 그 건으로 사교 시즌이 정말 확 뒤집혀 버렸으니까요."

빌어먹을, 도와주려는 태도 좀 보게. 글린다는 자기 머릿속에서 생각의 결을 정돈하기 위하여 입 밖에 내어 말을 하고 있는 참이었다.

"겨울이 끝날 때쯤에 우리 먼치킨랜드인 소작민들과 이웃들이 에메랄드 시 병력의 우세한 화력 아래 후퇴를 했지. 먼치킨랜드인들은 꼬리를 말고 황급히 동쪽으로 퇴각했어. 호수의 동쪽 끄트머리에 위치한 해묵은 옛날 요새를 개보수하면서 비버처럼 부지런히 오락가락한다는 소문이야. 거기가 어디냐 하면 먼치킨 강이 흘러나오는 지점이지. 그래서 내 생각에는 체리스톤 장군이 동쪽으로 더더욱 압박해 가기에 앞서 여기에 일단 발을 멈추고 병력 충원을 기다리는 것 같아. 만약 체리스톤 장군이 호수가 시작되는 지점의 요새를 점령한다면 강으로 통하는 접근로가 확보돼. 그러면 오즈의 곡창 지대에 곧바로 물을 콸콸 댈 대수로가 열린 거나 마찬가지야. 브라이트 레틴스와 콜웬 그라운즈에 자리 잡은 먼치킨랜드 정부 관사까지도 바로 다다를 수 있다고."

"옛날 그 시절에 트롭 일가가 살았던 곳 말씀이지요?" 머스 양이 코를 킁 울렸다.

"그렇지. 뭐, 엘파바는 안 살았어. 걔네 남동생 셀도 안 살았고. 어머나 나 좀 보게, 황제 폐하셨지. 하지만 삼남매의 증조할아버지인 트롭 가문의 장이 그 집에 살며 통치했지. 목베거홀의 절제된 매력에 비하면 허세 덩어리고말고! 하지만 뭐 그런 건 아무래도 좋아. 셸 트롭이 콜웬 그라운즈의 영유권을 내세우는 건 자기 혈통의 권위에 의거해서야. 그걸 확장해서 먼치킨랜드 전체를 통치할 권리를 주장하고 있지. 그래서 레스트워터에서 출발하는 거야. 이십 몇 년 전인가에 먼치킨랜드가 분리 독립인지 뭔지 뭐 그런 걸 할 때까지는 줄곧 레스트워터 호수가 에메랄드 시에 물을 공급하고 있었으니까."

"우리가 최근까지의 시사적 사건들을 좍 훑어보는 중이라면 말씀인데요, 장군님은 저택에 일할 사람 명단을 기다리고 계세요. 차 마시는 시간까지 명단을 받지 못하면 우리를 전부 구금해 버리겠다고 위협하셨어요."

"알았어, 그럼. 깃펜을 갖다가 내가 부르는 대로 써. 이름을 알면 안다고 말해 줘도 좋아. 말하고 싶으면 해. 우선 당신 이름부터 적어, 머스 양. 머스라는 성 말고 이름도 있어?"

"네, 사실은 있어요."

"어머나 놀라워라. 그 다음으로, 요리사. 요리사는 이름이 뭐지?"

"이그 배르내어래내시스요."

"요리사라고 써. 집사 퍼글스도 쓰고."

66

"그 사람 본명은 포 언더스타예요."

"아, 이것 참 성가시네! 내가 이런 이름들을 전부 기억하고 있어야 해? 이제 다 적었나? 우리 누구 빼먹지 않았어? 내가 보기엔 다 된 거 같은데."

"몸시중 들 여자애가 있었으면 한다고 하셨잖아요."

"그러네. 맞아, 그랬지. 그럼 이제 누구를 고른다? 머틀이 있지. 눈이 약간 사시이지만 손끝은 야무지지. 층계 쓰는 비질하는 꼬마도 있었지. 걔 이름은 기억이 안 나. 그리고 그 다음으로 멍청이 같은 플록시아차가 있지. 아니야, 걔는 내 향수를 훔쳤어. 플록시아차는 안 돼. 누구를 하면 좋을까? 머틀을 골라야 하나?"

"전 머틀이 좋아요. 머틀이라면 상급자에게 본데있는 말씨를 쓰겠거니 미덥게 볼 수가 있죠."

"그럼 난 비질 하는 애로 할래. 비질 하는 애를 명단에 써 넣어. 걔 이름은 또 뭐지?"

"제가 물어볼게요." 머스 양이 말했다. "아무도 이름으로 부른 적이 없어서 그 애가 기억할지 어떨지 잘 모르겠네요. 그래도 어쩌면 걔가 기억을 해서 우리를 놀라게 해 줄지도 모르죠. 이제 명단을 장군님께 갖다 드릴까요? 빌빌 기는 것처럼 보이고 싶지는 않지만 장군님이 워낙 팍팍하게 말씀하셔서요."

"내가 거기다 서명을 해야 하지 않을까?"

"제가 마님 이름으로 서명했어요."

"자넨 변장을 하고 나타난 축복이야." 글린다가 머스 양을 건너다보며 말했다. "변장을 너무 잘해서 안 그래 뵈지만 말이야. 이제 물러가도 좋아."

4

둑 위에 서 있었다. 나중에는 그 둑도 누군가 쌓은 것임을 깨달았지만 그때에는 그저 또 하나의 자연의 변덕인 양 보였다. 널찍하고 편편한 돌들이 S자 형태로 구부러진 둑을 이루어 물길을 잡고 유속을 늦추었으며, 상류 쪽 끄트머리에 깊은 웅덩이를 만들어 놓았다. 그쪽 가장자리를 따라 기다랗게 늘어진 벤틀브랜치들이 한데 얽히고 비틀려 얼기설기 그물망을 이루고 있어 수로로 흐르는 물의 흐름을 더더욱 늦추어 놓고 있었다. 물이 흐르는 때의 이야기지만 말이다. 오늘은 얼어붙은 채였다.

아마 장화를 신고 있었을 것이다. 하지만 장화 생각은 나지 않았다. 벙어리장갑도, 심지어 외투를 입고 있었던 기억도 없었다. 마음이 선택하여 간직하기로 한 것, 그리고 그냥 내버리는 것이란!

인공적으로 조성된 관목 숲 위쪽 산책길에서, 몸을 앞으로 기울였다. 이 시설 전체가 개울을 끌어다 물길로 보내고 있다는 것을 볼수 있었다. 고기 잡기에 그만이다.

흐르던 물의 표면은 유리 같았고 여기저기 눈이 흩뿌려져 있었다. 얼음으로 덮인 수면 아래에서 명이 질긴 갈대 몇 가닥이 깊은 물에 잠겨 꿈속처럼 느릿해진 움직임으로 여전히 살랑살랑 나부끼고 있었다. 미미한 녹색이 얼비치는 가운데 이 차디찬 봄의 저 밑 깊은 곳에서 심지어 자기 얼굴을 볼 수 있을 것 같았다.

그렇기는 했지만 자기 모습을 뜯어보고 있을 계제가 아니었다. 몇 발짝 안 떨어진 곳에서 무엇인가 반짝 움직인 것이 눈길을 끌었다. 흐르는 물이 얼어 이루어진 홈 속에 조그마한 구릿빛 물고기가 빙빙 돌고 있었다. 갇혀 있는 모양이었다. 어쩌다 자기 동족 물고기 떼에서 따로 떨어진 것일까? 아마 친구들은 모두 진흙 속에 파묻혀서 봄까지 세상모르고 차디찬 꿈에 잠겨 있을 텐데. 아직 동면에 대해 알지 못했는데도 그렇게 생각했다.

한 손으로 불안한 난간을 붙들고, 위험을 무릅쓰고 얼음 위로 발을 내디뎌 보았다. 갇혀 버린 물고기는 풀려나야만 했다. 그놈은 그 조그마한 자연의 그릇 안에서 죽고 말 것이다. 다른 이유로 죽지 않는다 해도 외로워서 죽을 것이다. 그녀는 외로움이 무언지 잘 알았다.

어떻게든지, 벙어리장갑을 끼지 않은 손에 어느덧 막대기를 쥐고 있었다. 막대기를 좀 더 제대로 꽉 쥐기 위해 벙어리장갑은 벗어 던져야 했던 것 같다. 아니면 장갑도 끼지 않고 밖에 나왔던 것이든가. 그것은 중요하지 않았다. 그녀는 한동안 얼음을 막대기로 힘껏 두들겼다. 바닥이 홀라당 뒤집혀서 자기가 마실 것 속으로 빠질지 모른다는 생각은 전혀 하지 않았다. 익사하든가 얼어 죽든가, 또는 그 외의 다른 방식으로 엄청나게 불쾌한 일을 겪을 수 있다고 미처 생각지 못했다.

조금씩 조금씩 얼음을 깨고 후벼파 물길을 텄다. 물고기는 진동을 느끼고 더욱 힘차게 돌고 또 돌았다. 하지만 그놈이 갈 수 있는 곳은 아무데도 없었다. 마침내 손가락을 집어넣을 수 있을 만한 구멍을 팠다.

물고기가 올라와서 손가락에 몸을 기댔다. 마치 그녀의 손가락이 어미 물고기이기라도 한 것처럼…… 빛 한 조각이 거기에 기대고 있었다. 살짝 몸을 기울여 기대고 있었다.

하여튼 기억하기로는 그랬다.

그녀는 물고기를 풀어 주기 위해 계속 애썼다. 개울이 다 얼어붙었는데 그래서 그 물고기를 어떻게 했는지 그 나머지 일들은 까맣게 사라졌다. 시간 속으로 잊혔다. 그렇게 사라진 것들이 수없이 많다.

그러나 물고기가 손가락에 배를 붙이고 기대었던 것은 기억했다.

이것도 아주 초창기 기억임에 틀림없다. 아무도 그녀를 돌보아 준 사람이 없었던가? 왜 매번 혼자 밖에 있었던 거지?

그리고 이 일이 일어난 건 대체 어디였던가? 여하튼, 어린 시절이라는 것이 있었던 자리는 대체 어디였던가?

5

글린다는 아침 탕약을 다 마시고 기다렸지만 쟁반을 내가려고 들어오는 사람이 없었다. 아 참, 그렇지. 그녀가 기억했다. 그렇지만 머스는 딱 필요할 때 어디로 간 거야. 정말 쓸모없는 여자라니까. 쓸모없고 딱한 여편네 같으니.

가벼운 비가 후둑후둑 내렸다. 앞뜰에서 연설을 하려는 글린다의 생각이 아무래도 실수인 것처럼 여겨지게 만들 만한, 꼭 그 정도의 비였다. 할 말은 집안 일꾼을 시켜서 전하면 좋으련만. 하지만 바로 그게 문제였다. 집안 일꾼들을 내보내게 생긴 마당이니. 몸소 나서서 작별 인사를 하는 것이 글린다가 그나마 할 수 있는 일이었다.

어쩔 도리가 없었다. 글린다는 직접 옷장을 여기저기 뒤져서 뭔가 우산 비슷한 것이 어디에 들어 있는지 찾아내야만 했다.

퍼글스가 앞문을 붙들고 낑낑대는 글린다를 보고 와서 구해 주었다.

"제가 도와드릴게요, 어머님." 글린다에게서 우산을 받아 들면서 퍼글스가 말했다.

우산 손잡이에는 날개 달린 원숭이처럼 보이는 조각이 새겨져 있었다. 글린다는 미처 그런 줄 몰랐더랬다. 아마도 체리스톤은 그 우산이 글린다를 처형할 근거가 된다고 판단할 것이다. 뭐, 주름 잡힌 순무나 배 터지게 먹여야지.

"다들 모였어요, 어머님." 퍼글스가 말했다. "분부하신 대로요. 날씨가 이래서 참 안됐지만, 그래도 준비가 다 됐네요."

글린다는 미리 써 둔 것이 있었지만, 손가방에서 쪽지를 꺼내자 빗방울이 잉크를 번지게 만들었다.

"맙소사, 퍼글스." 글린다가 낮은 소리로 말했다. "이 집에 일손이 정말 많구려."

"오늘까지는요."

"난 그런 줄 미처 몰랐네. 그게, 일하는 사람들을 모두 한자리에 불러 모을 일은 좀처럼 없잖나."

"1년에 한 번 모이죠. 럴라인마스에 집 안팎의 일꾼들이 층계 밑에 모여서 잔치를 하니까요. 하지만 마님은 오신 적 없으시죠."

"내가 밀맥주하고 요정 프리넬라로부터 유래한 그 우스운 조그마한 바구니를 한 명당 하나씩 보내 주었잖나."

"예, 어머님. 압니다요. 제가 제 손으로 주문을 넣고 배달 오는 것도 챙겼는걸요."

이 작자가 시건방을 떠는 건가? 그런들 뭐라 할 수 없는 처지였다. 글린다는 자기 집 가솔들이 이렇게나 많은 줄 알고 있었어야 마땅했다. 이곳에 모인 사람들은 한 일흔 명은 될 것 같았다.

"우리가 보통 때 이 정도로 많은 일손에 의지해 살아왔다면 최소한의 인원만 가지고 어떻게 유지를 해 나갈 수 있겠나, 퍼글스?"

하지만 퍼글스는 집안 일꾼 중 해고되지 않을 인원들 사이에 가 서려고 뒤로 물러나 있었다. 그들은 글린다 뒤에 줄을 지어 선 터였다.

어색하기도 해라. 글린다가 어느 정도의 애정으로, 또는 어느 정도 거리를 두고 그들을 지칭해야 할까? 심각한 상황이었다. 가솔들 중 다수가 눈물바람을 하고 있었다. 글린다는 자신이 붉은 옷깃과 종아리에 톡 튀어나온 주름 장식이 붙은 이끼 색 물실크 오찬 예복을 입고 있다는 게 기뻤다. 목베거홀의 장밋빛 벽토와 상앗빛 보를 배경으로, 그녀의 모습은 두드러지게 멋져 보일 것이다. 자기가 맵시를 그대로 유지할 수 있다는 사실이 일꾼들에게 위안이 되겠지. 글린다는 그러기를 바랐다. 하나의 실례가 되는 것이다.

글린다는 앞으로 성큼 나섰다.

"친애하는 벗들이여, 친애하는 야외 노동자들, 친애하는 가구 먼지 터는 이들, 그리고 그게 누구든 토피어리[정원수를 다듬어 기하학적 형태나 동물 형태 등으로 만든 것]를 늘 깔끔하게 유지하려고 전정가위를 드는 이까지, 친애하는 여러분 모두에게 말하겠어요. 오늘은 참 어쩌면 이렇게 무시무시한 날인지요."

글린다는 벌써부터 손수건을 찾아 손을 뻗고 있었다. 얼마나 역겹고, 얼마나 감상적인가. 글린다는 그들 대부분의 이름을 몰랐다. 하지만 그들은 보기에 참으로 어엿해 보이고, 소박한 옷차림을 하고 있어서 상냥해 보였다. 남자들은 손에 모자를 벗어 들고들 있고 여자들은 하녀용 머리쓰개를 쓰고 앞치마를 둘렀다. 아마 분명히 갈 때는 앞치마를 벗어 놓고 갈 테지? '처프리 가문'이라고 자수가 놓여 있는 앞치마들인데? 뭐, 그런 것 가지고 왈가왈부하지 않는 게 낫겠지.

"나는 여러분 중 몇몇은 오래전, 내가 돌아가신 우리 처프리 경을 만나기보다도 한참 전부터 이곳에 살며 성심껏 목베거홀에서 일을 보아 왔다는 걸 알고 있어요. 여러분 중 많은 사람들에게, 어쩌면 여러분 전부에게 그럴지도 모르겠군요. 자세한 것은 내가 좀 헷갈리는데, 아무튼 여러분에게 그간 여기가 바로 하나뿐인 우리 집이었을 거예요. 여러분이 이제부터 어디로 갈지, 그리고 거기에서 여러분을 기다리는 삶이 어떤 것일지는 내가 잘 알 수 없는 일이에요."

젊은 여자들 중 한둘이 몸을 꼿꼿이 폈고 들고 있던 손수건을 내렸다. 아마도 이 연설의 시작이 별로였던가 보다고 글린다는 생각했다.

"우리 저택을 떠나갈 때 여러분이 무사히 갈 수 있게 내가 안배를 해 놓았어요. 장군은 여러분에게 따라붙어 질문을 하는 일은 없을 것이라고 했어요. 그리고 이 여러 해 동안 여러분이 나를 위하여 충성을 다했다는 사실로 인해 불리한 지경에 처하는 일도 없을 것이라고 약속했어요. 실제로, 내가 장군에게 여러분의 이름과 목적지를 목록으로 적어서 주지는 않았거든요."

여기까지는 진실이었다. 체리스톤은 그걸 적어 내라고 요구하지 않았다. 그는 때때로 참기 힘들게 공정해서, 그를 상대로 분개한다는 것은 미묘하게 까다로운 문제였다.

"나에게는 내가 여기 있는 한 죽 여러분이 여기 머물러 일을 하도록 잠자리와 일자리를 제공하는 것보다 더 기꺼운 일은 없을 거예요. 하지만 그럴 수가 없게 되었기에, 내가 침모들한테 시간 외로 일을 해 달라고 그랬죠. 면직 냅킨 몇 장에다 사랑스러운 구식 축복의 말 '오즈스피드'를 손수 수놓아 달라고 부탁했어요. 참, 그러고 보니 고마워요, 침모 여러분. 이걸 다 수효를 맞추어 만들어 놓느라고 여러분은 틀림없이 자정이 넘도록 잠도 못 자고 일했을 거예요."

"사실은 몇 장이 모자라는데요." 퍼글스가 중얼거렸다.

글린다는 그의 말을 들은 척도 하지 않았다. 그 짧은 기간 동안 왕권 대행 수상 직을 했던 것으로 인해 글린다는 몇 가지 유용한 기술을 배웠던 것이다.

"어머님." 누군가가 불렀다. 글린다는 그 사람이 누군지 알동말동 했다. "조만간 저희를 도로 돌아오게 하실 건가요?"

"어머나, 나보고 말하라면 당연히 그렇지." 글린다가 활기차게 대답했다. "하지만 그날이 왔을 때 여러분이 나를 알아볼 수 있을지 잘 모르겠군요! 햇볕에 타서 살갗이 구릿빛이 되고 쪼글쪼글 잔주름이 져 있을 테니까. 게다가 팔꿈치는 설거지 물일을 해서 벌겋게 벗겨졌겠지요! 여러분은 내가 구두닦이네 할머니인가 할 거예요!"

그들은 이 말을 마음에 들어 했다. 그러면 안 될 것 같은 이때에 신나게 웃는 것이었다. 아마 평민들의 유머 감각은 좀 다른가 보다고 글린다는 생각했다.

"친애하는 벗들이여." 글린다가 말을 이었다. "맡은 일에 대한 헌신적인 노력과 목베거홀에 대한 여러분의 사랑, 그리고 여러분의 명랑하고 온순한 성품에 나는 찬사를 보내요. 최소한 내가 방에 들어설 때는 언제든지 그러했지요. 그리고 그 다음은? 우리 중 누구도 길 앞에서 무엇이 우리를 기다리고 있는지 알지 못해요."

글린다는 이제 가택연금과 함께 자신의 권위가 손상되고 말았다는 이야기를 할 참이었지만 문득 자제했다. 가솔들도 그에 관하여 알고 있을 게 틀림없다. 그리고 그들은 글린다를 강력한 인물로 기억하고 싶어 했다. 글린다는 어깨를 뒤로 젖혀지도록 쫙 폈고 그러느라 견갑골 쪽 신경이 치어서 쿡 쑤셨다. 아야야.

"조찬실의 협탁에서 내가 남긴 진주과일 젤리를 번번이 슬쩍해 가던 사람이 누구든 간에 그이에게 말하겠어요. 용서해 줄게요. 그런 자잘한 과오들에 대하여 여러분 모두를 용서해요. 여러분이 그리울 거예요. 여러분 한 사람 한 사람이 다 그리울 거예요. 여러분이 이렇게 수가 많은 줄 나는 정말 잘 모르고 있었어요…… 참 많네요." 하지만 이건 영 시원치 않은 소리다. "이렇게나 많은 용감하고 헌신적인 친구들이여, 여러분에게 축복이 있기를 빌어요. 여러분들이야말로 '오즈스피드'예요. 그러니 나가는 길에 정문 경비실에 새로 와 있는 위병들을 거리낌 없이 무시하고 나가도록 하세요. 한마디라도 말을 걸어서 대접해 주지 말도록 해요. 이곳은 여러분의 집이에요. 지금도요. 그들의 것이 아니에요. 절대 그들의 것이 될 수 없어요."

"불을 질러서 다 태워 버리죠!" 모인 사람 중 누군가가 외쳤다. 하지만 다른 이들이 그를 입조심 시켰다. 감정이 길을 잘못 들어 고조되어서 그랬으니까.

"편지 쓰는 것 잊지 마세요." 글린다는 말했지만, 뒤미처 이 사람들 중 일부는 십중팔구 글을 쓸 줄 모를 거라는 생각이 들었다. 글린다의 입에서 좋은 소리보다 몹쓸 소리가 더 나오기 전에, 최고의 상황에서 끝을 내는 편이 나을 것이다. "안녕히, 오즈마가 돌아올 때에 다시 만나기를 빌어요!"

먹따는 울음이 솟아올랐다. 연설 시작에 진배없이 신통치 않은 끝맺음이었다. 물론, 평민들은 오즈마를 신으로 여겼다. 그러니 그들은 글린다 부인이 내세를 이야기하고 있는 것이라고 결론지을 수밖에 없었다. 뭐, 그렇다면 그렇게 되라지. 정문 근처의 물웅덩이를 피해 가고자 치맛자락을 들어 올리면서 글린다가 우울하게 생각했다. 내세는 최종적인 만남의 장소로 기능을 해 줘야 해. 비록 내 생각에 나는 십중팔구 내세에서도 별도의 구역에, 그러니까 집기가 갖춰진 독실에 거처하게 될 테지만 말이야.

"퍼글스, 마당일 하는 총각을 시켜서 저이들이 떠나면서 더러 흙바닥에 버려서 밟고 간 머리쓰개들을 주우라고 해." 글린다가 중얼거렸다.

"마당일 하는 아이는 이제 없어요, 마님." 퍼글스가 부드럽게 말했다. "다른 사람들과 함께 떠났는걸요."

"그렇다면 새 시대가 열렸네. 당신이 해. 아주 볼 만하겠어. 그런 다음에 우리 남은 사람들은 대휴게실에 있을 테니까 그리로 와."

저택에 남을 사람들은 도로 실내로 들어가 저마다 두 손을 꼭 움켜쥔 채 한 줄로 늘어서 있었다. 그들의 제복에서 흑백이 교차하는 장기판 모양의 대리석 바닥으로 물이 뚝뚝 떨어졌다. 글린다는 그들 한 사람 한 사람에게 개인적으로 지성껏 눈을 맞추고 알은체를 해 줄 작정이었다. 하면 할 수 있다. 할 수 있고말고. 오전 내내 연습을 한 터였다. 이 일은 중요했다.

"머스 양." 글린다가 시작했다. "이그 배르내어……."

"그냥 요리사라고 부르십쇼, 어머님. 저 자신도 술에 절지 않고서는 제대로 발음이 안 된답니다."

"이그 배르내어래내시스."

글린다는 요리사가 입을 딱 벌리는 것을 보자 기분이 좋았다. 퍼글스가 늘어선 사람들 사이로 슬그머니 끼어들었다. 글린다는 그를 향해 고개를 끄덕였다.

"언더스타 씨. 그리고……." 이제 몸종 아이 차례였다. "그리고 너, 레인. 이름이 아마 레인이지. 아주 사랑스러운 이름이야. 손톱을 잘 문질러 닦으렴, 애야. 작금의 불안한 국내 상황이 개인 위생을 제대로 챙기지 못하는 변명이 될 수는 없어. 친애하는 친구들이여……."

하지만 자기 집 안에 들어와 있는 지금 이건 좀 지나치게 친근한 지칭인 듯했다. 앞으로 이 사람들과 함께 살아가야 하는 상황이다.

"자네들의 충성심에 대하여 내 고맙게 생각하고 있네." 글린다는 한층 딱 부러지는 말투로 말을 이었다. "나의 예금이 압류당하지 않았다고 알고 있는데, 그러한 한은 자네들에게 평소처럼 급료를 줄 거야."

"저기, 죄송하지만 저희는 급료를 받고 있지 않는뎁쇼, 어머님." 요리사가 말했다. "저희는 그저 숙식을 해결하고 있습니다요."

"그런가. 그럼 좋아. 내 힘이 미치는 한 자네들에게 숙식은 끝까지 제공을 하겠네. 목베거홀에나 우리 중 누구에게도 오늘 이때가 꽃 피는 호시절이라고는 내 차마 말할 수는 없구먼. 머스, 울상 짓지 마. 작별 인사를 했다지만 지금도 앞뜰에 어정거리고 있을 누구하고 바꿔 버리기에 아직 늦지 않았으니까."

머스 양은 당장 억지로 해괴하게 명랑한 표정을 꾸며 붙였다.

"몇 마디 하겠네. 나는 여전히 이 저택의 여주인이야. 자네들은 내 집에서 일을 맡아보는 일꾼들이고, 앞으로도 각자의 지위에 따라 내 앞에서 물러갈 때에는 전처럼 관습대로 행동해 줘야 하네."

"네, 어머님." 그들이 한목소리로 답했다.

"그렇기는 하지만, 그렇지만 말일세." 글린다는 권위를 무너뜨리지 않으면서 한편인 사람들 사이에 친근감을 불러일으키고 싶었다. 행보를 부드럽게 가져가야 했다. "이제 우리는 서로 지금까지 있은 적이 없는 결속으로 묶여 하나가 되었네. 그러니 반드시 서로서로 의지해야만 해. 자 그럼, 나는 자네들에게 하인들 거처에 기숙하고, 풀밭에 천막을 치고 야영을 하고, 헛간이며 마구간 할 것 없이 묵을 군인들을 너무 살갑게 대하지 말라고 요구하겠네. 그들에게 최소한의 예의를 보이는 것 이상은 요구하지 않을 거야. 그리고 손님방들을 차지하고 기숙하는 장교들이 무슨 말을 하거든 그 말은 들어줘야 해. 그자들이 음식을 바라거든 어떻게든 조달해 줘야 하네. 요리사, 자네가 요리해 줘야만 하는 걸세. 맛있게 양념할 필요는 없어. 그리고 독을 넣으면 절대로 안 돼. 내 말 알아들었나?"

"그럴 생각은 꿈에도 안 할 겁니다, 어머님."

"암, 그래야지. 그자들이 셔츠와 양말을 빨아 내놓으라고 요구한다면……." 글린다는 주위를 둘러보았다. 세탁에 관하여 까맣게 잊고 있었다. "글쎄 뭐, 자기네들이 알아서 빨든가, 아니면 알아서 세탁부를 고용해서 시키든가 해야 되겠네. 병사들이 자네들 중 누구를 꼬드겨 품고 자려고도 할 게야."

글린다는 요즘 들어 품고 자는 일이라는 게 정말 일어나는지 어떤지 가물가물해졌지만, 군인들이라면 아마도 외로움을 탈 터였다. 머스 양이 집적거림을 당할 위험에 처해 있다고는 생각되지 않았다. 그리고 꼬마 계집애에 대해서는…… "얘야, 레인. 너 몇 살이지?" 글린다가 물었다.

레인은 어깨를 으쓱 했다.

"제 생각에는 여덟 살이지 싶어요, 글린다 마님." 머스 양이 말했다.

"그 정도면 충분히 안전할 거야. 하지만 그렇더라도 머스 양 옆에 꼭 붙어 있도록 하려무나, 레인. 머스 양이 아니면 요리사나 퍼글스라도, 우리 중 한 사람과 함께 있도록 해. 여기저기 쪼르르 달려 다니면서 말썽을 부리면 못써. 내가 너를 이 저택에 머물게 한건 시킬 일이 있어서야. 바닥을 쓰는 일 말이다. 넌 비질 하는 아이야. 명심하도록 해라."

"네, 어머님." 여자아이의 시선이 반들반들 윤을 낸 바닥으로 내려갔다.

보아하니 얘가 과하게 영특한 아이는 아니구나. 글린다는 생각했다. 그렇지만 그러고 보면 글린다도 왕년에 더러 사람들에게서 그런 말을 들었다. 그런데 그런 글린다가 결국 어떻게 되었는지 보라. 보이지 않는 감옥에 갇혔지. 글린다는 애당초 생각의 연쇄를 시작하지 말걸 그랬다는 유감스러운 기분으로 결론을 내렸다.

"그럼 이제 되었네. 자, 가서 일들 보게. 손으로는 할일을 하면서, 눈은 커다랗게 뜨고 있도록 하고, 다만 입술은 단단히 닫아 간수를 하는 거야. 뭐라도 쓸 만한 얘기를 들으면 꼭 나한테 말하도록 해. 질문 있나?"

"저희도 가택연금된 겁니까?" 퍼글스가 물었다.

"거품 나는 걸로 한 병 따게." 글린다가 대답했다. "자네 질문에 대한 답을 알아내면 알려 주도록 하지. 물러들 가게."

휴게실이 텅 비었지만 글린다는 잠시 그대로 서 있었다. 그러다가, 자기 거처로 가는 널따란 운모 화강암 층계 첫 단에 발을 올리면서 글린다의 시선은 연회실 문을 통하여 안쪽으로 흘러갔다. 자기가 무슨 짓을 하는 건지 자각하기도 전에 글린다는 빙글 몸을 돌려 타다닥 계단을 내려가서 기세등등하게 연회실 안으로 쳐들어갔다.

"장교!" 그녀가 고함쳤다. 글린다는 이전에는 자기 집 안에서 언성을 높인 적이 없었다. 한 번도 없었다. 병사 한 명이 잽싸게 앞에 와 경례를 했다. "체리스톤은 어디 있나?" 글린다가 악을 썼다.

"여기 안 계십니다, 어머님."

"자넨 내 가솔이 아니야. 내가 자네한테 어머님 소릴 들을 터수인가? 나는 글린다 부인일세. 체리스톤이 여기 없는 건 나도 봐서 알아. 어디에 있나? 내가 묻고 있네."

"그것은 기밀 사항입니다, 어머님."

글린다는 병사의 목을 졸라 죽일 뻔했다.

"장교. 내 연회 테이블에 온통 지도며 차트가 널려 있는 게 보이는구먼. 점거에 나선 군대에 차트와 지도가 필요할 거라고 믿어 의심치 않네. 그리고 또한 지도니 차트들을 편편하게 펼치기 위해 고이는 물건이 녹로로 돌려 만든 초창기 딕시하우스 꽃병일 필요는 없다는 점도 믿어 의심치 않아. 이것들이 얼마나 희귀한 물건인지 아나? 내 장담하는데 오즈 전역을 통틀어 이 꽃병은 서른 개도 안 될 거야."

"탁자에 가까이 가지 마십시오, 어머님."

글린다는 탁자로 가까이 가서 첫 번째 사기 꽃병을 낚아채고 이어서 두 번째 것을 낚아채었다. 꽃병들은 거의 400년이나 된 것들이었다. 옛 장인들이 손수 만든 것이다. 딕시하우스가 공장으로 변하면서 이제는 실전(失傳)되어 버린 기술이다.

"말할 수 없이 훌륭한 예술 작품을 고작…… 고작 누름돌로 쓰는 건 내 눈 뜨고 볼 수 없는 일일세. 자네들은 장화를 벗어서 온갖 가구에 죄다 올려놓지 않았나, 장화로 누르도록 하게."

지도들이 도르르 말렸다.

"말씀드리기 죄송합니다만, 어머님, 지금 아무런 권한도 없는 곳에 척척 걸어 들어오셔서……."

"나는 척척 걷지 않아, 젊은이. 절대로 척척 걷는 법이 없지. 나는 미끄러지듯이 걷는다네. 자, 이제 내가 자네에게 어떻게 하라고 한 말을 들었지. 장화를 벗게나. 벗어서 저 얼뜨기 같은 지도를 신발짝으로 눌러 고이게."

병사는 글린다가 하라는 대로 했다. 글린다는 퍽 감명을 받았다. 그렇다면 자기가 아직도 다소의 조그마한 권위는 띠고 있는가 보았다. 글린다는 빙그르르 몸을 돌려 더 이상 병사에게 말을 걸치지 않고 자리를 떠났다.

꽃병 두 개를 마치 그것들이 강아지이기라도 한 것처럼 가슴에 꼭 붙여 떠받들어 안았지만, 글린다는 꽃병 생각을 하고 있는 게 아니었다. 글린다는 개중에 레스트워터가 상세하게 그려져 있던 지도 한 장을 보았다. 호수의 만과 마을들, 섬들과 물에 잠긴 암초들의 위치가 모조리 나와 있는 지도였다. 글린다는 목베거홀에서 동쪽 끝에 있는 주둔군의 성채인 하우가드 요새까지 죽 그어진 점선을 보았다. 그 점선은 레스트워터 호수의 북쪽 호안을 따라 그려져 있는 것이 아니라 호수 한복판을 가로질러 가고 있었다. 하지만 어떤 군대가 호수를 관통하여 행군할 수 있단 말인가?

6

그간 글린다는 오후에 때때로 마차를 타고 나가는 바깥나들이에 습관이 들어 있었다. 가까운 마을로 나가서 누군가의 가게 앞 야외 의자에서 크림이 잔뜩 들어간 차를 마시는 것이다. 머스 양을 함께 끌고 가고 소설책도 가지고 가는데, 이쪽을 무시하든 저쪽을 무시하든 둘 중 한쪽은 무시하곤 했다. 때로는 양쪽 다 본체만체 할 때도 있었다. 전망이 특히 마음에 드는 언덕 위에서, 글린다는 때로 지평선으로 기울어 간 태양이 지는 광경을 바라보곤 했다. 먼치킨랜드의 봄은 대개는 글린다의 하루하루에 모종의 명랑함을 빌려주었다. 여름도 마찬가지였다. 글린다는 가을이 되어 첫 서리가 내릴 때까지 불현듯 가슴을 찌르는, 메니핀 광장의 집에 대한 간절한 그리움에 힘들어하거나 하지 않았다. 그리고 이제 와서는 그러한 갑작스러운 격정을 꾹 참는 법을 배웠다. 당분간은, 마음에도 애틋한 저 에메랄드 시의 가을 사교 시즌은 과거의 일로 남아 있을 것이다.

마치, 아무래도 그렇게 생각되는데, 마차를 타고 나가는 당일치기 나들이와 같이 말이다. 체리스톤이 목베거홀을 점거한 이후 새로운 습관이 자리를 잡기까지는 겨우 며칠밖에 걸리지 않았다. 글린다가 마차를 한 대 내 달라고 청할 때마다 언제나 마차는 먼저 다른 데 동원될 예정이 잡혀 있었다.

저택에서 벌어지는 일들이 글린다 자신의 필요에 부응하지 않고 오히려 누군가 다른 사람에 의해 결정된다는 사실은 참으로 불편한 일이었다.

게다가 이 무슨 야단법석인지! 군대는 제법 규모가 큰 천막촌을 이루어 놓았고, 꼴 보기 싫은 임시 구조물 두 채를 세웠다. 화장실이겠지. 글린다는 그런 줄로만 생각했다. 하나는 장교용 화장실이고 또 하나는 일반 병사용일 것이다. 가축들은 헛간 축사에서 바깥으로 쫓겨났다. (날씨가 좋으니 그렇게 곤란할 것은 없었다.) 그리고 헛간은 말할 수 없는 난장판이 벌어진 동시에 모종의 목공 작업장이 된 모양으로, 뭘 만드는지 온종일 마치 소리가 땅땅 울리고 밤에도 한밤중까지 계속되었다.

글린다는 퍼글스로 하여금 자신에게 난간을 향한 층계 자리를 잡아 주도록 했다.

그래서 둘이 장식용 긴 항아리 뒤에 숨어 엿볼 수 있었고, 무엇인가 대대적으로 작업이 이루어지고 있는 광경을 포착했다.

"영지 안에 병사가 족히 300명은 있겠는데요, 글린다 마님." 퍼글스가 말했다. "이 지역 농장 집들에서 징발했다고 제가 전해들은 식량의 양으로 미루어 볼 때 말씀입니다."

"그 정도 수면 침략을 수행하는 데 충분한 병력이 돼?" 글린다는 궁금했다.

"저보다 마님이 더 잘 아시겠지요. 마님은 한때 오즈 충성령의 군대를 관리하셨던 분이잖아요." 퍼글스가 일깨워 주었다. "그리고 소문에 의하면 다른 사람 아닌 마님이 바로 한때는 재통합을 바랐던 분이라고 하던걸요."

"물론 바랐지." 글린다가 쏘아붙였다.

"하지만 무력으로 통합하려고 했던 건 아냐. 이것의 반만 해도 너무 지저분한걸. 내 생각에는 우리가 배짱을 가지고 휴식과 오락에 예산을 후하게 펑펑 쏟아 부으면 먼치킨랜드 사람들이 다시 울안으로 돌아오지 않을까 했어. 비유적인 이야기로 그렇다는 거야, 퍼글스. 그런 눈으로 보지 말게."

"제가 꿈에라도 그럴 리가요. 에메랄드 시의 나리님들이 무도회에 초대하시는데 보잘것없는 먼치킨랜드 사람들이 어떻게 거절할 수 있겠습니까? 하지만 도로시 저택이 무도하게도 공중을 붕 날아와 네사로즈의 거룩한 머리 위에 와 떨어졌을 때는요? 먼치킨랜드 사람들은 그 협조성 없는 네사로즈에게서 해방되었다고 해서 에메랄드 시의 지배 하로 복귀하고 싶은 생각은 그다지 일지 않는구나 했던 겁니다. 그랬다고 그들을 탓할 수 있습니까? 그 어떤 사람들이 자진해서 노예 생활을 하겠다고 나서겠습니까?"

"아내들은 제쳐 놓고 다른 사람들 중에 말이지?"

"전 결혼을 한 적이 없습니다, 어머님. 한동아리로 엮어서 비난하지 마세요."

"아, 신경 쓰지 마. 난 그냥 체리스톤이 좀 더 큰 군사력을 필요로 할 거라고 생각할 뿐이야. 만약에 부대를 먼치킨랜드의 심장부로 바로 진격시킬 작정이라면 말이지. 브라이트 레틴스나 콜웬 그라운즈로. 스칼프스 산맥을 넘어서 에메랄드 시로부터 동시에 침략군을 출동시키지 않는 한은 그래야 할걸. 그렇지만 산속에 사는 글리쿠스 트롤들이 에메랄드 시 군사들이 얼마만큼이라도 몸 성히 지나가게 가만히 보고 있을 거라고는 난 상상도 못 하겠어. 아니면 체리스톤이 레스트워터 호수를 빼앗은 것으로 만족하고 나머지 먼치킨랜드 땅은 우리 가지라고 그냥 내버려두려 할까?"

"저야 알 수가 없죠, 어머님."

"그래, 자네가 아는 건 뭔가, 퍼글스? 저 헛간들 안에서 무슨 일이 벌어지고 있는지 어떻게 하면 알아낼 수 있을까? 내가 봄날 저녁에 매일같이 소젖을 짜던 사람인 양 한들한들 주변을 엿보고 돌아다닐 수도 없는 노릇 아닌가?"

"안 되지요, 어머님. 하지만 저도 이리저리 돌아다니는 건 허락받지 못하고 있어요.

경비병들이 배치되어 있답니다. 아시죠, 주방에 딸린 텃밭을 지나 헛간 쪽으로 가는 길이랑 앞마당에서 마차 나가는 정면 쪽이랑, 그리고 경치 비추는 연못하고 도안 화단 너머에도 지키고들 있습니다요."

"그랬군." 그녀는 놀라지 않았다.

"전 정말이지 마님이 무슨 군사 작전 같은 걸 계획하시는 건 아니었으면 싶구먼요."

"날더러 우쭐해지라고 하는 소리로군."

"체리스톤 장군이 이미 마님의 자유를 잔뜩 제한해 놓긴 했습니다만, 이제 아무런 망설임도 없이 이보다 더욱 심한 구속을 가할 것 같다는 느낌이 저한테는 옵니다요."

글린다는 지붕 위를 가로질러 층계로 발걸음을 옮겨 놓고 있었다.

"내 확신하는데 자네가 생각하기에는 내가 잔치용 큰 접시에 젤리그나이트 샌드위치를 올리는 일인들 할 수 있으리라고는 도무지 믿어지지가 않겠지. 아무튼, 나는 요리를 아예 못하니까."

자신의 응접실로 돌아오자, 글린다는 창가를 따라 왔다갔다 하면서 뭐라도 보이나 하고 창이라는 창은 죄다 이리저리 내다보았다. 글린다는 자신이 집요한 여자라고는 생각해 본 일이 없었다. 하지만 고작 방 여덟 개로 이루어진 처소에 연금되고 보니 가만히 있을 수가 없었다. 또한 호기심에 사로잡히기도 했다. 어째서 결혼 적령기인 아가씨를 남겨두지 않았던가? 가늘게 뜬 검은 눈으로 상대방을 후끈 달아오르게 할 만한 여자, 저항력이 거의 없는 병사에게 다가갈 수 있는 여자를 남겨 두었어야 했는데. 누군가 유용한 정보를 모아 올 수 있는 그런 여자를 말이다. 글린다 본인은 너무 신분이 높고, 머스는 사람이 너무 무디어 빠졌고, 레인은 품에 안긴 아기나 진배없는 어린애고…… 그리고 글린다는 요리사나 퍼글스가 방아쇠를 당기고 싶어 안달이 난 병사들 사이에서 크게 주의를 끌 수 있을지 의심스러웠다.

머스 양을 누구 좀 더 젊은 사람으로 교체하기에는 너무 늦은 걸까? 한결 젊은, 그러니까 한 쉰 살쯤 덜 먹은 사람으로 바꾸면 좋을 텐데. 글린다는 머스 양의 건강이 염려되어서 그러는 것처럼 꾸며 댈 수 있을 것이다.

하지만 그때 머스 양이 발소리를 쿵쿵대며 걸어 들어왔다. 자기가 직접 반으로 쪼개어 4분의 1짜리 장작으로 팬 통나무 여섯 개 분의 참나무 장작을 날라 온 것이다. 머스 양은 이어서 화롯가에 무릎을 짚고 앉아 저녁의 한기가 들기 전에 미리 불을 지필 준비를 했다. 글린다는 녹로에서 빚어 만든 이 꽃병 중 하나로 자기가 직접 머스 양의 골통을 박살 내지 않는 한 이 마귀 같은 늙다리 계집은 아마 절대 안 죽으리라는 걸 깨달았다. 머스 양은 글린다의 무덤 위에 엎어져 빨간 눈에 눈물 한 방울 흘리지 않을 것이고, 그런 다음에는 어디 다른 곳에 새 일자리를 얻어서 가 버릴 것이다.

지긋지긋한 것들은 절대로 죽지 않는다. 바로 그래서 그것들이 지긋지긋한 것이다.

글린다는 자기 가정교사였던 아마 클러치의 죽음을 기억했다. 거의 40년이나 지난 옛일이다. 글린다는 잠을 자다가 깨었을 때면 어김없이, 심지어 격한 성교 후의 육감적이고 촉촉한 잠에서도 문득 자신의 가정교사가 작고하고 없는 데 대한 희미한 죄책감이 쿡 찌르는 것을 느끼며 깨어나곤 했다. 글린다는 그런 짐스러운 감정을 또다시 떠안고 싶지 않다고 생각했다. 특히 머스 양처럼 짜증나는 사람 때문에 그러기는 더 싫다.

글린다는 자기도 모르게 입을 열고 있었다.

"머스 양, 퍼글스가 나에게 요즘 자기가 왔다갔다 할 수 있는 범위가 얼마나 한정되어 있는지를 말해 주던데 말이야. 당신이 다닐 수 있는 범위도 똑같이 그래?"

"아마 그럴 거라고 생각해요, 글린다 마님. 그렇기는 하지만 제가 뭐 굳이 어디까지인지 시험해 보려고는 안 해봤어요. 저는 달리 갈 장소도 없고요, 몇 년째 마님이 저를 데리고 가셔야 할 경우가 아니면 저택 건물을 떠날 이유도 없었는걸요."

"그럼 내가 6개월에서 8개월씩 에메랄드 시에 가 있을 때는 뭘 하고 지냈어?"

"아…… 정리정돈을 좀 했지요. 먼지를 털고요."

"그랬군. 가족은 없어?"

"제가 마님의 고용인으로 있은 지 20년째예요, 글린다 마님. 저에게 가족이 있었더라면 어쩌다 가족 이야기를 했을 거라고 생각하지 않으세요?"

"어쩌면 당신이 지금까지 오랫동안 친척 이야기를 재잘거렸는지도 모르지. 내가 귀담아 듣고 있었는지 어쨌는지 도무지 모르겠어."

"글쎄요, 물어보시니까 말이지만, 가족은 없어요. 제가 우리 집안에 마지막 남은 한 사람이에요."

그리고 나는 우리 집안의 마지막 사람이지. 형제자매가 하나도 없었던 글린다는 그렇게 생각했다. 그리고 그녀와 처프리는 꽤 노력했어도 임신에 성공하지 못했다. 집안 일꾼 중 한 사람하고 이 공통된 고독감을 나누다니 참 묘하기도 하지. 글린다가 아이를 가졌더라면 어땠을까? 그랬다면 바로 지금도 웬 아이가, 또는 아이들이 사방으로 뛰어다니고 있었을 것이다. 어린것들이 그러하듯이 막무가내로 말이다. 글쎄, 그랬다면 목베거홀은 겉으로 보기에도 얼마나 다른 장소가 되었겠는가.

"정찬실에 오만 가지 지도며 문서들이 있어, 머스 양. 그렇지만 나는 가는 곳마다 나타나기만 하면 주목받잖아. 어떻게 가능한 대로 당신이 살그머니 가서 훔쳐보고 나에게 뭐든 좋으니 거기서 읽은 대로 보고를 해 줄 수는 없을까?"

"생각해 볼 거리도 못 돼요. 우리 모두가 감시를 받고 있다고요. 마님만이 아니라요."

"당신 생각에는 우리 레인이 어떻게 해볼 수 있을 것 같아?"

글린다는 이 말을 하면서 숄의 실오라기 하나를 집적거렸고, 눈길을 들지 않았다.

그녀는 머스가 불 앞에 뒤꿈치를 붙박고 떡 하니 서서 나이 늙도록 어지간히 짓씹은 입술 사이로 근심스러운 혓소리를 내는 것을 들을 수 있었다.

"그런데 개한테 누구라도 가족은 있어? 혹시 아는 게 있는지……."

"제가 알고 있는 한도 안에서는, 그 아이는 마님하고 저 말고는 더 이상의 가족이 없어요." 머스 양은 막연히 그렇게 답했다.

7

체리스톤 장군으로부터 맨 처음 저녁식사 초대가 왔을 때 글린
다는 초대장을 접고는 이렇게 말했다.

"고마워, 퍼글스. 답장은 하지 않을 거야."

그리고 두 번째로 초대가 오자 머스에게 사양한다는 쪽지를 쓰
게 했다.

"서명은 어떻게 할까요? 글린다 부인이라고 할까요, 아니면 그냥
글린다라고만 쓸까요?"

"건수 만들기는. 목베거홀의 글린다 처프리 부인이라고 서명해.
그리고 그놈의 귀엽고 조그마한 하트 무늬며 꽃무늬 같은 거 절대
그려 넣지 마."

하지만 다음 날 밤에 글린다 쪽에서 체리스톤에게 초대장을 보
냈다.

"만찬 초대로 해서 밤 10시에, 남쪽 포치 지붕 위에서 보자고
해."

글린다는 퍼글스를 시켜서 카드 살롱에 있던 버드나무 탁자를 분해하여 탁자 다리 한 개씩 따로따로 창문으로 넘겨 내보내서 자갈이 깔려 있는 편편한 포치 옥상에서 도로 조립하게 했다. 그런 다음 난간을 둘러친 옥상 공간으로 시간이 되기 전에 미리 나가 있었다. 그렇게 해서 일용 노동자처럼 창으로 빠져나가는 모습을 남의 눈에 보이는 일이 없도록 한 것이다. 하늘에는 별들이 나와 있었고 달은 엷고 얄팍해 보였다. 글린다는 가장자리가 레이스처럼 깔죽깔죽 하고 무늬를 따라 구멍이 뚫린 한밤중 같은 청남색 치맛자락에 동체 부분은 젖은 모래 빛깔의 주름 천으로 지은 드레스를 입었다. 요리사는 호수에서 난 가못에 달팽이로 속을 채운 요리를 낼 예정이었다.

"촛불로 한 게 실수일까요? 음식에 온통 촛농을 흩뿌리겠는데요." 머스가 레이스 꽃장식 너머로 그렇게 말했다.

"협박하지 마. 내가 다 알아서 하고 있으니까." 글린다가 말했다.

녹로에 돌려 만든 그 소중한 두 개의 꽃병에는 프리티벨과 참제비고깔꽃이 듬뿍 꽂혀 있었다. 팔팔해 보이는 꽃들이라서 그 두 가지를 골랐다. 이놈들은 꽃잎 한 장이라도 떨어뜨리지 않는 편이 신상에 유리할 것이다.

체리스톤은 정각 10시에 큰 층계를 걸어 올라왔다. 글린다는 할머니 시계가 시간을 알리는 뎅 소리와 층계참에 올라와 방향을 바꾸는 체리스톤의 구두 뒷굽 부딪히는 소리를 들을 수 있었다. 창은 폭이 넓었지만 창턱이 바닥에서 60센티미터 높이에 있다 보니 체리스톤은 그 기다란 다리를 밖으로 빼기 위해 창턱에 일단 앉아 몸을 돌려야만 했다.

"만찬 손님을 맞이하기에 참으로 고상한 장소로군요. 아마 여흥 삼아 저를 난간 밖으로 확 밀어 버릴 생각이신가 봅니다." 체리스톤 이 말했다. "안녕하십니까, 글린다 부인."

"안녕하세요. 장군은 나 같은 지위에 있는 여성이 자신의 사실에 서 손님 접대를 하지는 않는다는 점 이해하실 줄로 알아요. 그리고 대연회실이 점거를 당해 작전 본부로 쓰이고 있다는 걸 난 물론 당 연히 알고 있잖아요. 그래서 임시변통을 한 거예요. 여기가 내 집인 이상 내가 초대를 해서 만찬을 드는데, 내 처소에서 들 수도 없고 당신이 점거한 공간에서 들 수도 없는 일이지요. 그래서 그 대신 중 립적인 영역으로 잡았어요. 무엇보다도, 그냥 있는 그대로요. 자, 자 리에 앉으시지요?"

체리스톤이 와인 한 병을 내밀었다.

"목베거홀의 저장고에서 나온 게 아닙니다. 그러니 혹시 어울리 지 않는 와인이라면 죄송합니다. 하이메도 블랑이에요. 와인이 잘 나온 해의 것이지요. 저는 이 와인을 챙기지 않고는 먼 길을 나서지 않는답니다. 부인도 마음에 들어하셨으면 좋겠군요."

"우리 집 집사는 몸이 좀 통통해서 창턱을 넘어 나오기가 그래 요. 그러니 이 자리는 아무래도 야간 소풍 같은 자리가 될 것 같네 요. 직접 좀 해 주시겠어요? 와인 코르크 뽑개는 여기 있어요."

초반 10분 동안은 촛불들이 미친 듯이 불꽃을 펄럭였다. 글린다 는 와인을 홀짝 조금만 입에 머금어 보았다.

"요 이틀 당신이 내게 보낸 초대장들이 예의를 갖추려는 의도를 가지고 보낸 것인 줄 알고 있으니만큼, 장군, 내가 내 집 안에서 열 리는 만찬 초대를 받아들이겠다고 나설 수는 없는 일이었어요. 내가 갖고 있는 사교계 예절에 대한 연구 어디를 보아도 전례가 없는 일이에요. 그래서 친근한 자세로 장군을 만나 직접 설명해야겠다고 생각했지요."

"확실히 제가 몹시도 서툴렀군요. 하지만 부인은 정말 고지식하십니다. 그럴 줄 익히 알고는 있었습니다만."

"음식이 식어요. 그러니 자, 부디, 우리 앉을까요?"

글린다는 체리스톤이 의자를 당겨 줄 때까지 기다렸다. 그의 어깨 너머로 시끌벅적하게 웃고 떠드는 소리 저편에 병사들이 피워 놓은 모닥불들이 보였다. 멀리서 들리는 노랫소리는 아무래도 음조가 맞지 않아 귀에 거슬리는 소음에 가까웠다.

"이런 부하들이 말썽을 일으키지 않고 일에 집중하도록 어떻게 관리하세요, 장군? 한동안은 이곳에 눌러 계신 터이고, 헛간 축사에서 장군이 감독하고 있는 건설 행위가 무엇이든 간에, 이런 많은 수의 병사들 이상으로 사람을 고용할 수는 없을 텐데요."

"별로 귀찮게 해 드리는 일은 없을 것이라고 믿고 있습니다. 만약 그런 일이 있으면 저에게 말씀하세요."

"그런 일이 있으면 직접 그들에게 말할 거예요."

글린다가 몸을 앞으로 내밀면서 말했다. 새침하게 아양 떠는 것처럼 보이지 않으려고 주의를 기울였다. 그녀는 자기가 기본적으로 그런 모습으로 비친다는 것을 알고 있었다.

"제가 접시 덮개를 열게요. 그래도 되겠지요? 우리 둘만 있는 자리이니까요, 네?"

글린다는 가뭇과 가볍게 볶아 찐 셀러리 줄기와 틀에 넣어 장미 꽃 형태로 모양을 만들어 굳힌 으깬 시금치 요리가 담긴 접시의 뚜

98

껑을 들어 올렸다. 아, 요리사가 식품실에 그럭저럭 남아 있던 재료들을 동원하여 마법을 부려 놓았네.

"음식이 마음에 드셨으면 좋겠어요, 장군."

"그러지 마세요. 저녁식사를 드는 동안만큼은 부인이 저를 친근하게 이름으로 불러 주시면 기쁠 것 같군요. 트래퍼라고요."

글린다는 모기가 귀찮게 굴기라도 한 것처럼 재빠른 동작으로 차르르 고개를 저었다.

"당신은 참으로 온갖 것들을 혼란스럽게 만드네요, 트래퍼. 역대 최고로 평소 같지 않은 한 철이에요! 나는 내 집 안에 연금을 당하고 있고, 비상시에 대처하는 인원을 거느린 것 말고는 아무것도 못하게 금지를 당하고 있고, 이 부대인지 사단인지 연대인지 당신이 이 병사들 무리를 뭐라고 부르든 간에 이들을 집에서 기숙시키도록 요구를 받고……."

"우리 인원은 대략 300명입니다. 그러니 현재로서는 세 개 여단으로 이루어진 하나의 대대인 셈이지요. 세 개 여단 중 하나는 기병 부대이고 다른 둘은 보병 부대입니다. 구세군이라는 명칭을 갖고 있지요."

"그리고 훈련 장교는 메나시에라는 명칭이고요. 명칭 체계는 알고 있어요. 한때는 내가 향토 방위군을 치리했잖아요, 당신도 기억하시죠? 그런데 대대를 감독하는 역할을 하고 계신다면서 어째서 대장이 아니라 장군이 되나요?"

"복무연한이 길었던 것이 한 가지 이유이지요. 내게는 에메랄드 시의 황제께서 내 밑에 붙이는 것이 적당하다고 생각하시는 만큼 몇 개의 대대라도 지휘할 수 있는 권한이 있습니다."

"그러면 더 많은 대대가 와 붙기를 기다리고 계시는 거로군요. 알았어요. 트래퍼, 부디, 드세요. 요리가 식어요. 이 높이에 앉아 있으니 내가 바랐던 것보다는 아무래도 살짝 더 바람이 부는 편이네요."

체리스톤은 열심히 먹으면서 말했다.

"군사 전략을 논하자고 절 이리로 부르신 것은 아니시죠. 그리고 아무튼, 만찬 석상에 일을 끌고 들어온다면 매너가 아닐 겁니다. 부인에 대해서 말씀해 주시죠."

"어머나, 장군……."

"트래퍼라 부르세요."

"네, 트래퍼. 여자가 자기 이야기를 하는 것보다 더 좋아하는 건 없는 줄 잘 알고 계시네요. 하지만 당신이 절 이곳에 연금시켜 놓은 탓에 글린다 부인은 글린다 부인 생각만 질리도록 하다 못해 편두통이 올 정도랍니다. 예전에 하던 대로 여기저기 둘러보고 다닐 수도 없고, 오랜 친구들을 불러다가 사냥이나 플런지볼이나 세 손 스너켓을 하며 주말을 보낼 수도 없고 말이죠. 안 돼요, 제가 당신을 이리로 오십사 한 건 당신에 대해 배우려고 그런 거예요. 그러니까 제가 고집을 피우겠어요. 당신께 저녁식사를 제공해 드리니만큼 당신은 그 대가로 지저귀어 보세요. 당신의 오랜 복무연한에 대하여 저에게 말해 주세요. 물론, 현재의 작전 의도와 계획에 대해서는 기밀 엄수를 해야겠지만요."

장군은 고분고분 자기가 군 생활을 하면서 수행해 온 갖가지 임무들에 대하여 특정 명칭을 언급하지 않는 느슨한 한담을 풀어냈다. 그렇기는 하지만, 그는 글린다가 왕권 대행 수상 자리에 있던 시절에 무엇에 얼마나 주의를 기울였는가에 대하여 과소평가한 면이 있었다. 그 당시 글린다는 자기 손이 미치는 문건은 전부 읽었고, 그래서 지인들과 친구들로 인하여 갖가지 세부 사항들을 인지할 수가 있었다. 글린다는 체리스톤이 에메랄드 시의 시즈 통행문으로부터 몇 시간 떨어진 곳에 위치한 작은 길리킨인 촌락인 미슬무어 출신임을 알았다. 글린다는 마법사가 체리스톤을 키아모코로 파견했던 것도 알고 있었다. 글린다의 옛 친구 엘파바가 그곳에 거처를 정했던 시절의 일이다. 그리고 체리스톤은 피예로의 아내 사리마와 그들 사이에 난 자녀들 이르지와 노르의 사망 혹은 실종에 관여하여 무슨 짓인가를 했다. 글린다는 그가 쿼들링 나라에서 모종의 고약한 사업을 한몫 거든 일이 있음을 알았다. 체리스톤은 쿼들링에서 거의 10년 가까이 주둔해 있었다. 그리고 사태가 긴박해지자 도로 에메랄드 시로 불려왔다. 몇 년 동안 내근을 했다. 황제 치하에서 말이다. 하지만 다시 외직으로 파견되어 나왔다. 결국은 그가 승리한 셈인가? 연금을 받으면서 은퇴하기 전에 말이지? 글린다는 궁금했다. 그리고 이야기를 듣는 동안 내내 그녀는 술집 종업원처럼 생글생글 웃고 있었다. 잘난 척하지 않고 까불지 않고 얌전히 침착하게.

"가족이 있으시지요?" 그녀가 물었다.

"아, 있지요." 그가 대답했다. 체리스톤의 포크는 생선에 독화살이라도 숨겨져 있지 않은가 점검하듯이 이리저리 찔러 보고 있었다. "아내와 딸 셋이 있습니다. 이젠 거의 다 컸지요. 실은 고향에 손녀도 하나 있어요. 좀처럼 못 보지만요."

"상상이 안 가네요. 정말 힘드시겠어요."

"확실히 힘이 들죠." 체리스톤은 눈썹을 축 늘어뜨리며 빙긋 웃었다. "그러니까, 걍걍거리는 어린애에다 여자 넷이 한 지붕 안에 있고 보면 어지간히도 소란스러워서 말입니다."

"놀리지 마세요. 가족들이 보고 싶어 힘드시잖아요. 이름은 뭐라고들 하나요?"

"가족들 이야기는 하지 않기로 하겠습니다. 얘기하면 그만큼 그리우니까요."

"방금 불어온 바람이 당신 접시에 촛농을 뿌리지 않았나요? 나 좀 봐, 배려 없기는." 글린다는 등을 젖혀 의자에 기대며 불렀다. "머스 양?"

머스는 창 바로 안, 등받이가 수직인 의자에 양손을 무릎 위에 쥐어 올리고 앉아 있었다.

"네, 글린다 마님."

"당신이 유리 연통이 달린 기름 램프를 들고 창턱을 넘어올 만큼 몸놀림이 재지 못한 줄은 내 알고 있어. 그거라면 이 치부는 바람 속에서라도 불꽃이 심하게 날리지 않을 거야. 비질 하는 아이를 불러다 시켜 주겠어? 그 애라면 나머지 우리들과는 달라서 제법 몸이 날렵하니까."

"제가 기꺼이 심부름을 해 드리지요, 글린다 부인." 체리스톤이 말했다. "시켜 주세요."

"당치 않은 말씀이에요. 머스 양?"

"아이는 잠이 들었을 거예요, 글린다 마님."

글린다는 기다렸다.

"하지만 제가 깨우도록 할게요."

"정말 잘되었네. 작은 책상 위에 있는 램프들이야. 두 개 다 가져 오라고 해. 고마워."

글린다는 헛간에서 진행 중인 건설 공사 이야기를 화제에 올리 려고 시도해 보았다. 성공하지는 못했다. 체리스톤은 친숙한 태도 로 잘라 말하기를 이처럼 세련된 음식을 들면서 이야기 나누기에는 그건 너무 불퉁스러운 화제라고 했다. 글린다는 그에 동의했다. 두 사람 앞에 펼쳐진 호수에 달빛이 비쳐 굵직굵직한 다이아몬드가 박 힌 투명한 비단결 같았다. 참으로 신성한 풍경 아니에요? 그보다는 좀 덜 닭살 돋는 화제로서 둘은 가장 근접한 마을들에 대한 사교적 인 겉치장을 논의했다.

"당신이 지역 농군들에게 공출한 양식에 대하여 빠짐없이 값을 치러 주고 있을 것이라고 믿어요." 글린다가 말을 내었다.

"우리는 전쟁에 임하고 있습니다, 글린다 부인. 제가 할 수 있는 한 소풍처럼 보이도록 애를 쓰고 있습니다만, 그래도 먼치킨랜드인 들이 오즈의 군대가 침공하게끔 도발을 했던 일을 부인이 설마 잊 지는 않으셨겠지요?"

"글쎄요, 난 먼치킨랜드인들이 기습 공격을 하기 이전에 오즈에 서 먼저 침략군을 국경에 몇 주 동안이나 계속해서 잔뜩 배치했던 일도 잊지 않았어요."

"수비진을 친 것이지요, 글린다 부인."

"싸우고 싶어 안달이 나 있으면서 말이죠. 그래서 바보들이 달려 들었지요. 물론 그들이 시간 내에 달려들지 않았더라면 당신이 뭔 가 다른 구실을 붙여서 침공했겠지만 말이에요. 에메랄드 시는 내 가 총리 직에 있던 시절부터 내내 레스트워터에 눈독을 들여 왔어요, 트래퍼. 아무리 내가 주제를 바꾸려고 있는 힘을 다했어도요."

"군사 전략 이야기는 하지 말도록 하죠. 악기 연주 하십니까, 글린다 부인?"

"음악 소리가 나오는 이쑤시개가 한 벌 있어요. 언젠가 꼭 보여드려야겠네요. 아하, 이제 얘가 왔네요."

레인이 창틀에 한 다리를 넘겨 걸쳤다. 입고 있는 옷은 낡아서 내버린 성인 남성용 잠옷이었다. 그걸 걸치고 있으니 부랑아처럼 보였다. 아이의 두 종아리는 매끈하고 뽀얬다. 달빛에 비쳐 새로 뜬 크림 색깔처럼 희어 보였다. 짙은 빛 머리카락은 근래 빗질의 혜택을 도무지 받지 못한 상태였다. 일단 창문으로 나오자 레인은 몸을 돌려 머스 양이 건네주는 램프들을 받았다. 얼굴 양쪽에 비친 램프 불빛이 레인의 모습을 무슨 청년 신앙에 대한 예배당 설화의 현신처럼 만들어 놓았다. 예쁘다고 해도 큰 무리는 없으리라. 하지만 얼굴에 더러움이 탔고 졸려서 짜증이 난 표정을 짓고 있는 아이치고는 예쁘다는 거였다.

"어디다 놓으면 돼요." 레인이 말했는데, 질문처럼 말끝 올리는 것은 깜박했다.

"아, 하나는 이 식탁 위에 놓고 하나는 창과 창 사이의 돌 턱에다 올려놓는 게 어떻겠니?" 글린다가 말했다. "그렇게 하면 머스 양이 석궁을 가지고 장군 쪽으로 접근하더라도 우리가 큰일이 나기 전에 미리 눈치 챌 수 있겠지. 머스 양은 숨기고 있는 재주가 이것저것 많으니까."

"글린다 부인!" 머스 양이 안에서 기겁을 했다. 하지만 체리스톤은 소리 내어 웃었다.

"가지 말고 있으려무나, 꼬마 레인아. 어쩌면 우리에게 또 무엇이 필요할지도 모르고, 창턱을 넘어 다니는 일에는 네가 우리들보다 낫잖니. 저쪽 벽에다 머리를 기대고 있어도 괜찮아." 글린다가 말했다.

램프 불빛 속에, 등을 돌에 기대고 쪼그리고 앉은 소녀는 퍼사힐스 기차역 바깥의 거지같이 보였다. 옛 시절에 보았던 그 프로티카, 위티카, 세티카, 위카샌드 터닝…….

기름 램프 불빛이 체리스톤에게 비쳐 번질번질 빛났다. 그는 한층 더 꿈쩍 않는 과녁이 되었다. 글린다는 사전에 계획할 수 있었던 전략에서 이미 막바지에 이른 후였다. 그러니 이제부터는 임기응변을 해야 했다. 하지만 체리스톤은 어쩜 이렇게 끄떡도 안 할 것만 같은지. 참을성 많고, 경계심 강하고, 태도 정중하고, 속내는 단단히 간수하는 사람. 그는 정말 약탈자치고는 그야말로 사랑스러운 눈동자를 가졌다. 아련히 색이 바랜 코발트빛이랄까.

"난 요즘 이 상황이 초기 상황이라는 감이 와요, 트래퍼. 그렇지만요, 만약에 내가 당신이 목베거홀에 대하여 품고 있는 궁극적인 의도가 무엇인지 묻지 않는다면 우리 작고하신 처프리 경을 기리는 의미에서 무책임한 짓일 거예요. 당신이 목베거홀을 깡그리 쓸어 없애려는 계획은 갖고 있지 않길 바라요."

"그건 제가 결정할 사안이 아닐 겁니다. 비록 에메랄드 시에 있는 이들 중 누구도 이곳에 대한 생각을 그렇게 많이 하지는 않을 거라고 생각하긴 합니다만. 이 저택이 보배인 줄은 저도 압니다. 이 며칠 안 되는 기간 동안 부인이 어째서 이곳을 그토록 사랑하시는지 충분히 인지하게 되었지요."

"만약 내가 군사 전략을 지휘하는 위치에 있었다면, 난 분명 에메랄드 시로 수송 가능한 영구적 식수원으로 레스트워터 호수를 확보하는 걸로 충분하다고 생각했을 거예요. 난 궁금해요, 기어코 일이 그렇게 진행된다면 당신은 목베거홀을 에메랄드 시의 위성 행정 수도로 쓸 요량인가요? 그리고 혹시라도 먼치킨랜드 자유령의 나머지 지역들은 건드리지 않고 놔두기로 결정할 수 있을까요? 먼치킨랜드는 광대한 권역에 걸쳐 있고, 아무리 시골 구석 같다고는 해도 오즈의 다른 지역들보다 인구가 더 고르게 분포되어 있어요. 다른 지역들은 그에 비해 붐비는 도시 지역이든가 정착해서 살기에는 너무 먼 데다 발붙이고 살기 힘든 척박한 땅이든가 둘 중 하나죠. 먼치킨랜드 전역을 복속시키려고 한다면 무척 고생이 될 거예요."

"전략에 밝으시군요, 글린다 부인. 과연 왕년의 왕권 대행 총리다우십니다. 하지만 다른 즐거움들을 찾아 은퇴하신 몸이군요. 신분 있는 여성의 농원 일이며 꽃꽂이 같은 재미를 찾아서요. 그러니 전 앞날의 일로 조바심치지 않으렵니다. 두고 보면 일어날 일이 일어나겠지요."

"착각하지 마요. 난 이기적인 사람이라서 먼치킨랜드를 우선으로 생각하진 못해요. 목베거홀의 치장벽토 벽에 닥친 일, 목베거홀의 일꾼들에게 닥친 일이 곧 나에게 닥친 일이에요. 목베거의 붓꽃과 프리티벨에 닥친 일이 내게 닥친 일이라고요. 당신은 내가 얄팍하다고 생각하겠지만, 내가 프리티벨 품종 원예를 하면서 맞은 여름이 벌써 18년째예요. 내 정열을 바치는 일이라고요. 내가 키우고 있는 신품종이 우리 지역 소식지에도 기사로 실렸어요, 《레스트워터 이슬 이야기》라고."

이것은 부분적으로는 정말이었다. 정원사가 그 쪼그맣고 꼴 보기 싫은 주황색 꽃을 가지고 뭔가 하긴 했더랬다.

"레인, 얼른 내 서재에 가서 프리티벨 기사가 실린 소식지 철을 찾아오련?"

"어떻게 찾을지 몰라요." 아이가 말했다.

"인쇄된 간행물이야. 1면 표제 문구가 '프리티벨 만발하다'나 뭐 그런 것일 거야. 내가 너에게 말할 때는 자리에서 일어서렴."

레인은 일어섰지만, 어깨를 움찔 했다.

"전 글자 읽을 줄 모르는데요, 어머님."

"제가 찾아다 드릴 수 있어요." 머스 양이 소리쳤다.

"이 애가 가져올 거야." 글린다가 쌀쌀맞게 말했다. "얘야, 거기에 보면 신문 이름이 찍혀 있는 맨 윗단 바로 밑으로 문양이 있어. 프리티벨이 어떻게 생겼는지는 너도 잘 알잖니? 짓씹어 뱉어 놓은 것 같은, 작고 더러운 양말짝 같이 생긴 꽃송이 알지?"

체리스톤은 껄껄 웃고 있었다.

"정열을 바쳐 키우시는 꽃들이로군요. 새로 매달리게 된 일에 대하여 말씀에 담긴 애정이 참 그렇습니다."

"내가 시키는 대로 하렴, 레인." 글린다는 얼굴이 화끈거렸고, 램프 불빛 아래 홍조가 눈에 띄지 않기만을 바랐다. "내 분명히 말씀드리는데요, 트래퍼, 당신이 집안 일꾼 수를 그렇게 확 줄임으로써 내가 즐겁게 접대를 해 드릴 여지를 많이 없애 버린 줄이나 아세요."

"부인의 프리티벨 꽃들이 올해는 십중팔구 수난을 겪겠습니다." 그가 인정했다. "그건 죄송하군요. 정원 어디쯤에 프리티벨이 있지요? 알면 그쪽을 피할 수 있을 텐데요." 체리스톤은 거의 글린다를 궁지로 몰았다.

"그 이야기는 더 이상 못 하겠어요. 꽃들에게 큰 환란이 닥쳤다는 생각을 하면 마음이 너무 심란해요. 짐머스톰이라는 작은 마을을 지나서 휴경 중인 프리티벨 경작지가 있어요. 퍼글스가 나를 호위해서 그쪽을 한 번 돌아보러 나가게 허락해 주실 수 없나요?"

거기에 프리티벨 경작지 따위는 있지도 않았다. 하지만 거짓 구실을 붙여서 하루 나가 볼 수만 있다면 일이 어떻게 돌아가고 있는지 좀 더 잘 파악할 수 있을 것 같았다.

"아마 가능할 겁니다. 상황을 봐서요."

레인이 종이 몇 장을 들고서 도로 창문틀을 넘어왔다.

"가져오라 하신 게 어떤 건지 몰라서 있던 걸 다 가지고 왔어요."

"이젠 그걸 볼 생각이 없구나. 프리티벨 생각을 하다 보니 마음이 너무 답답해. 이 기사들은 도로 갖다 놓으렴."

"아니, 기다려라." 체리스톤이 말했다. 그는 레인에게서 몇 장의 소식지를 받다가 1면 기사 제목들을 살펴보았다. 그런 다음 맨 앞장을 거꾸로 하여 레인에게 보여 주고 물었다. "너 글자 읽을 줄 모르니?"

"네, 선생님. 전 읽을 줄 몰라요."

"왜 모르지?"

"누가 가르쳐 준 적도 없거든요, 선생님."

"너희 어머니는 글 읽을 줄 몰랐어?"

"당신이 기억하는지 모르겠는데요, 체리스톤. 나 보고 식솔들을 몽땅 내보내라고 그런 게 당신이잖아요." 글린다가 말했다.

"아이 어머니를 내보내면서 어린애는 같이 안 보내고 붙들고 있었단 말입니까?"

"그게요, 사실은, 그 애는 고아예요. 내가 좋은 일 하는 셈치고 돌봐 주고 있는 거예요. 손톱 뜯지 마라, 레인."

"그렇지만 아이에게 글자는 안 가르쳐 주셨군요." 도저히 믿을 수 없다는 어조였다.

"내가 모든 걸 다 할 수는 없잖아요. 나한테는 프리티벨을 가꾸고 번식시키는 할 일이 있어요. 최근까지는 이 여자애의 이름이 뭔지도 몰랐다고요. 그런데 글을 읽는지 못 읽는지 내가 어떻게 알아요? 이제 슬슬 목판에 담은 치즈를 들도록 하죠. 레인, 접시를 치워라."

"제가 가져다 드릴게요." 머스 양이 하품을 참으면서 큰소리로 말했다.

"내 손녀딸이 지금 글자를 배우고 있지." 장군이 말했다. "글자란 일종의 마법이란다, 레인. 글자들이 주문처럼 한데 짜 맞추어져 단어를 이루고, 그렇게 이루어진 단어는 일종의 주문이기도 한 거야."

"걔는 글 읽기를 배우고 싶어 하지도 않아요. 걔가 지금 할 일은 저 접시들을 창으로 나르는 거라고요. 애가 일하게 좀 놔둬요, 트래퍼."

하지만 글린다는 이제 기회를 잡은 참이었다. 술수에 넘어가게 만들 수 있을까? 글린다는 지역 유지들이 찾아와 몇 판인가 세 손 스너켓 경기를 하곤 했을 때 아닌 척 속여 넘기는 술수를 제대로 성공시켜 본 역사가 없었다.

글린다는 소식지 한 장을 집어 들어 프리티벨에 관한 기사를 보는 척했다. 그러면서 그 종이가 입술에 닿을 때까지 바짝 끌어당겼다. 약간이나마 시간을 벌어 줄 작은 가리개인 셈이다. 그러는 가운데 체리스톤은 소녀에게 묻고 있었다.

"이 글자가 무엇처럼 보이니? 이것 말이다."

"물 있는 데를 찾을 때 쓰는 막대기처럼 생겼어요." 레인이 대답했다.

"정말 그렇지? 이건 와이(Y) 자란다."

"왜요?"

"그래, 와이."

"너무너무나 감동적이네요." 글린다가 말했다. "하지만 안타까워요, 이건 시간 낭비라고요. 우리 집의 비질 하는 아이는 황무지의 진흙 덩어리보다도 더 머리가 굳었어요. 자, 레인, 날 성가시게 만들고 싶은 게 아니라면 이제 장군님을 그만 귀찮게 하렴. 장군님은 바쁜 분이셔. 그리고 이제 치즈를 드셔야 하고."

"제가 치즈 목판을 가져왔어요." 머스 양이 레이스 커튼을 통해 말했다. 호수에서 불어오는 바람이 더욱 거세어지면서 커튼은 크게 날리고 있었다.

"근사한 아르지키 염소젖 치즈랑 먼치킨랜드 산 동굴 치즈예요, 거기에 나뭇재 층을 넣어 만든 숙성 짐머스위트 치즈도 있어요. 한쪽 귀퉁이가 살짝 안 좋은 곰팡이 색깔을 띠고 있는 것 같기는 하지만요. 이 조명 아래서는 확실하게 말씀드리기가 어렵네요."

"너 글 읽기를 배우고 싶으냐, 레인?" 체리스톤이 물었다.

"불가능한 과업이 당신 전문인가요?" 글린다가 참견했다. "그러다간 먼치킨 시골 아낙네를 붙잡고 다 큰 드레이프의 이를 칫솔질

110

해 주고 싶으냐고 물어보시겠네요. 조금 야단쳐 봐야 먹히지도 않고, 앤 글을 못 깨우쳐요. 당신이 붙잡고 아무리 많이 가르치고 또 가르쳐 봐야 다 헛수고라고요."

"우리 손녀딸은 일곱 살인데 글을 읽어요." 체리스톤이 말했다. "넌 몇 살이지, 레인?"

"이제 당신이 무례하시군요. 레인, 머스 양과 함께 물러가거라."

소녀는 어깨를 움찔 하고는 한쪽 다리를 창턱 너머로 걸쳤다. 말 타듯이 창턱에 올라앉아, 머리카락이 목까지 흘러내린 모습으로, 레인은 현관 포치 옥상에서 정찬을 든 두 사람을 뜯어보았다. 소녀의 얼굴에 떠오른 호기심 어린 표정을 보자 글린다는 분명 오소소 한 전율이 느껴져 왔다. 레인은 이미 읽기를 배우고 있었다. 글자는 그 절반일 뿐이다.

글린다는 입 끝에 어리는 작은 승리의 미소를 감추기 위하여 얼굴을 가린 소식지를 그대로 들고 있었다. 레인이 정말 글 읽는 법을 배운다면 어떨까? 레인은 다른 누구도 갈 수 없는 저택 안 이곳저곳을 슬슬 돌아다닐 수 있을 것이다.

지도들을 훔쳐볼 수 있을 것이다. 야전 장교들의 지령도 볼 수 있겠지. 아마 퍽 위험한 짓이겠지만, 그래도…….

아이가 물러가고, 두 사람이 상당한 양의 치즈와 각각 두 잔씩의 포트와인을 해치운 연후에, 글린다는 이 문제를 마무리 짓기 위하여 화제를 다시 이쪽으로 끌어왔다.

"이 연금 생활의 지루함을 이길 수 있게 날 좀 도와줄 마음이 있나요, 트래퍼? 우리 조그마한 내기를 하나 하면 어때요? 난 당신이 여름이 다 갈 때까지 우리 비질 하는 아이에게 글 읽는 법을 가르칠 수 없다는 데다 걸겠어요. 물론 당신이 임무 때문에 여름 내내 이곳에 눌러앉아 있을 경우를 상정하고 하는 얘기예요."

"우리가 이곳에 눌러앉는 문제에 대해서라면 저는 아무 말씀도 드릴 수 없습니다. 하지만 전 지금까지 딸들에게 글을 가르치면서 오랜 시간을 보낸 바 있습니다. 휴가를 받아서 집에 가 있을 때에요. 손녀딸에게도 그렇게 했고요. 한두 달이면 부인의 머리 나쁜 꼬마 몸종 아이가 간단한 글은 너끈히 읽을 줄 알게 만들 수 있어요. 그래도 여름 끝까지로 해 두죠, 아무튼, 우리가 그렇게 오래 이곳에 머문다면요. 내기합시다."

글린다는 술잔을 들었다. 술잔 끝끼리 챙 하고 부딪쳐서 내기를 성립시켰다.

"하지만 부인한테도 뭔가 도전할 과업이 있어야지요." 체리스톤이 말했다. "어디 한번 이렇게 해보십시오…… 아, 부인은 대체 못 하시는 게 뭔가요? 부인이 능치 못한 일이 있기는 한가요?"

글린다는 그가 프리티벨 신품종을 만들어 내라는 말은 하지 말기만을 바랐다.

"난 항상 요리사를 두고 살았어요. 요리사라고 부르든 뭐라고 부르든 간에요. 내 생각에 그 분야에 입문해서 요리의 재미를 맛보면서 나 스스로 음식 장만하는 법을 배워 봐도 괜찮겠네요."

"그럼 그러기로 한 겁니다." 체리스톤이 말했고, 술잔들이 다시 챙 부딪쳤다.

"그렇지만 정말인가요?" 가려고 자리에서 일어선 체리스톤이 덧붙여 말했다. "어린 시절에도 요리사가 딸려 있었습니까?"

"엄마는 업랜드 가 사람이었죠." 글린다는 그 말이면 설명이 된다는 듯이 그렇게 말했다.

"하지만 주방에 얼씬거리며 뭔가 집어 먹거나 하지도 않으셨어요? 작은 아이들은 다들 그러지 않습니까? 나도 그랬는데요."

"난 내 어린 시절을 그렇게 많이 기억 못 해요." 글린다가 그에게 말했다. "그 이후로 정말 아주 풍요롭고 화려한 인생을 살아왔기 때문에, 만사 단순하던 시절을 곱씹고 앉아 있을 필요를 못 느끼고 지냈죠. 인생이란, 그리고 인생이 가져다주는 것이란…… 언제는 대학에서 학창 생활을 하고, 그런가 싶더니 한 10년 후에는 오즈의 장관이 되고요. 어느 해는 장미꽃과 프리티벨꽃을 재배하다가, 어느 해에는 가택연금을 당하는 거죠. 그러니까요, 매일매일 살아가는 일상도 언제나 충분히 정신을 팔 만하지 않나요? 어린 시절이라, 그건 신화죠."

"안녕히 주무십시오, 글린다 부인. 그리고 아주 유쾌한 저녁 시간을 보내게 해 주셔서 고맙습니다. 하루이틀 안에 댁의 몸종 아이를 데리러 사람을 보내도록 하죠."

시간이 늦었다.

글린다는 머스 양과 계집애를 물러가게 했지만, 그에 앞서 우선 레인에게 도움을 주어 고맙다고 치하했다. 그런 다음 글린다는 몸소 자기 잠자리를 보았다. 자기가 생글생글 미소 짓고 있는지 확인하기 위해 굳이 작은 거울을 볼 필요도 없었다. 그녀는 자기 꾀가 잘 먹혔다고 생각했다.

그렇기는 하지만 베개를 베고 누우면서 글린다는 자기도 모르게 어린 시절 생각을 하고 있었다. 글린다가 아까 한 말이 정말 진담이었나? 글린다 자신의 어린 시절은 정말 그렇게 모조리 흔적도 없이 증발해 버렸는가? 아니면 단지 글린다가 어린 시절을 뒤로하고 시즈 대학으로 향한 이래 그 시절을 돌아보기를 까맣게 잊고 지냈던 것뿐인가?

8

세 번째 기억, 그리고 더듬어 볼 수 있는 맨 첫 기억들 중 마지막 것. 과연 누가 정신의 구조를 알까만은. 그리고 비밀스러운 일화들로 통하는 아치문이 설마 그렇게 차례대로 줄지어 있을까만은⋯⋯. 필경 그렇지 않을 것이다.

그렇지만 그래도 이것은 가을철의 기억이었다. 실제로 가을이었든지 아니면 그녀가 기억들을 또렷이 두드러지게 하려고 선명하게 대비되는 색상들로 치장했든지 둘 중 하나일 것이다.

사과나무들? 그렇다, 사과였다. 경사진 땅을 그러안은 과수원. 오르막이 되기를 머뭇거리듯, 몇 단계로 매 층마다 편편하게 다져진 계단식 땅이었다. 손수레를 쓸 수 있도록 그렇게 해 둔 것이든지, 아니면 언덕 자체가 원래 그렇게 생긴 지형이었을지도 모른다.

이것은 기억들 중 유일하게 배경으로부터 시작되는 것, 그녀가 그 장소에 들어서면서 시작되는 기억이었다. 자신이 중심에 있고 그로부터 주위 상황이 펼쳐져 나가는 것이 아니라.

비틀어진 나무줄기들 사이를 이리저리 거닐고 있었다. 나무들은 골짜기에서 끊임없이 불어 올라오는 치부는 바람에 시달리며 자라느라 배배 꼬였다. (그러니까 거기에는 분명 골짜기가 있어야 한다. 골짜기 아래에는 무엇이 있나? 집인가? 마을인가? 강인가? 왜 기억들이란 이렇게나 개별적일까? 왜 이렇게나 시샘이 많아 세부적인 것들을 서로 보강해 주지 않는가?)

바람에 떨어진 과실들이 풀 속에 점점이 보석 같았다. 불그스름한 것, 포도주 같은 암적색, 라임베리 색, 드문드문 무늬가 진 노란 것. 가지에 주렁주렁 열린 과실들은 럴라인마스 장식물들 같았다. 잎사귀들은 서로서로 신호를 보내는 듯이 팔랑팔랑 뒤집혔다. '저 애가 온다.'

한 특정한 나무 둘레에서 그녀는 뒤집힌 물레가락처럼 풀 속에 엎어져 있던 상처 입은 새와 맞닥뜨렸다. 첫눈에 보고는 사고로 어디에 머리를 박아서 목이 비틀린 줄 알았다. 이전에는 한 번도 옆부리메린을 본 적이 없었던 것이다.

괴상하게 생긴 부리 위로 한쪽 눈이 그녀를 빤히 바라보았다. 그녀는 새의 응시에 끌려 들어가는 자신을 느꼈다. 자기가 중심이었던 것을 잠시 희생하고 그 시선에 이끌리고 있었다. 그녀는 메린의 눈에 비친 자신, 메린이 보고 알아차린 자신을 느꼈다.

메린은 오리와 백조의 먼 친척뻘인 물새다. 비록 오리의 직업윤리와 백조의 자아도취는 둘 다 아예 사절이지만 말이다. 특이하게 생긴 부리는 다른 새들로부터 물고 있는 것을 한입 채뜨려 먹기 위해 옆으로 굽어 있었다. 그 부리를 사용하지 않을 때에는, 턱의 이중 관절 덕택에 빙 돌려 뒤로 해서 뽀얀 목깃 속에 처박아 둘 수 있

116

다. 그래서 날고 있을 때의 메린은 날개 달린 외투 단추를 닮았다. 사슴벌레 색깔을 한 이 메린은 부리를 목털 속에 묻어 두고 있지 않았다. 그놈은 그저 그녀를 보더니 마치 말을 하려는 것처럼 입을 벌릴 따름이었다.

어떤 생명체들은 말을 할 수 있다는 사실을 아직은 모르던 시절이었다. 그리고 그 사실을 이때에 배우지는 않았다…… 최소한 눈앞에 증거를 보고 배운 적은 없었다. 하지만 그 물새가 흡연자의 턱턱 걸리는 모음 발음 같은 걸걸한 소리를 길게 뽑아 울자, 메린이 구체적으로 하고픈 말이 있구나 하는 점은 확실히 알 수 있었다.

그녀는 메린을 집어 들려고 해보았지만 새가 그러도록 가만히 있지 않았다. 결과적으로 팔뚝에 나 버린 찰과상은 처음에는 분필로 그은 줄 같다가 서서히 방울방울 피가 맺혀 올랐다. 상아 덧베개에 주홍색 실로 수를 놓은 듯이.

그녀가 달래듯 말했다.

"넌 다쳤지. 그렇지만 앙갚음으로 날 다치게 해봐야 너한테 도움이 안 돼."

메린은 몇 치 비켜난 위치에 몸을 웅크렸다. 목숨 있는 것의 힘이 미치는 한껏 잔뜩 벼르면서, 다급한 몸짓에 분노를 담아 바라보았다.

"내가 널 집어 들 수 있으면 너를 데리고……." 하지만 새를 어디로 들고 가려고 했던가? 어딘가 집으로, 마을로, 강으로 데려가려고 했나?

혹시 사과를 먹을까 싶어서 한 알을 데구루루 굴려 보냈다. 메린은 사정없이 사과 알을 쳐내 버렸다. 그리고 나서…… 그러니까 어째서 이런 사정을 일일이 다 기억하고 있었나? …… 그녀는 그 새를 보살펴 주었다. 어떻게 보살펴 주었는지는 기억이 나지 않았다. 그냥 자기가 보살펴 주었다는 것만 기억했다. 방도를 강구해서 메린이 도로 체력을 비축할 때까지 한동안 먹이를 먹여 주었다.

아는 것을 말해 보자.

나는 금빛 나는 송사리인지 빙어인지를 내 주머니에서 끄집어냈던 걸 기억해. 아직도 팔딱거리는, 마치 내가 방금 물웅덩이에서 구출해 낸 것만 같은 물고기를 주머니에서 꺼내 메린에게 먹였지. 나는 그 조그마한 물고기가 부리에 집혀서 탁 내리쳐지던 것을 기억해. 풀 속에 내동댕이쳐졌지. 그리고 메린은 얼마나 잽싸고 정확하게 물고기를 도로 물어 올려 통째로 꿀꺽 삼켜 버렸던지.

하지만 이것은 얼마나 명백하게 그릇된 기억인가? 얼음에 갇힌 물고기를 구출한 건 겨울에 일어난 일이었다. 공격을 당했는지 병이 있었는지 알 길 없는 메린이 회복된 건 분명 가을철 일이었다, 그 기억을 장식하고 있는 그 많은 사과 알들.

그러니…… 만약 가장 오랜 기억들이 서로서로 오염시킬 수 있다면, 그럴 수는 없었던 것으로 입증될 수 있다면, 기억이 도대체 무슨 소용이 있단 말인가?

그것이 그녀가 더 이상 기억하는 게 아무것도 없는 이유였던가?

딱 하나 메린이 회복되어 원래의 자세를 되찾고 성질도 누그러진 후에, 그놈이 안짱다리로 뒤뚱거리며 그녀에게 돌진하던 것만 빼고는 말이다. 그놈은 부리를 가위처럼 짤깍거리며 달려왔다. 나중엔 뒤로 돌렸지만 말이다. 잠을 자려고 의족을 떼어 한쪽 겨드랑이에 끼고 잠자리로 뛰어가는 외다리 사내처럼, 메린은 부리를 빙그르르 휘둘러 제자리에 묻었다. 그런 다음 새는 기묘하게 생긴 그 꼭두각시 인형 대가리를 쳐들면서 날개를 펼쳤다. 한쪽 날개가 비틀려 다쳤던 게 눈에 보였다. 그쪽은 날개깃도 많이 빠졌다. 날개의 선단에 보기 흉하게 끈적거리는 살점이 아직 안 마른 니스 칠을 한 듯 번들거렸다.

그런데 그런 꼴로도 그놈은 어찌어찌 날아오를 수가 있었다. 그 새는 나는 법을 처음부터 전부 다시 배운 것처럼 맹렬히 날개를 치며 나뭇가지 사이로 날아갔다. 왼쪽 날개에 새롭게 힘을 넣어 힘이 없는 오른쪽 날개를 바로잡으면서 날았다. 한쪽으로 기우뚱 기울어진 채, 메린은 아래쪽 지면의 계단식 과수원을 본뜬 듯이 공중의 경사를 올라갔다. 그놈은 은청색 하늘을 배경으로 빙그르르 방향을 바꾸었다. 기억의 범위를 넘어 상상에 속하는 그 어떠한 목표를 향하여 날아갔다.

하늘 위 보이지 않는 계단을 올라서!

굳이 입을 동원하지 않고도(주둥이는 목털에 묻어 간수하고 있었다.) 새는 그녀에게 말을 했다. 어떻게인가 말했다.

"기억해라." 하고.

9

체리스톤은 자기가 한 말을 충실히 지켰다. 다음 날 아침에 그는 부하를 보내어 글 읽기 수업 첫 시간에 레인을 데려오게 했다. 수업은 오팔린 살롱에서 할 참이었다. 그만 하면 안전하다. 머스 양은 문이 빠끔히 열려 있더라고 보고했다. 글린다 부인이나 그녀의 아랫사람들이 혹시 온당치 못한 일이 있지는 않은가 확인할 수 있게 하려는 듯이 열어 두었다.

"그렇단 말이지. 좋아, 그러면, 내 부탁 좀 들어 줘, 머시. 혹시 모르니까 그쪽에 가서 살짝 엿보아 주겠어?"

"글린다 마님, 전 많은 일들을 하고 그 일들을 잘하지만요, 엿보는 일은 절대 안 해요."

레인은 한 시간 후에 돌아왔는데 겉으로 보기에는 배웠다고 대단히 훌륭해진 점은 없는 것 같았다. 아이는 남쪽 현관 포치의 화분에 심어져 있는 프리티벨에 물을 주러 총총히 나갔다. 글린다가 이제 그 젠장할 것들을 잘 살려 두어야 한다는 의무감을 느끼고 있었기 때문이다.

요리사가 말을 전해 왔다. 늘 들어오던 감자가 징발되었다고 했다. 그와 함께 훈제한 스카크 뒷다리 살 세 개와 햄 두 덩어리도 징발되었다. 글린다 부인께서 약불에 삶은 달걀과 햇당근으로 점심을 드셔도 괜찮으실지?

머스 양은 두통이 와서 오후 동안 쉬겠다고 했다.

글린다는 자기 처소 안을 길이대로 걸었다. 목베거홀은 곶의 정상부에 지어져 있으니만큼 삼면으로 호수의 전경을 즐길 수 있었다. 서쪽으로 글린다는 거위 떼를 볼 수 있었다. 정면의 창 너머로는 호수 물결을 타넘는 외로운 쪽배 한 척을 엿보았다. 동쪽으로는, 공기 중에 풀려 가는 몇 줄인가의 연기 가닥이 어딘지 모를 곳으로부터 솟고 있었다.

글린다는 종을 울려 퍼글스를 불렀다.

"그들이 짐머스톰을 불사르고 있는 것은 아니겠지, 설마?" 글린다가 물었다.

"확실하게 이렇다 말씀드릴 수가 없습니다요, 어머님." 퍼글스가 대답했다.

"저희 주방으로 배달되는 물품들은 이제 벙어리 흉내를 내는 에메랄드 시의 몹쓸 녀석이 받아서 처리를 합니다요. 아마 정말 벙어리인가 봅니다. 그 녀석은 이름이 일병, 일병이랍니다. 그리고 우리한테도 다른 누구한테도 생전 아무 말을 안 하고요. 제가 말씀드릴 수 있는 한 거의 그렇습니다. 그래서 그 녀석에게서는 아무 얘기도 얻어낼 수가 없어요."

"이건 도저히 참을 수 없어." 글린다는 체리스톤을 호출하려고 시도했다. 하지만 영구적으로 연회실에 붙박여 주둔한 듯한 보초병은 이렇게 대답했다. "장군께서는 집에 계시지 않습니다, 어머님."

"당연히 체리스톤은 집에 있지 않지." 글린다가 쏘아붙였다. "그의 집은 어디 다른 데 있잖나. 여기는 내 집일세. 그 사람 어디 있나?"

"말씀드리기 죄송하지만, 제한된 정보입니다, 어머님."

"난 자네 어머님이 아니라네, 젊은이. 나를 부를 때는 글린다 부인이나 처프리 부인이라고 하게. 자넨 누군가?"

"제한된 정보입니다, 어머님."

글린다는 하마터면 그를 때릴 뻔했다. 하지만 체리스톤이, 꽤나 제멋대로인 태도로, 주방 쪽을 통과하여 때마침 그 자리에 들어섰다.

"당신 목소리가 들린 것 같았어요."

체리스톤은 마치 오후의 뇌조 사냥에서 돌아온 남편처럼 그렇게 말했다. 글린다에게는 거의 그가 방을 한달음에 가로질러 와 자기 뺨에 입술을 꾹 눌러 입맞춤이라도 할 것 같은 느낌이 들 지경이었다.

"트래퍼, 이야기 좀 해요. 둘이서만요."

그는 어깨를 움츠렸다.

"아시다시피, 프라이버시는 부인이나 나 어느 쪽의 평판에도 조금도 도움이 되지 않아요."

"지금은 전시예요, 트래퍼. 평판 따위는 뒈지라고 해요."

"바라시는 대로 하죠." 체리스톤은 손짓을 했고 메나시에는 미끄러지듯이 자리에서 물러났다.

글린다는 그에게 동쪽에서 무엇이 타고 있는 것인지 알았으면 한다고 말했다.

"아, 그거요? 안타깝게도 수확철의 목화가 탔습니다그려. 이곳과 짐머스톰 사이에 있는 밭들이지요."

글린다는 그만 숨을 삼켰다.

"당신 미쳤군요. 목화가 도대체 당신에게 뭘 잘못했나요?"

"아, 그런 건 거의 없지요. 목화는 죄가 없습니다, 인정합니다."

"대체 무엇 때문인가요? 그냥 농사꾼들 돈벌이가 될 수확물을 빼앗아 없애려는 건가요? 그들은 길리킨의 공장에 목화를 팔아요. 분명히 일아 두세요. 당신은 오즈 충성령의 면직물 가격을 강제로 끌어올리게 될 거예요. 그건 순전히, 단순히 미친 짓이에요."

"어쩌면 저 농장에 목화바구미가 창궐해 해를 끼치고 있었는지도 모르지요."

"아무렴요. 농부들이 이곳을 공격하게끔 자극을 하려고 그러시는 건가요? 목베거홀의 전투를 연출하시게요? 진정이에요, 트래퍼. 난 해명을 원해요."

그는 눈썹을 올렸다.

"당신이 먼치킨랜드의 착한 마녀가 된 줄은 몰랐군요, 글린다 부인. 이자들한테는 이미 왕위 참칭자 하나가 총독위를 차고 앉아 저 위 콜웬 그라운즈에 웅크리고 있는 줄로 들었습니다만."

"그리고 내게는 근처에 친구들이 살고 있고요."

"목화 농사 짓는 농사꾼들 중에요? 대충 해 두십시오."

너무 무리한 이야기를 했다, 글린다도 자각했다. 글린다는 다시 시도해 보았다.

"그들 농부들이 당신과 나 양쪽 모두에게 유제품과 곡물을 공급해 주어요. 그 외에도 또 무엇을 공급해 주고 있는지 누가 알겠어요. 당신은 불장난을 하고 있는 거예요, 장군. 유감스럽게도, 말 그대로 불장난이네요."

"뭐, 글쎄요." 체리스톤은 손수 잔에다 글린다의 브랜디를 약간 따랐다. 점심시간도 되기 전인데! 그는 글린다에게 잔을 권했다. 글린다는 모른 척했다.

"진실은 말입니다, 젊은이들이 좀이 쑤셔한다는 겁니다. 병사들이란 작전에 돌입하는 것을 좋아하지요. 그렇다 보니 갑갑함에 살짝 미치려고 해요. 그들을 바쁘게 만들어 주어야만 합니다. 밭을 좀 불사르는 것은 운동 삼아 하기에 괜찮죠. 밖으로 내보내어 일을 하게 하는 겁니다."

글린다는 체리스톤이 돌아 버리기라도 한 것처럼 그를 바라보았다.

체리스톤이 덧붙였다.

"부인은 슬하에 아들을 두어 보지 못하셨지요. 이해 못하실 겁니다. 병사들은 건설하는 것 못지않게 파괴하는 것도 좋아한답니다."

글린다는 제정신을 차릴 수 없었다.

"당신이 여기에 몇 달을 있게 되면 무슨 짓을 할 셈인가요? 이 지방 전체를 새까맣게 태우나요?"

"아마 아랫동네의 소일거리를 찾아 하게 되겠지요. 골반을 튕기는 춤 같은 거라도요. 짐머스톰의 선술집에서 늙은이들이 추는 그런 거요. 아니면 다트 던지기라도." 그는 글린다가 놀라 어쩔 줄 모르는 모습을 뜻밖으로 알아 재미있어하고 있었다. "아니면 내가 부하들에게 쿼아티 말을 하는 법을 가르쳐도 되겠네요. 그건 그렇고, 부인 댁의 레인은 오늘 아침 글자 배우기에 칭찬할 만한 시작을 했답니다."

"난 마차가 있어야겠어요."

"오늘은 내드릴 수 있는 마차가 없군요."

"나에게 한 대 배정해 줘야만 할 거예요. 밖에서 일을 볼 예정이
있어요. 오찬을 마친 즉시 출발하도록 하겠어요."

"도저히 마차부로 빼 드릴 인원이 없는데요."

"퍼글스나 요리사를 마부 삼아서 가겠어요. 마차 말을 어떻게 건
사해야 하는지 그이들이 알아서 할 거예요."

글린다는 체리스톤이 "어디에 볼일이 있으시다는 겁니까?" 하고
말을 하고 있는데 몸을 돌려 그 자리를 떠났다. 그러면서 대답했다.

"목화밭에서 동쪽이에요. 정확한 목적지는 어디로 할지 아직 결
정 안 했어요."

글린다에게는 은근히 놀랍게도, 앞가림 판이 달린 하얀 여름용
망토를 걸치고 층계를 내려왔을 때 정문이 열려 있고 연회실에 있
던 메나시에가 거기 대기하고 있었다.

"이름은 재커스라고 합니다, 글린다 부인." 깔끔하게도 예의를
갖추어 그가 말했다. "합리적인 한도 내에서 부인께 편의를 제공해
드리고, 만약 부인이 이치에 닿지 않는 일을 고집하신다면 돌아오
라는 명령을 받았습니다."

"난 합리적인 것 따위는 하나도 모르네. 그 점 미리 알아 두게
나." 글린다가 그에게 말했다.

글린다의 마차들 중 가장 좋은 마차는 아니었지만 그래도 없는
것보다는 나았다. 머스 양은 부채를 가지고 왔다. 하지만 호수에서
불어오는 시원한 바람이 제법 세어서 참으로 고맙게도 오늘 오후에

는 각다귀가 거의 없었다. 이륜마차 바퀴가 전복 껍데기를 깐 진입로를 구르는 따그락거리는 소리, 그리고 그에 이어 마차가 목베거 홀의 정문을 지나 동쪽으로 방향을 돌려 호숫길을 따라갈 때 여름철의 흙길을 구르며 내는 좀 더 부드러운 소리가 얼마나 소중하고 기분 좋은지. 글린다 부인은 이제껏 정말로 감옥에 갇힌 기분을 느끼지는 않고 있었다. 하지만 감금에서 풀려나자 원래 바랐던 것보다도 한층 더 반가웠다.

길은 호수의 북안에 접한 파인배런스의 야트막한 구릉을 따라 오르막이 되었다 내리막이 되었다 했다. 오즈의 이 지역은 수백 년 넘게 농작이 이루어져 온 땅이었다. 한 번은 만찬 석상에서 어떤 지루한 늙은 영감이 글린다에게, 옛날 옛적 먼치킨들이 이곳에 먼저 정착해 살았노라는 이야기를 한 적이 있었다. 북동쪽으로 오즈의 곡창 지대를 식민지로 삼기 이전에 말이다. 어떻게 누군가가 그런 것을 추정해 낼 수 있는지 글린다는 영 미덥지 않았지만, 시간이 흐르면서 건축물에 대한 그녀의 안목을 통하여 그 영감의 논지를 지지하는 단서들이 모이기 시작했다. 그리고 글린다는 이 지역의 왕성한 생산력이 떠돌아다니던 트롤들 어중이떠중이들에게 충분히 매력이 있었겠다는 점을 인정하지 않을 수 없었다.

그녀가 레스트워터를 얼마나 사랑하게 되었는지. 마치 자기 방에서 매일 보는 호수가 아닌 것처럼 글린다는 또다시 그 광경에 경이로워했다. 길이 굽어 돌 때마다, 경사를 오르다 내리막에 이를 때마다 햇살에 눈부시게 빛나는 파란색의 새로운 절경이 펼쳐졌다. 소나무 사이로 보이는 파란색, 그늘 한 점. 자작나무 사이에 비친 파란색, 또 하나 더. 조각조각 부서지고 낱낱이 흩어진 파란색, 탁 트여 오는 파란색. 만약 천국이라는 곳이 정말 있다면, 목베거홀에서 짐머스톰에 이르는 길을 본뜬 것만도 못한 곳일 수 있으리라 글린 다는 생각했다.

그렇기는 하지만, 아무튼 너무나 이르게도 글린다는 숯 검댕이 되도록 타 버린 고약한 냄새를 맡기 시작했다. 그리고 파랗던 시야 는 공중에 무겁게 드리워져 떠도는 연기로 우중충한 갈색이 되어 갔다. 일종의 산업 매연 같은 연기였다. 글린다가 기침을 했고, 머 스도 기침했다. 눈들이 따끔거리다가 곧 눈물이 줄줄 흘렀다.

"이만 돌아가도록 할까요, 어머님? 어머님 건강을 생각해서요." 재커스 일병이 물었다.

"계속 가게나."

밭은 송두리째 타 버렸다. 글린다는 강물처럼 죽죽 흘러내리는 눈물 사이로 엿보았는데 최소한, 최소한 농장 집들이며 농가에서 따로 내어 지은 부속 건물들은 땅 위에 서 있구나 싶었다. 아무튼 길에서 보이는 곳에 있는 건물들은 말이다.

저 농부들이 무엇을 했는가? 그들의 생계 수단에 횃불로 불을 붙 여 태워 없애는 동안 그들은 어디에 가 있었나?

마차는 마찬가지로 쑥대밭이 되어 버린 채마밭을 지나갔다. 재미 삼아 짓밟은 것이리라고 글린다는 짐작했다. 하늘을 등지고 허수아 비 하나가 어깨를 움츠린 모습으로 폐허가 된 땅을 주재하고 있었 다. 마치 이름 없는 신에게 이 까닭 없는 파괴의 이유를 묻고 있는 것 같았다.

머스가 흘리는 눈물은 진짜 눈물이었다. 머스는 머저리다, 애틋 한 머저리일지는 몰라도, 하여튼. 글린다 자신으로 말하면 지금이라도 당장 도끼창 휘두르기 교습을 받고 싶은 심정이었다.

머지않아서, 그렇다고 빨리 지나왔다고는 할 수 없지만, 그들은 가장 피해가 막심한 지점을 빠져나와 짐머스톰으로 들어가는 내리막길에 접어들었다. 짐머스톰 마을회관은 제대로 꼿꼿이 서 있었다. 그 경사진 지붕은 먼치킨랜드산 청회색 기와로 이은 그대로다. 어쨌든 모든 게 웬만큼은 제대로 있는 것 같았다. 다행이구나.

글린다는 재커스에게 마차를 마을 광장에 세우라고 지시했다.

"우린 차를 마실 걸세. 내 말동무와 나 둘이서. 자넨 그 자리에 함께할 필요 없네."

그래도 재커스는 동네 찻집의 거리 쪽 문에 보초를 섰다.

그리고 글린다 부인에게는 무엇보다도 안타까운 체험이 기다리고 있었다. 마치 벌레 물린 것을 깨닫듯이 조금씩조금씩 단서가 모이면서 아주 천천히 깨달음이 왔다. 바로 짐머스톰 주민들이 목베거홀에서 해고된 사람들의 증언을 완전히 믿고 있지는 않다는 사실이었다. 그들은 글린다 부인이 저택을 점거한 자들과 합세하고 있지 않은가 하는 의심을 품고 있었다.

글린다는 그들을 탓할 수도 없는 노릇이었다. 글린다 자신은 물론 길리킨인이다. 그리고 에메랄드 시에서 상류층과 어울려 사교 생활을 했다. 그렇다고 공공연히 대중에게 변명을 늘어놓을 수는 없었다. 전직 왕권 대행 총리가 그럴 수는 없다. 게다가, 누가 글린다를 믿어 줄 것인가? 글린다는 돌처럼 싸늘한 침묵 속에 앉아서 우거지상을 한 먼치킨랜드인 여주인이 못마땅하게 구시렁거리면서 무릎에 내동댕이치기라도 할 듯이 차를 갖다 주기나 기다릴 따름이었다.

"비스킷 하나 주게." 글린다가 부탁했다.

"비스킷 없어요." 찻집 여주인이 쏘아붙였다. "마님네 군인 친구 양반들이 자기들이 먹으려고 싹 긁어 갔어요."

"동그란 빵조각이라도 좀 구워 내오시죠?" 머스 양이 떠보았다.

구운 빵조각은 20분 뒤에 나왔다. 먹지 못할 정도로 바짝 타서 나왔다. 꼭 목화밭처럼 전부 다 탔다.

"그만 산책이나 할까?" 글린다 부인이 말했다.

"5파딩 되겠습니다요, 어머님." 심술 궂은 농부 여자가 그렇게 말했다.

글린다 부인은 동전을 가지고 다니는 습관이 없었다. 머스 양은 갖고 다닐 돈 자체가 없었다. 재커스 일병에게 업소에 돈을 치러 달 라고 부탁을 하다니 얼마나 낯부끄러운 일인지. 그와 같은 실수는 두 번 다시 하지 않겠다고 글린다는 생각했다.

그렇기는 했지만, 재커스가 계산을 하고 있는 동안에 글린다와 머스는 얼른 가게를 나와 마을 광장을 가로질렀다. 소규모의 탈출 이다! 아, 신나라.

"도서 대출실로 들어가는 거야, 머시." 글린다가 말했다. "자, 빨 리. 관절염 걸린 늙은 엉덩이라도 빨리빨리 움직이지 않으면 내가 깔아뭉개고 달려갈 거야."

대출실의 사서로 등받이 없는 걸상에 올라앉은 사람은 은퇴한 먼치킨 노인이었다.

글린다는 그 사람을 알아볼 수 있었다. 이름까지는 몰라도 말이다.

"식사 준비를 하는 데 필수적인 요점들을 가르쳐 줄 책을 빌렸으 면 하는데." 글린다가 말했다. "근사한 정찬 말일세. 인간이 먹을 만한 근사한 정찬."

"그런 건 책이 가르쳐 줄 게 아니지요, 글린다 부인. 그건 어머니들이 가르쳐 주는 겁니다. 제가 부인께 내드릴 수 있는 책 중에서 제일 근접한 내용이라면 동물 돌보기에 관한 책이겠습니다. 거기엔 키우던 가축을 직접 도살할 수 있게 삽화가 들어간 색인이 붙어 있지요."

"그건 아닌 것 같군." 글린다가 웅얼거렸다.

몸을 돌리다가, 글린다는 사서의 책상 뒤에 붙어 있던 광고판을 보았다. 두루마리 광고지 한 장이 압정으로 광고판에 고정돼 있었다. 글린다는 그 내용을 들여다보았다. 조악한 선 그림에 곁들여 손으로 쓴 광고 문구가 있었다. 글린다는 독서용 안경을 갖고 오지 않은 터였다.

"머스 양, 저기 뭐라고 쓰여 있는지 해독해 줄 수 있겠어?" 글린다가 부탁했다.

머스 양은 해독할 수 없었다.

"뭘 읽어 달라고 하시려면 레인을 데리고 오셨어야죠." 말하는 어조가 다소 매정했다.

"제가 읽어 드릴 수 있습니다, 글린다 부인." 사서가 말했다. "쓰여 있기로는 타임드래곤의 시계가 다음 주쯤 해서 이쪽으로 지나간답니다. 날씨와 군사적 상황이 허락한다면요."

"모종의 예배당이 바퀴를 달고 굴러가는 것처럼 생겼구먼."

"흥행물이랍니다, 어머님. 어른들을 위한 일종의 꼭두각시 인형극이에요. 한 번도 보신 적이 없으십니까?"

"들어 본 적도 없네." 글린다는 찬바람이 쌩쌩 나는 어조로 말하려고 했지만, 문득 생각을 고쳤다. "여보게, 친절한 사서 양반. 이 유랑 연예단의 단장한테 목베거홀에 들러 달라고 말 좀 해 줄 수 있겠나? 정말이지 내 생각에도 군인들이 뭐라도 기대해 볼 게 있어야지, 그들이 이미 저지른 것 이상의 피해를 끼치지 않게끔 우리가 어떻게 해볼 수 있지 않을까 싶어. 예컨대 오늘 해 놓은 짓을 보게."

다행히도 이 먼치킨랜드인은 찻집 여편네만큼 의구심을 품고 있지는 않았다.

"떠돌아다니는 시계 패거리가 제 말을 듣기나 할지 모르겠습니다." 사서가 대답했다. "그렇지만 말씀을 전할 수는 있습죠. 말씀 전하고 그자들이 어떡할지 보겠습니다. 제가 듣기로는 그 무리는 건방지게도 외교적 사면권을 가지고 공연을 한다더군요. 이쪽 지역으로 몇 년에 한 번씩 지나가는데, 다스리는 사람이 사악한 서쪽 마녀든 아니면 옛 트롭 가문의 수장이든 아니면 저 성질머리 고약한 좀비 몸베이든 상관도 하지 않아요. 아주 겁 없는 작자들 같아요. 부인이 하신 말씀 제가 그자들에게 전합죠."

"정말 친절도 하구면." 글린다가 그에게 말했다. 재커스 일병이 목깃 아래가 시뻘게져서 쫓아오고 있었다.

"부인이 제 누이에게 친절하게 해 주셨지요. 그때 우리 누이가 아이를 못 낳고 한 달이나 누워 있었을 적에 말입니다." 사서가 부드러운 어조로 말했다. "누이의 이마에 천을 올려 주시지 않았습니까? 잊어버린 척하지 마세요."

글린다는 자기가 자선을 베풀었다는 혐의를 받고 영문을 몰라하며 몸을 돌렸다.

"어쩜, 무례하게!" 머스가 글린다를 대신하여 씨근거렸다.

10

 날이 갈수록 각각 다른 꽃무리들이 꽃망울을 터뜨려, 꽃들이 정원에 도형을 그리고 초원에도 색이 바뀌는 팔레트를 만들어 놓았다. 지금은 늦게 피는 개나리가 노른자 색으로 자글자글해지고, 지금은 고사리가 깔쭉깔쭉한 레이스로 장식을 더한다. 지금은 산비탈의 협죽도가 꽃을 피워 흰 데이지꽃이 연보랏빛을 대신할 때까지 만발하고, 그 다음으로는 야생 더스테리아 데이지가 피어난다. 나무에 달린 잎사귀들은 손바닥을 더 넓게 펼쳤다. 들여보내 줘, 해가 말했다. 난 나갈래, 나무가 말했다.
 풍경 비치는 연못 너머로, 모양을 내어 다듬어 놓은 관목은 다시금 빽빽한 녹색이 되어 빈 공간들이 다 찼다. 조각상이며 장식 기둥들을 둘러싸고 만들어진 녹색의 방들, 나뭇가지로 짠 시골식 장의자 모양을 본떠 대리석으로 조각해 만든 긴 의자. 매일같이 내리는 거센 소나기가 지나가고 나면 글린다는 종종 양산을 들고 발걸음 내키는 대로 관목 미로 사이를 걸었다. 머스 양은 비가 흠뻑 퍼부은 후 담쟁이에서 나오는 진드기에 알레르기가 있어서 집안에 머물렀고, 그 덕분에 글린다는 잠시 혼자만의 시간을 가졌다. 그들이 부르는 이름대로 '녹색 궁실'은 글린다의 개인 처소의 연장선상에 있다고 간주되었으므로, 그녀는 웬 예의 없는 병사가 자신의 명상을 방해할까 봐 걱정할 까닭이 조금도 없었다.

그랬기에 일주일쯤 지난 후의 어느 날 오후 미적인 감각을 발휘해 일부러 쓰러뜨려 놓은 돌기둥 위에 앉아 있던 수염이 허연 난쟁이와 딱 마주쳤을 때 글린다는 퍽이나 놀랐다.

"저기, 미안합니다만." 글린다의 목소리는 서릿발이 창창했다.

"미안할 것 없소이다." 기다란 담뱃대에 불을 댕기면서 난쟁이가 그렇게 대꾸했다.

"이 정원은 사유지예요. 호젓하게 즐기기 위한 곳이라고요."

"그럼 댁은 꺼지시는 편이 낫겠구먼요." 난쟁이가 한 눈을 찡긋하며 말했다. 뻔뻔하기는. "아니면 오히려 호젓하게 둘이서 이야기 나누기에 딱이라고나 할까요?"

"당신 내가 누구인 줄 알아요?"

"글린다 아니오? 아니라면 내가 길을 잘못 든 거지." 난쟁이가 대꾸했다. "관목 미로에서야 길 잘못 들기가 아주 십상이지. 특히 난쟁이는 말이요."

"당신이 떠나지 않겠다면 개를 풀겠어요."

난쟁이는 쓰고 있는 안경 위로 글린다를 올려다보았다.

"댁이 나를 오라 해 놓고, 그건 영 시원치 않은 환영 인사인걸. 우리가 전에 만났던 것 기억 안 나요? 아니면 혹시 난쟁이는 이 난쟁이나 저 난쟁이나 매한가지라는 거요? 나한테는 다 똑같아 보여요, 뭐 그런 건가?"

"미안해요. 내가 정신이 없네요. 옆에서 쪽지를 건네서 일깨워 줄 집안사람이 이제는 없거든요." 글린다는 난쟁이를 이모저모 물끄러미 뜯어보았다. "아, 알았어요. 그 서커스 공연단 사람이로군. 무언극 하는 유랑 공연단. 아닌가요?"

"우리는 우리를 사회비평가라고 생각하는 편이지요. 오즈의 양심이랄까. 그렇지만 들어오는 현금은 마다하지 않고 접수하니까, 부인 부르고 싶으신 대로 춤추는 곰들이라고 하든가 도덕적 생체 해부론자들이라고 하든가 맘대로 부르시구려. 나야 아무 상관 없으니."

난쟁이는 자기 이름을 대장이라고 대었는데, 그 이름을 들어도 생각나는 게 없었다. 글린다가 물었다.

"미로 속에서 나를 어디서 찾아낼지 어떻게 알고 들어왔죠?"

난쟁이는 소리 내어 웃었다.

"아, 찾아낼 방법을 안다는 것, 그게 내 전문이랍니다, 아씨마님."

"흠…… 와 줘서 고마워요. 고맙긴 고마운 것 같군요. 내가 생각하기로는 당신들이 와서 공연을 하든 집회를 하든 다 함께 노래를 하든, 뭐든 당신네들 하는 걸 해 줄 수 있지 않을까 했어요. 여기에 주둔하고 있는 병사들에게 여흥이 되게요. 당신들이 하는 일이 그런 것 맞죠?"

"나에게 맞는 일이라면 뭐든지 하지요. 하지만……."

"음, 삯은 어떻게 할까요?"

"내가 말씀을 드리죠. 공연 장소를 보여 줄 수 있겠소?"

"우선 우리가 처음 만났을 때 어떻게 만나게 되었는지 날 좀 일깨워 줘요. 내 과거라지만 난 도무지 기억이 안 나는군요."

난쟁이는 글린다의 요청에 부응하지 않았다.

"당신이 하던 일의 성격으로 볼 때 난쟁이를 많이도 만나 봤을 테죠. 갑시다."

글린다는 남의 눈에 난쟁이와 함께 산책을 하고 있는 것으로 보이고 싶지 않았지만, 아무래도 선택의 여지가 없는 것 같았다. 그리고 정말이지, 병사들이 뭘 어떻게 생각하든 내가 신경 쓸 게 뭐람. 빌어먹다 뒈지라지. 그 주 내내 목화밭을 불태우고 다닌 놈들이다.

하지만 글린다는 신경이 쓰였고, 그래서 영 마음이 심란했다.

그래도 글린다는 대장 나리를 안내하여 녹색 궁실을 나왔다. 난쟁이는 숨소리도 시끄럽게 씨근덕거리며 담배를 프리티벨에 튀 뱉어 냈다. 농장 건물들 사이에 가장 널따랗게 트인 공간은 두 채의 마구간과 세 채의 헛간 축사, 그리고 마차간들이 몇 채인가 타원형 비슷하게 자리 잡고 있는 곳이었다. 재커스 일병이 나타나서 글린다가 그 이상 접근하지 못하도록 막았다. 글린다가 그에게 말했다.

"지금은 헛간에는 아무 관심 없다네, 재커스. 나는 유랑 공연단 무리와 계약을 한 참일세. 그래서 공연을 할 만한 장소로 헛간 마당을 점검해 보러 온 거야."

"장군님이 이 일을 승인하셨습니까?" 재커스가 물었다.

글린다는 불쾌한 안색을 했다.

"내가 지금 체리스톤에게 돈을 내라고 하는 게 아닐세, 재커스. 승인하고 말고 할 것도 없어. 내가 돈을 내서 나의 초대받지 않은 손님들에게 자그마한 주말의 여흥을 제공하려는 것뿐이야. 아무튼

내가 바로 목베거홀의 여주인이란 말이네." 글린다는 난쟁이 쪽을
돌아보았다. "어떻게 생각해요?"

"더러들 저 위 창문에 올라앉아 박스석 조망을 누릴 수 있겠구
먼." 난쟁이가 말했다. "그럼 내일 해 질 녘에 할까요?"

"계획을 변경해야 할 경우에는 어떻게 연락을 하죠?"

"부인이 나에게 연락을 취할 필요는 없을 거요."

난쟁이는 자신만만했다. 그럼직도 했다. 체리스톤은 공연에 이의
를 제기하지 않았다.

"짐머스톰과 헤이븐서의 간이 상점들에 포스터가 나붙은 걸 봤
지요. 저게 도대체 뭐 하는 공연인가 궁금하던 참이오. 어디 한 번
공연을 시켜 봅시다."

‡‡‡

그리하여 첫 번째 목화밭을 불태운 때로부터 열흘 뒤에 글린다
는 머스 양과 요리사와 레인을 집에 남겨 두고 나왔다. 다른 건 몰
라도 은제품들을 보고 있는 일은 할 수 있을 것이다. 바닥에 깔린
자갈이 울퉁불퉁했으므로 글린다는 퍼글스가 내민 팔을 붙들었다.
체리스톤이 그녀를 위하여 의자를 하나 갖다 놓았다. 채색 아치실
에 있는 귀중한 본스카벨라 의자들 중 하나였다! 하지만 글린다는
격분하지 않은 척했다.

글린다의 주위 사방에 남자들이 밀치락달치락하며 순박하게 웅
성이고 있었다. 공연장으로 정해진 곳에 제일 가까이 있는 이들은
망토를 가져와 깔고 앉았다. 하지만 대부분은 서 있었다. 서로서로

어깨동무를 하고, 또는 이 벽 저 벽에 몸을 기대고들 섰다. 몇 대인가 건초 수레가 극장의 2층 앞자리 같은 명당자리를 만들어 주었다. 한편 또 다른 사람들은 헛간 지붕 꼭대기 바로 아래 건초를 넣는 문에서 얼굴을 내밀었다. 신들이나 올라앉을 만한 높다란 자리에서, 그들은 발을 공중에 까딱이며 동료 병사들에게 야유를 보냈다.

체리스톤 장군은 자기가 직접 야영용 의자를 끌고 나왔다. 그는 글린다와 약간 거리를 두고 저만치에 앉았다. 올바른 처신이다. 글린다는 고개를 끄덕여 그에게 알은체를 했다. 아주 짧게만 했다. 그러고는 바로 신경 쓸 것이라고는 아무것도 없는 자기 핸드백 쪽으로 주의를 돌렸다.

태양이 동쪽의 두 산언덕 사이에 끼워 넣은 듯이 맞추어지고 호수 물이 시뻘건 구릿빛으로 활활 달아오를 바로 그때에, 가장 멀리 있는 헛간 모퉁이를 돌아 돌 위를 구르는 수레바퀴 소리가 글린다의 귀에 들려왔다. 이것이 신호가 된 게 분명했다. 병사들이 몇 개인가 홰에 불을 댕겼다. 잠깐만 있으면 낮의 마지막 시간이 밤의 첫 시간으로 변할 것이다. 다른 어떤 것 못지않게 독특하고 환영받는 마법이다.

모종의 바퀴 달린 괴물이 불쑥 모습을 드러내었다. 수레 짐판 위에 세워져 있는 위용이 작은 건물에 진배없었다. 수레채 사이, 말이나 당나귀가 몇 마리 있어야 할 위치에 사자 한 마리가 수레를 끌고 있었다. 사자는 고개를 푹 수그려 갈기가 눈을 덮었다. 이 오락의 사원에 몇 명의 젊은 남자들이 따라붙어 있었는데, 그들은 귤색 통옷을 입고 검은 수건으로 코와 입을 가렸다. 금빛 베일을 쓴 날씬한 백발의 여인이 조그만 나무망치를 들고 한 벌을 금속판들을 챙

챙 울렸다 계속 여위어 가는 폐결핵 환자처럼 여분이 없어 보이는 여자였다. 난쟁이는 뒤에서 따라붙어 자기 몸집만큼이나 커다란 북을 둥둥 쳤다.

글린다는 개종을 권하는 소리를 듣게 되지는 않았으면 좋겠다고 바라고 있었다. 그녀에게는 개종을 할 만큼 신봉하고 있는 무엇이 있지도 않았다. 이보다 좀 더 뒤쪽에 앉았더라면 좋았을걸 하는 생각이 점점 들었다. 그런데 도대체 저 난쟁이를 전에 어디에서 만났던 걸까? 글린다는 하루 종일 머릿속을 써레질하듯 뒤집어엎었지만 아무런 단서도 걸려 나오지 않았다. 이러기가 처음도 아니지, 아마. 글린다는 그렇게 생각했다. 하긴 그녀의 두뇌가 대대적으로 갈아엎을 만큼까지 되지도 않는다. 아니면 혹시 글린다가 벌써 기억이 신통치 않아지는 나이에 이른 걸까? 글린다는 도무지 기억이란 것을 떠올릴 수가 없었다.

사자가 베일 쓴 여자에게 무슨 말인가를 수군거렸다. 그렇다면 저이는 사자였구나. 호기심 나네. 대개 어엿한 동물들은 수레 끌기 같은 단순노동을 하는 모습을 남들 눈에 보이려고 하지 않았다. 하지만 어쩌면 이것은 일종의 고행일는지도 모르지. 글린다는 먼치킨랜드의 동물들이라고 오즈 충성령의 동물보다 일삯을 넉넉히 받고 있지는 못하다는 사실을 알고 있었다. 레스트워터 호숫가에서 전문직에 종사하는 동물은 좀처럼 찾아볼 수도 없다. 하지만 그러고 보면 글린다의 사회적 교류의 범위는 그녀의 신분으로 인해 제한되어 있었다. 동물들이 뒤에서 들고 일어날는지 어떨는지 누가 알겠는가? 오만가지 불미스러운 사태들. 글린다는 그런 것들을 생각머리에 올리지 않으려는 편이었다. 최근 목베거홀의 하루하루만 해도 뒷목 잡을 일은 충분하고도 남았다.

글린다는 공연 쪽으로 주의를 돌렸다. 무엇인가 이제 시작이 되려는 참이었다.

삐그덕삐그덕 흔들리며 덜덜 진동을 한다. 나무로 우뚝 깎아 세운 중심 기둥 같은 것 꼭대기에 드래곤의 형상이 올라앉아 있었다. 보기에도 야단스러운 모양새인데 두 눈에서는 벌겋게 불이 비쳤다. 깜부기불 같았다. 그럴싸하면서도 진부한 장치다. 갯버들을 깎아 만든 기다란 버팀대는 낭창낭창하게 잘 휘어져 박쥐의 날개를 연상케 했다. 드래곤이 그 날개를 들어 올려 시계의 문자판을 드러내는데, 주름 진 가죽질 날개가 움직이는 소리가 마치 빨랫줄의 젖은 빨래가 센바람에 퍼더덕 날리는 소리와도 같았다.

그래, 이것이 타임드래곤의 시계로구나. 온갖 것들이 펼쳐낼 수 있게끔 접혀 들어가 있는.

그러더니, 수레의 긴 변을 따라 그 길이대로 죽 하나인 그 거대한 구조물의 앞면이 각각 따로따로 나뉘기 시작했다. 전면부는 교묘하게도 뒤로 접혀 들어갔다. 최고 솜씨의 태엽 구동 장치였다. 작은 무대들은 안으로 끌려 들어가든가 서로서로 겹쳐 접혔다. 돌출부들이 후퇴하며 철커덕 잠겼다. 그 전체가 정교한 퍼즐처럼 서로서로 연결되어 착착 닫히는 한 벌의 덮개 문이었다.

이 모든 시계장치의 작동 끝에 한복판의 무대가 드러났다. 막이 드리워져 있어 볼 수는 없었다. 그 폭이 침대보 두 장을 이어 놓은 것만큼이나 널따란 막이었다. 축축 처져 주름지지 않게 나무 살을 넣어서 지탱한 듯했다. 막의 표면에는 오즈의 지도가 화려하게 그려져 있었다. 지리학상으로 정확하다기보다는 도상적인 그림 지도였다. 에메랄드 시가 한복판에서 빛나고 있었다. 천 뒤에 장치를 하여 불을 켠 것이다. 그리고 가장자리로 대충 펼쳐 배치한 네 곳의 주요 지역들이 있었다. 북쪽에 길리킨, 남쪽에 쿼들링 나라, 서쪽에 빈쿠스, 그리고 동쪽으로 먼치킨랜드…… 글린다의 가슴을 아프게 하는 먼치킨랜드 자유령이 자리 잡았다.

글린다는 가까운 자리에 앉아 있었으므로 지도의 가장자리를 살펴볼 수 있었다. 우가부와 글리쿠스 같은 외곽 식민지와 총독령들이 있다. 몇 개의 화살표들이 여러 가지로 다양하게 바깥쪽을 가리키고 있었다. 가장자리 쪽으로, 띠처럼 둘려 있어 위대한 오즈를 바다에 둘러싸인 것 못지않게 확실히 고립시키고 있는 사막 지대 너머에 있는 나라들 쪽으로 향한 화살표들이었다. 애당초 바다란 망망함을 나타내는 신비적 개념, 그뿐 아닌가?

모종의 음악이 시작되었다. 글린다는 어렴풋이 그 석양 빛 옷을 걸친 소년들이 코 피리와 침버린, 팀파니와 딱딱이를 불고 치고 하는구나 인식을 했다. 누군가 호박같이 둥그런 울림통이 달린 비올라스트를 좌창 하고 활로 켰다. 누군가는 장미꽃 봉오리 향이 나는 밀랍 향초에 불을 켰다. 병사들은 한 사람처럼 쪼그리고들 앉았다. 등을 축 늘어뜨리고 편한 자세를 취했다. 미처 시작하기도 전에 이미 빠져들 준비가 썩 잘돼 있었다.

글린다가 보니 체리스톤은 담배를 붙여 무는 중이었다.

난쟁이는 서곡이 끝날 때에 굽신 절을 해 보였다. 조명이 비친 무대 위에 막이 올랐다. 같은 시각 마당은 서너 단계의 옅고 짙은 보랏빛으로 뚜렷이 어두워져 왔다.

무대 위에는 두 개의 사람 형상이 빈둥빈둥 젠체하며 걷고 있었다. 그러니까 저런 걸 뭐라고 불렀더라. 호문쿨라드였나. 줄에 맨 인형. 꼭두각시 인형. 그래, 그런 명칭이었지. 그것들은 분명 목베거홀의 헛간 마당에 쪼그리고 앉아들 있는 구세군과 메나시에들을 본뜬 인형들이었다. 틀림이 없었다. 혈색이 좋고 군살이 없고, 물푸레나무로 깎아 만든 사지는 군인들의 체격을 과장하여 보여 주고 있었다. 허리는 연필 끝만큼이나 가늘게 잘록 들어갔는데 이두박근과 엉덩이, 가슴 근육은 오렌지처럼 동그랗게 불거져 올랐다. 얼굴은 텅 비었지만 뺨이 장밋빛이고, 턱 한쪽으로 회반죽이 한 줄기 붙어 있어서 이 병사가 너무나 젊어 면도하는 법도 제대로 모른다는 것을 묘사했다.

두 병사가 무대를 서성거리며 앞을 봤다 뒤를 봤다 하면서 나아왔다. 조명이 더 밝아지면서 그림으로 그린 배경이 드러났다. 밭 같았다. 옥수수인지 밀인지 아니면 목화인지. 거친 울타리가 둘려 있고, 허수아비가 서 있고, 날씨 좋은 한여름의 파란 하늘에 쫙 깔린 뭉게구름에 몇 줄기 꼬불꼬불한 선으로 표현된 새가 날고 있었다.

인형 놀리는 사람들 솜씨가 어찌나 교묘한지! 꼭두각시 인형 병사는 지루했다. 그들은 휘파람을 불었다. (저걸 어떻게 한 거지?) 그들은 상상의 돌멩이를 서로 주거니 받거니 차 보냈다. 그러한 몸짓으로, 앞으로 내차는 발과 돌을 받으려는 발 자세로 암시된 돌의 존재감이 어쩌면 저렇게 생생한지 재미있는 일 아닌가. 아니, 오히려 보이지 않는 돌이 인형들 자체보다도 더욱 진짜 같았다.

인형들은 곧 돌차기에 질렸다. 그들은 무대 앞쪽으로 나아와 관객들 쪽을 넘겨다보았다. 하지만 어스름 속에 모여 있는 진짜 병사들을 보고 있는 게 아님은 분명했다. 조각해 만든 인형 메나시에 하나는 손을 펴서 눈썹에 갖다 붙였다. 마치 멀리 지평선을 살피느라고 햇빛을 가리는 것 같은 동작이었다. 다른 한 명은 무릎을 꿇고 앉아서 한 손을 무대 평면보다 좀 더 밑으로 집어넣었다. 그러자 관중들에게 찰박거리는 물소리가 들려왔다. 그 꼭두각시 보초병은 지금 레스트워터 호숫가에 와 있는 것이었다.

무대 뒤로부터 음악 소리가 일어났다. 아코디언으로 쿵짝쿵짝 흥겹게 켜는 엉큼한 음악 소리다. 병사들은 서로 마주보더니, 무대 한옆으로 비켜났다. 뒤미처 무대로 나온 것은 일렬로 다리를 높이 쳐들며 춤을 추는 무희들이었다. 무릎까지 아무것도 신지 않은 맨 다리를 내놓았고, 허벅지도 상당 부분 대담하게 드러내고 있었다. 불빛 어른어른한 헛간 마당에서, 체리스톤 장군의 병사들은 무희들이 떼로 나오자 함성을 지르며 환호를 보냈다. 음, 신나는 춤이네. 글린다도 그 점은 인정해야 했다. 게다가 아주 요령이 좋은걸! 춤추는 여자들 수가 여덟인가 아홉 명인데, 은빛 도는 파란 튈 망사에 스팽글이 박혀 있고 반짝이 가루가 뿌려진 그들의 드레스는 왼쪽으로 첫 번째 무희의 엉덩이께로부터 오른쪽 맨 마지막 무희까지 한 번에 죽 이어져 바느질이 돼 있었다. 팡팡 올려 차는 발짓이 어찌나 딱딱 맞는지 모두가 단일한 지렛대나 도르래로 조종되고 있으리라는 데 의심의 여지가 없었다. 무대 뒤에서 음악을 깔고 있는 이들 중 몇 명은 마치 무희들이 남자들을 상대로 교성을 내어 놀리고 꼬드기는 양 여자 같은 가성을 내질렀다. "봐요, 봐." 그리고 "얏, 차!" 그리고 "우 랄 라!"에다 "어때요 좋지요, 오즈!"까지.

그러더니, 글린다로서는 알 도리가 없는 무대 장치가 작동한 듯, 무희들은 어떻게 해서 회까닥 돌아 방향을 바꾸었다. 그 요부들은 손을 바닥에 짚고 다리를 공중으로 번쩍 올렸다. 그리하여 그들의 치마가 흘러내려 가슴과 머리를 덮으며, 이쪽에서 보기에는 진짜 비단으로 만든 것 같은 분홍색 팬티가 드러났다. 의상으로 장식된 엉덩이들이 관객의 눈앞에 드러났다. 여자들 하나하나의 엉덩이 중심부 바로 그 부위에 동그란 과녁이 그려져 있었다.

헛간 마당의 병사들은 커다란 함성으로 호응했다. 글린다는 두 명의 메나시에 꼭두각시 인형들이 모습을 감춘 것을 알아차렸다. 글쎄, 여자 인형이 있는데 누가 구태여 남자 인형을 원하겠는가?

이제는 춤추는 여자들의 머리를 알아볼 수 없게 되었고, 심지어 다리도 보이지 않게 되었다. 파란 망사 층이 점점 위로 솟아오르며 겹겹이 두꺼워지는 것 같았다. 시시각각 망사가 더 많아져서 급기야 파란색의 바다 위에 아홉 개의 분홍색 엉덩이만이 남아 씰룩씰룩 통통 튀고 있게 되었다.

머스 양을 집에 두고 나오기가 천만다행이었군. 춤추는 여자들이 어떻게 해서 속바지를, 오즈마 맙소사, 홱 내리자 글린다는 그렇게 생각했다. 분홍색 속옷 자락들이 물결 속으로 스르르 가라앉아 사라지고, 아홉 개의 통통 튀는 벗은 엉덩이들에는 하나하나 다른 글자들이 쓰여 있었다.

R-E-S-T-W-A-T-E-R (레-스-트-워-터)

적나라한 살덩이들은 호수의 푸른 물결 속으로 빠르게 자취를 감추었다. 관객들은 순박하게들 야유를 보냈다. 하지만 글린다는 장미향이 사라지고 연기 냄새가 뒤덮이기 시작한 것을 알아차렸다.

이 끝에서 저 끝까지 무대 뒤편에 전체적으로 길이를 따라 무슨 기다란 틈새가 벌어진 게 틀림없었다. 무희 인형들과 차고 넘쳐 그 속에 파묻힐 만큼 길고 긴 파란 치맛자락이 그 구멍으로 빠져 들어갔기 때문이다. 그들이 사라짐으로써 앞서 나왔던 군인 중 한 명의 모습이 드러났다. 얼굴이 석탄가루로 시꺼멓게 되어 있고 옷도 마찬가지였다. 인형은 한 손에 횃불을 들고 있었다. 불은 주황색 플란넬 천으로 만들어졌고 안쪽에 불이 켜져 있었다. 태엽 장치로 돌아가는 송풍기가 바람을 불어, 무희들이 그에 맞춰 춤추었던 같은 음악 소리에 맞추어 불꽃을 춤추게 했다.

어머나. 연기 냄새가 한층 심해지면서 글린다는 문득 생각이 미쳤다. 어머나, 이를 어째.

무대 뒤 틈새가 다시 열리고 거기에서 빳빳한 판이 올라왔다. 판은 언덕 모양인데, 배경막에 그려진 언덕과 똑같은 모양의 언덕으로 금세 배경막 앞에 떡 세워져서 한여름달의 농작물 밭을 가로막았다. 판에 그려진 언덕은 농작물이 싹 사라졌고 시꺼멓게 변해 있었다. 허수아비는 불에 타 뼈대만 남고 눈구멍이 뻥뻥 뚫린 모습이었다.

두 번째 병사가 무대로 나왔고, 두 동료 군인들은 도로 레스트워터 호수 기슭으로 돌아갔다. 관객들의 눈길이 죽어 버린 언덕들이 올라오는 데로 쏠려 있는 사이에 어느새 무대의 한 부분이 앞으로 스르르 미끄러져 나왔다. 둥글게 튀어나온 폭 넓은 앞판이 달린 얄은 서랍이 열리는 것 같았다. 그 안쪽으로부터 한데 뭉친 무희들의 옷자락이 가닥가닥 반짝이자, 이제 그것은 레스트워터 호수 물결을 나타내고 있음이 분명했다. 그러더니, 아아, 말하기도 섬뜩해라. 튈 망사로 표현된 호수의 수면으로부터 스르르 솟아오른 것은 바로 타임드래곤의 대가리였다. 드래곤의 눈은 붉게 빛이 났다. 짤깍거리는 아가리에서는 연기가 뿜어져 나왔다.

두 병사는 물을 헤치며 걸어 들어가 각각 꼭두각시 드래곤의 양옆으로 갔다. 그러고는 드래곤의 목을 양팔로 굳게 얼싸안았다. 마치 드래곤이 춤추는 아가씨들 중 하나이기라도 한 것처럼, 인형 병사들은 그놈에게 정신없이 입을 맞추기 시작했다. 웃는 듯하던 드래곤의 표정이 음험한 흉소로 바뀌면서, 드래곤은 호수 물결 속으로 가라앉아 갔다. 두 병사를 함께 끌고 들어갔다. 병사들은 손을 놓고 떨어져 나올 수가 없었다. 그들은 완전히 물에 잠길 때까지 애정을 다하여 드래곤에게 구애하고 있었다.

"됐어, 그만!"

체리스톤이 어둠 속에서 짖었다. 하지만 굳이 이 말을 할 필요도 없었다. 조명이 낮아지며 음악이 사그라져 가 요상한, 끝맺음 소리라고는 할 수 없는 음조를 울리며 끝이 났다.

헛간 마당은 정적에 싸였다. 난쟁이가 '시계' 뒤편에서 돌아 나와서 가볍게 깨금발뛰기를 해 보이더니 허리 굽혀 절을 하고 털가죽 장식 모자를 팔락 흔들었다.

글린다는 일어서서 갈채를 보냈다. 그녀가 뒤를 보며 손짓을 하여 유도할 때까지 손뼉을 친 사람은 글린다 혼자뿐이었다. 글린다가 그렇게 하자 남자들이 합세했다. 투덜거리면서, 그다지 진심으로 열렬하다고는 할 수 없는 박수를 보냈다.

글린다는 순간적인 충동으로 체리스톤 쪽으로 걸어가, 그의 분노를 읽지 못한 척 이렇게 말했다.

"공연한 사람들이 길을 떠나기 전에 저택에 돌아가서 가볍게 뭐라도 대접할까 하는데 당신도 오시지 않겠어요?"

체리스톤은 대답하지 않았다. 자기 부하들에게 소리소리 고함을 쳐 명령하기 시작한 참이었다.

글린다는 그에게 지분거리고 싶은 욕망을 참을 수 없었다.

"못 오셔서 유감이라는 말씀으로 알게요. 하지만 기분이 내키면 부디 언제든 마음을 바꿔 참석하셔도 좋아요." 그러고 나서 글린다는 고갯짓을 하여 대장 나리에게 목베거홀의 전정을 가리켰다.

11

맙소사, 체리스톤은 정말이지 자기 부하들을 정돈시켜야 했다. 그들은 극이 비극적인 분위기로 전환된 데 기분이 상한 모양이었다. 극 구성이 참 약기도 하지. 글린다는 그렇게 생각하며 타임드래곤의 시계를 목베거홀의 전정으로 끌고 들어오는 대장 나리와 그 조수들을 곁눈질해 보았다.

퍼글스가 달려 나와 몇 개의 등불을 켜고 음료수를 준비했다. 하지만 대장 나리는 말했다.

"시간이 없소. 부인 댁의 장난꾸러기 장군이 우릴 자물쇠 채워 가둬 버리기 전에 잽싸게 도망가야 하니까."

"하지만 여러분은 내 손님이에요." 글린다가 말했다.

"당신부터가 불법 감금을 당한 이 판국에, 픽도 큰 차이가 있겠소." 대장 나리는 사자를 돌아보았다. "브르르, 정문을 좀 봐 주게. 그래 주겠나? 자네가 위협적인 모습을 보일 수만 있다면 법을 물리치고 소중한 잠깐의 시간을 벌 수 있을 거야."

"위협적으로 구는 건 제 장기가 아닌데요. 안절부절 못하는 건 어떻습니까? 아니면 불편해한다든가." 사자가 말했다.

글린다는 그 음성이 어렴풋이 기억났다. 그 유명한 '겁쟁이 사자' 아니야? 한 무리의 극단(오싹해라.) 사람들을 위해 단순노동을 하는 거야? 글린다는 한때 그를 귀족으로 책봉한 적이 있었다. 그러지 않았던가?

"브르르 경?" 글린다가 넘겨짚어 보았다.

"맞습니다." 브르르가 대답했다. "비록 여행할 때 명예칭은 안 붙이지만요." 그는 알아봐 준 것이 기분 좋은 듯했다. "글린다 부인, 만나 뵈어 기쁩니다."

"보초나 잘 서게, 소심쟁이 꽹이 같으니라고." 난쟁이가 쏘아붙였다.

브르르는 투덕투덕 저쪽으로 걸어갔다. 베일을 쓴 그 바스라질 것 같은 여자도 그와 함께 갔는데, 한 손을 브르르의 물결치는 등뼈에 얹고서 갔다.

램프 불빛으로 보자 그는 사자의 황금상인 양, 그대로 굳어 버린 듯 당당한 모습이었다. 그리고 그의 배우자는 무슨 참회자 같았다. 주황색 옷을 입은 사내놈들은 여전히 '시계'에 이리저리 끈을 둘러 잡아매며 단속을 하고들 있었다.

"우리가 어디에서 만났던지 계속 생각해 봤어요. 메모장을 좀 더 충실히 썼어야 했나 봐요." 글린다가 말했다.

"당신이 회고록을 쓰려고 마음먹는다면, 엄청나게 많은 분량을 꾸며내야 할 거요. 어쩌면 이걸 보면 기억이 나실지 모르겠구려."

난쟁이가 말하고, 젊은이들에게 물러서 있으라고 손짓했다. 그들은 한결같이 힘세고 머리 나쁘고 열성 있어 보였다. 아, 멍청한 젊은 남자 좋지. 글린다는 하던 생각을 깜박 잊고 그렇게 생각했다. 처프리 경은 많은 훌륭한 점들이 있었지만 절대 멍청하지는 않았다. 그 탓에 글린다가 바라는 만큼은 재미가 없었다.

난쟁이가 '시계'로 다가갔다. 글린다는 난쟁이가 무슨 감추어진 기계 장치를 누른 건지, 아니면 '시계'가 어떻게 해서 그의 의도를 받아들여 움직인 건지 확실히 몰랐다. 아니, 어쩌면 난쟁이가 그저 '시계'의 의도에 따라 움직이고 있었는지도 모른다. '시계'는 괴이하게도 혼이 깃들어 있는 것 같았다.

"이어지는 순간, 이어지는 그 순간이 항상 스스로 포장을 벗고 나서서 사람을 깜짝 놀라게 하지. 자 이제, 나와라." 난쟁이가 웅얼거렸다.

앞쪽에 댄 판자의 한 구획이, 파란 튈 망사 천으로 된 호수가 그리로부터 나와 차올랐던 구멍인데, 다시 한 번 열렸다. 거기에는 드래곤의 대가리나 익사한 메나시에들, 너울거리던 물결은 흔적도 없었다. 난쟁이는 거기에 팔을 쑥 넣어 우악스러운 두 손으로 무엇인가를 붙들어 끄집어냈다. 글린다는 단박에 그것을 알아보았다. 그리고 기억이 척 하고 한꺼번에 제자리를 찾았다.

엘파바의 마법책이다. 글린다는 한때 그 책을 가졌던 적이 있었다. 엘파바가 죽은 후에. 그러고 나서 그때 난쟁이가 찾아왔고 글린다는 그에게 잘 간수하라고 책을 주었더랬다.

"어떻게 그걸 당신에게 주도록 날 구워삶았죠?" 글린다의 목소리는 거의 속삭임에 가까웠다. "난 기억이 안 나요. 분명 당신이 나에게 주문을 건 거지요."

"말 같지 않은 소리. 난 마법을 부리지 않아요. 눈에 뻔히 보이는 걸 빼고는 말이오. 팡파르에다 정체를 숨긴 주인공, 합창단 배경에다 독백을 읊고. 검은 우단에 살짝 그림을 그리고. 난 그저 당신에게 마법책을 가지고 있다는 걸 내가 안다고 말했을 뿐이에요. 그 속에 무엇이 들어 있는지 안다고, 당신이 그걸 두려워하는 줄 안다고 말이지요. 나는 『그리머리』를 지키는 사람이오. 그게 내 일이죠. 나 스스로 그 책을 보호하여 꽁꽁 숨겨 두지 않을 거라면 그게 가장 해를 덜 입을 장소에다 맡겨 두는 거요." 난쟁이는 책을 글린다에게 내밀었다. "그게 내가 온 이유요. 당신 차례라고요. 이게 바로 오늘 밤 우리가 보여 드린 공연에 대하여 당신이 치러야 할 보수지요. 이걸 도로 받아야 해요. 때가 됐거든."

글린다는 몸을 뒤로 뺐고, 헛간들 쪽에서, 아니면 아예 저택 쪽에서라도 체리스톤이 가까이 오고 있지는 않나 확인하려고 그쪽을 보았다.

"이런 정신 나간 땅딸보 헛껍데기 양반을 봤나. 이봐요, 대장 나리. 여기야말로 『그리머리』에게 가장 안전하지 못한 장소예요. 난 이곳에 연금된 몸이라고요."

"당신이 이 책을 사용하게 될 거요. 꼭 사용해야만 하고." 그가 말했다.

"협박이든 예언이든 나한테는 안 통해요."

"예언은 사그라져 가고 있다오, 글린다 부인. 그러니 난 감을 따라 행동할 참이오. 우리에게 남은 건 최대한 잘 생각해서 행동하는 것뿐이죠."

"내가 잘 생각해 봐야 그걸로 달걀 한 알 못 삶아요."

"이 책을 훑어보시지. 이 물건이 당신이 손에 넣음 직한 어지간한 요리책만큼은 구실을 할 거요. 자요, 자매님. 언젠가 엘파바가 당신이 해 줄 거라고 믿었던 적이 있잖았소? 이제 당신 차례예요."

"난 그 애 이름을 입에 담지 않아요." 글린다가 말했다. 냉랭하게 말한 것이 아니라 존경심에서 한 말이었다.

"책을 보호하도록 사자를 부인에게 남겨 두고 갈까요?"

"애완동물을 키워도 좋다는 허락은 못 받았어요."

뜰 안을 둥글게 걸으며 말썽거리가 없나 냄새를 맡고 있던 브르가 나지막이 으르렁거렸다.

"미안해요, 정신이 없어서. 일꾼이라고 말한다는 걸 그만. 나를 돌봐 줄 최소한의 필수 인원을 데리고 있기는 하지만, 그래도 사자의 보조는 나보다 당신에게 더 필요하지 싶네요."

"사자랍시고 별로 하는 일도 없는데." 난쟁이가 말했다. 사내놈들은 다소 못되게 낄낄 웃어댔다. 그들은 그들대로 메나시에들이었다. 다만 다른 제복을 입고 다른 지휘관을 모시고 있을 뿐이다. 글린다는 그런 놈들 누구와도 아무런 관련을 맺고 싶지 않았다.

"내가 전에 한번 당신을 보았을 때에는 당신 혼자였잖아요. 이 번쩍번쩍한 시계태엽 기계 덩어리를 달고 있지 않았는데요." 글린다가 대장 나리에게 말했다.

"때때로 한 번씩 그래야 할 때가 오면 '시계'를 은밀히 감추어 둔다오. 그때 그 시점에는 내가 기억하기로 도보로 소소한 순례 여행을 다니고 있던 중이죠. 내가 당신에게 당신이 『그리머리』를 갖고 있다는 것을 안다, 그 속에 무엇이 담겨 있는지 안다고 말했지요. 아무도 알지 못하는 엘파바에 관한 사항들을 이것저것 말씀해 드렸지 않소. 바로 그렇게 해서 그때 당신이 『그리머리』를 손에서 놓고 해방되시도록 설득을 시켜 드렸던 것이지. 셀 트롭이 그 황위를 차지한 후 책을 압수하려는 의도를 품고 당신에게 접근하기 전에 말이오. 내 확신하는데 그자가 그런 심보로 실제 손을 썼을걸?"

글린다는 고개를 끄덕였다. 난쟁이는 일어날 사건들을 퍽 능란히도 예측했다. 글린다의 수중에 셀에게 보여 줄 물건이 없었던 것은 난쟁이 덕택이었다. 궁전의 보물창고에도 없었고 글린다의 개인 서재에도 없었으며, 메니핀 광상의 저택에도 없었고 목베거홀에도 없었다. 글린다는 그때 이 위험한 서적을 치워 버리고 손을 턴 상태였다.

그런데 지금 이때, 체리스톤이 날마다 숨통을 죄어 오는 이 시점에 글린다보고 그걸 도로 받아들이라는 건가? 허허실실로 뻔히 눈앞에 보이는 장소에 숨긴답시고?

"나를 처형당하게 만들려고 작전이라도 짰나요?" 글린다가 숨을 쌕쌕거렸다.

"난 막판 얘기는 입끝에도 안 올리는 사람이오." 난쟁이가 눈을 찡긋 했다. "안 죽고 살기를 하도 오래 했더니 이제는 과연 죽는 일이 있기는 한지 별로 믿음이 안 가더라고."

스트라보스 상감이 들어간 웅장한 패리스 작 흑옥 기둥들이 드리운 그림자 속에서 사자가 말했다.

"이제 슬슬 상황에 질서가 잡히고 있군요. 화톳불이 피워지고 있고, 사람들도 정리가 돼 가요. 우리한테 남은 시간이 별로 없어요."

"제발 부탁합시다. 난 걸핏하면 부탁하고 그러는 사람이 아니라니까."

글린다는 양손을 팔 아래에 단단히 끼워 누른 채 꿈쩍 하지 않았다. 그리고 목베거홀 저택의 컴컴한 창들을 올려다보았다. 만약에 이 책을 받는다 치면 머스 양과 퍼글스와 요리사는 이에 대해 전혀 아는 바가 없게끔 해 두고 싶었다. 식솔들을 꼭 필요한 것 이상으로 더 많은 위험에 처하게 하고 싶지 않았다.

창문에 어디 하나 어렴풋하게라도 사람 모습은 비친 것이 없었다. 아니, 있었나? 아래쪽 창틀에 조그마한 그림자가 어린 듯 만 듯도 했다. 레인은 물러가서 잠을 자고 있는 게 확실하겠지?

베일을 쓴 유령 같은 여자가 머뭇거리더니, 결국에는 사자 옆을 떠나 글린다에게 가까이 왔다. 램프 불빛이 베일이 드리운 그늘을 긁어내어 여자의 옆얼굴 선을 드러내었다. 하지만 글린다는 여자의 굳세고 가느다란 코와 양감 있는 입술과 부스스하게 내린 하얀 머리채를 이럭저럭 엿볼 수 있었다. 다른 건 다 그렇게나 젊어 보이는데 머리가 저렇게 하얗다니 이상한 일이었다. 너무나 깊은 시름에 몸을 상하여 저렇게 되었나 보네. 여자는 살결이 거무스름해서 빈쿠스 사람 같았다. 그 여자가 글린다를 향해 말했다.

"저희는 극본을 짜 놓고 연극을 하지 않는답니다. 어디서든 가능한 한 그러지 않으려고 애를 쓰는 편이에요. 하지만 부인께 요청하겠어요. 엘파바를 위해서 이 일을 해 주세요. 피예로를 위해 해 주세요."

"무슨 권한으로 그들의 이름을 나에게 들이미는 건가!" 글린다가 받아쳤다.

"부상자의 권리로써 내세웁니다. 다친 이에게 사리분별은 사치이지요. 엎드려 빌겠어요. 그들의 이름으로요. 책을 받아 주세요."

여자가 대답했다.

"초원을 날아다니듯 누비는 우리 아가씨 말을 들어요. 저자들이 우리 사지를 낱낱이 잡아 떼어내기 전에 말이오." 대장 나리가 글린다에게 말했다.

사자가 갈기를 푸르르 흔들었다.

"일리아노라, 신사 분들, 대장 나리, 저 사람들이 이제 자기네 병력을 정렬하기 시작했어요. 이쪽으로 오는 소리가 들립니다."

글린다는 자신이 왜 난쟁이에게서 『그리머리』를 받아 들었는지 몰랐다. 하지만 브르르는 벌써 '시계'의 수레채 사이에 들어가 자리를 잡고 있었고, 통옷 입은 청년들은 마차를 밀려고 어깨를 붙였다. 그들이 일리아노라라고 부르던 여자는 베일을 도로 이마 위까지 끌어올려 드리웠다.

"저자들이 우리를 쫓아와 붙들어서 열 손가락으로 '시계'를 조각조각 뜯어 낱낱이 헤쳐 놓는다 한들 '시계'의 심장은 발견하지 못하겠지요." 그 여자가 글린다에게 말하고, 가무잡잡한 손가락 두 개를 글린다의 창백한 손 위에 살짝 올렸다.

"이제 많은 것이 당신께 달렸어요."

그러더니 여자는 돌아섰다. 하얀 소맷자락과 나풀거리는 흰 옷 주름들이 달린 코르크 마개뽑이처럼 빙그르르 돌아서서 전정의 출입문을 통과하여 밖의 어둠 속으로 묻혀 가는 '시계'의 뒤를 서둘러 따라갔다. '시계'는 짐머스톰과 먼치킨 요새가 있는 방향으로 향하지 않고 오즈 충성령을 향하여 서쪽으로 난 길을 따라갔다.

난쟁이가 이쪽을 보고 뒷걸음질 쳐 멀어져 가면서 숨죽인 소리로 글린다에게 외쳤다.

"우린 얼마 멀리 안 갑니다. 파인배런스의 야트막한 언덕들 틈서리에 들어가 박혀 있을 거요. 상황이 만사 잘 풀려 나간다고 확신할 수 있을 때까지만이지만."

"당신들이 내 뒷일을 보아 줄 까닭은 없어요."

"혼자 우쭐하지 마쇼. 우리는 그 책에 해가 될 일이 없다는 걸 확인하고 싶은 거니까." 그러더니 난쟁이는 자기 일행을 따라잡으려고 밭장다리를 바삐 놀려 쿵쿵대며 가 버렸다.

글린다는 잠시 혼자가 되었다. 팔락거리는 램프 불빛에 비친 『그리머리』와 단둘이 남았다. 자기가 평생 가져 본 일 없는 어린애인 양 글린다가 가슴과 쇄골에 꼭 붙여 안은 책은 묵직한 무게를 전해 주었다. 촉감이 거의 따스하다고 느껴질 정도였다. 아니, 실제로 촉감이 따스했다. 압형이 들어간 양장본 책이 그녀의 팔에 안겨 편안히 힘을 빼고 있는 것 같았다.

말도 안 돼.

글린다는 대뜸 집 안으로 달려 들어가 큰 층계를 올랐다. 끝까지 다 올라갔을 때에는 숨이 차 헉헉거렸고, 병사들이 원래 배치대로 연회실과 응접실에 복귀하는 기척이 들려왔다. 글린다는 병마개가 병목에 부딪혀 울리는 맑은 '챙' 소리를 들었다. 브랜디를 디캔터에 따라내는구나. '시계'의 공연에 대하여 동감할 수 없는 불편한 기분을 새롭게 하려고 그러고들 있군. 글린다는 아무튼 신체적인 괴로움을 당하지 않은 채 자신의 개인 처소에 다다를 수 있었다.

벽걸이 촛대에 꽂힌 달랑 한 자루의 초가 빛을 내고 있었다. 머스 양이 아주 빳빳하도록 똑바른 자세로 등을 펴고 앞만 보고 앉아 있었다. 계집애는 바닥에 앉아서 머리를 머스 양의 무릎에 묻고 있었다. 머스가 아이의 머리카락을 쓰다듬어 주는 중이었다.

"바보 같으니. 그냥 잠자리에 들지 그랬어. 잠옷쯤이야 내가 갈
아입을 수도 있을 텐데." 글린다가 나무랐다.

"애가 잠을 못 이루겠다고 그러는데 어떻게 혼자서 왔다 갔다 하
게 놔둘 수가 있겠어요."

"그래서 어디를 왔다 갔다 했는데? 성벽 위에라도 올라갔다 왔
어?"

머스 양은 입을 꾹 다물어 보였다.

"아이는 호기심을 내더라고요. 하지만 난 그딴 공연 신경 안 써
요. 온당치 못한 일이에요."

"누구한테 온당치 못하다는 거야? 자네도 그렇고 애도 그렇고
참 실망이야. 나가, 어디 딴 데 가서 웅숭그리고 있든가 해. 내가 극
본을 쓴 것도 아니고. 자, 이제 가. 누구하고 이야기할 기분 아니니
까."

머스 양이 일어섰다. 머스 양은 『그리머리』에는 눈길조차 주지
않았다. 글린다가 느끼기에는 그 책이 자기 가슴팍에서 시뻘겋게
달아오른 홍갑인 양 빛을 뿜어내는 것만 같았다.

"마님이 저희를 나락으로 끌고 들어가실 거예요." 머스 양은 낮
은 음성으로 말했다.

"애야, 따라온."

졸음에 찬 어린애가 일어서서 하품을 했다. 글린다나 머스에게
하는 말인지 혼잣말인지 아이는 입속으로 중얼거렸다.

"전 사자가 제일로 좋았어요."

12

　무슨 일이 일어났든 간에 글린다는 자기가 한밤중에 수색 대상
이 되는 일은 일어나지 않을 것이라는 데 상당한 확신을 가지고 있
었다. 그래서 『그리머리』를 그냥 자기 베개 밑에 쑤셔 넣었다. 그런
다음 침대에 몸을 눕히고, 직접 가지고 온 촛불을 불어 끄고, 그러
고 나서는 거의 새벽이 다 될 때까지 잠드는 데 실패하고 있었다.

　책을 어떻게 하지? 체리스톤이 이미 글린다의 처소를 샅샅이 쓸
기는 했다. 하지만 그는 바보가 아니었다. 그처럼 선동적인 짧은 단
막극을 공연한 게 주의를 다른 데로 돌리려는 술책이었다는 것을
파악해 낼지도 모른다. 전정에서 모종의 거래가 성립되었다는 것을
알아차렸을지도 모른다. 그래서 새벽녘에 이리로 들이닥쳐 풍비박
산을 낼지도 모른다. 어떻게 하지? 어디로 주의를 돌리지?

　그리고 어째서 글린다가 핵심 인물이 된 건가? 말로 할 것도 없
을 만큼 명백했던가, 글린다가 영리하다기보다는 변덕쟁이라는 것
이? 아무도 다루기 힘든 마법의 도구를 글린다에게서 찾으려고는

생각지 않을 것이라는 것이, 한창 시절도 다 지나간, 바보 같고 별 필요도 없는 인물이라는 것이……. 글린다는 이중 어느 것에 대해서도 반박할 수 없었다. 그리고 그녀는 아직도 잠들 수가 없었다.

그녀의 생각은 엘파바 트롭에게로 돌아갔다. 그들의 인생 여정이 갈라진 지 15년도 더 되었다. 두 사람은 그 얼마나 보기 드문 우정을 나누었던가. 그렇게 만족스럽지는 못했지만. 그래도 지금껏 그 무엇도 그 자리를 대체한 것은 없었다. 몇 년 뒤에, 그 소년 리르가 에메랄드 시에 있는 글린다의 집에 모습을 나타냈을 때 글린다는 대번에 그가 엘파바의 아들임을 알아차렸다. 오히려 본인은 그 문제에 관하여 다소 의구심을 품고 있었다.(아이들이란.) 아무튼 리르는 엘파바의 빗자루를 가지고 있었다. 그리고 엘파바의 망토도. 그보다 더 중요한 것은, 리르가 엘파바의 얼굴을 하고 있었다는 점이다. 마음 뺏긴 곳이 있는 것 같은 심란한 그 표정, 그로 인해 멍하니 정신을 놓은 듯하면서도 동시에 집중하고 있는 그 얼굴. 건조한 겨울날 미처 손을 대기도 전에 손가락과 하인 부르는 철제 종 사이의 빈 공간을 건너질러 따닥 하고 튀어 날아가는 정전기 불꽃 같은 표정.

리르라면 어떻게 할까? 리르가 『그리머리』를 건네받았다면? 엘파바라면 어떻게 했을까? 글린다는 여름철의 새벽이 밝아 올 무렵에야 마침내 혼곤히 잠들어 갔다.

새들은 집요하게도 무디고 단조로운 가락으로 지저귀었다. 글린다는 자기가 엘파바에 대한 꿈을 꾸었다고는 생각지 않았다. 꿈속에 그런 게 어른거릴 정도로 상상력이 뛰어난 글린다가 아니었다. 어쩌면 글린다는 문이 열리는 꿈을 꾸었을 것이다. 문이 열리고 엘파바가 내세로부터 돌아온다. 놀라고 낙담한 글린다를 진정시키기 위해서. 그녀를 구하기 위해서. 아니, 어쩌면 이것은 꿈이 아니었는지도 모른다. 꿈이 아니라 그냥 근원적인 바람이었을지도. 그렇기는 했으나, 바깥에서 제식 훈련을 하는 병사들의 소란스러운 소리에 잠이 깨어 일어나면서 글린다는 이제 무엇을 해야 할지 문득 짚이는 데가 있었다. 마치 꿈속에서 엘파바로부터 살짝 귀띔을 받기라도 한 것처럼! 하지만 그건 공상이었다.

머스 양이 목욕물을 받고 있었다. 글린다는 큰소리로 말했다.

"아무래도 두통이 좀 오는 것 같아. 차는 필요 없어, 이따가 마시든가 할게. 혼자 있게 해 줘."

"네, 알아 모시죠, 마님." 머스 양이 우월과 멸시의 어조로 말하고, 나가면서 문을 꽝 닫았다.

글린다는 옷장 쪽으로 가서 『그리머리』를 꺼냈다. 화장대 위에 수건을 펴고 거기에 책을 얹었다. 책은 길이가 글린다의 팔뚝만 하고 너비도 거의 그와 같았다. 표지가 녹색 모로코로 씌워져 있고 준보석과 은박으로 모양을 내었다. 책등에는 제목이 쓰여 있지 않았다. 글린다가 지금 보듯이 책장 가장자리는 깔끔하게 재단되어 있지 않고 들쭉날쭉했다. 원래 뜬 종이 그대로의 가장자리에 한 손가락을 스치자, 거기서 기묘한 흥분이 느껴지는 듯했다. 아니면 아직 잠이 덜 깨서 그런 것뿐일지도 모른다.

글린다는 책을 펼쳤다. 펼쳤다고 했지만, 글린다가 억지로 비틀어 열자 책 표지와 딱 정해진 만큼의 책장이 한꺼번에 넘어갔다는 뜻이다. 글린다가 오래된 책장들 중 아무 곳이나 마음대로 골라 펼치도록 책이 허락해 주지 않았다. 책은 글린다가 무엇을 찾으려는 건지 아는 듯했다. 그리하여 글린다는 아닌 게 아니라 자기가 찾던

걸 찾았다. 두 쪽 중 한 쪽은 공백이었지만, 글자가 들어 있는 쪽에
는 너무나 장식성이 강해 레이스같이 보이는 장식 대문자로 이렇게
쓰여 있었다. "은폐에 관하여."

문 두드리는 소리가 났다. 글린다는 아무 생각 없이 중얼거렸다.
"들어와."

머스가 쟁반에 차를 받쳐 가지고 들어왔다.

"차는 이따가 마시든가 하겠다고 그랬잖아." 글린다가 말했다.

"하지만 지금이 한낮이에요, 어머님." 머스 양이 말했다. "그런데
아직까지도 목욕을 안 하셨지요. 목욕물이 이제는 빙하처럼 차디차
게 식어 버렸을 거예요."

"차를 두고 나가."

글린다는 겁에 질렸다. 마법 주문을 자세히 파악하려고 했을 뿐
이었다. 글린다로서는 시간이 1분 이상 지난 것 같지도 않은데, 오
전 시간이 정말로 어디론가 홀떡 사라져 버렸다.

"말씀드릴 소식이 있어요, 글린다 마님." 머스 양이 말했다.

"나중에." 어쩔 줄 몰라하며 글린다가 말했다. "정말이야, 머스.
내가 금방 종을 울려서 부를 테니까. 자, 안녕."

머스 양이 나갔다. 글린다는 거의 근접해 있었다. 집중을 해야 했
다.

그녀는 일어섰다. 자세를 구부리고 있었기 때문에 등이 아팠다.
이 한쪽의 내용을 몇 시간 동안이나 연구하고 있었던 것이다! 어쩜,
세상에. 마침내 글린다가 집중하는 법을 배운 것일까? 어쩌면 이제
무슨 통신 강의 같은 것을 들어도 되겠는걸? 그래, 그러니까 테이
블 구스볼 같은 거라도 배워 볼까? 아니면 시 쓰기라든가. 아니면

외교 업무라든가.

글린다는 혼자 마음을 진정하려고 탁자 위에 양손을 쫙 펴 붙였다. 그것도 주문의 한 부분인 것 같았다, 그녀 자신이 차분한 마음을 갖는 것. 마치 책이 글린다가 성공하기를, 그래서 자기가 은폐되기를 바라는 것 같았다. 글린다가 주문을 한 단어 한 단어 입 밖에 내어 말할 때 뭐랄까, 집중력이 한층 날카로워지는 느낌이 있었다. 사실 그 단어들이 무엇을 의미하는지는 거의 알 수도 없었지만 말이다.

"데부이 기쿰, 에스카 스카틸리 슬로기." 글린다가 암송했다. "궁굴라 벡수스, 벡산다 탈리브 엔 프로칭카 코르."

글린다는 자기가 외우면서도 내심 도무지 될 것 같지 않다고 생각하고 있었지만 책은 전혀 눈치 채지 못한 듯했다. 글린다가 마지막 음절을 발음하기에 이르자, 책은 돌연 부르르 떨더니 팍 튀어 올랐다. 마치 누군가가 탁자에서 바닥으로 차 버리기라도 한 것 같았다. 글린다는 놀라서 외마디소리를 지르지 않기 위하여 손마디를 이 사이에 깨물었다. 성공이다! 아니, 반항인가? 아무튼 뭔가 됐다. 무슨 일인가가 일어나고 있었다.

『그리머리』는 모습이 바뀌기 시작했다. 글린다가 어떻게 바뀌라고는 말했을 리가 없다. 책은 크기가 줄어들면서 동시에 점점 커졌다. 그리고 발삼나무 잎 색깔이었던 책등이 불타오르는 듯했다. 책이 낭창하게 휘었다가 도로 돌아왔다. 그 후로도 잠시 시간이 지난 후에야 『그리머리』는 대개의 책이 그러하듯이 겉보기에 살아 있지 않은 것 같은 모습으로 되돌아왔다. 그것은 두껍고 네모진 형태에 색깔이 노랬다. 크기나 모양이나 색깔이나 모두 굽다가 실패한 케이크 같았다. 일종의 종이질 표지인데, 깔끔하게 재단된 겉종이가 딱딱한 종이로 된 앞표지와 뒤표지를 감싸고 접혀 들어갔고 책등은 책등대로 다른 종이가 덧씌워졌다.

글린다는 『그리머리』를 집어 들어 흔들어 보았다. 책장 팔락거리는 소리뿐 아무 소리도 나지 않았다. 그냥 어엿한 책답게 펄럭펄럭거리는 소리뿐이었다. 온기도 없고 생명도 깃들어 있지 않았다. 글린다는 스스로 『그리머리』를 찾고 있는 체리스톤이 된 것처럼 책의 표지를 들여다보았다. 저자명은 도무지 알아볼 수 없이 아무렇게나 끼적거려진 글자들이었다. 그렇기는 해도 저자명 위에 큼지막히 박혀 있는 네모진 서체의 글자들은, 필경 이게 책의 제목일 텐데, 이렇게 읽혔다. "바람과 함께 사라지다."

글린다는 그 책을 서가에, 자기가 제일 좋아하는 책들 옆에 꽂아 넣었다. 『소녀를 위한 애교 첫걸음』과 『작은 용병: 소설로 보는 예의범절』 옆이다. 그러자 책은 퍽 무난해 보였다. 분명 이 책이 『그리머리』처럼 보일 리는 만무했다.

글린다는 차를 가져오라고 종을 울렸다. 굶어 죽을 지경이었다.

차는 나쁜 소식과 함께 도착했다. 머스 양은 몹시 원망스러운 눈길로 글린다를 보았다. 요리사가 해고를 당했다는 것이다. 강제로.

"그럴 리가." 글린다가 말했다.

"마님이 책을 읽느라고 바쁜 사이에 그런 거예요." 완전히 수가 틀린 머스 양이 대꾸했다.

"다른 사람들은 어디 있어? 레인은? 퍼글스는?"

"레인은 읽기 수업을 받으러 장군님께 갔어요. 퍼글스는 지붕 위에다 토마토 꼬챙이를 세워 놓으려고 하고 있고요. 요리사가 끌려

나가기 전에 몇 장인가 처리법을 쓴 종이를 퍼글스에게 남겨 주었 거든요."

글린다는 황급히 몸치장을 하고 서둘러 아래층으로 내려갔다. 하 지만 그러기 전에 마지막으로 한 번 서가에 눈길을 주었다. 『바람과 함께 사라지다』는 뽐을 내며 제자리에 놓여 있었다. 숨겨진 책에 이 얼마나 훌륭하게 어울리는 제목이람. 글린다는 생각했다. 『그리머 리』는 유머 감각도 좋군.

마법 주문을 성공적으로 완성한 데서 글린다가 느꼈을 성취감 은 체리스톤 장군의 화강암 같은 풍모 앞에 한 점도 남김 없이 깡그 리 증발해 없어졌다. 글린다는 서재 문에서 멈춰 섰다. 거기에는 레 인이 탁자 앞에 앉아 맨다리를 흔들며, 창을 통해 날려 들어와 탁자 위에 노랗게 내려앉는 꽃가루 속에서 글자들을 하나하나 손가락으 로 짚어 가고 있었다. 저 몸종 아이가 그래 무슨 생각으로 여길, 글 린다가 화가 나서 생각했다. 물론 어디든 요리사가 가라는 대로 갔 을 것이라는 데 생각이 미치기 전에 한 생각이다.

체리스톤이 손가락 하나를 들어 입술에 대었다. 글린다는 조용 히, 하지만 몸을 벌벌 떨며 문간에 서 있었다.

"오늘 공부는 훌륭하게 잘했다, 우리 꼬마 학자님아." 체리스톤 이 소녀에게 말했다. "이제 똑바로 일어선 글자는 아주 잘 읽는구 나. 다음 시간에는 동그랗게 생긴 글자들을 배우기 시작하자꾸나. 동그라미나 반쪽 동그라미처럼 생긴 글자들 말이야. 연습하는 거 잊지 마라."

아이는 어찌나 재빠르게 달아났던지 작고 지저분한 발바닥이 글 린다 눈앞에 반짝이는 것처럼 보였다. 어머나, 버릇 좀 보게. 글린다는 생각했다. 그런 다음 그녀는 정신을 가다듬었다.

"당신과 꼭 이야기를 해야만 할 용건이 있어요." 글린다가 말했다.

"글린다 부인." 체리스톤은 글린다가 방에 들어오는데도 자리에서 일어서지 않았다.

세상에 어쩌면 신경도 굵지! 사람을 마치…… 마치 하인처럼 그냥 서 있게 놔두네.

글린다는 의자 하나를 확 잡아당겨 뺐었다. 너무 세게 당기는 바람에 쪽모이 마룻바닥이 드드득 긁혔다.

"머스 양이, 당신이 요리사를 내보냈다고 얘기하네요. 당신은 우리 집 식솔들을 주물럭거릴 권리가 하나도 없어요."

"지난밤 그 자극적인 공연을 사주하셨으니 부인 스스로 이 사태를 초래하신 겁니다, 글린다 부인."

"바보 같은 소리 마요. 내가 기획한 게 아니잖아요. 이건 아예 지시대로 한 공연도 아니었다고요. 순회 공연단이 어떤 공연을 선보일지 난 아는 바가 없었어요. 나는 그저 그들을 초청했을 뿐이에요. 당신도 공연단 부르자는 얘기에 좋다고 환영했잖아요. 게다가 자극적이라니, 무슨 얘기인지 모르겠군요. 난 어젯밤 공연은 하찮고 거칠고 요령부득이었다고 생각해요."

"말씀드리기 무엇하지만 뒤탈이 나지 않을 수 없는 공연이었습니다."

"당신은 내가 무슨 적에게 공조하는 부역자나 되는 것처럼 몰아가고 있는 건가요? 어처구니없는 이야기예요. 내가 국가직을 사퇴하고 물러난 건 회고록을 쓰려고…….."

"그리고 요리하는 법을 배우려고 그런 거지요. 압니다. 그건 어떻게 돼 가십니까?"

"요리사가 없는데 어떻게 요리를 배워요?"

"글쎄요, 부인의 몸종 아이가 글 읽기를 배우는 것과 마찬가지로, 부인도 분명 몇 가지 기초적인 깨우침은 얻으셨겠지요. 그저 그 것들을 어떻게 한데 조합하느냐 하는 문제일 뿐입니다."

"체리스톤, 이건 참아 넘길 수 없어요. 당장 요리사를 다시 데려다 놓도록 하세요."

"아무래도 그건 불가능하겠습니다. 우선 말씀입니다……." 체리스톤은 잠깐 말을 끊었다. 펼친 두 손을 탁자 위에 올리고 마치 침대보를 매끈하게 펴는 것처럼 양쪽으로 슥 벌렸다가, 도로 손을 한데 모아서 양손 엄지가 서로 닿았다. "우선은, 그 사람이 지금 요리를 맡아 할 수 있는 상태가 아니라는 점이 있겠군요."

"당신…… 당신이……?" 글린다는 입을 딱 벌렸다.

"사고가 나서 말이죠."

"난 당신이 그를 해고했다고 생각했어요."

"그랬지요. 해고했습니다. 그런데 그러고 나서 어떻게 된 일인지 그 사람이 무거운 옷을 벗지도 않은 채 레스트워터 호수 물로 걸어들어갔단 말씀입니다. 그렇게 되어서 요리사는 아무래도 익사했지 싶습니다. 부인이 어젯밤에 그렇게 흥겹게 관람하셨던 그 작은 공연의 인형 쪼가리와도 크게 다를 바 없이 말이지요. 그렇긴 해도 여기에는 무슨 시계장치 드래곤은 관련된 바 없지만요."

글린다는 서 있었다.

"난 믿을 수가 없어요. 아이에게 글자 읽기를 가르치는 남자가 뒤돌아서서 무고한 사람을 죽음에 처하게 할 리가 없어요. 거짓말이에요. 우리 요리사를 돌려줘요."

"그 얘기는 끝입니다. 하지만 조만간에, 아무래도 좀 더 많은 수의 남자들이 이 저택에 들어와 살아야 되겠습니다. 피아노가 있는 층 방들과 하인들이 거처하는 방들을 이제 차차 저희가 써야 할 것 같군요. 뒤 층계 쪽과 다락방 쪽 모두요. 부인이 거느리고 계신 사람들더러 방을 비워 달라고 말씀해 주셔야만 하겠습니다."

"불가능해요. 그들은 어디서 자라고요?"

"부인의 개인 처소에 공간이 있지 않습니까. 제가 부하들에게 시켜서 이부자리를 부인의 거실 중 한곳으로 옮겨 드리라고 하겠습니다."

"정신 나갔어요? 트래퍼? 퍼글스를 내 처소 어디에 재울 수는 없어요. 그 사람은 우리 집 집사잖아요. 남자라고요!"

"부인은 한동안에 걸쳐 결혼 생활을 해보셨지요, 글린다 부인. 적당치 못한 때에 날아오는 시선 앞에 요령껏 문을 닫으시는 법을 틀림없이 알고 계실 겁니다. 그건 결혼한 여자라면 모두가 배워 익히는 기술이죠."

글린다는 몹시도 겁을 집어먹었다. 글린다는 요리사가 정말 물에 빠져 죽었는지 진상을 알아야만 했다. 이그. 그 사람 이름이다. 이그 배르내어래내시스.

"당신이 얼마나 더 오래 내 집에서 묵새기고 앉아 있을 생각인지 이제 물어봐야 할 때가 왔군요, 장군."

"그건, 우리 귀여운 부인, 기밀 사항이랍니다. 재커스 일병!" 체리스톤이 느닷없이 외쳐 불렀다. 재커스가 식료품실의 흔들문으로 나왔다. "글린다 부인께 거품 나는 사과주 차를 좀 갖다 드리게. 나한테도 한 잔 가져오고."

"이 말씀은 드려 두겠어요. 내 식솔 중에 또 누구를 당신이 내보내 버려서는 안 돼요. 그 계집애한테 글을 가르치는 것 이상으로 우리 식구들한테 간섭하지 말도록 하세요. 만약에 지금 이후로 누구라도 해고된다면 난 결정을 내릴 거고 글로 써서 당신에게 경종을 울릴 거예요. 내 말 확실히 알아들었어요?"

"잠깐 있다가 개운한 것 한 잔 드시고 가시겠지요? 물론 재커스는 요리사가 아닙니다만, 식품실에 얼씬거리면서 배운 요령은 있는 녀석입니다. 부인과 마찬가지로 말씀입니다."

글린다는 대꾸하지 않고 그냥 쌩 하니 나와 버렸다. 자기 처소 안에 돌아와 그녀는 바보가 된 기분에 한바탕 흐느껴 울었다. 종을 울려 머스를 불러서 요리사가 어떻게 되었나 좀 더 자세히 알아보라고 했지만 머스도 퍼글스도 이제는 더 이상 집 밖에 나가는 것을 허락받지 못했다.

"익사했다는 말은 못 들었어요." 머스 양이 고집했다. "제가 들은 말은 '손을 놨다.'라는 것뿐이에요. 하지만 그 사람은 헤엄을 칠 줄 몰랐죠."

점심식사 후에 메나시에들이 군인용 짐가방과 돌돌 만 침구 꾸러미들을 천장에 금도금을 올린 손님방들로 운반해 들였다. 재커스가 글린다의 거처 사실 안에다 잠자리 꾸미는 것을 감독했다. 잠자리는 세 개였다. 하나는 퍼글스 것, 하나는 머스, 하나는 레인이 잘 곳이다.

"퍼글스와 같은 방 안에서 잠을 잘 수는 없어요." 머스 양이 애걸했다. "전 결혼 안 한 여자라고요."

글린다는 대답하지 않았다. 그녀는 퍼글스에게 레인을 찾아오라고 일렀다. 사생활이 보장되는 내실에서 지금 당장 레인을 만날 참이었다.

13

"너한테 시킬 일이 있단다, 레인." 글린다가 말했다.

소녀는 대답을 하지 않았다. 말을 자주 하지 않는 아이로군. 글린다가 생각했는데 그 점을 눈치 채기가 처음은 아니었다. 어쩌면 글읽기를 배우다 보면 그게 바뀔지도 모른다.

"우리는 한동안 정원을 이리저리 거닐지 말라는 요청을 받고 있단다." 글린다가 말했다. "하지만 넌 어리니까 뛰거나 돌아다닐 수가 있어. 아무도 크게 신경 쓰지 않을 거다. 날 위해 뭔가를 좀 발견해 주겠니?"

레인은 옆눈으로 갸웃이 주인 마님을 올려다보았다. 여러 해 동안 스스로 식단에 주의하고 남들이 보지 않는 자기 방에서 무릎 굽히기 운동을 해 왔음에도, 글린다는 갑자기 자기가 뚱뚱하다는 기분이 들었다. 뚱뚱하고 자세가 굽고 늙었다. 그리고 몸에서 조린 설탕을 입힌 당근 냄새가 나는 것만 같아 몹시도 꺼림칙했다. 하지만 나에 대한 건 그만 됐어. 글린다는 자기 자신에게 이르고, 레몬즙과

밀크플라워 진액으로 탈색해야 할 때가 되어 가는 고불고불한 머리카락을 차르르 흔들었다. 나중에. 집중하자.

"너 이 일을 해 주겠니, 레인?"

소녀는 어깨를 움찔 했다. 아이의 머리카락은 더러웠고 종아리도 더러웠지만, 예쁘게 단장시켜 봐야 이 애한테 좋을 일은 하나도 없을 것이라고 글린다는 생각했다. 보기에 다소 꼴사나운 편이 차라리 안전하다. 빗질을 하지 않아 구름처럼 마구 헝클어진 저 갈색 머리라니!

"제가 뭘 보았으면 하시는데요?" 레인이 마침내 그렇게 말했다.

"그들이 헛간 축사 안에서 짓고 있는 게 뭔지 네가 알아냈으면 한다. 그렇게 할 수 있겠니?"

레인은 또다시 어깨를 움찔 했다.

"항상 그 속에서 땅땅 망치질을 하고 있어요. 그리고 문은 다 닫혀 있고요."

"넌 몸집이 작아. 그늘로만 숨어 다닐 수 있어." 글린다는 소녀에게 자기가 할 수 있는 한껏 단호한 눈빛을 쏘아 보냈다. "네 이름이 레인('비'라는 뜻)이지. 안 그러니? 비는 갈라진 곳으로 살며시 스며들어 가서 이음매를 따라 흘러내린단다. 너 그렇게 할 수 있지? 할 수 없을까?"

"모르겠어요."

"그렇게 해보도록 해라. 그러지 않으면 내가 네 읽기 수업을 취소해야 할지도 모르니까."

아이는 퍼뜩 눈길을 들었다. 전보다 한층 날카로운 눈빛이었다.

"그건 안 돼요, 어머님."

"난 장군이 널 잘 대해 주고 있다고 믿어."

"꽤 잘 가르쳐 주세요." 소녀가 말했다. "저 이제 글자 이만큼 많이 알아요."

글린다는 입술을 앙다물었다. 그녀는 아이들을 위험에 처하게 하거나, 또는 너무 심하게 겁주는 것이 괜찮다고 생각하지는 않았다.

"그 사람은 너에게 글자 가르치는 것만 허락을 받았어." 글린다가 마침내 그렇게 말했다. "만약에 그이가 네게 뭐 다른 것을 가르치려고 하거든 와서 나에게 알려 주렴. 알아들었니?"

아이는 다시 어깨를 움찔 했다. 이 애가 어깨를 움찔 하는 건 저 스스로 맘먹고 협조하지는 않으려고 꽁무니를 빼는 거구나. 글린다는 그것을 알아보았다. 글린다는 두 손을 내밀어 그 무심한 어깨에 손바닥을 꾹 얹어 누르고 싶었다.

"내 말 들었니?"

"네, 어머님." 목소리는 한층 작았지만 한층 정직했다.

"그럼 됐어, 이제 가 보렴. 명심해라, 레인. 발끝으로 걷는 거야. 발끝으로 걷고, 숨죽여 말하고, 미끄러지듯이 움직이렴. 그러나 그들이 보면, 넌 그냥 놀고 있는 거야. 그냥 놀고 있는 척 연기할 수 있겠니?"

"그 나리님은 저한테 글자 읽는 법을 가르쳐 줬어요." 레인이 말했다. "저한테 놀라고 가르쳐 준 사람은 아무도 없었는데요."

14

레인이 보고를 하기를 기다리고 있는 사이에 글린다는 또 다른 생각을 했다. (생각들이 온통 요동을 치네! 생각들의 폭풍우야!) 어쩌면 『그리머리』가 체리스톤과 그 부하들을 한몫에 꾸려서 내쫓아 버릴 마법 주문을 공급해 줄 수도 있을 것이다. 아무튼 결국 글린다가 그 책 자체를 은폐하기 위하여 주문을 사용할 수 있었다고 한다면 아마도 그녀의 마법 재능이 세월과 함께 진보해 온 것일지도 모른다.

그렇지만 바보 같은 이야기에 나오는 바보 같은 아가씨들이 모두 그러하듯이 글린다도 마법의 도움을 받아 온 몸이었다. 이제 『그리머리』가 소설책으로 위장한 상태에 있고 보니 글린다가 그 안의 주문에 접근할 방법이 없었다. 글린다는 그 네모난 책을 펼쳐서 하고 싶은 대로 쉽사리 책장을 넘길 수 있었지만, 거기 실린 마법 주문들은 빽빽하게 인쇄된 글자의 수풀 뒤로 보이지 않게 감추어져 있었다. 도대체 왜 사람들은 그렇게나 두껍고 빽빽한 책을 쓰는 것일까? 그 속에 담긴 마법은 어디에 있는가? 줄줄이 쓰여 있는 글을 영 제대로 읽어 낼 수 없는 것을 보면 글린다에게는 안경이 필요한 모양이었다. 하긴 글린다가 한편으로는 조금 더 열심히 애를 써 보기도 해야 할지 모르지만 말이다. 노력은 그녀가 웬만하면 하고 싶어 하지 않는 것이다.

글린다는 책을 선반 위에 다시 꽂아 놓았다. 내가 대체 무슨 짓을 해 놓은 거지? 글린다는 그 은폐 주문을 통하여 『그리머리』를 너무나 잘 감추어서, 어쩌면 그 책은 다시는 마법책으로 기능할 수 없을는지도 몰랐다. 결국 글린다는 발버둥을 치고 실패하여 죽어 버리리라. 그래서 저 멀리 럴라이나의 품으로 날아가게 될 것이다. 아니면 구름 낀 듯 미심쩍은 이름 없는 신의 존재 속으로 물방울처럼 흡수되어 사라지겠지. 그리하여 머스 양이 이 빌어먹을 것을 발견하고, 글린다의 죽음을 잠시 잊어 보고자 펼쳐서 읽게 될 것이다. 그리고 그렇게 되면 머스 양은 이 책을 쓰레기통에 처박아 버리든가, 교회의 바자회에 기증하든가 해 버릴 테지.

15

글린다는 완숙으로 삶은 달걀의 껍데기를 벗기는 기술에 달통하려고 애쓰고 있었다.

회갈색으로 점점이 무늬가 들어간 알껍데기는 글린다의 손톱 아래 자꾸 밀리기만 해서, 글린다는 슬슬 부엌일을 너무 오래 붙들고 있었구나 생각하기 시작한 참이었다. 글린다의 목욕실 안에 임시변통으로 꾸며 놓은 조리실의 준비 탁자 바로 옆에서, 레인이 톡 튀어나왔다.

"어머나 깜짝이야, 얘야, 정말 깜짝 놀랐구나."

달걀 한 개가 탁자에서 바닥으로 데구루루 굴러 떨어져서 아주 제대로 껍데기를 와작 깨뜨렸다.

"제가 했으면 하셨던 일을 했어요."

글린다는 이쪽저쪽을 돌아보았다. 그녀는 퍼글스나 머시를 끌어들여 범죄자로 만들 위험을 감수하지 않을 것이다. 하지만 그들은 보이는 곳에 없었다.

"아주 잘했다. 그래 무엇을 발견했니?"

레인은 살짝 의뭉스러운 웃음을 지었다.

"아주 깜깜해서요, 보기도 힘들었어요."

"분명 너한테 방법이 있었겠지."

"아저씨들이 점심 먹으러 갈 때까지 기다렸다가 위에 있는 건초 문을 열었어요."

글린다는 기다렸다. 아하, 이 애가 또 한마디 칭찬을 들어야겠다는 거구나. 글린다는 아이를 때려 주고 싶었다.

"넌 어쩜 그렇게 꾀가 많니. 계속해 보렴."

"제가 본 건 말로 하기가 어려워요. 아래위가 틀리게 된 집 비슷한 것들이 있었어요."

"그렇구나." 글린다는 알아듣지 못했으면서도 그렇게 말했다.

"짐머스톰에 있는 집들 같아요. 그렇지만 물구나무를 서 있어요."

"그 아래위가 틀렸다는 집 지붕이 짐머스톰 집들처럼 파란 기와로 되어 있던?"

"아니요. 기다란 쪽나무를 못으로 박아서 전부 막아 놨어요. 이런 식으로요." 레인은 자기 배에서 두 손을 앞으로 쭉 내밀어 공중에 기다란 멜론 같은 모양을 그려 보였다.

"그 아래위가 틀린 집들이 좁다란 지붕 용마루로 균형을 잡고 서 있는 거라면, 그러다 옆으로 넘어지지 않을까?"

"전부 다리가 달려 있었어요. 그러니까 무슨, 거미처럼요. 나무로 된 다리가 달렸어요."

"그 집들이라는 게 몇 채나 있던?"

"숫자를 세 오라고는 안 하셨잖아요."

"많던?"

"너무 커서 많이 있을 수가 없었어요. 안을 거의 다 차지해요, 위쪽 높이 밀짚 두는 들보랑 밑에 있는 가축우리 사이 공간을 다요."

글린다는 한 탁자로 가서 거기 놓인 도구들을 보았다. 그녀는 칼한 자루와 빵덩어리 하나를 골랐다. 빵덩어리 끝을 뚝 끊고 빵껍질을 커다랗게 벗겨내어 집 모양으로 만들었다. 글린다가 할 수 있는한은 집 비슷한 모양이었다.

"그렇단 말이지. 그게 이것 같던?"

"네, 하지만 뒤집어서요." 레인이 손을 뻗어 그것을 거꾸로 했다. "그리고 거미 다리들이 여기랑 여기에 온통 아래위로 뻗쳐 있었어요. 하지만 이쪽 끝은 좀 더 뾰족하고요."

"아아. 그래, 그렇구나. 당연히 그렇겠지. 이제 알겠다." 글린다는 과도를 뽑아서 거꾸로 뒤집힌 집을 일종의 쪽배로 만들었다. "이런 것이지. 그러니까 거미 다리들이 떨어져 나가고 나면 그건 배처럼 보이게 될 거야."

"배는 밑바닥이 그렇게 뾰족하지 않은데요."

"그런 배도 있어. 넌 아마 호숫물 밖에 나와 있는 배를 본 적이 없는 거겠지. 그게 다란다." 글린다는 칼을 부드럽게 내려놓았다. "그들은 배를 짓고 있는 거야. 소함대로 호수를 거슬러 올라가 호수로부터 하우가드 요새를 공격하려는 거지. 그런 거야, 그러면 말이 되지."

글린다는 전에 보았던 지도를, 레스트워터 호수 한가운데로 점선이 찍혀 있었던 것을 상기했다. 침략자들이 호수 한복판으로 간다면 북쪽으로 짐머스톰이나 헤이븐서, 남쪽으로 비겔로나 세드니에서 결집한 어떠한 지역민들의 기습 부대도 그들에게 손이 미치지 못할 것이다. 다만 레인이 얘기하는 것처럼 정말 그렇게 커다란 배들이라면 그러한 선박들의 진격은 아주 뚜렷하게 사람들 눈에 띌 것이고, 이쪽저쪽에서 즉석 소집된 해군이 노 저어 나와 공격하려들 테지만 말이다. 체리스톤은 무슨 꿍꿍이일까?

"정말 훌륭하게 잘했다, 레인." 글린다기 말했다. 그녀는 한순간 머뭇거렸다가, 이어서 몇 년 동안이나 그러고 싶어도 안 했던 어떤 행동을 했다. 레인의 어깨에 손을 얹었다. "넌 충분히 상을 받을 만하다. 뭘 받고 싶으니?"

"뭐라도 제가 읽을 수 있는 거 있으세요?"

"아쉽게도 적당한 건 아무것도 없구나. 그렇기도 하고, 내가 장군으로부터 들은 바로는 넌 아직 기초 단계라고 하더구나. 하지만 아마도 장차 배우게 될 테지."

"배울 거예요." 레인이 말했다. "그런데요, 책이 없으시면요, 저한테 배를 두 쪽 주세요. 버터를 좀 발라서요."

레인은 양손을 맞잡고 꼬면서 글린다에게 웃음을 보였다. 그러기는 처음이었다. 그러니까, 7년 만에 처음이었다.

16

그러니까 글린다는 무엇을 기다리고 있었나? 구출되기를? 짜증이 나기를? 분발하여 행동에 나서게 되기를? 미덥지 못한 호안선을 향하여 항의의 송가를 지절거리게 되기를? 그녀는 코바늘뜨기로 소품을 만들었다. 좌우명이 들어간 햇님 무늬 쿠션이었다. "오즈마가 우리에 앞선다." 그녀는 서쪽 하늘에 빽빽해 오는 한여름달의 천둥 구름을 바라보았다. 구름이 한바탕 쏟아 부을 기미를 보여 협박할 시에는 얼른 몸을 피할 것이다. 글린다는 멀리 남쪽을 두른 그레이트 켈스 기슭의 고만고만한 구릉들과, 북쪽으로 그보다 한결 야트막한 파인배런스의 경사지 사이에 굽이치는 기다란 호수를 곰곰살펴보았다. 작은 곶 위에 세워진 목베거홀의 입지로 인해 글린다는 제한된 이점을 누렸다. 여기서 바라보는 호수는 남동쪽으로 부드럽게 굽어들면서 폭이 좁아지고, 마주 선 호변의 둔덕 사이로 사라져 갔다. 북서쪽도 마찬가지다. 바라보이는 각도 때문에, 하우가드 요새는 언뜻이라도 볼 수 없었다. 글린다가 매의 눈을 가졌더라도 안 보인다. 그리고 또 물론 글린다는 매의 날개도 못 가졌다.

글린다의 저택 살림은 계속 흔들리고 있었다. 살림이 기운차게 척척 돌아가는 것이 아니라 공포에서 기인한 무력감과 타성 속에 근근이 이어지는 꼴이다. 요리사에 관하여 더 이상 밝혀진 사실은 없었다. 퍼글스는 모래새의 괴상한 가슴살을 가지고 할 수 있는 한 은 다 했다. 파슬리열매와 손목꺾기콩을 넣어서, 달걀과 치즈와 아주 기세등등해서 칼을 꽂아 넣을 수도 없는 밀가루반죽으로 찜구이 파이를 만들었다. 머스 양은 차로 연명했고 몸에서도 차 냄새가 났으며, 외양은 걸어다니는 기다란 셀러리 줄기를 닮아 가기 시작했다. 그리고 이야기할 때면 몸을 떨었고, 평소처럼 자주 말을 하지도 않았다. 레인이 무엇을 먹었는가 하는 것은 거의 글린다가 풀 길이 없는 수수께끼였다.

✢✢✢

어느 날 폭우가 평소보다 좀 더 일찍 쏟아지기 시작했을 때, 갓 수업을 마친 레인이 나타났다. 레인은 글린다의 방 안을 온통 뒤지고 다니며 터무니없이 잔뜩 조각이 되어 있고 마디마디 금줄 은줄 세공이 들어간 가구들에서 여기저기 O자와 Z자들을 찾아내었다. 아이는 그게 그저 재미있어서 폴짝폴짝 뛰어다닐 따름이었다.

"저 이제 오즈를 알아요." 레인이 말했다. 그러고는 상인방의 조각으로부터 그 흔히 보는 기호, O자로 둘러싸인 Z를 짚어 냈다. "보통 글자들은 다른 글자를 안에 넣어 숨기거나 하지 않아요." 레인이 글린다에게 확고히 말했다.

"안 그러지, 그건 사실이야. 그렇기는 하지만 오즈에서는 늘 뭔가가 숨겨져 있단다."

아이는 몸을 돌려 마치 자석에 이끌리기라도 한 듯 똑바로 창문 곁의 작은 서가로 걸어갔다. 그리고 노란 책을 뽑아냈다. 그게 자기의 초급 읽기 책이기라도 한 것처럼.

"이 책은 뭐예요? 전 아직 이 단어들을 못 읽겠어요."

"그 책 제목은, 으음, '바람이 불어가다'인가 뭐 그 비슷한 거야."

"도로시를 이리로 불어 보낸 큰 바람에 대한 책인가요?"

"너 도로시 얘기는 어디서 들었니?"

"머스 양이 저한테 그 이야기를 들려줬어요."

"머스 양 이야기는 귀담아듣지 말도록 해라. 머스 양은 너무 늙어서 들어 봐야 헛것이야. 이제 그 책을 도로 꽂아 놓으렴."

나 역시 너무 늙어서 하는 소리가 다 헛것인 모양이지. 그 말을 무시하는 레인을 보고 글린다는 그렇게 생각했다. 소녀는 책 표지를 열어서 손으로 책장을 주르르 훑었다.

"여기에는 무엇이 숨겨져 있어요?"

글린다는 오싹한 느낌이 왔다.

"무슨 말도 안 되는 소리니? 무슨 뜻으로 한 얘기야?"

"이 책이요. 이건 꼭 생물 같아요. 살아 있는걸요." 레인이 글린다 쪽으로 몸을 돌렸다. "마님은 느껴지세요? 책에 심장이 있어요. 정말 있는 것만 같아요. 따스해요. 가르랑거리고 있고요."

"너 내가 보고 있지 않을 때에 안에 들어와서 이 책을 건드리니?"

"아니요. 전 이 책 처음 봐요. 그렇지만 책이 왠지 아른아른해서요."

글린다는 책을 낚아챘다. 그녀는 책에 뭐가 아른거리는 것을 알아차렸던 적이 없었고, 지금도 그런 것은 보이지 않았다. 하지만 레인이 뭔가를 느껴서 이끌렸다. 『그리머리』는 일종의 긴급한 미열을 띠고 있었다. 일종의 소리 없는 웅웅거림이 있었다.

글린다는 거의 속삭임에 가까운 소리로 자기도 모르게 이렇게 말하고 있었다.

"어느 페이지를 보고 싶니?"

레인은 동작을 멈추었다. 글린다는 책을 내려 카나페 쟁반처럼 레인 앞에 대 주었다.

벼룩이 쏠아먹은 듯한 그 끔찍한 앞머리 밑으로부터, 레인은 글린다를 올려다보았다. 그러고는 가시에 긁히고 비누 따위는 알지도 못하는 한 손을 내밀어, 그러려고 하지도 않았는데 대번에 위장 주문을 깨뜨렸다. 맙소사, 『그리머리』는 원래의 형태로 돌아왔다. 더 크고, 더 어둡고, 더 불투명해졌다. 내지는 직접 손으로 쓴 책, 은색과 요오드 청색을 띤 잉크로 쓴 책으로 돌아왔다. 폭이 좁은 문양이 가장자리를 따라 몸을 비틀며 꿈틀꿈틀 둘려 가는 듯했다. 글린다는 현기증이 났다.

"그거 어떻게 한 거니?"

천둥이 위협적인 꽝 소리를 냈지만, 그 거리가 편안할 만큼 멀었다. 레인은 책의 3분의 2쯤 되는 지점으로 책장을 넘겼다.

"너 이것 못 읽지. 읽을 수 있겠니?"

레인은 물끄러미 들여다보았다.

"전부 다 한데 엉겨 발길질을 하네요."

"그래, 그래. 그렇지만 너 이거 읽을 수 있니?"

레인이 고개를 저었다.

"마님은 읽으세요?"

이 얼마나 속 터지는 일인가. 글린다는 보았다. 뭔가 제목 비슷한 것이 풀무 주름처럼 꽉 쭈그러지고 있었다. 완전히 펴졌을 때 보니 그것은 "물 위에 겨울 불러 내리기"인 것 같았다.

"옷을 따뜻하게 갖춰 입는 것에 대한 이야기야. 뭐 그런 거란다." 글린다는 책을 탁 닫아 버렸다. "왜 거기를 펼쳤니?"

레인은 우물거렸다.

"속으로 예전 일을 떠올리고 있었어요. 금붕어에 대한 일이요."

갑자기 글린다는 레인에게 진력이 났다. 진력이 나고, 또 약간 레인이 무서워지기도 했다.

"너 이제 달려가서 머스 양에게 내가 차 마실 시간이라고 말해 주련? 그리고 내가 시키지 않는 한 이 책에는 손대지 마라. 알아들었니?"

레인은 제대로 자라지도 못한 변변찮은 인생에 연이어 있는 다음번 할일을 하러 문을 나섰다. 그러면서 "네에." 하고 큰 소리로 대답했지만, 건성으로 하는 대답임에 틀림없었다.

글린다는 책을 자기 책상으로 가지고 왔다. 그녀는 그것을 다시 펼쳤다. 하지만 이제 그녀는 심지어 책장을 파라락 넘길 수조차 없었다. 책은 딱 자기가 원하는 아까 페이지에서 펼쳐졌다. "물 위에 겨울 불러 내리기." 레인이 어떻게 이 책에서 이 주문을 불러 올렸을까?

나는 주문의 과학을 조금 건드려 보기보다 예술제의 후원자가 되는 쪽을 선택했지. 글린다가 생각했다. 하지만 이제 어쩔 수도 없네. 나를 놔주지 않는 마법책과 함께 여기 틀어박혀 있게 됐으니 말이야.

글린다는 그 주문을 조금 읽어 보았다. 최선을 다하여 읽을 수 있는 만큼 읽었다. 그러고는 지칠 대로 지쳐 물러앉았다. 『그리머리』에 대해, 그 책의 교활한 수법에 대해 생각했다. 아마도 레인이 책을 붙들고 연마하는 역량에 그녀가 너무 많이 읽어서는 안 될지도 모른다. 아무튼 레인이 읽기를 배우고 있지 않은가? 비밀들은 사람이 그것을 이해할 준비가 되었을 때 드러나는 법이다. 『그리머리』가 꼬리를 빼는 건 아무래도 변덕스럽고 못돼먹은 것 같아. 보여 주었다가 그 다음에는 사람을 놀리며 단 한 페이지를 가지고 이렇게 굴다니. 하지만 그러고 보면 세상도 똑같이 굴지 않던가, 안 그런가? 세상은 그 속내를 큰 소리로 외쳐 주는 일이 좀처럼 없다. 세상은 속삭인다, 사적인 언어와 불명료한 형식으로, 비밀스럽고 엉뚱한 이미지로, 그 안에서는 모든 요소가 병치에 의해 결정되는 다중적 의미를 갖는 상징 체계를 통하여 말한다.

누군들 어떻게 읽는 법을 배울까? 글린다는 그렇게 생각했다. 나는 어떻게 배웠던가?

머스 양이 차를 가지고 들어왔을 때 글린다는 주문을 상당 부분 체득했다. 비록 도대체 이걸 어디다 써먹을 수 있는지는 감이 잡히지 않았지만 말이다. 글린다는 책을 부드럽게 닫았다. 머스 양이 때때로 그러는 것처럼 콧잔등을 밀어 넣을까 봐 책에 관심이 쏠리지 않게끔 한 것이다. 하지만 머스는 따로 다른 정신 팔릴 거리들이 있었다.

"폭풍우는 세드니 쪽으로 옮겨 갔어요. 그리고 장군님이 헛간 문을 열라고 시키셨어요. 그자들이 헛간 두 채의 앞 벽을 다 허물었어요, 어머님. 배를 꺼내려는 거예요."

"그게 배인 줄 알고 있었군?" 글린다는 약간 값이 떨어진 기분이었다.

"마님은 마님 혼자만 레인에게 신경을 쓰신다고 생각하시죠." 머스가 말했다.

17

배는 고대로부터 전해 오는 기술에 의해 굴러 나왔다. 깨끗하게 다듬어 나란히 늘어놓은 통나무들 위로 미끄러진 것이다. 글린다는 단번에 목베거홀의 유용함을 새로운 조명 아래 깨달을 수 있었다. 글린다의 시골집이 체리스톤의 눈에 든 것은 대저택의 제대로 갖추어진 모습 때문이 아니었다. 팔란틴 걸작 따위는 무장 병력에게 아무런 의미도 없었다. 이유는 헛간이었다. 이 네 척의 거대한 배를 품어 키울 만큼 높이가 되었던 것이다. 격리되어 있는 이곳에서, 남자들은 매일같이 내리는 폭우 속에 일을 하고 밤이 새도록 일했다.

그보다도 더더욱 중요한 점으로, 헛간에서 호수까지의 비탈진 정도가 배를 진수하기에 알맞기도 했다. 진입로를 가로질러 호수로 가는 길이 깨끗하게 딱 떨어졌다. 야생화가 만발한 초원을 통과하여 목초지를 지나서, 정원 울타리 삼아 빙 둘러 판 도랑과 민물 인어를 기리며 건립한 비루스 스켑티클의 벤틀브랜치 시골집을 (참 다행히도) 깔끔하게 피해서 가는 경로다.

글린다는 거울에 비친 자기 모습을 곰곰이 뜯어보고는, 옷장에서 레이스 어깨걸이를 꺼내어 두르고 속눈썹을 새로 칠했다. 양산도 꺼냈다. 일 없이 거니는 것으로 보이기 위해서다. 글린다는 집안에서 조그만 애완견을 키웠더라면 좋았을걸 싶었다. 그랬다면 개들을 산책시키러 나가는 것처럼 보일 수 있었을 것이다. 하지만 그 괴물 딱지 같은 토토가 발뒤꿈치에 입질을 하고, 그녀가 가장 아끼는 분홍색 환영 행사용 드레스 단을 찢어 놓은 이래로 글린다는 그놈의 빌어먹을 생명체들에는 아예 딱 질색을 했다.

퍼글스는 일종의 수프를 제조하기 위한 노력을 경주하고 있었다.

"전 이런 수준의 가사노동을 하도록 길러난 사람이 아닙니다요, 어머님." 이마를 훔치며 그가 말했다. 고기 두드리는 망치를 서투르게 사용하다가 자칫 자기 자신을 때려눕힐 뻔했다.

"훌륭하게 잘하고 있네. 언젠가 내가 메모를 해야겠군. 그런데 퍼글스, 머스 양이 자네한테 말해 주던가? 공사하던 자들이 그동안 지은 것을 공개했다네."

"말해 주더군요."

"그럼 이제 그자들이 어떻게 공격을 회피할까? 그러니까, 전함들에 대한 공격 말인데?"

"음성을 낮추십쇼, 어머님. 이제 군인들이 사방에 깔려 있답니다요."

퍼글스는 속삭이는 소리로 말하면서 그 소리를 묻기 위해 더욱 세게 고기를 두들겼다.

"경비병들의 비상경계선을 뚫고 소식을 얻어 듣는 것은 힘든 일이지요. 하지만 전 퍽 믿을 만한 권위자로부터 이 지역 농부들과 어부들이 이미 저희들끼리 여기에서 무슨 일이 진행되고 있는지 다 간파했다고 들었습니다. 제 생각에는 기슭에 올려 둔 먼치킨랜드 함대 병력 일부가 그동안 한참 푹 쉬었으니 이제 슬슬 출동을 감행할 준비가 되어 있지 않을까 싶습니다요." 퍼글스는 글린다에게 한 눈을 끔적 했다. "자살이지요, 압니다."

"체리스톤의 전함들에는 대포가 실려 있을걸세. 절대 틀림없어."

"대포는 성곽 요새의 돌벽을 때려 부수는 데 썩 잘 듣습니다, 어머님. 하지만 어머님의 자그마한 호수 왜가리나 재빠른 송사리를 쓸어버리기에는 그렇게까지 좋다고 할 수 없죠. 알아들으신다면 말씀입니다만."

"음, 그래." 글린다는 신중하게 말을 골랐다. "이 계절 호수의 자연에 대하여 더 듣는 것이 생기거든 꼭 나에게 알려 주게."

"저는 이제 저택 건물 밖으로 나가는 것이 허락되지 않는답니다." 퍼글스가 대답했다. "아마 더 이상은 소식을 못 듣기가 쉽지 싶습니다요."

글린다는 지역 먼치킨인들을 걱정하면서 걸음을 옮겼다. 체리스톤은 무척 영리한 사람이었다. 들어올 수 있는 어떤 공격이든 처리할 준비가 되어 있지 않은 채로 이 기동성 없는, 물에 뜨는 나무 성채들을 보란 듯 내놓을 사람이 아니었다. 그렇기는 해도, 글린다는 큰 계단을 내려가면서 밀려오는 흥분에 감염되었다. 글린다는 솜씨 좋게 만들어진 것에 대하여는 그것이 무엇이든 간에 감탄을 했다. 가구 덮개든, 찬사의 말이든, 군함이든.

글린다는 바닥에 줄지어 놓여 있는 흙 묻은 군화들은 무시해 버리고 그녀 자신 거기서 여러 해째 지휘관으로 있기라도 했던 것처럼 그냥 연회실과 주방으로 헤집고 들어갔다.

"재커스, 숙녀 앞에서는 모자를 벗게."

비스킷 깡통을 뒤지고 있다가 빙그르르 몸을 돌린 재커스에게 글린다가 호통 쳤다.

열린 문으로 불어드는 따스한 산들바람을 느끼면서 글린다는 계속 나아가, 식품 저장실과 미로 같은 식자재 보관실을 통과하여 약초밭으로 나가는 문을 찾아내었다.

얼마나 유용한지. 이제 글린다는 약초가 무엇 때문에 필요한지 알 수 있었다. 하지만 멈춰 서서 메모하고 있을 틈도 없었다.

지상에서 보자 그 네 척의 배들은 자기 방 창에서 내다보았을 때보다 한층 더 컸다. 배가 불룩한 목제 일각고래들. 웃통을 벗은 사내들이 온 사방에 사다리를 놓고 우글우글 달라붙어 있었다. 틈새를 메우고 대패질을 하고 모종의 번질번질한 기름을 칠하기 위해 붓을 들고 설쳤다. 기름이 칠해지자 생나무는 사람 피부처럼 반질거렸다.

글린다는 적을 것을 적고 있는 기록원인지 사무원인지 옆에서 체리스톤을 찾았다. 그녀는 대담하게 장군과 맞섰다.

"트래퍼, 당신 참 축하받으실 일이네요. 이건 정말이지 뭣보다도 대단한 공사를 으싸으싸 잘도 해내셨어요. 어디서 그 많은 목재를 다 조달해 왔는지 전 도저히 생각도 못 하겠네요."

"파인배런스에 제재소가 한두 군데 있지요. 값만 넉넉히 치러 주면 필요한 만큼 제대로 공급이 됩디다."

"값은 현금으로 치러 주셨나요, 아니면 폭력을 쓰겠다는 협박으로 치르셨나요?"

하지만 글린다는 이 말을 하면서 미소를 띠었고, 체리스톤도 마주 미소 지으며 대답했다.

"아, 왕국의 동전이 제법 힘을 북돋아 주던걸요. 내가 아는 바로는요. 늑재로 쓸 흰 참나무는 수입해 들여왔지만 선체 겉 판자를 대는 데나 돛대를 세우는 데는 이 지역에서 나는 전나무가 안성맞춤이더군요. 충분한 설득을 가해 두기만 하면 지역민들이 얼마나 너그러운지, 놀라울 정도입니다."

"난 범선의 삭구를 매는 일에 대해서는 하나도 몰라요. 그러니까 이건 내가 절대 알아차릴 수 없는 깊고 깊은 비밀이로군요. 어쨌든, 레스트워터가 오즈에서 가장 큰 호수이고 보면, 그처럼 위용이 대단한 선박들이 전에 내 곁을 범주해 간 적이 있었더라면 분명히 내가 알아차렸을 거예요. 나룻배하고는 겉모양부터가 전혀 다르잖아요. 다만 그렇게 장대한 선체에 추진력을 부여하려면 이 정도는 돼야 할 거라고 내가 머릿속에 생각했던 것보다 돛대들은 좀 낮아 보이지만 말이에요."

"아아, 그건 남성들의 기술이지요. 조선술은요." 장군이 말했다. "제가 조선술 용어를 하나라도 알아들은 척은 못하겠습니다. 전 제 군화 끈을 매는 데도 한참 낑낑거린답니다."

글린다는 자기는 코르셋 끈을 손수 꿰지는 않는다는 이야기를 하려다가 자제했다.

"에메랄드 시가 이 호수를 전용하고 싶어 한다는 사실은 우리 모두 알고 있는 바이지요. 수도에서, 그리고 에메랄드 시와 시즈 사이에 우후죽순으로 생겨나는 공업 도시와 공장촌들에서 물을 쓰려고요. 그래서 난 이 배들이 하우가드 요새를 공격하려는 전함들인 줄을 잘 알아요. 하지만 나에게 도무지 이해가 가지 않는 건 당신이 왜 배들을 건조하자고 넉 주 넘게 시간을 들였는가 하는 점이에요. 이 지역 농군들에게 저항 운동을 계획하고 호수 수비를 강화할 기회를 줘 가면서 말이에요. 그냥 당신 군대를 몰고 촌락들을 통과하여 행군해 갈 수도 있었을 텐데. 그랬더라면 지금쯤 레스트워터 호수를 여섯 바퀴는 돌았을 거예요."

"술통만 한 게릴라 놈들이 파 놓은 함정으로 쑥 들어가라고요? 아뇨, 그건 사양하지요. 하지만 정말 너무 삭막하죠, 이 전략 얘기는요." 체리스톤은 마치 합의된 사항인 듯이 그렇게 말했다. "좀 더 대화를 나누고 싶은데, 우리 다시 만찬을 같이할까요? 난 전시의 노역 비용에 관하여 열변을 토하고, 부인은 그간 요리 분야에서 부인이 거듭 거둔 성공을 저에게 보여 주실 수 있겠습니다."

"지휘 함선의 처녀 갑판 위에서 초대 행사를 열고 절 부르실 건가요?"

그가 얼굴을 붉혔다. 글린다는 자기가 그를 얼굴 붉히게 할 수 있을 줄은 미처 몰랐다.

"안타깝지만 제반 시설이 갖추어지기까지는 다소 시간이 걸릴 듯싶습니다. 칠을 해야 하고 말려야 하고, 그런 과정들이 있지요. 내가 전함들을 햇볕 아래 밖으로 끌어낸 게 바로 그래서입니다. 그렇게 해야 일이 속히 진행될 수 있으니까요."

"하지만 매일같이 천둥번개 폭풍우가 쏟아지는데요?"

"침 뱉기나 눈물 뿌리기 정도죠. 그런 게 우리 손을 늦추지는 못해요."

글린다는 함선들 주위를 산책하게 해 달라고 허가를 구할 뻔했다. 하지만 자기 자신을 자각하고는, 얼른 걸음을 떼어 걷기 시작했다. 체리스톤이 그녀를 쫓아와서는 팔을 붙들었다. 하지만 부드럽게, 남편 같은 태도로 잡았다. 그러고는 그녀를 호위해 자갈이 깔린 마당을 걸어갔다. 글린다가 한마디 했다.

"내 헛간들 앞면을 도로 갖다 붙여 복구해 주실 줄로 믿어요. 저렇게 놔두면 고약한 폭풍우가 한 번만 몰아쳐도 카드로 세운 집처럼 폭삭 주저앉을 거예요."

체리스톤은 대답하지 않고, 선수상들 중 썩 조각이 잘된 상을 가리켜 보이기만 했다.

"당신은 아주 재능이 많고 아주 심심한 병사들을 몇 명인가 거느리고 있네요. 설마 저게 제 조각상은 아니지요?"

"아니에요. 그건 오즈마를 새기려고 한 겁니다."

"끔찍할 만큼 골수 왕당파시네요. 분명히 선동적인데요. 난 선수상에 황제를 새겼을 줄 알았는데."

"어떤 놈들은 생각이 단순하지요. 하지만 그 녀석들이 일을 잘하기를 바란다면 치우친 생각을 갖더라도 용인해 주어야 합니다."

"먼치킨 사람들에게 그 말씀을 해 주세요." 하지만 글린다는 당졸임처럼 매끄러운 태도를 보이려고 애쓰고 있었다. "이 멋진 호수의 귀부인들을 뭐라고 이름 지으실 거예요?"

"물에 띄울 수 있게 되면 그때 선체에 술병을 깨면서 명명식을 할 겁니다."

"난 그렇게 오래는 못 기다려요. 오늘 밤 자다가 꼴까닥 죽을지도 몰라요. 조바심이 나서요."

"어이쿠, 그러지는 마세요, 글린다." 체리스톤은 경청을 붙이지 않고 이름을 불렀다.

글린다는 약간 애교를 감하여, 한층 더 뜻 모를 미소를 지으며 그를 낚아 들었다.

"안 돼요. 말해 줘요, 트래퍼."

"황제의 4대 호수 사절이 뭐라고 불릴지 짐작 못하겠어요?"

글린다는 그를 향해 눈을 깜박거렸다. 속눈썹을 검게 칠할 시간이 있었던 게 다행이었다. 그가 말했다.

"빈쿠스 호, 길리킨 호, 쿼들링 나라 호."

"알았어요. 그러면 선두에 설 배는 에메랄드 시 호죠."

"아, 아니에요." 체리스톤이 대답했다. "먼치킨랜드 호입니다. 재병합에 대한 염원을 담아, 언제가 되었든 우리가 그 행복한 결합을 이룩하고 오즈를 다시 완전하게 할 거라는 의미죠."

18

실은, 요리사가 자취를 감추기 전에 글린다는 그의 어깨 너머로 눈동냥을 하기 시작했더랬다. 이제 글린다는 다소 뚱한 태도로 퍼글스의 노력을 지켜보고 있었다. 딱 주방의 위험 요소가 될 만큼 아는 것이 생긴 터였다. 글린다는 이런저런 것들을 우묵한 주철 용기에서 국자로 퍼내어 사기 주전자나 구리 프라이팬에 주르륵 흘려 넣는 광경을 지켜보았다. 레몬 한 번 짜는 것이 어떻게 해서 맛 좋은 요리에 대한 범죄로부터 사람을 구제해 주는지 알았다. 또한 오렌지 발삼을 뿌리지 말아야 할 곳에 한 번 살짝 뿌린 것만으로 걸작을 얼마나 망쳐 놓을 수 있는지도 알았다. 글린다에게 소금과 설탕과 흰 후추 같은 것들에 대해서는 좀 헷갈리는 편이었다. 이거나 저거나 모두 어느 정도는 눈처럼 희고 보면.

그렇지만 글린다는 한시라도 낭비할 시간이 없었다.

"종이 한 장 꺼내, 머스 양. 펜은 압지 위에 있어. 날짜 땡땡 한여름 달의 18일 쉼표 찍고, 11시. 친애하는 트래퍼 쉼표 찍고, 황제의 훌륭한 선박 먼치킨랜드 호의 갑판 위에서 저녁을 같이하자는 친절한 제안을 더 이상 기다릴 수 없기에 쉼표 찍고, 대신 제가 청을 드립니다."

"친애하는 트래퍼요?" 머스 양의 분노는 자제되고 있었지만 엄청났다.

"오셔서 매듭 정원에서 저와 식사를 함께하십사고 말입니다. 줄 바꾸고. 프리티벨이 만개했고 장미꽃도 그다지 조잡하지는 않아요. 줄 바꾸고. 제가 요리합니다. 제가에다가 이중으로 밑줄을 그어. 내일 밤 8시 어때요 물음표 찍고. 제대로 따라오고 있어, 머시?"

"애정과 입맞춤을 보내며, 당신의 귀염둥이 글린다라고 서명할까요?"

"말 같지 않은 소리. 내가 직접 서명하겠어."

"제가 이미 서명했네요." 글린다는 종이를 낚아채어 충심을 다하여, 업랜드 가의 아르두에나 글린다 부인이라고 되어 있는 서명을 읽었다.

"정확히 내가 하려던 대로 서명했군. 이번에는 아무튼 내 서명을 완벽하게 해냈는걸."

"잘 모시려고 제가 여기 있는 거니까요." 머스 양은 그렇게 말하면서 밖으로 나가려고 문 앞에 가 있었다.

"머스 양." 글린다가 불렀다.

머스가 돌아보았다.

"부탁이니 부디 그렇게 딱딱한 얼굴 하지 말아 주겠어? 사교적이지도 않고, 신경에 부담스럽잖아. 난 내가 뭘 하려는지 잘 알고 있어. 당신이 생각하는 것처럼 내가 천치 바보는 아니야."

머스 양은 한 40년 전에 구식이 되어 버린 인사법을 해 보였다. 그녀의 두 무릎에서 상아제 도미노 패가 쟁반에 떨어지는 소리처럼 짜그락짜그락 소리가 났다.

‡‡‡

주방의 글린다.

"재커스!"

"어머님."

글린다는 글린다 부인이라고 부르라고 고집하는 걸 그만 포기했다.

"이그 배르내어래내시스, 일명 요리사라고 불리던 사람이 이제 없으니 내가 조촐하나마 식사를 차리려고 시도를 하려는 참이네. 요리책은 어디에 두었는지 자네 아는가?"

재커스는 창문 곁 앉을 자리 밑이 책꽂이로 되어 있는 것을 찾아 냈다. 어디의 교구 위원회에 있던 책들이다. 『먼치킨랜드 아주머니가 알려 주시는 소스의 비밀』. 그리고 글린다는 이 책이 마음에 들었는데, 큰 글자로 인쇄되어 있고 풍자적이며 유용한 그림들이 들어 있는 책으로 『독살 혐의를 피하는 법: 책 보고 요리하기』라고 했다. 특히 손가락 자국이 많이 나 있는 책은 처미시 과부의 유명한 요리책 『당신이 실제로 뱃속에 넣을 수 있는 음식』이었다. 글린다는 세 권 다를 뽑아 들고 재커스에게 나중에 재료 목록을 내려 보내겠다고 말했다.

글린다는 거의 흥분에 들떴다. 접시들이며, 냄비들이며, 나무 주

걱이며! 요리 화로의 열기가 그녀의 뺨을 장밋빛으로 달구고 머리를 곱슬거리게 만들 것이다. 글린다는 그러다 김을 쐬어 머리카락의 환한 포인트 부분이 죽지는 않기를 바랐다. 금빛 머리카락 속에서 잿빛으로 센 백발을 발견하고 잡아당겨 뽑은 게 한두 가닥이 아니었다.

하지만 이제는 배신의 흰머리를 염색하든지 아니면 중년의 대머리 그룹에 합류하든지 둘 중 하나를 해야 할 판국이었다.

‡‡‡

레인과 함께 있는 글린다.

다른 책으로 변장하여 귀엽게도 밋밋해진 『그리머리』가 게임 테이블에 놓여 있다. 글린다가 그 앞에 앉아 있다. 그리고 레인은 글린다 옆에 섰다.

"읽는 것에 대한 너의 흥미가 이 책의 장난기에 불을 붙이는 모양이구나." 글린다가 말했다.

"난 네가 이 책을 어느 쪽이든 원하는 대로 펼칠 수 있을지 궁금하단다."

소녀는 이해하지 못했다. 럴라인이여, 이 애는 참 느리기가 트라움 행 완행열차로군요!

"자, 그럼 날 보렴." 글린다가 표지를 확 제쳐 열었다. 매 쪽마다 어김없이 빽빽하게 들어찬 인정사정 없는 인쇄 활자들은 숫제 눈에 대한 고문이었다. 삽화도 없고, 도판도 안 들어 있고, 눈을 쉬게 하고 마음을 잠시 떠돌게 할 하얀 여백도 거의 없다시피 하다. 글린다는 이 책의 요점을(그게 뭐든 간에) 알려 주기 위해 차르르 책장을 넘겼다.

"이제 네가 해봐." 글린다는 책을 덮어서 레인 쪽으로 밀어 보냈다.

소녀는 잠시 멈칫 했다가, 곧 책을 펼쳤다.

책은 레인의 손 아래에서 모습을 바꾸었다. 『그리머리』가 되어 갔다. 그러면서 마법 주문이 실려 있는 쪽을 펼쳐 보였다. "물 위에 겨울 불러 내리기"가 있는 쪽을.

"하지만 너도 알지 않니, 난 물 위에 겨울을 불러 내리고 싶은 게 아니야."

글린다는 머리가 모자란 사람을 잡고 말하듯이 그렇게 말했다. 그게 레인에게 하는 말인지 『그리머리』를 향해 하는 말인지 자기 자신도 확실치 않았다.

"내가 찾고 있는 건 녹말로 걸쭉하게 한 머톡 요리법 같은 거야, 말하자면. 아니면 상하기 직전까지 숙성시킨 사냥감 고기의 풍미에다 일종의 낮은 반음계를 더해 줄 크로베리 처트니를 곁들인 새끼 양 갈비라든가. 고상하게 발뺌을 하는 보완책이지." 보완책? 찬사를 받겠다는 게 아니고? 글린다는 자기가 하는 말이 무슨 말인지도 몰랐다. 그녀는 미식가 용어를 사용할 줄은 몰랐다. 글린다는 그저 레인이 『그리머리』를 다루는 게 보고 싶었다.

그러나 아무튼 책은 책대로 생각하는 바가 있었다. 레인은 평행으로 층이 지게 쌓여 있는 책장 가장자리로부터 그 페이지의 책장을 조금 미끄러뜨릴 수는 있었다. 하지만 책장이 다른 페이지가 한두 치 넘게 보이도록까지는 움직이지는 않았다. 책의 낱장들은 모두 저마다의 비밀을 꽁꽁 숨겼다. 책은 오로지 물 위에 겨울을 불러 내리는 법을 제시하는 데에만 관심이 있었다.

"흠, 이게 제 의견을 고집하는구나. 알았다." 목베거홀의 여주인 은 한숨지었다. "개인적으로 난 시건방진 책은 질색이더라. 그렇지 않니?"

"전 아직 어느 책도 알았던 적이 없어요. 책들은 아직 전부 비밀 이에요." 기분이 처져서, 소녀는 자기 자리에 푹 주저앉더니 자기 신분도 잊고 글린다에게 머리를 기대어 왔다. "나리님 선생님이 글 자는 열쇠래요. 하지만 글자를 전부 다 알아도, 그걸로 만들 수 있 는 조합이 너무너무 많잖아요. 그리고 저희들이 저희들 한 말을 틀 리게 해 버려요."

"그래. 글쎄다, 넌 앞으로 깨치게 될 거야." 더 나은 행동은 따로 있었지만, 글린다는 자기 판단을 저버리고 한 손을 소녀의 허리에 두르지 않을 수 없었다. "나는 읽기를 배우던 기억이 나지 않는단 다. 하지만 분명히 배웠던 거지. 왜냐하면 지금 읽을 줄 아니까."

"저 말들은 뭐라고들 해요?" 레인이 가리켰다.

"글쎄다. 이건 어려워. 내가 봐도 어렵구나."

『그리머리』가 아무리 자주 추천한다 해도 글린다는 물로 된 접시 에 겨울을 올려서 체리스톤에게 대접할 수는 없는 노릇이다. 그녀 는 책을 덮었다. 그러자 책은 도로 스르르 평소의 변장술을 부렸다.

"비밀들은 참, 푸하아아아……." 소녀는 약올라했다. "저 오즈 보 세요. 제가 전에 보여 드렸던 거요."

레인은 탁자에 아로새겨진 상감 문양을 손가락으로 쓸었다. 둥글 게 에워싼 O자에 말단부와 꺾인 지점이 닿아 있는 Z자를 손가락으

로 따라 그렸다. 타원형 안에 네 개의 접점이 있다. ⊠

"알 속에 갇혀 버린 사람을 닮았어요. 등을 구부리고, 무릎을 꿇고요. 똑바로 설 수가 없어요. 나갈 수가 없어요. O는 왜 이 여자를 내보내 주지 않나요?"

"그게 네가 살아가는 오즈란다." 글린다가 말했다. "온통 쭈그러질 일 투성이지. 쭈그러뜨린다고 해서 파이 껍질 주름 잡는 얘기를 하는 게 아니야."

완두콩과 감자로 만든 여름 샐러드를 곁들인 새끼양 파이로 할까?

‡‡‡

그날 늦은 시각에, 머스 양과 함께 있는 글린다.

"이제부터 내가 부르는 대로 받아 적어 줘. 한여름 달 18일, 정오로부터 네 시간이 지난 시각. 재커스 땡땡 찍고, 나에게 다음의 재료들이 필요하네 땡땡 찍고. 새끼양의 그 뭐라는 자그마한 부위 네개 감자 여덟 알 껍질이 노란 종류로 청색 후추열매 잘 익은 배 네 알 껍질 벗긴 정향 두 꼭지 클로버 마요네즈 한 접시 굵기가 모두고른 완두콩 약 예순 알과 날이 선 작은 칼 여기까지. 아참, 그리고 비커리 뿌리 조금. 쓴 대로 나에게 읽어 줘 봐."

머스는 시키는 대로 했다.

"여기에는 뭐라고 서명을 할까요?"

"난 이 재료들이 정말이지 꼭 있어야 해. '어머님이'라고 서명해."

"전 그렇게는 못해요."

머스가 쓰는 데 하도 시간을 들여서 글린다는 그녀가 서명에다가 한 문단이나 되게 『크레이튼의 귀족 백과사전』에서 보고 베껴둔 세세한 칭호들을 덧붙여 적고 있는 줄 알고도 남음이 있었다. 명예 작위들과, 마담 티스테인의 여성 학원으로부터 시즈의 크레이지 홀에 이르기까지 자선 활동에 협력한 공으로 붙은 경칭들을 길이가 9미터나 되게 줄줄이 써 내려갔다.

"아, 머스 양. 정말 그렇게까지 시샘을 하기야?"

"제 일은 마님을 보호하는 거예요, 글린다 마님. 아무리 마님이 제정신이 아니게 되셔도요."

✛✛✛

다음 날 주방에서.

재커스가 부주방장 겸 개인 경호원 노릇을 해 주었다. 그는 글린다가 산제물이 될 뻔한 걸 두 번이나 구했다. 그의 여드름은 나아지지 않고 그대로였지만, 재커스가 못된 놈은 아니었다. 자기 조부모는 원래 파애플루 출신의 먼치킨랜드인이었다고, 재커스가 그녀에게 말했다. 하지만 그분들은 길리킨의 테니킨으로 이주했다. 사악한 동쪽 마녀가 실질적인 통치자로 우뚝 선 후의 일이다. 그분들은 바람결에 분리 독립의 냄새를 맡았고, 그게 마음에 들지 않았던 것이라고 재커스는 말했다.

"아, 누군들 맘에 들어하겠나." 글린다가 아무 생각 없이 동의했다. "특히 그 냄새가 이 찜용 리큐르 냄새 같다면 당연히 싫어하겠지."

"돼지 족을 빼 보시면 어떨까요? 여기 집게 있습니다. 아니면 제가 할까요?"

그러면 좀 나을 것 같았다.

"하지만 자네 갈등이 되지는 않나, 재커스? 오즈 충성령의 군인으로, 자네 조부모님의 친구 친척들이었을지 모를 먼치킨랜드인들에 맞서 전쟁에 나오게 되어서?"

"만약 그들이 우리 할배 할매 친구고 친척이었다면 들고 일어나 저한테 대고 쇠스랑을 던지지는 않았겠죠. 그이들도 앞으로 저희쪽 늙은이와 마찬가지로 다들 흔들의자에 앉혀서 가죽띠로 묶여 있게 될 겁니다."

"내 말은, 원칙적으로 말일세."

"먼치킨랜드는 오즈에 속해 있습니다." 완강하다. "콜웬 그라운즈의 그 출세꾼 총독 몸베이가 있어도 많은 먼치킨 사람들이 오즈 충성령의 백성으로 남아 있지요. 상당히 많은 먼치킨들이 조용히 생각하고 있는 건, 이렇게 갈갈이 쪼개진 오즈는 오즈가 아니라는 것입니다."

"그럼 그게 무엇인가? 먼치킨랜드 없는 오즈가 진정한 오즈가 아니라면?"

"망쳐진 거죠. 이 조림 국물처럼요. 제 생각에는 처음부터 다시 시작하는 편이 낫겠는데요." 그가 대답했다.

재커스는 더 이상 자기 이야기를 하지 않을 터였고, 태도가 퉁명스러워졌다. 하지만 두 번째로 끓인 냄비는 그래도 좀 덜 고약했다.

오후 늦게, 글린다는 퍼글스에게 장미 정원에다 두 사람이 식사할 식탁을 마련하라고 지시했다.

"저는 장미 정원에 들어가도 좋다는 허락을 받지 못하고 있습니다요, 어머님."

"하지만 그럼 누가 음식을 나르나? 내가 음식을 마련해 놓고 또 그걸 들고 소젖 짜는 하녀처럼 식탁까지 가져갈 수는 없네."

"제가 마님이라면, 그 유들유들한 총각 재커스에게 시키겠습니다. 그 녀석과 아주 손발이 착착 맞으시던걸요, 글린다 마님."

퍼글스는 글린다에게 계략이 있다는 것을 몰랐다. 하지만 글린다는 그에게 귀띔해 줄 엄두를 낼 수 없었다. 글린다는 그저 이렇게 말했다.

"이건 참을 수 없는 일이야. 자네를 암소처럼 제자리에서 뱅뱅 돌게 말뚝에 매 놓을 수는 없네, 퍼글스. 내가 항의해야겠어. 그건 그렇고 일단은 재커스에게 여름 식탁을 차리는 올바른 배치법을 알려 주도록 하게."

하지만 글린다는 항의하지 않았다. 그녀는 크로베리풀(삶아 으깬 과일에 크림이나 커스터드를 섞어 차게 먹는 디저트)을 만들기 위해 크림과 달걀노른자를 거품내야 했다. 그리고 또 『그리머리』도 연구해야 했다.

7시에, 반달이 일몰의 맞은편에 모습을 드러내고 호수에는 각다귀 떼가 일어나 뿌옇게 금빛이 얼비칠 때에 글린다는 옷을 차려입었다.

머스 양은 글린다의 머리치장을 맡아 해 주고 이어서 허리께의 짧은 덧치마로부터 길게 끌리는 비치는 드레스 자락 끝까지 주르륵 붙어 있는 리본 장식들을 가다듬기에 힘을 다했다.

"내 생각에 목걸이는 진주 펜던트면 될 거야. 발랄한 작은 티아라를 쓰면 젠체하는 게 되겠지. 아무래도 이건 결국 야외니까. 내가 그럴 기분이기만 하면 머리에 장미꽃 한두 송이를 달아도 좋을 텐데."

"장미 가시가 두피를 할퀴어서 디저트에다 피를 뚝뚝 흘리게 되실 거예요."

"그래 봐야 차라리 맛이 더 좋아지기만 할걸. 나 이제 내려갈 준비가 됐어. 내 양산 들어 주겠어?"

"그동안 저희 말씀을 도통 제대로 듣지 않으셨네요. 저희는 이제 집 밖으로 나가지 못하게 돼 있다니까요."

"못 나가? 때를 봐서 내가 트래퍼하고 얘기해서 그 문젤 해결할게. 안 자고 기다릴 거 없어, 머스 양. 침대에 드는 법은 나도 아니까."

"분명히 잘 아시겠지요." 머스 양은 입을 어찌나 꽉 다물었던지 입술이 다 망가져 보일 지경이었다.

✢✢✢

장군은 시간 맞춰 도착했다. 글린다가 이전에 본 일이 없는 상앗빛 맞춤 정장을 입고 있었다. 군복 장식끈이 새빨간 색이네. 그는 글린다만큼이나 허영심이 강했다. 체리스톤은 프리티벨의 색을 미리 알아 두었든지 아니면 재커스를 시켜 확인했든지 했다. 선명한

207

노란색과 연어 색으로 이중으로 밑실을 넣어 어긋맞김 수를 놓은 잿빛 공단 드레스를 입은 그녀는 그의 차림 앞에 빛이 가리는 기분이었다.

재커스는 퍼글스가 지도한 대로 일을 해 놓았다. 식탁은 그만하면 꽤 잘 마련되어 있었고, 둥근 뚜껑을 씌운 요리 접시들과 유리병에 담긴 와인들을 잠시 놓아 두기 위한 임시 보조 탁자가 한켠에 놓여 있었다. 보조 탁자 옆에, 훈련을 받아 시선은 정면으로 향한 채로 새커스가 서 있었다. 시즈의 뱅커스 코트에 있는 중간급 오찬 식당의 급사장처럼 전신에 까만 옷을 입었다. 그의 여드름도 빨간 장미와 썩 잘 어울렸다.

재커스가 의자를 당겨 주고 와인을 따랐다. 그는 글린다 부인에게 부채를 제공해 주었는데, 낮 동안 습도가 올라간 데다 물 쪽에서 불어오는 실바람도 없었기 때문이다. 꼼짝없이 오븐과 직화 사이에 갇혀 오후를 보낸 글린다는 땀방울이 이슬처럼 맺힌다기보다 풀처럼 끈적거리는 느낌이었다. 하지만 체리스톤도 끈적끈적해하는 듯해서, 그것이 다소나마 위안이 되었다.

둘 사이의 협약을 배반하면서, 글린다는 정부의 방침에 대한 논쟁으로 뛰어들었다.

"트래퍼, 우리 집 일꾼들이 전에 없이 심한 제약을 받고 있는 이 상황에, 이 이야기는 이따가 할 텐데요, 난 큰 그림을 이해해야겠다는 필요성을 느껴요. 난 그동안 황제가 벌인 이 군사 작전이 레스트워터를 오즈 충성령에 부속시키려는 것이라고 생각하고 있었어요. 그건 심지어 마법사 재위 시절에도 떠돌던 이야기죠. 아니라고 하지 마세요. 그리고 내가 거느리고 있던 장관들도 종종 나로 하여금 군사 행동을 고려해 보게 하려고 애들을 썼더랬어요. 하지만 내가 왕권 대행 총리 자리를 비우고 떠난 이래로 이 몇 년 동안……."

"왕권 대행 총리를 그만두고 요리를 시작하셨지요. 맛이 훌륭합니다." 한 입 가득 고난을 물고서 그가 우물우물 말했다. 글린다는 그런 줄 알고 있었다. 생고무처럼 질긴 커틀릿이 알갱이가 느껴지는 소스에 푹 빠져 있다. 소스 맛은 뭐랄까, 흉포한 맛이었다.

"난 이 정복 전쟁의 타당성의 끈을 놓친 기분이에요. 빈쿠스 서쪽 땅은 들판이 건조해서 경작에 적합하지 않지요, 알아요. 그리고 빈쿠스 동부에 자리 잡은 그레이트 켈스 산비탈은 아예 쟁기질을 하는 것부터가 불가능하죠. 쿼들링 나라는 진흙과 늪지 식물들로 뒤범벅이고요. 내 사랑하는 고향인 길리킨 나라는, 비록 숲이 있고 험하지 않은 언덕들이 있고, 그토록 온화한 기후이지만 경작보다는 제조에 더 도움이 되는 토질을 보여 주지요. 그 속에 철광이 정말 많이 들어 있으니까요. 하지만 우리 모두가 매년 필요로 하는 곡물의 4분의 3은 먼치킨랜드에서 자라요. 왜 오즈 충성령이 레스트 워터를 부속시키고 싶어 하지요? 그건 오즈 식량 공급 원천의 농업 기반을 위협하는 일이 아닌가요? 만약 먼치킨랜드가 밀을 비롯한 다른 곡물들의 판매 금지 조치를 취한다면 에메랄드 시는 굶주리게 되어요. 한데 먼치킨랜드의 부농들은 아마 자기들 은행 잔고가 뚝 떨어지는 꼴을 보겠지만, 그래도 배를 곯지는 않을 거예요. 그들은 자기들에게 필요한 것을 갖고 있어요. 버틸 수가 있다고요."

"글린다, 당신이야말로 과일 그릇에서도 가장 달콤한 복숭아로 군요. 하지만 오즈의 지하 대수층과 그것이 강물 흐름의 체계에 미치는 영향을 제대로 알고 계시지는 못한 것 같습니다." 체리스톤은 손가락으로 양상추 잎 몇 장을 집어서 식탁보 위에 던져 놓았다. 그러고는 그중 한 잎을 다른 것보다 더 두두룩하게 만들었다.

"보세요. 빈쿠스의 그레이트 켈스가 이쪽에 있습니다. 맞죠? 그리고 좀 낮은 마들렌 산맥이 이쪽이고요. 에메랄드 시가 그 중간에 있지요." 체리스톤은 깔쭉한 잎 하나가 붙은 둥근 지붕형의 순무를 가운데에 놓았다.

"그리고 3대 강입니다. 어디 봅시다." 깍지콩 중에서 길이가 긴 것 몇 개. "빈쿠스 강이, 이렇게 있고요. 길리킨 강, 먼치킨 강. 대충 이런 식이지요. 아시겠죠?"

"네. 그리고 거기 순무에 붙은 조그만 우글벌레가 그놈이 조사할 수 있는 모든 것의 황제 되시겠군요. 트래퍼, 난 초등학교를 다녔어요."

그의 무릎이 식탁 밑에서 그녀의 무릎에 닿았나? 너무나 흥미가 있다는 듯이 상체를 앞으로 숙이면서 글린다의 그의 무릎을 할퀴고, 그런 다음 자기 다리를 옆으로 빼었다. 혹시 모르니까.

"계속하세요."

"길리킨 강은 비록 길지만 강바닥이 얕아요. 강물이 쉽사리 주위 땅으로 흘러 나갑니다. 길리킨이 바로 시인이 말한 오즈이지요. '녹색으로 버려진 땅, 끝없는 잎새의 땅.' 강물이 길리킨을 예쁘장한 오즈 전경처럼 만들어요. 내가 임종의 자리에 누워 떠올리고 싶은 풍경이지요."

"어머나, 당치 않아요. 난 자산 분배를 좀 생각해 봐야겠네요. 진작에 내 배당금을 움켜 가는 손들로부터 지켰더라면. 계속하세요."

"먼치킨 강이 가장 깁니다. 하지만 먼치킨들은 몇백 년에 걸친 운하며 수로에 의한 관개농업의 경험을 갖고 있지요. 그런 것들을 구경해 보셨지요?"

"물론 봤어요. 날 어린애 취급 마요. 그들은 그걸 십자수로라고 부르더군요."

체리스톤이 한 눈썹을 치올렸다. 그녀가 점수를 땄다.

"요점은, 먼치킨랜드인들이 현명하게도 자기네가 물을 쓸 때 상류에서 갖다 쓴다는 겁니다. 기나긴 강줄기를 따라 그자들이 강물을 전부 빼내 갑니다. 그러기에 그렇게 레스트워터로 흘러드는 먼치킨 강은, 길리킨 강과 마찬가지로 수량에는 그저 형식적인 기여밖에 하지 않습니다. 그리고 북쪽에 있는 에메랄드 시는 벌써 오래전에 연합 길리킨 운하 회사의 공급 가능량을 압도해 버렸지요. 이게 내가 말하려는 핵심 요점이에요, 글린다. 레스트워터라 불리는 당신의 사랑스러운 호수에는 매일같이 아래로 흘러내리는 물이 새로 채워지고 있어요. 그레이트 켈스의 눈 덮인 산봉우리와 거기 쟁여 있는 겨울 얼음으로부터 흘러내린 물이지요. 그 산봉우리 하나하나가 오즈 충성령에 서서 견고히 굽어보고 있는 산맥 말입니다. 오즈에서 가장 짧은 강, 하지만 가장 건강하고, 가장 단호하고, 가장 물기가 많은 강은 빈쿠스 강입니다. 그리고 그 강은 만년이 지나도록 단단한 화강암 강언덕 사이를 흐르고 있기에 중간에 스며 나가 황무지를 비옥하게 만들지도 않지요. 아닌 게 아니라 빈쿠스 강이 흘러 지나가는 평야는 '낙담'이라는 이름이잖습니까. 땅이 척박하여 무엇을 심든 간에 농부에게 심술을 부리며 마지못해 내주는 정도의 수확물밖에 얻지 못해요."

"난 그동안 죽 '낙담'이라는 이름이 뭔가 구식 호텔이나 술집 이름인 줄 알았네요."

체리스톤은 재미있어하지 않았다.

"아니죠, 막강한 빈쿠스 강은, 그레이트 켈스에서 흘러내린 수량 그대로 중간에 물이 주는 일 없이 레스트워터로 들어갑니다. 부인이 이 넓은 호수를 도시다가 저쪽의 둥글어진 돌들(사람들이 '거인의 발가락'이라 부릅디다.) 너머 빈쿠스 강 유입구를 보셨으리라 생각합니다. 오즈 최상의 물을 우리의 적 먼치킨랜드 자유령에 실어다 주는 강물입니다."

체리스톤은 빈쿠스 강을 집어 들어 한 입 깨물어 먹었다.

"우리에게는 레스트워터를 요구할 합당한 이유가 얼마든지 있습니다. 일단 한 가지, 먼치킨들은 자기네 농사에 호수 물을 쓰지 않아요. 또 한 가지 이유는, 호수 안에 고인 물이 우리 것입니다. 젠장할, 참 맛있는 식사로군요, 글린다. 내가 댁의 방 시중 드는 아이로 하여금 글로 쓰인 언어의 암호를 풀게 만들기 전에 요리사 자격을 따고도 남겠습니다. 이것 참."

"안 그래도 물어보려고 했어요. 그 애는 어떻게 하고 있나요?"

"애가 성질이 거슬거슬하더군요. 정말이지. 솔직히 말씀드려서 얼마나 많이 야단을 쳤는지 모릅니다. 너무 조용해서 속내를 짐작해 볼 수가 없어요. 그렇지만 듣기는 집중해서 듣습니다. 아마 일 말고 다른 활동을 안 시켜서 그런 모양입니다."

"글쎄요, 전에는 할일을 다 하고 나서 파인배런스로 이어지는 초원을 뛰어다니며 놀아도 좋다고 허락해 주고 있었는데요. 당신이 우리 모두의 행동 범위를 줄여 놓았어요, 트래퍼."

"아무래도 그 범위를 좀 더 줄이게 될 것 같아 유감이군요."

"커틀릿 한 개 더 드세요. 와인은 입에 맞으시나요?"

"당신 거처의 일부에다 부하들 몇 명을 들어가 살게 해야 할 것 같아요."

"농담이시죠?"

"아니요. 안됐지만 우리가 이야기하고 있는 사이에 위에서는 가구를 옮기고 있을 겁니다."

"트래퍼, 정말 너무해요. 이렇게 사람을 못살게 구시면 어떻게 살아요! 내가 퍼글스와 머스 양과 한 침대에 들어가게 만들 참이에요?"

"둘 중 한 사람을 내보내시면 되지요. 아마 내보내셔야 할 겁니다."

"여기 비커리 뿌리 으깬 것 잡숴 보지 않으셨죠?"

체리스톤은 자기 잔의 와인을 길게 한 모금 머금었다.

"이 건을 가지고 우리가 굳이 소동을 부리지는 않았으면 좋을 텐데요, 글린다. 내가 좋아서 이러는 게 아닙니다. 아시잖아요. 임무에는 나나 당신이 바라는 것과 다른 요구 사항이 있고 그게 우리 바람을 뛰어넘는 우선권을 가집니다. 그렇지만 내가 이리로 파견될 때나는 우리가 서로 만날 수 있으리라는 바람을 가지고 임무를 받아들였지요. 좋은 만남을 가질 수 있으리라고 기대해서요."

"처자식이 있으시잖아요."

"다 자란 아이들이죠." 체리스톤이 말했다. 그러면 뭐가 달라지기라도 하는 것처럼.

하지만 그러고 보니, 글린다가 어떻게 알겠는가?

"나를 내 집에서 빈민굴 공동주거 상태로 몰아넣음으로써 내 애정을 얻어낼 수 있다고 생각하세요? 그건 그렇고, 비커리 뿌리를 으깰 때 너무 치댄 것 같아서 걱정되네요. 그러지 않으려고 했는데. 아니면 뭘 너무 어떻게 한 건지."

"소금을 너무 치신 걸까요?" 체리스톤이 넘겨짚었다. "그런데, 마음을 얻는 것은 이차적인 일입니다. 황제로부터 내려온 내 임무가 첫 번째죠. 그리고 나는 황제의 지시를 완전하게 수행해야 할 사람입니다."

"아무튼 간에 셸은 어떻게 지내나요? 그리고 요즘 와서 그 사람이 그래 어떤 사람이죠? 당신 아세요, 전 셸과 만난 적이 거의 없었어요. 엘파바와 함께 시즈에 있었을 적에도 걔가 셸 이야기는 거의 안 했거든요. 셸이 걔보다 네 살인가 다섯 살 밑이죠, 아마. 그리고 커서 대학에 가면서 가족 생각 하는 사람이 누가 있겠어요? 전직 왕권 대행 총리로서 전 셸의 취임식에 참석하긴 했지요. 그렇게 하는 것만이 합당했으니까요. 그렇지만 처프리가 비장이 안 좋아졌던지 뭐였던지 해서 난 바로 식장에서 뛰쳐나와야만 했어요. 그러니 실제로 셸과 내가 말 건네 본 적은 없는 거예요. 셸이 전직 왕권 대행 총리에게 조언을 들으려고 찾아올 사람은 아니잖아요. 나에게 럴라인마스에 인사 카드를 보낼 만큼도 안 되는 거죠."

"아, 그는 뼛속부터 독실한 통합교 교인입니다. 럴라인교는 그에게 이교에 다름아니죠. 이제는 더 이상 럴라인마스에 에메랄드 시에서 공공의 축하 행사는 거의 전혀 찾아볼 수 없다는 걸 알고 계십니까?"

"내가 시골 별저를 지키고 앉아 있을 이유가 하나 더 늘었네요. 혹시 와인이 너무 미지근한가요?"

"아아, 맛이 좋습니다." 체리스톤은 자기 잔을 비웠다. "그렇지만 네, 좀 미지근하군요."

"새로 따라 드리면서 얼음이라도 좀 넣어 드릴까요?"

"괜찮으시면 그래 주십시오."

글린다는 일어섰다.

"재커스, 내가 따르겠네. 그리고 괜찮다면 내가 장군과 사적인 용건이 좀 있는데. 자네는 저쪽 기둥 문에 가 있겠나. 자네가 필요해지면 내가 신호를 하지."

재커스는 서 있던 자리를 지켰다.

"거기서 두 분이 보일 것 같지 않습니다, 글린다 부인. 장미 덤불이 너무 키가 큽니다."

"나도 아네. 정말 훌륭하지 않나? 장미가 잘 피었으니 기념할 만한 해야." 글린다는 체리스톤을 향해 한 눈썹을 치올렸고, 그는 손가락을 퍼덕거려 재커스를 보냈다.

"그러면 부인의 프리티벨은 어떻게 잘 자라고 있습니까? 이 싱싱하고 따뜻한 계절에……." 장군이 말을 이었다.

글린다는 하마터면 '나의 뭐요?' 하고 대꾸할 뻔했지만 간신히 자제했다.

"어머나 세상에. 요리법 교육을 받느라 한창 재미있게 시간을 보내다 보니 꽃들을 돌아볼 짬도 못 내고 있었네요. 저기 저쪽 잡초 속에 몇 송이 피어 있어요. 정말 특별하지 않나요?"

"당신 요리는 마치 마법으로 한 것 같군요."

"제가 왜 그러길 바라지 않았겠어요?" 글린다는 와인 잔을 잡으려고 손을 뻗었다. 우구베지에서 들여온, 병입 상태에서 좀 뒤집히기는 했지만 맛이 심하게 가지는 않은, 산간 지대에서 난 체복(體輻) 포도 와인이었다. "제가 알고 있는 제일 훌륭한 요리법들은 전부 교령회(산 사람들이 죽은 이의 영혼과 소통을 시도하는 모임)의 자매들에게서 얻어들었답니다."

"농담이시죠?"

글린다는 어깨 너머로 미소를 던졌다. 저녁녘의 천둥이 어느 정도 거리에서 우르릉 울었다. 글린다는 와인을 따르되 천천히 따랐고, 자기 자신에게도 거의 들리지 않을 만큼 작은 소리로 속삭였다.

"트라베르사 삼미아드, 우니쿨라 아르티카 아르티카스타." 글린다가 웅얼댄 말이었다.

"그건 뭡니까?" 체리스톤이 물었다.

"머릿속으로 재료 목록을 암송하는 거예요. 이런 식으로 훈련을 한답니다. 당신은 도대체 어떻게 용하게도 우리 몸종 아이를 가르치시나요? 그 애는 너무 조용해서 알파벳을 입으로 부르지도 않을 텐데."

트라베르사 삼미아드, 우니쿨라 아르티카 아르티카스타.

글린다는 굽이 달린 와인 잔에 담긴 빛깔 옅은 와인 위에 손바닥을 올리고 둥글게 회전시켰다. 옛날 시즈에서 그레일링 양으로부터 뭐라도 배운 게 있겠지?

체리스톤은 자기 심사를 소리 내어 말하고 있었다.

"난 그 애가 왜 읽기를 배우고 싶어 하는지 궁금해요. 하인에게는 앞날의 전망이라는 게 아예 없지요. 가족이 아무도 없을 때는 특히 더 그렇죠. 내 생각에는 말입니다, 그게……."

글린다는 어깨를 폈다. 트라베르사 삼미아드…….

와인의 표면에 동전만 하게 작은 얼음이 생겨나고 있었다. 글린다는 빙글빙글 돌리는 손짓을 더욱 빠르게 했다. 얼음은 더 단단히 얼어서 하얀 덩어리를 이루더니, 둘로 쪼개졌다. 설탕 조각보다 약간 큰 두 개의 하얀 덩어리가 되었다.

"여기 와인 드세요, 장군 나리." 글린다는 스스로 하인이 된 것처럼 그에게 잔을 건넸다. 자기 자신이 너무 뿌듯하여 몸에서 빛이 나는 듯했다. 체리스톤은 그 표정을 잘못 읽었다.

"당신이 이 속에 사랑의 묘약을 넣었든지, 아니면 독을 탔든지 했나 보군요."

"둘 다 아니에요. 그렇다는 걸 당신에게 보여 드리기 위해, 내가 한 모금 마실게요. 당신의 건강을 위해 건배."

가증을 떨며 새로 차게 한 와인 한 모금을 홀짝 마셨다. 천국 같구나. 글린다는 체리스톤에게 다시 잔을 주고 눈길을 접시에 깔았다. 음식은 극악무도한 맛에, 물크러졌든지 빳빳하게 탔든지 둘 중의 하나였다. 그러나 얼음은 완벽했다. 글린다는 결국 요리를 배웠다.

식사가 끝났을 때, 크로베리풀은 거의 고스란히 원래의 접시 위에 버림받았다. 체리스톤은 글린다를 에스코트하여 장미 정원을 통과해 걸었고, 남쪽 현관의 모퉁이를 돌았다. 거기에서 그들은 무너진 자갈 더미 속에 있는 퍼글스를 발견했다. 그는 죽은 것처럼 보였다.

19

하지만 퍼글스는 죽지는 않았다. 재커스와 다른 병사들 몇 명이 그를 접객실로 날라 갔고 거기 간이침대에 누워 있던 사내들이 펄쩍 뛰어 일어나 퍼글스를 눕힐 자리를 마련해 주자, 글린다의 눈에 그가 아직 숨을 쉬고 있는 게 보였다.

"당신 부하들 중에 외과의사가 있죠?" 글린다는 체리스톤에게 물었다. "만약 없다면, 헤이븐서에 있는 의사가 아마 목베거로 와 줄 거예요. 당신이 그 여자가 이리로 오고 가는 데 무사 통과를 약속해 주겠다고 한다면요. 과연 당신 말을 믿을 수 있는지 잘 모르겠지만 말이에요."

"분명히 말씀드리지요, 글린다 부인. 무슨 일이 일어났든지 간에 사고였던 것으로 판명 날 겁니다."

부하들 앞이라서 체리스톤은 글린다에게 다시 격식을 차려 불렀다. 하지만 지금 현재 글린다는 그 점을 거의 신경 쓰지 않았다. 글린다는 마치 하인과 피부를 접촉하는 것이 일상다반사인 것처럼 한 손을 퍼글스의 이마에 얹었다. 그러기는 했지만 이마를 만져서 과연 그 느낌이 어때야 하는지에 대해서는 아예 아는 게 없었다. 촉감이 꼭 파스닙(뿌리채소의 일종) 같았다. 그것 역시 이번 주가 돼서 처음 만졌지 그 전에는 평생 건드려 본 적도 없다.

글린다는 위층까지 바래다주겠다는 것을 거절하고 인사고 뭐고 없이 체리스톤을 놔두고 자리를 떠났다. 저녁은 안 좋게 끝이 났다…… 불쌍한 퍼글스에게는 아주 끔찍하게 끝났다. 하지만 조그마한 보상이 없지는 않았다. 글린다는 '물에 겨울이 내리게' 하는 주문을 사용했다. 아기의 걸음마 수준이었던 것은 확실하다. 하지만 와인은 글린다의 마법으로 멋지게 차가워졌다.

만약 사람들이 자기 개인 처소 방들에 들어가 가구를 재배치하고 있다손 치면 누군가 자기 서가에 있는 책들을 빼냈을지 모른다는 점에 생각이 미치자, 글린다는 걸음이 빨라졌다. 다행히도, 병사들은 책에는 관심이 없었던 듯했다. 소규모 서재의 얼마 안 되는 장서들을 고스란히 서가에서 들어내어 글린다의 침실에 갖다 넣었다.

머스 양과 레인은 소파에서 서로 몸을 붙이고 옹송그린 채였다. 머스 양은 울어서 얼굴에 물기가 있었던 모양인데, 지금은 다 말랐고 생전 젖은 적이 없었을 것 같았다. 그녀의 음울한 힘은 마치 화강암과도 같이 굳센 데가 있었다.

"이건 숯제 가구 창고로군." 글린다가 말했다. 방에 들어가려면 옷장이며 서랍장이며 의자들 위로 기어올라야 할 판이다. 고양이라면 이 방을 몹시 좋아할 것이다. 펄쩍 뛰어올라 절대로 바닥에 내려오지 않겠지. 하지만 남아 있는 바닥 공간은 글린다가 엉덩이 맵시를 유지하기 위하여 매일같이 하는 발 차올리기 운동을 할 만큼도 되지 못했다. "우리가 이렇게 살 수는 없어, 머시. 어떻게 된 거야?"

"그 작자들이 막무가내로 문으로 밀고 들어온 건 마님이 자리를 비우신 지 반시간도 되지 않아서였어요, 글린다 마님. 장군의 명령이라고 그들이 말했어요. 실내를 싹 비울 때까지 저희를 이 방에 가둬 두었어요. 퍼글스가 저지하려고 했지만 그자들은 귓등으로도 듣지 않았어요. 그 자리에 밀고 들어온 놈들 수가 거의 열두 명쯤이나 되었는데 전부 젊은 것들이고, 퍼글스처럼 나이 든 사람에게 나이 대접도 전혀 안 해 주더라고요. 퍼글스가 막으니까 치워 버리려고 붙들어다가 층계 위 난간 쪽으로 끌고 갔어요. 그 다음에는 어떻게 된 건지 전 몰라요. 그놈들은 저에게 퍼글스가 자기들을 뿌리치려다가 난간에서 떨어졌다고 말했어요. 소름 끼치는 거짓말쟁이들이에요, 그놈들 전부요. 우린 이제 어떻게 되는 걸까요?"

"소파에서 자야만 하겠지. 레인, 좀 진정할 수 없니?"

하지만 레인은 고양이가 되어 있었다. 아이는 서랍장을 딛고 올라 접고 펴는 서류 책상 꼭대기를 지나서 아등바등 옷장 위로 기어올랐다.

"전 이 위에서 자도 돼요!" 레인이 기뻐했다. 레인에게는 이게 재미있었다. 뭐, 저 애한테는 이 상황이 가족이 있는 것 같은 느낌인가 보지. 글린다는 그렇게 생각했다. 그래 봐야 사람들이 많이 보는 언론 매체에 나와 널리 얼굴이 알려지는 기분보다는 재미가 덜할 텐데.

"그런 데서 자면 안 돼. 내려오너라. 잘못하면 다음엔 네가 또 떨어져서 머리뼈가 박살날지 몰라."

머스가 수선을 피웠다.

"아, 마님. 퍼글스가 그렇게 됐나요?"

"살아는 있어, 최소한 내가 자리를 뜰 때까지는 살아 있었어. 어떤 상태인지 난 모르겠어. 아마 그자들이 여의사 버터스를 부르러 사람을 보내는 중일 거야."

"저녁식사 전부 다 잡수셨어요?" 레인이 말했다.

"그런 걸 다 생각하고 챙기다니 정말 다정한 아이구나." 상황이 이러한데. 글린다는 감동했다.

"꿈보다 해몽이구먼요. 저한테도 그렇게 해 달라고 말씀드려야 되나?" 머스가 글린다의 착각을 바로잡아 주었다. "이 애 이야기는 혹시 남은 게 있느냐는 거예요. 가구 날치기꾼들이 쳐들어오는 바람에 저희는 밥도 얻어먹지 못했거든요."

"내가 바로 알아보도록 하지."

이제 주방의 여왕으로 등극한 글린다는 기세를 올려 자기 방으로부터 출범했다.

하지만 넓은 살롱에서 예복으로 성장한 네 명의 군인들에게 가로막혀 발을 멈추었다. 그들은 레이피어(날이 가느다란 양날검)를 들고 있었다. 예식용 칼이지만 끝이 날카로웠다. 그중 누구도 재커스가 아니었다.

"외출은 금지이십니다, 글린다 부인. 장군님이 죄송하다고 하셨습니다." 한 명이 말했다.

"하지만 내가 속이 좀 출출해서 그러네. 나가서 뭔가 좀 집어 먹으려고 하는데."

"저희가 도와드리려고 여기 있는 겁니다."

"어림없는 소리. 아니 그럼, 밤중에 요강이 나오면 그것도 치워 줄 텐가? 우리가 나쁜 꿈을 꾸면 자장가를 불러 재워도 주고? 비키게들."

"주문하세요, 글린다 부인. 우리가 필요하신 대로 병참부에서 갖다 드리지요. 빵과 치즈면 되겠지요?"

"호밀 비스킷을 가져오게. 우유도 같이. 내겐 어린애가 딸려 있어. 그걸 모르나?" 그런데 그렇게 말을 하니 어쩌나 묘한 느낌인지. "내게는 또 말동무인 여성도 딸려 있네. 그러니 가져오는 김에 인동과 브랜디도 한 병 갖다 주게."

방으로 돌아오면서 글린다는 패배를 당한 기분이었다. 등 뒤로 문이 닫히자, 레인과 머스 양이 시간이 지나 푹 꺼진 푸딩 같은 눈으로 글린다를 흘끔 올려다보았다. (글린다의 남은 생애 동안 내내 모든 것이 상한 음식물처럼 보이게 될까? 슬픈 일이다.) 그녀는 할 말이 없었다. 하지만 저택 바깥에서 울린 천둥이, 이번에는 한층 더 가까웠는데, 글린다를 대신하여 할 말을 해 주었다.

"커튼을 젖히고 창문을 올려 보자. 우리 셋이 있다 보니 공기가 답답해. 우리 중 최소한 두 명은 좀 더 최근에 목욕을 했어야 했는데 말이야. 우리가 한 방에서 살게 될 줄 미리 알기나 했더라면."

글린다는 머스 양에게 창을 열라고 시켰다. 그리고 그렇게 하다가 자기들이 갇혀 복닥이게 된 방에는 오직 한 방향으로 난 창문들밖에 없다는 사실을 깨달았다. …… 그 방향은 동쪽이다. 글린다는 전부터 늘 해가 뜨면 햇빛이 비쳐드는 방에서 잠 자기를 좋아했다. 하지만 이제 다른 방들로부터 쫓겨나 있게 되자, 창밖으로 앞쪽 정원을 내다볼 수가 없고 레스트워터 호수 전망도 멀리 하우가드 요새가 있는 한 방향 외에는 누릴 수 없는 형편에 처했다. 길리킨 강

223

으로부터나 레스트워터 서쪽으로부터 소함대가 범주하여 들어와 배 넣어 두는 창고들로 접근할 수도 있는데 글린다는 구경도 할 수 없게 되었다. 그 배들이 지나갈 때까지…… 아니면 도착할 때까지.

"천둥이 치네요. 그렇지만 비가 내릴 기미는 없어요." 머스 양이 말했다. "구름 한 점 없는 밤이에요."

"이게 바로 재미있다는 거네요." 레인이 거의 혼잣말처럼 그렇게 말했다.

"잠옷을 입으렴." 글린다가 야단쳤다.

"잠옷은 제 트렁크 속에 있어요. 위에 지붕 밑 방이요. 제가 자는 곳이요."

"내 것 중에 뭘 좀 빌려 입도록 해야겠구나. 머스 양, 얘한테 캐미솔 하나 찾아 줘. 뭐라도 찾아 줘."

차라리 야외 소풍 같은 가벼운 저녁식사를 마친 후에 (세 사람 모두 글린다의 침대에 앉아 먹느라 사방에 부스러기를 묻혔다.) 그들은 서로 잘 자라는 인사를 했고 머스 양이 촛불을 껐다.

"머스 양, 아이를 위한 저녁 기도문이 있을까?"

어둠 속에서 머시가 말했다.

"글린다 마님. 절 쓰시면서 어린애 키우는 임무를 맡기신 적은 없지 않았나요? 마님이 기억하시는 어린 시절 기도문을 아무 거라도 읊어 주시죠. 제가 하는 기도는 사적인 것이니까요."

"알아. 당신은 내가 당장 거꾸러져 죽기를 기도하고 있지. 나 자신의 손으로, 제풀에 식중독을 일으켜서 죽으라고 말이야. 좋아, 알았어. 레인, 퍼사힐스에서 우리 어머니가 날 침대에 뉘어 주실 때 읊던 게 있으니까 들으렴."

기억은 얼음이 어는 것처럼 천천히 떠올랐다. 마침내 글린다는 이렇게 읊었다.

달콤하게 미덥게 라일락꽃이 피네
히스꽃이 피네. 싸리꽃 피네
생쥐들과 두더지들 모두 기뻐해
참새가 소리 높여 지저귈 때에

"그건 기도가 아니잖아요. 그건 전래동요예요. 게다가 다 틀리셨어요." 머시가 쏘아붙였다.
"신께서 우리 모두에게 은총을 주시길. 당신은 빼고." 글린다가 말했다.

20

날씨는 맑았지만 숨이 답답했다. 글린다와 머스 양은 날마다 응접실에 가 앉아서 네 명의 무장한 사내들의 입회 아래 카드놀이를 해도 좋다는 허락을 받았다. 레인은 한두 번 글 읽기 수업에 불려 갔다.

"무슨 일이 벌어지고 있는지 알아낼 정도까지 네가 글을 읽을 수 있겠니?" 레인이 수업에 가기 전에 글린다가 속삭여 물었다. "살짝 좀 엿볼 수 있을까?"

레인은 눈을 때록때록 굴릴 뿐 대답하지 않았다.

참을 수 없는 상황 속에 맞이한 사흘째 날 밤에, 레인은 불을 다 끌 때까지 기다렸다. 그러고 나서 그칠 줄 모르고 열심히도 엉터리 시를 읊어 대려는 글린다에게 이런 말을 하여 방해를 놓았다.

"저 가르쳐 주는 아저씨가 누가 불러서 나갔어요. 글자 쓰는 걸 배우고 있었는데, 방에는 우리 둘밖에 아무도 없었거든요. 무슨 일이 생겼구나 싶어서 살금살금 문 쪽으로 가서, 바깥으로 몰래 나가

봤어요. 헛간을 빙 둘러 가 봤어요. 절 본 사람은 아무도 없어요."

"처음부터 끝까지 너무나도 위험한 짓이로구나. 다시는 그러지 말렴. 아니면 내가 때려 줄 거야. 그래 뭘 봤니?"

"우리가 밤에 들었던 소리는 천둥소리가 아니었어요. 그 소린 비탈 위 소젖 짜는 헛간 축사에 있는 드래곤들이 내는 소리예요."

글린다는 어둠 속에서 똑바로 몸을 세우고 앉았다.

"정말이구나. 그 배들에 붙이려고 용들을 데려온 거야. 분명히. 난 체리스톤이 누군가에게 그 짐승들 중 하나를 잘못 다루었다고 고래고래 호통 치는 소리를 들었어. 젊은 녀석이 한쪽 발이 으스러져서 잘라내야만 했지. 여의사 버터스가 이제 거기에 살고 있어, 우리처럼 말이야. 땅 파는 곡괭이며 나무뿌리 들어내는 괭이 같은 것들 넣어 두는 오두막 헛간 안에서. 거기가 수술실이 됐어."

"드래곤들이라고요!" 머스 양은 이렇게 물기가 쪽 빠지도록 말라붙어 있지 않았더라면 눈물을 뽑으며 울었을 것 같은 소리를 내었다. "럴라인이 우리 목숨을 보존하시사!"

"드래곤들이 집채만큼 커요. 그리고 그늘에 있어도 금빛이 번쩍번쩍해요. 그렇지만 냄새가 고약해요. 그리고 고양이처럼 침을 뱉고 앞발로 때려요." 아이는 팔뚝을 홱 내두르며 찢어지는 소리를 질러 보였다.

글린다는 어둠 속에서 베개를 탁탁 두드려 부풀렸다.

"이제 앞뒤가 맞아 가기 시작했어. 우리가 왜 오직 동쪽으로 난 창문만이 있는 방에 서로 부대끼고 있게 되었는지 말이야. 그리고 그자들이 왜 이 주변 밭들을 홀딱 불살라 버렸는지도. 그들은 먼치킨랜드인들에게 드래곤 말이 나는 게 싫었던 거야."

"그리고 왜 체리스톤이 그 호수 물 속의 드래곤이 나오는 인형극을 보고 나서 그렇게 화를 냈는지도요!" 머스가 흥분해서 말했다.

"안 본 줄 알았는데. 당신은 아이 단속을 하고 있기로 했잖아."

"몰래 봤어요. 그러니까 우리를 감옥에 넣으시죠."

"우린 이미 감옥 안에 있어." 글린다는 입술을 깨물었다. "아마 그것들은 하늘을 나는 드래곤들일 거야…… 나는 한 번도 드래곤을 본 적이 없어서, 나는 드래곤 말고 무슨 다른 종류가 있는지 어떤지 몰라. 드래곤들한테 날개가 있던, 레인?"

"축 처진 천막 같고 커요. 날개를 쫙 뻗치면 헛간들 지붕까지 닿아요! 드래곤들이 비둘기들을 들레게 해서, 비둘기가 드래곤한테 똥을 싸요. 그러면 드래곤이 비둘기를 잡아먹어요."

"아마도 이걸로 그 배 모양들도 이해가 가네요." 머스가 첨언했다. "그렇게 땅딸막한 돛대에다, 희한하게도 뱃머리가 두 개잖아요. 그 배들은 아마도 전적으로 돛으로만 움직이는 범선이 아니라 드래곤들한테 장구를 씌워서 배를 끌게 하는 것일 거예요. 드래곤은 두 갈래로 비죽 나온 뱃머리 사이에 들어가서 배를 끌겠죠."

"정말이지 기발해."

글린다는 자기가 다시 『그리머리』를 펴 봐야만 할 줄 알고 있었지만, 머스 양이 가까이에 맴도는 상태에서는 감히 그럴 엄두가 나지 않았다. 레인은 세상을 향한 태도가 무덤덤하나, 머스 양은 궁지에 몰리면 자칫 나불거릴 수 있다.

"레인, 내 생각에는 우리 이제 너의 읽기 수업을 취소하는 편이 좋겠다. 내기는 결판이 났어. 너는 글자를 못 배울 아이가 아니야."

레인의 입은 '오' 하고 동그래졌다.

"하지만 전 거의 읽어 가는데요, 진짜 읽기를 하려는 참인데요! 체리스톤 아저씨가 저한테 자꾸 오래된 종이들을 가져다주면서 그걸로 막 훈련을 시켜요. 그래서 제가 이제 그걸 읽을 수 있을락 말락 하거든요."

그것은 마치 글린다가 와인잔 속에 만들 수 있었던 얼음이 그녀의 핏줄 속에 생겨나며 피가 차차 엉겨 붙는 느낌이었다.

"그 종이들이 어떤 건데?"

"뭔지 몰라요. 아마 오래된 마법인가 봐요. 그렇지만 아직 제대로 읽지를 못해서 몰라요."

그럼 체리스톤이 이 애가 누군지 아는구나. 이제 완전한 파멸의 위험이 닥쳤다, 절대 틀림이 없다.

"이제 이러쿵저러쿵 하지 말고 입 다물어. 졸음 나라 갈 시간이야. 이 이상 더 보채면 내가 또 더 많이 동요 시를 읊어 줄 거야."

방 안은 침묵에 잠겼다. 그리고 머스는 곧 코를 골기 시작했고, 레인의 숨소리는 귀에 들리지 않을 정도로 조용해졌다. 하지만 글린다는 자지 않고 있었다.

✜✜✜

다음 날 그녀는 체리스톤과 접견을 신청했다. 체리스톤은 낮 동안 한참이나 답을 하지 않다가, 나중에야 자기가 해 질 녘에 올라와서 만나 주겠다고 했다. 중개자를 통하여 글린다는 레인과 머스 양이 바람을 쐬러 약초 텃밭에 나가도록 해 달라고 허락을 구했다. 약초 텃밭이라면 글린다가 알게 된 바로는 헛간들 쪽에서건 호숫가

쪽에서건 시야가 썩 잘 가려 있어서 메나시에들을 놀라게 할 염려가 없는 곳이다. 레인과 머스 양을 내보내면 방에서 둘이 만날 때 웬만큼 프라이버시를 가질 수 있지 않겠느냐고 글린다가 말했다. 이건 허락을 하셨노라고 체리스톤의 사절이 말했다.

체리스톤은 시간 맞춰 도착했다. 전에 보기보다 힘들어 보였다.

"결국에는 저의 저항을 완전히 무너뜨리셨어요." 글린다가 그를 보고 말했다. "자, 저 여기 있어요, 장군님. 누워 자는 침대에서만 빼놓고 어디서든 당신 좋을 대로 휘둘리는 몸이지요."

"불편하게 해 드린 점 사과하지요." 어째 전보다 무뚝뚝하니 서먹한 태도였다. "그래서 제가 해 드릴 일이 뭐지요?"

"퍼글스가 어쩌고 있는지 알아야겠어요."

체리스톤은 어리둥절한 듯했다.

"포 언더스타요. 퍼글스, 우리 집사 말이에요."

"아, 그렇죠. 음, 그럭저럭 버티고 있습니다. 의식은 어떻게 좀 돌아온 것 같은데 말은 못하고요."

"여의사 버터스는 뭐래요?"

"척추가 부러졌답니다."

글린다가 집사를 필요로 하지 않았더라면 퍼글스도 다른 사람들과 함께 저택을 떠났을 것이라고 생각하니…….

"장군, 내가 의사를 만나 얘기를 하고 싶어요. 그리고 환자를 좀 보았으면 해요."

"의사는 내가 내보냈습니다. 할 수 있는 일은 다 했다고 그 여자가 그럽디다."

"퍼글스는 어디 있어요?"

"저기 한쪽 층계 밑 벽장에다 방을 만들어서 눕혀 놓았습니다."

글린다는 일어서서 문으로 걸어가기 시작했다. 체리스톤이 일어서서 말했다.

"허락해 드릴 수 없습니다."

"그럼 날 힘으로 억누르세요. 당신은 분명히 그러기를 좋아할걸요."

글린다는 체리스톤과 살짝 몸을 스치면서 지나갔다. 성이 나고 감각이 예민해지고, 귓불과 발가락들이 짜릿짜릿 느낌이 왔다. 체리스톤은 그녀를 건드리지 않았다.

그녀는 다음 방에서 레이피어를 쳐든 메나시에들 옆을 홱 지나쳐 갔다. "안녕들 한가?" 하고 한마디 건네고 갔다. 필경 등 뒤에서 체리스톤이 보내 주라고 손짓을 했을 것이다.

글린다는 서쪽 층계 아래에 식기장이 있는 줄을 지금까지 전혀 모르고 있었다. 그 안은 습기가 올라와 냄새가 퀴퀴했다. 칠도 되어 있지 않은 바닥에는 쥐똥이 점점이 점을 찍어 놓았다. 퍼글스는 막옷에 감싸여 있었고 무릎은 노출된 채였다. 글린다를 보고도 그 무릎을 가리려고 움직이지는 않았다. 그가 글린다를 정말 보기는 했다. 글린다는 그 점은 확신을 했다. 눈 움직이는 걸 보면…… 하지만 퍼글스는 두 손을 꼼짝할 수 없었다. 아니면 이제는 상전이 보는 앞에 맨 무릎을 내놓든 말든 더 이상 신경 쓰지 않는 걸지도 몰랐다.

"아아, 퍼글스." 글린다가 속삭였다. 그녀는 바로 퍼글스의 침대에 걸터앉아 그의 손가락들을 쥐었다. 축축하고 생기가 없다. 하지만 차갑지는 않았다. "무슨 일이 일어났는지 나에게 뭐라도 이야기해 줄 수 있을까? 자네 말을 할 수 있나?"

퍼글스는 눈을 깜박였다. 눈 밑 피부가 주머니처럼 축 늘어져 있다. 그늘진 듯한 잿빛이었다.

"자네가 그간 직분대로 일을 잘해 주고 있었던 것 내 잘 아네. 자네가 마땅히 받아야 할 만한 보살핌을 받게 하겠네, 내 능력이 미치는 대로 최대한. 부디 그리 알고 있게." 글린다는 목을 꿀꺽 울렸다. "포. 포 언더스타. 자네 내 말 알아듣겠나?"

그가 이해를 했는지 알 방법이 없었다. 글린다는 거기에 앉아서 그의 손등을 쓰다듬고 있다가, 그를 두고 떠났다. 호위병이 따라붙어 그녀를 도로 자기 방으로 바래다주었다. 최소한 잠깐 동안은 글린다 혼자였다. 머스 양과 레인이 아직도 약초 텃밭 산책을 즐기고 있었기 때문이다. 글린다도 가서 함께 산책을 했어야 했겠지만, 그러나 10분간의 고독은 행복 그 자체였다.

글린다는 『그리머리』를 꺼내 와서 자기가 얼음 만들기를 작게나마 실제로 해서 성공해 보았으니 책이 좀 너그럽게 마음을 먹고 다른 쪽, 다른 주문을 볼 수 있게 해 주지 않을까 기대했다. 하지만 책은 전과 마찬가지로 제가 하고 싶은 조언만을 고수했다. 글린다는 그놈의 것을 창밖으로 확 집어 던지고 싶었지만 그럴 수도 없는 노릇이었다.

✢✢✢

점심을 먹고 나서 글린다가 커튼을 드리우고 잠깐 누웠고, 레인은 야자 잎 부채를 부쳐 날파리를 쫓고 약간이나마 바람을 불어 주고 있는데 문 두드리는 소리가 났다. 메나시에 한 명이 머스 양에게 체리스톤 장군이 글린다 부인께 보내는 것이라며 편지를 건네었다.

"나중에 볼게, 머스."

글린다는 그렇게 말하고, 곧 방금 방해를 받았던 휴식에 혼곤히 빠져들어 갔다. 한순간, 아니면 제법 한동안이라고 해야 할까, 글린다는 시즈로 돌아가 있었다. 마르멜로 꽃이 핀 사잇길을 막 달음질쳐 올라간다. 4인실 기숙사 뒤편 분수까지 엘파바와 경주를 하는 중이다. 엘파바는 달리느라 달아오른 얼굴이었다…… 피부가 환한 에메랄드빛으로 달아올랐다! 그리고 글린다는, 자기 꿈속에서, 거의 자기 자신을 잊은 채로 친구를 너무나 우러러보며 따라잡으려고 달려갔다. 정말 드물게만 일어나는 일이다, 사람이 제한된 근심걱정의 감방을 비워 놓고 풀려나와 있다는 것은. 꿈조차도 자아가 꽉 찬 것만 같구나. 그녀는 생시인 것처럼 그렇게 생각했다. 하지만 아아, 엘파바를 본다는 것, 그것은 설사 꿈에서라도 포상인 동시에 징벌이야. 왜냐하면 내가 잃어버린 것을 떠올리게 만드니까.

"머스는 어디 있지? 머스 양 말이다." 글린다가 레인에게 물었다.

"몰라요."

천둥이 쳤다. 진짜 천둥이다, 드래곤 울음소리 말고. 그리고 한참이나 미루어졌던 폭우가 쏟아져 저택을 마구 후려갈겼다. 레인은 급히 창들을 닫는 글린다를 돕기 위해 펄쩍 뛰어 일어났다. 글린다는 누구 아래층에 있는 사람이 쪽모이 세공 마루를 보호하기 위해 창을 닫을 생각을 해 주었으면 싶었다. 하지만 머스 양이 어디로 불려갔고 퍼글스는 꼼짝 못하고 누워 있으니, 마룻바닥은 아마 비에 흠뻑 젖을 것이고 가을에 뜯고 새로 깔아야만 하게 되리라. 빌어먹을, 빌어먹을, 빌어먹을.

그들은 카드놀이를 했다. 비는 계속 내렸다.

머스 양이 머스 양대로 혼자 어디 가 있는 상황이니, 둘은『그리머리』를 점검해 보았다. 또다시 글린다는 그렇게 안 되건만 레인은 책을 척 펼칠 수가 있었다. 하지만 전과 마찬가지로『그리머리』가 꼭 그들에게 보여 주고 싶어 하는 페이지 말고 다른 쪽으로는 책장을 넘길 수가 없었다.

✢✢✢

차 마실 시간쯤 되자 글린다는 뚱한 아이를 아예 총으로 쏴 잡아 버리고픈 충동에 시달리다 못해 그예 노했다.

"여기서 오만 가지 일들을 다 내가 해야만 하니?" 글린다가 레인에게 말했다.

"전 앵무새예요." 옷장 꼭대기에 올라간 레인이 말했다. "뾰롱 뾰로롱."

병사가 오후의 차를 날라 왔을 때, 글린다는 그에게 말을 붙였다.

"머스 양은 어디에 있나? 머스 양을 찾아서 그만 좀 돌아다니라고 말해 주게. 머스 양이 밖에 나가서는 안 되는 것 아닌가? 허락이 나지 않는다면서. 그것도 그렇고, 밖에는 아예 양동이로 쏟아 붓는 듯이 비가 내리는 판인데 말일세."

글린다는 말을 끊었다. 아마 머스 양은 퍼글스를 돌보아 주고 있을 것이다. 그 두 사람 사이에 무엇인가 애틋한 감정이 있었던가?

아니야. 될 일이 아니지. 머스는 아냐. 머스는 그렇게 섬세한 감성을 지닐 수가 없어. 그리고 누군가에게 그러한 감성을 불러일으킬 사람도 못 되고.

"머스 양은 퍼글스하고 같이 있나?" 글린다가 대뜸 물었다.

"저는 그저 차만 날라 올 따름입니다, 어머님." 그가 말했다.

"자네들은 죄다 백치인가? 그게 군인의 자격 조건이라도 돼? 글린다 부인이 물어보고 있지 않나!" 글린다는 체통을 잃고 있었다. 아주 심하게. "머스 양을 데려와!"

✛✛✛

일몰 시각, 내리던 비가 마침내 지나가고 그렇게 흠뻑 퍼부었던 빗물이 다 어디로 갔나 할 정도로 도로 후끈한 열기가 감돌아 왔을 때 재커스가 나타났다. 그는 그냥 잠깐 들른 것뿐이라는 듯이 벗어든 모자를 비틀고 있었다.

"뭔가, 재커스?"

"머스 양에 대해서 말씀하셨는데요, 어머님, 장군님이 무슨 말씀인지 모르겠다고 하십니다."

"대체 무슨 소리를 하는 겐가?"

"장군님이 점심식사 직후에 보내신 쪽지 말씀입니다, 어머님."

"쪽지 있었어요." 레인이 나서서 그렇게 말하며 옷장 위에서 침대로 뛰어내렸다. 미친 산적 원숭이처럼 말이다. 침구가 풀쩍 날았다. "아직도 저기 있는 거 아니에요? 저기 저거 뭐 아래에요."

셰리주가 담긴 유리 술병 밑에 접힌 종이가 있었다. 글린다는 황급히 그 종이를 보았다.

글린다 부인,

더욱더 불편을 드리게 되어 안타깝습니다.

저택 운영 규모에 갈수록 부담이 더해 감에 따라 부인을 시중 드는 식솔 중 해고하여 내보낼 사람을 부인이 거명하여 요청하셔도 무방하니 그렇게 해 주시기 바랍니다.

부인이 추천해 주셨으면 합니다.

저는 아이를 내보내시도록 제안을 드립니다. 부인의 시녀보다는 아이가 하는 일이 더 적을 테니까요. 제가 그 아이를 쓸 일이 있습니다.

충심을 다해,

Hx. 적색 상급 장군

트래퍼 L. 체리스톤.

"난 이게 무슨 일인지 영문을 모르겠네. 난 이 쪽지를 못 받았어. 잠깐 눈을 붙이고 있었단 말일세."

재커스는 뚜렷이 불편한 안색을 했다.

"장군께서는 부인이 제안하신 대로 처결하셨습니다."

"난 아무것도 제안 안 했네. 잠깐 눈을 붙였다고 내가 말하지 않았나."

그는 접힌 편지 한 장을 건네주었는데, 글린다가 쓰는 편지지였다.

장군,

그러한 상황이라면, 머스 양을 내보내도록 하겠어요.

업랜드 가문의 아르두에나,

처프리 여훈작사,

왕권 대행 총리 예우자,
자선회의 명예 이사,
셰일셜로의 세인트글린다 수녀회 후원인인
목베거홀의 글린다 부인.

머스는 글린다의 서명을 너무나 정교하게 만들어 놓아서 누가
그대로 따라 그릴 수도 없었다.

21

글린다는 체리스톤을 제치고 나섰던 것처럼 재커스도 밀쳐 버리고 지나가려 했지만 재커스가 앞을 딱 가로막았다.

"허용되어 있지 않습니다, 어머님. 잠정적으로 출입 제한이십니다."

"출입 제한이라고? 자네 무슨 소릴 하는 겐가?"

"제가 말씀드린 대로입니다. 거처하시는 방 안에서 연금된 상태이십니다. 식사는 공급해 드릴 겁니다."

"머스 양은 어떻게 된 것이지?"

"저는 받은 명령이 있습니다."

문득 재커스의 여드름이 변장으로 보였다. 이자는 젊음의 여드름 딱지를 방패 삼아 그 뒤에 숨어서 이득을 누리는 성인 남자였다.

"방 안으로 돌아가시는 편이 현명하실 겁니다, 글린다 부인."

글린다는 할 수 있는 최대한 적의에 가득 차 펄펄 불이 타는 눈을 그에게 못 박았지만, 1초도 못 되는 찰나지간에 그 눈빛을 누그러뜨렸다.

"재커스, 자네가 이러는데 여기서 말썽을 빚고 싶지는 않네. 자네의 지휘관에게 말을 전하게, 이 사태를 해결해야지."

"장군께서는 방해하지 말라고 명령을 내리셨습니다."

그래서 글린다는 방 안으로 들어와 문을 닫았다. 레인은 침대 위에서 방방 뛰고 있다가 두 다리를 뻗치고 털퍼덕 주저앉았다.

"머스 양은 어디로 가 버린 거예요?"

"그 일은 신경 쓰지 마라."

글린다는 창으로 가서 내리닫이 창문을 드르륵 올렸다. 어떻게든 탈출할 방법이 있을까? 글린다 방의 창틀은 바깥으로 뻗어 나가 돌로 된 테두리랄까 가두리 장식 같은 것에 이어져 있었다. 폭이 칠팔 센티미터쯤 되는 돌 턱이 건물 외벽을 따라 같은 층의 창들을 모두 연결한 형태로 빙 둘러져 있었다. 그렇게 좁은 턱 위에 글린다가 발끝으로 디딜 가망은 가져 볼 수도 없었다.

글린다는 아래를 내려다보았다. 창에서 밑에 위치한 무도회장의 평지붕까지 3미터가 조금 안 된다. 만약 어둠을 틈타 여기서 뛰어내리든가 창턱을 붙들고 몸을 내리든가 한다고 해도, 무도회장의 천장 높이가 7미터 가까이 된다. 글린다는 그 높이를 알고 있었다. 지난해에 새로 개비했기 때문이다. 무도회장은 본 건물 한편에 무도회장만 단독으로 들어가게 새로 덧붙여 증축한 건물이라 삼면이 테라스로 개방되어 있었다. 춤추느라 열이 오른 사람들이 저녁바람을 쐬면서 몸을 식힐 수 있도록 한 것이다. 이 말인즉슨 무도회장 건물 가까이에는 쓸 만한 나무 따위 자라나 있지 않다는 뜻이었다. 가지를 밟고 오를 수 있는 사이프러스 나무도, 탈출로가 되어 줄 만한 담쟁이덩굴도 없었다.

"제가 새였으면요, 날개로 공중을 날아 내려앉으면 될 텐데요."

마치 글린다의 생각을 읽고 있었던 듯이 레인이 말했다.

"넌 내 곁에서 한 치도 떨어지지 말도록 해라. 내가 그러라고 하면 모를까 그러지 않으면, 한 치도 떨어져선 안 돼. 내 말 들었니?"

레인은 거의 한순간에 잠에 빠져들었다. 어쩌면, 글린다는 다소 죄책감을 느끼면서 생각했다. 어쩌면 이 아이는 누군가의 팔에 안겨 잠들어 본 적이 한 번도 없었던 건지도 모르겠구나. 둘은 서로 끌어안고 그날 밤을 지냈다.

✢✢✢

아침이 되자 소개령이 내린 것이 확실해졌다. 아침식사는 차와 살짝 묵은내가 나는 빵이 다였다. 창을 열고 숨죽이고 앉아 있으면 진수 지점을 향하여 배를 굴려 가는 소리를 들을 수 있었다. 어떻게 이렇게나 빠르게 짜 맞출 수 있었담? 글린다는, 충분히 엄격한 인물이 감독을 맡으면 손이 노는 300명의 부하들이 퍽이나 큰일을 성취할 수 있는 것이로구나 생각했다.

여름 햇살이 찌르듯이 내리쬐는 이날 정오가 되자 글린다에게 용들의 소리가 들리기 시작했다. 용들의 소리는 깔깔하게 거친 동시에 음악적인 소리였다. 첼로를 글리산도(활로 여러 현을 한 번에 이어 켜는 주법)로 켜는 소리 중간에 발정 난 고양이들의 째지는 울음이 끼어드는 것 같다. 이제 글린다는 진정으로 감옥에 갇힌 몸이었다. 그녀를 가둔 자들은 더 이상 비밀스럽게 일을 할 필요를 느끼지 않는 게 명백했다. 무도회장 아래쪽으로 저택의 동쪽 모퉁이를 돌아, 드래곤 훈련병들이 그 무시무시한 생명체들을 이끌고 나왔다. 일종의 군사 행진이다. 드래곤은 여섯 마리였다. 아마도 네 척의 전함에 각각 한 마리씩 붙어서 끌게 하고, 나머지 두 마리는 호위병으로 함대의 앞과 뒤에 각각 한 마리씩 배치될 테지.

무시무시한가? 글린다는 앞으로 자기 꿈에 다른 것이 나오는 일은 결코 없을 것 같다고 생각했다. 그 사악한 생명체들 한 마리 한 마리마다 가죽 바지를 입은 병사 한 명씩이 올라타고 있었다. 병사들은 각각 채찍과 단검을 장비했는데, 보기에도 바짝 겁에 질린 얼굴이었다. 병사마다 앞으로 몸을 기울이고 남 보기 민망할 만큼 노골적으로 자기가 탄 드래곤의 목에 팔을 두르고 그놈에게 속삭이고 있었다. 드래곤, 드래곤 부리는 자들. 글린다는 그런 게 있다는 이야기를 들어 알고 있었다.

하지만 저 생물들 자체는……. 레인이 전한 이야기는 드래곤의 굉장하고 근사한 면모에 관한 것뿐이었다. 그렇다, 태양 빛에 불타는 비늘이 있긴 하다. 겹겹이 이어진 구릿빛 비늘에 군데군데 불그레한 금빛이 비친다. 하지만 그 몸에는 도마뱀 같은 습기도 어려 있다. 썩은 늪 구덩이의 악취가 감돌았다. 그들의 두개골은 말을 닮기보다는 이질적으로 기다란 무슨 곤충 대가리를 닮았다. 그리고 눈들은! 글린다는 타임드래곤의 시계에 붙은 드래곤 눈이 빛을 내던 것을 기억했다. 진짜 눈처럼, 생기가 깃들어 있어 빛이 나는 눈처럼 말이다. 하지만 이 진짜 드래곤들의 눈들은 닦은 듯 윤이 나는, 텅 비어 있는, 새까맣게 소름 끼치는 눈들이었다. 그 눈에는 모든 것이 반사되었다. 그 눈에서는 아무것도 엿볼 수 없었다.

"물러나렴, 안 그러면 저놈들 중에 어떤 놈이 널 볼지 몰라."

글린다가 말했지만, 레인은 순회 동물원의 행진을 구경하러 나온 아이처럼 굴었다. 글린다는 레인이 손뼉을 치지 못하게 손을 붙들고 있어야만 했다.

"우리 한 번 더 책을 펼쳐 보자. 자, 해볼까?"

드래곤들이 지나간 후에 글린다가 말했다. 두 사람이 책을 뽑기 전에, 재커스가 노크도 없이 문을 열었고 체리스톤이 성큼성큼 안으로 들어왔다.

"한동안 떠나 있게 되었군요." 체리스톤이 글린다에게 말했다. "부인이 필요로 하는 것들을 살펴 주도록 재커스는 남겨두고 갈 겁니다. 불편을 겪게 해 드려 죄송합니다. 하지만 우리가 왜 부인이 멋대로 부인의 저택을 쏘다니게 하고 부인의 가솔들을 그냥 놔둘 수 없었는지 이제 아시겠지요."

"차라리 날 죽이지 그래요? 공연히 우리 일꾼들을 못살게 구느라고 힘 뺄 필요 없이." 레인을 등 뒤로 돌려 그 자리에 있게 하려고 두 손으로 꽉 움켜쥔 채, 글린다가 말했다. 하지만 그랬어도 레인이 자기 엉덩이 옆으로 빼꼼 내다보고 있다는 것이 느낌으로 전해져 왔다.

"상황이 어떻게 전개되느냐에 따라 어쩌면 부인이 쓸모 있게 될 수도 있어요. 나에게가 아니라 부인의 나라에 말이오. 댁에서 해방되어 나간 일꾼들이 부인이 본인의 의사에 반하여 감금되어 있다는 말을 퍼뜨리겠지요. 서부 먼치킨랜드 전체가 당신이 여기 갇혀 있다는 걸 알아요. 우리가 평화 협정을 하기로 결정해야 할 시에 부인은 먼치킨랜드에 강한 애정을 가진 오즈 충성령 신민으로 유리하게 자리 매겨질 수 있소. 반역한 지방에 대하여 개인적으로 연이 있는 전직 왕권 대행 총리인 거지. 먼치킨랜드인들은 황제의 사절이 되어 온 당신을 받아들이겠죠. 부인이 그 역할을 수행할 준비는 다 되어 있소. 우리가 미리 다 짜 놓은 얘기예요."

"머스한테는 무슨 짓을 한 거예요?"

체리스톤은 한 치쯤 앞으로 다가들었다. 전투가 임박하여 한껏 열기가 고조된 이 시점에 그가 마침내 그녀에게 입맞춤을 할 참인가? 하지만 그의 의도는 입맞춤보다 냉소에 가까웠다. 그가 말했다.

"뭘 굳이 신경 쓰고 그러시오? 그 여자 성 말고는 이름도 모르는 주제에."

글린다는 푸 하고 숨을 몰아쉬었고 그의 뺨을 갈길까 생각했지만, 그건 너무 상류 사회 소재의 희극 같은 장면일 터였다. 그가 말했다.

"계집애를 내가 데려가려고 하오."

"그걸 아마 이렇게들 말하죠? 내 눈에 흙이 들어가기 전에는 안 돼요. 그리고 당신이 나를 살려 둘 의도인 이상, 당신도 이만 신나게 뛰어나가 사라지는 편이 좋을걸요. 가정교사 노릇은 이제 끝났어요. 어쨌든, 이제 당신은 당신 군대를 운용해야 하잖아요. 이제는 육군이 아니라 해군 부대가 된 모양이지만 말이에요."

"이 문제는 내가 당면한 임무를 완수한 후에 처리하도록 하지요. 안녕히 계시오, 글린다 부인."

"지옥에나 가서 꽁꽁 얼어 버리세요."

체리스톤은 허리 절 중에서도 가장 가벼운, 허리는 거의 구부리지 않고 턱으로만 까딱 하는 인사를 하고 돌아서서 떠나갔다.

그리고 『그리머리』는 전과 마찬가지로 고집을 부리며 여전히 반항하고 있었다.

두 사람은 호수 풍경 속으로 첫 번째 함선이 굴러 들어오는 것을 바라보았다. 글린다는 그 광경에 뭔가 끝내 주게 멋진 구석이 있다는 사실을 인정하지 않을 수 없었다. 함선들은 붉은색과 금색으로 도장되어 있었고 이 거리에서 바라보자 나무로 지은, 드래곤들의 친척뻘 되는 존재들 같았다. 함선의 돛은 툭 불거져 올랐다. 센바람이 불고 있었는데 분명 오른쪽으로부터 불어오는 바람이었다. 짜리몽땅한 돛대들을 뒤의 풍경에 겹쳐 보자 글린다와 레인은 그 깡똥한 돛대들이 뒤편 산언덕을 거슬러 움직이기 시작한 것을 눈으로 더듬을 수 있었다. 두 척, 그리고 세 척이 시동했다.

네 번째 배도 곧 합류하리라.

이 거리에서 보자 드래곤들은 엄청나게 크고 지나치게 열이 오른 오리들 같았다.

여섯 마리 용들이 함께한 함대를 멈추게 할 방법은 아무데도 없을 것이다. 하우가드 요새는 이미 졌다. 하지만 레인은 꼭 벌써 졌다고 할 수 없다. 아직 시간이 있었다.

"서둘러야 해." 글린다가 말했다. "너 높은 데 잘 올라가는 편이니?"

"나무 위에 올라앉는 새보다 제가 더 잘해요, 어머님."

아주머님이라든가 뭐 그런 칭호로 부르라고 고집하기에는 이미 때가 늦었다.

"떨어지지 않고 여기에 올라서서 균형 잡을 수 있을까?"

레인은 창 너머 7센티미터짜리 돌 턱을 내다보았다.

"큰 바람이 불어서 절 벽에서 뜯어내어 떨어뜨리지만 않으면요."

"정말 잘됐다, 축복이 있기를. 자, 이건 기도 맞단다. 내가 할 수 있는 최대한이지. 내가 한 다리를 걸쳐 주마."

글린다는 레인이 창틀 아랫부분을 넘어 나가도록 도와주었다. 오즈마여, 고맙습니다. 창이 위쪽으로 길어서 다행이었다. 레인은 창을 통과하여 밖으로 나가기 전에도 거의 똑바르게 몸을 펴고 일어설 수가 있었다.

아이는 빗은 발을(글린다는 보았다, 여전히 더러웠다.) 이렇게 저렇게 디뎌 보면서 무희의 자세를 잡았다. 그렇게 곧 균형을 잡고 똑바로 섰다.

"장미 정원을 산책하는 사람이 올려다보면 제 치마가 다 보일 거예요."

"그런 건 걱정 말렴. 이 창틀을 지나서 저쪽으로 살살 조금씩 갈 수 있을까? 너무 많이 가진 말고……. 조금씩조금씩 가면서 어떤가 한번 보렴."

"아, 전 벽에 붙은 거미예요. 그거야 간단하죠, 아무것도 아니에요."

"이제 내 말 잘 들어라, 레인. 네가 할 수 있을 것 같거든 조금씩조금씩 저쪽으로 움직여 가서 이 창문과 이 옆 창문 중간쯤까지 갔으면 좋겠다. 더는 가지 말고. 그런데 잡고 매달릴 게 있기는 하니?"

"손톱으로 매달리죠."

"그걸로 돼야 할 텐데."

"거기까지 간 다음에는 어떻게 해요?"

"그냥 그 다음 지시를 기다리고 있어. 내가 좀 비명을 지를 텐데, 네가 깜짝 놀라지는 말았으면 좋겠다. 난 그냥 연기하는 거란다."

"연기요?"

"그때 그 연극에 나온 인형들처럼 말이야. 정말로 비명을 지르는 게 아니야. 그건 말이지…… 말하자면 노래 부르는 것 같은 거야."

"노래 부르시는 줄 몰랐어요, 어머님. 노래면 무슨 노랜가요?"

"아아, 내가 좀처럼 소질이 없는 분야는 잔뜩 있지. 요리야말로 그중에서도 제일 떨어지는 것이고."

"그러게, 그렇다고 하더라고요."

"깐족거리지 마라. 준비 되었니? 깜짝 놀라서 잡은 손을 놓치거나 하지 않겠지?"

"거미들은 가수가 노래 부르는 거 들었다고 벽에서 뚝 떨어지지 않아요."

"주의를 끌기 위해 음계를 배로 올려 소리 질러야 할 것 같구나."

"전 배들을 구경하고 있어요. 맘대로 노래하세요."

"자, 이제 간다." 제발, 럴라이나여. 부탁할게요. 아니면 이름 없는 신이라도. 누구라도 혹시 관심을 쏟고 계시다면 제발. 엘파바.

글린다는 소리를 쭉 뽑아 보았다. 별로 그럴싸하게 들리지가 않았다.

"그거예요?" 레인이 큰 소리로 물었다.

"목을 푼 거야. 이제 진짜 간다."

글린다는 들이마셨던 숨을 터뜨리면서, 드래곤들 중 두 마리가 이쪽으로 대가리를 돌리는 것을 보고 마음이 흡족했다. 하지만 그놈들이나 보고 있을 수는 없었다. 재커스가 잠긴 문을 열고 있었다.

"아니 이 무슨 소동입니까, 글린다 부인? 괜찮으신 겁니까?"

글린다는 죽을 듯이 숨을 몰아쉬며 두 팔로 자기 몸을 감싸 안았다.

"아이가! 아이가 도망치려고 하고 있네! 창으로 나갔어! 아아, 체리스톤이 날 가만 안 둘 거야!" 재커스가 열린 창으로 돌진할 때에 글린다는 좀 더 보통의 음성으로 덧붙였다. "또 자네도 가만 안 두겠지. 플로릭스 성인이여, 맙소사."

재거스가 다급하게 말했다.

"이리 들어오너라, 애야. 안 그러면 내가 확 낚아챌 거야. 너같이 말라비틀어진 조그만 계집애는 앙상한 갈빗대가 모조리 부러져 버릴 거다. 내 손을 잡으렴."

"아아, 아아." 배역을 즐기기 시작한 글린다는 목 놓아 울부짖었다.

"걱정하지 마세요, 어머님. 거의 손이 닿아요. 요놈의 계집애 아주 앙칼지네요. 안 그래요?"

글린다는 전에 본 바 오페라 가수들이 무대에서 하던 대로 소리를 지르면서 뒷걸음질 쳤다. 물론 가수들의 목소리는 음악적이었던 반면 글린다는 꽤 그럴싸하게 음악적이지 못한 비명을 올리는 데 집중했다. 한창 지르던 한중간에, 글린다는 비명 소리를 뚝 끊었다. 머리와 상체를 창 밖으로 내밀고 있던 재커스가 느닷없는 침묵에 뒤를 돌아보았다. 글린다는 치맛자락을 들어 올리고 황소처럼 그에게 달려들어, 재커스의 빌어먹을 군화 발을 그녀의 멋진 카페트에서 걷어차 내어 그를 창 밖으로 밀어 넘겼다. 퍼글스의 복수다. 글린다는 생각했다.

"아주 잘 해냈다, 레인. 이제 들어와도 돼."

"전 여기 바깥에 있는 게 좋아요." 레인이 말했다.

"내 말 들었지." 글린다는 아래를 내려다보고 싶지 않았다. 어쨌든 며칠 동안은 재커스에게 신세를 졌다. 글린다는 그가 죽지 않았기를 바랐다. 하지만 신음하며 욕을 하고는 있는데, 그쯤은 해야겠지. 그래 봐야 어차피 3미터도 안 되는 높이인걸.

그러나 그 높이면 설사 재커스가 발목이 부러지지 않았더라도 기어오르지는 못할 터였다. 그리고 발목은 부러진 것 같았다. 한쪽 발 관절이 못쓰게 어긋나 있었다. 그가 절대 땅으로는 뛰어내릴 수는 없을 것이다.

"어쩌나, 내가 서툴러서 그랬네 그만." 글린다는 아래로 옥상을 향해 말했다. "우아하게 미끄러져 다니던 내 몸동작을 회복하기 위해 새롭게 자세 교육을 받아야겠어."

재커스의 대답은 레인이 듣기에 적절치 못했다. 그래서 글린다는 서둘러 아이를 데리고 방을 나섰다. 하지만 『그리머리』를 집어 드는 것은 빼먹지 않았다.

저택에는 병사들이 없이 텅 비었다. 적어도 글린다의 눈에 띄는 사람은 하나도 없었다. 모조리 이 집을 비우고 나가서 저 전함들에 승선한 게지. 목베거의 인질을 잡아 둘 최소한의 인원만 남기고 말이야. 글린다는 그렇게 생각했다. 거치적거리는 것 없이 탁 트인 시야가 핵심이라는 것을 알고 있기에 글린다는 레인을 채근하며 전망 난간으로 이어지는 먼지투성이 층계를 올랐다. 아아! 여름의 속박으로부터 최소한 이 잠깐 동안이라도 풀려났구나!

"이 일을 하는 데 네가 나를 도와주어야만 한다, 레인." 글린다가 소녀에게 말했다.

"전 준비됐어요, 어머님."

글린다는 아이에게 단어들을 가르쳐 주었다. 두 사람은 함대를 향하고 섰다. 빈쿠스 호, 쿼들링 나라 호, 길리킨 호, 먼치킨랜드 호……. 동력을 공급하는 네 마리의 드래곤들이 머스 양이 상상했던 것처럼(아아, 머스!) 둘로 갈래진 뱃머리 사이에 각각 묶여서 끌고 가는 네 척의 함선들이다. 그리고 남은 두 마리의 드래곤들은 마치 으스대며 자식들에게 이래라저래라 하는 한 쌍의 부모인 양 뒤에서 따라가고 있었다.

"트라베르사 삼미아드, 우니쿨라 아르티카 아르티카스타." 글린다가 읊었다. "이게 주문 첫머리야. 이걸 바로 외울 수 있겠니? 우리한테는 시간이 정말 조금밖에 없단다."

레인은 고개를 끄덕였다. 그 두 눈은 강철처럼 심각하고 참되었다.

두 사람은 손을 맞잡고 전망 난간에 기대섰다. 바람은 뒤로부터 불어오고 있었다. 어쩌면 이 바람이 그들이 읊는 말을 저 멀리까지 날라다 줄 것이다.

"트라베르사 삼미아드, 우니쿨라 아르티카 아르티카스타." 그들은 한목소리로 영창했다. 글린다는 주문의 나머지 부분을 한 줄 한 줄 레인에게 가르쳐 주었다. 레인은 그 주문이 거품 나는 와인이기라도 한 것처럼 꿀꺽꿀꺽 들이마셨고 틀린 곳 하나 없이 완벽하게 외웠다.

"마술 지팡이가 있으면 도움이 될 텐데. 하지만 내가 마술 지팡이를 지녔던 것도 여러 해 전의 일이지." 글린다가 말했다. "마술 지팡이는 어디로 가 버리곤 한단 말이야. 지팡이 없이 하는 수밖에 없겠구나."

글린다는 왼팔을 뻗어 냈다. 레인은 오른팔을 뻗었다. 그들은 물 위에 겨울을 불러 내리기 위하여 주문을 읊었다.

주문이 듣는지 어떤지 처음에는 잘 알 수가 없었다. 왜냐하면 거센 바람이 끊임없이 불고 있었기 때문이다. 배의 돛이 한껏 부풀어 펄럭거리는 요란한 소리가 이 거리에까지 들렸다. 글린다는 숨을 죽이고 시선을 그레이트 켈스 산기슭의 나지막한 구릉에 두어 눈을 훈련했다. 돛대들이 그 구릉을 거슬러 느릿느릿 전진하고 있는 것 같았다. 느려진다, 더욱더 느려진다. 그러더니 돛대들이 부르르 떨리고 끼긱끼긱 소리를 내었다. 그러다 그중 하나가 와작 쪼개져 나갔다. 이제 수병으로 변신한 육군 병사들이 배가 나아가다 멈춘 사실을 미처 알아차리지 못했기 때문이다. 돛을 내리든가 아니면 끊어 버렸어야 했는데 그들은 알지 못했다.

네 척의 배와 여섯 마리의 드래곤들은 물 아래로부터 얼어 올라와 물에 잠긴 선체 부분과 물갈퀴 달린 발 주위에 엉기며 굳어진 얼음의 섬에 붙박여 버렸다. 드래곤들은 몹시도 성이 나서 날개를 세차게 쳐 댔다. 찢어지는 소리를 질렀다.

"소리가 어머님 노랫소리 같아요." 레인이 말했다.

"우린 시간이 없어. 저것들이 빠져 죽는지 아니면 불을 뿜어서 발을 뺄지, 방향을 돌려서 우리를 붙잡으러 올지 구경하고 있을 때가 아니다. 뭐가 어찌 됐든지 우린 외통수에 빠졌어. 가자꾸나."

22

헛간들 중 한 채에 불을 놓는 일은 위험할 것이 없었다. 본채에서 멀찌감치 떨어져 있는 헛간을 골라서 말이다. 그리고 어쨌든, 그 헛간은 이미 내장을 다 뽑아내 버린 상태 아닌가. 글린다는 병사들이 헛간 상부의 건초 다락에서 버팀기둥이며 들보며 잔뜩 징발해 낸 것을 보았다. 그러니까 보안 조치로 그 구조물을 무너뜨리는 거라고도 할 수 있을 것이다. 검은 연기구름이 헤이븐서와 비글로를 비롯해 다른 지역 주민들에게도 경보를 울려 주게 될 것이고, 그럼으로써 체리스톤과 에메랄드 시 병력이 혹시 아직 여력이 있어서 그들에게 어떤 응징을 가할지라도 그에 대비할 수 있을 것이다.

글린다는 한 번도 말에 마차를 매어 본 적이 없었다. 하지만 레인은 어린 시절을 헛간 축사에서 다 보낸 몸이었다. 소녀는 몸이 작아 직접 마구를 채우지는 못했지만 무엇이 필요한지는 알고 있었고 그걸 어디에 어떻게 걸고 채우는지 직접 시범을 보여 줄 수도 있었다. 손을 짚고 무릎으로 기었더라도 짐머스톰까지 다 갔을 만한 시간이 지난 후에야 글린다는 마차 중에서 제일 가벼운 마차의 채비를 마쳤다. 그래서 그들은 호변 길을 따라 출발하여 서쪽으로 향했다. 물 위에 조난한 함선들로부터 멀리 떨어지는 방향이다.

묘하게도 실은 그렇게 멀리까지 갈 필요가 없었다. 불타는 헛간으로부터, 여름 호수에 얼어붙은 배들로부터, 분노하여 미쳐 날뛰는 드래곤들로부터, 그리고 체리스톤 장군으로부터 한 육칠 킬로미터쯤 떨어졌나 싶자 거기에 사자와 그 파르르 긴장한 베일 쓴 여인, 예쁜 하얀 머리카락을 한 그녀가 기다리고 있었다. 여인은 거닐고 있고 사자는 뒹굴고 있었다. 하지만 마차를 보자 바로 뒷발로 일어서서 갈기를 가지런히 매만졌다.

"내가 여기 올 줄 어떻게들 알았는가?" 글린다가 물었다.

"우리가 누구를 섬기는지 잊으셨군요." 여인이 말했다. "시계가 우리에게 일어남 직한 일을 말해 주어요. 일어나야만 할 일이 아니에요, 주의하세요. 또 일어나게 될 일도 아니고요. 단지 어쩌면 일어날 수 있을 일을 말해 주는 거예요."

"어떤 일이든지 일어날 수야 있지." 글린다가 말했다.

"예언이 그렇게 인기 있는 비결이죠." 여인이 동의했다. "사업상 유리한 점이에요."

"책을 도로 가져왔네." 글린다가 말했다. "너무 귀찮게 야단법석을 떠는 책이라 난 못 갖고 있겠네. 처음에 가졌을 적에도 그렇게 생각했는데 지금도 또 그렇게 생각해."

사자가 말했다.

"저희가 가져가겠습니다. 이제 부인은 그걸 안 갖고 계시는 편이 더 안전할 겁니다. 만약 보복이 있을 시에는요. 하지만 '시계'가 숨겨져 있는 언덕 위에서는 호수 전망이 훤하답니다. 우리는 부인이 『그리머리』로 어떤 일을 해내실 수 있었는지 다 봤습니다. 그걸 훌륭하게 사용하셨어요." 사자가 글린다를 향해 싱긋이 웃었다. "아주 멋진 솜씨더군요, 자매님."

글린다는 극의 내용을 떠올렸다.

"항행 중이던 메나시에들이 모두 물에 가라앉았나?"

"아직 끝나지 않았어요." 여인이 말했다. "하지만 그들은 '시계'의 공연을 보았고, 자기들이 빠져 죽을지 모른다는 두려움이 효과적으로 작전 진행을 막았지요. 부인이 제대로 딱 정확한 신경 줄을 꼬집으셨어요. 경계경보가 난 거고, 드래곤들은 진격이 늦추어지거나 어쩌면 병이 날 거예요."

"드래곤이 코감기에 걸린다 이 말인가? 참 추저분한 생각이구먼."

"얼음이 어는 나라에 드래곤이 산다는 얘기는 들어 보신 적이 없을 거예요. 그렇지 않나요? 그들에게 차가운 건 얼어붙을 듯한 고통이래요. 일설에는요."

글린다는 늙은 농부의 농사일 수첩처럼 턱 하니 마차 바닥에 놓여 있던 『그리머리』를 집어 들었다. 달칵달칵 길을 달려오는 사이에 그 책은 거짓 모습을 벗어 버렸고, 원래 제 모습으로 보였다. 어쩌면 약간 더 낡아 해진 것도 같다. 그렇게나 오래된 책이 계속 더 낡을 수가 있나?

"훌륭한 일을 해 주셨습니다." 사자가 그녀에게서 책을 받으며 말했다. "어떤 이들은 부인이 할 수 있을 것이라고 생각 안 했던 것을요."

"글쎄, 나는 요리하기를 배웠다네. 내 이 나이에." 글린다가 그에게 말했다. "다음은 무엇일까? 예술 치료? 아무튼, 난 올 여름에 아주 대단한 시간을 보냈어. 그리고 무엇이 어느 길로 굴러가게 될지 누가 알겠나. 이리 오너라, 레인. 얼른 작별 인사를 해야지. 그리고 바로 떠나려무나."

"안녕히 가세요." 하고 레인은 사자에게 말하고, 이어서 여인에게도 인사했다.

"그쪽 말고." 글린다가 말했다. "나에게 하렴."

아이는 접시처럼 휘둥그레진 눈으로 글린다를 올려다보았다.

"어머님?"

"그 사람이 너한테 지나치게 관심이 있었어." 글린다는 최대한 평이한 어조로 그렇게 말했다. "상황이 너무 위험해졌구나. 넌 저들과 떠나는 편이 나아."

"저희는 대장 나리한테서 그러라는 지시는 못 받았는데요." 사자가 말했다. 그는 목구멍 뒤로부터 나지막이 그르렁거리는 소리를 냈다.

"지시를 내릴 사람이 대장 나리 하나만은 아니지." 글린다가 그에게 말했다. "난 왕권 대행 총리 예우자일세. 내가 기억하기로는, 브르르 경, 내가 바로 자네에게 귀족 지위를 수여한 사람이었네. 여러 해 전에 말이지."

"아, 그랬지요." 브르르는 괜히 옷깃을 만지작거리며 말했다. "아주 잘해 주셨고 뭐 그런 드릴 말씀은 잔뜩이지만, 그렇지만 글린다 부인."

"저 사자랑 같이 가는 거예요?" 레인은 신나는 감정을 조절하는 법이 아직 미숙했다. 글린다는 막 과도로 살짝 베고 만 손가락 끝에 양파즙이 스민 듯이 쓰라려 왔다. 아니, 어쩌면 더 심한지도.

"그러는 거야. 자, 이제 어서 가렴." 글린다가 말했다.

레인은 마차에서 기어내려 사자한테 달려갔다. 그는 뒤로 물러나며 두 앞발을 들어 가로막았다. 그와 함께 있던 베일을 쓴 여인은 소리 내어 웃기만 했다.

"이보다 더 고약한 일도 당해 봤잖아요, 브르르. 어디 난쟁이 아저씨가 이 일에 뭐라고 말할는지 가서 보기나 하죠."

"이 애가 누군지 아는 거 맞지? 애 이름은 레인이야." 글린다가 말했다. 하지만 목소리가 제대로 나오지 않았고, 그들이 과연 들었는지 알 수 없었다.

그들은 멀어져 가고 있었다. 모퉁이를 꺾고, 소나무가 자란 허섭스레기 황무지를 가로질러 길을 줄이기도 하면서 갔다.

감정이 너무 북받쳐 참기 힘들어졌을 바로 그때, 글린다가 이러다 흐느껴 울 것 같다고 생각한 그때에 레인이 갑자기 몸을 비틀어 돌아봤다. 그러고는 소리쳤다.

"근데 마님은 안 오세요?"

"아무래도 도저히 못 갈 것 같구나."

"왜 안 되는데요?"

아이는 심술 난 소리를 냈다. 마치 갑자기 온 세상이 자기와 함께, 언제라도 함께 가 줘야 한다고 결정하기라도 한 것처럼.

"재커스가 옥상에서 꼼짝 못하고 있잖니. 샌드위치라도 내려 줘야지, 굶어죽지 않게. 그리고 퍼글스도 있어. 퍼글스는 움직이지를 못한단다, 레인. 이제 내가 수프 만드는 법을 알고 있으니만큼 내가 수프를 좀 만들어서 숟가락으로 그 사람 입에 떠 넣어 줘야만 해. 누구 그를 돌봐 줄 사람을 찾을 수 있을 때까진. 그런 일이 일어날 수 있는 것이라면 퍼글스를 낫게 해 줄 사람을 찾아야 되겠지."

"그리고 머스 아줌마가 있고요." 아이가 심사숙고하는 듯 말했다.

글린다는 이제 더 이상 머스가 있을 것이라고는 생각하지 않았다.

"서로 보살펴들 주고 잘들 가거라. 근처에 지나가게 되면 가끔씩 찾아와서 날 보고 가렴."

레인은 이미 도로 몸을 놀려서 사자와 조잘조잘 이야기를 하고 있었다. 여인이 아이를 번쩍 들어서 사자의 등에 올려 주었다. 사자는 도로 네 발을 짚고 섰다. 레인은 그 등에 타 좋아서 꺅 소리를 질렀다. 두 손으로 손아귀 한가득 그의 갈기를 움켜쥐고, 두 무릎은 내리면서 자그마한 벗은 발은 위로 올리고 탔다. 아이의 머리는 기쁨에 들떠 뒤로 젖혀졌다. 무작정 기쁜 것이다. 레인은 최고의 시간을 누리고 있는 아이처럼 보였다. 알이라는 감옥을 깨뜨리고 나온 소녀 같았다. 하지만 뒤돌아볼 줄은 몰랐다.

오즈의 조각보 양심

1

난쟁이의 안색이 그 어떤 사탕무도 그렇게는 빨개질 수 없을 만큼 시뻘게지는 바람에 사자는 뒷걸음질을 쳤다.

"도서관 책 반납을 받아 오라고 보냈더니만, 아이를 달고 와?"

어이쿠. 이거 수를 잘못 됐나 본데? 브르르는 생각했다. 브르르는 등뼈를 활처럼 휘었다. 위협적인 몸짓이래 봤자 아무도 속지 않을 뒷골목 고양이 같은 짓에 불과하지만 그래도 그러면 기분이 좀 나았다. 브르르는 난쟁이가 이렇게 제정신 놓고 심각하게 구는 꼴은 한 번도 본 적이 없었다.

일리아노라를 향해 난쟁이는 덧붙였다.

"야, 너, 꼬마 유모 아줌마, 내 항상 너를 보면 애가 참 단순하다고 생각했는데 이제 보니 그 생각이 틀렸구나. 넌 단순한 게 아니라 아주 돌았어. 집어 온 곳에 도로 갖다 놓고 와."

브르르가 놀라게도, 일리아노라는 대장 나리의 말에 한 발도 물러나지 않았다.

"미래에 관심이 있으시잖아요. 어린애는 누가 되었든 미래를 향한 출발이에요."

"그럼 우린 어디 가서 고아원을 통째로 납치해야 하겠구먼? 잘 들어, 난 이런 것 못 참아. 아이를 도로 꾸려서 보내 버려."

"그렇게 안달복달 발 동동거리지 마세요." 사자가 온화하게 말했다. "우린 이 애를 보살필 수 있어요. 어린애를 건사하는 방법의 대원칙이래야, 뭐 얼마나 어렵겠어요?"

"자넨 커피 가는 기계도 건사 못해. 보육원을 운영하기에는 덩치만 더럽게 큰 소심쟁이잖아."

"정반대입니다. 어리고 연약한 존재를 보호하는 일에서라면, 소심하고 겁 많은 것은 미덕이지요. 이를테면 어린애가…… 그래요, 호박벌이나 뭐 그런 걸 보고 겁을 먹는 것처럼 나도 겁을 먹을 수 있다손 치면 나와 어린애 둘 다 호박벌을 피해 안전하게 있을 수 있게끔 더 잘 명심하고 주의할 수 있을 것 아닙니까."

"전 호박벌 하나도 안 무서워요." 레인이 한마디 끼워 넣었다.

난쟁이는 레인의 말은 그냥 무시하고 사자에게 쏘아붙였다.

"자네는 소심하다 못해 물러 터졌어. 글린다 부인이 이 말괄량이를 떠다 안기는데도 뭐라고 말 한마디 못 해보고 떠맡았겠지."

음, 그 말은 옳긴 해. 브르르가 생각했다.

일리아노라가 아이에게 물었다.

"마지막으로 뭔가 음식을 먹은 건 언제였지?"

"완전히 배고파요." 아이가 인정했다. "글린다 마님은 요리를 별로 잘 못해요."

브르르는 아이가 자기 등에서 미끄러져 내리도록 해 주었다. 난쟁이는 연기를 뿜고 침이 튀도록 열불을 냈지만 사자는 자기 입장을 고수했다. 그가 말했다.

"어린애를 돌보느니 마느니 하는 것보다 더 큰 문제가 닥쳤어요. '시계'가 우리에게 보여 준 함대가 공격당한 것을 잊었습니까? 누가 그 공격의 장본인인지 궁금한 사람이 있을 것이고, 얘기의 앞뒤를 짜 맞추어 볼 사람이 있을 겁니다."

"물 한복판에서 꼼짝 못하게 됐어요." 레인이 말했다.

옆으로 매는 행낭 속을 뒤지던 일리아노라가 가늘게 썬 햄 몇 가닥과 빵을 찾아냈다.

겨자가 든 단지와 숟가락도 나왔다. 난쟁이는 『그리머리』를 가지고 소나무가 난 야생지의 낮은 관목 숲으로 쑥 들어가 사라졌다. 필경 그 책을 '시계'에 돌려 놓으려 간 거겠지. 비탈 위쪽 빈터에서 조수들은 고리 던지기 놀이를 하면서 껑충껑충 뛰어 돌아다니느라 이쪽에는 전혀 신경 안 썼다.

"애 하나 따라붙었다고 왜 저렇게 길길이 난리를 피우는 거지?" 브르르가 아내에게 물었다. "저 양반은 이미 우리도 떠맡아 줬잖아. 하나 더 는다고 뭐가 달라. 게다가 저렇게 작은 아인데······."

"우선 아이에게 저녁밥 좀 차려 주게 잠깐만요, 브르르."

식사를 다 마치고 나자 레인은 빛나는 흥미를 품고 주위를 둘러보았다.

"여기서 사시는 거예요?" 레인이 물었다.

"대장 나리가 전진하라고 말씀하시기 전까지는 그렇지." 일리아노라는 베일을 벗고 흔들어 털었다. 그녀의 땋은 흰 머리는 머리 둘레를 따라 검은 머리핀을 줄줄이 꽂아 정수리로 틀어 올려놓고 있었다.

사자가 말했다.

"나는 정말로 우리가 속히 길을 떠났으면 좋겠어. 새벽쯤이면 소총수가 붙든가 아니면 아예 추적대가 편성돼서 우리 뒤를 따라붙을걸. 내 장담하지. 어쨌든, 이 장소에 있으니 오소소 소름이 돋아."

그는 평생 숲을 좋아해 본 적이 없었다. 어떤 숲이건 간에. 길을 잃어 이도저도 못할 그 감각. 어쩌면 지평선이 그렇게 순식간에 막 뻗어난 나뭇가지들의 프랙탈에 마디마디 맺혀 들어가는지. 비록 여기 서 있는 볼꼴 사나운 나무들은 그래도 다른 숲보다 성긴 편이지만 말이다.

낮은 소리로, 그는 어디로 보나 인간답기만 한 아내에게 말했다.

"난 둘러앉은 자리에서 딱 하나 혼자만 소심한 위인이 되고 싶진 않아. 하지만 당신도 우리가 그 장군이 암살자를 보내어 『그리머리』를 찾기 전에 미리 꺼져야 한다고 생각하지 않아? 그자들이 책을 손에 넣으면서 우리를 아주 소탕해 버리기 전에? 우리끼리 가면 좀 더 빨리 움직일 수 있어, 당신하고 나하고. 아, 물론 아이도 데리고. 우리의 작은 부족에서 저 애를 맞이하는 태도가, 뭐라고 할까, 좀 박한 것 같으니까 말이야."

일리아노라는 윗입술을 깨물었다. 곰곰 생각하는 중이었다.

"난 우리 모두가 꼭 함께 있어야 한다고 생각하고 있었어요. 하지만 이제 우리가 '시계'에 복종하여 『그리머리』를 글린다 부인에게 갖다주고 다시 그녀에게서 회수해 왔으니까, 당신 말이 맞을 수도 있네요. 그렇다 해도 가면 어디로 간다죠?"

"당신은 남동생을 찾아야 하잖아."

"나 꼭 그럴 필요는 없어요."

그녀는 살아서 숨을 쉬고 지낸다. 브르는 그렇게 알고 있었다. 무심함을 썩 잘 참는 브르였다. 농담하는 구경꾼들을 인식 못한 채 유리 전시관 속을 둥둥 떠도는 호수 해파리 같은 일리아노라다.

그가 그녀와 함께한 지 이제 6개월째였다. 그 기간 동안 그녀는 웃는 법을, 배웠든지 아니면 기억해 냈든지 했다. 사레 들린 듯, 깨물어 뜯는 말대꾸처럼, 제대로 억제가 안 된 딸꾹질처럼 웃었다. 일리아노라는 겨울이 지나는 동안 점점 젊어지는 것처럼 보였다. 브르는 그녀가 여기서 조금이라도 후퇴하는 것은 보고 싶지 않았다.

"우리 쩰까?" 사자가 다시 물었다. 더한층 낮은 음성이었다.

일리아노라는 어깨를 움츠렸다. 앞으로 어떤 일이 일어날지 이 사람이 알 때가 되면 어련히 알랴. 브르는 그렇게 생각했다. 그리고 치안판사가 그들의 결합을 기록으로 작성한 바는 없지만(다른 종 간의 연애에 대해서는 생쥐도 먼치킨랜드인도 한결같이 혐오감을 가졌다.) 그와 일리아노라는 그러나 저러나 상관없이 서로 결혼 관계를 기쁘게 유지해 갔고, 브르는 '시계'의 그늘 속에 있는 그 밖으로 나가게 되든 일리아노라의 곁에 딱 달라붙어 있을 마음이었다.

난쟁이가 뒤뚱 걸음으로 돌아왔다. 그가 괜히 '대장 나리'라고 불리는 게 아니었다.

"이 빈둥거리는 놈들, 이게 소풍인 줄 아냐? 우리는 상황을 따져 봐야 할 문젯거리에 봉착했어. 일어나, 일어나, 그 털북숭이 궁둥이를 땅에서 떼란 말일세, 브르 경. 우리 요정들의 바이올린쟁이 게으름쟁이 아가씨도. 어이, 너희 시끄러운 머스마 놈들, 행장 차려라. 지금 당장 발을 빨리빨리 놀려서 호수가 내려다보이는 절벽으로 도로 챙겨 가는 거다. 바람결에 날아오는 정보를 붙잡을 수 있게."

브르르는 아이에게 양눈썹을 치올리는 표정을 보였고, 아이는 알
아들었다. 아이는 껑충껑충 뛰는 걸음으로 와서 사자의 등 위로 펄
쩍 뛰어올랐다.

"나한테 익숙해지지 마라." 브르르는 자기도 모르게 어깨 너머로
말하고 있었다. "난 그 누구를 지키려고 나설 위인이 못 돼. 믿고 기
댈 만한 상대가 아니란다."

아이의 손가락이 그의 목 뒷덜미의 골 지게 접힌 가죽 주름 속으
로 파고들었다. 아이는 그의 갈기에 얼굴을 묻어 비벼 댔다. 그랬다
가 그만 기침이 났다. 브르르는 갈기를 마지막으로 샴푸로 감았던
게 좀 더 최근의 일이었더라면 좋았을걸 생각했다. 하지만 파인배
런스에 편의 시설은 갖추어져 있지가 않다. 이 장소가 질색인 또 한
가지 이유다.

일행은 '시계'를 해묵은 벌목 길 끝 막다른 곳에다 은닉해 둔 터
였다. 그 위쪽으로 둥근 언덕이 솟아올라 망을 볼 만한 높이가 나왔
다. 브르르는 일리아노라를, 난쟁이를, 난쟁이에게 딸린 소년들을
기다리지 않았다. 그는 앞질러 뛰어 나갔다. '시계'를 지나쳐서 언
덕을 한달음에 뛰어올랐다.

해는 이제 막 넘어가기 시작했다. 저 아래 호수에 길게 빛나는
햇살 줄기 안에, 처음에는 눈이 부셔서 보이지도 않았지만, 소함대
가 오도 가도 못하고 붙박여 있었다. 차츰 사자의 시야가 안정되었
다. 그러니 레인의 눈도 보이게 되었을 터였다. 아이가 중얼거렸다.

"오즈마 맙소사."

그들은 물에 뜬 기다란 얼음에 고스란히 갇혀 있는 네 척의 배와

그럴 수 없이 대단한 여섯 마리 용들을 눈앞에 보고 있었다. 얼음은 납작한 하얀 섬을 이루었다. 얼음은 줄사다리를 타고 올라가 배를 뒤덮고 돛들을 유리 속에 뻣뻣이 얼어붙게 했다. 사내들은 여름의 열기 속에 군복을 벗어 제치고 유빙 위로 뛰어내려 아래위로 속옷만 입고 도끼질을 하고 있었다. 얼음을 녹여 구멍을 뚫으려는 건지 군데군데 모닥불을 피워 놓았다. 드래곤들은 목을 놓아 울부짖었다! …… 심지어 이 거리에서도 그 소리가 들렸다. 한두 마리는 천신만고 끝에 한쪽 날개를 뺐다. 군대의 병사들은 이리저리 꼬고 비트는 뱀 같은 대가리들을 피해 그것이 닿지 않을 곳에만 있었다. 용들은 분노하여 아무것에나 덤비고 입질을 해 댔지만 아무것도 깨물 수 없었다.

"쟤들은 아무 짓도 안 했는데요. 쟤들 잘못이 아니에요. 저 짐승들요." 레인이 말했다.

"어쩌다 잘못된 놈들과 어울린 탓이지. 그러니 대가를 치르는 거다. 누구하고 벗을 할지 친구를 고를 때 주의해라, 레인." 브르르가 말했다.

"친구라고요?" 아이는 쿵 소리를 냈다. 아마 그 개념에 회의적인 모양이다.

저 멀리 남쪽으로 세드니와 비글로로부터, 또 북쪽으로 헤이븐서와 짐머스톰으로부터 먼치킨 배들이 모습을 드러내고 있었다. 그간 몰래 항구에 묻어 두었거나 솔가지를 덮어 숨겨 두었던 허름하고 작은 쪽배들이, 위해 행위를 가할 기회를 맞이하여 전력을 정비하고 만반의 준비를 갖춘 게 분명했다. 열두 척, 열다섯 척, 스무 척의 배들이다. 체리스톤의 부하들이 건조해 놓은 굉장한 함선들에 비해 볼 때 이 배들은 한낱 우스운 장난감 배에 지나지 않았다. 인간의 팔뚝과 돛과 활기차게 칙칙거리는 증기 파이프가 그 동력원이다. 개중에는 금박을 입힌 백조 형상의 쪽배도 한 척 있었다. 저만치 호수 위쪽에 둥글게 무리 지어 있는 백조선 중에서 한 척을 끌고 온 것이리라.

"어이쿠 이런 맙소사."

다른 이들과 함께 도달하여 자기네 농작물을 불사른 데 대한 먼치킨랜드인들의 복수를 적시에 목격하게 된 대장 나리가 말했다.

저 아래에서는 드래곤들이 너무나 엄청난 소음을 내고 있어서, 병사들은 그 탓에 자신들을 에워싸고 좁혀 오는 호수 각다귀들이 그물망을 늦게야 알아차린 듯했다.

"브르르, 돌아서요. 아이가 못 보게 저리 데려가세요." 일리아노라가 갑자기 말했다.

"이게 저 애가 태어나 살게 된 세상이야. 일찍 아는 편이 낫지. 잘 봐라, 계집애야." 난쟁이가 짖었다.

일리아노라는 브르르 옆으로 다가와 레인의 한쪽 손을 잡으려 했다. 레인은 움찔 하며 손을 빼었다. 아이는 호수에서 눈을 떼지 않았다.

"이 동네 어중이떠중이들이 웬 장총 같은 것들을 마련해 왔군요."

갖가지 배들을 긁어모아 출동한 농투성이들의 선단으로부터도 실처럼 가는 연기 줄기가 쭉쭉 뻗어 나가는 것을 보고 브르르가 말했다.

빈쿠스 호, 먼치킨랜드 호, 길리킨 호, 쿼들링 나라 호의 포문으로부터 뭉클뭉클 구름 덩어리가 쏟아져 나와 공기를 오염시키기까지는 오랜 시간이 걸리지 않았다. 제대로 된 총포들이 보내는 성의 있는 답신이다.

아마도 체리스톤의 대포들이 포를 쏜 반동으로 얼음이 쩍쩍 깨지기 시작한 듯했다.

배가 흔들리며 뒤덮여 있던 꽁꽁 언 얼음 껍데기에 다소 영향을 준 듯, 해군이 된 메나시에들은 사기가 진작된 모습이었다. 그러나 곧 먼치킨랜드인들이 단순한 전략으로 똘똘 뭉쳐 있음이 명백해졌다. 즉 '배는 놔둔다. 짐승을 공격한다.' 한 마리 드래곤이 살육되고, 그에 이어 두 번째와 세 번째 놈이 동시에 죽임을 당하여, 보고 있던 이들은 심지어 대장 나리까지도 그 광경 앞에 그만 숨을 멈추었다. 거대한 용의 대가리들이 한쪽으로 뚝 떨어져 내리는 광경은 쇠어 버린 해바라기가 목을 꺾고 넘어가는 것 같았다. 용의 날개들에는 엷은 불꽃이 확 타올랐다. 처음에는 투명했다가 곧 주황색으로, 이어서 시뻘겋게 화염이 솟으며 금세 재가 되어 무너져 내렸다.

"어이구. 그렇게 잡으면 아프다, 레인아." 브르르가 말했다.

네 번째 용이 죽었다. 다섯 번째 놈은 소란 통에 마침내 얼음에서 풀려나, 전투의 난장판으로부터 상공으로 어찌나 높이 치솟았던지 언덕 위에서 구경하던 일행들이 뒷걸음질을 치며 혹시 그놈의 시선이 자기들에게 떨어질 경우 줄달음질 칠 준비를 했을 정도였다. 그러나 그놈은 체리스톤의 전함 중 한 척으로 내리꽂히며 짤막한 돛대를 낚아채었다. 그러더니 마구 난동을 피우며 끝에 금박을 올린 백조선을 공격했다. 백조 목 모양으로 구부러진 한심한 선수 장식이 몸에 걸리는 바람에 용은 백조선을 단 채로 공중으로 솟아올라, 얼어붙은 함선들 중 하나에다 그걸 내동댕이쳤다. 브르르는 백조선에 탔던 항해사일지 선장일지가 미리 뛰어내려 목숨을 건졌는지는 보지 못했다.

몸이 자유로워진 용은 다시금 공중에서 뚝 떨어져 내렸다. 처음에 일행은 그놈이 또 한 척의 함선을 공격하는구나 했다. 하지만 용은 죽음의 격통에 몸을 움찔거리고 있었다. 수북한 얼음 찌꺼기와 허우적거리는 배들 속에 누워, 그놈은 체리스톤 함대의 배 한 척의 우현에 과다한 무게를 실었고, 배는 산산이 으스러져 함몰되는 소리를 도하며 가운네가 아예 뚫려서 기우뚱 넘어갔다.

여섯 번째이자 마지막 한 마리 남은 용은 가까스로 떨치고 풀려날 수가 있었다. 이제 그놈을 붙들고 있던 주문의 힘이 풀려 가고 있었던 것이다. 그놈은 하늘로 비틀비틀 날아올랐다. 표류하는 군대며 복수심에 찬 기습자들에는 아무 신경도 쓰지 않고, 그놈은 저물어 가는 햇살 속에 술 취한 듯 휘청거리며 날았다. 미쳐 버린 것이리라. 용은 남쪽으로 방향을 돌려, 비글로와 그레이트 켈스의 산기슭 동산들을 넘어 날아갔다. 아마 '낙담' 평야를, 어둠에 잠긴 황무지를 향하여 날아가는 모양이었다. 그놈의 한무리 중에서 그놈을 따라 쿼들링 나라로 들어갈 놈은 하나도 없었다. 그놈에게는 버리고 갈 살아 있는 짝도 이제 없었다.

2

딱딱한 태드먹 넝어리를 물에 적셔 으깬 후에, 타임드래곤 시계 일행은 자그마한 석탄불 가에 쭈그리고 모여 앉아 고행이나 다름없는 음식을 만들고 그것을 먹었다. 처음에는 조용히들 있었다. 연기는 성가신 모기를 쫓아 주었지만 불빛 때문에 나방이 꼬였다. 땅바닥에 책상다리를 하고 앉아서, 레인은 두 손으로 턱을 받치고 있었다. 눈으로는 나방의 연보라색 날개를 좇았다. 마치 전에는 나방을 본 적도 없는 아이 같군. 브르르는 생각했다. 아니면, 혹시 나방과 드래곤 사이에 친척 관계가 있는 건 아닌지 곰곰 따져 보고 있는 건지도 모른다.

"다들 먹은 거 소화도 안 되라고 하는 이야기는 아니지만, 우린 십중팔구 에메랄드 시에서 권력을 잡고 떵떵거리는 정부 것들한테 적으로 낙인이 찍혔을 겁니다. 일리아노라하고 제가 얘기를 해봤는데요…… 내뺄 수 있을 때 내빼야 한다는 생각 들지 않으세요?"

"난 협의 결정 같은 거 해본 적 없는 사람이야. 그렇게는 안 해."

대장 나리가 대꾸했다. "내가 자네한테 동감을 얻고 싶으면 말일세, 계집애처럼 쩨쩨한 고양이 군, 내 그때 가서 부탁을 하겠네. 자네가 오금이 저리거든 속바지에 오줌이나 지리고 있든지 맘대로 하라고. 난 신경 안 쓰니까."

"도대체 왜 그래요? 어디서 산 염소가 고환을 갉아먹기라도 했 나요?"

일리아노라는 브르르에게 눈총을 주며 아이를 가리켜 보였다. 하지만 레인은 팔랑팔랑 날아드는 나방과 팔락팔락 타오르는 불꽃에 망아지경이었고, 그래서 브르르는 계속 난쟁이를 몰아붙였다.

"그러니까 뭡니까? 당신 말고 다른 누가 결정을 내리는 건 싫다 이겁니까? 말하자면 글린다 부인이 아이를 데려가라는 말을 해서 우리가 저 애를 맡은 것처럼요?"

대장 나리는 지난 한 해 동안 일리아노라를 상냥하게 대해 주었다. 이전까지 일리아노라는 난쟁이가 성질을 부릴 때에도 늘 정말은 이렇지 않을 거라고 자신을 속일 수가 있었다. 이제 일리아노라가 곁에 다가앉으며 한 손을 그의 무릎에 얹자, 난쟁이는 손을 확 쳐냈다.

"계집애 같은 소심쟁이 사자 놈보다 구실을 잘할 누군가를 원한다면 얼마든지 가서 머슴아들 중에서 고르든가 해라. 난 너 따위 흥미도 없다."

난쟁이의 등 뒤에서, 브르르는 자기 아내에게 입모양을 오무려 보였다. '당신 단단히 찍혔어.'

"어딘가 저 애가 안전하게 머무를 수 있는 곳을 찾을 때까지만 데리고 있는 거잖아요." 일리아노라가 난쟁이에게 말했다. "글린다

부인에게 약속한 거나 다름없어요. 책을 도로 우리에게 인도하는
데 대한 대가로요."

대장 나리는 지저분한 나무껍질 조각을 불 속에 튕겨 넣어 나방
한 마리를 없앴다. 레인은 소리 없이 학 숨을 들이켰다.

"대장님의 소중한 책을 우리가 가지고 왔잖습니까." 브르르는 겁
에 질려 정신없는 것 같은 소리로 말하지 않으려고 애를 쓰고 있었
다. "계집애는 덤이에요. 도대체 뭘 기다리고 앉아서……."

"몰라. 빌어먹고 뒈져 버릴, 내가 무슨 재주로 그걸 알겠나?" 대
장 나리의 어조가 평소 같지 않게 어두웠다.

"시계에게 물어보죠?" 마치 대장 나리는 그 생각을 전혀 떠올리
지 못하기라도 했을 것처럼 일리아노라가 권했다.

"그게 안 돼."

브르르는 '시계'의 한동아리에 불과 지난 6개월간 함께했을 뿐이
었다. 그래도, 그는 '시계'가 휴식을 필요로 할 때면 스스로 결정을
내린다고 들었다. 이런 일이 일어나게 되면 무리는 때때로 한동안
해산해 있다. 아마 지금이 그때인 모양이었다. 사자가 물었다.

"뭡니까, 그러니까 그게 또 파업에 들어갔나요? 우리에게는 비밀
로 해 두고?"

대장 나리는 대답이 없이 이렇게 저렇게 몸을 움직거렸다. 한쪽
으로 저만치 떨어져서는 은 기타와 집게 모양 짤랑이가 내는 챙챙
소리가 들려오는 게 아주 이야기에 멍석을 깔고 있었다. 일곱 명의
젊은 녀석들은 밤이면 읊어 대던 끝 모를 오입질 타령에다 되는 대
로 지어 붙인 외설적인 시구 몇 단락을 더 보태는 참이었다. 종종
저녁 시간에 녀석들은 자기들이 창녀 집에서 재미 본 이야기를 지

절거리곤 했다. 때로는 여자 신학교에 들어가 재미를 봤다고도 했다. 때로는 왕들과 주교들이 구경하는 가운데 했다고도 말했다. 녀석들은 지속력과 발기 속도에서 누구 하나 처지는 놈 없이 다들 신의 경지였고, 상대했다는 아가씨들은 머리카락 색깔만 다양할 뿐 누가 누군지 분간 못 할 지경으로 다들 끝내 주는 미녀들이었다. 도저히 자장가가 될 만한 이야기는 아니지만, 그래도 얼마 지나지 않아 레인은 사자의 앞다리 속에 몸을 착 기댄 채 묵묵히 잠에 빠져들어 갔다.

"그럼 이제." 사자가 입을 열었다. "대장님을 몰아붙이려는 건 아니지만요, 암살자들이 우리를 찾아 나설 참이라는 데 의심의 여지가 없잖습니까. 우릴 찾고 '시계'를 찾고 마법책을 찾아서요. 그걸 다 끼워 맞춰서 알아차리고야 말 겁니다. 우리가 그자들에게 앞으로 무슨 일이 벌어지게 될지 발췌해서 보여 주었잖아요. 도대체 무슨 일로 이러시는지 말씀 좀 해보시죠?"

대장 나리는 한숨지었다. 그러자 단 한 방울의 금빛 눈물이 그의 눈에서 미끄러져 나와 병 닦는 솔 같은 콧수염 속으로 자취를 감췄다. 브르르는 난쟁이의 눈물을 미덥게 여기지 않았다. 이름 없는 신이 나타나서 싹 청소를 하고 선과 악 사이의 우주적인 대결을 결판 내리라고 믿지 않는 것이나 마찬가지로. 아니면 숫제 선과 악취미 사이의 우주적인 대결이라 할까, 그래도.

일리아노라는 그들의 우두머리에게 무죄 추정의 원칙을 확대 적용했다.

"무엇 때문에 속이 상하셨어요? 아이 때문에 이러시는 것일 리는 없잖아요."

274

난쟁이는 턱을 더더욱 가슴에 푹 박아서 차라리 자기 무릎을 상대로 말할 것처럼 말했다.

　"글린다 부인한테서 책을 도로 가져오면 '시계'의 정확한 작동을 새롭게 일깨우게 되지 않을까 기대했네. 하지만 그렇게 된 것 같지가 않아."

　일리아노라와 브르르는 눈길을 교환했다. 그러고는 기다렸다. 대장 나리가 설명했다.

　"시계가 공연으로 보여 주는 메시지는 노상 보고들 있지. 아무나 볼 수 있는 것은 그게 다일세. 관객들 쪽으로 나 있는 무대들, 구멍과 발코니와 그런 것들 말이야. 그렇지만 대중 앞에서 하는 공연과 사적으로 엿보여 주는 것 사이에는 차이가 있어. 모퉁이를 돌아서, 수납 캐비닛 쪽 말고 수레의 뒤쪽 끄트머리 말일세, 거기 '꿈꾸어 올렸다가 꿀꺽 삼켜 내립니다!'라고 쓴 광고 천이 걸려 있는 데에, 그 광고로 아무도 못 보게 가려져 있는 비밀 무대가 있어. 내가 한 번도 입에 올리지 않았으니 자네들도 못 봤지. 아무한테도 말한 적이 없어. 나 혼자 있을 때 그쪽으로 가서 혼자만 몰래 보는 거지. 며칠에 한 번씩 그걸 보고 갈 길을 정해. 무슨 일이 일어나리라는 데 대하여 시계가 어떠한 의견을 피력하지는 않는 편이긴 해도, 이번 일이 있기 전에는 비밀을 간직한 채 바르르 떨고 있곤 했다고. 어린애가 완벽하게 꼼짝 않고 있으려고 하는 것 같이 말이야. 될 수가 없지. 죽은 척을 정말 죽은 것처럼 할 수 있는 놈이 누가 있겠나. 시계라도 그렇게는 안 돼. 지금까지는 말이야. 오늘, 자네들이 나가 있는 사이에 시계는 나에게 한 번 더 장황한 비난을 퍼붓더라고. 그러더니…… 죽어 자빠졌어. 급기야 죽은 척하는 데 완전 도통한 게야.

아니며 혼수상태에 빠진 척이든지."

"시계가 뭐랬는데요?" 일리아노라가 물었다.

"역사에 똥칠을 하게 내버려 두어서는 안 될, 나이도 차지 않은 더러운 계집애년을 극력 피하라고 그러더구먼." 대장 나리는 눈썹을 레인 쪽으로 찡긋 했지만 차마 레인을 쳐다보지는 못했다. "그러더니 뻗어 버렸어."

청년들은 평소처럼 잘 자리를 보아 몸을 눕히고 있었다. 그들은 언제나 십행부와는 따로 떨어진 곳에서 잠을 잤다. 레인은 세상모르고 혼자만의 꿈속에 빠져들어 있었다.

"어쩌면 『그리머리』가 있어야만 '시계'가 제대로 돌아가는 것 아닐까요?" 브르르가 말해 보았다. "그러니까 일종의 이스트처럼요. 어쩌면 이제 우리가 책을 도로 찾아다 놨으니까……."

"시계에서 다른 데로 책을 빼 놓은 적도 여러 번이었고, 그래도 시계는 제 생각대로 나에게 알려 주어야겠다 싶은 것들은 다 귀띔을 해 줬다고. 시계하고 책하고는 각각 따로따로 돌아가는 거야. 비록 둘 다 영향력에 관하여 가진 흥미로 말하자면 비슷하게 닮은 사촌지간이지만."

"그러면 시계는 『그리머리』를 도로 가져온 게 마음에 들지 않나 보죠. 어쩌면 대장님이 그 책이라는 뜨거운 감자를 글린다 부인의 무르팍에다 도로 떠넘겨 놓아야 할지도요." 브르르가 말했다. 만약 자기에게 그 임무를 하라고 파견한다면 반겨 떠날 생각이 없었다. 상황이 이래 가지고야 그렇게는 못 한다.

"그래, 그리고 어쩌면 별들은 정말로 이름 없는 신이 발톱 깎다 나온 부스러기지. 도대체 알지도 못하는 놈의 것들을 가지고 아는 척 얘기하지 말게, 암고양이 경."

그렇다면 심지어 역사조차도 지칠 땐 지치는구나. 브르르는 그렇게 생각했다. 시계가 지금까지 지내 오면서 얼마나 많은 미래들을 말해 주었을까? 그것이 덜컹덜컹 오즈를 떠돌아다닌 지 이제, 글쎄, 30년? 40년? 50년이 되었나? 그리고 난쟁이는 시계가 오즈의 어느 한구석 갈라진 바위 틈새에라도 숨겨져 있었던 기간들을 제외하고는 늘 노예처럼 시계의 시중을 들었다. 그 기간들 동안엔 난쟁이가 밖에 나와 다소나마 자기 인생을 살 수 있었다.

"글쎄요. 대장님이 수동 크랭크를 돌려요, 시동이 걸리지 않는다면 아마 자기가 죽어 있고 싶은 거겠죠." 브르르가 말했다. "그렇게는 생각 안 해 보셨어요?"

난쟁이는 신음할 따름이었다.

"시계는 그저 예언을 퍼 주는 물쟁반이 아니야. 그건…… 그건 일종의 양심이라고. 내 생각은 그래."

"그게 꾸벅꾸벅 졸다가 곯아떨어진 첫 번째 양심은 아닐 겁니다. 나도 잠이 오니까요. 안녕히 주무십시오."

✢✢✢

하지만 사자의 휴식은 헛간올빼미의 울음소리에, 그리고 마른 솔잎 아래로 스륵스륵 기어가는 펠리컨딱정벌레의 기척에 방해를 받았다. 그는 난쟁이가 '시계'의 마비로 인해 옴짝달싹 못하게 된 것 같아서 걱정이었다. 그리고 일행이 여기서 잠이나 자고 있을 게 아니라 벌써 길을 가고 있었어야 했는데, 멀리 벗어나고 있었어야 했는데 싶어 걱정이었다. 그는 숲에서 무엇이 스치는 소리, 투덕투덕 떠는 소리가 날 때마다 총을 가진 자의 기척을 들었다고 생각했다.

걱정으로 긁을 수 없는 간지러운 난감함이 있는 법이다. 브르르는 잠 비슷한 것에 들었다 깨었다 흔들흔들 옆걸음질을 치고 있었다. 생시의 실제 순간들인 양 썩 변장이 잘된 꿈들이었다. …… 브르르가 여름철의 소나무 숲 속에서 잠이 들락 말락 하는 사자인가, 아니면 그러한 현실을 꿈으로 꾸고 있는 중인가?

시간의 뇌문으로부터 떨어져 나온 그의 과거의 유령들이 의식 속으로 스르르 미끄러져 들어왔다가 다시 멀어진다. 사자는 행동과 그 결과가 서로간의 단단한 연관성을 잃는 수면 아래의 기이한 세계를 유영하였다.

이 양심의 무대 위에 누가 걸어 들어오는지 보라. 깨어 있음과 꿈 사이에서 포즈를 취해 가면서 온다.

사자를 비밀 정보 요원의 대리인으로 삼으려는 생각을 했던 귀족 남자. 감초와 담배 냄새를 풍기던 남자. 텐메도스의 마그레이브인 애버릭이다. 호박 같은 주황색을 띤 그의 엷은 콧수염과 염소수염. 그건 동물이 좀처럼 흉내 낼 수 없는 외모였다. 귀족 칭호가 있노라고 빌어먹게 자신만만하던 그 자식!

애버릭은 젬시에게 자리를 내주었다. 브르르가 떠올릴 수 있는 한 맨 처음 만난 인간이다. 오즈의 마법사 휘하 군대의 소박한 일개 병사였다. 사자 최초의 친구이며, 그리하여 최초의 배반이 된 젬시. 대체 뭘로 해서 브르르가 어린 계집아이를 돌볼 수 있다는 생각을 다 하게 되었나? 아무리 한동안이라도 그렇지! 해를 끼치는 것, 그 것이 그의 전매특허다.

젬시는 산산이 재가 되어 날아갔다. 마비된 듯 선잠이 든 사자의 마음속에서 젬시는 오즈미스트 무리를 닮아 있었다. 길리킨 대삼림에 떠도는 유령들의 파편이라고들 하는 오즈미스트 말이다. 그들이 무엇을 물었던가? "마법사가 아직도 오즈를 통치하고 있는지 말해 다오." 그리고 북녘 곰들의 소년 보안관인 커빈스는 그 질문에 상응하여 이렇게 질문했다. "오즈마가 살아 있는지 말해 줘요."

정체를 감춘 환영들이 음산한 신음 소리로 묻는다는 것은 왜 늘 그 모양인가. "시즈 식 다진고기 반죽 요리법에서 소금을 넣은 버터가 무염 버터보다 나은지 어떤지 말해 다오."라고는 왜 묻는 법이 없는가? 예언적인 질의응답들이란 오직 통치 권력에 대해, 왕위에 대해, 주제넘은 개입에 대해서만 신경을 쓴다.

커빈스는 어룽거리는 사초무늬 페이즐리 무늬 속으로 묻혀 사라져 갔다. 브르는 거의 잠이 든 참이었다. 그런데 그때 야클이라는 이름으로 알려졌던 예언자 할멈 생각이 꿈에 지배권을 넘겨주려던 마음의 예술가연하는 몽상 속으로 불쑥 치고 들어왔다.

머릿속에 쳐들어 온 야클의 존재감이 어찌나 강력한지 브르는 그만 누웠던 자리에서 벌떡 일어나 앉았다. 그 교활한 마귀할멈! 그의 마음속에 나타난 야클은 전에 없이 다짜고짜 말했다. "아이를 보살펴 줘." 지금으로부터 아직 6개월도 지나지 않은 그때 야클은 그에게 강요했더랬다. "자네가 나서서 그 아이 뒤를 봐줘야 해, 그게 그 아이에게 필요하다면." 야클은 리르와 캔들의 딸 이야기를 하고 있었다. 바로 엘파바의 손녀 말이다. 하지만 결국 나타난 이 아이가, 레인이, 정말 그 아이가 맞을까? 난쟁이가 한 말대로라면 '시계'는 레인을 꺼림칙해하는 듯했다. 그리고 브르는 확신이 서지 않왔다.

브르르는 다시 몸을 눕혔다. 소녀가 브르르의 등뼈에 딱 달라붙은 채 몸을 쭉 폈다가 비비적거리는 동안, 브르르는 감은 눈꺼풀 속에서 레인이 초록색이라고 상상해 보려 했다. 비록 낮 동안 레인의 피부색은 먼치킨랜드인과 길리킨인 사이에 그렇게나 흔히 보는 투명감 있는 연한 쑥색으로밖에 보이지 않았지만 말이다.

시계란 놈들은 색맹들이지. 브르르는 그렇게 생각했다. '시계'가 제 스프링을 고쳐서 도로 오즈의 양심으로 강림하든지 맘대로 하라지. 그놈이 레인의 정체를 밝힐 수 있겠지. 난 너무 피곤해.

지나온 과거 속 온갖 끔찍했던 일들이 지금 그의 머리 위에 총출동하여 춤을 추었다. 장대한 꼴불견 종막이다. 밤이면 으레 던지는 그 질문. 등장인물이 비로소 마음을 놓고 망각 속으로 녹아 들어가면서 던지는. 넌 대체 누구냐?

사자는 동침하지 않는 아내를 거느리고 있었다. 서로 신체 비율이 다르기 때문만이 아니라 일리아노라가 최종적으로 돌이킬 수 없이 꿰매어 붙인 순결로 폐쇄되었기 때문이다. 그는 인간이든 동물이든 가리지 않고 여러 상대에게 눈독을 들였으나 사랑의 행위를 나눈 상대는 하나뿐이었다. 뮬라마 하에킴 상아호랑이. 그거야말로 아무 귀결도 없었던 접촉이었다. 자신이 아비가 되는 한 배의 새끼들이 태어났을까? 아니다. 브르르가 도로시 문제 및 사악한 서쪽 마녀의 죽음에 있어 어떠한 역할을 하였는가는 그를 포함한 모든 이들에게 수수께끼였다. 브르르는 국가의 적인가? 아니면 나라가 기릴 영웅인가? 아니면 그저 제법 멋진 갈기를 목에 두른 이 세상의 빈 공간일 뿐인가? …… 바로 그게 브르르가 생각하는 자기 자신의 정체였다. 이리저리 굴러먹다 대충 째고 발을 빼지.

그러니 아무래도 자신은 할 수가 없을 것이다. 브르르는 그렇게 결론지었다. 야클이 그에게 당부한 일을 해낼 수 없다. "아이를 보살펴 줘." 왜 그래야만 하는가? 엘파바가 그에게 해 준 게 뭐 있다고. 그가 시즈의 새끼 사자였던 무렵에 엘파바와 그 친구들이 그를 그 어떤 떳떳치 못한 실험으로부터 구출해 냈다고들 하는 사람들의 말을 믿지 않는 한은 말이다. 그리고 물론 정말 그랬는지 입증할 방법은 하나도 없다.

하지만 여기에 레인이 있었다. 잠을 자면서 예의 없게도 엉덩이 사이 골을 벅벅 긁고 있다. 사자는 삭정이처럼 가냘픈 소녀의 팔을 느낄 수가 있었다. 그의 등뼈와 소녀의 등뼈가 서로 맞닿아 있다.

그렇지만 그가 못할 게 무어람? 안 그런가? 글린다 부인은 그간 그 문제에 이목을 끌지도 않은 채 레인을 돌봐 왔다. 그리고 솔직히 얘기하자, 글린다 부인은 오페레타에 나오는 "늙으시고 인자하신 우리 어머니" 스타일이라고는 도저히 말할 수 없다. 글린다가 할 수 있었다면 브르르가 못 하랴? 일리아노라가 도와준다면? 난쟁이야 도와주든 말든 상관도 없고. '시계'의 충고야 어쨌건 간에…….

하지만 '시계'는 졸음에 빠졌지. 브르르는 기억해 냈다. 혼수상태에 빠진 양심이라.

하지만, 하지만, 하지만. 끝없이 째깍째깍 돌아가는 자기 의심의 태엽장치여.

그는 빙빙 맴을 도는 머릿속 영상들에서 어떠한 결론도 도출할 수 없었다. 더 이상 그 문제로 조바심치며 속 태우지 않아도 되도록, 잠이 일시적으로나마 그를 구원했다.

3

　새로 생긴 '다른 사람들'은 아직 잠들어 있었다. 레인은 그들을 빙 돌아 빠져나가기로 했다. 굳고도 인자한 얼굴을 가진 하얀 머리 여자, 금빛 나는 사자, 쪼그맣고 심술궂은 남자. 또한 '시계'의 일곱 복사들도 있다. 그들은 자면서 서로서로 간지럼을 태우고 있는 모양이었다. 레인이 생각하기에는 그랬다.

　레인은 글린다가 그립지 않았다. 퍼글스가 그립지 않았다. 그녀는 머스 양이 손에 세수수건을 딱 준비해 든 채 소나무 아래 몰래 숨어 있을 것만 같아서 반쯤 그러기를 기대했다. 하지만 머시가 나타나지 않자, 레인은 가던 길을 계속 갔다. 물 속의 드래곤들에게 아직 뭔가 볼 것이 남아 있을까 싶어서 그쪽을 바라보았던 전망 언덕 위로 도로 기어 올라가려는 생각이었다.

　그녀의 길 찾기 감각은 썩 또릿또릿한 편이었다. 배의 노 같은 각도로 비스듬히 비치는 햇살 자락들이 길을 따라 노를 저어 레인에게 어떻게 가야 할지를 알려 주었다. 세상에 나와 있다는 것은 참으로 기분 좋은 일이었다. 전혀 위험하지 않다. 머스 양이 지칠 줄 모르고 해 주던 이야기가 무엇이든 간에. 특히 최근에 와서는 더 심했지만.

아아, 호수다. 이 시간에 호수의 표면은 김이 서린 검정과 은빛이었다. 언덕들에는 녹색이 빛을 발했다. 녹색은 물풀의 표피처럼 남쪽의 만들을 투명하게 칠해 놓고 있었다. 레인은 짐머스톰 상공에 자욱한 연기를 알아차렸다. 비록 나이가 너무 어려 그 연기가 혹시 보복 공격으로 불태워진 마을의 잔해를 나타내고 있는 것인지 하는 데까지는 생각이 미치지 못했지만 말이다. 목베거홀의 이중 경사 지붕은 보이지 않았고, 또 레인이 그걸 찾아볼 생각을 하지도 않았다.

용들은 사라지고 없었다. 얼음도 없어졌다. 한 척의 함선은 잔해가 되어 부서진 섬처럼 물 위에 떠돌았다. 두 척은 얽어매어져 비뚜름히 기운 채였다. 네 번째 함선은 사라져 버렸다. 어쩌면 완전히 물에 가라앉아 버렸든가, 아니면 노를 저어 어딘가 여기서는 보이지 않는 항구로 갔든가 한 모양이다.

레인은 배들이 딱하게 됐다고 생각했지만 드래곤들에 대해서는 더더욱 마음이 안되었다. 그놈들에게 아무도 배를 끌고 헤엄치고 다니는 짓을 과연 하고 싶은지 물어본 적이 없었으리라는 걸 레인은 장담할 수 있었다. 자기가 그들을 얼음으로 가두는 걸 도왔다. 어떻게인지는 몰라도 레인은 그 사실을 알았다. 레인은 수치스럽다는 단어를 알지 못했고 심지어 수치스러운 게 어떤 건지 그 개념조차 몰랐지만, 그러나 기묘한 느낌이 들었고 그 일이 일어나지 않았기를 바라는 심정이 되었다. 글린다 마님이 곤란에 처하여 달리 어떻게 할 방법이 없기는 했다. 하지만 그래도.

물에 뜬 통나무 파편들은 깨어진 글자들 같았다.

이것을 보자 레인은 글 가르쳐 주던 남자가 생각났다. 체리스톤 말이다. 한 번은 그가 커다란 글자들이 찍혀 있는 책을(아이들이 보라고 만든 책인지 아니면 눈이 가물가물한 어른들 용인지 레인은 알지 못했다.) 한 권 찾아와서는, 책을 무릎 위에 얹어 레인을 향해 펴 들었다. 레인은 마룻바닥에 웅크리고 앉아 있었다. 체리스톤은 좀 조그마한 은색 단도를 꺼내어 그것으로 글자를 가리켰다.

이건 뭐지? E자요. 이건 뭐야? I자요. 아니야, 다른 글자야. L자요. 맞아. 맞혔네.

그럼 이건? 음, 그, E자같이 생긴 그거요. F자! E, L, F. 여기까지 글자를 맞춰 넣어 볼 수 있겠니?

레인은 할 수 있었지만 모종의 이유로 고개를 살래살래 흔들었다. 그녀는 이것이 너무 빨리 지나가 버리기를 원치 않았다.

지금 레인은 큼지막한 막대기를 보고 그걸 집으러 갔다. 그것으로 땅바닥의 솔잎을 긁어 글자를 쓸 수 있을 테니까. 미안하다는 말은 철자가 어떻게 되지? 막대기가 꿈틀거리며 손에서 빠져나갔고 레인은 그 뒤를 쫓았다. 레인은 막대기가 뱀으로 변했다는 것을 알았지만, 어쩌면 그놈이 가만히 몸을 꼿꼿하게 하고 막대기가 되어 줄 수 있을지도 몰랐다. 어쩌면 그놈이 자기보다 글자를 더 잘 짜 맞출 수 있을지도 모른다.

"기다려."

뱀은 내빼었지만, 조금 느려졌다고 레인은 생각했다. 그놈은 레인의 요청을 고려하는 것이다. 그러더니 뱀은 멈춰 서서 솔잎 같은 대가리를 이쪽으로 돌렸다. 몸 색깔이 전체적으로 녹색인데, 다만 그놈 스스로 갈색으로 하려는 부분만은 예외였다. 뱀의 눈(레인은 한쪽 눈만을 볼 수 있었다.)은 빈틈없이 반짝이는 불투명한 검은 렌즈콩이었다.

레인이 말했다.

"너 오늘 아침에 물에서 기어 올라온 거니? 저 아래에서 무슨 일이 일어났었는지 알아? 그 용들이 네 친구들이니? 용들 중에 누구 무사한 용이 있니?"

뱀은 고개를 수그렸다. 애도하는 듯했다.

"그중에 한 마리는 날아갔어. 그 장면 보았니?" 뱀은 움직이지 않았다. 하지만 레인은 그놈이 약간 흥미를 보인 것도 같다고 생각했다.

"아, 정말 날아갔어. 난 그 용이 혼자 어디로 날아서 갔는지는 전혀 몰라. 호숫가를 넘어서 저쪽으로 멀리 날아갔단다."

뱀은 다른 색으로 바뀌려고 애를 쓰고 있는 듯했다. 몸 한쪽은 약간 돋아 있는 이끼 무더기에, 다른 한쪽은 돌 부스러기에 색을 맞추어 배경에 녹아 들어가려는 중이었다. 하지만 그것은 느린 작업이었다. 레인은 뱀이 변하는 걸 구경하려고 쪼그리고 앉았다.

"후와아. 난 뱀들이 녹색으로 변했다가 또 원래 색으로 돌아왔다가 할 수 있는 줄 몰랐어."

눈꺼풀이 없는 그 생물의 눈은 섬뜩하고도 참을성이 강했다.

"더 열심히 애를 쓴다면 녹색이 될 수 있는 것들이 많이 있지." 그놈이 말했다. "명심해 두렴."

레인은 윗몸을 뒤로 뺐다. 말하는 뱀을 만나기는 생전 처음이었다. 이야기로 들어 본 적조차 없었다. 레인은 그런 건 이야기 속에서나 있는 일이라고 생각하고 있었다. 뱀은 간신히 보호색 위장을 다 마쳤고, 이제 레인은 더 이상 그놈을 볼 수가 없었다.

뱀을 놓쳐 버렸지만, 레인은 충고를 고맙게 받아들였다.

"알았어." 레인은 뱀이 있던 자리에 대고 말했다. "아참, 그리고…… 미안해."

4

레인은 일행에게 함선들이 전부 난파되었고 드래곤들은 죽었든지 날아갔든지 했다고 이야기해 주었다. 일행들은 대장 나리를 쳐다봤다. 대장 나리는 그저 어깨만 으쓱 했다.

"병사들은 대부분 살아남아 호숫가에서 재결집을 했다 치고, 체리스톤의 첫 번째 업무상 명령은 우리를 찾아내는 것이 될 겁니다." 브르르가 말했다. 대리석으로 깎아 만든 사자처럼 차분하게, 비록 비명을 지르지 않기가 어려울 지경이었지만 꾹 참고 말했다.

"시계는 해상전쟁에서의 완패를 예측했지요. 기억하시죠? 그러니 체리스톤은 우리가 그 연극을 사실로 만들 만한 강력한 마법을 부렸으리라 짐작할 수 있습니다. 우린 정말이지 이 근처에 서성이면서 시계가 퇴근 도장을 찍어 주기를 기다리고 있을 순 없어요."

"이봐요, 사자 말이 맞아요. 이제 우린 1년 중 좋은 계절을 내내 전선을 가로질러 우왕좌왕하며 보냈잖아요." 이 말은 부스스한 밤색 더벅머리를 한 소년에게서 나왔다.

브르르는 그 녀석이 말하는 것을 이전에는 한 번도 들어 본 일이 없었다.

"간밤에 물 위에 화염 동물원이 개장했으니 우리는 누구나의 첫 번째 복수 대상이 될걸요." 황갈색 머리 청년이 말했다. "암요, 그렇죠. 저놈의 시계가 보여 준 군대에 대한 소소한 예언 덕분에 말이죠. 그건 염병할 작전상의 실수였어요. 정말이지."

또 한 줄기의 최초 의견이 나온다.

"어느 길로 가는 것이 좋을지 우리가 결정을 해야 할 때가……."

난쟁이가 소년의 말을 채뜨렸다.

"결정할 생각이 들기 시작하거들랑 떠나기로 결정해야 할 때가 된 게다."

"어쩌면 정말 떠날지도요." 네 번째 친구가 투덜거렸다. "군사 작전 방해 혐의로 수배되는 건 숙명의 시종이 되는 것과는 얘기가 다르다고요."

"그런데 감히 숙명을 상대로 이래라저래라 너 하고픈 대로 하자 할 간담이 생기냐?" 난쟁이가 내뱉었다. "내가 미덥지 않아서 딴생각이 들거들랑, 나가라. 정말이다."

그렇게 말한 녀석, 코르크 따개처럼 고불고불 말린 흑청색 머리카락을 가진 애 녀석은 그만 어찌 할 줄을 몰라 했다. 녀석은 한 발 뒤로 물러났는데, 마치 난쟁이도 마찬가지로 한 발 물러나기를 바라서 그런 것 같았다.

"간대도 난 안 말린다. 너희들 나머지 놈들도 마찬가지야. 우리는 몇 년이고 일종의 외교적 면책권을 협상하여 얻어내든가, 아니면 어쩌다 쇠똥밭에 들어가도 쩍쩍 붙는 똥덩이를 떨면서 빠져나오든가 이럭저럭 우리 몸을 건사해 왔다. 하지만 이제 길었던 행운도 다한 모양이니, 거기 익숙해지든가 아니면 다른 취미를 찾아봐."

"그렇지만 행운, 행운 따위가 뭐예요? 숙명에 비하면⋯⋯."

소년들은 그들의 심장을 감싸고 뒤얽힌 선전 문구에 매여 빠져나올 수가 없었다.

"대충들 해라. 맨 끝에 갈 놈이 달 좀 끄고 가. 너도 마찬가지다, 딸아." 난쟁이는 울퉁불퉁 마디가 불거진 집게손가락으로 일리아노라를 가리켰다. "널 여기 잡아 두는 건 아무것도 없다."

"전 아무데도 안 가요." 일리아노라가 응답했다. "아직은요."

젊은 놈들은 짐을 싸 떠날 채비를 하는 데 한 시간이 채 걸리지 않았다. 주황색 내리닫이 옷은 벗어 버리고, 어깨에 배낭을 걸머지고 속세 사람들이 하는 식으로 목수건을 둘렀다. 그들은 파인배런스를 가로질러 북쪽으로 치고 나가기로 궁리를 마쳤다. 양쪽 진영의 병력을 모두 피하여 빠져나가려는 것이다.

브르르는 그게 최선이라 생각했다. 이 소년들은 애초에 그 어떤 어쩌다 벌어지게 될 전쟁에서 공작원 앞잡이 노릇을 하겠다고 나섰던 게 아니었다. 대개는 그저 세상 구경을 하고 싶었고 역사의 복사로서 중요한 역할을 하노라고 내세우고 싶었을 따름이다. 아니면 가업인 식료품 가게에 견습으로 들어가야 하게 생겼거나 뭐 그런 시시껍적한 문제에 봉착하여 그걸 뒤로 미루려고 따라왔든가.

"다음은 너희다." 난쟁이가 말했다. "나가. 꺼져. 빨리빨리 발을 놀려 썩 사라져."

"대장님을 두고는 안 가요." 일리아노라가 말했다. "이보세요, 대장님은 지금 제정신이 아니세요."

"난 저 만사를 망치는 어린애랑 같이는 아무 데도 안 가." 대장 나리가 말했다.

"우리가 떠나면, 어차피 아무 데도 못 갑니다. 결론 끝이에요." 브르르가 알려 주었다. "대장님은 지금 방금 예비 노동력을 해고해 버리셨죠. 그러니 시계를 끌 수 있는 건 나 하나 남았습니다. 대장님 이 시계를 그냥 버려두고 떠날 준비가 다 되신 게 아니라면요."

"엿 먹을." 난쟁이가 고함을 질렀고, 한동안 몸짓을 곁들여 자기 뜻을 보였다.

"조용하세요." 일리아노라가 말했다. "만약 그자들이 정말 우리 를 쫓아와 잡기로 결정했다면 대장님이 그러시는 건 그저 놈들에게 우리의 정확한 소재를 알려 줄 뿐이에요."

난쟁이는 가서 수레 밑에 들어앉았다.

"난 짐 다 챙겼소." 사자가 그의 배우자에게 말했다. "우리를 붙 잡는 건 아무것도 없는 것 같은데. 아무래도 우리 보고 꺼지라고 하 시니까 말이지."

"저분이 날 구해 줬어요. 이런 사소한 의견 차이로 저분을 그냥 저렇게 내버려 두고 떠날 수는 없어요." 일리아노라가 말했다.

"시계한테 물어보지 그러세요?" 레인이 제안했다. "좋게 말을 걸 면 되지 않을까요? 그런데 시계는 이름이 뭐예요?"

일리아노라는 주름이 잡히게 움찔 찡그리는 표정을 지어 보였다. 일리아노라에게는 그것이 생긋 웃는 것이었다.

"오스왈드야. 하지만 난 오스왈다로 생각한단다."

레인은 '시계'를 잘 보려고 가까이 갔다.

"별로 숨을 쉬는 것 같진 않네요." 레인이 인정했다. 하지만 그래도 혹시 모른다는 생각으로 이쪽저쪽 '시계' 주위를 돌아보았다. 그 밑에 들어가 있던 난쟁이는 긁힌 자국 투성이인 소녀의 발목을 향하여 돌멩이들을 던져 댔다.

브르르는 드래곤을 흉악한 부적으로 알았다. 시계 장치의 정교함으로 작동하는, 천박하지만 효과적인 그놈은 무지렁이 관객들에게 타임드래곤이라는 이름으로 알려진 고대 민간 신앙을 상기시키도록 디자인되었다. 비록 브르르 자신은 그런 헛소리를 얻어듣지 않고 자라났지만(왜냐하면 아무도 키워 주지 않아 혼자 컸으니까.) 그도 오즈의 기원 전설은 잘 알고 있었다. 콧구멍에 불을 간직한 지하의 생명체. 발길이 닿을 수 없는 깊은 동굴 어딘가에 잠들어 우주의 시초로부터 줄곧 우주를 꿈꾸어 온 존재. 그야말로 화끈한 숙명론이다.

그리고 오즈를 장악한 숙명론이 그것 한 종류만은 아니었다. 더한층 무기력한 다른 이론들은 무슨 놈의 기름과 불똥 사이에 일어난 신성치 못한 연소의 결과로 만물이 생겨났다는 설을 들이밀었다. 심지어 오늘날에도 몇몇 농투성이들은 자기들의 구차한 현실이 멋모르고 세상을 창조하겠답시고 깔짝거렸던 요정 여왕 럴라이나의 소위라고 여겼다. 그리고 녹내장이나 통풍으로 고생할 만큼 머리가 똑똑하시다는 지식인 나부랭이들은 인생이 이름 없는 신이 발명한 윤리냐 잔혹이냐의 무지몽매한 실험이라고 우겨댔다. 하지만 드래곤 이야기 쪽이 더 오래되었다. 하도 오래된 전승이라 드래곤에게는 아무런 이름도 붙어 있지 않았다. 오스왈드는 무대용 예명이었다, 심오한 숙명이란 언제나 막 뒤로부터 달려 나간다. 주의를 돌리려고 내려놓은 막을 제치고 느닷없이.

오늘 '시계'의 드래곤은 꺼진 듯이 조용했다. 녹슬어 가는 기계

장치로 된 고장 난 고물 덩어리. 이것이 위장일 수도 있을까? 오스
왈드는 반쯤은 살아 있는 생물 같았던 적이 그렇게나 잦았다. 뚜렷
한 충동적 감각은 사악한 품성을 드러내고, 옳고 그름을 가리는 데
에 몹쓸 고집을 피웠더랬다. 드래곤의 대가리는 시즈의 대학가를
신나게 오고 가는 자전거 택시의 전조등처럼 빙글빙글 돌아갔다.
그놈의 아가리는 네 가지 서로 다른 각도로 벌어지고 다물렸다. 그
중 어느 것도 웃는 표정이 아니었다. 언제 양심이 미소 지었던가?

"완전 죽어서 뻗은 것 같네요." 레인이 결론지었다. 퍽이나 명랑
한 말투였다.

"레인, 좀 조용히 말해라." 사자가 타일렀다. 구태여 난쟁이의 상
처에 소금을 뿌려야 할까.

"『그리머리』를 뒤져서 재를 깨워 일으킬 말을 찾아보면 안 돼
요?"

"해 될 것 없지. 난 찬성에 한 표." 브르르가 말했다.

"갑자기 우리가 민주주의 종교회의가 됐나? 애새끼가 딸리면 그
렇게 되는 거야? 왕귤 파먹는 숟가락으로 일찌감치 내 거시기 알부
터 발라내 버려야겠구먼."

하지만 일리아노라가 겪었던 일들을 생각해 볼 때 그 말은 너무
나 생각 없는 소리였다. 그리하여 잔뜩 속이 상했음에도 불구하고
난쟁이는 스스로 자제했다.

"아, 그래, 그럼 그러든가. 하지만 마법책이건 뭐건 멍청한 책 따
위가 하는 제안에 이 몸이 놀아나겠다고는 장담 못해."

난쟁이는 서랍에서 『그리머리』를 꺼냈다. 서랍은 탕 하고 튀어나
와 열리는 것이 마치 책을 당장이라도 레인에게 넘기고 싶어 안달

난 것 같았다.

"책 읽기 따위 나한테는 별 득이 된 적이 없어, 내 직업에는 필요 없거든." 난쟁이가 툴툴대었다. 솔잎이 깔린 땅바닥에 일리아노라가 자기 숄을 펼쳤고, 대장 나리는 책을 그 위에 털썩 내던졌다. "난 『그리머리』를 만지고 싶지 않아요." 여인이 말했다. 그러나 레인이 그 큰 책 앞에 무릎을 땅에 짚고 붙어 앉았다.

레인은 책을 꼭 껴안아 주고 싶어 하는 것처럼 표지에 두 손을 올렸고, 그 커다란 표지 뚜껑을 열어젖혔다.

"잉잉거리는 느낌이에요. 속에 설탕벌이 들어 있는 이끼 덩어리 같아요." 레인이 말했다.

"그러는 넌 크림에서 튀어나온 떡 진 알갱이 같고." 난쟁이가 콧방귀를 뀌었다. "찾을 것을 찾고 그 빌어먹을 것을 도로 덮어. 책 때문에 내 신경이 곤두서잖아. 이건 우리 같은 사람들이 뒤지라고 있는 책이 아니야. 우린 그저 이걸 지켜 간수하는 이들일 뿐이지."

"아마 세상이 변하고 있나 보죠. 이젠 우리 손에 달렸습니다." 사자가 말했다.

레인이 책장을 넘겨 가자 난쟁이는 숨을 멈추었다. 오늘은 책장들이 모두 제각각 다른 종이로 만들어진 것처럼 보였다. 색상도 다르고 무게도 다르고, 누더기와 지푸라기, 이런저런 끈 오라기들 같은 갖가지 폐품을 잘게 찧어 압착하여 만든 듯한 종이들이었다. 브르르의 눈에, 한 자 한 자 손으로 쓴 단어들은 굽은 곳과 갈라진 곳이 과하게 많아 보였다. 외국어인가 보다. 아니, 아예 글자 자체가 외국 글자인지도. 브르르가 안경을 다시 맞춰야 할 때가 되기는 했지만 말이다. 때때로 책장의 여백에 들어가 있는 문양들이 움직여

서 서로 만나는 것처럼 보였다. 납작한 평면의 극장 안에서 저희들끼리 연기를 하고 있는 꼴이다. 반대 면에는 책장을 넘겨도 그림 설명이 붙어 있지 않은 한 장의 초상화가 줄곧 이쪽을 내다보고 있었다. 책장을 들어 올리고, 옆으로 제쳐, 그 앞 장 위에 내려놓고, 이어서 또 다음 장을 넘겨 그 장을 덮어 가는 것을 따라 초상화의 눈이 움직였다.

"우리가 지금 뭘 찾으려는 건지라도 어떻게 알 도리가 있나?" 사자가 물었다.

"찾으면 알게 돼요." 레인이 말했다. 그만하면 간단하다.

브르르는 레인이 보기보다도 먼저 그것을 보았다. 그것들은 얼음이나 유리에 덮인 것 같은 책장에서 떠올랐다. 그 투명한 표면에는 서리 무늬와 눈송이 무늬가 오톨도톨 도드라져 있었다. 그 무늬들은 '시계'가 돌아가고 있었을 때에 그 안의 톱니바퀴와 기어들이 그러했을 것처럼 회전하고 맞물렸다. 책장에는 반지르르 빛이 흘렀고 눈 위에 빛이 비친 것처럼 점점이 반짝임이 있었다.

"이게 물 위에 겨울 불러 내리기예요?" 레인이 물었다.

"누가 알겠니?" 브르르가 말했다. "글은 하나도 보이지 않는걸. 이 눈송이들이 저희 눈송이들끼리 통하는 산문이 아닌 한은. 그렇기는 하지만 책이 저 혼자 찰랑거리던 건 멈추었군. 아무튼 여기가 목적한 쪽인 것 같은데."

소녀는 동의했다. 레인은 열의를 띠고서 겨울 오후 혼자서 몸을 덥히려 할 때처럼 책장 위에 두 손을 꽉 맞잡았다.

"내 장갑 어디 갔지?" 레인이 입속말로 웅얼거렸다. 거의 혼잣말에 가까웠다.

눈송이 무늬들이 극장의 막처럼 양쪽으로 쫙 갈라지며, 책장 전체를 채운 남색 배경을 드러냈다. 마치 럴라인마스 시기의 밤하늘 같았다. 한밤의 먹빛 하늘에 별들이 빛났다.

"혹시 이게 신앙심 형성 교육 과정 광고라면, 꿀 먹은 머저리들아, 내가 이놈의 염병할 물건하고 한판 뜰 테다." 대장 나리가 속삭였다.

"닥쳐요." 하고 브르르가 공손히 권했다.

한 개의 하얀 점이 차츰 커져 오기 시작했다. 마치 어마어마하게 먼 곳으로부터 하늘을 날아 가까워져 오는 듯했다. 그것은 브르르가 럴라인마스 철에 가게에서 흔히 보았던 눈 내리는 유리공과 비슷한 물체였다. 얼음 거품인가? 그럴지도 모르지. 완벽한 수정 방울이다. 허공에 둥둥 떠 있다. 그것은 거의 책장 가까이 차도록 부풀어 올랐다. 그것이 멈추자, 일행은 그 구체가 투명하고 몸을 구부린 어떤 형상이 안에 갇혀 있음을 볼 수 있었다.

"O자 안에 있는 Z예요." 레인이 말했다.

그 인물이 누군지 그들은 확실히 말할 수가 없었다.

"글린다 부인이라고 보여 준 것이야." 대장 나리는 스스로를 못 이기고 그렇게 말했다. "사람들은 글린다 부인이 거품을 타고 오고 간다고들 말하지 않나. 그게 사실은 흰 피닉스였지만 말이야."

"아니에요, 엘파바예요. 다만 살갗이 녹색인 게 안 보일 뿐이죠." 일리아노라가 말했다. "저렇게 얼음이 낀 흰 창 너머로 보니까 안 보이는 거잖아요. 저걸 보니 키아모코에서 그녀가 갖고 있던 수정 구슬이 생각나요."

"양쪽 다 아니에요." 사자는 자신이 왜 이렇게 확신이 드는지 알 수 없었다. "야클입니다. 수도원의 호호백발 현자였던 늙다리 야클 할멈이에요. 기억하실지들 모르겠는데 바로 이 책의 책장 속에 들어가 자리 잡은 게 바로 그 할멈이잖아요. 그리고 유리공은…… 어쩌면 그림자꼭두각시가, 유리 고양이 몰키가 이렇게 변한 것인지도 모르죠. 야클을 마치 새 새끼라도 되는 것처럼 홀라당 뱃속에 집어삼켰군요. 그게, 야클한테는 참 그때 날개가 있었더랬지요. 기억나시죠?"

그 형상은 (여자인 것은 틀림없었다.) 책 속으로부터 그들이 보이는 양손을 들어 그들을 가리켰다. 한 손가락으로 브르르를 짚어 가리키고, 또 한 손가락으로 일리아노라를 가리키고, 또 한 손가락은 난쟁이를, 그리고 또 하나로 레인을 가리켰다. 그 여자는 다른 쪽 손으로 네 개의 세운 손가락들을 한데 모아 감쌌다. 마치 끈으로 묶어단을 지은 아스파라거스처럼, 그녀는 네 손가락을 꼭 쥐어 보였다. 그들에게 말하는 것이었다. 그 의미는 꽤나 뚜렷했다. 함께. '함께 있어.'

그러더니 그녀는 오른손을 들어서 일행의 어깨 너머를 가리켰다. 남쪽. 그녀는 손을 내저어 쫓는 동작을 했다. 닭들이 몰려들어 귀찮아진 농군 아낙네처럼. 가! 가라고. 함께. 남쪽으로.

도망쳐.

서둘러서!

"티크너 서커스에 가서 몸동작 맞히기 공연에 출연하면 제격이겠구면." 난쟁이가 말했다. "꽤 잘하는데. 그래도 저 여자가 우리를 꼬드겨 죽을 곳으로 보내려는 악령이 아니라고 누가 말할까만은……?"

눈송이들이 좁혀 들어오기 시작했다. 그 형상을 차츰 덮어 버렸다. 『그리머리』는 뻣뻣해졌다. 책장이 꽉꽉 막혔다. 책 주위의 땅이 얼어 올라오기 시작하여 『그리머리』를 땅바닥에 꽝꽝 얼어붙게 만들기 전에 그 빌어먹을 놈의 책을 덮을 수밖에 다른 도리가 없었다.

"난 남쪽으로 가겠어요." 브르르가 말했다. "일리아노라와 레인과 함께요. 대장님도 같이 가시겠다면 제가 시계를 끌죠. 대장님이 우리와 함께 움직이지 못하겠다면, 그럼 그동안 완전 악몽일 때를 빼고는 나름 즐거웠습니다."

난쟁이는 자기 두 손을 쥐어뜯으며 징징 보챘다.

"시계가 계집애는 안 된다고 했어."

"시간 틀리는 시계를 보신 적이 그래 한 번도 없으세요?" 그래도 브르르는 거기까지 하고 말았다.

"좋아 알았어, 내가 졌네." 난쟁이는 성큼 레인에게 다가들었다. 그들의 얼굴이 거의 같은 높이에 왔다. 난쟁이는 한 손가락을 세워 흔들어대며 을렀다. "하지만 야, 웃기는 꼬맹이 계집애야, 넌 다시 이 책에 손대지 마. 너 계집애의 난 척하는 얼굴에 떠오른 그 표정이 난 맘에 안 들어."

"책 읽는 표정인데요." 레인이 대꾸했다.

‡‡‡

그 외에 다른 무엇을 가지고 그들이 불평을 곱씹었든, 그 형상을 보고 마음에 떠올린 인물이 누구였든 간에(사실 그 문제를 놓고 말씨름을 했다.) 일행은 최소한 이 선까지는 합의를 하기에 이르렀다. 즉,

다음 번 난관에 봉착하기 위하여 길을 가다가 노중에 붙들리는 편이 양동이 속에 빠진 생쥐들처럼 막다른 골목에 주저앉아 있는 꼬락서니로 발견되기보다는 낫겠다는 것이다. 레스트워터를 얻기 위한 전투상 동쪽의 하우가드 요새에서도 재차 접전이 벌어졌을지 몰라서 일행은 호수의 서쪽 첨단을 돌아가고자 그쪽으로 방향을 잡았다. 호수 끝에 가면 책이 이른 대로 방향을 꺾어 남쪽으로 향할 수가 있을 것이다.

이제 사지는 가을이 화약의 쏘음과 기묘한 진군나팔 소리로 그들 머리 위에 내리던 반년 전, 자기가 이 일행을 찾아온 바로 그날로부터 소년들은 힘을 쓰지 않았고 결국 자기 혼자 끙끙댔다는 사실을 알아차렸다. 어깨에 걸리는 가죽 장구의 무게는 지난주와 다르지 않았다.

난쟁이는 수레의 한쪽 옆에서 걸어왔고 레인은 반대편에서 걸었다.

†††

몇몇 생애는 한 단 한 단 올라가는 층계와 같다. 매 시기마다 이전에 이룬 것을 바탕으로 그 위에 한 단을 더 높이 쌓아 올리는 식이다.

다른 생애들은 붕 하고 포물선을 그리는 날쌘 창의 궤적과 같다. 오직 한 가지에만 모든 것을 바치는 삶이다, 그 시작으로부터 종말에 이르기까지. 하지만 그 얼마나 장려하게 집중되어 있는 인생행로인가. 그 날아간 길이 너무도 참되고 확실하여 숙명론의 증거가 될 것만 같다.

그리고 또 다른 생애들은 도리어 호숫가의 돌덩이들을 넘어 앞으로 가고 있는 어린애의 걸음과 닮았다. 지금은 오르다가, 지금은 내리다가, 목적지는 항상 가려서 안 보이고. 이제 발목이 삐끗하고, 이제 샌드위치를 흘리고, 이제 낚싯바늘이 얼굴에 와 부딪히고.

그리고 그게 바로 내가 길을 가는 보행법이지. 사자는 결론지었다. 학위를 따면서 가는 게 아니라 교분을 망쳐 가면서. 작전들을 중단시키고. 판단 착오와 공공연한 망신과. 나무로 된 수레의 수레채 사이에 들어가 타임드래곤의 시계를 끄는 임무가 일종의 휴가와도 같은 데에는 이유가 없지도 않았다. 오즈를 가는 한 마리 사자는 어둠 속에 번쩍번쩍 빛을 낸다. 사기꾼과 갈보들아, 여기에 너희들 목표물이 있다! 하지만 타임드래곤 가까이에 있다면, 아무리 그게 후줄근해진 상태라 해도, 사자 따위 그늘에 가려 눈에도 띄지 않는 편함을 즐길 수가 있었다.

5

목적지를 결정하면 항상 날씨가 나아지는 법이다. 아니면 나아진 것 같은 기분이라도 든다. 비록 태양은 여전히 거칠고 바람은 약했지만, 그리고 높은 습도 탓에 젖은 코트를 입은 것처럼 몸이 무거웠지만 한동아리 아닌 한동아리 일행들은 탄력 있는 걸음걸이로 걸어 나갔다. 목베거홀에서 멀리 떨어지면 떨어질수록 신변이 안전해질 터였다. 소나무들이 없어지고 길게 깔린 자갈밭이 나왔다. 마치 물이 마른 냇바닥 같았다. 한때는 켈스워터에서 레스트워터로 흐르던 물길의 흔적인지도 모른다. 그늘을 찾을 수 있으면 일행은 낮 동안 숙영했다. 밤이면 터벅터벅 걸어 나갔다. 아무런 말도 없이 어쩔 도리도 없이 걸어갔지만, 그래도 브르르의 생각에는 절망 속에 걷진 않았다. 아니면 '아직은' 절망 속에 걷지 않는다고 해야 하나? 아무튼 간에. 달이 지면 일행은 곧 발길을 멈추어 또다시 쉬었다. 아무리 날씨가 더워도 레인은 브르르 곁에 몸을 딱 붙이고 잠들었다. 마치 자신이 브르르의 새끼이기라도 된 것처럼.

며칠인가 지난 후에, 지평선 멀리, 거대한 털참나무 숲의 맨 첫 조짐이 길쭉길쭉 갈라진 머리들을 솟구어 올리기 시작했다. 브르르는 지난 가을에 온 바 있던 이 지역을 기억했다. 한낮이 되자, 그들은 브르르가 야클을 심문했고 또 야클은 브르르를 심문했던 그 수도원이 보이는 지점에 다다랐다.

수도원은 잔디밭에 내놓은 장식장처럼 제 부지에 샐쭉하니 앵돌아져 있었다. 이제는 버려신 건물인 듯했으나, 브르르는 호기심을 충족시키고자 굳이 그쪽에 가까이 가 보자는 제안은 하지 않았다. 다른 이들도 마찬가지였다. 그들은 그 시설을 한쪽 옆으로 지나 보내고 남쪽으로 계속 전진했다. 털참나무 숲으로 더욱 깊이 들어섰다.

일리아노라는 소년들이 가끔 지녔던 큰 낫을 들고 가면서 할 수 있는 대로 고사리를 쳐냈다. 한층 그늘이 졌다손 치고, 숲은 또 더욱 조용하기도 했다. 그리고 거미가 더 많았다. 브르르는 거미가 딱 질색이었다. 하지만 레인은 쪼르르 옆길로 나가서 무늬가 든 눈알들 하나하나를 자세히 들여다보았다.

"뭘 찾고 있니?" 브르르는 한 번 일리아노라가 레인에게 묻는 소리를 들었다.

"몰라요." 소녀가 말했다. "거미의 세상요. 거미가 보는 세상 말이에요. 다른 세상요."

"꼬마 거위야."

일리아노라는 어린것의 꿈을 쓰레기통에 처박을 때 저렇게나 다정한 음성으로 말하는구나. 브르르는 관찰을 했다.

"꼬마 원숭이, 꼬마 멍청이야. 다른 세상은 없어. 이 세상으로 충

304

분하지."

"다른 세상에 대해서 물론 이 몸에게 의견을 묻는 분은 아무도 안 계시지." 대장 나리가 불만을 토했다. "어떤 것들보다는 내가 훨씬 더 널리 실제로 돌아다녀 본 위인인데 말이야."

"그래요?" 레인은 난쟁이를 향해 말하는 일이 좀처럼 없었다. "아저씬 뭐라고 하실 건데요?"

마치 레인 탓에 '시계'가 뻣뻣한 송장 신세가 되었다는 듯이 난쟁이는 눈을 부라리고 레인을 흘겼다.

"하하, 내가 무슨 말을 하겠냐? 비밀을 좔좔 뱉어 놓을 만큼 자유로운 몸이었더라면 좋았게."

"아이 머리에 얼토당토않은 얘기는 집어넣지 마세요. 그럼 못써요." 일리아노라가 꾸짖었다.

"그 도로시는 어때요? 도로시가 다른 세상에서 온 거 아닌가요?" 레인이 물었다.

"그 여자에 대해 도대체 누가 말을 해 줬냐?" 난쟁이가 물었다.

"머시가 해 줬어요. 글린다 마님이 뜨거운 포크로 머리카락을 배배 꼬느라고 바쁘실 때에요."

"내 그랬을 줄 알았지." 브르르는 말하면서 자연스러운 곱슬이 진 자기 갈기를 차르르 흔들었다.

"도로시가 어디로부터 왔든 간에 그 여잔 마법사의 끄나풀이었어. 마법사가 시키는 대로 했지. 내가 들은 바로는 그래. 그 여자가 마녀 아줌마를 죽였지……." 일리아노라는 말을 멈추었다.

브르르는 일리아노라가 엘파바 트롭을 입에 올리는 것을 거의 못 보았다. 브르르는 아내를 충분히 잘 알고 있었으므로 저절로 입

숲에 올라온 '마녀 아줌마'라는 말에 일리아노라 자신도 깜짝 놀랐다는 것을 알았다. 아내의 기분을 새롭게 해 주기 위해 브르르는 꼬리를 그녀의 얼굴 앞에 휙 휘둘렀다. 일리아노라는 아리송한 태도로 그를 향해 눈을 깜박거렸다.

"도로시는 어디서든 왔을 수 있지." 그가 느릿하게 말했다. "오즈에 오즈 시민 같은 부류들이 가 보지 않은 땅은 얼마든지 많거든. 오즈의 중심 도회지보다 미개척 오지가 더 많지. 안 그래? 그리고 모래사막 니머로 플리안에 익스에, 그 외에도 도저히 상상이 미치지 못할 컴컴한 황무지들도 있고 말이야."

"머스가 얘기한 건 그런 게 아닌데요." 레인이 항변했다. "머스는 도로시가 다른 땅에서 왔다고 했어요. 거기에는 마차를 타고 갈 수 없대요. 마법이라야 간대요."

"그건 편도 승차권이야, 요것아. 이 얘긴 내 말이 맞단다." 대장나리가 말했다. 그는 마치 돌아가는 여행길에 낼 차표를 찾는 것처럼 호주머니를 뒤집어 보였다. 아무것도 없다.

"그렇지만 도로시는 돌아갔는걸요."

"흐흥, 아마 놈들이 도로시를 덮쳐서 웬 구덩이에라도 머리부터 홀라당 빠뜨렸을 거다. 그러고 나서 다른 이야기를 지어낸 거지. 딱 오즈마에게 했듯이 말이야. 사람들은 진짜 말이 안 되는 이야기는 뭐든지 다 믿어 버린다니까."

"그러지 마세요. 레인도 우리 모두가 배워 온 그대로 세상을 배우게 해 줘야죠." 브르르가 말했다.

"아이 돌보기의 과학적 방법이야? 시행-공포의 분석학?" 난쟁이는 주먹을 뚝뚝 꺾었다. "비키게, 사자. 난 산책하러 가겠어. 난 자네들이 논리의 한계로 어린애의 정신을 타락시키는 걸 도저히 듣고 앉아 있을 수가 없구먼. 자네들은 그저 젖퉁이에다 미련퉁이야." 그는 쿵쿵 걸음으로 레인이 이제껏 들여다보고 있던 커다란 거미줄을 똑바로 찢으며 지나갔다. 그러더니 휙 돌아보고 말했다. "봐라, 게으름뱅이 꼬마 계집애야. 내가 다른 쪽에 와 있지. 그런데 알려 줄 소식이 뭔지 아냐? 여기도 냄새가 아주 코가 문드러진다."

사자는 자기 짝에게 소곤거렸다.

"레인이 커서 미간에다 한 방 날려 줄 때까지 저렇게 사사건건 못되게 굴까?"

"미래의 끈이 끊어졌는데 누가 기분이 좋겠어요." 일리아노라가 응답했다. "시계가 아무런 의견을 내지 않잖아요. 그러니 뭘 어떻게 하면 좋을지 대장님이 어떻게 알까요?"

"나머지 우리들이 하는 대로 하면 되잖아. 두려워하고, 부끄러워하고, 운에 좌우되고."

‡‡‡

갔다가 돌아왔을 때, 40분 만에, 대장 나리는 뒤에 아내를 달고서 왔다. 그 자신의 아내다. 고집 센 골수 먼치킨랜드인 여자, 브르르가 생각하기에 어디서 전에 한 번 만났던 것 같은 여자였다. 여자는 자기 동포들과 마찬가지로 땅딸막한 키에, 키의 절반이나 되게 옆으로 딱 바라진 몸뚱이에, 살짝 안짱다리에, 찌그러진 소스 냄비 같은 얼굴을 하고 있었다. 두 손에는 뭔가 풀을 한 줌씩 쥐고 있다. 아마 약초를 뜯고 있었던 모양이다. 나무꾼 같은 확고한 걸음걸이로 여자는 쿵쿵 빈터로 나왔다.

브르르가 그녀를 알아보는 데는 잠깐 시간이 걸렸다.

"약제사 수녀님. 나 원 세상에, 정말 약제사 수녀 당신이군요. 독신 생활을 맹세하신 줄 알았는데요?"

"6개월 전 당신들이 나를 저 수레에 실어서 들고 나오는 바람에 예기치 않게 수도원을 떠나면서 그 생활도 뒤에 남기고 왔지요. 아아 뭐, 독신의 서원 따위는 발견한 사람이나 가지라고 해요. 난 이제 됐어요. 아무튼, 딩신 이빨에나 신경 쓰세요."

일리아노라가 돌아보았다.

"회복되신 걸 보니 기쁘네요."

"층계에서 굴러 떨어진 부상에서 말인가요? 아니면 수녀로 살던 생활에서 회복된 걸 말하나요? 됐어요. 이제 난 여러분이 에메랄드 시 병력이 당도하기 전에 머리통에 금이 간 나를 수도원에서 실어 내 주어서 고맙다고 생각하고 있으니까요. 먼치킨랜드인이고 보면 어쩌면 인질로 잡혔을는지도 몰라요. 내가 기억하기로 그때는 내가 좀 까다롭게 굴긴 했죠. 여자 수레꾼들 무리에 나를 떠맡기면서 여러분은 한시름 놨고요. 그 사람들은 대회가 있어 에메랄드 시로 가는 길이었죠. 난 몇 주 동안 그들과 함께 지냈어요. 여기서 북서쪽으로 한 농부의 초지가 있어서 그 사람들이 거기서 연습을 했거든요." 약제사 수녀가 설명했다. "얼마간 시간이 지나자 난 심지어 운동 경기조차도 본질상 핵심은 정치적이라는 걸 깨달았어요. 누가 그 따위 것 한대요? 게다가 난 먼치킨랜드인이니까 계속 그 사람들과 함께 뛰기엔 너무 키가 작았죠. 그래서 난 버려진 나무꾼 오두막을 찾아내어 거길 손봤어요."

"친족들이 있는 먼치킨랜드의 본 고향으로 돌아갈 생각은 안 해 보셨어요? 아니면 에메랄드 시에 있는 수도회 본거지로 가시거나 요?" 일리아노라가 물었다.

"에메랄드 시 수도회라고요? 웃기지 마요. 거기야말로 여러 해 동안이나 황제의 종교적인 간섭에 포섭되어 있는 곳이에요. 난 사도 황제의 신발 끈을 매어 드리기 위해 허리 굽혀 절하진 않는다고요, 아무렴, 안 해요. 사절이에요. 내가 키가 작을지는 모르지만 그렇게까지 작진 않단 말이에요. 먼치킨랜드로 가는 것 말이라면, 난 센터먼치에 별로 친척이 없어요. 내 친족들은 내가 아이 적에 지나갔던 회오리바람 탓으로 모두 죽고 망했어요. 그 바람의 악귀 도로시를 신고 왔던 바로 그 회오리바람이죠. 그러니 난 고아 노처녀 배교자이고, 오늘 아침에 나 홀로 잠에서 깼어요. 대장 나리를 만날 때까지는 혼자였죠. 이이가 내 앞으로의 일을 한결 낫게 고쳐 놓았죠."

"난 누구의 앞일이든 한결 낫게 해 주려는 생각은 없어." 난쟁이가 말했다. "내 앞일을 포함해서 말이오. 바로 그래서 내가 당신과 결혼한 거지. 누군가 비슷하게 시금털털한 전망을 나눌 사람이 있었으면 해서. 아니면 심지어 그 전망을 좀 더 어둡게 해 주든가. 이 한동아리는 이제 전체적으로 너무 장밋빛이야. 이러다 아무 때라도 노래를 불러 대게 생겼지. 심지어는 키울 애까지 고용해 들였다니까."

"어처구니없이." 일리아노라가 말했다. "아무도 저 애를 키우지는 않아요. 우리는 아이를 호위해서 안전한 곳으로 데려다 주는 거예요. 그게 다예요."

이 말에 레인은 왼쪽도 오른쪽도 보지 않았다. 그녀는 그저 다람쥐가 살지도 모르는 나무줄기를 곰곰 뜯어보고 있을 따름이었다. 아니면 올빼미가 살거나, 땅다람쥐가 살거나. 무엇인가 비밀스러운 것, 동물, 마법적인 것. 친족 따위는 없는.

"부모 노릇 하다 보면 저렇게 되지. 세상에 안전한 데가 있다고 착각이나 하고." 난쟁이는 여행길의 일행들에게 웃음 비슷한 것을 보였다. "어쨌든, 우리의 조그마한 '미나리아재비꽃 속에 묻힌 오두막'으로 다시 가세나. 우리가 오믈렛을 대접할 테니. 물떼새 알과 쪽파가 이 사람 전문이라네."

"찾을 수 있는 재료가 그게 다예요." 약제사 수녀가 고백했다. "난 사냥꾼도 아니고 아무래도 채집꾼도 못 되는 것 같아요. 그보다는 식료품 저장실의 기생충에 가깝죠. 그래도 제대로 된 재료만 주면 홀딱 반할 만한 머핀을 구워 낼 수 있긴 해요."

그들은 초대를 받아들였다.

"축하합니다." 함께 걸어가면서 브르르가 난쟁이에게 말했다. "여송연이 있었더라면 대장님이 목전에 두신 결혼이라는 경험을 기리며 피우시라고 선사해 드렸을 텐데요."

"아, 우리는 이미 결합을 완성했다네." 난쟁이가 대답했다.

브르르는 한 눈썹을 치올렸다.

"나는 고독한 길을 가는 난쟁이이고 내 인생을 이 신기한 바보 기계에다 바쳤네. 거기 뭐라도 있을 줄 알고 말일세. 그리고 저 여잔 먼치킨랜드인 수녀로 젖니가 나기 전부터 이제껏 죽 참았던 여자지. 이렇게 생각하게, 우린 만반의 준비가 돼 있었어."

그랬단 말이지. 사자는 생각했다. 이 분야에서도 남에게 뒤졌군.

그것도 난쟁이한테 졌어. 여지도 없이.

그들은 숲 속 오두막집을 향해 다가갔다. 오두막이라지만 해묵은 털참나무 잎에 덮인, 누덕누덕 지붕을 이은 뭔가였다.

"여기 눌러앉으실 겁니까?" 브르르가 물었다. "책의 주교 노릇을 하고 드래곤의 통역사 노릇을 하는 대신에 쪽파를 뽑아 모으면서, 은퇴한 남편의 삶을 사시게 되나요?"

"당연히 아닐세. 백년 동안이나 시중을 들고 보니, 아니면 그게 몇 년이었는지 하여튼 그 정도로 길었던 느낌인데, 내 눈으로 이 무모한 장난이 자연히 스러지는 걸 보고 싶네. 마누라는 나를 기다리든지 아니면 함께 가든지 하면 돼, 난 아무 상관 안 하네. 우리 결혼은 그렇게 몹시 강한 결속은 아니라네. 그래도, 난 내 아내를 사랑해. 나름대로는 말이야." 대장 나리는 야무지게 각이 진 신부에게 빙긋 미소를 보냈다. "약제사 수녀가 되기 전에 당신 이름이 뭐였소?"

그녀는 눈을 가늘게 떴고, 한 손가락을 입술에 대었다.

"잊어버렸네요. 신앙 수업 시간에 선생님들은 절 꼬마 대퍼딜('수선화'라는 뜻)이라 불렀죠."

"꼬마 다피. 맘에 들어. 자, 그럼, 이리 와요, 꼬마 다피. 우리 손님들을 위해 제일 좋은 식탁보를 내다 깔고 술 대신 샘물이라도 한 통 받아 옵시다. 아무튼 이게 결혼 잔치 아니겠소."

레인은 새로 온 사람을 미심쩍어했다. 딱딱한 표정을 한 레인의 조그마한 얼굴은 잘못해서 햇볕 아래 내놓은 묵은 호밀빵 같았다. 하지만 일반적으로 레인은 사람들에게 별 신경을 쓰지 않았다. 그래서 꼬마 다피에 대해 느낀 특정한 불안감은 그냥 생겨났다 꺼졌다. 이렇다 할 수 없이 순간적인 것으로 지나갔다.

✛✛✛

브르르는 일리아노라에게 입속말을 했다.

"아마 이게 우리가 떨어져 나갈 기회일 거야. 누가 짐작했겠소? 이렇게 세월이 지난 지금에 와서야 우리의 확고한 홀아비 영감님께서 부인을 들이실 줄이야."

"어쩌면 시계가 졸음에 떨어졌으니 대장님한테는 뭐라도 자기한테 잔소리를 해 줄 상대가 필요했던 거죠. 부인이면 그 역할을 시키기에 딱이잖아요." 일리아노라가 했던 말 중에서 가장 농담에 가까운 말이었다. 그렇긴 하지만, 그 말에는 속뜻이 있었다.

푸짐한 저녁 식사를 마치고 나서 대장 나리는 다시 길을 나설 채비를 차렸다. 꼬마 다피는 깨끗한 새 앞치마를 매러 안으로 들어갔다. 브르르는 또 다른 책임을 떠맡는 데 대하여 자기는 아무래도 반신반의하게 된다고 털어놓았다.

"언제는 떡 하니 어린애를 데려와서 떠안기더니, 이젠 내가 아내를 고른 걸 놓고 이러쿵저러쿵 해?" 난쟁이는 사자를 향해 두 주먹을 불끈 쥐어 올렸다.

"내 네놈에게 진작부터 감정이 있었지. 덤벼. 너 죽고 나 살기다. 이참에 결판을 지어야겠어."

"난 그저 대장님의 여성 친구분이 우리가 처해 있는 위험에 관하여 미리 들으셔야 한다는 얘기였어요." 브르르가 말했다. 그는 난쟁이와 싸울 뜻이 없었다. 저 꼴사나운 야만인과 싸워 가지고야 이길 가망은 요만큼도 없다.

일리아노라가 말했다.

"내 말 좀 들어요, 이 막돼먹은 양반들. 그냥 내가 자세한 얘기를 쫙 해 드리고 꼬마 다피더러 직접 결정하시라고 할게요." 그녀는 꼬마 다피를 오두막집에서 불러내어 이야기를 짧게 줄였다. "첫째, 우린 아마 레스트워터 호수에서 황제의 전함 부대에 가해진 방해 공작에 일조한 혐의로 수배되어 있을 거예요. 둘째, 그자들은 우리가 『그리머리』를 가지고 있다고 짐작할 거예요. 정말 실질적인 피해가 있었으니까요. 셋째, 시계는 고장이 났어요. 그래서 우린 시계의 조언에 의지할 수도 없어요. 넷째, 『그리머리』는 일단 남쪽으로 가라고 조언해 준 다음부터 더 이상 우리가 그 책을 펼쳐 보게 해 주지 않아요. 그래서 우리는 우리 스스로 앞가림을 해야만 해요."

"남쪽이라고?" 꼬마 다피가 눈을 깜박거린 건 그 말 한마디에 대해서뿐이었다. "진흙 사람들한테요? 먼치킨랜드인들은 그 끈적끈적한 나라에 들어갈 생각은 안 해요. 깨끗함에 대한 우리의 감각에 거슬리거든, 도덕적으로나 위생적으로나. 왜 서쪽으로 가지 않지요? 한동안 우리를 숨겨 줄 됨됨이가 반듯한 스크로 족을 내가 아는데……."

"남쪽으로 가라는 충고였어요. 그러니 우리가 갈 곳은 남쪽입니다." 브르르가 말했다.

"충고는 또 저 꼴사나운 계집애로부터 한달음에 십 리 길을 내빼라는 것이었지." 대장 나리가 끼어들었다. "그러니 이 장정은 시작부터 발을 잘못 디딘 것이야."

"난 남쪽으로 갑니다. 시계를 끌고 가든 안 끌고 가든요." 브르르가 말했다. "그러니까 시계와 함께 있고 싶고 내가 대장님을 위해 저걸 끌고 가게 하고 싶으시다면, 얘기는 결정된 겁니다. 꼬마 다피, 우리와 함께 가든 안 가든 뜻대로 하세요. 단 지금 바로 마음을 결정해 주세요."

6

　먼치킨 여자는 모험 쪽으로 마음을 정했다. 이 결혼이 유지될지 어떨지 보려는 생각이었다. 나무꾼 오두막을 떠나기 전에, 그녀는 숟가락 한 개를 문틀 옆 흙 속에 묻었다. 여행길에 나서기 전에 이렇게 하는 것이 먼치킨랜드인들의 해묵은 관습이라고, 그녀가 설명했다. 언젠가 마침내 집에 돌아오게 된다면, 그것으로 밥은 먹을 수 있을 것이다. 남아 있는 먹을 것이 흙뿐이라 하더라도 말이다.

　"글린다 부인은 흙 갖고도 요리를 해요." 레인이 말했다.

　한여름달이 황금달로 바뀌었다. 브르르만은 북쪽 지방에서는 이 계절을 헝겊술여름달이라고 한다고 굳이 고집했다. 벌레들이 잎을 갉아먹어 깔죽깔죽하게 만들어 놓기 때문이다. 꼬마 다피는 먼치킨랜드에서는 요즘 같은 늦여름 철을 추수지옥철이라 부른다고 응수했다. 농부들이 천둥번개 폭풍우가 몰아치기 전에, 또는 간간이 불어오는 먼지폭풍이 일기 전에 농사 지은 것을 거두어들이느라 안간힘을 쓰는 때이기 때문이다.

"먼치킨랜드에서는 매년 좋은 토지가 몇 에이커씩이나 사막에 먹혀 없어져요." 꼬마 다피가 혀를 찼다. "에메랄드 시가 정말로 폴짝폴짝 춤을 추며 내려와서 이 땅에 살림을 차릴 요량이면, 훌륭한 빗자루가 있어야 할 거예요."

레인이 이야기를 들으면서 머릿속에 그려 본 것은 사람들만이 아니었다. 땅에 묻힌 숟가락들, 천둥번개 폭풍우, 거센 먼지바람. 훌륭한 빗자루의 쓰임새. 세상의 위협은 어찌나 복잡한지 기가 타 질릴 지경이었다. 하지만 아마도 레인은 글자 읽는 것을 배운 것처럼 그런 것도 읽는 법을 배울 수 있을 것이다. 읽기의 첫 단계는, 아무튼, 보는 것이다.

✛✛✛

털참나무 숲의 남쪽 가장자리로 가는 길의, 한 길 반이나 되는 거미줄들. 사자는 가다가 모르고 거미줄에 걸릴 때마다 낑낑 구슬픈 소리를 냈다. 하지만 레인은 거미줄이 너무 좋았다. 동행들이 쳐서 망가뜨려 버리기 전에 자기가 먼저 거미줄을 찾으면 레인은 거미줄을 통하여 바라보곤 했다. 그렇게 무엇이든 보이는 것을 보았다. 그것은 아닌 게 아니라 창을 통해 물끄러미 내다보는 것과도 같았다. 한쪽에서 보면 레인은 거미의 세계를 지그시 들여다보고 있는, 충분히 '사람스러운' 여자아이였다.

속눈썹 같은 짧은 다리를 가진 거미들과, 가슴이 마름모꼴인 거미들을 레인은 보았다. 몸뚱이는 너무나 조그마해서 언뜻 찾아보기 힘들 정도이지만 다리를 펼치면 프라이팬만큼이나 될 것 같은 거미

진드기도 있었다.

안녕하세요, 꼬마 깡충이 다리님. 오늘 처음 만났네요, 우리?

레인이 줄곧 혹시 없나 찾고 있었지만 보지 못한 것은 무리를 지은 거미들이었다. 거미들도 애착이라는 게 있을까? 자기 거미줄에 대한 애착 말고? 그녀는 은빛 나는 나뭇진 덩어리 같은 그놈들이 제각각 줄을 뽑으며 뚝뚝 떨어지곤 하는 것을 구경하였다. 그러나 거미가 도로 기어 올라갔을 때 그 거미 말고는 아무도 집에 있은 적이 없었다. 실로 엮은 그들의 그물에 불쑥 쳐들어온 손님은 모조리 저녁식사가 되었다. 아무래도 비사교적인 일이다.

거미들은 예민하고, 재빠르고, 모종의 예술성도 가지고 있었다. 하지만 그들에게 친구는 없었다. 그들은 그렇게 쓱 가서 결혼을 해 버리거나 하지 않았다.

거미줄의 저편에서 거미가 되어서 레인은 인간들 쪽을 물끄러미 넘겨다보았다. 그렇게 해서 보이는 광경을 바라보기 위하여.

예를 들어서. 난쟁이가 일리아노라를 "딸아."라고 부른 게 적당한 정도보다 딱 한 번 과했다. 그래서 꼬마 다피는 베일을 쓴 여자가 혹시 진짜로 대장 나리의 딸인가 궁금해졌다. 일리아노라는 발끈했다. "대장 나리가요? 지금 농담하세요? 우리 아버지는 왕자셨어요, 세상에 어쩜 그런."

모든 것이 뭔가 뜻이 있는 것처럼 보였다. 그러면 지금 이 광경은 어떻게 보이지? 대장 나리는 날아다니는 전갈에 쏘인 것 같은 표정이었다. 입술을 푸 하고 터뜨렸다가 도로 짓씹어 앙다물었다.

꼬마 다피는 갑자기 자기 손톱에 관심이 쏠린 듯이 딴 데 정신을 팔았다.

레인은 거미가 되어서, 대장 나리와 꼬마 다피가 서로 잘 어울리는 한 쌍의 자그마한 할아버지 할머니같이 보인다고 생각했다. 둘 다 한결같이 돌능금처럼 시금털털한 한 쌍 말이다. 그들은 삶을 놀이로 살고 있는 것처럼 보였다. 아니면 이게 삶인 거였나? 레인은 잘 알 수 없었다. 레인은 할 수 있는 한 난쟁이와 얼굴을 마주치지 않으며 지내고 있었다.

✝✝✝

레인은 브르르와 일리아노라가 난쟁이와 먼치킨 여자에게 들리지 않을 만큼의 거리에서, 하지만 거미가 주의를 기울이지 못할 거리는 아닌 곳에서 조용히 이야기 나누는 것을 들었다. 일리아노라가 그러자고 했다. '시계'가 전에 없이 과묵한 이때이고 보면, 결혼을 한 건 아무것도 할 일 없는 처지에서 난쟁이의 관심을 돌릴 만한 타당한 한 수였다. 그렇지?

"결혼을 그렇게 보다니 우리 결합이 좀 농담 같아지잖소. 안 그래요?" 브르르는 목을 울리며 일리아노라의 목덜미에 머리를 문질렀다.

"하여튼, 둘이서 수고양이와 교구 매춘부처럼 그 짓을 해 대니 말이야. 밤이면 밤마다. 정말 민망해서."

"대장 나리는 뭔가 해야만 하는 거예요. 화롯가에 앉아 뜨개질이나 할 것 같은 사람은 아니잖아요, 그분이요?"

레인은 고개를 돌려 보았다. 난쟁이는 12미터 거리에서 주머니칼을 나무줄기에 던져 꽂고 있었다. 얼굴은 땀에 푹 젖었고, 엉킨 수염은 좀 감아 주어야 할 것 같았다. 난쟁이는 흔쾌히 삯일을 맡아 할 사람같이 보이지는 않았다.

"적어도 레인을 두고 난리 치던 건 그만두셨잖아요." 일리아노라가 말을 이었다. "책은 우리에게 뭘 하라고는 말을 해 줬어요. 꼭 함께 있어라, 남쪽을 향해라. 하지만 왜 그러라고 하는지는 말해 주지 않았죠. 그렇기는 해도 당신과 내가 포로는 아니에요. 당신이 뭔가 다른 야망이 있다면, 우리가 『그리머리』를 어딘가 안전한 장소에 잘 박아 넣기만 하면 그때 당신 생각대로 해요."

저 사람들이 뭘 어떻게 할지 내가 신경 쓰나? 레인은 궁금해졌고, 그에 대한 답은 생각해 낼 수 없었다.

"내가 『그리머리』를 그자들 손에 넘겨줄 생각이 아니라면 에메랄드 시로는 돌아갈 수가 없어요." 브르르가 말했다. "그러지 않았다가는 남쪽계단에 투옥될 텐데, 그랬다간 재미없지. 당신이 나에게 거기 들어가면 상황이 얼마나 곱지 못할지 얘기해 줬잖소. 애매하게 말한 것도 아니고 대놓고."

"남쪽계단 이야기는 하고 싶지 않아요." 일리아노라의 얼굴은 그 어떤 거미도 이전에 결코 본 적 없을 정도의 완고함을 띠고 그늘졌다.

"당신이 어떤 야심이 있는지 묻고 있었잖아요. 노란 벽돌길의 당신 동료들에 대해서는 관심 없어요? 그 허수아비랑, 양철 나무꾼?"

"허수아비는 그냥 그대로 자취를 감추었소. 지푸라기는 곰팡이와 바구미 앞에 속수무책이지 싶어요. 그리고 내가 마지막에 들은 바로 양철 나무꾼은 아직도 시즈에 대항하여 일어선 노동 운동가지요. 양철 나무꾼이 여기 우리 기계로 된 양심을 조작해 줄 수 있으

면 좋을 텐데. 그럴 가망은 참 크기도 하군요. 정말이지, 그 도로시
사태는 참 유감스럽게 흘러간 일이었소. 분명히 말해 말이지. 전반
적으로 유감스러운 인생에서도."

"내 인생이라고 그보다 낫지도 않아요. 감옥에서 나온 후에, 저
항 운동에서 일하던 것에서 시나브로 한동안은 공상 이야기를 쓰고
지냈어요. 호사가의 오락거리죠, 아마 사람들은 그렇게 부를 거예
요."

레인은 그들의 얼굴이 더욱 복잡하게 꼬여 엉망이 되어 가는 것
을 보았다. 팬케이크가 수플레(크게 부풀도록 구워 내는 디저트)가 되
려 하고 있었다. 부풀어 오르는, 꿈틀꿈틀 일그러지는, 바람이 빠져
납작해지는, 끝없이 위장을 하는 얼굴들. 짜증이 나지만 신기한.

"목베거홀에 있던 그 체리스톤 장군 말이오." 브르르는 더한층
음성을 낮추어 말했다. 그는 거미들이 귀가 좋다는 것을 알지 못했
다. "체리스톤이 바로 당신이 지금의 레인보다 별로 나이가 많지도
않았을 때 당신을 유괴해 간 사람이었지. 그자가 다 큰 당신을 알아
보지 못하더군. 알아요. 하지만 당신은 어땠소? 당신 가슴속 그 텅
빈 곳에 뭔가 느껴지던가? 복수하고픈 열망이?"

레인에게는 한 2년쯤 되게 길게 느껴진 시간 동안 일리아노라는
입을 다물고 있었다. 하지만 결국에는 말을 했다.

"우린 체리스톤의 바로 코앞에서 『그리머리』를 가지고 목베거
홀로 걸어 들어가는 위험을 무릅썼어요. 대장 나리가 글린다 부인
에게 책을 일시적으로 빌려주는 것일 뿐이라고 한 말씀을 난 믿었
죠. 거기에서 안전하게 책을 꺼내 오는 일, 체리스톤의 손아귀로부
터 멀리 가져가는 일이 더한층 중대한 목표라고 여겨졌어요. 언젠

가 그자에게 그자의 살육에 대한…… 우리 가족을 죽인 데 대한 복수를 내가 할 준비가 되는 날이 온다면, 음, 아마 그때가 되면 내가 알 거예요. 나에게는 확실하게 은밀하게 올 거예요. 머지않은 앞날에요."

비밀 지식이라. 레인은 생각했다. 머리가 아파 오네.

"일단 지금은, 역사가 흘러갈 대로 가게 하죠." 일리아노라가 말을 이었다. "난 그저 방관자예요. 민들레 한 송이, 거미 한 마리. 그 이상은 아니에요."

"우리가 목표 없는 인생은 아니지. 우리에겐 목적이 있어요." 사자가 그녀를 일깨웠다. "우리는 『그리머리』가 오즈의 황제 손에 들어가지 않게 하고 있어요. 책이 충고해 준 대로 남쪽으로 향하고 있고. 게다가 한술 더 떠서, 대장 나리가 좋아하든 좋아하지 않든 간에, 우리는 저 아이를 구출해 가고 있지."

이 말에 그들 둘은 모두 레인 쪽을 쳐다보았고, 레인은 그들과 자신 사이에 있는 거미줄이 너무나 얇다는 것을 깨달았다. 거미줄은 그대로 레인을 겨눈 저격 총의 조준 표지자가 된 듯했다. 애정이 담긴 그들의 눈길은 놋쇠처럼 짱짱했다. 그들을 근시로 만들어 버린 것 같은 주문을 깨뜨리기 위해, 얘기를 딴 데로 돌리기 위해 레인은 바락 떼를 썼다.

"난 계속 읽기가 하고 싶은데 책이 하나도 없어요. 이야기를 써 주세요. 읽으면서 연습하게 단어를 몇 개 써 줘요."

"난 이제 글을 쓰지 않아." 일리아노라가, 그녀가 내곤 하는 그런 목소리로 말했다. "누구 딴 사람에게 부탁하렴."

"부탁할 사람이 누가 있어요?" 레인은 마음이 불만으로 화끈거렸다. "세상은 저한테 아무것도 써 주지 않아요. 구름에는 단어가 없어요. 이 떨어진 가랑잎 사이에 글자가 찍힌 책장 같은 건 없단 말이에요. 거미가 거미줄에다 글자를 쓸 수 있나요?"

"무슨 헛소리를." 난쟁이가 저만치에서 말하면서, 레인의 머리 위 몇 자 되는 곳에 쳐 있던 거미줄에다 칼을 던져 전체를 지탱하던 버팀 줄을 끊어 버렸다. 거미줄은 벗어 던진 스타킹처럼 후르르 무너져 내렸다. "그런다면 어지간히도 신통한 거미게."

7

일행은 꾸물거리지는 않았지만 서두르지 않으면서 길을 갔다. 사자는 총을 든 폭한들이 아직 나타나지 않은 것으로 보아 아직은 지금까지도 레스트워터를 두고 벌어지는 전투 쪽으로 집중되어 있는 것이라고 결론지었다. 며칠이 지나 일행이 '낙담'이라는 이름으로 알려져 있는 몹쓸 황야 지대에 접어들었을 때에 그들은 다음 차례로 만날 괴짜, 오즈의 경계를 넘나드는 미친 것들 가운데서도 최신의 인물을 포착해 내었다.

"예로부터 지금까지 내내 이 모양이었던 걸세." 난쟁이가 단언했다.

"아니요, 전쟁이 온 나라를 미치게 만든 겁니다." 사자가 대꾸했다.

그 생물은 보기에 인간 여자 같았는데, 이 넓디넓은 돌투성이 평원에 딱 한 그루뿐인 나무에 올라앉아 있었다. 여자는 그들을 만들고 내리는 비로부터 몸을 지키려고 우산을 펴 들고 있었다. 불을 피워 음식을 해 먹은 흔적이 한쪽에 있고, 다른 쪽에는 변소 자리가 있었다. 벼락이 떨어지기 딱 좋아 보이는 탁 트인 장소였다. 아마 영광의 불꽃에 휘감겨 이승을 떠나고 싶었던 모양이다.

일행이 다가가자 여자는 나무에서 기어 내려와 땅 위에 섰다. 여자가 입은 것은 과거 한때는 제법 고급 드레스였던가 본데, 세룰리안블루 색상의 파이핑 장식이 달린 하얀 오리 옷이었다. 치맛자락이 회색과 갈색으로 변하기는 했지만 말이다. 저 정도면 주변 환경에 잘 녹아 들어갈 수 있겠는데. 브르르가 생각했다. 풀을 먹인 파란 턱받이가 여자의 가슴 위에 올라앉아 있었다. 신은 터져서 발가락 부분이 헤벌어졌다.

"만세!" 여자는 말했고, 경례하는 동작으로 한 팔을 앞으로 쭉 내뻗더니 한두 번 획획 내리쳤다. 여자의 두 눈은 제대로 굳지 않은 푸딩처럼 흔들렸다.

여자의 머리 위에 높이 세워 올린 머리카락을 보자 레인은 새둥지가 생각났다. 레인은 그 위에서 부리 달린 얼굴이 비죽이 내다보지나 않을까 반쯤은 기대했다. 정말이지 그랬으면 기뻐서 손뼉을 쳤을 것이다.

"어디 내가 짐작 한번 해봅시다. 댁이 '낙담' 평야의 여왕님이시렷다? 흐흠, 우리의 최근 전력을 보아하니 우리가 댁의 충성스러운 신민이 되겠구려." 난쟁이는 탁 침을 뱉었지만 아주 무례한 태도는 아니었다.

여자는 누군가 듣고 있지는 않나 하는 것처럼 왼쪽 오른쪽을 살폈다. 브르르에게는 여자가 낯이 익다고 느껴졌지만, 아마도 정신 나간 것들은 대개 이 사람이나 저 사람이나 비슷한 구석이 있어서 그런 것이겠지 싶었다. 그들은 우리 자신의 덜 든든한 측면들을 거울처럼 우리에게 비추어 보여 준다. 그래서 그들의 눈에서 우리 자신을 보고 낯익다고 느끼는 순간의 충격은 잔혹한 빈정거림이다.

"괜찮으신 거예요?" 일리아노라가 물었다. 언제고 참으로 인정 많은 사람이지. 특히 곤란에 처해 있는 여성에게는 말이야. 브르르는 익히 알고 있었다.

여자는 입으로 까옥거리면서 두 팔을 퍼덕였다. 일행은 여자가 흰 서지 소매에다 뭔가 깃털로 엮은 담요 비슷한 것을 꿰매 붙여 놓은 걸 볼 수 있었다.

"날개네요!" 레인이 행복하게 말했다.

"저 여자 돌다 못해 다시 제자리로 돌아왔구먼." 대장 나리가 중얼거렸다.

"가만있어 봐요, 당신. 그렇게 빈정거릴 때가 아니에요. 이 여잔 탈수 증세예요. 소금기가 필요해요. 진사 가루도, 아주 조금이면 돼요. 그리고 결막염이 있으니까 미나리아재비와 마늘을 달인 물도 써야겠네요."

꼬마 다피는 두 손을 허리띠 속으로 꽂아 넣어 치마 안쪽에다 꿰매 붙여 놓은 주머니들 속의 내용물들을 조사했다. 아무튼 그녀는 전문 약제사였던 사람이다.

"냄비에다 물 좀 올려놔요, 일리아노라. 그러면 내가 거기다 약초 몇 종류를 깎아 넣고 털 난 덩이줄기를 집어넣어서 불쌍한 '새 여인'에게 줘야겠어."

여자는 그들을 그다지 크게 겁내지 않았다. 대장 나리가 개인적으로 갖고 다니는 유리병에서 빨갛고 뿌옇게 흐린 액체를 몇 모금인가 권하는 대로 마시고 나더니, 여자는 눈을 깜박이고는 이제야 제정신이 든다는 듯 눈을 비벼 먼지를 떨어내었다. 여자가 입을 열자, 짹짹거리는 새소리 대신 어느 정도 사람 같은 동료 시민의 말씀이 흘러나왔다.

"이 씨팔 염병할 새끼들아. 그 주스 좀 더 내놔."

"암, 그러셔야지." 대장 나리가 말하면서 고분고분 병을 대 주었다.

여자는 턱을 들어 '시계'를 가리켰다.

"저 물건은 뭐지, 그럼? 휴대용 단두대인가?"

"그 명칭도 다른 명칭 못지않게 잘 들어맞는구려." 난쟁이가 말했다. "경이가 담긴 캐비닛이오, 옛날 옛적 좀 괜찮았던 시절 얘기지만."

새 여자는 '시계'를 아래위로 훑어보고 발끝걸음으로 주위를 돌아보았다. 저래서 신발이 저 꼴이 됐구나. 브르르는 그렇게 생각했다.

"아니야. 난 이게 뭔지 알아. 이야기를 들은 적이 있지. 이게 내 앞길에 모습을 드러내리라고는 생각해 본 적이 없었는데. 이건 타임드래곤의 시계지, 그렇지 않아? 이곳 '버림받은 황야'까지 이걸 질질 끌고 나와서 당신들 뭘 하고 있는 거야?" 여자는 대머리황새처럼 날개를 흐트러뜨린 채 이리저리 걸어 돌아다녔다.

"여기서 죽으라고 끌고 왔소. 그러는 당신은 여기서 뭘 하고 있소?"

"아하, 대충 같은 일을 하고 있지. 그게 살아 있는 것들의 일반적인 야망 아닌가?"

"쉿, 어린애가 있잖아요." 일리아노라가 말했다.

새 여인은 물끄러미 바라보았다.

"그러네. 있구나. 참 괴상망측하기도 하지." 그녀는 한 손을 뻗어

'시계'의 옆면을 문질러 만졌다.

"티크너 서커스에서 여자들이 벗는 공연물들을 무대에 올리기 시작했을 때 이런 종류의 흥행은 그만 끝이 난 줄 알았는데."

대장 나리는 콧방귀를 뀔 타이밍을 잡았다.

"이건 무슨 뭐의 종류가 아니오. 이건 이것 하나만으로 독특한 존재지." 여자가 정신이 이상해진 강사 선생 같은 표정을 했다. "당신은 덩치 작고 꽥꽥 목소리만 시끄럽지 뭐든 다 알진 못해. 이 시계는 똑딱거리는 태엽장치 광상곡의 유구한 역사에서 가장 최신이자 아마도 가장 유명할 작품이야. 벌써 몇 백 년 전부터 길리킨의 소촌락들에서 이름 없는 신의 이야기를 전하면서 돌아가던 기계들이 있었지. 그 기계 장치들은 성인들의 일화를 변형시켜 전하는 데 특화되어 있었어. 런시블 산의 메토릭스 성인, 집회를 가진 마녀들이 머리 위로 날면서 떨어뜨린 꽁꽁 언 칸탈루프 멜론에 머리를 맞아 순교한 인물이지. 폭포의 에이엘파바 성인, 당신들도 그 성녀 이름은 들어 보았을 거야. 눈이 닿지 않는 곳에 몇 십 년이고 숨어 있다가 마침내는 새로 태어나지, 이야기에 따라서는 말이야. 그리고 글린다 성녀도 있지."

"글린다 성녀 이야기라면 잘 알아요, 고마울 것도 없네요." 꼬마 다피가 말했다. "난 셰일샐로의 세인트글린다 수도원에서 직업인으로서의 인생을 살았다고요."

"번쩍번쩍 하는 장관을 통해 들려주는, 작고 부도덕한 은총 이야기이지." 새 여인이 경멸적으로 말했다. "그런 후에 차츰차츰 통합교가 사방에 뿌리를 내리게 됨에 따라 시계 장치 흥행 사업은 세속적인 것으로 치부되었어. 예언과 비밀 누설을 표방하면서."

"우리는 시민적 양심과 결합한 예언과 역사가 전문이라오."

대장 나리의 말이 꼭 물건 팔러 돌아다니는 세일즈맨의 대사 같다고 브르르는 생각했다.

"협잡이야." 새 여인이 주장했다. "게다가 때로는 위험하기까지 해. 순회 공연단의 단장들은 저희들 시종을 미리 앞질러 보내서 그 동네 뜬소문을 엿듣고 오게 했지. 그렇게 해서 꼭두각시 인형들이 실제 인생의 복통거리들을 고스란히 흉내 낼 수 있는 거야."

"난 그런 짓을 할 필요가 아예 없었소." 대장 나리가 말했다. "돌아가는 원리가 애초에 전적으로 다르거든. 미안하지만 이건 진짜 마법이니까. 생짜란 말이오."

"당신이 이렇게 오랜 세월 흥행을 해 올 수 있었던 건 그 뒷구멍에 가 숨을 전통이 있었던 덕택이지." 입정 사나운 여자가 말했다. "당신네들이 마지막이야, 이제 쓰라린 뒷구멍처럼 신경 쓰이는 존재라고. 보나마나 사람들이 왜냐고 물어볼걸. 특히 이런 때에는 더더욱."

"사람들이 뭐라고 하든 상관없소. 어쨌든, 한 가지는 맞히셨구먼. 이 유명한 '시계'는 이제 다됐소. 똑 하고 딱이 이혼을 한 참이거든."

"이게 아직 죽진 않았는데." 새 여인이 말했다.

"난 제2 소견을 듣자고 찾아온 게 아뇨. 당신 뭐요? 주술 의사인가?"

"공교롭게도, 내가 주문에 대해서는 아는 게 한두 가지 있기는 해."

"당신 누구요?"

"나도 한때는 이름이 있었더랬어. 그리고 그 이름은 그레이스 그레일링이었지. 하지만 사회적 인맥 망을 벗어나면 이름이란 순식간에 별것이 아니게 된단 말이거든. 그러니 내가 누군지는 신경 쓰지 마."

"주문을 알다니 어떻게 해서 아는 거지요? 마법은 오즈에서는 꺼져 가는 기술인 것 같은데요." 일리아노라가 물었다.

"황제가 모든 마법을 자기 보물창고에 집어넣고 지키겠다는데, 그게 그래 어떻게 될 것 같아?" 새 여인이 짹짹대는 소리로 웃었다. "먹힐 리가 없지, 당연하잖아. 마법은 그런 규칙들을 따르지 않아. 마법은 저 스스로 물길을 파서 흘러 나간다고. 그런데 당신들은 여기에 불을 켜서 어디 나에게 뭐 보여 줄 것이 있나 보여 줘 보기나 하지 그래?"

"내가 말했잖소, 이게 마비 상태에 빠졌다고. 죽은 것일 수도 있고." 대장 나리가 말했다.

"아줌마 날 수 있어요?" 레인이 물었다.

"안 죽었어. 내 알 수 있어. 내가 당신들에게 주문에 대해 한두 가지 얘기해 줄 수도 있겠네. 난 한때 마법을 가르쳤거든. 시즈 교단에 섰더랬지. 오래, 오래전의 일이야. 마법 기술은 그렇게까지 능숙한 편이 아니었어, 그 점은 알아 둬. 하지만 난 내가 맡은 여학생들에게 헌신적인 선생님이었다고. 그래서 어디의 저명한 선생 누구보다도 더 신망 받는 몸이었어."

"시즈 대학의 교단에 섰던 선생들이 전원 교외로 은퇴들을 하신 모양이군요." 브르르가 논평했다. "렝크스 교수를 아십니까? 그리고 미코 씨는요?"

"난 방 안 저쪽 끝에서 이쪽에 있는 신발 끈을 꿸 줄 알았어. 15초만에 크럼피트(버터로 굽는 케이크의 일종)와 차를 만들어 내는 법도 알고 있었지. 학교 이사가 갑자기 누구의 방에 찾아올 때에 대비해서 말이야. 나는 그 엘파바 트롭을 알았더랬어, 옛날 옛적에 한동안은."

"어이구, 당연히 그러셨겠지." 대장 나리가 말했다. "오즈에 있는 사람들은 모두 다 그 여잘 아는가 본데. 길만 건너려도 그 학교 여자 동창회 사람과 마주치고 만다지. 셈을 해보면, 그해에 그 여자가 있던 시즈에 발을 디뎠던 사람은 7만 명쯤 될걸."

"얼마나 높이 날 수 있어요?" 레인이 물었다.

"걔가 그렇게까지 특별한 애는 아니었어." 깃털 사이에서 서캐를 잡아 탐욕스럽다고 할 만한 눈빛으로 들여다보며 새 여인이 말했다. 그것을 먹지는 않았다. 그냥 엄지손가락으로 튕겨내 버렸다.

"말썽 부리는 데 재능이 있는 평범한 여자애였지. 그리고 학교 양호실에서 다룰 수 있는 한계를 넘어선 심각한 피부색 문제하고. 결국 마지막에 가서 그 애한테 일어난 일은 너무 심했어."

"결국 마지막에 가서 우리 모두에게 일어나는 일이야 죄다 너무 심하지." 대장 나리가 말했다. "그러니 당국에 신고를 하시구려."

"얘기했잖아, 이 공연 장치는 아직 완전히 끝장이 난 건 아니라니까." 여인이 고집했다. "그게 아니라면 이게 나에게 감응하고 있는 건지도 모르지. 오랫동안 잠들어 있던 내 재능에 말이야. 열어 보라고. 난 벌써 몇 달 동안이나 오락거리가 없었어."

"여기서 뭐 하고 있어요? 여기서 날아다녀요?" 레인이 물었다.

난쟁이는 어깨를 으쓱 하고는 일리아노라에게 돌아섰다.

"그럼 뭐, 우리 수수께끼의 여주인이신 아가씨야, 채워 놓은 띠들을 풀어라. 좋았던 옛 시절처럼 놀아 보자. 난 크랭크나 좀 감아서 혹시라도 이 계집이 반응이 있나 봐야겠다."

"둥지에서 사세요?" 레인이 물었다.

"쉿, 얘야. 사적인 질문은 하는 게 아니야." 사자가 일렀다.

"내가 물어볼 건 그런 것뿐인걸요." 레인이 말했다.

"난 널 알아." 새 여인이 브르르를 보고 말했다.

"그럴 것 같은 느낌이 들더군요." 브르르가 응수했다.

"넌 황제를 위해 일했지, 배신자 새끼."

"내가 법적으로 좀 궁지에 몰리긴 했었죠. 이젠 다 지나간 일입니다."

몸을 구부리고 무대 앞에 쭈그려 앉으며, 여인은 브르르에게 더 이상 눈길을 주지 않았다. 레인은 그녀 옆에 가 웅크리면서 새 여인의 팔꿈치 각도를 흉내 내려고 했다.

"아줌마 알도 낳아요?"

"이 근처에서 누가 알을 낳는다 할작시면 그건 드래곤이 낳아야지." 난쟁이가 못마땅한 듯 씨근거리며 말했다. "어라, 이것 보게. 기어 속에 유령 국물이 좀 남아 있기는 있었나 본데? 당신 보이는 것만큼 헬렐레한 사람은 아니었구먼, 새대가리 여왕 폐하."

"난 편지지에 나비나 라일락 꽃바람 같은 쓰레기 무늬들을 그려 넣을 수 있어. 붓을 쓰지 않고 말이야." 새 여인이 말했다. "그렇지만 수채화 물감이 흐르는 건 좀처럼 수습을 잘 못했지. 자꾸만 흥건하게 멍울이 져서."

"누군들 안 그렇소. 자, 각자 거시기들 꽉 붙잡고 기도들 올리쇼,

다들. 이제 요년이 공연을 합니다." 난쟁이는 마지막으로 손을 대 주어야 할 잠금 장치들을 풀고 평형추의 균형을 새로 잡아 주기 위 해 이리저리 돌아갔다.

"자네들은 뭐라 할 텐가, 요게 살아나서 우리에게 계집애를 은둔 숙녀 분께 선물로 드리라고 얘기하면? 그게 바로 마법이란 거겠지, 응?" 난쟁이가 큰 소리로 말했다.

레인은 주위를 둘러보았다. 표정을 보니 바짝 긴장하여 닫힌 얼 굴이었다.

"진심으로 하신 말씀이 아니야." 사자는 말했지만 확신은 없었다.

털털거리며 떨고, 경련하듯 흠칫 튀고, 균형추가 원래보다 더 크 게 흔들리다 케이스를 때리는 소리가 나고, 덮개들이 선을 따라 장 치된 자석의 힘으로 착착 접혀 들어갔다. 브르와 일리아노라는 눈길을 나누었다. 이러면 난쟁이는 분명 한결 힘이 날 것이다.

"만약 오늘의 주 공연에 뭐든 황제에 관한 게 요만큼이라도 나온 다면, 난 도중에 퇴장할 거고 입장료는 전액 환불을 받을 거야." 그 레이스 그레일링이었던 여인이 선언했다.

"쉬이이이잇." 레인이 말했다.

주 무대 공간 위에 설치된 드래곤은 그 사이 관절염이라도 걸린 것처럼 뻣뻣한 동작으로 한쪽 날개를 움직였다. 그놈의 대가리가 빙그르르 돌았다. 한쪽 눈알이 눈구멍 안에 헐렁하게 노는 바람에 얼굴이 사시가 되어 우스꽝스러워 보일 지경이었다. 꼬마 다피는 키득거리기 시작했지만, 일리아노라가 손목에 살짝 손을 얹어 눈치 를 주었다. 난쟁이는 웃는 소리를 듣고 싶어 하지 않을 터였다. '시 계'는 코미디를 하는 기계 장치가 아니었다.

장뇌로 피워 올린 안개가 일어 주 무대가 하얗게 덮였다. 배경막이 도르르 풀려 내려왔지만 반쯤 내려오다 걸리고 말았다. 골풀과 부들개지가 그려져 있는 또 다른 배경막에 겹쳐 중간에 떠 버린 그 배경막에 그려진 장면은 어떤 로지아(한 면 이상의 벽이 실외로 트여 있는 실내 공간)의 타일 깔린 바닥이었다.

브르르가 입속말로 일리아노라에게 말했다.

"가서 한 번 잡아당겨 주기라도 해야 하는 거 아냐?"

하지만 일리아노라는 고개를 저었다.

보이지 않는 선로를 따라 아기 요람 하나가 앞으로 밀려 나왔다. 흔들 요람이었다. 요람의 머리판에는 장식 문양 Z가 새겨져 있었다. 그 곁에 요람을 굽어보고 선 것은 둥그스름한 남자였다. 양쪽으로 기름기가 잘잘 흐르는 콧수염을 과거의 유행에 따라 장식적으로 돌돌 꼬아 올리고 있다. 그는 손수건을 꺼내더니 코를 풀었다. 아마도 누군가를 애도하고 있다는 뜻이리라. 그와 함께 난 음향은 콧소리라기보다는 산업적인 음향에 가까웠다. 흡사 기관차의 김 빼는 치익 소리였다. 그는 눈치 채지 못했다. 그는 그저 녹슨 철사에 연결된 꼭두각시 인형일 따름이었다.

움직이고 있고, 이쪽으로 또 저쪽으로 방향을 돌리고 있지만, 그래도 그는 인형에 불과했다. 생명이 없었다. 브르르는 레인이 실망했다는 걸 알 수 있었다.

무대 위 빈 공간으로부터 판대기에 그려진 열기구 모형이 빙긋빙긋 웃으며 여송연을 휘두르는 수염자국 없는 허풍선이를 싣고 뚝 떨어져 내렸다.

"마법사의 도착 장면이군." 브르르가 말했다. "난 저자의 희화화

라면 보면 바로 알지. 실제 삶에서야말로 저자는 정말이지 희화화
된 형상 그 자체였으니까."

일리아노라는 등을 돌려 버렸다.

"밑에 있는 콧수염 달린 꼭두각시 인형은 오즈마 섭정인 파스토
리우스일 게 분명해." 브르르가 결론지었다.

"그게 누구예요?" 레인이 물었다.

"마법사가 도착했을 때 오즈의 여왕이었던 갓난아이 오즈마의
아버지지. 오즈마는 아기에 불과했단다, 보렴. 그래서 오즈마가 자
라서 옥좌를 물려받을 만한 나이가 될 때까지 부친이 그녀를 대신
해 나라를 다스리게 되어 있었지. 쉬이이잇, 조용히 하고 잘 보렴."

오즈마 섭정은 엄마 잃은 갓난 딸아이를 안아 올렸다. 그는 포대
기에 단단히 싸인 아기를 무대 오른쪽으로 안고 갔다. 건물 바깥에
서 온통 나무 막대로 된 망토를 걸친 누군가가 다리를 끌며 등장했
다. 자잘한 나무 막대기를 실로 한데 엮어 만든 망토였다. 그 여자
의 머리는 노란 순무에다 새겨 만든 것인데, 진하게 색을 입혀 놓아
서 통째로 나무로 만들어진 것처럼 보였다. 여자는 머리에 연한 붉
은색 스카프를 쓰고 잔가지로 된 머리카락이 보이는 뒷목 쪽에서
스카프 끝을 묶었다. 그 여자가 휘우뚱거리며 들어와 빙그레 웃었
다. 여자의 치아는 낡은 피아노 건반이었는데 얼굴에 어울릴 만한
크기보다 네 배나 더 컸고, 나이를 먹어 색은 노래진 데다 송송 구
멍이 뚫려 있었다. 하지만 여자가 아기를 아기 아버지에게서 휙 잡
아챌 때 그 손매는 매서웠다. 여자는 거칠고 어정쩡한 동작으로 무
대 뒤로 물러났다. 오리가 뒷걸음질 치는 꼴이었다, 불가능한 일이
지만.

"그 동네 유모를 데려다가 도움을 받았다 이건가……." 브르르가 말을 꺼냈다. 이 잔가지투성이 마녀의 위협적인 분위기가 브르르는 썩 탐탁지 않았다. 아이를 도우려고 하는 자들은 최종적으로 분석하면 죄다 유괴범이지. 브르르는 생각했다.

파스토리우스는 몸을 돌려 안심했다는 듯이 자기 눈썹께를 훔치는 동작을 했다. 하지만 마법사가 여송연으로 오즈마 섭정을 겨누며 엄지손가락을 탁 튕겼다. 폭죽이 터지는 소리는 작고도 시시했다. 어디의 부랑아가 생일선물로 받을 폭탄 사탕의 피식 소리보다도 크지 않았다. 섭정은 죽어 넘어졌다. 꼭두각시 인형을 움직이게 하는 놀림 끈들이 잘려 나간 것이라서, 인형은 그냥 극중에 쓰러지는 것보다 더 확실한 중력을 받아 데구르르 넘어갔다. 마법사는 여송연을 입에 물더니 진짜 연기를 내뿜었지만, 연기에서는 베이컨 냄새가 났다. 불똥이 튀어 막에 불이 붙었다.

사자는 극적 예술을 상연하는 극장 시설은 어느 것이든 구태여 보존해야겠다는 마음이 없었다. 그렇지만 '시계'는 『그리머리』의 은신처이고, 차마 옆에 서서 빤히 보면서 그것이 불길에 휩싸이도록 방관할 수는 없었다. 그는 펄쩍 뛰어 일어나 자기 꼬리를 입에 물어 몇 초 동안 쭉쭉 빨다가 그 축축해진 꼬리 끝으로 막 일어나기 시작한 불길을 쳐서 불을 껐다. 아주 구린 냄새가 풍겼다.

"공연 끝났습니다, 여러분." 그가 어깨 뒤를 돌아보고 말했다. "이제 여기 구경할 건 아무것도 없어요. 출구는 왼쪽입니다. 선물가게를 거쳐서 나가세요. 그리고 부탁이니 오후 공연 관객 분들께 미리 말 좀 하지 말아 주세요. 알고 보면 재미가 없으니까요."

일리아노라가 돌아섰다.

"저 결말은 시작이나 마찬가지로 영 설득력이 없지 않아요?"

"꽤나 그렇지." 사자가 말했다.

"새 여인에 대한 내용이 뭐가 있었나요?"

"그게 바로 우스운 점인데, 이분이 여기 있다는 걸 안 것 같지가 않구려." 브르르가 말했다.

"오래된 짝지가 다 그렇듯이 이젠 감응이 안 되는 거지." 뒤로부터 돌아 나오며 대장 나리가 말했다. "그냥 기계적으로 가던 대로 간 것뿐이야. 이것이 10년, 20년이나 전의 시들어 빠진 비밀을 폭로해 보였다는 데 내기라도 걸겠어. 난 재탕은 질색이오. 그게 대체 뭐에 대한 얘기요?"

"오즈마 가계의 몰락이지." 새 여인이 주장했다. "우리의 유감스러운 역사야. 파스토리우스가 갓난아기 오즈마를 어떤 늙은 마귀할멈에게 데려가서 지켜 달라고 맡겼을 때에 때마침 마법사가 당도했지. 마법사는 오즈마 섭정을 모종의 총기로 해치웠어. 그 부분은 역사야. 그러니까, 섭정을 살해한 것은. 나머지는 외경이고. 내 추측은 마법사가 십중팔구 아기도 죽여 없앴을 거라는 거야. 까아, 까아, 그래, 그 아기가 숨겨졌다고 예언은 말을 하지. 시대가 가장 암울할 때에 돌아오기 위하여 어딘가 동굴 속에 잠들어 있다고. 도대체 얼마나 더 암울한 시절이 와야 한다는 거야? 뻐꾹, 뻐꾹, 어처구니없는 헛소리야. 고통 받는 머저리들을 위한 달콤한 아편제지. 마법사가 얼마나 영악한 작자인데 웬 시골 유모의 삭정이 손가락이 아기를 낚아다 빼돌리게 가만히 놔뒀겠어?"

"당신 마법사를 직접 만난 일이 있소? 그 산도적 놈을?" 난쟁이가 물었다.

"그런 즐거움은 누린 적은 없어." 새 여인은 즐거움이라는 단어가 얼음 넣은 레몬 음료에 헤엄치던 버러지라도 되는 것처럼 퉤 하고 내뱉어 말을 했다.

"그자는 『그리머리』를 찾아 오즈에 왔소." 난쟁이가 말했다. "이 책은 알려진 세계의 끝 너머로부터도 그놈 같은 악당들을 끌어들일 만큼 엄청나게 널리 강력하게 평판이 난 책이지."

"그리고 우리는 흥정을 하다가 우리의 왕족을 잃고 말았고 말이야." 은둔자가 까옥거리는 소리로 말했다. "그 책은 책임 져야 할 일이 잔뜩이야. 그리고 저걸 오즈에 간수한 게 누구든 그자도 마찬가지고. 어딘가 다른 낙원으로부터 저 책을 안전하게 치워 버리려고 그렇게 했겠지. '내 뒷마당에는 안 된다.'라고 하던가, 그런 걸? 하지만 그게 여기 떡 하니 떨어져 있거든. 그리고 당신들이 그걸 챙기는 자들이지. 당신들 부끄러운 줄 알아야 해."

대장 나리는 이런 경멸 어린 대사가 마음에 들지 않았다.

"하지만 시계는 당신에 대해서는 아무것도 말하지 않았소." 난쟁이는 턱수염을 양손으로 쓰다듬었다. "시계는 바로 그 시점에 앞에 있는 관객의 자극에 반응하도록 마법이 걸려 있지. 이게 옛날에 했던 공연을 재상연한다는 건 도무지 말이 안 돼. 전에는 절대 이런 적이 없었는데."

"재미있었어요. 그렇지만 지난번에 드래곤이 호수에 빠지는 연극만큼 재밌지는 않았어요." 레인이 말했다.

"소식을 못 듣고 돌아다닌 지 얼마나 됐나? 에메랄드 시에서 일이 어떻게 돌아가고 있는지 알기는 해?" 여인이 물었다.

"전혀 모르죠." 브르르가 말했다.

"우리가 깜짝 놀라게 진상을 알려줘 보세요."

"오즈의 황제라는 작자, 당신들 그 사람에 대해 알아? 모르나?"

"물론 압니다. 셸 트롭이죠. 엘파바와 네사로즈의 남동생이요. 그 사람이 어쨌는데요?"

"성명서를 냈지. 당신네들의 마법 드래곤이 당신들에게 그것 하나 보여 주지 못했구먼? 하. 아무렴 그렇지, 황제는 오즈 전역으로부터 모든 마법 도구들을 궁전으로 모아들인다고 선포한 참이야. 모든 마법의 갈을, 따라도 따라도 바닥나지 않는 마법의 찻주전자를, 오래된 주문이 적혀 있는 고문서를, 모든 수정구를, 모든 요술 피클 포크를 전부 다 말이야. 황제는 오즈에서 마법을 금지한 거야."

"황제가 그렇게는 할 수 없어요." 법률에 대해 자기가 아는 바를 떠올리며 브르가 말했다. 그래 봐야 그가 아는 것이 많지는 않았다.

"그런 짓은 할 수 없지." 대장 나리가 말했다. 대장 나리의 어조는 그런 야심은 설사 그 어떤 황제라 해도, 오즈의 황제든 또는 다른 오즈의 황제든 한계를 넘은 것이라고 생각하는 기색이었다. "사람들을 그 조상에게서 분리하자는 것이나 마찬가지지. 아니면 그들 눈의 반짝임에서 분리하든가, 아니면 그들의 회의주의로부터 떼어 놓자든가. 될 법도 않은 일을."

"그렇든 아니든 황제는 단행을 했어." 새 여인은 초조한 기색을 띠었고, 더더욱 가늘게 실눈을 떴다. "황제는 요원들을 널리 내보내어 벌써 오래전에 대학에서 가르쳤던 사람들을 체포하려고 할 게 틀림없어. 내린 임무에 대한 보고를 받으려고. 그리고 내가 비록 예배당에서 오르간 주자로 잠시 일했다고는 하지만 나도 당신들 못지 않게 위험한 상황에 처해 있어."

여인은 미친 몽구스처럼 길길이 째지는 소리를 질러 대기 시작
했다.

"그만 해요." 일리아노라가 말했다. "한때 마법을 가르치셨든, 합
창대 반주자를 하셨든 아무래도 상관없잖아요? 지금은 여기 계시
잖아요, 친구들 가운데요. 설사 우리가 황제가 두 팔 벌려 맞이할
궁실을 향해 북쪽으로 향하고 있었다손 치더라도 우린 선생님을 고
해바치지 않았을 거예요. 더욱이 우린 남쪽으로 가고 있죠. 우리는
우리대로 황제나 황제의 군대 병력과 맞닥뜨리지 말아야 할 이유가
있답니다."

"그자가 당신들을 찾아낼 거야, 당신들이 어디로 가든지 간에."

"하, 우린 썩 꽁무니를 잘 빼서 꺼져 없어질 수가 있소. 두고 보
시지." 대장 나리가 말했다.

"황제는 나를 좌지우지할 권리가 없어요. 난 먼치킨랜드인이에
요." 꼬마 다피가 말했다.

"난 아무것도 아니에요." 레인이 말했다. "그치만 나중에 까마귀
가 될 거예요. 나도 같이 나무에 올라가도 돼요? 저한테 나는 법을
가르쳐 주실래요?"

정신이 오락가락하는 여자가 마침내 소녀를 보았다.

"넌 나한테 뭘 해 달라고 자꾸 조르고 난리지?"

"아무도 나한테 읽을 걸 아무것도 안 줘요. 글자를 연습해야 하
는데도요." 레인이 말했다.

한때 교사였던 과거 때문인지 새 여인은 일행 전부를 향해 험악
한 눈을 떴다. 마치 그들이 아이를 학대하여 억지로 아주까리기름

이라도 마시게 했다는 얘기를 들은 것처럼.

"나한테 펜과 잉크 한 병이 있단다. 내가 네 이름을 써 주마. 그러면 나중에 체포 영장에 쓰여 있는 네 이름을 알아볼 수 있게 될 거야. 이 작자들을 가까이하지 말려무나, 어린아이야. 이자들은 아주 껑충껑충 뛰어서 낭떠러지 끝으로 달려가고 있으니까 말이다."

"어이쿠, 이제 누가 앞날을 말씀하시는지 좀 보라지." 난쟁이가 비웃었다. "그 애를 우리 손에서 떼어 데리고 가시게?"

"어림없는 말씀 마세요, 대장 나리. 자꾸 그러시면 까딱하다 그 말씀하시는 '우리 손'이 남아나지 않을지도 모릅니다." 브르르가 말했다.

새 여인은 자기가 한 약속대로 충실히 쓸 것을 써 주었다. 그녀는 레인을 위해 꽤 여러 단어들을 적어 주었다. 브르르와 일리아노라의 이름을 써 주고, 꼬마 다피와 대장 나리 이름도 쓰고, 레인의 이름도 썼다.

"네 인생에 또 누구 중요한 사람은 없니?"

레인은 고개를 살래살래 흔들었다.

"글린다 부인이 있지 않니?" 일리아노라가 물었지만, 레인은 전혀 그 말을 듣기라도 한 것 같은 기색이 없었다.

새 여인은 마침내 종이에 썼다. 그레이스 그레일링이라고.

"그게 내가 새이기 전에 나였던 것이지." 새 여인이 그들에게 말했다. "그러니 만약 놈들이 당신들한테 날 만났는지 묻는다면, 못 만났다고 대답할 수 있을 거야."

"그게 G, r, a, y입니까, 아니면 G, r, e, y인가요?" 안경을 다른 조끼에 넣어 둔 브르르가 물었다.

"철자를 몇 가지로 다르게 쓸 수 있지. 난 신분 위장을 위해 여러 가지로 쓰고 있어. 이제 나는 모음을 둘 다 써서 그레일링(Graeling)이라고 쓰는 편을 좋아해. 그게 부를 때 더 새 같거든."

"읽는 소리는 다 똑같은데요." 레인이 말했다.

그레이스 그레일링은 알맞은 곳에 때마침 놓여 있던 타구를 보는 눈으로 레인을 보았다. 하지만 그녀는 레인이 읽기를 연습할 수 있도록 종잇조각에 단어 몇 개를 덤으로 더 써 주었다.

"이거 마법 주문이에요?" 소녀가 물었다.

"침 고이게 하지 말렴, 뱉고 싶으니까. 그렇지만 네가 이걸 거침 없이 확실하게 깨칠 수만 있다면, 글자들의 조합은 모두 다 마법 주문이란다. 비록 그것이 황제가 내놓은 병신성스러운 선언이더라도 말이야. 말은 저마다 효력을 낸단다, 얘야. 행실을 조심하렴. 내가 하늘을 나는 법은 모를지 몰라도 글 읽는 법은 알고 있지. 그리고 이거나 저거나 거의 똑같은 것이거든."

"저도 알아요. 전에 무슨 책들을 구경한 적이 있거든요." 레인이 종이를 움켜잡으며 뚱하니 선언했다.

"아무리 고장이 났더라도 내가 당신들이라면 저 시계를 안 보이는 곳으로 치워 둘 거야." 그레이스 그레일링이 경고했다. "황제는 자기 말고 그 누가 장난감을 갖고 노는 걸 원치 않으니까. 당신들은 말썽거리를 끼고 다니는 거야."

"까마귀 같은 여편네가 참견은. 댁이 알 바 아니잖소." 대장 나리가 말했다.

새 여인은 자기 나무로 기어오르기 시작했다.

"내 말 명심해. 난 높은 곳에 친구가 한두엇 있단 말이야." 여인은 저 높은 곳에 파란 하늘을 배경으로 파닥파닥 날고 있는 몇 마리 새들을 가리켜 보였다.

"아줌마도 우리랑 함께 가실래요?" 레인이 물었다. 이 일행이 일 상다반사로 하는 일이란 미치광이들을 주워 모으는 것이로구나 생 각했던 그녀였다.

그레이스 그레일링 뒤쪽에서 다른 일행들은 모두 레인에게 두 팔로 가위표를 그려 보이고 있었다.

8

"그 아줌만 왜 우리랑 같이 안 와요? 우리한테 나는 법을 가르쳐 줄 수 있었을 텐데." 레인이 불평했다.

"책은 우리 넷이 가라고 그랬어." 브르르가 말했다. "기억하니? 손가락 네 개를 이렇게 해서, 남쪽으로 향하라고 그랬잖아?"

"그럼 아줌마는 뭐예요?" 레인이 자기 어깨 너머로 꼬마 다피를 가리켰다.

"책은 나도 같이 가라고 했단다." 꼬마 다피가 말했다. "나는 아마 그 으스스한 여자의 몸짓 뒤에 가려 있었을 거야. 네가 O자 안에서 봤다고 말한 형상 말이다. 나는 작게 나왔지. 엄지손가락처럼 작게. 예언 속에 내가 있는 것을 볼 수는 없었겠지만, 그래도 나는 그 속에 있었어."

"장님에, 절름발이에, 반편이에, 홱 돌면 막 나가는 난폭 범죄자에. 이제 좀 적당히 하지 않으면 길동무를 만드는 게 아니라 숫제 나라를 세우게 될걸." 대장 나리가 말했다.

✝✝✝

다음 날 '낙담' 평야를 구불구불 가로질러 나아가면서 일행은 새 여인이 일정한 거리를 두고 따라오고 있지 않은지 확인하기 위해 계속해서 뒤를 돌아보았다.

"저 새들이 그 아줌마 친구예요?" 레인은 일행이 가는 곳마다 거기 사는 굴뚝새나 큰까마귀 등 새만 보면 번번이 그렇게 물었다. 몇 번이나 거듭 물어서 다른 사람들은 이제 더 이상 대답도 해 주지 않게 되었고, 그러자 소녀도 입을 나물었다.

낮 동안 마땅히 올라갈 기온이 마침내 올랐다 싶은 때에 일행은 저녁을 먹기 위해 잠깐 걸음을 멈추었다. 여자 어른들이 먹을 것을 장만하는 사이에 사자는 뻐근한 근육을 쉬게 하며 금세 곯아떨어져 몇 분 동안 짧게 잠을 잤다. 그러고 나서 그가 일행에게 말했다. "깜박 졸고 일어나는데 문득 생각이 났어요. 그 새 여인이 누구인지…… 과거에 누구였는지가를요."

"다름 아닌 오즈마겠지. 그렇지요?" 꼬마 다피가 말했다. "나이는 백 살이나 먹었지만 혈통 유지는 문제없이 하고 있는 오즈마요. 내 말이 맞아요? 당신 생각은 어때요?"

"그 여자는 내가 마담 모리블의 서류를 살펴보도록 도움을 준 시즈의 기록 보관소 사람이었어요. 내가 안절부절 못하는 호들갑쟁이를 만나 봤다면 바로 그 여자가 그런 사람이었죠. 카페에 들어가면서도 남들이 보면 평생 한 번도 사람들 보는 장소에 나와 본 적이 없나 보다 할 정도로 무척이나 당황해서 수선을 떠는 그런 사람이요. 솔직히 말해서, 황제의 마법 금지령을 당하여 굳이 정신이 살짝 돌아야 할 만큼 그 여자가 마법 주문에 웬만큼이라도 재능이 있었

344

는지 난 의심스럽군요."

난쟁이는 자기 담뱃대에 불을 댕겨서 쭉 빨아들였다가, 왁스루트 속대 향이 가미된 진한 체리 담배 연기를 훅 내뿜었다.

"아니야, 마법사가 살짝 돌 여지는 얼마든지 있지. 그건 직업병이라네."

"아마 어떻게 해서인가 소식이 새긴 샌 모양이네요. 숨겨져 있던 『그리머리』가 세상에 나왔다는 소식이요. 이렇게 마법사의 도구들을 압류한다는 게 영 신경 쓰여요. 만약 황제가 마법의 물건들에 대하여나 마법 주문을 읊는 행위에 대하여 모라토리엄(활동 중단령)을 내린다면? 셸이 기구들을 내놓으라고 공포한다면? 어쩌면 그는 디폴트(불이행)로 『그리머리』를 구슬려 들이려고 하고 있는 건지도 모르겠군요."

"아니면 그것의 존재를 황무지 한가운데서 번쩍번쩍 빛이 나고 소리가 나게 함으로써 자기가 그걸 더욱 쉽게 발견할 수 있게 하려는 것일 수도 있지." 대장 나리가 말했다.

"무슨 말씀이신지 알았습니다. 우리가 받은, 남쪽으로 가라는 지시가 아무래도 정말 괜찮은 지침이었던 모양입니다. 계속 가도록 하죠. …… 그렇지만 오늘 밤에 계속 가는 건 아니야." 브르느 폴짝 뛰어 일어나 당장이라도 앞서 달려 나가려는 레인에게 말했다.

레인은 자기 손에 들어온 종잇조각들에 흡족해하고 있었다. 일리아노라는 그것을 접어서 종이 화살을 만드는 법을 가르쳐 주었고, 레인은 오후 내내 종이 화살을 날리고 그 뒤를 쫓아가서 어디 떨어졌는지 찾아내어 거기 쓰인 것을 읽느라 골똘하고, 날리고 쫓아가고 하기를 되풀이했다.

"차분하게 있어라, 우리 누덕쟁이 꼬맹이야. 한 달 중 이 무렵에는 하늘에 달이 안 떠. 그러니까 밤중에는 길을 가지 않을 거다. 우리는 서늘할 때 쉬었다가 아침에 다시 이동할 거야."

"뒷면에 있는 거 읽어 주세요." 레인이 일리아노라에게 청했다.

브르르는 참으로 미더운 자신의 아내가 화살 모양으로 접힌 종이를 펴는 것을 바라보았다. 종이의 한쪽 면에는 새 여인이 손으로 쓴 글자들이 있었지만, 다른 면에는 인쇄된 글자들이 있었다. 그것은 책에서 찢어 낸 한 페이지였다. 누가 보는지에 따라 각각에게 특정한 방식으로 글자를 이리 옮기고 저리 옮기는 편집 방침을 갖고 있지 않은 평범한 책에서 말이다.

"어떻게 알았니? 이건 옛날이야기 한 가닥이구나. 우화시야. 오래전에 생겨난 이야기지. 수확기의 축제 때나 밤에 잠자리에 들 때 읊곤 하던 이야기인데, 이것은 요정 여왕 럴라이나와 럴라이나와 가슴을 맞댄 친구 프리넬라에 관한 이야기 중 하나란다." 일리아노라가 말했다.

"이야기 중 하나라고요?"

"아, 이야기가 한 수십 가지는 있으니까 말이지." 일리아노라는 실눈을 떴다. 화톳불에서 나오는 빛이 그다지 밝지 못했다. "내 생각에 이 이야기는 럴라이나와 프리넬라가 그…… 그 사람 이름이 뭐더라? 그 누구를 만나는 대목 같구나."

브르르는 어린 시절에 들었음 직한 옛이야기에 맞닥뜨리면 불편한 심정이 되었다. 그럴 때면 항상 누군가에게 삿대질을 하며 시비를 걸거나 가시돼지처럼 대놓고 방귀를 뀌어 버리고 싶어졌다. 왜인지는 알고 있었다. 새끼 사자였던 무렵에 브르르에게는 럴라인,

프리넬라, 그리고 털 망토를 걸친 스켈리본(그의 이름이 스켈리본이든 아니면 다른 무엇이든 간에)에 대한 이야기를 해 줄 사람이 아무도 없었던 것이다. 그렇다고 그게 몹시 아쉽다는 것은 아니다. 브르르는 아마 아닐 것이라고 생각했다.

일리아노라가 이야기 전체를 기억해 내려고 곰곰 생각하는 동안 (종잇장에는 줄거리 중 고작 몇 단락만이 찍혀 있는 게 분명했다.) 브르르는 하품을 해 가면서도 엄숙하고 진지한 눈으로 집중하고 있는 레인을 지그시 바라보았다. 레인 역시 어린 시절을 한껏 누릴 기회는 그다지 갖지 못했을 것이라고 브르르는 생각했다. 하지만 아직 시간이 있다. 레인은 이제 겨우 날개가 난 아기 새다.

일리아노라가 이야기를 마쳤을 때에는 화톳불이 꺼져 내렸고 난쟁이와 그의 먼치킨 아내는 사생활을 찾아 서로 보듬고 누웠다. 레인은 자기 전에 마지막 소변을 보려고 어둠 속으로 몇 발짝 나갔다. 일리아노라가 입속 소리로 브르르에게 말했다.

"내가 한 이야기 어땠어요?" 사자가 속삭였다. "당신 그 이야기를 지어낸 거요?"

일리아노라는 수줍게 고개를 끄덕였다.

"거의요. 등장인물들은 빼고요…… 유명한 등장인물들은, 럴라인과 프리넬라와 스켈리본 영감은요. 하지만 나머지는 지어낸 거예요."

브르르는 조심성 있게 레인 쪽을 살폈다.

"아주 요령이 밝아졌군요, 당신."

일리아노라가 웃었다.

"이야기 안 듣고 있었죠? 그렇죠?"

"옛 생각이 나더군." 브르르는 그렇게 말했고, 사실 틀린 말이 아니었다.

레인이 돌아와서 자리를 잡고 누워 삼베 양모 담요를 턱밑까지 바짝 끌어당겼다. 이 무지막지하게 뜨거운 여름이 언제까지나 계속되지는 않을 거야. 밤이 그렇게 말해 주었다. 어쩌면 저 별들이 눈송이로 변하여 새벽이 오기 전에 내리게 될지 몰라. 오늘 밤일 수도 있고 내일 밤일 수도 있지. 젊음의 여름밤을 또 한 차례 사위게 하며, 활짝 핀 꽃 위에 내릴 눈발들.

몇 마리의 갑충들이 함께 붕붕 날면서 저희들의 날개를 쳐서 저희들의 사이렌을 울리고 있었다. 몇 킬로미터나 떨어진 먼 곳에서 부엉이가 한마디 했다. 하지만 아무도 대답하는 이는 없었다. 입속으로 웅얼거리는 레인만 제외하고는.

"사자?"

몇 가지 이유 때문에 브르르는 그 아이가 자신을 '사자'라고 부를 때가 정말, 정말 좋았다. 진짜 너무 좋다. 자신이 '브르르'라는 것을, 겁쟁이라는 별명으로 유명해진 슬픈 역사가 있는 그 존재임을 굳이 일깨우지 않고('겁쟁이'란 거의 그의 공식 칭호가 되어 버린 터였다.) 그냥 단순히 이렇게 불러 줄 때. '사자'라고.

머리를 뒤로 몇 치 물리면서(요새 들어 그의 두 눈은 말하는 사람에게 초점을 맞추어 보려 할 때 주어진 거리에 만족하지 못하는 일이 종종 있었다.) 그가 물었다.

"뭐가 필요하냐, 얘야?"

"럴라인이 정말 진짜로 이 세상에 있어요? 또 다른 이들도 있고?"

이건 거의 꿈나라의 질문이로구나. 그는 그렇게 생각했다. 레인은 그쪽 나라로 둥실둥실 멀리 떠 간 상태였다. 그래도, 거짓말을 하기에는 그의 마음에 레인이 너무 애틋했다. 이럴 때 뭐라고 말하지? 브르르는 일리아노라와 시선을 마주쳐 도움을 구하려고 했지만 그녀는 이미 베일을 덮어쓰고 멀찌감치 자기만의 거리를 지키고 있었다.

자기가 말을 않고 있는 동안 레인이 벌써 잠에 곯아떨어졌을지도 모르기 때문에 그는 목소리를 낮추었다. 하지만 결국 그가 "글쎄다? 넌 어떻게 생각하지?" 하고 말하자 레인은 뭐라고 웅얼거리는 소리를 냈다.

브르르는 똑바로 알아들을 수 없었다. 그는 레인이 한 말이 아마 "나중이 되면 자연히 알게 되겠죠, 뭐."였나 보다고 생각했다. 하지만 그게 아니라 뭔가 다른 말이었을지도 모른다.

앞으로 차차 레인은 브르르가 해 줄 수 있는 대답보다 훨씬 풍성한 대답을 알아 가게 될 터였다. 그 생각이 브르르의 마음을 편안하게 했고, 그 편안함으로 그는 하룻밤 내내 잘 쉬었다.

9

그레이트 켈스가 앞쪽으로 아련히 떠오르기 시작했다. 사자가 말했다.

"난 이 승무원 차를 끌고 저 깎아지른 산벼랑 비탈을 올라갈 맘은 없어요. 따로 부려먹을 놈을 구하든가 하세요, 대장 나리. 책이 귀띔해 준 건 우리보고 남쪽으로 가라고 한 거 아니었나요?"

"그럼 저 산들을 빙 둘러 가려면 우리가 다소 동쪽으로 방향을 잡아야 할 거 아닌가?" 난쟁이가 말했다. "그렇게 가다 보면 먼치킨랜드의 남동쪽 경계 지역에 접어들 거야. 하지만 결국에는 노란 벽돌길의 아래쪽 갈림길과 마주칠 테니까, 그러면 그때부터 똑바로 남쪽으로 갈 수 있지."

"정확히 언제쯤 우리가 충분히 남쪽으로 가 있게 될까요? 아니면 지금 우리 전망을 내다보자고 돌아다니고 있는 건가요?" 일리아노라가 말했다.

"황제의 위협과 우리 사이에 우리가 할 수 있는 최대한 거리를 벌려 놓고 있는 중이지. 에메랄드 시는 쿼들링 지역에 신경 안 써, 늪지대에서 나는 루비만 빼면 말이야. 그리고 세금하고. 걸 세금이 있을 때의 이야기지만. 하지만 먼치킨랜드에 전쟁이 났으니 쿼들링 거름 더미에 사는 것들은 그냥 굳이 닦달하지 않고 놀려 둘 거다. 제국의 억압으로부터 잠깐 휴가를 받은 셈이지. 그리로 가면 한층 안전할걸. 암돼지 창자에 숨은 회충처럼 쏙 숨어 버릴 수 있지. 책이 우리에게 말한 대로 말이야." 난쟁이가 대답했다.

"책은 아무 말도 안 했는데요." 레인이 참견했다.

일행은 레인을 보았다.

"말한 건 책 속에 들어 있는 사람이죠." 레인이 설명했다. "그리고 그 할머니가 '남쪽으로 가.' 하고 말한 것이 아니라 그냥 '뒤로 물러나.'라고 했을 수도 있지 않나요? 그러니까, '이 책에서 물러나, 너무 위험하니까.' 하고요……."

"하, 누가 위험한지에 대해서라면 시계가 이미 우리에게 말해 준 바 있지." 대장 나리가 말했다. "입 닥치고 있어라. 도대체 뭘 보고 네가 우리보다 징조를 더 잘 읽을 거라 생각한 거냐?"

일행은 좀 더 발걸음을 재우쳐 길을 갔지만, 전진하는 가운데에도 분명 일말의 의심이 그들의 가슴을 좀먹었다.

✛✛✛

날씨가 결국에는 다소 선선해져 왔고, 레인은 글자를 가지고 이리저리 궁리를 했다. 레인은 조금씩 조금씩 글자들이 어떻게 단어를 이루는지 깨우쳐 갔다. 레인은 부러진 잔가지를 땅바닥에 놓아서 말을 만들었다. '레인 여기 옴'이라고. 그리고 '오늘'이라고. 그리고 '누구'라고. 또 '미안해'라고도. 레인은 개울 바닥에 조약돌로 단어를 썼다. 돌의 언어를 알아보는 눈을 가진 누군가가 언젠가 볼지도 모르는 커다란 단어들을 만들어 놓았다. '물 솟는 곳.' 레인은 그렇게 썼다. '물 떨어짐'이라고도 썼다. 빤한 걸 글로 쓰고 있군. 브르는 그렇게 생각했지만 그래도 레인이 자랑스러웠다. 마치 레인이 우가부 말을 번역했거나 강의 마법을 발명해 내기라도 한 것처럼 뿌듯했다.

뜨문뜨문 마주치던 농장 집들이 없어져 가며 대신 간간이 작은 촌락들이 눈에 띄기 시작했다. 작지만 나름 예배당과 농가가 있고, 몹시도 오래된 럴라이나 제단이 있고, 마구간과 여관들, 또 예상치 못한 찻집까지도 있었다. 일행은 바퀴 자국이 새겨진 길로 나아가면서 농부들과 땜장이들을 지나쳤다. 키로 보면 그들은 먼치킨인이었는데(개중에 그걸 말한 난쟁이는 "먼치킨 비슷하게 생긴 것들"이라고 부르려고 했다.) 보기에는 차분하고 별달리 이방인을 배척하는 것 같지 않았다. 꼬마 다피는 누구의 부러진 팔뚝에 부목을 대 주고, 구루병이 있는 누구에게는 물약을 먹이고, 한 호호백발 할머니의 건들건들 흔들리는 머리에서는 치아 한 대를 뽑아내었다. 전원이 거의 질식할 지경에 처했지만, 일을 치르고 나자 할머니는 크기가 오렌지만 한 피투성이 이 빠진 틈바구니를 내보이며 활짝 웃음 지었다. 그러면서 자기 집으로 가서 치아 수프를 들자고 초대했다. 거절할 도리밖에 없었던 제안이었다.

북쪽에서 일어난 소요에 대한 새 소식은 잘 들을 수 없었다. 한 농부는 레스트워터 호수 전체가 침략군의 손아귀에 떨어졌다고 주장했다.

"글린다 부인 소식은 없습디까?" 브르르가 물었다.

남자는 깜짝 놀란 얼굴을 했다.

"거북의 해 명절날 있었던 수영 대회 이후로는 전혀 소식을 들은 적이 없었는데, 글린다 부인이 아직 살아 있었소?"

"어, 그게 바로 내가 궁금해하는 겁니다만."

"곰 발톱으로 내 엉덩이를 긁으쇼, 공연한 소리를 들어서 가슴만 철렁했구먼. 그런지 아닌지 네가 도대체 어떻게 알겠소? 글린다 부인이 죽긴 왜 죽어요? 그러니까, 죽었다면 죽었겠지만 그게 아니라면 도통 무슨 이유로?"

✛✛✛

일행은 계속해서 터벅터벅 걸었다. 날이 지나 노란시절달이 되고, 하루하루 그들의 시간은 금빛으로 물들어 돌았다. 해가 나와 있을 때에는 말이다. 하지만 시간이 정말 돌 수는 없다. 돌아가는 것처럼 보일 뿐이다. 나뭇잎이 떨어지기 시작했고, 그 나뭇잎을 떨어뜨린 가지들은 차차 구름을 배경으로 얼기설기 핏줄인 양 엮인 형상을 드러내었다.

일행은 마침내 노란 벽돌길에 다다랐다. 길은 제대로 유지 보수가 되어 있지 않아서, 걸핏하면 바람에 쓰러진 나무가 있는가 하면 냇둑을 넘어 흐르는 물이 발걸음을 느리게 했다. 이 길에는 분명 통행한 흔적이 없었다. 그날 밤 그들은 아담하게 무리 지은 흰 자작나무 숲에서 야영했다. 자작나무는 껍질이 벗겨져 나간 부분의 옹이

자국들이 마치 일행을 기억에 새겨 두려는 눈들 같았다.

"나무들이 볼 수 있어요?" 레인이 물었다.

"어떤 이들은 나무가 유령들의 집이라고들 하지." 꼬마 다피가 말했다. "그러니까 내 말은, 미련한 사람들이 그런 얘기를 한다는 거야."

"나무 유령 얘기가 아니라요, 나무 말이에요. 쟤들이 우리를 볼 수 있나요?"

"매년 가을마다 온 세상에 나뭇잎을 뚝뚝 떨어뜨리며 울지 않니. 그만하면 여기 이 세상에 무슨 일이 벌어지고 있는지 빌어먹게 잘 알고 있다는 증거가 되고도 남지."

레인의 두 눈이 감기고 숨소리가 부드럽게 잦아든 후에, 브르르는 넌지시 일리아노라에게 말했다.

"당신 보기에는 우리 레인이 아무 문제 없이 괜찮은 것 같소?"

일리아노라는 한 눈썹을 올렸다. 무슨 맥락에서 묻는 얘기냐는 뜻이다.

"난 인간 아이들을 거의 모르고 살았소. 그 도로시 게일이 내가 안 인간 아이 목록의 전부일걸. 그래서 뭘 걱정해야 할지 사전에 갖고 있는 전제도 없어요. 그렇지만 레인이 좀…… 그러니까, 묘해 보이지 않소? 어쩌면 꼬마 애가 너무 많은 것으로부터 한순간에 떨어져 나온 게 아닐까?"

일리아노라는 눈을 내리감았다.

"저 애는 자기 나이에 비해서도 어린 편이에요. 그게 다예요. 아직도 마법의 세계에 살고 있죠. 장차 그 안에서 살지 못할 만큼 자라나게 될 거예요, 아픔과 슬픔의 노랫가락에 맞춰서요. 우리 모두가 그래요. 너무 걱정하지 마요. 오늘 밤 저 애가 나무를 어루만지는 거 봤지요, 마치 그 나무들이 저 애는 알고 있고 우리는 모르는 영혼을 가진 것처럼요. 그건 이상한 게 아니에요, 그게 바로 어린애가 어린애라는 거예요. 내가 그런 아이였어요, 생기발랄했던 시절에는요."

"그런 식으로 말하지 마요."

"아, 난 이제 충분히 생기가 넘쳐요." 일리아노라의 눈이 뜨였고, 그 두 눈은 이 여자에게시라면 사랑이라 할 수 있는 그 무엇으로 가득 차 있었다. "난 살아 있어요. 하지만 난 그때 그 소녀가 아니지요. 나는 중심이 무너진 삶으로부터 자라난 어른 여자예요. 나는 그 오래전에 나였던 여자아이와는 조그마한 인연조차 없어요. 나에게 그 여자애의 삶은 내가 옛날에 읽었던 그림책 속 이야기 같은 거예요. 그리고 그 그림이란 내가 내 머릿속에 가진 장면의 그림이지요. 키아모코에서 사는 그 소녀. 옛날 옛날에 아버지와 함께 살았던 그 모습이에요. 아르지키의 왕자이신 그 유명한 피예로 티겔라르와 함께요. 그 소녀의 어머니 사리마와 함께한 삶, 그리고 아버지의 과거 애인이었던 엘파바 트롭과 함께한 삶이죠. 그건 내 머릿속에 들어 있는 아이들 이야기예요. 영영 해지지 않는 소나무 가지 망토를 둘러 입은 해골 은둔자와 프리넬라 이야기보다 더 진짜일 것도 없는 동화인 거죠. 난 슬프지 않아요. 화제를 돌리지 마요. 난 그냥 이대로 둬요. 우린 레인 이야기를 하고 있었잖아요."

일리아노라를 생각해서 브르르는 먼저 말하던 이야기로 도로 화제를 가져갔다.

"레인이 자연의 세계에 대해 관심 갖는 걸 트집 잡으려는 게 아니에요. 내가 알아차린 것은…… 그건 레인이 우리에게 거리를 두고 있다는 거요."

"저 애는 바로 여기 당신 등허리에 딱 붙어서 웅크리고 있잖아요. 이보다 더 거리를 가깝게 하려면 당신은 아이를 통째로 집어삼켜야 할 거예요."

"내 말이 무슨 뜻인지 알면서 그래요. 저 애는 우리의 삶 바로 옆에서 둥둥 떠돌듯 살아가면서 제한된 접촉만을 하는 것 같아요."

일리아노라는 한숨지었다.

"저 애를 안전한 곳으로 데려다 주기로 한 거였잖아요. 저 애를 완전하게 만들어 주자고 한 게 아니라요. 당신은 우리가 뭘 어떻게 했으면 좋겠어요? 노래라도 할까요? 길을 가면서 숫자 셈을 하나요?"

"난 아는 이야기가 없어요. 당신이 아이한테 좀 더 이야기를 들려줄 수 있을까? 난 우리가 조금이라도 더 다가갈 수 있었으면 해요. 이 애는 우리를 사랑해요, 아마도 그럴 거요. 하지만 너무 멀리서 그러고 있어요."

"그 거리는 저 애가 직접 건너와야 해요. 그 점에 대해서는 내 말을 믿어요, 브르르. 내가 안다고요. 저 아이 스스로 우리를 찾을 만큼 현재가 중해져서 저 아이가 우리에게 건너오기로 결정하든가, 아니면 하루하루 당신이 필요로 하고 내가 필요로 하는 것을 필요로 하지 않으면서 살아가는 방법을 배워 가든가 둘 중의 하나예요."

"그런 것을 두고 정신에 맺힌 데가 있는 것이라고 했던 것 같군."

"그런 것을 두고 슬픔으로 인정할 수 없을 만큼 깊디깊은 슬픔이라고 하는 거예요. 어쩌면 저 아이는 영영 그걸 슬픔으로 여기지 않을지도 몰라요. 길게 보면 그건 저 아이에게 축복이 되겠지요. 저 아이가 우리를 사랑하는 법을 배울 수 없다면, 그 때문에 우리가 저 아이를 사랑하지 못할까요? 브르르?"

절대로 아니지. 브르르는 생각했다. 절대 아니야. 그런 말을 굳이 입을 움직여 아내에게 할 필요는 없었다. 일리아노라는 그가 레인의 정수리에 살며시 턱을 괴어 놓은 모습만 보아도 그의 마음을 알았다.

10

오만 가지 형상의 구름들과 갑자기 확 터지는 강한 빛살로 이루어진 날. 산들바람이 꽤 불고 있지만 일기는 다습고 향기가 감돌았다. 매캐한 향내이면서 시원한 향내이기도 했다. 길은 탁 트인 초지를 통과하여 지나갔다. 빼곡히 자란 거뭇한 별어수리와 가문비나무 군락이 드문드문 보이고, 무리 지어 난 야생 진주과일나무가 나뭇잎의 동굴 속에서 반짝이고 있었다. 레인은 일리아노라가 들려주기 시작한 엉터리 같은 내용의 동요 가락에 아무런 주의를 기울이지 않았다. 레인의 귀에 들리기는 했지만 레인이 듣고 있지는 않았다.

꼬마 퍼니 셔틀풋이
양고기 반대기를 만들었지
재빨리 한 점 저며 재빨리 꿀꺽 삼켜
머잖아 재빨리 세상 떠났네

그리고

레지널드 머치가 소파에 앉았는데
무당벌레가 깨물어서 아야 소리 쳤네
벌레가 빙긋 웃고 레지널드 깔깔 웃고
앙갚음으로 벌레를 물어 반토막을 내었다네

"오늘 도대체 왜 이러냐. 왜 이리 아단법석이야?" 대장 나리가
일리아노라에게 말했다. "어린애들 동요에는 고약한 심보가 끔찍하
게 많이도 담겨 있지. 꼬마 머저리들을 강하게 키우려는 거지 싶어,
내가 보기엔."

"무는 얘기도 엄청 많이 나오고 말이죠." 사자가 이를 드러내 보
이며 그렇게 말했다.

브르르는 어린 시절 들어야 할 이야기며 노래를 강제로라도 레
인에게 주입하는 게 어떠냐는 자신의 도발에 일리아노라가 응해 주
어서 마음이 뿌듯했다.

"난 수 세는 노래를 기억하고 있어요." 꼬마 다피가 말했고, 실제
로 그 노래를 읊었다.

한 먼치킨랜드인이 산책을 나갔네
두 길리킨에서 온 계집아이들이 트롤과 춤을 췄네
세 작은 글리쿤 소녀들이 새끼손가락을 잘근거렸네
네 작은 윙키 소년들이 저희들 고추를 보여 주었네
다섯 우가부 아가씨들이 달거리를 시작했네

여섯 꼬마 쿼들링들이 진흙 먹으러 집에 갔네
자, 1등 예쁜이 상은 누가 탈까?
에메랄드, 에메랄드 시에서 온 아가씨라네
한 오즈마, 두 오즈마, 세 오즈마

"그렇게 발을 잘못 디딜 때까지 계속하는 거야." 꼬마 다피가 말했다.

"당신은 백이면 백 잘못 짚는 법이 없잖아." 난쟁이가 말했다.

"이 노래를 하면서 깡깡 걸음으로 뛰는 놀이가 있단다. 센터먼치에서 그걸 하며 놀곤 했지."

꼬마 다피는 오늘 밤에 쓰려고 남겨둔 지난밤의 불쏘시개 꼬챙이를 하나 찾아냈다. 그리고 까맣게 불에 탄 한쪽 끝으로 노란 포장도로 위에다 네모와 동그라미들을 그렸다. 거기에다 각각 숫자를 써 넣었다.

"아직까지 아무도 저한테 수 세는 걸 가르쳐 준 사람이 없어요." 레인이 말했다.

"쉬워." 먼치킨랜드인은 숨을 몰아쉬며 깡총깡총 뛰어서 아홉 번째 원까지 건너갔다.

레인은 투정을 부리면서도 꼬마 다피가 하는 대로 쫓아갔지만, 일곱 번째 원에서 멈추고 말았다. 여덟 번째 원에 깃털과 부리가 달린 조그마한 회오리바람이 폭발하듯 팍 내려앉았던 것이다. 할머니같이 얼굴을 찡그린 굴뚝새 한 마리가 일행들 앞 벽돌 위에 날아 내렸다. 정신을 못 차리게 당황했고 몹시 숨이 차 있었다.

"동요 놀이나 하고 있을 시간이 없어요." 굴뚝새가 학학대며 말했다. "댁들이 날아다닐 수 있지 않은 한은. 우리 오리 양반들아! 내세에 가면 돌맹이 뛰어넘기 놀이는 실컷 할 시간이 넘칠걸요."

"거 당돌하네." 난쟁이가 말했다. "가지 말고 저녁 식사 때까지 있어 주겠소? 약불에 은근히 구운 굴뚝새 요리를 낼까 하는데."

"소중한 순간순간을 바보 헛소리에 쓸 수 없어요, 한참이나 찾아다녔다고요." 굴뚝새는 숨을 고르면서 말을 하느라 힘들어했다. 말소리가 쌕쌕 휘파람 소리같이 나왔다. "그 미친 새 여인이 나에게 여러분을 찾아 달라고 부탁했어요. 난 땅 위에 보이는 단어들을 따라왔죠. 여러분은 위험에 처해 있어요, 축복받을 여러분 한무리의 한 명 한 명 전부 다요. 황제의 고약한 부하들이 상대 못할 많은 수로 뒤에 따라붙었어요, 절말 틀림없어요. 아아, 다 끝장이에요! 요행히 면하면야 또 몰라도요."

그 어리석은 생물이 가져온 소식을 조각조각 짜 맞추는 데는 잠시 시간이 걸렸다. 병사들은 무장을 했고 말을 탔다. 그들은 '낙담' 평야에서 새 여인과 이야기를 했고, '시계'의 무리가 그 길을 지나갔다는 정보를 그녀에게서 짜냈다. 그야말로 즐거운 듯이, 아침거리로 맛난 벌레를!

"감옥에 들어갈 때 옷은 무엇무엇 챙겨 들어가야 할지 모르겠네." 브르르가 짐짓 멍청이 같은 소리를 했다.

"이봐요, 죄송하지만요, 나리님, 감옥에 들어가는 것 같은 특권은 누리지 못하실 거예요, 내가 장담하죠." 굴뚝새가 말했다. "그 무서운 시침 뚝 얼굴들한테 판결 받을 일은 없을걸. 왜 이렇게 어정어정하고 있어요? 날아요, 냉큼 날아가라고요!"

"난 짤막한 다리를 가지고 있어요. 난 절대 빨리 움직이지 않아요." 꼬마 다피가 말했다. "어쩌면 갈라져 가야 할까 봐요?"

"결혼이 지속된 동안은 멋진 결혼 생활이었소." 대장 나리가 말했다. "일이 이렇게 될 줄이야 내 전혀 생각 못했소만, 인생이란 즐거운 충격으로 가득 차 있는 법이지."

"당신과 내가 갈라서자고 말한 게 아니잖아요, 멍청한 양반아."

일리아노라가 가장 먼저 경고에 반응했다.

"어쩌면 이게 '시계'를 버리고 책을 가져가야 한다는 징조일지 몰라요. 우리끼리만 가면 더 빨리 움직일 수 있어요."

사자는 아내에게 퍼뜩 경고의 눈짓을 던졌다. 굴뚝새가 아무리 현기증 난 양을 하더라도 그녀에게 무슨 책을 가지고 있다는 사실을 누설해서는 안 되는 것이었다. 하지만 이미 늦었다.

"만약 당신네들이 그자들이 뒤쫓고 있는 그 한 권의 책을 갖고 있다면, 정말 딱하게들 되셨네요." 굴뚝새가 말했다. "그레이스 그레일링은 아마 여러분이 갖고 있을 것이라고 생각했어요. 그치만 여러분이 이 자리에 오래 주저앉아 묵새기고 있을수록 여러분을 빙 둘러싸기가 더욱 쉬워져요. 이쪽으로 오고 있던 그 말 탄 자들은 모두 은색 갑옷으로 쫙쫙 빼입었어요들, 고드름처럼 반짝반짝하게요. 깔쭉깔쭉 톱니가 들어간 검을 차고 전통마다 무시무시한 화살을 꽉꽉 채워 무장하고 온다고요."

난쟁이는 들을 얘기를 다 들었다.

"그렇다면 우린 전진해야지, 가세. 그 새 여인에게 돌아가거든 경고해 줘서 고마워하더라고 말이나 전해 주쇼."

"고맙다는 말을 전해 줄 수 있을 만큼 그 여자 몸에 뭐가 그렇게 온전히 남아 있지도 않아요." 굴뚝새가 말했다. "'오즈스피드' 하게 서둘러요, 꼬맹이 갓난 병아리님들아. 여러분들 날개 아래 바람이 받쳐 주길 바란다는 뭐 그런 인사말은 줄일게요. 난 '새들의 회의'에 남아 있는 그나마 잔존자들에게 경고를 노래 불러 주러 가요. 내가 여러분이 무사한 걸 보았다고, 옛날 옛적 그때에는 무사했다고, 내가 무사한 걸 보고 떠났다고 말해 줄 거예요. 그 이후에 일어날 일은 여러분의 결정에, 그리고 운에 달린 거지요. 저기 저 아이가 내가 짐작하는 그 애인가요?"

"가지 마세요." 레인이 말했다.

브르르와 일리아노라는 서로를 보았다. 죽음의 위험이 목전에 있어도 부모란 자기 자녀의 태도에 그야말로 조그마한 발전이라도 보이면 바로 그것을 주목해 보고 알아차린다.

"난 최대한 여러분을 보호할 수 있게 노래 부를 거예요." 굴뚝새가 다정하게 말했다. "여러분이 리르를 찾고 있는 것이라면, 그는 잘 숨어 있어요. 하지만 여러분이 눈물에 짓무른 그의 눈에 그 얼마나 상쾌한 장면을 선사해 주게 될까요, 그 어느 하루 행복한 날에! 일단은 내가 할 수 있는 한 최선을 다했고 이젠 여러분이 힘껏 해볼 차례예요."

11

마침내 자극을 받아 근심이 들끓게 된 일행은 그동안 잃어버린 시간을 벌충하고자 했다.

"우린 다 끝났어요." 꼬마 다피가 말했다. "설사 시계를 놔두고 가더라도 말 탄 병사들보다 빨리 움직일 수는 없어요. 아이를 데리고 가는데."

"난 아줌마보다 빨리 달릴 수 있어요." 레인이 말했다.

"그래 알아. 우리 둘 다 키가 세 척이지만 난 몸집이 두 척이나 되게 펑퍼짐하지."

"이 시점에 시계를 내버리지는 않을 거다. 그래 봐야 쓸데없어." 대장 나리가 말했다.

일행은 서둘러 움직여 갔다. 주고받는 대화는 신경질적인 말마디들이었다.

"갑옷은 왜 입었을까요, 1년 중 이 계절에?" 사자가 물었다.

꼬마 다피가 나서서 말했다.

"어떤 종류의 마법 주문에 대하여 쳐서 만든 금속 갑옷은 최소한의 방호 역할을 해 주어요. 아니면 최소한 주문의 효력을 좀 늦추어 주기라도 하지요."

"당신은 마녀가 아니잖아, 침실에서만 빼고. 안 그렇소? 이런 마녀 같으니." 꼬마 다피의 남편이 씩씩거리면서 하는 말은 아무래도 애정이 담뿍 담겨 있었다.

"모종의 전문직에 종사하는 사람들이 자기 전문 분야에서 약간의 마법을 다룰 수 있다는 것이야 비밀일 것도 없는 이야기예요. 예전에 의사 수녀와 나는 옷 속에다 두드려서 만든 양철 판을 꿰매 붙이고 다녔어요. 예컨대 유나마타 족들 사이에서 일할 때 같은 때요. 질병을 막는 광물이죠. 그냥 상식이에요."

"우리한테 소용될 만한 것 뭐 좀 없을까? 우리 인원대로 70리 신발이라도 한 켤레씩 내준다든가. 쿼들링 밀림의 안전한 아수라장 속으로 더 깊숙이 들어가 박힐 수 있게 말이오."

"나한테는 두 켤레 있어야 합니다." 브르르가 말했다. "누워서 70리를 가는 소파가 있으면 그것도 괜찮겠지만요."

"발톱이 안쪽으로 자라서 살을 찌르거든 나한테 오시구려, 쪽가위도 안 쓰고 다듬어 줄 테니까." 꼬마 다피가 헉헉대며 말했다. "내가 할 수 있는 건 대충 그 수준이에요, 이 양반들아. 그리고 아무튼 세상에서 제일 힘센 마법사라 해도 자기가 원하는 대로 뭐든지 다 할 힘은 없어요. 특정한 것만을 할 수 있을 뿐이지. 열두 명의 말 탄 병사를 손가락 한 번 척 가리켜서 펑 푸시식 하고 열두 개의 도넛으로 바꿔 놓을 수는 없다고요. 아무도 단 한 번의 군사 작전에서 마법을 사용해 황제를 옥좌에서 끌어내릴 수 없고, 엘파바를 죽음으로부터 도로 데리고 올 수도 없어요. 마법의 힘이란 처음부터 한계가 있는 것이고, 역사를 통해, 또 주문을 시도하는 사람의 적성에 따라 더더욱 제한되어 있죠."

"보세요." 레인이 소리질렀다. 브르르는 돌아보면서, 대번에 레인이 나머지 일행들보다 더 주의 깊게 바라보고 있었구나 하는 생각이 들었다.

그들이 허겁지겁 달려가고 있는 탁 트인 초원 저편으로, 한 무리의 말 탄 자들이 낙엽송 숲을 돌아 나오고 있는 광경을 볼 수 있었다. 몇 킬로미터 후방이었다. 톱니가 든 검과 창으로 기세등등하게 무장했다. 일행이 말 탄 자들을 볼 수 있었다면 말 탄 자들도 그들을 볼 수 있을 게 뻔했다. 작은북을 치는 듯한 말발굽 소리가 쇄도하는 질주로 바뀌기까지는 그저 간발의 시간이 남아 있을 뿐이었다.

"우린 끝났어." 난쟁이가 부르짖었다. "브르르, 아이를 등에 태우게. 자네가 땅 위를 더 빨리 달릴 수 있지."

"이 애를 꺼지게 할 일이라면 뭐든지 다 하시는군요, 그렇죠?" 사자가 포효했다.

그는 빙그르르 한 바퀴 돌았고, 세 바퀴를 돌았고, 필사적인 원을 그리며 다섯 바퀴를 맴돌았다. 수레도 그와 함께 돌았다. 그는 인간 소녀 한 명을 호위한다는 구실로 자기 자신 혼자만 도망쳐 나갈 수 있고 그것이 도덕적으로 용납될 것이라는 유혹에 마음이 흔들렸다. 하지만 그러다 그는 다시 앞을 향해 발걸음을 내디뎠다.

"난 책이 황제의 손에 들어가게 내버려 두지 않겠어." 그가 으르렁 말을 했다. "나머지 당신들을 황제의 창 앞에 내버려 두지도 않을 거고."

"우린 날아야 해요. 굴뚝새가 그러지 않았어요? 날아가야 한다고요." 레인이 외쳤다.

"지금은 비유법을 논할 때가 아니야." 꼬마 다피가 넘겨짚었다. "우리 간 덩어리가 뱃속에 들어 있는 채로 깍둑썰기를 당할 판인데." 꼬마 다피는 '시계'를 붙잡고 위로 기어올랐다. 레인과 난쟁이는 이미 위에 타고 있었다.

레인은 자기가 할 수 있는 한 가장 욕설에 가까운 말을 내뱉었다. 그녀의 어휘가 보통 입 밖에 나오지 않은 채 간직되곤 했다는 점을 고려할 때 그만하면 상당했다.

레인은 게걸음으로 '시계'의 옆면으로 기어 올라가 한쪽 발을 시계 자판의 기다란 주물 시계바늘에 디뎠다.

"난 하늘을 날 줄 아는 진짜 드래곤을 봤어요. 이 드래곤도 그런 건 나 못지않게 잘 알고 있을 거예요." 레인이 외쳤다.

접혀 있는 가죽질 날개를 손잡이 삼아 붙들고 더 높이 버둥거리며 기어 올라가서, 레인은 마침내 그물 모양으로 얼기설기 주름진 드래곤의 주둥이 부분을 탕탕 때렸다.

"날아, 바보 같은 뱀 새끼야, 만들어졌으면 만들어진 대로 할 일을 하라고!"

아마도 레인이 비밀 레버를 건드렸든지, 아니면 '시계'의 나머지 부분이 모두 마비되어 있는 중에도 여전히 깨어 있던 마법의 신경을 건드렸든지 한 모양이었다. 거대한 두 날개가 흔들렸다. 갈색으로 변한 가랑잎과 숲 벌레들의 번데기 껍질이 그로부터 떨어 나왔다. 갯버들로 만들어진 갈빗대가 최대한 펼쳐지며 나게 된 삐걱 소리는 우산이 펼쳐지다 걸려 부러지는 소리 같았다. 박쥐 같은 넓은 날개는 끝에서 끝까지 8.5미터에서 9미터쯤은 되는 너비였다.

"좋구나, 예쁘장하기도 하지." 난쟁이가 말했다. "저놈들이 우릴 아직 못 봤더라면 이제 딱 보게 생겼다. 놈들이 바라보는 지평선에 드래곤이라는 구름이 두둥실 떠오르는데 그게 바로 우리들이지. 이제 금방 왼쪽을 보기만 하면 딱 걸리는 거야."

찾았다는 외침 소리. 산사태처럼 쇄도하는 말발굽 소리. 브르르가 더한층 세게 힘을 쓰며 수레를 끌 때, 그는 바람이 빙그르르 방향을 바꾸어 몰아치고 있는 것을 알아차렸다. 바람은 원래 북쪽으로부터 불어오고 있었다. 길리킨의 여름 농경지로부터 서늘한 기운을 품고 오던 바람이다. 하지만 이제는 서쪽으로부터, 몹시도 갑작스럽게 메마른 바람이 불어닥쳤다. 꼭 여기에 볼일이 있어 부는 것처럼.

드래곤의 두 날개가 그 바람을 받아 부풀어 올랐다. 오래 묵은 가죽이 늘어날 수 있는 한계까지, 세월에 부드러워져 부풀 수 있게 된 만큼 한껏 바람을 안았다. 수레는 날씨로부터 빌려 온 혼이 지핀 듯 더한층 빠르게 굴러갔다.

"어머나!" 일리아노라가 탄성을 올렸다. 일리아노라는 수레의 발디딤대에 얼른 뛰어올라 몸을 웅크렸다.

레인은 예배당 난간의 가고일 석상처럼 몸을 앞으로 내밀고 있었다. 그녀는 드래곤의 어깨 위에 올라앉아, 몸이 아래위로 튀었다 떨어졌다 하는데도 똑바로 앞을 보며 조금도 겁을 먹지 않았다. '시계'는 속도를 더해 갔다.

브르르는 생각했다, 만약 이게 날기 시작한다면 나는 어미 입에 달랑달랑 물려 다니는 새끼고양이처럼 수레채 사이에 매달리겠지.

브르르는 멈춰 서서 끄는 장구를 벗을 수가 없었다. 그럴 시간이 없었다.

'시계'는 휘몰아치듯 달렸다.

브르르는 드래곤이 군대의 기병마보다 더 빠를 수 있을 것이라고는 생각 못했다. 그런데 아무래도 그 말들은 지금까지 무리해서 달려왔던 모양이다. 사자가 이젠 멈춰 서지 않으면 관상동맥이 터져 버릴 것 같은 상태에 이르렀을 때쯤 '시계' 무리는 노란 벽돌길의 살짝 정사진 갓을 올라 반대편 경사로 내려갔다. 중력이 일행의 발걸음을 더욱더 빠르게만 몰아붙였다. 약속된 작은 숲 속으로, 그리고 바로 그 너머 이어지는 더 깊은 숲으로. 숲이 그들을 잡아먹을 자들이 덮쳐 오기 전에 작전을 짤 자그마한 시간의 창을 내 주고 있었다.

드래곤의 날개가 너무도 느닷없이 접히는 바람에 레인은 앞으로 고꾸라져 포장도로 위에 굴렀다. 꾀죄죄한 팔다리에 긁힌 상처가 나고 피까지 비쳤지만 레인은 그걸로 울먹이지 않았다. 레인은 한 아이가 평생 겨우 몇 번밖에 짓지 못하는 바로 그 표정을 띠고 있었다. 어린이가 자기보다 우월한 사람들을 능가했을 때의 표정이다. 어른은 종종 그 표정을 잘난 체하는 걸로 받아들이지만, 그건 잘난 체 으스대는 표정이 아니다. 그건 뭔가 다른 것이다. 개인적인 경험으로 우리 종족이 오래도록 붙들고 있어 온 의심을 통과하여 확증을 받았다는 안도감이다. 바로 어린 시절의 마법에 걸린 세계가 무엇인가 다른 것의 가면, 더욱 미묘하고 역설적인 마법을 가린 가면에 불과하다는 의심을 말이다.

마치 레인의 열의가 그것을 실재로 불러낸 것처럼, 일행은 곧 하나의 기회에 마주쳤다. 노란 벽돌길에 갈림길이 나 있었다. 산등성이를 따라 달리는 높은 길과 낮은 길이 있는데, 아마 후세대 기술자들이 높은 길을 내어서 원래 있던 이 길을 대체하게 된 것 같았다. 대장 나리는 내리막길을 택했다. 거기에 가시덤불이 더 많이 우거져 있어 보였기 때문이다. 아닌 게 아니라 필경 이 키 작은 나무들과 얽히고설킨 산울타리는 '시계'가 뚫고 지난 뒤에 탁 튕겨 제자리로 되돌아가서 일행을 더 깊숙이 숨겨 주고 있었다. 그들이 어느 길을 택했는지 알아챌 단서를 감추어 줄 터였다. 최소한 당장은.

그날 밤 난쟁이는 레인에게 말했다.

"네가 드래곤을 날게 했지. 간지럼 바퀴로 내가 간지럼 타는 곳을 제대로 간질러 주었어. 그건 참 훌륭했다. 내 생각에 너도 같이 있어도 되겠다 싶구나."

"나 이미 있는데요." 레인이 말했다.

12

일행은 추적자들을 그렇게 쉽게 떼어낼 수 있을 거라고는 전혀
생각 못했다. 그런데 아무래도 그렇게 된 것 같았다. 다행이었다.
다시 하루이틀을 가고 나자 숲은 점차 성글어져 완전히 끊기고 말
았다. 옆을 두른 희끄무레한 초원은 두 명의 세탁부가 말리려고 잡
고 터는 이불잇처럼 우그러져 있었다. 여기저기 실개울이 갈지자로
곁을 흘러 지나가고 있어서 일행은 잠시 발을 멈추고 컵을 씻거나
아픈 발뒤꿈치를 담글 수가 있었다. 오래는 멈추어 있지 않았다.

작은 계집애는 브르르가 생각하기에는 이런 긴급 상황에 겁을
먹기보다 오히려 두근두근해하는 듯했다. 그가 등에 태워 주겠다
고 했지만 레인은 걸어가는 편을 더 좋아했고 지칠 줄을 몰랐다. 레
인은 브르르의 상상에 자기의 새끼가 있었다면 그랬을 것처럼 앞으
로 팽 튀어나가기 일쑤였다. 하긴 브르르가 새끼를 볼 수 있었으려
면 충분히 혈기 방장했어야 했겠지만. 브르르는 레인을 붙잡아 툭
툭 쳐 주고 싶은 충동을 억눌러야 했다. 아이가 거슬려서가 아니라

373

사랑으로 인해서다. 레인은 동행하는 이들이 무겁게 걸머지고 있는 압박감을 전혀 느끼고 있지 않은 듯했다.

그러다 브르는 문득 생각했다. 어이쿠, 다정한 오즈마여, 저 애는 이해를 못 하는 거군요. 마음속 깊이에서는 전혀 이해를 하지 못하고 있는 거지. 저 애는 자기 나이보다 어려. 머리가 모자란가? 저 애는 세상이 모든 순간순간에 튀어나오기를 기다리며 장전되어 있는 잭나이프 같은 사고들로 이루어져 있음을 알지 못해. 이 버섯에는 흠뻑 베이 있고 저 버섯에는 배어 있지 않은 독으로, 아코디언처럼 차곡차곡 주름진 응접실 커튼 자락에 묻어 어느 추운 저녁 커튼이 펼쳐지면 퍼질 준비가 되어 있는 천연두와 페스트로, 모든 즐거움의 솔기에 땀땀이 꿰매져 있는 재앙들로, 세상이 이런 것들로 되어 있음을 저 애는 모르고 있어. 설탕 그릇에는 독이 있는 불개미, 옛날이야기에 나오듯이 라즈베리 덤불에는 독사가 있지. 저 애는 걱정할 만큼 아는 것이 없는 거야. 두려움에 노심초사할 만큼의 교육을 받지 못한 거지.

장군이 저 애에게 글자 읽는 법을 가르쳤다지만, 저 애는 세상을 읽는 법은 배우지 못했어.

노란 벽돌길의 오래된 갈림길은 차츰 없어져 가기 시작했다. 뭔가 지을 것이 있는 지역민들이 야수처럼 달려들어 헐거워진 벽돌을 조각보 무늬처럼 드문드문 뽑아 간 탓에 길 위를 나아가기가 어려워졌다. 이 부근에서 길 양쪽 초지에 자란 풀들은 더 깔쭉깔쭉한 모양이었다. 한 잎 한 잎이 소금 결정으로 테두리를 두른 듯한 그 풀잎들이 뻣뻣이 자라 있어 긁히면서 지나가야 했다. 그러더니 급기야는, 초지는 최초로 숲이라기보다 밀림이라 불러야 할 것 같은 무리 지은 나무들 속으로 푹 잠겨 들어가기에 이르렀다.

'시계'는 높다랗고 식생은 촘촘히 우거져 있어 일행은 가는 길이 쉬울 것이라고는 예상하지 않았다. 하지만 동시에 기후의 급변에 깜짝 놀라게 될 줄도 미처 예상 못했다. 날씨가 확 달라지면서 이곳 토종 생물들이 엄청나게 늘어나 일행을 경악하게 했다. 습지의 밀림은 그 천장까지 불과 12미터밖에 되지 않는데도 살아 있는 것들의 왁자한 소리에 귀가 먹을 지경이었다. 깍깍대는 새들에다 소리 소리 질러 대는 원숭이들. 1만 마리의 곤충들이 씹고, 자르고, 싸우고, 땅을 파고, 끌고, 전투를 벌이고, 붕붕거리며 코앞을 날아다녔다. 길게 늘여 만드는 당밀 엿처럼 척척 늘어진 덩굴들. 그 속으로 '시계'는 더욱 깊이 굴러 들어갔다. 소음 그 자체는 일종의 위장이 되어 주므로 반길 만한 것이었다.

‡‡‡

인적 없는 밀림에 들어온 첫날 오후에, 꼬마 다피는 어떤 식물을 알아보았다. 그 조그마한 누비 잎사귀를 탁 비틀어 터뜨리면 모기를 쫓아 주는 진액이 나오는 식물이었다. 일행 중 어른들이 나서서 일단 잔뜩 따 모으기로 했을 만큼 그 필요성은 시급했다. 그렇기는 하지만 레인은 안전을 위하여 '시계'의 본체 속에 처박혀 있게 되었다. 거기 있으면 모기들이 물 염려도 없고, 길을 잃을 위험으로부터도 안전할 테니까. 레인은 아무 생각 없이 이리저리 쏘다니는 경향이 있었고 밀림은 그래도 되는 만만한 곳이 아니었다.

레인은 이렇게 꽉꽉 막힌 공간에 있어 본 일이 많지 않았다. 나무로 깎아 만든 거대한 기어들은 시계 자판처럼 떠올라 있고 두드려 만든 철제 기어들은 수평으로 뉘여 있었다. 나무 기어들은 웃고 있었지만 그 웃는 얼굴의 이빨들은 더러 쪼개졌고 빠져 달아났다. 쇠 기어들은 그에 비해 한층 삿된 꿍꿍이가 있어 보이는 얼굴이어서, 생쥐나 마법사가 어쩐다고 해서 결코 멈추거나 하는 법 없이 자기들이 내키는 대로 역사를 씹어 바스라뜨릴 듯했다.

먼지가 한 겹 내려앉아 있는 '시계'의 내부는 업무적인 느낌으로, 금칠을 입힌 소용돌이무늬의 외부와는 아주 딴 세상이었다. 이 안의 공기는 좀 더 건조해서 한결 살 것 같았다. 판자가 틀어진 곳이나 덮개가 제대로 걸리지 못한 곳으로부터 녹색을 띤 반안나무의 빛이 스며들어 왔다. 레인은 숲 아래 땅바닥에서 녹색 빛을 받고 있는 새로 떨어진 씨앗이 된 느낌이었다. 아니면 거품 이는 얕은 물에 들어 있는 물고기이거나.

덮개들 중 하나의 바닥에 난 작은 틈새에, 흡사 무심한 듯 여봐란 듯한 느낌으로 갈색이기도 하고 녹색이라고도 할 수 있는 색깔의 잘디잔 이끼 가닥 같은 것이 톡톡 찔러 들어오려 하고 있었다. 연필보다 더 가늘어서 오히려 피펫에 가까웠다. 그러더니 다른 것 하나가 더 따라붙고, 이어서 세 번째가, 또 네 번째 것이 나타났다. 감각이 있는 촉수들은 먼지 속에 빳빳이 최대한 뻗어 반원을 그리며 더듬고 탐사를 했다. 레인은 그것들이 무엇인지 몰랐지만, 그것들은 알아서 움직이고 있었고 호기심에 찬 듯했다.

공간은 그것들이 들어올 만큼이 되었다. 들어오려면 들어올 수도 있었다. 하지만 혹시 레인이 그렇게 하려 할지라도 덮개 문을 어떻게 할 수는 없었다. 일행이 와서 바깥에서 문을 열어 줄 때까지 레인은 여기에 갇힌 몸이었다. 만약 '시계'를 챙기는 이들에게 무슨 일이 닥친다면? 레인은 마침내 거기에 생각이 미쳤다.(그리고 이것은 필경 레인이 최초로 조건부의 생각을 한 때였을 것이다.) 그러면 난 글린다 마님이 집 같은 집 안에 갇혀 꼼짝 못했던 것처럼 여기에 옴짝달싹 할 수 없이 갇혀 있게 될 거야.

바깥에서는 아무런 소음도 들려오지 않았다. 무작스러운 원숭이 떼의 끽끽거리는 울음도 없었다. 정말 근사한 자기 깃털을 자화자찬하는 십 대 새들의 감탄성도 없었다. 그 대신 레인은 숨죽인 느낌을, 빽빽하게 무르익은 정적의 소리를 느꼈다.

아아, 하지만 저 자그마한 게 발 같은 손가락들이 달린 저놈들은 정말로 안에 들어오고 싶어 하고 있었다! 이제 몇 놈은 세월이 오래되어 판자에서 목심이 들뜬 해묵은 옹이구멍을 통해 들어오려고 박박 긁어 대고 있었다. 실 같은 그 가닥들이 여섯 줄기인가 여덟 줄기쯤 위로 찔러 올라왔다. 만약 레인이 옹이의 목심을 쳐서 뽑을 수 있다면 아마도 그것들이 밀려 들어올 수 있을 터였다. 레인은 시험 삼아 손으로 때려 보았지만 힘을 한곳에 집중시키지 못해 아무런 효과를 거둘 수 없었다. 레인은 그물망처럼 얼기설기 있는 기어들과 플라이휠과 진동자들 너머로 수레의 뒤편을 보고, 거기에도 뒤틀리는 손가락 같은 다리들이 까맣게 몰려들어 들어올 구멍을 찾아 더듬거리고 있는 것을 알아차렸다. 그렇지만 그때에 난쟁이가 레인 앞에 있는 문을 열었고, 거미 같던 것들은 모조리 스르르 없어졌다.

"자, 이제 깨끗이 해방이다." 난쟁이가 말했다. "약재를 구하려고 숲을 쑥대밭으로 만드는 일을 다 마치고 왔단다."

"방금 자잘한 가닥같이 생긴 거미 친구들 보셨어요? 어디로들 갔나요?"

"무슨 소릴 하는 거냐? 우리 눈에 보인 거라고는 점심밥 쟁반만 한 붕붕대는 벌레들뿐이었는데."

난쟁이와 꼬마 다피와 일리아노라는 몰려들어 '시계'를 에워싼 것들 따위는 전혀 없었노라고 타일렀다. 잎을 뜯어 모으는 동안에도 줄곧 '시계'를 시야에 두고 있었던 사자는 레인이 이야기를 지어내고 있다고 했다.

"못된 소리야. 거대 빈대나 마찬가지지. 나를 혼비백산하게 만들려고 그러는구나. 어려운 일은 아니지, 나도 알겠다. 하지만 제발 그러지 말렴. 내가 거미라면 얼마나 질색하는지 알지?"

"내가 지어낸 게 아니에요."

레인은 그것들의 다리인지 손가락인지를 자기가 할 수 있는 최선을 다해 묘사했다. 하지만 일행 중 누구도 그런 생물은, 무리지어 몰려들기는커녕 단 한 마리라도 본 적이 없었다. 꼬마 다피는 레인의 신경을 진정시키고자 물약을 먹였지만, 레인은 약을 왝 토했다. 레인은 자기 신경이 진정되거나 막 흥분되거나 하는 것을 원치 않았다. 레인은 그 거미들이 돌아와서 자기에게 거미의 세상이 어떤지 말해 주기를 원했다.

✛✛✛

해 질 녘이 가까워서 인간형의 생명체가 열대우림의 수풀을 뚫고 슬그머니 찾아왔다. 그 사람은 키가 크고 갑옷을 갖춰 입은 북녘의 병사도 아니고, 그렇다고 먼치킨랜드 부랑자도 아니었다. 보기에는 오히려 근방에 사는 술꾼 같았다. 몸 색이 컴컴하고 입은 옷은 단출했다. 줄줄이 내려오는 긴 머리카락을 머리 위로 감아 올려 뜨개바늘을 꽂아 고정해 놓고 있었다. 등에는 바구니를 졌는데, 그 속에는 특정한 중량감과 질감과 코를 찌르는 냄새를 지닌 버섯이 가득 담겨 있었다.

그는 처음에는 일행이 알아듣지 못할 말로 말을 걸어 왔지만, 다른 언어를 기억해 내려고 애를 쓰더니 새로 시도했다. 그는 이것저것 주워 모으고 다니는 것이 업인 채집꾼이었으며 일행에게 야생 버섯을 팔려고 했다. 아주아주 좋은 종류예요, 아주아주 희귀해요. 그가 파는 물건의 약효를 알고 있는 꼬마 다피는 흥미가 끌렸다. 하지만 대장 나리가 끊고 들어서 갖고 놀 버섯 따위는 우리에게 아무런 필요가 없다고 말했다.

원주민은 일행에게 자기 이름을 말해 주지 않았다. 하지만 일행이 황제의 병사들이 노리는 먹잇감이라는 것은 대번에 알아보았다. 황제의 병사들 이야기는 뒷소문에 들었다고 했다. 레인은 누구한테 들은 것일까 궁금했다. 앵무새한테 들었나? 원숭이한테? 거미한테?

뜨문뜨문 말을 끊어 가면서 '버섯의 심장'은 일행에게 말해 주었다.

"당신네 병사들, 아직도 당신들을 찾고 있어. 그치만 급한 일 생겨서 목표 접어 두고 딴 일 봐. 그자들 그렇게 빨리 포기 안 해. 그자들 돌아와. 계속 가는 거 위태해, 그치만 가만있는 거 더 깊이 많이 위태해."

"허, 고르기도 근사한 차림표구먼." 대장 나리가 말했다. "그리고 당신은 보아하니 득달같이 우리를 고해바칠 것 같은데."

"나 버섯 팔아. 사람 안 팔아." 그가 전혀 화도 내지 않고 그렇게 말했다. 그는 사타구니를 가린 천을 턱 제치더니 일행과 자기 사이의 땅바닥에다 소변을 보았다.

이것은 경멸의 몸짓인가, 아니면 적대감이 없다는 뜻을 증명해 보이는 것인가, 그도 아니라면 그저 오줌보가 꽉 찼다는 뜻일 뿐인가? 브르르는 생각했다. 흠, 만약 내가 장차 상류사회로 복귀할 날이 혹시 온다면 군중 앞에서 해 보일 새로운 묘기가 생겼군.

"황제의 부하들 쿼들링 나라에서 환영 못 받아. 버섯의 심장 나쁜 놈들에게 정보 안 팔아." 남자가 말했다.

그는 걸멘 바구니에서 버섯 한 개를 꺼내어 겨드랑이 털에다 문지르더니 한 입 물어뜯었다. 그 버섯을 일행에게 돌리자, 모두들 지금은 뱃속이 가득 찼다고 고백했다.

사자가 말했다.

"우리가 노란 벽돌길을 떠나서 지름길로 가로질러 가는 것이 낫겠소?"

쿼들링은 고개를 저었다.

"당신들 노란 벽돌길 위에 더 안전해. 당신들 남쪽으로 갈수록 나무들이랑 덩굴들 자꾸 더 빽빽이 자라기만 해. 그리고 또 밀림 표범이 당신들 재빨리 한 끼 식사 해."

"밀림 표범은 내가 상대할 수 있는데." 브르르가 말했다.

버섯장수는 콧방귀를 뀌더니 다시 조금 물어뜯어 우물거렸다.

"그리고 또 하르퓌이아랑 작고 무시무시 독살스러운 밀림 생쥐도 있어."

"아하, 그렇다면야. 무슨 말인지 알아들었소." 브르르가 말했다.

"그치만 설사 당신들이 나 안 믿어도 당신들 짐 덩어리 생각해야 해." 버섯장수는 그렇게 결론지었다. "쿼들링 나라는 종아리까지 물 척척해."

그는 난쟁이를 보았고, 이어서 먼치킨랜드인을 보았다.

"아니면 허리까지 척척해. 당신들 진흙탕에 빠져 못 움직여. 병사들이 잡아서 죽이기 쉬워. 그치만 노란 길은 말랐고 높게 닦아 놓은 길이야. 당신들 그 길로 가면서 당신들 적한테서 더 깊이 떨어져 움직여. 더 빨리 북쪽으로부터 멀리 가."

"하지만 그들이 쿼이어를 향해 노란 벽돌길로 따라올 텐데, 분명히. 그자들이 우리보다 더 빨리 이동할 거요. 난 아직까지 놈들이 우릴 따라잡지 못했다는 게 놀라워요. 그들이 딴 정신을 팔게 만든 위급한 일이라는 게 뭐였소?" 브르르가 물었다.

"그자들 우연히 떠돌이 용 만났어." 버섯의 심장이 말했다. "당신네들 것 같은 똑딱이 장난감 아니야. 진짜한테 만났어. 그자들 길 멈추고 그것 잡으려고 하지만 힘이 없어 못 잡아. 용은 멀리 날아가. 그래서 이제 그자들 다시 당신들 찾아 따라와."

"그 사람들은 코앞에서 용을 보았는데, 난 거미들밖에 못 봤단 말이에요?" 레인은 몹시도 약올라했다.

"하지만 우리가 계속 이 길을 따라간다면 그자들이 우리 뒤를 따라올 텐데." 브르르가 고집을 부렸다.

"한쪽으로만 나 있는 길 없어. 기술자들이 쿼들링 고향으로 가는 유일한 마른 길 만들려고 했을 때 동시에 쿼들링 고향에서 나오는 유일한 마른 길도 만들었어. 그러니 에메랄드 시 병사들이 쿼들링

집주인들을 배신하고 죽이고 훔치고 쿼들링 주민들 다리를 불태울 때 노란 벽돌길을 걸어 떠나가는 에메랄드 시 병사들은 쿼들링 손화살과 쿼들링 긴 화살에 쉬운 표적 돼." 그는 버섯벌레 한 마리를 퉤 뱉어내고는 쿼아티로 욕을 했다. "쿼들링들 이제는 더 이상 에메랄드 시 병사들에게 쪽쪽 뽀뽀 안 해."

"당신네 지역민들이 우리한테는 무슨 이유로 활을 안 쏘고 있소?" 사자가 물었다. "난 원래 길리킨 태생이고, 내 아내는 빈쿠스 출신이지요. 꼬마 다피는 먼치킨랜드인이고, 대장 나리는……"

"난 종류 파악이 안 되는 분이시지." 대장 나리가 말했다.

"우리 일행은 걸어 다니는 쿼들링들의 적들 전시회 같은데. 그런데 당신은 우리를 '살육의 길'로 보내려고요? 도저히 사교적이라고는 못하겠군." 브르르가 결론지었다.

"그렇지 않은데." 쿼들링이 말했다.

"당신들에게 '라피키' 있어, 그래서 쿼들링들이 당신들 무사히 통과시켜." 그는 레인을 향해 살짝만 고개 절을 했다. "쿼들링이지, 아니야?"

브르르는 소녀를 보았다. 브르르는 레인을 오즈 어느 지역에 속한 아이로 생각해 본 적이 없었다. 민족적인 구분으로는 말이다. 하지만 브르르는 버섯 장수가 무슨 얘기를 하는 건지 알 것 같았다. 레인의 얼굴은 다소 하트형이고, 나머지 일행들의 얼굴에 비해 살짝 납작한 편이었다. 레인의 입술은 살집이 더 도톰했다. 레인의 피부가 버섯의 심장의 피부처럼 불그죽죽하다고는 말할 도리는 없지만, 그렇지만 지금, 이 빛 속에서 보자면, 혹시 어쩌면…….

브르르는 대장 나리와 시선을 마주쳤다.

"그래 시계가 작은 계집아이를 조심하라고 대장님께 그랬단 말이죠. 그랬죠? 난 시계가 샘이 나서 그런 것뿐이었다고 생각합니다. 이제 보니 우리가 대사를 모시고 왔군요."

떠돌이 행상은 레인에게 쿼아티로 말을 걸었다. 레인은 자기에게 말을 하는 줄을 미처 눈치 채지 못했다.

"신경 쓰지 마." 일행을 보고 그가 말했다. "우리 사람들 내가 볼 수 있는 거 봐. 저 애가 벽돌길에서 당신들 안전하게 통과 약속해."

그는 팔 물건을 또 한 조각 조금씩 깨물어 먹으면서 헛헛한 웃음을 띠었다.

"쿼이어 큰 도시라서 당신들 없어지는 거 돼. 그런 작은 병사들 부대 당신들 따라 쿼이어 들어가는 거 엄두 못 내. 당신들 거기 가서 안전해."

"병사들로부터는 안전하다는 거지. 그럼 보이지 않는 거미들로부터는 어떻소?" 대장 나리가 물었다.

그들은 레인이 보았다고 주장하는 것을 말로 설명하려고 애썼다.

"어쩌면 황제가 냄새로 추적하는 사냥개 거미를 훈련시킨 걸까요? 자기 말고 다른 누구도 못 쓰게 한 마법으로 말이에요." 일리아노라가 물었다.

"보이지 않는 거미들이라…… 난 보이는 거미들만으로도 정신적으로 협심증이 온다고 내가 말을 했던가?" 사자가 말했다.

그들은 버섯의 심장이 보이지 않는 거미들에 관하여 어떤 생각을 가지고 있는지 알 기회가 없었다. 왜냐하면 그들이 한 말만으로도 그는 대번에 안색이 창백해졌기 때문이다. 그는 일순간에 도로 숲 속으로 녹아들어 사라져 갔다. 모든 실용적인 용도들도 그와 마찬가지로 사라져 보이지 않게 되었다.

  "우리랑 같이 가지 않는 사람이 또 한 명 있네요." 레인이 말했
다. "우리가 별로 친구할 만하지 못한가 봐요, 그래요?"

13

레인만이 본 거미에 무척이나 질겁한 쿼들링의 태도에 어른들은
전보다 한층 더 비위가 예민해졌다. 하지만 레인은 내면에서 뭔가
알싸하게 찌르르한 일종의 흥분을 경험했다. 사람들은 거미를 보지
못하고 레인의 속도 들여다보지 못한다. 그들은 레인이 지금까지
참말을 했는지 여부를 가려 볼 수가 없다.

고립의 불안(한 사람의 가장 결정적인 경험에 있어 그것이 혼자만의
비밀임을 느닷없이 자각하는 것)은 일반적으로 지금의 레인보다 훨씬
어린 아이 적 시절에 처음으로 일어나는 법이다. 그 전율은 두렵고
꺼려지는 것일 때가 많다. 속담에도 있듯이 '몰아치는 바람 속의 거
위처럼 오도카니' 혼자인 것이다. 그렇기는 하지만 레인은 위협감
은 눈곱만큼도 느끼지 않았다. 보이지 않는 세상, 레인 자신의 본능
의 세계는 고독하기는 하지만 실재했다.

일행은 그날 밤 레인이 노래 부르는 소리를 들었다. 레인 스스로
지어 부르는 자장가였다.

숲 속에 있는 거미 같은 거미들
아무도 너를 아주 잘 알지 못해
아무도 알 수 없고 아무도 알 리 없지

14

일행이 쿼들링 본토로 깊숙이 들어가면 갈수록 쿼들링 사람들이 활동한 흔적이 점점 더 많이 눈에 띄었다. 노란 벽돌길 가두리에 햇볕에 말리려고 널어놓은 골풀들. 당나귀 똥과 인간의 대변. 망가진 물소용 굴레. 그러는 가운데 등 뒤에서 말발굽 소리가 몰아쳐 오는 일은 여전히 일어나지 않고 지났다. 길리킨과 먼치킨랜드 남쪽으로 난 노란 벽돌길이 살육의 길일는지는 모르나, 쿼들링 피가 섞인 게 뚜렷이 보이는 아이를 동반하여 길을 가는 뒤죽박죽 일행에게는 그렇지가 않았다.

그들은 신경을 써서 레인을 꼭 맨 앞 한복판에 두었다. '시계'에서 첫눈에 딱 보이는 자리에 올려 앉혔다. 거미 같았다던 허깨비를 그렇게 착 믿는 사람은 아무도 없었지만, 그들은 또 동시에 화살촉에 독을 바른 쿼들링 독화살 앞에 무사할 수 있으리라는 믿음도 거의 갖고 있지 않았다.

"난 우리가 쿼이어에 다다랐을 때 어떻게 할 작정인지 알고 싶어요."

물에 삶은 가못과 늪 토마토로 평소처럼 저녁식사를 마치고 난 후에 일리아노라가 그렇게 말했다. 그들은 길 한복판에 앉아 있었고, 음식을 만든 불은 벽돌 위에 꺼지지 않게 덮어서 간수해 두었다.

"우리는 『그리머리』가 몸짓으로 해 준 조언을 거의 다 따라왔어요. 우리는 한데 뭉쳐 있었고 남쪽으로 와 있잖아요. 하지만 그 다음에는 뭘 어떻게 할까요? 그리고 왜 그렇게 할까요? 거기 가서 아파트를 얻나요? 흰곰팡이를 수확할 플랜테이션 농장을 차릴까요? 서커스를 시작하나요? 쿼아티 말을 배우나요?"

"쯧쯧쯧, 내 작은 습지 풀 속의 주둥이 매운 족제비 색시야." 난쟁이가 손가락으로 생선뼈를 후벼 냈다. 결혼 생활이 그의 신경질을 다소 다독여 주었다. "집을 도망쳐 나오기엔 이미 늦고 만 때가 되기까지 그 누구도 어디가 자기 집인지 모르는 법이야. 우리가 뭘 어떻게 해야 할지 알게 될 때가 되면 우리가 뭘 어떻게 하면 좋을지 알게 될 거다."

"쿼이어는 그 누구한테도 눌러살 집이 될 수 없어요. 그렇지 않으면 그렇게 많은 쿼들링들이 북쪽 도시들로 이주하지 않았겠지요." 일리아노라가 반박했다.

"쿼이어를 지나가면 어떤 세상이에요?" 일행의 토론에 거의 귀 기울이는 일이 없던 레인이 말했다.

대장 나리는 어깨를 추썩였다.

"노란 벽돌길은 점차 끝이 나 없어져 버리지. 내가 알기로는 그렇다. 하지만 쿼들링 나라는 질퍽질퍽 계속 이어진단다."

"아, 아무리 쿼들링 나라라도 결국에는 끝이 나죠." 꼬마 다피가 말했다. "최소한 소육아실에서 받은 지도 보기 수업에 따르면 그렇다고요. 이 주도 오즈 전역을 둥글게 둘러싼 사막과 잇닿아 있어요."

"하지만 사막 다음에는 뭐가 나와요?" 레인이 물었다.

"사막이 더 있어. 오즈는 그렇단다, 귀염둥이야." 먼치킨랜드인이 말했다.

"오즈인들이 말하는 걸 들어 보면, 다른 장소란 존재하지 않지." 대장 나리가 말했다. "북쪽으로는 아무 장소도 없지. 예컨대 쿽스 같은 데는 없단 말이야. 고급 브랜디의 공급처이자 독특하게 점잖 빼는 악센트의 고향이지만서도. 모래 너머 남쪽의 에브로 말할 것 같으면, 거기도 실제로는 존재하지 않지. 어딜 감히 존재하겠나. 하지만 아하, 에브에서 난 담배는 좋고말고. 화물이 들어만 온다면 좋아서 난리가 나지."

레인은 인상을 찡그렸다. 그녀는 반어법을 이해 못했다. 이제는 레인이 그들의 실질적인 '라피키'이다 보니 레인을 좀 더 대접해 주게 된 난쟁이가 딱하게 여기고 설명해 주었다.

"오즈는 모래에 포위되어 있는 게 아니란다. 자기가 제일 중요하다는 고정관념으로 섬이 된 것이지."

"이보쇼, 오즈는 에브나 쿽스나 플리안보다 크단 말이오." 브르가 짐짓 뻔뻔스레 잘난 척하며 대사를 날렸다. "그런 쪼끄만 빗물 구멍만 한 나라들은 사막의 부족민들이 세운 궁촌벽지의 도시국가들이라니까."

"오즈 바깥에 무엇이 있는지 누가 신경이나 쓰겠나." 난쟁이가 동의했다. "아무도 그리로 가지도 않는데. 오즈는 저 자신을 너무 귀애해서 저 외곽의 전초 기지 지방들 따위는 신경 쓰지 않지."

"그치만 사막 다음에는요?" 레인이 말했다.

"아이고, 어린애들의 순진무구한 멍청함이란. 숫제 별들 너머에 무엇이 있느냐고도 묻지 그러냐. 그걸 어떻게 알겠냐. 모래는 치명적이 아니야. 그건 그냥 변두리 공동체들에서 내놓는 홍보 문구지. 그렇다고 지금 다들 남쪽으로 굴러 내려가서 침대보 감은 유목민이 되자는 것은 아니고. 사막은 사람 살 곳이 못 되거든. 일단 거기서 용들이 나오잖냐."

"얘는 우리가 어딜 향해 가고 있는지 알고 싶은 거예요, 그게 다예요." 일리아노라가 말했다. "이건 나도 마찬가지예요."

"내일을 향해 가고 있지. 저기 저것의 건너편에는 무엇이 있느냐는 거나 우리가 거기에 가면 뭘 찾을 수 있느냐는 거나 대답이 불가능한 질문이긴 마찬가지야." 난쟁이가 말했다. "여봐, 다들, 불평은 관두라고. 날 아주 못살게 닦달을 하는구먼."

✚✚✚

문제의 '내일'들이 영 불투명해져 갔다. 아무것도 모르는 척 시침을 떼는 기후이지만 단 하나의 계절이 자라고 여물고 썩어 흐드러지기를 전부 동시에, 끊임없이 진행하고 있었고 심지어 시간조차 그 일관성을 잃은 듯했다. 일행은 말수가 적어졌지만 언짢은 기분이 진정된 것은 아니었다. 어디라고 딱 떠오른 목적지가 없이 방랑한 대가는 가혹한 것으로 드러나고 있었다.

마침내 노란 벽돌길이 차츰 없어져 갔다. 벽돌 한 개 한 개만큼

씩 줄어들다가 거의 자취가 없어졌으나, 그래도 길은 타임드래곤의 시계를 수용하기에 충분한 폭으로 남아 있었다. 인간의 손길이 간 흔적들은 더욱더 많아졌다. 일행은 나무 위에서, 바닥이 편편한 배 위에서, 심지어는 바퀴 자국이 깊이 팬 진창길에서도 쿼들링을 보게 되었다. 지역 원주민들은 '시계' 일행과 꽤나 거리를 두고 있었지만 존중심을 가지고 그러는 것이었다. 브르르는 오즈 전역에서 비방의 대상인 소수민족 쿼들링들이 자기들 고향 땅에서는 먼치킨 랜드인들이나 길리킨인들에 비해서도 한결 이방인에 대한 예의를 갖추는 사람들임을 직접 보았다.

일리아노라는 한도 끝도 없이 푹푹 찌는 밀림의 여름에도 아랑곳없이 도로 베일을 덮어썼다.

쿼이어를 피해 갈 좋은 길 따위는 없었다. 쿼들링 나라의 주도인 그 도시는 갈대밭 속을 지나는 좁다란 마른 땅들을 죄다 식민화하여 그 위에 터를 잡아 옹송그리고 있었다. 옹송그리고 있다는 표현이 딱이다. 왕년에 에메랄드 시와 시즈에 살아 본 브르르는 어디의 도읍이라 하면 저 잘났다고 대단한 장관을 뽐내는 곳인 줄로만 알았다. 쿼이어는 아무리 보아도 영락없이 나락을 말리는 곳간들을 갖다 모아 놓은 동네였다. 하긴 아닌 게 아니라 처음에 그러다가 도시가 생겨나게 되었을 것이라고 브르르는 추리했다.

지면 높이에 세워진, 벽토를 바른 행정부 건물들이 뽐내며 소중히 전시하고 있는 부드러운 돌을 깎아 새긴 조각들이 그나마의 사치스러움이었다. 조각은 세속적인 것과 종교적인 것 둘 다가 있었다. 조각들 위로는 지붕창들을 뚫느라 장식물 따위 집어치웠다. 비뚜름하니 비바람에 닳아빠졌고, 라피아 야자 섬유나 돌로 만든, 구멍이 숭숭 난 가리개들이 쳐져 있었다. 목에 힘을 준 것도 영 추레했다. '미곡 관리소'와 '루비 취급소' 그리고 '관세 및 습지 법률 담당서'가 덩어리 덩어리로 상점들 옆에 빠끔히 보였다. (그 간판의 글자들은 쿼아티가 아닌, 심지어 이제는 레인도 읽을 수 있는 오즈 글자로 조각되어 있었다.) 상점들은 살림집의 돼지우리와 변소 위에 지주를 세워 지어 올려놓은 것이라 휘청휘청 흔들렸다. 그렇지만 정부 청사나 식료품점이나 비절내종 걸린 말의 발처럼 지붕보가 툭 불거져 나와 있기로는 마찬가지였다. 갑자기 쏟아지는 열대 폭우를 막기 위함이겠지, 뒤에 가서 브르르는 그에 생각이 미쳤다. 이 기후에서는 충분히 타당한 일이다. 비록 그게 주는 첫인상은 어엿이 해묵은 도시가 어쩌다 망령 들린 느낌이긴 했지만 말이다.

쿼들링들은 일행 주위로 모여들었고, 눈에 띄게 겁을 먹어 난리치는 기색은 없었다.

"시계에 대해 소문도 들어 본 적이 없나 보군." 대장 나리가 가만히 숨을 죽여 말했다. "얼마나 해괴한 일인가. 저자들은 우리에게 미래를 살짝 엿보게 해 줄 것을 바라지도 않아. 여기로 은퇴하면 되겠구먼. 안 그러냐?"

"안 그래요." 몰려든 군중에 겁을 먹은 일리아노라가 말했다.

브르르의 눈에 쿼들링들은 못미더우면서도 유쾌한 별종들 같았다. 통합교 성직자들이 개종시키려고 갖은 노력을 다했어도 굴하지 않고 명맥을 이어 온 쿼들링들은 숭배와 순무와 기묘한 간지럼돌 점괘에 대한 자기들만의 뭐가 뭔지도 모를 시간낭비를 더욱 좋아했다. 장이 선 광장 끄트머리에 외양간인가 싶은 건물들은 어쩌면 무슨 신단이나 예배당일지도 몰랐다. 하지만 다시 보면 집에서 나온 쓰레기들을 갖다 버려 놓은 하치장일 수도 있었다. 먼치킨랜드인답게 빡빡 문질러 씻는 것을 너무나도 좋아하는 꼬마 다피는 아주 질겁을 했다.

"저 사타구니만 가린 천 조각 뒤에 아무것도 안 차고 벗고 있는 것까지도 차라리 참겠어. 그런데 척 보면 알 만큼 이 작자들 심지어 자기 뒷구멍도 제대로 씻지 않고들 살잖아."

꼬마 다피는 공격적인 청결성으로 자기 자신의 얼굴을 시간 맞춰 속돌로 문질러 열과 성을 다해 씻어 댔다.

일행이 나무랄 데 없는 구석을 찾아 밤을 지내려고 멈추어 서자, 골목으로 사잇길로 지역민들이 속속 나타나 라탄으로 엮은 쟁반에 펄펄 김이 나는 붉은 쌀밥과 신선한 과일과 냄새가 고약한 채소들을 담아 날라다 주었다. 그들은 가져온 공물들을 레인 앞에 차려 놓았다. 마치 레인이 자기네들의 한동네 아이에 다름없다는 듯이. 그러고는 잽싸게 사라져 버렸다.

"원숭이 족속들이로구면." 꼬마 다피가 말했다.

브르르가 생각하기에 레인과 어느 정도 닮은 점이 있다고 여겨지는 이곳 사람들에 대하여 레인은 별다르게 관심을 보이지는 않았다. 레인은 온 사방에 웅크리고 앉은 털 없는 흰 개들과 친구가 되려고 했다. 삼나무와 밧줄로 엮은 개방형 층계 아래에 가서 레인은 놈들에게 밥을 내밀었다가 다음에는 과일을 주어 보았다. 그러자 그것들은 시험 삼아 나와서 주는 것의 냄새를 맡아 보았지만 금세 도로 꽁무니를 뺐다. 레인은 갈색 나는 채소 중에서 배배 꼬인 목질의 아스파라거스 같은 것을 가지고 다시 시도해 보았고, 놈들은 거기에도 고개를 돌려 버렸다. 그러자 레인은 아스파라거스 몇 줄기를 가지고 단어를 만들었다. 주 는 거 야. 먹 어. 그러자 놈들이 먹었다.

"쟤가 어떻게 저렇게 한 거야?" 난쟁이가 브르르에게 물었다. "자네는 알겠나?"

"난 이 한동아리의 근육이에요. 두뇌는 당신이잖아요." 사자가 대꾸했다.

"저놈들이 와서 우리를 먹지 않는 한은 난 저 애가 어떻게 그렇게 했건 상관 안 해요. 저것들이 개일까요?"

"아니면 쥐겠지. 아니면 족제비거나."

나른한 날씨 탓에 무기력증이 왔지만 일행은 그에 푹 빠져드는 데 별 거부감이 없었다. 한동안 바쁘게 움직여 온 터이니까. 끼니를 이렇게 받아먹는 편이 앞길에 괜찮은 먹잇감이 있다는 아무런 보장도 없이 전진을 강행하는 것보다 한결 쉽다.

"떠나야 할 때가 되면 그때인 줄 알게 될 거야." 대장 나리가 말했다. 그는 박쥐 집 기둥과 그에 가까이 선 주름뿌리 나무 사이에 그물침대를 잡아매고 올라가 누워 있던 참이었다. "이리 올라와서 나랑 오붓하게 하고 있지? 여보."

"시간이 훤한 오후인데, 게다가 그건 다 보이는 그물침대잖아요." 꼬마 다피가 뻗대었다.

"저이들은 신경 안 써."

그 말은 정말이었다. 쿼들링들은 그럴 기분이 들기만 하면 부끄러움이나 은밀함 같은 것 없이 충동대로 행동했다. 흥미롭게도 레인 역시 눈치 채는 것 같지도 않았다. 저 아이의 순진함이란. 브르르는 생각했다. 신선하고 놀라울 때도 있지만 어떤 때는 속이 불편

할 정도라니까.

난쟁이와 꼬마 다피는 '시계'를 버텨 놓은 곳 가까이에서 자리를 뜨려 하지 않았다. 둘은 귀찮은 듯이 일리아노라를 타일렀다.

"우린 책을 지켜야 해. 우리의 앞일에 대하여 초조해하는 건 너니까 네가 가서 누굴 찾아 얘기를 해보려무나."

브르의 아내는 버틸 수 있는 데까지 버텼지만, 결국에는 숄을 너무나 단단히 휘감아 눈만 보일 정도로 다 가린 채 직접 마을을 탐험하기 시작했다. 일리아노라는 일행에게 쿼아티를 통역해 줄 수 있는 사람을 찾아다녔다. 그러다 담배 가게에서 두 발이 악어에게 물려 끊어졌지만 지팡이를 짚고 비틀비틀 돌아다닐 수는 있는 늙은 여인을 찾아냈다. 거의 귀머거리가 다 된 늙은 여자는 그들이 묻는 말 중에서 자기가 대답할 수 있는 것은 대답해 주기로 동의했다. 꼬마 다피가 이것만 바르면 틀림없이 발이 새로 돋아난다고 맹세한 연고와 교환하는 조건이었다. 하지만 1년 안에 생겨나지는 않는다고 꼬마 다피는 말했으니, 1년이면 그들이 이 노파로부터 멀리 벗어나는 데 충분한 시간이었다.

"어쨌든 따지러 우리 뒤를 쫓아 달려오지는 못할 거 아녜요, 안 그래요?" 꼬마 다피가 다른 이들에게 말했다, 작은 목소리로.

노파의 이름은, 일행이 최대한 가려 들어 이렇지 않을까 짐작한 바로는, 샬로틴이었다. 자칭 예지자로 나서고 있는 쓴 오렌지 껍질 같은 늙은 여자다. 그다지 오래전이 아닌 과거에 야클 할멈과 한동안 밀도 있는 시간을 보낸 경험이 있는 브르는 분필과 초콜릿의 차이를 분별할 수 있었다. 샬로틴은 분필 중에서도 특히 얄팍한 쪼가리였다.

그렇기는 해도, 늙은 여자치고는 대단하다 할 만큼 유연한 궁둥이를 실룩거리며 걷기는 했다. 분홍색이 도는 손가락 끝으로 완벽한 노파의 치아를 문지르며 샬로틴은 자기가 아는 것을 말해 주었다.

그렇지, 비록 황제의 병력이 더 이상 애정은 얻지 못하지만 말이야, 암 이젠 못 얻지, 그래도 아직까지 얼마 만에 한 번씩은 꼭 자기들 쪽에서 먼저 권위를 과시하는 쇼를 벌이거든. 그자들이 여기까지 올 수 있었던 길이라고는 '높은 행군로' 즉 '시계'의 무리가 밟아 온 그 길이 유일했다. 노란 벽돌길이 없어지고 남아 있던 통로 말이다. 쿼들링들은 군대가 전투복이 아닌 정복을 갖춰 입고 행진해 오는 한 그냥 지나가게 놔둔다. 그렇기는 해도 그들은 우기에는 절대 오는 법이 없다. …… 아니면 아직까지는 없었다.

"그렇다면 어느 날에든 저벅저벅 쳐들어올 수 있다는 거네." 브르르가 부드럽게 으르렁거리는 소리로 확정 지었고, 샬로틴은 그의 말을 들었다.

그렇지. 어깨를 으쓱 하는 샬로틴의 몸짓이 말해 주고 있었다. 그러고도 남을 놈들이잖수.

"그들은 어디에 진을 치죠?"

"정부 건물 중 하나에 들어가지." 자기 이야기에 흥이 돋아서 샬로틴은 그들에게 한때는 에메랄드 시가 쿼들링 나라를 더욱 굳게 장악했던 적이 있다고 말해 주었다. 한참을 옛날로 거슬러 올라가 마법사 시절의 일로, 노란 벽돌길의 연장 구간으로 인해 처음으로 늪지 기술자들이 들어와서 루비를 캐려고 늪의 진흙층을 걷어내 버릴 수 있게 된 때였다.

"북동쪽에서는 에메랄드요 남쪽에서는 루비로구나." 대장 나리가 말했다. "에메랄드 시가 그렇게 강력해진 것도 놀랄 게 없어. 사방에서 수탈을 해 들이니. 보아하니 빈쿠스에도 어디 숨겨진 동굴들에 다이아몬드가 있을 테지 아마?" 그는 희망을 품고 일리아노라를 바라보았다. "너 살던 데로 돌아가면 우리 모두가 더럽고 냄새가 풍풍 풍길 만한 부자가 되지 않을까?"

샬로틴은 루비에 별 신경도 쓰지 않았다. 다만 에메랄드 시에서 온 늪지 기술자들이 루비를 캐려고 뛰어들다가 오벨스 근처에서 수확되는 채소진주 작물들을 들쑤셔 놓았다고 말했을 따름이다. 농업경제가 회복되기 시작하는 데 30년이나 걸렸다고 노파는 말했다. 그리고 이제 쿼들링 나라 사람들이 다시 일어나 그들이 한때 누렸던 정도의 가난까지 회복되는 데에 다시 30년은 더 걸릴 것이라고 예상했다.

"우린 이제 위에서 다스리시는 나리님들에게 친하게 안 해." 샬로틴이 침을 뱉으며 말을 맺었지만 그러면서도 인심 좋게 미소 지었다.

"우린 공손해, 그렇지만 그이들이 눌러 있게 놔두지는 않아. 벵다의 다리를 불살라 버렸는데, 안 되고말고. 그 대학살 말이야. 날아다니는 용들이 그렇게 우릴 공격했는데, 안 되지."

"용이라고요?" 레인이 올려다보았다. "하늘을 나는 용 봤어요?"

샬로틴은 그 말 자체를 멀리 떨쳐 버리려는 몸짓을 했다.

"에메랄드 시가 날아다니는 용들을 풀어 우릴 습격했을 때, 어이구, 그게 이제 몇 년이나 지난 일이구먼, 오벨스 남쪽 늪지대가 족히 20리는 불탔지. 거기까지는 샬로틴이 직접 봐서 알아. 샬로틴이 아직 걷기도 하고 헤엄도 칠 수 있었던 시절에 말이야. 하지만 그

397

이후로 용은 없었어, 없지, 없어."

"그러면 댁네 애국심 불타는 동료 시민들이 우리 궁둥이를 걷어 차 내쫓지 않은 건 어째서요?" 대장 나리가 물었다.

샬로틴은 그 말에 저렇게 나어린 라피키가 있고 보면 쿼들링들 의 기본적인 손님 접대 의식이 발동될뿐더러 심지어 도움까지 주게 마련이라고 대답했다. 노파는 레인을 두고 말한 것이었지만, 레인 은 이미 흥미를 잃어 흙바닥에서 이리저리 기어 다니며 그 털 없는 허연 개들 중 한 마리가 된 양 하고 있었다.

"그럼 우리가 이곳을 빠져나가려면 어떻게 하면 되나요?" 일리 아노라가 물었다. "황제가 우리 뒤를 따라 여단 병력을 들여보내 올 상황이라면 쿼이어에서 꼼짝 못하게 구석에 몰리고 싶진 않아요."

샬로틴은 노란 벽돌길이 남쪽으로는 이곳까지만 뻗쳐 있다고 설 명했다. 왜냐하면 쿼이어를 지나면, 처음에는 남서쪽으로 호를 그 리다가 후에는 북쪽으로 난 꽤 마른 둔덕길이 이미 존재하기 때문 이다. 그 둔덕길이 자연스러운 지형인지 아니면 오래전의 토목 공 사가 남긴 유물인지는 아무도 몰랐다. 하지만 일행이 망고 제단 가 까이의 그 길을 택하여 쿼이어를 떠난다면 무사히 마른 길로 갈 수 있을 터였다.

"다만 비가 내리기 시작하거든, 높은 길에서 자칫 발을 헛디뎌 떨어지지 않게 조심하시구려. 샬로틴은 댁네들 드래곤 수레가 배 노릇도 할 거라고는 생각이 안 되니까."

"그렇지만 그 길로 가면 어디로 가는 건데요? 쿼들링 나라를 끝 도 없이 빙빙 돌게 되나요?" 일리아노라가 물었다.

"빙빙 도는 건 이제 됐수!" 샬로틴은 이야기에 질렸다.

노파는 꼬마 다피에게 잃어버린 자기 발을 재생시켜 줄 연고를 내놓을 것을 종용했다. 그리고 먼치킨랜드 여자가 아무래도 콜드크림 같은 뭔가가 담긴 조그만 단지를 내놓자, 샬로틴은 손가락으로 한 번 떠서 그걸 꿀꺽 삼켜 보았다. 노파는 상을 찡그렸지만, 그래도 쓸모가 있겠다고 선언했다. 약용 연고로 듣지 않으면 펜넬을 찍어 먹기라도 할 수 있겠다는 거였다.

샬로틴은 어깨에 메고 있던 띠를 채운 자루를 풀어 내렸다. 레인은 더 가까이 보려고 꿈틀거리며 들어왔다. 거기에서 나온 것은 호수에서 나는 조개껍데기 같은데, 레인이 레스트워터 호숫가에서 보았던 그 어떤 조개껍데기보다도 더 컸다.

"그건 뭐예요? 왜 이렇게 삐죽삐죽해요?" 빙 둘러 난 소라 뿔들을 가리켜 레인이 물었다.

"깊은 마법이지. 사시려우? 싸게 싸게 드리지." 샬로틴이 권했다.

"어떤 마법인데요?" 소녀가 물었다.

"마법은 돈 주고 살 수 없어." 난쟁이가 딴죽을 걸었다. 그러고 나서 한층 낮은 음성으로 덧붙였다. "물론 두 발도 돈 주고 못 사지."

"황제가 모든 마법의 도구며 기계들을 다 모아들이겠다고 했는데요." 브르르는 이 노파에게 동전을 내주지 않고 어떻게 말로 잘 구슬려서 그 조개껍데기를 넘겨받을 수 있을지도 모른다는 생각을 하고 그렇게 말했다. 레인에게 생전 처음 가져 보는 장난감을 줄 수 있다면 좋을 것이다. "에메랄드 시에서 올 그 분견대가 도착해서 당신이 무엇인가 강력한 힘을 가진 물건을 가진 줄 알면, 그땐 무사히 도망을 치는 데 새로 돋아날 발보다 더한 게 있어야 할 거예요."

"아무튼 그걸로 당신 발을 소환해 낼 수도 없는데 그게 마법은 무슨 마법이겠어요?" 꼬마 다피가 거들어 옆에서 맞장구를 쳤다.

"불면 소리가 나지." 샬로틴은 일행에게 그렇게 말하고 직접 소라고둥을 뿔나팔처럼 부는 법을 보여 주었다. "우선 끄트머리가 깨져 있어야 해. 하지만 샬로틴이 말하는데, 이 조개껍데기는 제 목소리를 뽑아 울리라고 있는 게 아니야. 이 조개껍데기는 귀로 들으라고 있는 거야. 소라고둥이 말을 한다니까. 소라고둥이 알고 있는 걸 말해 주는 거라고."

"마법이 아니면 안 사요." 대장 나리가 말했다. "별것도 아닌 걸, 거래는 무슨."

"음, 우리가 전통적인 의미의 돈이라 할 만한 것은 갖고 있지 않군요." 브르르는 모종의 흥정을 강요할 수 있지 않을까 하는 마음으로 그렇게 말했다.

"조개껍데기가 뭐라고 말하나요?" 레인이 물었다. 레인은 기대가 된 나머지 숨까지 멈추려고 했다.

하지만 노파는 대뜸 뒤로 물러나며 절레절레 머리를 흔들었다. 더 이상 한마디 말도 없이 노파는 저편을 보고 잘린 다리로 할 수 있는 한도껏 걸음을 재촉하여 삐뚝삐뚝 길을 걸어 내려갔다.

"기다리쇼. 하나 더 물읍시다." 대장 나리가 불렀다.

샬로틴은 고개를 돌렸지만 멀어져 가던 발걸음은 멈추지 않았다.

"이 허연 것들이 뭐요? 이것들이 강아진가?"

"그놈들은 희게 변한 수달들이우. 피하는 게 좋아요." 샬로틴이 대답했다. "그놈들은 아주아주 오랫동안 쿼이어에 득실득실 들끓고 있지. 계단식 논이 불타 버리고 나서, 수달들은 몸의 보호색이 빠지게 되었어. 그 전에는 그놈들 색깔이 먹는 것에서 온다는 걸 아무도

미처 몰랐더랬지. 이제 그놈들은 돌로 지은 허연 건물들 사이에 사
는 게 더 안전해. 녹색에 자주색 우중충한 늪지대에 살기보다 말이
요. 그래서 그것들이 퀴이어에 창궐하고 누에를 잡아먹어 비단 농
장을 엉망으로 망쳐 놓는 거지. 글자 막대가 잘못 떨어진 셈이우.
도미노가 잘못 넘어진 게지요."

"원래는 무슨 색깔인데요?"

"벼수달의 색깔 말이야? 물론 녹색이지. 논과 습지에서 헤엄치고
다니는 것들인데."

샬로틴은 그렇게 말하고는 옆걸음을 쳐서 멀어져 갔고, 브르는
일행이 얼마나 신속히 퀴이어에서 빠져나가야 할지 의논하고 있는
다른 일행들에 합류했다. 아직 자기네들의 발이 성히 붙어 있는 동
안에 떠나야 했다.

가까운 데 있는 벼수달들을 집적이고 꼬드기면서 레인은 이리저
리 돌아다녔다. 한동안 안 보였다가 다시 나타나곤 하면서, 저 혼자
만의 관심사에 골몰하여 분주한 주변 상황 속에 녹색으로 드리워진
그늘 사이를 들락거리고 있었다.

"아니 그런데 너 지금 그걸 가지고 뭘 하는 거냐?" 저녁 식사 시
간에 레인이 소라고둥을 들고 나타났을 때 꼬마 다피가 물었다. 꼬
마 다피는 레인이 혹시 돈푼을 훔쳐내 간 건 아닌지 자기 지갑을 확
인했다. "너 얼마라도 여기 내 돈 훔쳤니?"

레인은 고개를 저었다.

"조개껍데기를 훔쳤어요." 레인의 대답이었다.

꼬마 다피와 일리아노라는 레인을 붙들고 아주 호되게 꾸지람을
했다. 떳떳하다는 게 무엇인지, 도덕을 지킬 마음가짐이 되어 있다

는 게 뭔지 넌 배운 바가 아예 없는 거냐? 도대체 무슨 생각으로 그랬느냐?

"아줌마는 그 할머니한테 새 발이 나게 해 줄 수 있다고 그랬잖아요." 레인이 말했다.

두 가지 범죄가 서로 피장파장이라는 데 대해서는 논란의 여지가 있겠으나, 소녀는 아무튼 효과적으로 어른들의 입을 닥치게 만들었다.

✢✢✢

일행은 다음 날 쿼들링 나라의 수도를 떠났다. 받아들여 준 주인장들에게 호의를 베풀려는 의도에서 그런 것은 아니었지만 아무튼 호의를 베풀게 된 셈이었다. 모두들 잠에서 깨기 전인 이른 아침에 레인은 소라고둥을 불어서 소리를 내려고 해보았다.

레인은 소라고둥에서 무슨 소리가 나긴 난 건지 아무것도 못 들었지만, 몇 백 마리의 흰 수달들이 빽빽하게 '시계' 주위로 몰려들었다. 수달 무리는 일행의 뒤를 따라 망고 제단을 지나서, 쿼이어를 나와 더욱 울창해지는 밀림으로 들어가는 먼지 풀풀 이는 높은 둑길까지 졸졸 쫓아왔다. 풍기는 냄새는 정말로 지독했고 뒤로 거의 1.5킬로미터나 되게 수달 떼가 줄을 이어 그들을 뒤따랐다. 마치 성글게 짜인 희뿌연 모포를 질질 끌고 가는 꼴인데, 그 직조된 칸칸이 늘어졌다가 도로 조여들기를 제 마음대로 하고 있는 듯했다.

레인도 어른들도 이 사태를 재미있어 해야 할지 질겁해야 할지 확실히 감이 잡히지 않았다. 하지만 그들이 등지고 떠나는 옹기종기 웅크려 앉은 도시의 건물들로부터 사람들이 기뻐 환호하는 소리는 들을 수가 있었다.

"책이 우리를 남쪽으로 보낸 이유가 이걸까? 우리더러 외국의 수도를 유해 조수로부터 해방시키라고?" 일리아노라가 중얼거렸다.

"책을 다시 펼쳐 봐도 되잖아요?" 레인이 교활하게도 그렇게 말했다. "책이 우리보고 남쪽으로 가라고 말한 게 맞는지 잘 모르겠으면 한번 봐요. 어쩌면 이제는 북쪽으로 가라고 그럴지도 모르잖아요. 아니면 사막으로 가라고 하거나요."

하지만 이번에는 『그리머리』가 그들 앞에 펼쳐져 주질 않았다. 아마도 저게 레인이 한 말을 들은 게지. 브르르는 그렇게 생각했다. 레인이, 야클이 일행에게 책을 피해 멀리 떨어지라고 경고한 게 아니냐고 한 말을 책이 들었으리라. 그래서 토라져 있는 것이다. 어쨌든, 다른 읽히지 않은 책들이나 마찬가지로 제 조언을 꽉 붙들고 앉아 있는 상태다.

어쩌면 차라리 저 책이 없는 편이 우리에게 더 낫지 않을까? 브르르는 그렇게 생각하다가, 어쩌면 샬로틴이 레인으로 하여금 그 조개껍데기를 훔치게끔 한 게 아닐까 하는 생각이 들었다. 만약 모든 마법적인 상징물들이 금지되어 있다면, 강력한 마법의 물건을 피하는 편이 샬로틴 본인한테 더 안전할 터이다.

어이구. 하지만 이 무슨 아전인수 격의 망상증이람.

15

레인은 생물들이 떼를 짓는다는 생각을 이전에는 실감해 본 적이 없었다. 레인에게 '시계' 일행들은 아주 완고하고 이해하기 힘든 분리를 고수하고 있었다. 그렇지만 수달들은 쌓여서 하나의 무더기를 이루는 가을 낙엽 한 잎 한 잎들처럼 한데 뭉쳤다.

레인은 자기 손가락에 몸을 기댔던 그 옛날 외톨이 물고기 한 마리를 기억했다. 가장 오랜 기억인 들판의 생쥐를 기억했다. 아마도 이들은 일탈의 순간들이었으리라. 홀로 생을 영위하는 혼자인 생물들.

벼수달 중 한 마리는 아무래도 제 친구들보다 몸집이 약간 작은 듯했는데 색깔이 미묘하게 조금 더 장밋빛이 감돌았다. (수달들이 한창 교미를 하고 있을 때라도 레인은 어느 게 암컷이고 수컷인지 분간할 수 없었다. 놈들은 하나의 성으로 제한하기에는 너무나도 낭창낭창 유연해 보였다. 레인은 아무래도 그 장밋빛이 좀 더 도는 녀석을 성별 없이 그냥 '그 녀석'으로만 생각하게 되었다.) 많은 수달들 속에서 그 녀석을 짚어 알아볼 수 있었던 까닭에 레인은 다른 놈들보다 그 녀석을 더 챙겼다.

퀴이어를 떠나 수킬로미터, 물미끄럼의 벵다 폐허를 지나 수킬로미터를 간 곳에서 비가 내리기 시작했다. 늪지대로 나가서 무슨 의식을 마치고 퀴이어로 돌아오는 중이었던 일단의 순례자들이 작은 야자수 잎 아래 옹기종기 서로 부둥켜 있다가 엉성한 오즈 말로 일행에게 높은 도시 오벨스까지는 겨우 하루 이틀 길이라고 가르쳐 주었다. 그리고 억지로라도 계속 간다면 거기에서 구조를 받아 우기가 끝날 때까지 남은 날들 동안 피해 있을 수 있을 것이라고 했다. 만약 그 순례자들이 뒤따르는 재앙인 양 일행의 뒤에 수달이 강물처럼 따라붙어 있다는 사실을 알았더라면, 분명히 환영받을 것이라는 장담을 좀 약하게 했을지는 모르지만…….

높은 도시라? 이 저지대의 늪 속에? 그게 대체 무슨 뜻일까?

일행은 알아내게 되었다. 퀴이어로부터 일행이 터벅터벅 밟아 온 길이 천천히 자갈 언덕으로 오르막이 져 올라갔다. 경사는 몹시 미미해서 브르르는 수레바퀴가 진흙에 푹푹 박히는데도 그렇게 많이 당기는 느낌이 들지 않았을 정도였다. 고속도로 양쪽으로(고속도로라기보다는 말 그대로 '높은 길'이었지만) 퀴이어보다는 훨씬 작은, 하지만 어떤 면에서는 더 생생한 마을이 돋아나 왔다. 서로서로 팔꿈치를 단단히 얽고 선 해묵은 부드럼나무 고목들이 작은 오두막들을 지탱해 주고 있었다. 오가는 길은 매달림 줄로 드리워 놓았다. 나무 위에 지은 집들로 이루어진 마을이다. 지붕은 모두 야자수 잎으로 이었고, 창문에는 모두 얇은 사를 대었다. 퍼붓는 빗속에서도 몇몇 사람들은 자기 집 앞문에서 늪으로 낚싯줄을 내려 낚시를 하고 있었다.

"새 사람들이다!" 레인이 외쳤다. 여러 모로 보아 그들은 새 사람이라기보다는 물고기 사람들에 더 가까운 게 분명했지만 말이다.

일행이 온 그 길이 중심 도로였는데, 길은 오르막이 그치고 화강암 덩어리로 쌓은 두꺼운 벽 위로 편편하게 이어져 있었다. 화강암 벽은 높이가 육칠 미터나 되고 너비도 그만 했다.

"쿼들링의 기술은 이런 공사를 할 만큼은 못 돼. 이렇게 무거운 돌을 날라 올 만한 평저선은 건조된 적도 없네. 이 벽은 마을이 생기기도 전부터 여기에 있었던 거야." 대장 나리가 말했다.

"하지만 아무튼 석수장이가 돌을 잘랐을 것이고, 기술자들이 쌓았겠지요. 옛날, 아득한 옛날에 말입니다." 사자가 말했다. "쿼들링들이 이걸 지은 게 아니라면 그들 이전에 살았던 그 누군가가 지어 놓은 겁니다."

레인은 손을 대어 옛날 옛적 자귀와 끌이 새겨 놓은 표시 문양들을 따라 쏠어 갔다.

쿼들링들의 특기인 손님 환대가 이제 그들을 향해 발휘되었다. 이 돌아다니는 자들을 어디에 묵게 할 것인가를 협의하고자 모종의 시 행정회의 같은 것이 소집되었다.

돌 벽의 북동쪽 경사면에는 작은 방들이며 상점들로 이어지는 층계며 좁은 길들이 다닥다닥 달라붙어 있었다. 이것은 나중 세대가 설치한 것이리라. 일행은 자기들이 있을 방을 고를 수 있게 되었다. 방들은 바닥은 진흙투성이일지 몰라도, 일행이 마른자리에서 잠들 수 있는 선반들이 있었다.

'시계'를 농가 헛간과 비슷한 창고 속으로 끌어 넣어 두는 것이

야 퍽 간단한 일이었다. 마침 크기도 딱 들어맞았다. 내리는 비가
지나갈 때까지 그 안에서 반얀나무 잎에 덮여 있게 될 것이다. 토착
민들은 '시계'에 함빡 마음을 빼앗겼지만, 대장 나리는 말했다.

"저리들 가쇼. 볼 것도 없으니."

레인은 장밋빛 털을 가진 그 수달을 '테이'라고 부르기 시작했다.
친구라는 뜻의 쿼아티 말 '테'를 따서 붙인 이름이었다. 레인과 테
이는 사자와 일리아노라와 같은 방에서 잤다. 대장 나리와 꼬마 다
피는 그 다음 방을 잡아 들어갔다. 레인은 차라리 나무에서 살았으
면 했다.

다른 수달들에게는 밖에서 자라고 했다. 녀석들은 괘념치 않았
다. 레인은 자기가 어떻게 그렇게 했는지를 브르르에게 설명할 수
가 없었다. 자기도 몰랐다. 수달들은 말하는 동물이 아니었는데 말
이다.

방어를 위한 옹벽 바깥쪽에다(그 돌 벽의 정체가 그거였다면 말이
지만) 쿼들링들은 크고 빛나는 물고기 그림을 그려 두었다. 금빛과
푸른빛으로, 서로를 삼키고, 지나치면서 서로 미소를 띠고, 한 놈이
다른 놈을 뒤로 배설하여 내보내고 있는 물고기들의 그림이었다.

"이 물고기들이요, 실제로 저만 해요?" 레인은 일리아노라에게
물었다. "저렇게 큰 물고기면 절대 논에는 못 살 텐데요.

"이 물고기들은 멀고 먼 옛날 신들의 새벽으로 거슬러 올라간 시
절의 거대한 조상 물고기들 같구나. 예술이란다. 신경도 쓰지 말렴.
전부 꾸며낸 거고 거짓이니까. 나는 거짓에 대해서는 뭐가 됐건 참
아낼 수가 없구나. 특히 예술의 거짓말은 못 참지."

"시계는요?" 레인이 물었다. "그러니까 시계가 말하는 거랑, 말해

주려 하지 않는 건요?"

일리아노라는 대답을 하지 않았다.

레인은 그 엄청나게 큰, 빤히 지켜보는 눈알들이 정말 좋았다. 레인은 과거로부터 그녀를 향해 헤엄쳐 오고 있는 물고기들의 벽 안에서 살고 있는 셈이었다. 이때까지 과거에 대해서 그리 생각해 본 적은 없었다. 자기 자신의 과거에 대해서도 말이다. 하지만 이제 얼음 속 좁은 공간에 갇혔던 물고기의 기억이 다소 의미를 띠게 되었다. 그 물고기는 저희 신들에게로, 아니면 저희 할머니 할아버지들에게로 돌아가고 싶었던 것이다. 그 물고기는 어딘가 헤엄을 쳐서 갈 곳이 있었다.

멋지지 않은가, 물고기로 산다는 것, 그리고 물고기로서 어딘가 헤엄쳐 갈 곳이 있다는 것이.

16

일행이 열대 호우가 꼭 매년 때맞춰 내리는 것은 아님을 깨닫게 되기까지는 다소 시간이 걸렸다. 열대 호우는 시작될 때 시작되어서 언제까지든 내리고 싶은 만큼 내리는 것이었다. 이 비가 그칠 때까지는 가던 길을 계속 가 볼 가망이 전혀 없었다. 끝없이, 끝없이 내리는 비. 타임드래곤 시계의 일행은 이 주문이 걷히고 높은 길을 갈 수 있을 만큼 마를 때까지 오벨스에서 거의 1년을 보냈다.

기다란 섬처럼 동그마니 떠 있는 높은 길에 에메랄드 시로부터 온 추적자들 대대가 헤엄을 쳐서 들이닥치는 일 없이 통째로 1년이 흘러갔다.

발 없는 선견자가 쿼이어에서 비탈진 길을 잘린 다리로 찔뚝찔뚝 쫓아와서 환불을 요구하거나, 도둑맞은 조개껍데기를 내놓으라고 따지는 일도 없이 지나간 1년이었다.

오즈 충성령과 먼치킨랜드 사이에 벌어진 전투의 소식이 뒷 물결을 타고 폭삭 젖은 쿼들링 나라까지 스며들어 오는 일도 없이 지나간 1년.

그 1년은 그래서 조용한 1년이었다. 레인을 포함한 누군가들에게는 자비로운 1년, 나머지 다른 이들에게는 고약한 불운의 1년이었다. 레인은 스스로 거리를 두고 있으면서도 일행들을 더한층 밀접하게 지켜보는 법을 체득했다.

대장 나리는 이제 기회가 저절로 굴러 들어왔으니 몇 십 년이라도 느긋하게 쉰다는 게 어떤 건지 배워 보겠노라고 했다. 혼자서 얼마든지 바쁘게 지낼 수 있으니 아무 문제 없다고 큰소리쳤다. 그는 발사나무 껍질을 가지고 성기가 너무 큰 장애인 인형들을 조각했다. 레인에게 그 인형들은 전혀 생기 없어 진흙보다 더 죽어 있는 것들로 보였고, 그래서 난쟁이가 보지 않을 때 레인은 그것들을 몰래 훔쳐내어 공중에 날렸다. 빗물 속에 잠시 헤엄치다 결국에는 가라앉아 익사하도록 말이다.

레인은 물건 훔치는 것을 좋아했다. 다만 대개는 훔친 것들을 내던져 버렸다. 그것들을 구해 주려고, 해방시켜 주려고 그랬다. 나선형으로 삐죽삐죽한 돌기가 있고 비단처럼 부드러운 은빛 입이 있는 반질반질한 분홍색 조개껍데기는 예외였다. 레인은 조개껍데기가 자기에게 말을 하기만을 계속 기다리는 중이었다.

대장 나리가 자기가 새겨 만든 작은 사람 형상들이 없어졌다고 불평을 하자 꼬마 다피는 이렇게 대꾸했다.

"그것들 보기에도 역겹던데요. 그렇다고 날 쳐다보진 마요."

먼치킨랜드인은 지역의 물고기 의사들에게 그토록 진보된 약학 지식을 가르쳐 보겠답시고 몇 시간씩 나가서 공을 들였다. 다만 동원할 수 있는 자원에 한계가 있다 보니 주장이 확실하게 먹혀들지

412

는 못했다. 쿼들링들은 먼치킨랜드인을 귀여운 할머니 보듯이 하며 금세 따랐다. 레인은 브르르가 꼬마 다피가 저렇게 신을 내고 있으니 저러다 언젠가 해가 다시 뜨는 날이 오기는 온다 할지라도 다시 길을 떠나는 건 마다하는 거 아니냐고 중얼대는 소리를 들었다.

"날 그저 시골 촌것이라고 생각하지." 먼치킨랜드인이 사자에게 쏘아붙였다. "외국 것이면 사족을 못 쓰고 함빡 취한다고 생각하지. 내가 여기 눌러앉을 거라고 생각하나 보지? 어쩌면 내 옛 동료이자 숙적인 의사 수녀를 도와서 스크로 족의 수장인 나스토야 공주를 보살폈던 그때 내가 스크로 족과 사랑에 빠졌다는 이야기를 들은 거야? 뭐, 그건 사실이었어. 까딱했으면 거기에 눌러 살았을지도 몰라. 그렇지만 난 내 소명이 있었어."

"이제는 내가 당신의 소명이야, 우리 꿀주머니야. 그걸 잊지 말라고." 대장 나리가 말했다.

"당신이 날 납치했잖아요." 꼬마 다피가 대꾸했다. "하지만 시쳇말로 이왕지사니까 뭐."

꼬마 다피는 시골 병원 운영을 포기하고 느슨한 옷차림과 느슨한 도덕관념을 지닌 쿼들링 아가씨들의 매음굴에서 옷 벗기 카드놀이를 하는 데 빠져들었다. 대장 나리가 덧창 사이로 슬쩍 훔쳐보려고 하자 꼬마 다피는 변태라고 욕을 하며 덧창을 꽝 닫아 버렸다. 그러고 나서 들려온 키득거리는 웃음소리라니! 난쟁이는 일주일 동안이나 뚱해서 평소보다 더 못되게 굴었다.

"창문에서 떨어져, 안 그러면 눈이 먼다." 어디를 돌아본 것도 아니고 자기 볼일이 있어 단순히 지나가고 있었을 따름인 레인을 향해 그가 으르대었다.

레인은 대꾸하지 않고 그냥 스쳐 지났다. 관찰하면서. 어른들은 동물들보다 더 망가진 존재들이라고 레인은 생각했다. 레인은 하늘을 나는 새들이 그리웠다. 커다란 새들 말이다. 밀림에서는 물에 폭 젖은 조그마한 깃털 뭉치가 물이 뚝뚝 떨어지는 가지에서 가지로 폴짝폴짝 건너뛰기나 할 뿐이었다.

얼마 만에 한 번씩 레인은 '시계'를 보러 갔다. 혹시 깨어났는지 싶어서 가 보는 것이었다. 레인이 아는 한 '시계'를 찾는 이는 자기 혼자뿐이었다. 하지만 그 물건은 꼼짝 않고 얼어붙어 있었다. 난쟁이가 새겨 만든 추악한 조각품들 중 한 개인 양 죽어 있었다.

✦✦✦

한편 브르르는, 몇 달이고 활동 없이 있게 되자 갓난 새끼 시절부터 자기 일평생을 특징지었던 것 한 가지가 끊임없이 움직이며 살았다는 것 아니었나 곰곰 생각해 보게 되었다. 시즈에서 또 에메랄드 시에서 잘나고 훌륭하신 분들과 어울리는 생활을 얼마나 즐겼건 간에, 그는 마음속 깊이에서는 집에 길든 사자가 아니었다. 그는 떠돌아다니는 야수였다. 어쩌면 그의 일평생 사소한 실수들에 무척 마음을 상하곤 했던 것은 어딘가 다른 곳으로 떠나가고 싶어 하는 만성적인 열망의 한 증상이었는지도 모른다. 그저 매번 그럴 만한 이유가 필요했던 것뿐이다.

그렇기는 하지만 브르르는 일리아노라를 떠나지는 않을 터였다. 이 기다림의 시간이 일리아노라에게도 힘들다는 것을 브르르는 확신하고 있었다. 무엇을 기다리는가? 그들은 계속해서 책을 펼쳐 보려고 했지만, 책은 더 이상 아무런 조언도 해 주지 않았다. 그러는 가운데 그렇게 오랫동안 내려져 있던 일리아노라의 베일은 도로 올라가서 얼굴을 가렸다. 얼굴을 가린다 함은 한 가지 의미에서만이 아니었다. 그녀는 새로운 침묵 속에서 살며 그에게 등을 돌리고 잤다. 그들이 물론 애인 사이는 아니었다. 신체적인 의미에서의 애인은 아니었다는 뜻이다. 하지만 둘은 우리들 대부분이 하곤 하는 바 표정과 몸짓으로 사랑을 나타내는 식으로는, 꼭 필요할 그 순간 멍든 상처를 부드럽게 감싸 주는 손바닥으로는 애인 사이였다. 육체적인 쾌락보다는 이끌림을 통한 애인 사이, 그러니까 사랑을 통해 서로 애인 사이인 둘이었다.

그래서 브르르 또한 울울했다. 레인을 빼고는 모두 다 다소간 짜증이 나고 화가 난 상태였다.

◈◈◈

쿼들링 아이들은 레인과 친구가 되려고 했지만, 레인은 그 애들이 무슨 의도인지 잘 모르겠다는 기분이었다. 아무튼 그 애들은 수달들을 좋아하지 않았다. 수달들은 자꾸 집적거리면 아이들을 물었다. 테이는 레인에게 그렇게 입질을 많이 하지는 않았지만 말이다. 조금은 물었지만 그건 제쳐 두고. 그리고 물어도 아프지도 않았다.

매일 거의 혼자 있으면서 레인은 낭창낭창한 나무들에 걸친 매달이줄 길과 덩굴을 타고 다니는 한 마리 작은 원숭이로 변신해 갔다. 테이는 질질 끌려가는 허연 양말짝처럼 레인의 뒤를 졸졸 쫓아다녔다. 브르르는 염려스러운 눈으로 레인을 지켜보았다. 그 아이는, 그들의 레인은 성장하고 있었다. 레인의 팔다리는 이 눅눅한 기후를 성에 차 했다. 일리아노라는 소녀에게 좀 더 긴 통옷을 지어 주기 위해 베일을 또 한 장 희생해야 했다. 그러지 않으면 자칫 레인은 비밀스러운 부분을 펄럭펄럭 까뒤집고 다니다가 몹쓸 일을 초래할지도 몰랐다.

✛✛✛

딱 때를 맞추어, 두어 쌍의 결혼이 회복 불가능으로 망가지기 직전에 다시 해가 났다. 김 서린 노란 빛과 뿌옇게 흐린 흰 빛의 태양이다. 눈이 부시다 못해 아팠다. 해의 등장과 동시에 닥쳐온 것은, 1년도 더 전에 밀림에서 모기를 쫓으려고 수확해 들여서 이제 몇 개 남지도 않은 진액 향낭 따위에는 끄떡도 하지 않고 덤벼드는 새로운 세대의 벌레들이었다. 이제 머지않아 다시 이동할 때가 된 듯했다.

"뭘 기다리고 있는 거죠, 우리?" 일리아노라가 물었다.

"모종의 신호가 있기를 기다리지." 대장 나리가 말했다.

"아직도 그러시네요. 시계는 망가졌어요. 신호 같은 건 없어요."

우주적으로 괴로움에 찬 어조였다. 난쟁이는 그만 눈을 떼룩거렸다.

벽에 그려진 물고기들은 주룩주룩 줄이 그어진 녹색 대기 속을 헤엄치는 대신에 빛 속을 헤엄치고 있는 것처럼 보였다. 어느 날 이른 아침에 레인은 기력 없이 누렇게 뜬 기혼 부인 한 명이 표주박에 갠 파란 물감으로 물고기에다 덧칠을 하고 있는 광경을 보게 되었다. 그녀는 손가락으로 슥슥 물감을 바르면서 혼자 노래를 부르고 있었다. 이 늙은 홍학은 저렇게 큰 물고기를 본 적이 한 번도 없을 텐데, 그러면서 어쩜 저렇게도 뻔뻔스럽게 또 한 해 동안 헤엄치라고 물고기를 그리고 있을까?

이상해. 여기도 또 거짓이 있네. 레인은 그렇게 생각했다.

"타임드래곤은 예언을 해 주지 않고,『그리머리』는 읽을 수도 없는 판국이지." 어느 날 대장 나리가 말했다. "태양이 우리의 자명종이다. 다 집어 싸들고 확 떠나 버리자꾸나. 시계를 덮은 보를 벗기고 차축에 기름을 칠하자. 그러고 나서 영차 영차 뻥 뚫린 길로 나가는 거다. 책이 그러는 게 맘에 안 든다면 제가 알아서 우리에게 한 수 위인 조언을 해 주든가 하겠지."

아무도 그의 말에 토를 달지 않았다. 딱 한 명 이제 그만 젖가슴 좀 싸매고 다니시라고 누가 한마디 해 주어야만 했던 꼬마 다피만 제외하고는 말이다.

"벽에 나 있는 이 오래된 습기 구멍이 그리울 거예요." 꼬마 다피는 말하면서 집 청소에 극성인 먼치킨랜드인의 성깔을 부려 그 구멍을 싹싹 훔쳐냈다. "나중에 우리가 은퇴하게 되거들랑, 여보, 우리 대장 나리, 이리로 돌아와서 황혼을 보낼 수도 있지 않겠어요?"

난쟁이는 대답이 없었다. 그는 대번에 기운이 팔팔해져서, 올라갈 수 있는 대로 '시계' 위 높은 데까지 확확 올라갔다. 비록 레인한테는 견줄 수 없었지만 말이다.

일행이 '시계'를 무덤으로부터 끌어내는 장면을 구경하려고 오벨스 주민 전체가 모여들었다. 한 해 사이에 쌓은 일행의 쿼아티 말 실력이 아무리 별 볼 일 없다지만 작별 인사를 하기에는 충분했다. 일종의 버다시(아메리카원주민 부족 말로 반대 성의 옷을 입고 반대 성의 역할을 하는 사람) 같은, 끈적한 눈매에 분홍으로 색을 들인 입술을 가진 젊은 남자가 나서서 연설을 하며 세월을 거슬러 올라가 옛날 또 한 무리의 북녘 사람들이 찾아와 한동안 같이 살았던 일을 언급했다. 그것은 그가 태어나기 전의 일이었지만, 그 이야기는 이 지역에 전해 내려오는 바였다.

"그들은 우리에게 그들의 말에 따르면 그곳에 있지 않다는 무엇인가를 믿으라고 우리를 설득하려 애썼습니다. 이름이 붙어 있지 않다는 신을요." 남자가 말했다.

"선교사들이구먼." 어지러울 정도의 민첩성으로 자기 자신의 과거를 내던져 버린 꼬마 다피가 말했다. 하지만 "그냥 토해 버리면 안 되나?"라는 말이 사교적인 언급으로 충분했기에, 그 뒤로는 입을 닫고 있었다.

"우리는 그들을 죽이지 않았습니다." 버다시가 말했다. "성직자는 우리를 교육하겠다고 와서 스스로 이름을 지어 가지려 하지 않는 자기들의 신을 위해 우리의 영혼을 훔쳤습니다. 무례한 남자였지요. 곰팡이 슨 생각을 가진 남자였습니다. 하지만 그 남자는 딸아이를 데리고 왔어요. 우리는 그 아이를 잊지 않습니다."

그는 레인을 향해 미소 지었다. 마치 레인이 그 아이인 것처럼, 그리고 자기가 이야기하는 것이 민속 설화의 기억 창고 속에서 끄집어낸 만년이나 전의 일이 아니라 바로 이번 주에 일어난 일인 것처럼 말이다.

"그 남자는 작은 녹색 여자아이를 함께 데리고 왔습니다. 그 남자의 맏딸이었지요. 여자아이는 그 남자를 위해 노래했습니다. 우리가 채소진주를 수확할 때에요. 아이가 노래를 부르면 진주가 덩

굴에서 굴러 떨어졌어요. 나는 그 자리에 없었지만 그 여자아이는
꼭 아가씨 같았어요."

그가 레인을 향해 고개를 까딱 했다. 다른 이들은 레인에게 굽신
절을 했다. 레인은 소라고둥을 머리 높이까지 들어 올리고 딴청을
피웠다. 조개껍데기에서 나는 쌩쌩 하는 바람소리가 쿼들링 사람들
에게 주목을 받기보다 좋다는 듯이.

브르르가 말했다.

"옛날 그 시절에 살았던 사람이 아무도 없다면 우리 레인이 그
여자애 같다는 걸 어떻게 알 수 있소?"

남자는 어깨를 으쓱 했다. 그는 일리아노라에게 선물로 그녀의
스카프를 준다면 기꺼이 받겠노라고 운을 떼었다. 일리아노라는 스
카프를 주지 않았다. 한숨을 쉬면서, 남자는 브르르에게 힘이 미치
는 대로 최대한 대답을 했다.

"어떤 쿼들링들은 현재를 보는 감각을 가지고 있지요. 현재를 알
기 위해서요." 그가 결론지었다. "우리는 여러분의 어린 라피키 소
녀를 보고, 우리는 저 아가씨가 그들이 이야기하는 그 아이인 것을
압니다."

"나는 나 자신을 보고 1분만 더 있으면 정신병원에 들어갈 거라
는 것을 알겠어." 대장 나리가 말했다. "가세들."

브르르는 그들이 레인을 볼 때 무엇을 보았는지 궁금했고, 왜 그
토록 애정이 담뿍 담긴 태도로 손을 흔들어 주는지도 궁금했다.
1년 남짓 지내면서도 레인은 그들에게 소소한 인사 한 번 건넨 날
이 없었는데. 정말 하루라도 없었는데.

"가시기 전에, 우리에게 시계를 보여 주지 않으시렵니까?" 버다

시가 물었다.

"이 물건은 이교도들에게 진리를 보여 주지 않소. 당신들은 볼 수 없는 신은 믿을 수 없다면서 이건 왜 믿으려고 그러시오?" 난쟁이가 말했다.

"비 내리던 여러 달 동안 우리가 여러분을 묵게 해 주고 먹을 것도 주었지요. 우리가 미래를 보겠다는데 안 된다고는 못할 겁니다. 쿼들링들은, 그럴 수 있는 경우 때때로 현재를 볼 수 있지요. 하지만 이 시계는 모든 것의 진상을 알려 줍니다."

"난 그런 말은 안 했소." 난쟁이가 발을 구르며 맹세를 했다.

"당신이 그런 말은 안 했지요." 버다시가 놀란 듯 눈을 깜박거리며 동의했다. "하지만 난 현재를 볼 수 있습니다. 그래서 그게 당신이 생각하고 있는 것인 줄 압니다."

꼼짝없이 걸려든 꼴이었다. 쿼들링들에게 1년간 먹여 주고 재워 준 데 대하여 뭐로든 값을 치르지 않고 떠날 수는 없었다. 죽어라고 열을 올려 욕을 하면서 난쟁이는 '시계'라는 늙어빠진 계집이 다시 기분을 내게 만들려고 용감무쌍하게 덤벼들어 애를 써 보았다. 소소한 시험 공연이라도 좀 해보라고. 모든 조건은 그대로이니 구매자들은 주의하시라, 등등.

"일어나." 레인은 엉덩이를 걸치고 앉아, 그녀가 일쑤로 어울려 놀곤 했던 원숭이들처럼 아래위로 몸을 뒤흔들며 보챘다. "일어나라고!"

'시계'는 그 누구의 가슴속 가장 깊고 간절한 소망에도 부응하지 않았다. 대장 나리는 덮개문 하나를 열 수도 없고, 크랭크 하나 돌릴 수 없고, 단 한 개의 인형이라도 나와서 모여 있는 관중들에게 입맞춤을 날리게도 할 수 없었다.

"완전히 끝장났군."

대장 나리가 선언했다. 잔뜩 찌푸린 상으로 보아 진심인 게 분명했다. 쿼들링들은 미래의 죽음에 대하여 조의를 표할 수밖에 다른 수가 없었다.

"세상 밖으로 미끄러져 나가서 이름을 잃어버린 그 신처럼 죽어버렸군요." 버다시가 말했다. "신경 쓰지 마세요. 드래곤은 아무튼 예쁘장하네요."

"이름 없는 신은 인격이 아니에요." 꼬마 다피가 말했다. 종교에 몸 바쳤던 과거의 감정이 마지막으로 꿈틀 하여 나온 말이었다.

"그리고 숙명은 시계태엽 장치 드래곤의 연극 연출에만 제한된 것이 아니지요." 사자가 말했다.

"그 어떤 마법책의 주문에 한정된 것도 아니고요." 일리아노라가 거들었다.

쿼들링들은 절을 하고 손을 흔들며 일행을 떠나보냈다. 그들은 철학적인 사변을 원치 않았다. 그들은 미래를 한 입 물어뜯어 맛보고 싶었던 것이며, 그러고 나서 그들의 조상들이 했던 방식대로 그것 없이 살고자 했던 것이었다. 버다시는 마을을 벗어나 잠시 따라오며 일행을 전송했다. 위로 오르막이 진 길의 북쪽 방향 경사까지였다.

"아마도 세상이 치유될지 모르죠. 채소진주들은 올봄에 내가 본 중 가장 생생합니다. 아마도 벼수달들이 옛날의 삶을 배워서 전처럼 녹색이 될지도 모릅니다. 이제는 수확을 도울 진주들이 있으니까요."

"나처럼 닳아빠진 대가리로 풀기에는 너무 웅숭깊은 수수께끼구면." 난쟁이가 암담한 듯 구시렁거렸다. "잘 있으쇼, 멍청이 씨."

"멍청이 공이라고 부르세요." 버다시가 말하며, 일행에게 포옹을 선사하려고 막 앞으로 나섰다. 일리아노라는 고개를 돌리고 레인에게 자기 옆에 붙어 걸으라고 일렀다. 하지만 레인은 오라 가라 하기에는 이제 너무 커졌다. 레인의 머리는 이제 일리아노라의 팔꿈치를 넘었다. 거의 가슴께까지 왔다.

17

오벨스를 뒤로 하면서 일행의 사기는 높아졌다. 하늘을 덮은 밀림의 천장 아래에서도 태양의 힘 또한 그만큼 높아져서 1년 내내 퍼부은 열대 호우의 물기를 불과 며칠 사이에 바싹 지져 말렸다. 길 가기가 고되지는 않았다. 그저 느릴 뿐이었다. 겨우 몇 백 미터 갈 때마다 큰 나무 아래 깔린 식물들을 쳐내야 했기 때문이다.

브르르는 일단 다시금 길에 나서게 되면 일리아노라의 기분이 나아질 것이라는 희망을 품었더랬다. 하지만 일리아노라는 아직도 줄곧 심란해 보였다. 브르르는 레인을 바라보는 그녀를 며칠간 지그시 관찰한 후에야 생각의 윤곽을 잡을 수 있었다.

소녀는 자라나고 있었다. 그들의 레인이 큰다. 바로 그 사실이 일리아노라의 마음을 휘젓고 있는 것이었다.

자라나서, 그들을 뒤로하고 성장해 버린다는 것.

레인은 그들의 아이가 아니었다. 단 한순간이라도 그들의 아이인 적이 없었다. 브르르는 여전히 부모의 눈으로 읽을 수 있었다. 레인과 같은 어린 소녀에게 세상이 어떻게 다가갈 것인지. 그리고 레인이 어떻게 그에 반응할 것인지를. 사람들이 어떻게 서로서로 말 건네고 말 건넴을 받는가만을 제외하고 모든 것을 읽는 법을 배우기에 점점 더 흥미를 키워 가는 이 소녀가.

"저 애는 괜찮아." 브르르는 말하면서 물웅덩이에 쫙 깔린 백합꽃들, 떠 있는 벌집들 속에 뛰어들어 물을 튀겼다. 사실 레인은 괜찮았다. 일리아노라가 안 괜찮았다. 브르르는 그 사실을 직시해야 했다.

그날 밤, 브르르는 또 한 가지 생각을 했다. 좀 더 상식적인 생각이었다. 어쩌면 일리아노라의 생에 그 시기가 왔는지도 모르겠구나. 어쩌면 레인이 자기 딸이 아니라는 것을 인정하는 게 일리아노라의 가슴을 아프게 만들겠구나. 이제 딸은 가질 수 없으리라는 것을 인정하는 게. 일리아노라가 굳게 꿰매 버린 그 솔기를 풀고 인간 남성을 찾아 또 다른 남편을 맞아들인다 할지라도 가질 수 없다. 채소진주들은 일리아노라를 위해 자라고 있지 않았다.

18

일행은 그렇게 오래지 않아 마른 진흙밭을 뒤로하게 될 것이라고 이야기를 듣고 온 터였다. 그러고 나면 길이 모래 비탈로 오르막질 것이고 마침내는 '가스틸의 소매'로 빠지게 될 것이라고 했다. 가스틸의 소매는 북동쪽으로 이어지는 널찍하고 비옥한 골짜기로서, 빈쿠스와 쿼들링 나라 사이의 경계선을 그리고 있었다. 오벨스의 버다시가 말해 주기로는 일행이 골짜기 안에 사는 이들을 찾아보기는 힘들 것이라고 했다. 그렇지만, 그렇다 해도 조심해야 한다고 했다.

"그렇게 비옥하다면서 왜 아무도 안 산다는 거요?" 대장 나리가 따져 물었더랬다. 그에 대한 대답들은 영 조리가 서지 않았다. 서쪽으로 위치한 그레이트 켈스와 동쪽의 쿼들링 켈스 사이의 자연적인 지형은 배수가 잘되는 저지대의 마른 땅인 것으로 판명되었다. 분명히 노란 벽돌길이 달리기에 이상적인 지형이지 싶은데? 옛날에 길이 깔려 나가던 시절에? 그런데 왜 서쪽의 천년 대초원으로 가는 인간 여행자들은 위험을 무릅쓰고 쿰브리시아의 길을 넘어가는 순탄치 못한 길을 택할까? 한결 고도가 낮고 한결 통행을 환영해 줄 이 길로 가지 않고?

일행이 그 이유를 알게 되기까지는 오랜 시간이 걸리지 않았다. 길은 동에서 서로 쫙 뻗은 지평선에 다닥다닥 불거진 야트막한 언덕들을 돌고 돌며 초승달 모양으로 완만히 굽어 나갔다. 그 언덕의 비탈에서 비탈까지, 아무튼 적어도 연중 이 무렵에는, 새빨간 양홍색 꽃들의 바다처럼 펼쳐져 일행의 숨을 막았다. 양귀비다.

"난 양귀비에 대해 아는 게 있지." 대장 나리가 말했다. "형편없는 장사야. 아무리 할 수만 있으면 잔재미를 보고 싶어 하는 이 몸이라 할지라도 말이지."

"양귀비라면 내가 잘 알죠." 그의 아내도 동의했다. "온갖 가지 유용한 용처가 있지만 부작용 때문에 실제 득이 되게 쓰는 일은 좀처럼 찾아보기 힘든 약재죠. 우리는 설사 저걸 입수할 수 있을 때에라도 수술 시에 사용하지 않도록 금지돼 있었어요. 구하게 되는 일도 드물지만요."

브르르는 대번에 그 효과를 느꼈다. 계피를 불에 그을리는 듯한 진한 냄새는 독하면서도 정신을 홀렸다. 기분마저 신선한 빛살 속에, 그리고 습지와 초지로부터 불어와 쓸고 가는 서풍 속에 일행의 앞길에는 꽃가루가 흠뻑 날고 있었다. 자욱한 꽃가루는 안개나 비나 혹심한 열기 못지않게 하루를 굴절시켰다. 여행자들은 끝이 없는 양탄자 같은 꽃밭을 힘겹게 헤쳐 나갔다. 만약 이 시점에 그들 뒤를 따르려는 누군가가 있었다고 한다면, 안된 일이었다. 수레바퀴 자국은 줄줄이 피어난 꽃들이 도로 아물려 들면서 삼켜져 없어졌다.

레인은 매일같이 높이 나는 새들을 눈으로 찾았다. 굴뚝새를 기억하는지? 하지만 독수리들과 로크 새들마저도 이 골짜기는 피해 가는 모양이었다.

밤이면 브르르는 잠을 설쳤다. 그러면서 기억하고 싶지 않은 내용의 꿈들을 꾸었다. 우선 한 가지는 오래도록 억눌렀던 욕구가 고개를 든다는 것이었다. 그것도 건강하게 그러했기에, 브르르는 스스로 잠에서 깨지 않도록 하자고 다짐했다. 그중 제일 두드러지는 욕구는 수치스러움에 대한 욕구였다.

일행 모두가 영향을 받았다. 그들은 할 수 있는 한 신속하게 발길을 서둘러 한달음에 핏빛 꽃송이들의 세력 범위를 뚫고 지나가고자 힘껏 전진했다. 하지만 '소매'는 미묘하게 오르막으로 경사져 갔고, '시계'를 끄는 노동은 이전보다 한결 더 힘이 드는 것 같았다. 아니면 거의 1년을 다 채우도록 폭우가 쏟아진 동안 브르르가 다시 연약해졌던가?

허벅지까지 오는 꽃송이들 사이를 헤치며 길을 간 지 사흘째 되는 날 오후에는 또 새로 마음 썩일 거리가 불거져 나왔다. 레인이 시계의 비품 장비 중에서 약간의 설탕 부스러기를 훔치다가 걸렸다. 그리고 난쟁이는 노발대발해서 레인을 몹시 나무랐다.

브르르는 분연히 나서서 소녀를 옹호했다.

"그러는 대장님은 아주 고상하십니다그려? 이 악마 같은 드래곤이 공연하는 숙명을 가지고 몇 십 년이나 사람들을 속여 오고 있으시면서요? 그만 좀 하세요. 이 애가 도대체 언제 옳고 그른 걸 배웠겠어요?"

"자네한테서는 못 배웠겠지." 난쟁이가 대꾸했다. "이런 대왕 덩치에 부끄러운 줄도 모르는 겁쟁이 사자 같으니라고."

"대장님 부인한테서도 못 배웠을걸요. 쿼이어의 늙은 선견자를 속여서 발이 다시 자랄 거라고 생각하게 만들었으니." 브르르가 맞대꾸했다.

"아무리 뭐래도 댁이 양심을 운운할 처지는 못 될 텐데." 먼치킨랜드인이 운을 떼었다.

"그만둬요." 일리아노라가 낮고 작은, 죽은 듯 생기 없는 목소리로 말했다. 모두 그 말에 따랐다. 하지만 그 이유는 오직 일리아노라가 그때까지 한참 동안 말을 하지 않고 있었기 때문이었다. "예언은 죽었어요. 그리고 양심도 죽어 버렸어요."

일행은 계속 걸어가고 있었다. 진하게 우거진 식물 사이로 지나가면 수염이 스치는 듯한 사락사락 소리가 났다. 사우어 샌드의 스핑크스처럼 메마른 목소리로 일리아노라가 말을 이었다.

"그 버다시는 이름이 없는 신이란 죽은 신일 수밖에 없다고 생각하고 있었죠. 하지만 죽은 것은 양심이었어요. 어쩌면 드래곤이 진짜로…… 진짜로 오즈의 양심이었던가 봐요. 그런데 죽어 버렸죠. 오즈는 조각조각 부서졌어요. 오즈 충성령이 먼치킨랜드와 분리되었고, 그러면 다음번엔 어느 지방 어느 구역이 떨어져 나갈는지 누가 알겠어요? 이제는 더 이상 전체 오즈라는 건 없어요. 그리고 양심도 이제 없지요. 바로 그래서 드래곤이 죽은 거예요. 그 여타의 진짜 드래곤들이 먼치킨랜드를 공격하겠다고 위협을 가하고 있던 바로 그때쯤 해서요. 우리는 파산했어요. 우린 산산이 부서졌고 다시는 고쳐질 수 없어요."

"말도 안 되는 소리." 일리아노라 옆에 가 붙고자 조금 발걸음을 서두르면서 브르르가 말했다. 하지만 그는 너무도 피로했고, 죽은 양심이 실린 육중한 수레가 그에게 매달려 질질 끌려오고 있었다.

"그러면 그 다음에는 뭐가 남을까요?" 사자의 아내는 비탄의 헐떡임을 누르려고 애썼다. "우린 모두 모사꾼에 거짓말쟁이들이에요. 도둑이고 악당들이죠. 우리들 자신만의 사적이고 그럴싸한 이유가 있어서요. 우리를 불러일으킬 만한 우선이 되는 양심이라는 것이 없어요."

대답을 한 사람은 꼬마 다피였다. 수도원에서 봉직한 그 오랜 세월 동안 가장 충실하게 통합교의 방침에 따랐던 그녀다.

"만약 사람이 믿거나 할 만한 건전한 양심이 없다면요." 그녀가 갈파했다. "럴라인이 없다면, 오즈마가 없다면, 이름 없는 신이 없다면, 선량함의 기준도 없다고 한다면, 그러면 우리가 우리 스스로를 건사해야만 해요. 아마 에메랄드 시의 어느 큰 건물 안에 중심을 차지하고 선 여자도 없을 거예요. 온몸이 청동으로 되어 있고 동록이 났고, 바람에 휘날리는 머리카락에다 불뚝 솟아오른 젖가슴을 그냥 내놓았고, 눈멀었으면서도 똑바로 초점을 맺은 그 여자의 두 눈에는 찬란한 명예가 가득히 새겨 넣어져 있죠. 그와 같은 형상의 양심은 없어요, 믿고 기댈 수 있는 선량함의 준거도 없어요. 그러니 우리에게 달린 일이죠, 우리들 한 사람 한 사람이 한 부분씩 맡게 되는 거예요. 조각조각 이어서 기운 양심이에요. 우리 모두가 각자 자기 몫의 실수를 저지른다면, 물건을 훔치는 레인으로부터 우리들 자신에게와 서로 상대방에게 거짓말을 하고 있는 나머지 우리들까지, 글쎄요, 그렇다면 우리 모두는 그에 대한 벌충을 할 수도 있을 거예요. 우리 중 누구도 최종적인 결정권자는 못 되어요. 하지만 우리 각각이 저마다 작은 부분들을 보탤 수는 있어요. 우리가 오즈의 조각보 양심인 거예요, 바로 우리가. 이름 없는 신께서 가면을 벗어 버리고 찾아오시지 않는 이상은요. 또 드래곤이 우릴 놔두고 깩 하고 죽어 자빠진 이상에는."

아무도 그 생각에 동의 재청을 하지 않았다. 아무도 반대하고 나서지 않았다. 그들은 비틀거리며 계속 나아갔다. 힘이 시들고, 마음이 썩고, 양심에 몰리고, 밍하니 무뎌진 채로 걸어갔다.

19

일행은 태양컴퍼스를 읽었다. 비탈진 곳에서 시차를 두고 그림자를 살펴서 방위를 가늠하는 짓이다. 그 결과 가스틸의 소매를 종단하여 나가는 데 열다섯 시간에서 스무 시간 이상 걸리지는 않을 것으로 예측되었다. 그런데도 여전히 날이면 날마다 일행이 기진맥진해질 때까지 갈 수 있는 거리는 고작 몇 킬로미터씩에 불과했다. 브르르는 태양 빛이 개선충을 박멸하는 데 좋다는 사실을 알고 있었지만 그래도 수레 밑에 들어가서 쉬지 않을 수 없었다. 그늘에서 쉬어야 했다. 그늘 바깥에, 환한 빛 속에 불타오르는 양귀비의 새빨간 색이 감은 눈꺼풀을 뚫고 브르르의 망막을 지졌다. 산호색 빛의 포위 공격이다. 불에 포위당했다.

심지어 개량제와 강장제, 소독제와 예방제에 친숙한 꼬마 다피마저도 양귀비 탓에 어질어질해하는 듯했다.

"공기를 통해 전해지는데 더욱 강력한 약효가 나다니. 이 꽃들은 대체 어떻게 이럴 수 있지?"꼬마 다피는 신음성을 내고는 땅바닥의 남편 옆으로 굴러 떨어졌다. 젖가슴은 다 드러내놓고 말이다. 퀴들링 관습의 자유로운 면모가 그녀에게 아주 단단히 뿌리박힌 것이었다.

그렇지만 꼬마 다피가 그러든 말든 일리아노라는 한결같이 베일을 더더욱 꽁꽁 휘감고 있었다. 보이는 것은 두 눈뿐이었다. '소매'는 일행의 앞쪽으로 이어지고 뒤로도 깔렸다. 강물은 입술을 불룩 내민 조롱의 미소를 띠고서 좌우 양쪽을 가로막은 나지막한 구릉들의 3분의 1 정도 위치에 졸졸 흘렀다. 혹시 누군가가 머리 위를 볼 수나 있었다손 치더라도 십중팔구 하늘도 역시 새빨갛다고 생각했을 것이다. 빨갛다고, 아니면 인간의 눈이 잠시나마 발휘해 줄 수 있는 보색 잔상 효과로서 어쩌면 녹색이라고 생각했을지도 모르겠다.

일행은 식생의 독한 효과가 조금이라도 덜한 밤중에 빨간 별들 밑에서 길을 가기로 결정한 터였다. 낮 동안에는 잠깐씩 눈을 붙이거나, 아니면 눈 위에 손수건을 얹고 돌멩이처럼 뻣뻣이 굳어 누워 있었다. 줄곧 베일로 코와 입을 막고 있었던 덕택인지 일리아노라가 실질적인 망꾼 노릇을 하게 되었다. 그러나 일리아노라조차도 자기가 바라는 대로 주의를 집중하기가 힘이 들었다.

"물을 좀 마셔야 해요." 일리아노라는 딱히 누구에게 하는 말이라고도 할 수 없이 입속으로 웅얼거렸고, 그러고 나서 아무도 대답을 하지 않자 자기가 물을 마셨다. 그러한 경우 중 한 번에, 일리아노라는 '시계' 모서리를 돌아 느슨해진 덮개문 안으로 걸어 들어갔다.

'시계'의 주 출입문들이 활짝 열려 있었다. 레인이 무대 위에 누워 있었다. 한 손은 무대 가장자리에 걸쳐 놓은 채. 마치 졸졸 흐르는 시냇물에 손가락을 담근 듯이.

432

그러다 레인이 일어나 앉았고, 두 눈은 크게 뜨여 무엇인가를 빤히 바라보았는데 그 대상은 일리아노라가 아니었다. 아이의 표정에는 똑같은 분량씩의 공포와 매혹이 어우러졌다. 레인은 환각 주문에 걸린 것 같았다. 땅바닥에 보이지 않는 생물을 향해 손을 내밀기 시작했다. 뭔가를 귀여워해 주려고, 땅바닥에서 들어 올리려고. 그러더니 마치 물리거나 데기라도 한 것처럼 손끝을 확 움츠렸다.

땅으로 낮게 바람이 불어오기라도 한 듯이, 수레 가까이에 난 양귀비들이 흔들리고 파도쳤다. 하지만 털이 나고 비틀린 꽃줄기 사이로 그 어떤 생물의 자취는 전혀 보이지 않았다.

일리아노라의 목소리가 터져 나왔지만 소리보다는 헛바람이 더 많이 새었다. 사람이 꿈에서 비명을 지르려고 해도 도저히 더 크게는 소리 지를 수 없는 것처럼 말이다.

그녀는 스스로 휘청휘청 걸음을 내디디려 애를 썼다. 이게 그 무슨 새로운 재난이든 이것으로부터 레인을 구하려 했다. 하나 자신의 팔다리가 단단히 굳고 얼어붙은 것만 같았고, 정신은 느리게만 돌아갔다. 딱딱한 껍질에 갇힌 몸뚱이는 온몸을 휘감은 베일 탓에 제대로 움직일 수도 없었다.

말을 하려 해도 소리가 휑하게 샐 뿐이고, 브르르는 계속해서 코만 골았다. 아이는 때리기 시작했다.

"어." 일리아노라가 말했다. 그것은 평범한 어휘가 놀랄 만한 맥락을 가지고 튀어나오게 된 누군가가 낼 법한 소리였다. "어, 으으음."

그렇기는 해도 레인이 무대 위에서 뛰어내리기 전에, 아니면 일리아노라의 목전에서 제정신을 잃어버리고 겁에 질리기 전에, 타임

433

드래곤의 시계 주위의 양귀비꽃들이 사방으로 정신없이 휘어 넘어 졌다. 이번에는 그 원인이 일리아노라의 눈에 보였다. 독을 품은 물 결 속을 헤엄치듯이 한 떼의 벼수달들이 양귀비 줄기와 잎의 초록 빛 수초를 헤치고 몰려오고 있었다. 빨간 꽃잎에 투과된 따스한 광 선이 비치자 수달들의 짧은 터럭은 녹색을 띠었다. 그 넋 나간 듯 크게 뜬 눈으로 레인도 보고 있었던 것이 아니라면, 일행 중 오직 일리아노라 혼자만을 목격자로 하여 눈앞에 무언가 심상치 않은 일 이 벌어졌다. 수달들과 보이지 않는 적수와의 싸움이었다. 일리아 노라는 실제 싸움을 볼 수는 없고 그 여파만이 눈에 보였다. 수달들 이 무엇인가를 허투루 내리치는 것이나, 양귀비 밭이 저 혼자 마구 쓰러지는 것 등이었다. 양귀비 꽃물이 아닌 진짜 피가 수달들의 입 에 흘러내렸다.

무엇인가 15분 사이에 학살을 당했다. 브르르가 코를 울리며 자 고 있고, 꼬마 다피는 손을 내둘러 양귀비에 취한 날파리들을 깊게 도 파인 가슴골에서 쫓고 있는 사이에 말이다. 일리아노라는 강풍에 휩싸인 듯 몸을 떨었다. 꽃잎은 뜯기고 찢기어 주위 사방에 날렸다. 끝내는 레인이 마비 상태에서 풀려나 뻣뻣했던 몸이 도로 부드러워 져 왔고, 그러자 레인은 무대 바닥에 엎어져 흑흑 흐느껴 울었다.

하지만 일리아노라는 소녀를 달래 주기 위해 몸을 움직일 수가 없었다. 너무나도 끔찍하고 무서웠다. 일리아노라도 또한 얼어붙었 던 것이다.

✝✝✝

밤이 내릴 때가 되어, 일리아노라는 몸을 단단히 말고 웅크린 브르르 옆에 바싹 다가붙었다. 꼬마 다피는 위에 양귀비 꽃가루가 장식으로 뿌려진 질척한 수프 같은 것을 만들었다. 대장 나리는 '시계'의 문들이 열렸다는 사실에 아주 활기가 났다. 비록 그가 문들을 도로 닫자마자 원래대로 마비 상태에 빠져 꿈쩍 안 하게 되기는 했지만 말이다. 그래도 아직 문들이 열릴 수도 있다는 것만으로도 썩 기운을 북돋는 효과가 있었다. 대장 나리는 기운차게 무엇인가를 조정하면서 휘파람을 불었다. 영 조정되지 않은 소리로 불어 젖혔다.

"무슨 일이었니?" 식사를 다 마치고, 브르르가 그릇들을 혀로 싹싹 핥아 닦아내고 있을 때에 일리아노라가 물었다.

"뭔가가 우리를 따라오고 있었어요. 그게 뭔지는 모르겠어요." 레인이 말했다.

"생기기는 어떻게 생겼던? 병사들 같던?" 꼬마 다피가 물었다.

"아뇨. 그보단, 어, 거미 같았어요. 그렇지만 옆으로 쫙 벌어지지 않고 좀 더 아래위로 꼿꼿해요. 다리들이 아주 넓고 우산살처럼 휘긴 했는데, 그래도 더 일직선이에요. 머시가 보조 탁자라고 부르던 거랑 닮았어요."

브르르는 물었다.

"식탁과 짝을 맞춘 보조 탁자들 일습에게 공격당하는 꿈을 꾸었다는 거냐? 그 말을 들으니 왕년에 시즈에 살았을 때 처음으로 얻은 앰플턴 쿼터스의 방에 가구를 들여 꾸몄던 게 생각나는군. 그땐 판단력도 무엇도 다 미숙하고 그랬거든. 성에나 사회에나 모두 숙련되어 있지 않은 것도 신경 거슬리는 일이긴 했겠지만, 심란하기

435

로는 벽걸이 그림과 갖춰 놓은 가구가 서로 영 어울리지 않는 것에 댈 바가 못 됐지."

브르르는 자기 말이 얼마나 막무가내인지 알고 있었다. 레인이 경험한 것이 대체 뭐였든 그는 그것을 가볍게 만들려고 애를 쓰고 있는 중이었다.

"걔들은 탁자가 아니었어요. 무슨 짐승들 같은 거였다고요."

"그래서 넌 그놈들 이름을 받아 적었겠구나, 레인. 아주 단란했겠어. 너랑 네 파티에 찾아와 준 거여운 파티 동물들이랑." 꼬마 다피가 말했다.

"놈들이 뭘 보고 쫓아온 거냐? 너야? 아니면 책이야?" 대장 나리가 물었다.

"난 몰라요. 내가 걔들을 오라고 그런 거 아니에요. 그치만 걔들이 왔어요. 벌써 한참 쫓아오고 있었던 것 같은데 깜박 잊고 말씀을 못 드렸어요."

"나이로 깔아뭉갠다고 해도 좋아, 솔직히 말해서 난 우리한테 안 보이는 게 너한테 보인다고는 생각 안 한다." 꼬마 다피가 말했다. "요전에 우리가 양심에 대해서 했던 얘기가 뭐였지? 내가 젊었을 때는 계집애가 얘기를 지어내고 그러면 유모한테 아주 톡톡히 궁둥이를 얻어맞곤 했단다."

"아줌마는 안 보고 있었잖아요. 햇볕을 쬐고 있었으면서."

일리아노라가 분발해 일어났다.

"레인은 없는 말을 하고 있는 게 아니에요. 내가 그 일이 일어나는 걸 봤어요. 하여튼 무슨 일인가가 일어나는 걸 봤어요. 뭔가가 '시계'를 향해 다가왔어요. 목표가 그거였는지 『그리머리』였는지는 모르겠지만요."

"걔들은 날 안전하라고 '시계' 속에 가둬 놓으셨던 그날에 안으로 비비고 기어 들어오려고 했던 그것들이에요." 레인이 말했다. "밀림의 경계에서 나온 거미 같은 것들 말이에요."

일행 모두가 조용해졌다. 브르르는 혹시나 하여 꼬리를 이리저리 탁탁 비틀어 쳐 보았다. 어쩌면 꼬리가 치는 곳에 무엇인가가 집힐지도 모른다. 만약에 그…… 그 물체를 건드리게 될 시에 그가 여학생처럼 비명을 올릴 것임에는 틀림이 없었다.

"그것들이 아직도 여기에 있니?" 낼 수 있는 한 가장 낮고 굵은 바리톤으로 브르르가 물었다.

"다 없어졌어요." 레인은 훌쩍훌쩍 울기 시작했다. "걔들이 착한지 나쁜지, 아니면 그냥 뭐가 부족해서 굶주렸던 건지 난 모르겠어요. 그런데 걔들은 다 사라져 버렸어요. 벼수달들이 걔들을 물리쳤어요."

그때가 되고서야 그들은 벼수달들도 이미 어디로 다 사라져 버렸다는 사실을 깨달았다. 끝내는 자기들 살던 늪지대로 서둘러 돌아간 모양이다. 레인이 테이라 부르는 놈 하나만 빼고 전부 다 갔다. 그놈은 레인의 무릎 위에 똬리를 틀고는 제 집인 양 편안해하고 있었다. 한 마리 새끼고양이처럼. 하지만 그놈이 백변종이었던 시기는 끝난 후였다. 겉보기에 그놈은 이끼 색 새끼고양이 같았다. 포식자를 잡아 찢어 버리는 일 따위 전혀 할 수 있을 것 같지도 않았다.

브르르는 그 광경에 가슴을 쓸어내렸다. 그리고 보이지 않는 적의 공격을 목격한 탓에 계속 마음이 산란한 듯한 일리아노라에게로 주의를 옮겼다. 그런 광경을 보았다면 누구든지 기겁했을 것이다. 브르르는 당연히 그럴 거라 생각했다. 하지만 일리아노라가, 눈에 띄지 않으려고 베일을 드리워 자신을 가리는 그녀가 하필 그 불운한 단 한 명의 목격자가 되어야만 했다니. 일리아노라는 지금까지 꽃송이들이 뿜어내는 아편 기운에 일행 중 누구보다도 더 잘 버텨 내 왔다. 왜일까?

글쎄, 일단 온통 꽁꽁 싸매고 있으니까 그렇겠지. 실제로도 그렇고 상징적으로도 그렇고. 바로 그게 이유이리라. 하지만 그렇게 봉합되어 보호를 받고 있어도 일리아노라는 여전히 취약한 사람이었다. 공포와 공황이 가져오는 온갖 종류의 절망 앞에. 일리아노라는 어린 시절에 너무도 많은 고문을 접했다. 망상이나 환각으로 치부하여 부인하거나 따로 제쳐 둘 수 없을, 눈에 뚜렷이 보일 진짜 공격이 가해져 올 때에 그녀는 과연 얼마나 잘 이겨낼 수 있을까?

20

구름은 예절도 바르게 밝은 달을 피하여 옆으로 비껴 지나갔다. 그래서 일행은 밤새도록 가스틸의 소매를 통과하여 전진을 강행했다. 그들은 양귀비가 약효를 미치는 지역을 빨리 벗어나고 싶은 마음뿐이었다. 브르르는 만약 그가 자기 상태를 말로 딱 떨어지게 표현했다면 '일리아노라 때문에 마음이 초조했다.'

일리아노라는 '공황 발작 상태'에 있다 할 만했다. 비록 발작적인 공포가 그녀의 발걸음을 좇아온 것은 일행이 양귀비 골짜기에 발을 들여놓기보다도 한참 전부터의 일이기는 하지만 말이다.

꼬마 다피는 그렇게 풍성하게 흐드러진 양귀비 생약재를 그냥 두고 떠나기가 아쉬웠지만, 나중에 필요할 때가 있으리라고 그대로 접어두고 불평을 하면서도 함께 왔다.

대장 나리는 자기의 '시계'가 다시 작동하기만을 바랐다.

테이를 헝겊 인형인 양 품에 안은 채, 레인은 평소보다도 한층 조용해 말이 없었다.

레인은 다른 이들보다 브르르에게 가까이 붙었다. 아무리 가장 민감하게 파르르한 성격이라지만, 브르르가 몸집은 제일 컸다.

하루인가 이틀이 더 지난 후인지, 아니면 한 주가 흐른 건지 잘 분간도 되지 않지만 아무튼 어느새 상황이 좀 나아지기 시작했다. 어쩌면 빗물에 푹 젖은 1년을 지내고 나서 땅이 이제 그 물기를 말리는 중일 뿐이었는지도 모른다. 끝내는 양귀비들 사이에 자라나는 다른 식물들이 눈에 띄기 시작했다. 여기 개울가에는 고사리가 북덕지처럼 자랐고, 해바라기가 뭉쳐서 핀 곳이 있고. 그러더니 몇 그루의 나무가 나타났다. 모래땅을 뿌리로 움켜잡고 자라나는 그런 나무들이었다. 녹색 어린 나무 그늘에서 새소리가 솟아났다. 저희들끼리 개인 교습을 하고 있는 진짜 새들이다. 새들은 이윽고 기막히게 파아란 하늘로 저 높이 자유롭게 날아갔다.

모래질의 길은 이제 연이은 산등성이를 따라 이어져 갔다. 브르르는 조심해서 발을 디뎠다. 까딱했다간 땅이 부스스 무너져 흐를 터였다. 이게 사구까지는 아니어도 비탈이 분명 단단하지 못하고 불안정했다.

레인이 그걸 알든 모르든, 레인을 적대하여 꾸미고 있는 이 세상의 명백한 음모를 근심하느라고 일리아노라는 신경이 몹시 곤두서 제정신이 아니었다. 그래서 어느 날 오후 해 질 녘이 가까워서 일리아노라가 한 번 크게 정신을 놓고 흥분했을 때 브르르는 놀라지도 않았다. '시계'를 모래땅에 나는 풀들이 우거진 조그만 언덕 위에 동그마니 올려 앉혀 놓고, 대장 나리가 이제 막 사자의 끄는 장구를 풀어 주던 참이었다. 꼬마 다피는 샐러드 재료로 야생 깍지콩을 똑똑 끊어 넣고 있었다. 갑자기 테이가 사슴벌레에게라도 집힌 양 자세를 확 곧추세우더니 그 꿈틀거리는 걸음걸이로 마구 뛰기 시작했다. 벼수달은 언덕진 곳 끄트머리를 홀떡 넘어서 달려 내려갔다. 일리아노라는 눈으로 그놈을 좇았다. 또 거미들일까? 그러다 레인이 가파른 경사 아래로 풀을 헤치고 12미터, 아니 15미터쯤까지 걸어 내려가고 있는데, 그 앞에 흉포한 호랑이인지 뭔지 그런 짐승 한 마리가 자작나무와·테리킨 관목 숲 그늘에서 스르르 모습을 나타내는 광경을 보게 되었다.

"브르르!" 일리아노라가 소리쳤다. 왜냐하면 자신은 그렇게 민첩하게 순간 질주를 할 수 없고 사자는 할 수 있었기 때문이다. 그렇기는 했지만 브르르는 잔가지에 걸려 동작이 굼떴다. "브르르! 쟤는 두려운 걸 몰라요!"

사자는 술에 취한 듯 허둥대며 몸을 돌렸다. 그는 아무래도 상징적일 뿐 다르게는 해석할 길이 없는 포효를 내놓았다. 그러고는 뒷다리에 힘을 주어 레인과 침입자 사이의 땅을 갈랐다. 가죽끈이 탁 끊어지는 바람에 난쟁이는 벌러덩 땅에 자빠졌다. 아마도 쿼들링 나라에서 1년을 묵었고 보니 끈이 반쯤은 썩어 있었던 것이리라. 수레는 저도 구경을 해야겠다는 듯이 움찔 앞으로 당겨져 나왔는데, 앞바퀴 가장자리가 모래언덕 굽이에 얹히자 그만 땅이 힘없이 꺼져 버렸다. '시계'는 사자 뒤를 따라, 그리고 레인의 뒤를 따라 비탈을 고꾸라져 내렸다.

그릇처럼 우묵이 펼쳐진 양귀비 꽃밭에, 마지막 힘을 다해 빛깔과 약효를 뿜내는 식물들을 짓이기며 브르르는 달려들었다. '시계'를 위태롭게 내버려 둔 채 레인을 구하기 위해 막무가내로 덤볐다. 하지만 위급 신호는 착각이었다. …… 착각이라고 해도 좋았다. 소리 없이 걸어 나오는 그 생물은 향료표범의 무늬를 지닌 호랑이였다. 브르르는 자기가 접근하는 기척을 듣고 고개를 돌렸을 때 그 눈에 떠오른 애정 어린 무시의 눈빛을 보고 그녀를 알아보았다. 그는 알아보았다, 바로 그의 첫사랑 퓰라마 하에킴이었다.

21

"당신은 항상 성급했죠. 난 저 애를 간식 삼으려고 한 게 아니에요." 뮬라마가 말했다.

브르르를 다시 만난 이 마당에 그녀는 움찔도 하지 않고 얼굴을 붉히지도 않았다. 마치 그가 복수심에 찬 족장인 그녀의 아버지에게 쫓겨서 그녀의 부족으로부터 달아났던 일 따위는 아예 없었던 것처럼…… 아, 그게 그렇게나 오래된 일이 되었구나. 20년 전인가? 마치 브르르가 그저 저녁 산책을 하러 잠깐 나갔던 것일 뿐이었다는 듯이.

뮬라마는 이제 원숙한 상아호랑이 여인이었다. 어떤 여자들이 그렇듯이 대충 비곗살이 붙어 몸매가 망가진 것도 아니고 그저 여전히 미끈했다. 뺨 쪽의 무늬는 자줏빛에 가까운 은빛으로 변했다.

"당신이 무리 짓는 사자라고는 생각 못 했는데."

뮬라마는 땅딸막한 메뚜기들처럼 언덕 꼭대기로부터 '시계'를 향해 깡총깡총 뛰어 내려오는 꼬마 다피와 대장 나리를 보고 그렇게 덧붙였다. '시계'는 옆으로 쓰러져 있었다. 드래곤의 주둥이가 양귀비 베개 위로 고꾸라져 평안히 쉬게 된 참이었다.

"물러나라, 레인." 브르르가 으르렁대었다. "일리아노라한테 가. 저 위에서 지금 까무라치려고 하니까."

"난 그냥 여기요……."

레인은 손바닥을 아래로 하여 손을 내밀었다. 퓰라마를 향해 뭔가 뜻을 보이는 손동작이었는데, 브르르는 참을성이 남아 있지 않았다. 그는 레인을 향해 으르렁 포효했고 레인은 뒤로 물러났다. 심히 겁을 먹어 물러난 것이라기보다는 아마 그러는 그가 창피해서 물러난 것 같았다.

"당신의 이런 모습을 보게 될 줄이야 생각조차 못 했네요." 소녀가 물러갈 때에 퓰라마가 말했다. "포효한 것 말이에요. 당신 체질에 도저히 그럴 것 같지 않았는데. 물론 저 애는 그저 인간의 새끼일 따름이죠. 하지만 방금 포효는 그럭저럭 그럴싸했어요. 그 사이 무대에라도 섰나요?"

브르르는 잡담이 나오지 않았다.

"저 애를 해치려고 했소?"

"내가 왜 그러겠어요? 물론 아니에요. 난 저 애를 찾고 있었어요. 당신들 모두를 찾는 중이었죠. 공중 정찰조가 끝내는 당신들의 위치를 탐지했네요. 그게 장장 1년 만인가요? 나는 이곳 '잃어버린 꿈들의 평야'를 헤엄치고 다니라고 파견되어 나왔어요. 그리고 꼭 필요하다면 당신들의 뒷덜미를 물고 질질 끌어서라도 여기서 데리고 나가도록요. 당신들, 여기까지 오는 데 정말 시간을 오래도 잡아먹었지요."

444

"길이 아주 굉장하더군, 가스틸의 소매 말이오."

"이제 거의 다 지나왔어요. 3킬로미터만 더 가면 진짜 풀이 나 있어요. 바로 가도록 하죠."

"난 '시계'를 돌아봐야 해요."

"돌아볼 게 별로 많이 남아 있진 않네요, 보기에."

그들은 둘 다 푹신푹신한 발바닥으로 가뿐히 수레를 뛰어넘어서 찢어진 돛의 천과 폐품 더미 쪽으로 갔다. 바퀴 하나는 룰렛처럼 천천히 돌아가고 있었다. 대장 나리는 안색이 창백했고, 꼬마 다피는 두 팔로 그를 얼싸안으려고 했다. 하지만 그는 조금도 응할 마음이 없었다.

"우린 끝났어, 우린 이제 역사야." 난쟁이가 말하고 있었다. "양심은 죽었고 역사는 묻혔구나."

레인은 부서진 잔해 아래 그늘에 들어가 무슨 천막처럼 가죽 날개 한쪽을 머리 위에 드리우고 앉았다. 일리아노라는 매서운 눈으로 브르르를 쏘아보았다. 마치 무엇인가가 순전히 그의 잘못으로 이리 되었다는 듯이. 뭐, 그런 눈빛에는 익숙한 그였다. 하지만 한동안은 받아 보지 못했다. 그리고 그녀에게서 받아 본 적은 없었다.

"상태가 얼마나 심합니까?" 난쟁이를 향해 그가 물었다. 대장 나리는 꺼이꺼이 울고 있었다. 그래서 사자는 자기가 직접 살펴보았다.

수레 오른쪽 바퀴가 찌그러지는 바람에 왼쪽 측면, 무대가 있는 가장 주요한 면이 시체와도 같은 형상을 드러내고 있었다. '시계'의 마지막 계시, 마지막 노출이다. 브르르는 그것을 훔쳐본다는 게 영 엉큼하게 느껴졌지만, 그래도 뚫어져라 훔쳐보았다. 모두들 훔쳐보았다.

덮개 문들은 전부 활짝 열려 있었다. 막이 내려도 보이는 앞 무대는 위쪽이 쩍 갈라져서 구획되어 있던 무대 부분부분들이 덧니처럼 서로 겹쳤다. 빨간 우단으로 된 무대 막은 고리에서 떨어져서 주름진 채 무대 앞쪽으로 늘어뜨려져 있었다. 마치 길게 빼문 혓바닥이었다.

'시계'의 아가리 안, 그 주 무대에는 무엇인가 반죽 재료로, 아마도 종이죽 같은 것으로 돌 같이 보이게 빚어진 물체들이 널려 있었다. 무대 한쪽 끝을 보면 그것들은 낭떠러지에서 무너져 내린 큼직큼직한 낙석 덩어리들을 닮았다. 하지만 다른 쪽 끝을 보면 한층 깎은 듯 각이 진 덩어리들이었다. 아마 거대한 석조 건물들의 뚝뚝 네모지게 잘린 모양을 본딴 듯했다.

그 장소는 에메랄드 시와는 그다지 닮은 바가 없었고, 시즈와도 같지 않았다. 쿼이어와는 아주 딴판이었다.

아니다, 이곳은 낯선 외국의 도시국가인 것으로 보였다. 아마도 익스나 폴리안의 어딘가이리라, 그곳들이 존재한다면 말이지만. 브르르는 내심 그 부분 의심을 품고 있었다.

아니면 어떤 상상의 장소일지도 모르지. 마찬가지로 그러한 장소가 존재한다면 말이야.

산산조각이 난 인형들의 파편이 거기에 온통 널려 있었다. 빨간색도 자극적이고 메스꺼운 새빨간 색, 거의 양귀비 꽃물과 흡사한 색의 빨강이 흩뿌려져 있었다. 어떤 인형도 조금이라도 얼굴이 알려진 그 누구와도 닮지 않았다. 줄무늬 양말을 신은 마녀가 농가에 깔려 으스러진 모습은 없었다. 덮개 없는 하수 도랑에 거꾸로 처박힌, 포대기에 싸인 아기 오즈마의 시신도 없었다. 누가 보고 정체를 알아볼 만한 특정한 복장조차 눈에 띄지 않았다. 오즈 충성령의 향토 방위군에 소속된 구세군이나 메나시에 군복도 없고, 관광객을 즐겁게 해 줄 깜찍한 먼치킨랜드인의 민속 복식도 없고, 궁전의 무도회에서 나온 듯 화려한 드레스도 없었다. 일그러진 미소를 띠고 있는 그 인형들은 그저 조각된 나무 쪼가리들이자 색이 칠해진 점토 덩어리들로밖에 보이지 않았다. 그것들을 매달아 조종하던 끈들은 위에서 끊어져 인형들 위에 흘러내려 얹혀 있었다. 죽었다. 그 인형들은 죽음 이외에는 그 무엇도 이야기하고 있지 않았다. 혹시 필연적인 귀결로 삶이란 언제나 부스러기를 재료 삼아 허투로 만들어지는 것이었으며 앞으로도 늘 그러할 것이라는 이야기를 하고 있는 것이라면 그건 예외겠지만.

"지진이야." 대장 나리가 마침내 말했다. 그는 브르르에게 몸을 돌렸다. "자네가 이래 났어. 자네가 죽인 거야."

"저 사람이 소리를 질렀다고요." 사자가 말했다. 아내를 지칭한 그 말은 그가 이때까지 했던 말 중에서도 가장 잔인한 한마디였으나 그로서는 어쩔 수도 없었다. "아이가 '시계'보다 우선이에요. 지난 한 해와 조금 더 되는 시간 동안 당연히 그런 줄 아셨어야죠."

"저 애를 데려오면 안 되는 거였다고 내가 그랬지!" 난쟁이는 비틀 걸음으로 빙빙 원을 그리고 돌면서 자기 이마를 주먹으로 두들겨 댔다. "시계가 위험을 알고 나에게 저 애를 물리치라고 경고해 주었건만!"

"내가 지진을 일으킨 거 아니에요." 레인이 말했다.

"그냥 파손품 무더기로만 보이는데요, 나한텐." 뮬라마가 말했다.

몇 걸음 앞에 『그리머리』가 튀어나와 팽개쳐진 그대로 놓여 있는 것을 꼬마 다피가 발견했다. 드래곤의 찢어진 날개 그늘에 감추어져 있었다. 마치 이제 숨을 거두려는 시계태엽 장치의 마지막 행동이 마법책을 보호하는 것이었다는 듯이.

'시계'는 그 속의 기계에 한 세기 동안이나 지펴 있던 마법을 빼앗기게 되어 마지막으로 용을 썼을지 몰라도, 책은 펼쳐 보려고 집적이는 손가락들 앞에 굳게 닫힌 채로 남아 있었다.

"하여튼 우리 낡아빠진 마나님을 바로 세워 봅시다. 그러고 나서 어떻게 땜빵을 해 고칠 수 있는 건지 보노록 하죠." 브르르가 말했다.

드래곤도 길동무 중 한 명이었던 것처럼 브르르는 조금 울었다. 그러고 나서 갯버들로 된 위 팔뼈를 떼어내기 위해 드래곤의 날개 한쪽을 잘라 벌렸다. 난쟁이는 갖고 다니던 작은 칼을 꽂아서 부서진 차축을 대신하여 이럭저럭 바퀴가 구를 수 있도록 했다.

일행은 죽어 버린 '시계'를 질질 끌고서 가스틸의 소매의 남은 몇 킬로미터를 마저 갔다. 시냇물이 더 넓게 퍼져 흘러나가는 응달진 초원에서, 일행은 잠시 발을 멈추고 양귀비 꽃가루가 덜 자욱한 공기를 들이마셨다.

브르르는 이제 다시 가을이 돌아왔음을 알아차렸다. 그들이 글린다 부인에게서 레인을 데려온 지 1년 이상이 흘러갔다. 꽈배기과자 나무들의 배배 꼬인 나무줄기에는 말벌들이 들끓어 최후의 성난 춤을 추어 대었다. 가랑잎이 지고 있었다, 빨갛게, 금빛으로. 낙엽들은 뻥 뚫린 '시계'의 무대 안으로도 떨어져 내렸다. 태양이 그레이트 켈스 너머로 져 가며 그 마지막 빛살이 무대를 비추자, 지진 장면은 마치 재난 위에 재난으로 대화재까지 덮친 것처럼 붉게 달아올랐다.

먹고 기운 내자는 저녁거리가 차려져서 거의 손도 타지 않고 남겨진 후, 그리고 이제는 아무래도 그들의 지주가 되어 줄 '시계'가 빠져 버린 것 같은 '시계'의 무리들이 그들만의 작은 불을 피워 그 주위에 둘러앉은 후에 브르르가 뮬라마에게 물었다.

"그래 누구의 사주를 받고 우릴 엮어 들이려 나왔소? 내가 기억하기로 우리가 마지막 헤어졌을 때 당신은 남들과 협력하는 성격이 아니었는데."

"아직도 아니에요." 뮬라마는 하품을 했다. "난 내 부족을 등지고 떠나왔어요. 당신이 당신 무리를 등졌듯이 말이죠, 브르르 경. 하지만 그랬다고 인간들과 손잡지는 않았어요, 난. 그래요, 이야기를 들었죠. 당신의 최근⋯⋯ 업적들에 대해서. 전부 다요."

짐짓 겸손한 척 생색을 내는 그 말솜씨는 전혀 무뎌지지 않았다. 브르르는 그 점을 인식하면서 거의 정다운 느낌이 들 지경이었다. 뮬라마가 말을 이었다.

"난 정부들 간의 사안에는 어느 쪽에든 관심 없어요. 에메랄드 시의 잘나신 나리님들한테나 먼치킨랜드의 쪼랭이들한테나 내가 충성을 할 일도 없고 말이죠."

꼬마 다피는 자기 동포들을 그렇게 부르자 눈매가 험해졌지만, 뮬라마는 먼치킨인이 눈 부라리는 것 따위에는 신경도 쓰지 않았다.

"누군가 당신을 보낸 것 아뇨?" 브르르가 찔렀다.

"누군가가 나에게 가 달라고 부탁을 했죠." 뮬라마가 시인했다. "누군가 말하길 당신이 위험에 빠진 것 같다고 했어요. 난 구경하는 것도 재미있겠구나 생각했죠. 어쨌든 내가 당신한테 신세 진 것도 있었잖아요."

있었다. 브르르가 그녀와 놀아난 그 사건은 퓰라마가 상아호랑이들 무리 지배권의 혈통 계승을 면하고 떠날 핑계였다. 퓰라마의 아버지 우이오도어 하에킴이 그녀에게 요구하던 영도자의 운명으로부터 탈출할 구실이 되어 주었다. 브르르는 이제 훨씬 투명하게 그 점을 간파할 수 있었다. 그 역시 자신의 야심을 위하여 다른 이들을 장기의 졸처럼 써먹기보다 그리 낫게 살지도 못했으니까.

"도움이 돼서 기뻤소, 그때는." 브르르가 말했다.

"내가 당신으로 하여금 기쁘게 돕게 만든 거죠." 퓰라마가 인정했다. 그녀는 꼬리를 팔락 움직였는데 브르르에게 그때의 유혹을, 뜨겁고도 앞뒤 없었던 그 미친 열정을 생각나게 하는 동작이었다. 하지만 그녀의 꼬리는 동물들 간에 교유를 보여 주는 것이지 지금 그를 유혹하는 것은 아니었다.

"당신이 나를 내가 갇혀 있던 감옥으로부터 해방시켜 주었지요. 세월이 지나 오늘날 때가 왔기에 나도 당신에게 똑같은 일을 해 주려고 했어요."

퓰라마는 상아로 깎아 놓은 듯한 모습으로 불만 들여다보고 있는 일리아노라를 흘끗 곁눈질해 보고는 무간히 덧붙였다.

"저게 당신 아내라면, 아마 내가 늦기 전에 때맞춰 오진 못한 모양이네요."

"당신이 알고 있는 대로 얘기해 주시오." 브르르가 말했다. "오즈 충성령의 침략 전쟁은 성공적으로 진행됐소? 하우가드 요새가 함락되었나? 황제는 아직도 옥좌를 지키고 앉아 기분 내키는 대로 지껄여 대고 있소? 우린 세상 소식이 두절된 지 1년이 되었어요."

뮬라마는 빠르게 개략적인 이야기를 해 주었다.

"먼치킨랜드인들은 힘이 자라는 한 위치를 사수하고 버텼어요. 하지만 결국에는 호수를 포기해야만 했지요. 동쪽 성채만 제외하고 전부 넘겨주고 말았어요. 한동안은 오즈 충성령 측에서 레스트워터를 보유하게 될 것 같아요. 먼치킨랜드 땅의 그쪽 끄트머리를 환부하도록 요구하면서요. 아마도, 항간의 이야기로는, 더 이상의 침공을 방지하기 위하여 먼치킨랜드 총독 측에서 협상을 타결시킬 모양이에요. 호수를 잃었다는 사실을 받아들이는 대신 그 교환 조건으로 나머지 먼치킨랜드 땅에 대하여 정치적으로 탐내지 않을 것을 다짐 받는 것이죠."

"에메랄드 시가 지금껏 원했던 것은 오직 물이었지." 사자가 말했다.

"사실이 아니에요. 그들은 오즈의 곡창 지대인 먼치킨랜드 중앙 지역에서 나는 곡물도 필요로 해요." 뮬라마가 반대 의견을 내었다.

"그들은 상거래가 다시 시작될 수 있을 만한 화해 분위기가 필요한 거예요. 오즈가 이 내전을 벌이고 있는 동안, 에메랄드 시에는 분명 일정 부분 불안과 박탈의 영향이 미치고 있었으니까요."

"그럼 대체 뭐가 문제요? 그쪽에서 화평을 요구한다면서." 브르가 물었다.

"황제가." 뮬라마는 운을 떼고 하품을 했다. "셸 트롭인가, 당신 그 사람 기억하겠죠? 기억하는군요. 그 마녀 자매들 엘파바와 네사로즈의 남동생이죠. 그자가 스스로 신성성을 선포했잖아요. 자기 자신을 신으로 승급시킨 거예요."

"그게 되기만 하면야 근사한 한 수군." 대장 나리가 말했다. 몇 시간 만에 한 첫마디였다.

"먼치킨랜드인들은 네사로즈의 멍에 아래에서 보낸 세월 이래로 신성함에는 그만 물리고 말았죠." 상아호랑이가 대답했다. "상거래에 임할 때에는 상식적인 사람들이에요. 하지만 교리를 선포하고 나온다면 가만히 있지 않아요. 그들은 신을 상대로 협상할 마음은 없을 거예요. 누가 그럴 수 있겠어요? 그러니 뒤에서 꿍꿍이를 맺어 평화가 올는지는 모르지만, 황제가 짐짓 신 같은 모습으로 완전히 탈바꿈하면서 소박한 먼치킨랜드인들을 자극하고야 말 게 틀림없어요. 그들은 무슨 일이 있어도 결코 노예가 되지는 않을 사람들이죠. 돈이 문제가 아니에요. 문제는 먼치킨랜드인들의 통통하게 불거진 가슴들 속에 결코 완전히 꺼져 나가지는 않을 희미하고 작은 자존의 불씨인 거예요."

"내 가슴은 그렇게까지 통통하지 않아요. 난 말하자면 딱 보기 좋을 정도로 풍만한 거지." 꼬마 다피가 말했다.

"풍만할수록 더 기분이 좋지." 대장 나리가 말하며 머리를 그곳에다 괴었다.

"뒤 꿍꿍이로 맺어진 협약에 대항하여 일어난 이 먼치킨랜드인들의 저항운동은 누가 이끌고 있소?" 브르르가 물었다. "네사로즈가 도로시의 집에 깔려 죽음을 당했을 때에⋯⋯."

"그 일 기억해요." 꼬마 다피가 말했다.

"난 그날 거기에 있었어요." 브르르가 말을 이었다. "해방에 임하여 처음으로 나온 반응이 먼치킨랜드의 총독위와 중앙의 통제를 폐지해 버린 것이었죠. 아닌가요? 난 이름이 힙이던가 닙이던가였던 사람이 기억나는군요. 자칭 총리대신이라고 딱지를 달았던."

"난 역사를 읽지 않아요, 고대 사건이든 현대 사건이든 간에요."
뮬라마가 말했다. "난 산지와 그늘에 속한 생물이지요. 당신도 잘
알고 있겠지만. 하지만 총독위가 완전히 죽어 없어진 것은 아니에
요. 지위 칭호는 죽어 없어지는 법이 없죠, 그냥 깜빡 졸음에 떨어
질 뿐이지. 무슨 노파인지 옛날 오즈의 마법사와 어울리던 짝패인
지가 일어나서 권위를 주창하고 있다더군요, 내가 맞게 알고 있다
면 말이죠. 뭐라더라, 몸베이라는 이름이래요. 일종의 마녀라지요."

"황제가 모든 마법 용구들을 다 모아들이도록 명령하지 않았던
가? 마법 주문의 사용을 금지한 것 아니었소? 난 마녀들의 시대는
끝났다고 생각했군요." 브르르가 말했다.

"끝나지 않았어요, 결코." 암호랑이가 말했다. "게다가, 당신은 황
제가 먼치킨랜드 내의 마법을 놓고 법률을 제정할 권리는 갖고 있
지 못하다는 점을 잊고 있네요. 바로 그걸 놓고 싸움을 하고 있는
거잖아요."

"난 잘래요." 일리아노라가 말했고, 쓸모없어진 '시계'의 그늘로
기어 들어가 나달나달 해어진 가죽 날개를 담요처럼 머리 위까지
끌어올려 덮었다. "이리 오렴, 레인. 나랑 같이 눕자. 정부에 대한
뒷소문은 들을 필요 없단다. 뱃속에 바람만 차지."

"먼치킨랜드인들이 분명 역공에 나설 거라는 게 내 생각이에요."
뮬라마가 말했다. "그러면 재미있지 않겠어요? 에메랄드 시에 조막
만 한 땅딸이 담비 족 사람들이 쫙 퍼져 들어간다면요? 그들에게는
역량 있는 군사 지휘관이 있어요. 하우가드 요새를 아무튼 지켜낼
수 있었던 인물이죠. 아주 판단이 기민한 농촌 처녀인데 지금은 진
주리아 장군이라는 이름으로 통하죠. 본인 스스로는 먼치킨랜드의

격퇴자라고 자처해요."

"군사 지휘관을 위한 무대명이로군요." 사자가 말했다. "이제 전부 다 무대 공연 나부랭이가 되었군. 안 그래요?"

"내 코트 내줘요, 2막은 안 볼 거니까." 뮬라마가 응수했다.

난쟁이와 먼치킨랜드인 아내는 '시계' 반대편으로 물러갔다. 레인과 테이는 지진의 잔해 속으로 기어 들어갔다. 그래도 아무도 못하게 하지 않았다. 뮬라마와 브르르는 깨어 있었다. 나란히 앉아서, 서로를 바라보는 것이 아니라 동쪽 지평선을 바라보았다. 바로 몸베이나 진주리아 같은 이름을 단 생명체들이 두 고양잇과 동물의 재회 이야기에 배경 잡음을 넣어 주고 있는 방향이었다.

22

처음에는 별빛 아래에서, 이어서 높다랗게 떠 있는 수증기 구름의 물 자국 아래에서 그들은 더 이상 말이 없었다. 아침이 되도록 말이 없었다.

일리아노라는 상아호랑이와 충분히 거리를 두었고 커피를 들겠느냐는 권유도 하지 않았다.

"난 당신들에게 아무런 위협이 되지 않아요, 브르르. 내가 무슨 임무에 가담해 있는 게 아니니까요." 뮬라마가 말했다. "난 당신들을 당신들의 상대가 될 그이들이 기다리는 곳으로 데려다 주고, 그다음에는 내 갈 길을 갈 거예요. 그동안 죽 부랑자 암호랑이로 살아왔으니까. 그렇지만 그 도로시 사태에 대해서는 조금 호기심이 인다는 건 고백하겠어요. 당신이 관련되어 있다는 이야기를 들었을 때, 솔직히 말해 놀랐어요. 당신한테 그런 위험천만한 사태에 깊숙이 연루될 소질은 없어 보였는데 말이에요."

"그렇소, 뭐, 삶이란 게. 당신도 좀 더 넉넉해졌군요. 그 일은 내가 당신을 떠난 직후의 일이에요."

"내가 당신을 떠난 거죠." 뮬라마가 상기시켰다. "하지만 미묘한 뉘앙스 가지고 툭탁거리지 말도록 해요. 그 생물에 대해 얘기해 줘요. 사방에서 그 여자아이를 놓고 하는 이야기들을 들어 보면, 참! 어떤 이들은 거룩한 바보라고 해요. 성인이라고요. 아주 억센 고집을 가졌다고요. 누군가가 꾸민 더 큰 작전의 일개 졸이라고도 해요. 내가 아는 바로는 그녀가 사악한 서쪽 마녀를 쓰러뜨렸다지요? 그렇게 무지하고 서툰 주제에, 어쩌면 서투르기 때문에 그럴 수 있었는지도 모르고요. 당신 거기 있었죠? 무슨 일이 있었던 건가요?"

"난 근처에 있었어요." 사자가 말했다. "현장에 있진 않았소. 신문에서 뭐라고들 썼든 간에. 현장에는 도로시와 마녀 말고는 아무도 없었어요. 무슨 일이 일어났는지 본 사람은 아무도 없어요. 리르와 나는 부엌방에 갇혀 있었소. 그래서 내가 이럭저럭 문을 부수고 나가기는 했지요……."

"어머나 멋져라." 뮬라마는 야비하게도 가르랑거리는 소리를 내었다.

"하지만 때맞춰 난간에 올라가지는 못했어요. 마녀는 이미 죽은 뒤였고, 도로시는 층계를 내려갔지요. 제정신이 아니게 흥분해서 무슨 일이 일어났는지 도무지 사리가 통하지 않더군. 하긴 생각해 보니 그때까지도 그렇게 사리가 잘 통하는 여자애는 아니기도 했소."

"동정심이 우선하는 불편한 상황으로부터 거리를 두려는 사람처럼 얘기하네요. 그렇지만 난 그 신발 얘기는 이해가 안 가요. 마법의 구두 말이에요. 온갖 것 중에서 왜 하필이면 구두죠? 차라리 마법 멜빵을 주지요? 아니면 마법 속옷이나?"

"내가 각본을 쓴 게 아니에요. 나에게 묻지 말아요."

"그 마녀가 돌아올 것이라는 이야기가 항간에 자자해요." 뮬라마가 말했다. "최소한 먼치킨랜드에서는 그래요. 그 괴상한 엘파바 트롭은 자기 집안에 면면히 이어 내려온 돌덩이 같은 신앙과는 반대되는 위치에 자리를 잡고 섰더랬지요. 목사였던 그 아버지, 전체주의자 여동생, 그리고 이제는 남동생이 저 스스로 신이랍시고 나서는 집안인데! 대중의 분위기가 확 뒤집히곤 하는 걸 과소평가할 순 없죠. 도로시는 여자 영웅으로 숭배되다가 이젠 암살자 딱지를 달게 된 판이고, 엘파바는 사악한 마녀에서 박해에 목숨을 바친 투사가 되었어요. 적어도 몇몇 사회들에서는요."

"시계추란 흔들리게 마련이에요."

"아아, 그렇지만 이제 시계추라 할 만한 것이 남아 있기는 한가요?"

둘은 폭삭 주저앉은 '시계'를 쳐다보았다. 대장 나리는 쉬지 않고 훔치고 닦고 정돈을 하고 있었다. 마치 광택제와 침으로 윤기를 내면 기계를 잘 구슬려 되살려 낼 수 있다고 생각하는 듯했다. 하지만 그것은 시신을 염습하는 것일 뿐, 단지 그뿐이었다. 누구든 알 수 있는 사실이다.

"우리가 누구를 찾아가고 있는지 아직 말해 주지 않았지요." 브르르가 말했다. "글린다 부인인가요? 부인이 가택 연금에서 풀려났소?"

"무슨 얘기인지 모르겠네요. 아무튼, 난 말 안 할래요." 뮬라마가 말했다. 그러면서 바랠 줄 모르는 녹색을 띠고 레인의 두 팔에 안겨 늘어져 있는 벼수달 테이를 흘긋 보았다.

"누가 밀고하는 첩자 놈일지 알 수 없는 일이긴 하지." 브르르는 동의하지 않을 수 없었다.

"자, 그럼 됐고요. 난 내 할일을 완수했으니 이제 슬슬 가야겠네요."

"하지만 가다니 어디로?" 일행이 '시계'의 겉껍데기를 바로 세워 놓았을 때 브르르가 물었다. 드래곤의 대가리는 부서진 채 눈알도 없고 각각도 없이 버팀대처럼 앞으로 쭉 저져 있었다.

"어디로 가려고 하지요? 그리고 혼자 가려고요? 아니면 길동무가 있소?"

"수줍게도 묻는군요."

"지금은 내 옆에 붙어 있어라. 떨어지지 말고." 일리아노라가 레인에게 일렀다.

하지만 소녀는 이전에 그랬던 것보다 조금이라도 더 말을 잘 들으려는 기색은 안 보였다.

"내가 말썽을 빚고 있네요." 뮬라마가 머릿짓으로 일리아노라 쪽을 슬쩍 가리켜 보이면서 말했다. "안타깝게도."

"내가 할 수 있는 일이 그 정도지요." 사자는 어물쩍한 대답을 했다.

✠✠✠

그날 밤 브르르는 동료들에게 물었다.

"우리는 앞으로 각각 제 갈 길을 가야 할까요?"

뮬라마는 아침에 그들을 당사자들에게 데려다 주겠다고 말한 다음 주변을 내키는 대로 돌아다니러 갔다. 일행이 자기들끼리만 상의를 할 수 있게끔 자리를 비켜 준 것이다.

"제 말씀은, 이제 타임드래곤 시계의 한동아리란 더 이상 존립할 수가 없다는 겁니다. 안 그렇습니까? '시계'가 없고 보면⋯⋯."

"휴식에 들어간 거야. 활동 중단이라고 들어는 봤나?" 난쟁이는 예전의 기세등등하던 태도로 되돌아가 있었다.

"사자의 말에 일리가 있어요. 당신의 일차적 임무는『그리머리』를 안전하게 간수하는 것이잖아요, 그렇지 않은가요?" 꼬마 다피가 남편에게 말했다. "당신 말을 듣자 하니 '시계'는 책을 담아 지키기 위하여 발명된 바퀴 달린 서류함이라고 그랬잖아요. 한편으로는 대중의 눈을 현혹하여 딴 데 신경 쓰게 만들면서, 다른 한편으로는 마법의 보관실인 거라고요. 저 누덕누덕해진 것을 버린들 누가 우릴 탓하겠어요. 저게 없으면 분명 더 빨리 움직일 수 있을 거예요. 책은 아직 멀쩡하잖아요."

"책을 운반하는 데는 내가 필요하지 않지요." 브르르가 말을 이었다. "수레의 끌채 사이에 서면 톡톡히 도움이 되는 당나귀였겠지만, 그러나 나는 애완용 집짐승은 아닙니다."

"브르르, 당신은 당신 하고 싶은 대로 하세요." 일리아노라가 남편에게 말했다. "나한테는 아무래도 상관 없으니까요. 당신은 애완용 집짐승이 아니지요. 뮬라마와 함께 가든지 말든지 좋을 대로 해요."

"난 그녀와 함께 가지 않을 거요." 브르르가 말했다. 비록 그 '함께 간다'는 것이 젊은 것들이 말하는 대로 한데 얼려 사귀고 노닌다

459

는 뜻인지, 아니면 앞으로 어떻게 할 것인가 하는 지향을 말한 것인지는 분간이 잘 가지 않았지만 말이다. 그리고 그는 또 자기가 하는 말이 과연 진정인지도 사실 알 수 없었다. 일리아노라의 심적 고통이 대화에 알싸한 고추냉이 맛을 가미해 놓았다. 만약 아내가 느끼는 것, 말하려 하는 것을 브르가 이제 더 이상 알아차릴 수 없다면 자기 자신의 변해 가는 포부는 어떻게 이해할 수 있겠는가?

"내가 아이를 다음 단계까지 돌보며 데려갈 거예요." 일리아노라가 결정했다. "그리고 거기까지는 책도 가지고 가겠어요. 그 이상은 아이를 더 돌보지 못하겠어요."

왜냐하면 레인을 돌보는 일이 고통스러워질 테니까. 그 정도는 명백하게 알 수 있었다. 상처 입은 어린 노르가 아직도, 이토록 세월이 지난 오늘까지도 베일을 쓴 우아한 여인의 내부에 너무나 강하게 남아 있었다. 산 채로, 또 동시에 죽은 채로. 그 날개에 혼이 실린 양, 다만 그 혼이 한때에 그랬던 것처럼 마법적으로 신을 지핀 것과는 비교할 수 없지만, 풀밭에 풀썩 엎어졌던 드래곤처럼.

짧게 지나가는 돌풍과 비와 함께 아침녘이 되었다. 열대 호우의 찌는 듯 습한 느낌은 없는 시원한 비바람이다. 황송한 일이었다. 나무들에서 투두둑 도토리가 던져지고, 끝물 야생 자두가 떨어져 내렸다. 자생림. 특출하게 멋질 것은 없지만, 그래도 최소한 북쪽 지방의 숲이기는 하다. 일행의 앞쪽으로 비죽이 솟아 있는 곳의 가장자리에, 퓰라마는 아치 형으로 솟아 있는 아주 오래된 초소 건물을 가리켰다. 아마 과거에 저곳에서 가스틸의 소매를 통해 닥쳐올 그 어떤 노략 행위에 맞서 레스트워터 호수 근방을 망보았을 터였다.

"저기가 당신들이 향해 가는 그곳이에요." 상아호랑이가 말해 주었다. "아직도 지붕이 좀 남아 있지요. 저기 가면 비를 피할 수 있어요. 비가 더 심하게 온다면요. 그리고 여러분의 친구를 만날 수 있을 거예요. 그럼 내 일은 끝난 거죠. 그러니 난 떠날 거예요."

브르는 뭐라 말을 하지 않았다. 그는 단지 수레 끄는 길짐승이 되어 끌고 나아갈 따름이었다. 아마도 이게 마지막일 터이다. 오래된 회색 조약돌이 깔려 있는 오르막길로, 메말라 가는 쐐기풀과 미끄럼풀 마디들로 가장자리가 둘린 그 길로 올라갔다. 브르는 서너 살 아이들이 하는 놀이를 생각했다. 양손 손가락을 맞붙여서 교회당 모양을 만드는 것 말이다. 파수 초소에는 그렇게 맞댄 한쪽 손의 손가락들처럼 골골이 드러난 서까래 살들이 허공을 움키고 있었다. 원래 저렇게 지었나? 아니면 반대쪽에 대어져 있어야 할 손가락들이 몇 년 몇 십 년이나 전에 비탈 아래로 무너져 내렸던 것일까? 그랬다, 브르는 그 오두막에 해묵은 함석판을 덧대어 쓰러지지 않게 지탱해 놓은 것을 볼 수 있었다. 취사하는 불 냄새가 났다. 사슴 뒷다리 고기를 불에 굽는 냄새. 아니면 산(山)그라이트의 허릿살을 볶고 있는 것인지도 모르겠다. 잠시 바람이 잔 순간에는 현악기 소리가 귓전에 들려왔다.

폐허가 된 초소로 접근하는 길은 그 중간에 끊긴 아치형 지붕살의 손가락 끝들보다 약간 더 높은 위치까지 올라갔다. 그랬다가 거기서부터 부드러운 S자를 그리며 내리막이 져 내려갔다. 뮬라마가 길을 인도했다. 우아하고 일정한 걸음걸이로 나아가며, 수염은 문제가 없는지 냄새를 맡아 내느라 쫑긋거렸다. 하지만 빳빳해 있던 그녀의 어깨는 스르르 긴장이 풀렸다. 여기에는 분명 어떤 위험도 도사리고 있지 않았다. 단 하나, 새로운 국면이 오랜 동지들 사이에 초래할 위험만을 제외하고는.

"내가 말한 대로 데려왔어요." 뮬라마가 외쳤다. "어이어이, 이봐요. 좀 나와 봐요. 어디 있는지 모르겠지만 어서어서 나와요. 나오라고요. 여기 그들이 왔으니까."

나지막한 나무문이 열리고 집 주인들이 안으로부터 모습을 드러낼 때쯤에는 브르르도 수레 끌채를 벗고 가죽 띠와 장구들로부터 풀려났다. 두 손에 도밍곤을 든 쿼들링 여인은 브르르가 알아볼 수 없었다. 그래두 저 사람이 캔들이라는 그 여자겠구나 짐작은 했다. 리르는 알고 있었다. 여자에 뒤미처 문을 나서면서, 양손으로 여자의 두 어깨를 감싸 잡는 남자. 아마 서른 살에서 서른두 살쯤 되었을 리르다. 어깨는 더 탄탄하게 근육이 붙었고, 눈썹 부분은 더 남자답게 솟았으며, 거무스름한 머리카락은 사자라도 감탄할 만큼 훌륭한 갈기털을 이루어 물결치고 있었다. 젊음에 가득 찼던 말 없음과 만용의 습관이 나이가 들면서 무엇인가, 거의 용기라 부를 만한 것으로 숙성되어 있었다. 그러나 브르르가 용기에 관하여 무엇을 알랴?

"책이에요." 뮬라마가 알렸다. "그리고 딸려온 아이도 여기. 일종의 덤이네요."

인간들은 서로를 쳐다보았다. 호기심과 경계심이 그 표정에 드리워지며 아직은 알아봄이, 아직은 놀라움이 아닌 무엇인가로 되어 갔다. 수학적으로 완벽한 기울기 상태. 똑같은 양의 희망이 한쪽에 얹히고, 그리고 다른 쪽에는 그 희망이 어쩌면 근거 없는 것일지 모른다는 경계심이, 눈앞에 나타난 이 계시가 사람을 놀리는 거짓말일지도 모른다는 경보가 얹혀 있다.

브르르는 그들이 인간들끼리의 순간을 나누도록 방해하지 않았다. 그는 뮬라마에게 작별의 입맞춤을 했다. 영영 작별인가, 일시적인 것인가? 그는 알 수 없었다. 브르르는 일리아노라가 이제 곧 레인에 대한 책임으로부터 놓여나게 되었음을 깨닫고 있었다. 레인의 친부모가 레인이 자기들의 딸이라는 사실을 받아들인다면, 그러면 아마 일리아노라의 번뇌는 사라지겠지. 브르르는 일리아노라가 그 어떤 고통에 처해 있도록 그냥 버려두지 않을 터였다. 그 고통을 그가 도와 가시게 해 줄 수 있든지 없든지 간에. 만약 시간이 지나, 그가 도울 수 없다면, 만약 시간이 지나, 그가 도울 수 없다는 그 사실이 고통을 더욱 심하게 만들고 있다는 것을 깨닫는다면, 글쎄, 그러면 다시 생각해 볼지도 모르지.

하지만 아직은 아니다. 지금으로서는 브르르는 그녀 곁에 머물 터였다. 다음에 일어날 일이 어떤 것이든 그때까지는 쭉 함께 있으리라. 그와 일리아노라, 난쟁이와 먼치킨랜드 여인이 모두 함께 힘을 모아 레인을 자기 집으로(아니면 레인이 아마도 가졌으면 생각했을 그런 집으로) 데려다 주었다. 레인은 무사했다. 완전히 무사한지는 몰라도 아무튼 이 정도면 무사했다.

이제 브르르는 또 한 명의 상처 입은 소녀를 지켜 보호해 줄 차례였다. 베일을 쓴 여인의 내부에 웅크리고 틀어박힌 사산된 아이를. 할 수 있는 한 힘을 다하여. 할 수 있기만 하다면. 지금 브르르가 안위를 염려하고 마음 써야만 할 여자아이들의 수효는 부족하지 않았고, 앞으로도 공급이 딸릴 일은 결코 없으리라. 오즈 안에서건 밖에서건 간에.

— 아가씨물고기 전당에서 —

1

법망을 피해 사는 그들은 앞서서 칼새로부터 뮬라마가 망명자들의 일단을 이끌고 올 거라는 이야기를 들은 후였지만, 그 무리 중에 누가 있다고 들은 바는 없었다.

리르는 아내의 손을 꽉 잡았다. 이 순간을 좀 더 길게 잡아 두었으면 해, 캔들. 우리는 오랜 세월 동안 기다려 왔지. 저 애를 놀래서 구름 속으로 포르르 날아가게 하지 말자. 꼭 저 애를 닮은 조그만 굴뚝새처럼 그렇게 날아가게 하지 말자.

저 애가 여기에 있어. 돌아온 거야. (다시 우리 앞에 왔어, 우리 품안에 떨어졌어.) 저 아이를 찬찬히 알아 갈 시간은 앞으로 충분하겠지. 시간이 다시 흐르기 시작한 거야.

리르는 팽팽히 긴장했던 아내가 봇물 터지듯 떨치고 나가 아이를 기겁하게 할 숨 막히는 사랑으로 덮쳐 안으려는 것을 느낄 수 있었다. 캔들을 꼼짝하지 못하도록 붙들고 있느라, 그의 팔뚝 근육은 불거져 올랐으리라. 저 아이를 급하게 다그치지 마.

우리 딸이야.

리르는 자기 머리를 연극적으로 슬쩍 돌림으로써 캔들에게 넌지시 충고를 하려 했다. 그래서 아이 대신 브르르를 쳐다보았다. 그때 그 '겁쟁이 사자'로구나. 리르는 그를 알아보았다. 저기 그가 서 있다. 보통 동물처럼 네 발을 모두 땅에 짚고서. 뒤에 리본이 달린, 푸른 서지로 지은 작업용 덧옷을 걸친 것뿐 옷도 입지 않은 채 큰 바윗돌 같은 머리를 소녀에게서 부모들에게로, 다시 부모들에게서 소녀에게로 이리저리 돌리고 있다. 사사는 아이를 쳐다볼 수가 있었다. 그러한 특권을 그는 이미 획득하였다. 리르와 캔들은 언젠가 또 다른 순간을 기다려야만 할 터이다. 이제는 충당할 만한 순간들이 넉넉히 남아 있었다.

브르르는 수염 쪽이 은빛으로 변해 있었다. 아마 이제 나이가 마흔에 가까웠겠지, 분명히? 사자의 왼쪽 뒷다리가 후들후들 떨리는 건 나이 탓인가, 지칠 대로 지쳐서인가, 그도 아니면 신경이 곤두서서 그럴까? 그는 목덜미 살은 늘어졌지만 갈기 숱은 줄지 않았고 근사하게 부풀려 있었다. 그 사이에 배만 나온 것이 아니라 위턱이 나왔는지 아래턱이 들어갔는지 피개교합이 되었다. 그렇기는 해도, 마치 스스로 갑자기 자신이 오즈 충성령의 기명 귀족인 것을 기억해 낸 듯이 사자가 뒷발로 일어나 서자 그 두 가지 노령의 증거는 더 이상 눈에 띄지 않았다. 그는 예의를 차려 절할 채비가 된 듯했지만, 그러는 대신에 앞발을 리르에게 내밀었다.

'겁쟁이 사자'가 말했다.

"한평생이나 이전에, 아니면 두어 평생이 지난 듯 오래전 그때에 당신이 도로시 게일이라 기억하고 있을 그 누군가가 나를 보고 막

468

무가내로 당신을 돌봐 주라고 윽박실렀소. 난 거의 들으려고 하지 않았죠. 훗날에, 늙을 대로 늙어 농익은 야클이라는 미치광이는 나에게 할 수 있다면 이 아이를 보호해 달라고 청했소. 난 그 할멈의 요청을 그냥 들어 넘겼지요, 내가 그 부탁을 들어줄 수 있을 거라고는 생각 못 했소. 그런데 이제 내가 이렇게 있군요. 놀랍지요, 놀라워요. 나의 반려인 일리아노라를 소개하겠소. 그리고 레인이라는 이름으로 불리는 내 어린 친구도. 그 이래라저래라 하던 두 명의 드센 여성들에게 나도 모르는 사이에 복종하여, 한 날 한 시에 당신에게 두 가지 일을 해 주게 되었구려." 빈정거리던 말투를 접고, 좀 더 쉰 듯한 소리로 그가 말했다. "그만하면 내가 당신에게 큰일을 해 준 것 아니겠소, 엘파바의 아들 리르."

리르는 어림없다는 소리를 뱉었다.

"나한테 그렇게 말씀하지 마세요. 꼭 어디서 '위대한 기사도 시대의 오즈'에 대한 무언극이라도 하고 돌아다니다 온 것 같잖아요. '엘파바의 아들 리르'요? 난 이제 내 이름을 리르 코라고 하고 있어요."

그랬든 어쨌든 리르는 사자의 품 안으로 몸을 던져 서로 얼싸안았다. 사자 갈기에서 나는 독특한 체취가 생생하게 코를 찔렀다. 젊은 여우 한 떼와 아랫도리 억제가 안 되는 사람 여럿이 합친 것 같은 냄새였다.

"이런 암고양이 영감아." 리르가 웅얼거렸다. "난 정말이지 당신을 별로 좋아하지 않았었죠. 그런데 젠장할, 이제는 당신에게 남은 여생 내내 빚을 진 몸이네요."

"드문 일이지, 내가 누구에게 큰소리칠 입장이 된다는 건." 브르르가 대답했다. "그래 봤자 분명히 써먹지도 못하고 날리게 될걸."

난쟁이는 동감을 표하며 고개를 끄덕임으로써 빼먹지도 않고 착실히 인신공격을 수행했다. 리르는 포옹을 풀어 몸을 떼었다.

"이쪽은 캔들 오스콰미예요." 그러면서 아내에게 앞으로 나오라고 신호했다.

캔들은 허리부터 굽혀서 알은체를 했지만 눈은 아이에게서 떨어질 줄 몰랐다. 레인은 지저분히 자라 팔 위까지 내려온 머리채를 비틀고 꼬고 있는 게 마치 자기 머리통을 뜯어내고 싶어 환장한 아이 같았다. 녹색 어린 희뿌연 색의 작은 동물이, 보기에는 족제비가 아니면 꼴불견의 담비 같은데, 아이의 발목 사이를 배가 고파 먹이를 보채는 고양이처럼 감고 돌았다. 마침내 리르는 사자가 자신의 반려자로 소개한 여성 쪽을 향했다. 그녀는 바로 지금에야 베일을 이마에서 뒤로 넘기며 광대뼈에 내린 베일 주름을 걷어 제쳤다. 리르가 내지른 비명 같은 소리에는 맹하게 무심해 보이는 레인만 빼고 모두가 화들짝 놀랐다. 노르는 한 손을 쳐들어서 달려들려는 리르를 막았다.

"먹을 것이 첫째예요, 그리고 물도." 리르의 어린 시절 기억 속의 목소리와 같기도 하고 같지 않기도 한 음성으로 노르는 그렇게 말했다. "우리의 역사는 이토록이나 오래 기다려 왔지요. 몸을 씻고 날 때까지 기다려도 될 거예요. 캔들 오스콰미, 바로 돌봐야 할 잔일거리 뭐가 있죠? 가르쳐 주면 내가 거들어 줄게요. 난 감정 북받치는 이런저런 재결합은 이제 다 별로예요."

리르 앞을 지나치면서 그녀는 시선을 앞으로만 보냈다. 하지만 그녀의 왼손 손가락들이 뻗쳐 나가 그의 팔꿈치와 골반부를 스쳤다. 캔들은 몸은 움찔도 하지 않고 단지 한 손만을 허물어져 가는 나르텍스(회당의 현관 칸) 쪽으로 팔락 했다. 쓸데없는 거나 챙기는 참견꾼은 거기 가서 찾을 것을 찾든가 하라는 뜻인 것 같았다.

"우리도 바로 따라갈게요." 리르가 말했다.

노르는 혼자서 터덜터덜 건물 쪽으로 가 버렸다. 캔들은 두 무릎을 꿇고 앉았고 리르도 따라서 무릎을 꿇었다. 캔들이 세 번 손뼉을 쳤다. 아이는 미적지근한 호기심을 띠고 캔들을 쳐다보았다. 어쩌면 혐오감으로 쳐다보는지도 모른다. 캔들이 다시 손뼉을 쳤다. 두 번. 그리고 이번에는 그들의 딸이 마주 손뼉을 쳤다. 한 번. 약하게. 첫발을 내디딘 거였다.

"오지안드라 오스콰미." 캔들이 불렀다.

"보통은 레인이라고 부르지." 모두의 무관심 속에서 난쟁이가 한 마디 했다. "그리고 우리 같은 늙은이들은 대기근의 10년을 기억하고 있는데 말이지, 비(레인)는 불러 대면 도무지 오는 법이 없어. 자기가 아는 자기 이름으로 부른대도, 레인이라 부른대도 말이지, 그런데 하물며."

"오지안드라 레인." 캔들이 불렀다.

"얘야." 리르가 불렀다. 그는 쿼들링들이 손뼉을 치는 것이 매우 중요한 의미를 띤다는 것을 알지 못했다. 그는 그냥 두 손을 쳐들어 손바닥을 앞으로 하여 내밀었다. 마치 냄새 맡는 사냥개나 상처 입은 늑대 새끼에게 할 것처럼 말이다. 안전해, 편 손이야. 돌 안 들었어. 칼도 없어.

난쟁이는 레인의 정수리를 손으로 확 쥐어질렀다.

"좀 가라, 요놈의 새끼야. 이러면 어느 세월에 한 입이라도 먹을

471

걸 먹겠느냐? 콧구멍에 양귀비 꽃가루를 퍼마셔 가며 그 먼 길을 왔는데, 난 이제 배가 고픈 정도가 아니라 굶어 뒈질 지경이구나."

그래서 레인은 앞으로 발을 내디뎠다. 모두의 그늘에서 벗어나서, 지난 8년간의 그늘에서 벗어나서……. 그리하여 리르는 레인을 보았다.

비껴 비치는 저녁의 빛살 속에서 리르는 지금 언뜻 보였다 싶었던 것이 얼굴 골격인지 아니면 표정인지 분간할 수 없었다. 아니면 표정이 아니리 표정이 없는 것이었나? 아이의 눈은 한 꺼풀 막을 쳐 가린 듯했다. 아이는 캔들과 같이 높은 광대뼈와 개암 같은 턱을 가지고 있었지만, 부랑아처럼 깡말랐고 반역도처럼 꾀죄죄했다. 뭔가 약간 비치는 도자기 같은 것을 한쪽 팔꿈치 아래에 단단히 껴들고 있었다. 조개껍데기구나. 리르는 보아 알았다. 리르가 지금까지 눈길 주어 본 조개껍데기 중에서 단연 제일 큼지막한 조개껍데기였다.

"너도 참 좋지만 그게 더 멋진걸." 손가락으로 가리키면서 리르가 말했다. "내가 봐도 되겠니?"

"허가를 받기에 앞서서 우선 자유재량을 누리시는구먼." 난쟁이가 한마디 평했다.

하지만 먼치킨랜드인 부인께서 시기적절하게 그를 한 대 쿡 쥐어박았다. 그리하여 네모지게 땅딸막한 한 쌍의 부부는 노르를 따라 요새로 들어갔다. 사자도 살금살금 자리를 피하려고 했던 것이지만, 아이가 징징거리는 바람에 브르는 도중에 주저앉아 버렸다. 그는 두서없이 이리저리 몸을 핥아 몸단장을 하기 시작했다.

"그것 참 무지하게 예쁘구나." 리르가 조개껍데기를 두고 말했다. 그의 가슴은 마치 법정에 선 듯이 쿵쾅거렸다. 서로 공방을 벌이는 법정, 그리하여 어쩌면 사면이 내릴 수도 있을 법정이다. "넌 거기서 무슨 소리가 들리니?" 리르는 무릎을 짚고 찔끔찔끔 앞으로 나갔다. 아주 조금씩만 갔다.

아이는 그 물체를 들어 귀에 대고는 골똘히 들었다. 그러더니 빙그르르 몸을 돌려 자기 일행들이 간 대로 굽은 쇄석 길을 따라 쪼르르 건물 현관으로 쫓아 올라가, 천장이 뻥 뚫린 건물의 폐허 속으로 들어가 버렸다. 아마 수달이 아닌가 싶은 그 초록색 생물이 잽싸게 그 뒤에 따라붙었다. 캔들의 얼굴이 일그러졌다. 하지만 흐느낌은 소리 없이 일어났다, 적어도 아직까지는.

"제법 괜찮게 잘 넘어간 것 같은데." 사자가 말했다.

"저 애 괜찮은 거 맞아요?" 리르가 물었다.

리르의 눈은 환히 빛나는 한 조각 볕 속을 지나가는 레인을 좇았다. 마지막 순간에 이르러 모든 사물을 환한 금빛으로 도금하는 햇빛이다. 레인은 구리 동전처럼 평범해 보였다. 레인의 피부 빛에 녹색이 도는 기미는 전혀 없었다. 이 시간에는, 지는 해가 던지는 이 빛 속에서는.

"아무 이상 없다고 생각해요?"

"미안하지만 말일세, 우린 긴 하루를 보냈어. 기나긴 1년을 보냈다고. 그리고 내 장담하는데 난 절대 전문가는 못 되지. 하지만 저 애는 그야말로 멀쩡해." 브르르가 말했다.

2

두 사람만의 성역에 이르는 모래투성이 길을 서둘러 올라가면서 리르는 캔들의 손을 잡았다.

"아이가 적응을 해야지. 저 애한테 충분히 시간을 줘야 해요."

"시간은 몇 년이나 있었잖아요. 난 이제 한순간도 더 미룰 수가 없어요."

그들의 딸은 가냘픈 모습으로 그들을 앞질러 가 버렸다. 아마 뚱해서 간 것 같았다. 리르는 이 은신처를 새로운 눈으로 바라보려고 해보았다. 레인이 볼 때는 어떻게 보일까? 그러면서 그는 이전에 레인이 보아 온 것들을 자신은 전혀 짐작도 할 수 없다는 데 생각이 미쳤다. 뚝 떼어 남의 집에 보내졌고, 그동안 글린다 부인을 수행하는 하인들 사이에서 살았지. 그리고 길을 오면서도 또 무엇을 목격했을지 그 누가 알까?

그와 캔들이 떠돌다 밀려온 이 장소, 이곳은 얼마나 적절치 못하게 보이는가? 가스틸의 소매로부터 오즈 중앙지 방향으로 빠지는 길 위에 높다랗게 올라앉은 이곳 이름 없는 언덕 위에. 리르와 캔들 두 사람이 아는 한은 이름이 없어서, 리르는 가끔 실없는 소리를 하고 싶은 기분이 들 때면 이 언덕을 '이의 있음 산'이라고 불렀다. 여행자들은 발 디딜 곳을 살펴 아래를 보며 걸어가지 눈을 들어 위를 볼 이유가 없다. 이렇든 저렇든 이 지점은 웃자란 식생에 감쪽같이 묻혔다.

여기에 건물을 올린 건 초소로 세운 것이거나 순례자들의 순례 장소였을지도 모른다. 하지만 리르와 캔들이 이곳을 찾아냈던 그때에는(둘은 동굴을 찾고 있었다. 그 안에 몸을 웅크려 남의 눈에 띄지 않으려고 말이다.) 수십 년간 아무도 찾지 않아 버려진 채였다. 어쩌면 수십 년도 더 되었을 것이다. 언제 살았던지 기억하는 이 없는 까마득한 시절의 절벽 거주인들 무리에게는 이 외떨어진 초소가 집이었을 것이다. 집이든가, 아니면 지나는 사람들이 묵어가는 여숙이었을지도 모른다. 왜냐하면 지하로 토끼 굴처럼 작은 방들이 있고 매트리스와 침대보 등속의 잔해도 갖추어져 있었기 때문이다.

지금 리르와 캔들이 걸어 지나고 있는 땅 위 폐허가 된 건물 부분은 무엇인가 공공의 기능을 염두에 두고 설계된 듯했다. 붕괴되어 가는 도중인 현재 남서쪽 벽은 무너져 없어졌다. 크고 번듯하게 닦아 놓은 근사한 바닥에 깔린 포석들은 뻥 뚫린 하늘 아래 그대로 노출되었다. 무너진 외벽에서 아직 남아 있는 부분이라고는 한 줄로 서 있던 사각 기둥들의 주추뿐이었다. 썩은 이가 가득한 아래턱 같다. 바래고 삭아서 상앗빛, 잿빛으로 변했다. 반대편 벽은 그 뒤쪽에 솟아오른 산벼랑을 안고 있어서 주된 기둥들이 사라져 버린 지붕의 뼈대까지 이어져 버티고 있고 뭔가 연단 같은 곳도 성하게 남아 있었다.

통합교 예배당에 구태여 갈 일 없었던 리르였지만 그래도 들어가 본 몇 군데 안 되는 예배당들에는 강단이 늘 직사각형 긴 쪽 끄트머리에, 내외부 현관을 바라보도록 놓여 있었다. 여기에서는 신앙적인 조각들이며 일종의 옥좌 같은 것이 산언덕 쪽 벽에 붙박이처럼 설치되어 있었다. 직사각형 실내 공간의 끝 쪽에 박혀 있는 것이 아니라 긴 변에 자리 잡았다. 멀쩡한 기둥들 사이의 조각들은 무너진 기둥과 하늘과 저 아래 골짜기를 바라보고 있었다. 마치 거대한 새들을 타고 오는 방문자들이 그리로 휙 날아 들어와 봐 주고 참배해 줄 것처럼 말이다.

이제 리르와 캔들은 레인을 따라잡았다. 레인은 제단이라 할까, 실제 뭐였을지 모르지만 하여튼 제단과 비슷한 것 앞에 멈춰 서 있었다. 거기 선 채로 양손으로 돌의 표면을 쓸어 만지고 있었다.

처음에 리르는 어리둥절했다. 거기 새겨진 형상들을 리르는 맨처음에 한 번 흘긋 본 후로는 완전히 무시하고 살았다. 그게 벌써 몇 년이나 전이다. 야생의 양이나 염소를 잡아서 피를 뺄 때 고리를 걸거나 나무열매며 양파 같은 걸 말릴 때에 널어놓는 용도로 사용했을 뿐이었다. 하지만 레인은 분홍색 조개껍데기를 벽감에 얹어놓았다. 그러자 딱 어울렸다. 튀어나온 돌 턱의 지주부 역시 조개껍데기 같은 조각이 되어 있었다. 리르는 그런 게 있는 줄도 몰랐다.

선반 같은 상단부는 조각된 대리석 판으로 되어 있었다. 레인은 눈먼 사람처럼 올록볼록한 조각을 호기심 있게 더듬어 만졌다. 자기 어머니와 아버지에게는 보여 주지 않았던 열린 모습이었다.

일종의 물고기 여자 조각이다. 아마 호수 인어나 뭐 그런 것이리라. 하반신은 점점 가늘어져서 물개 같은 꼬리와 꼬리지느러미를 이루었다. 둔부 양쪽으로 한 쌍의 돌기가 돋아 있다. 여자의 팔과 가슴은 맨살이었다. 여자의 얼굴은 뭔가 동그란 접시나 판 같은 것을 배경으로 옆모습으로 조각되어 있어서 마치 동전에 박혀 있는 두상 같은 효과가 났다. 리르는 그 여자 형상이 누구인지 알 수 없었다. 아마도 물고기 인간으로 표현된 일종의 럴러인 상이겠지, 몹시도 지루했던 통합교 수도승이 젖가슴에 대한 욕망과 끌로써 조각해 놓은 것이리라. 하지만 그 생물은 인자함과 냉혹함을 똑같은 분량으로 품고 있었다.

레인의 손이 텅 비고 매정한 두 눈을 만지고, 풍화된 돌 젖가슴을 만지고, 기왓장처럼 첩첩이 포갠 형태의 돌 비늘들을 만졌다. 리르의 딸이 리르로 하여금 그 조각에 어떠한 인물이 들어 있다는 것을 보게 만들었다. 리르는 미처 모르고 있었다.

아직도 이토록 볼 것이 많다. 인지하여 받아들일 것이 많다. 그리고 리르는 나이 서른쯤, 그 언저리에 있었다. 인생의 절반 지점에 와 있다. 황제의 암살자들이 끝끝내 그를 찾아내어 그의 생을 짧게 끊어 버리지 않는다고 한다면 말이다.

캔들은 더 이상 스스로를 억누를 수 없었다. 리르의 그러쥔 손을 억지로 떼어 떨치고 레인 옆에 무릎을 짚으려 성큼 나섰다. 리르는 아내와 딸의 두상이 서로 비슷한 것을 알아볼 수 있었다. 하지만 아이의 어깨가 더 꽉 조여 붙은 모양이었다. 마치 등뼈 위에 나비너트를 감아 조인 듯했다. 반면에 캔들은 지난 몇 년 사이에 매혹적인 풍만함으로 기울어 갔다.

"난 이게 마음에 들어."

캔들이 그 부드럽고 멍든 음성으로 말했다. 캔들의 손이 뻗어 나가 뒤죽박죽 어우러진 새김글자들 사이에 함께 휩쓸려 있는 도도록한 별 모양을 만졌다. 리르가 보기에는 아무래도 이 한 줄의 요철은 그냥 무늬였다. 옛날 옛적 조각을 한 어느 이름 없는 공사 감독이 끼워 넣은 무늬벽돌이다. 하지만 아무래도 좋았다. 리르는 암시적인 것이든 실질적인 것이든 간에 마법에 대해서는 예부터 거부감을 가지고 있었다.

"나도요. 그치만 이게 더 좋아요."

레인이 말했다. 레인은 가려 있는 보관함 공간에 따로 떨어져 있는 작은 돌에 새겨진 조각을 골랐다. 리르는 지금껏 알아차리지 못했던 것이다. 리르는 레인의 어깨 너머로 보려고 가까이 다가갔다. 돌은 성무일과서만 한 크기로, 앞에서 보이는 쪽 면은 우유 푸딩처럼 반들반들하게 연마되어 윤이 났다. 그 안에 무엇인가 엄청나게 작고도 섬세한 조각이 새겨져 있었다. 리르는 인간의 손이 그렇게 미세한 조각을 새길 수 있으리라는 생각은 도저히 들지 않았다. 그러한 손이 사용할 도구 역시 상상도 가지 않았다. 대충 보아 동물 같은 형태를 하고 있는 옆모습 조각이다. 뭐랄까, 주둥이가 달린 깃털 같은데, 망아지의 머리에 다리는 붙어 있지 않고 굽어 휜 모습의 등줄기랄까 꼬리가 세로로 곧추서 있었다. 키가 한 치쯤 된다. 그 이상은 아니다.

"이게 뭐예요?" 레인이 물었다.

"나도 몰라." 캔들이 말했다.

"순전한 공상의 생물이 아닐까 싶구나." 아버지다운 면모 중 교육적인 기능을 발휘해 보려고 하면서 리르가 말했다. "적어도 다리

두 개는 있어야지, 그마저도 없는데 똑바로 일어설 수 있는 생물은 아무것도 없단다."

"나무는 똑바로 서요. 이건 뭐예요?" 아이는 상인방에 새겨져 있는 또 다른 형상을 가리켰다.

돌출된 모양이 너무 괴상해서 리르는 다른 무엇에 비유할 수가 없었다.

"장인이 새기다가 자칫 잘못 새긴 거겠지? 아니면 옛날 한때에는 뭔가 알아볼 만한 것이었는데 세월이 흐르면서 비와 바람이 거기 새겨져 있던 것을 깎아내 버렸는지도 모르지. 그러니 이제는 수수께끼일 뿐이로구나."

"비와 바람이요?"

"서쪽에서 불어와 회당 안을 휩쓸고 지나가지. 아니면 남쪽에서 불기도 하고. 때로는, 1년에 한 번쯤, 작은 이빨 같은 소금 모래가 섞인 폭풍우가 몰아쳐서 이 조각들을 문질러 지운단다."

"폭풍우가 형상을 지울 수 있는 줄은 몰랐어요." 레인은 세상의 파괴적인 면모에 매우 놀란 듯했다. "폭풍우가 얼마나 많이 왔어요?"

"수백 년 동안 몰아쳐 왔단다." 캔들이 대답해 주었다. "내가 헤아릴 수 없을 정도로 까마득히 많은 세월이지. 우리가 여기 살았던 건 햇수를 손으로 꼽을 정도야. 그리고 우리가 도착했을 때 이미 조각은 망가져 있었단다. 우리가 여기 온 이후로는 아무것도 바뀐 게 없어. 하지만 모래는 바람결에 날려 와 속속들이 자리를 잡지. 큰바람이 자고 나면 나는 깃털 비로 모래를 쓸어낸단다."

레인은 손가락을 깃털처럼 만들어 삭삭 쓸고 또 쓸었다.

"여기 뭐예요? 뭐 하는 데예요?"

"여긴 네 집이란다." 캔들이 말하고, 레인의 손을 건드리려고 손을 뻗었다. 별 무늬에 손을 올린 레인의 손을 감싸 쥐려는 생각이었다.

이건 너무 대담한 시도였다.

"난 집 같은 거 없어요."

레인이 말했고, 손을 빼고는 층계로, 그리고 묘실을 닮은 지하의 방들로 이어지는 캄캄한 문간 쪽으로 걸어 들어가 버렸다. 캔들과 리르가 몸을 숨기고 생활을 해 왔던 그곳 지하로, 일곱 차례 비바람이 몰아쳐 오도록, 일곱 차례 모래의 거죽이 증발하는 돌 위에 씌워지도록 거처해 온 곳으로 가 버렸다.

3

어제 일행이 뮬라마를 만나기 직전에 일리아노라는 사자를 향해 레인은 두려운 걸 모른다고 외쳤더랬다. 레인은 이 소리를 들었고, 그게 틀린 말인 줄 알고 있었다. 레인은 두려운 걸 아주 잘 알았다, 아무렴. 예를 들어, 레인은 이 언덕 위 은신처에 살고 있는 새로 만난 두 사람을 신뢰하지 않았다. 남자는 무언가 몹시 악화된 것에 사로잡혀 있었다. 말벌만큼이나 강렬한 무엇인가였다. 아닌 척 감추려고 했지만 레인은 알 수 있었다. 여자 역시 조금이라도 더 차분하지 못했다. 보기에는 쿼들링 같은데, 그리고 레인은 오벨스에서 쿼들링 사람들을 겪어 보아서 그들이 상냥하고 얌전한 사람들이라는 생각을 갖게 되었는데도 말이다. 지금까지는 그랬는데.

난 이 일에 상관 안 할 거야. 레인은 생각했지만, 속으로는 자기에게 선택권은 별로 없다는 걸 잘 알고 있었다.

레인은 브르르가 층계를 내려오는 걸 알아차렸다. 사자는 돌로 된 문간 안팎을 들여다보고 내다보고 하면서 건물 상태를 살폈다.

"나 역시 침대보를 젖히면 당연히 버번을 넣은 초콜릿 봉봉이 베개 위에 놓여 있을 거라고 여기던 시절이 있었지. 하지만 침대보도 없고 베개도 없고 보면, 초콜릿 봉봉을 기대하는 건 아무래도 기력 낭비일 거야. 레인, 우리 잠은 어디서 잘까?"

"여기 말고 어디 멀리 가서 자요."

"저런 쯧쯧, 완전히 뿔이 났네. 뭣 땜에 그렇게 속이 상했니?"

"속은 속에 있으니까 상하든 말든 난 몰라요."

레인은 일부러 바다에 엉덩이로 쾅 앉아 버렸다. 엉덩방아를 찧으면 그 김에 욕을 할 수 있을 테니까. 테이는 이게 무슨 일인가 하고 고개를 꼬아 레인을 쳐다봤다.

브르르는 그간 배운 바가 있어서 이제 그런 미끼를 물지 않았다. 그는 아무 말도 하지 않았다.

"우리 여기에 얼마나 오래 있어요? 언제 가요?"

"모르겠는데. 우리가 과연 어디에 도착한 것인지 아직은 제대로 모르겠거든. 가서 음식 준비하는 걸 도와주면서 뭐가 어떤지 알아보지 않으련?"

"난 아무것도 몰라요, 못 알아요."

브르르는 병적인 자기혐오를 레인의 성격 복합체 중에서 그나마 뭔가 발전이 있는 것으로 간주하기로 결정했다.

"흠, 지금 뭐에든 발끈 화만 내고 싶은 거라면, 나하고 같이 가면 위층에 네가 보고 짜증 낼 만한 게 더 있을 텐데."

"난 죽어 버릴 거니까 그냥 버리고 가세요."

레인은 등을 대고 쫙 뻗어 쓰러져 한 팔을 머리 위로 올렸다. 아무리 봐도 시체 같지는 않았다. 하지만 앞으로 육칠십 년 충분히 연

484

습을 하면 올바르게 시체 노릇을 할 수 있겠지. 브르르는 생각했다.

"글쎄다, 난 여기서 잠을 잘 건데. 이 방이 그런대로 아늑하고 괜찮은 것 같아. 저 틈새로 자연광이 약간 새어 들어오는 게 맘에 드는구나. 구름 없는 밤에는 별들이 조금씩 조금씩 움직여 가는 걸 볼 수 있을 거야, 틀림없이."

레인은 쳐다보지도 않았다.

"하지만 저녁밥을 차리려면 해야 할 일들이 있는데, 이 아래에 쏙 빠져 있는 건 비겁하지. 그러니까 난 이제 위층으로 올라간다. 넌 너 하고 싶은 대로 해도 돼."

"말 안 해도 알아요."

브르르는 미소가 떠오르는 걸 눌러 내려야 했다. 성질이 난 레인이 조금이나마 더 일관성 있었다. 겉으로 드러내 보이는 것이 좀 더 많았다.

✝✝✝

브르르는 레인이 결국에는 따라올 것임을 알고 있었다. 다시 밖으로 나오자, 신성한 물고기 아가씨의 전당 너머 여름 동안 부엌으로 쓰는 공간에서 리르와 캔들은 순무를 벅벅 문질러 씻고 있었다. 고리를 내려 매단 녹슨 주전자는 부글부글 끓고 있었다. 양파를 듬뿍 넣어 국물을 냈다. 일리아노라는(리르는 노르라고 부르고 있어도 브르르는 아직 그녀를 노르로 생각할 수가 없었다.) 손에 공이를 들고 당근을 으깨는 중이었다. 꼬마 다피와 대장 나리는 '시계'의 이 칸 저 칸을 뒤져 이것저것 가리지 않고 조금이라도 쓸모가 있을 것 같은 물건들을 끌어모았다. 가위, 포크, 찌그러진 주석 접시, 말린 약초들, 오레가노와 매운후추를 보고 캔들은 눈이 휘둥그레져서 좋아했다.

브르르는 소금에 절인 그라이트를 깍둑썰기 하는 데에는 영 손재주가 없었다. 그에게는 빨간무로 장미꽃을 조각하라는 것이나 마찬가지였다. 그의 관절염 걸린 뻣뻣한 앞발에는 다른 발가락에 마주보게 난 엄지가락이 없었다. 턱밑의 늘어진 살에 산들산들 저녁바람이 불어오게끔 자리를 골라잡고 앉으면서, 브르르는 눈을 지그시 감고 인간 불평분자들이 구시렁거리는 소리를 들었다. 자기 자신이 불평하는 것인 양 마음이 푸근해지는 소리였다.

레인이 끓는 국물이 튀는 바람에 앗 소리를 쳤을 때, 브르르는 눈을 떴다…… 그러니까 결국 올라왔구나. 놀랄 일도 아니지. 일동은 다듬지 않고 멋대로 흐드러지게 놔둔, 쓰러져 가는 작약 아치를 배경으로 하여 선 거위 동상을 주목하고 있었다.

작약은 철이 이울었다. 나머지 우리들과 마찬가지로군, 브르르는 그렇게 생각했다. 그런데 그때 거위 동상이 한 다리를 접더니 말을 했다.

"물론 내가 신경 쓸 일은 아니지, 하지만 저녁식사에 오신 손님들이 누구한테 뒤를 밟히고 있는지 아닌지 도대체 신경이나 한 번 쓰긴 한 거야?"

그 반들반들한 눈이 어디에 초점을 맺고 있는지 알아볼 도리가 없다 보니, 거위는 꼭 작약한테 대고 말하는 것 같았다.

"이따가 챙길 거야." 리르가 거위에게 말했다. "저녁을 먹고 나서 이야기를 해보려고. 네가 그렇게 걱정이 되거든 날아올라서 직접 한두 바퀴 돌아보지그래. 괜히 의구심만 갖고 있지 말고."

"내가 직접 뛰라는 얘길 꼭 귀찮게 들어야 뛰나. 네가 투옥되는 그 순간이 오면 내 가슴에 노래를 담고 날아올라 구박 받던 세월을 청산하겠지!"

"언제까지나 변함없는 낙천가네요." 새로 온 이를 향해 캔들이 어깨를 으쓱 하며 말했다. "이쪽은 이스키나리예요. 리르의 동물 친구죠."

"그렇게까지 절친한 사이는 아니지." 거위가 항변했다.

"난 새가 인간들과 함께 거처하는 경우는 본 적도 없는데." 브르르가 말했다.

"난 사자가 오지랖 넓게 참견하지 않는 경우를 본 적이 없는걸." 거위가 쏘아붙였다.

"이스키나리가 그런다고 화내지 마요. 너무 오랫동안 손님을 맞아 본 적 없이 살아서 이 친구는 무난하게 어울리는 법을 다 잊어버렸네요."

"네가 의심을 갖는 법을 잊어버린 거지." 거위가 투덜거렸다.

"이 떠돌이 일행 분들께서는 성 사탈린의 무덤터로부터 일어나 지상을 걷는 썩은 해골 모양으로 삐걱거리며 길을 왔다고. 그런데 넌 이게 매복 공격을 시도하는 첫 일제 사격일지 걱정도 안 된단 말이야?"

"뮬라마가 오늘 아침 스르르 떠나가면서 밤에 이 주변을 순찰해 주겠다고 약속했어." 리르가 달랬다. "분위기를 그렇게 바싹 조일 필요는 없어, 이스키나리. 오늘의 잔치는 너무나도 오래 미뤄져 왔던 자리야. 딸애가 태어났을 때 네가 그 자리에 있었잖아. 그 애가 돌아왔는데 그냥 기뻐해 줄 수도 있잖아, 안 그래?"

"이건 전부 내 잘못이야. 내가 공중을 날면서 '시계'를 보았지. 마침 뮬라마가 지나가기에 우리가 뮬라마를 보내어 알아봐 달라고 그랬지. 내가 입을 벙긋 한 게 유감이군. 그렇지만 이 여자애는 문젯거리야, 리르. 그리고 자기가 가는 길로 말썽을 줄줄 끌고 다니지. 내 말 명심하라고. 그리고 난 수달은 영 질색이거든." 리르의 눈썹이 축 처지자 거위는 서둘러 말을 이었다. "그렇다고 내가 뭐 어떻다는 것은 아니야. 난 말썽을 좋아하잖아. 골칫거리야말로 사는 맛을 돋우는 양념이자 모든 발전의 큰 어머니가 되지, 암 그렇고말고. 내가 그런다고 신경 쓰지 마."

"여기 어디 되지 못하게 감상적으로 구는 친구가 있는 것 같아." 리르가 말했다. "거위가 감상적이 될 때는 어떻게 되는지 지금껏 구경할 기회가 없었는데 말이야. 감정이 고조되는 건 부끄러워할 일이 아니야, 명심해."

"'겁쟁이 사자'에 감상적인 거위가 한자리에 모였다, 그런 거야? 되지 못하게시리. 난 싫어. 난 그런 자리에는 앉을 생각이 없다고." 이스키나리는 장식 울타리 가장자리에 만들어 붙이는 철제 덩굴장식처럼 목을 구부려 자기 가슴팍에 사납게 부리질을 했다. "나는 나 혼자서 내 서캐나 뜯어 먹겠어. 저녁밥은 사양이야."

인간들은 담요를 깔고 바닥에 책상다리를 하고들 앉았다. 상황이 상황이다 보니 꼬마 다피가 두루 일반적인 감각에 맞는 감사의 말을 했다. '음식을 보내 준 이'라고 지칭하여 말했다. 국물은 양도 푸짐하고 맛도 좋았다. 브르르는 숟가락을 쓰지 않고 그냥 혀로 먹었다. 매 끼니마다 숟가락을 들고 호들갑을 떨기에는 이제 자기도 나이가 지긋한 몸이니까. 레인은 입이 댓 발이나 나와 가지고 한 입도 먹으려고 들지 않았다.

먹을 것이 다 결딴 난 후에, 캔들은 레인더러 둘이 함께 작약을 좀 잘라 오자고 했다. 그래서 조개껍데기의 제단에 꽃 몇 송이 꽂아 놓자는 거였다. 테이는 가족이 오래 기른 콜리처럼 온순하게 슬렁슬렁 뒤를 따라갔다. 그들이 저 멀리 가고 난 후에 리르가 마음을 먹고 낮은 소리로 입을 열었다.

"둘이 저쪽에 간 사이에 어느 분이 레인에 대해 저한테 말씀 좀 해 주시겠어요? 캔들이 들으면 속상할지도 모르니까요."

"데리고 있어서 좋은 것보다 두통거리를 더 많이 안겨 주는 아주 짜증나는 아이지." 대장 나리가 말했다. 그는 일행이 여기 도달한 이래 거의 입을 열지 않고 있었다.

아, 아마 '시계'가 언덕 아래로 굴러 떨어진 후부터 계속 그렇긴 했지. 대장 나리가 아닌 게 아니라 굉장히 말이 없긴 했어. 브르르는 옆에서 보아서 알고 있었다.

아이에게 온 정신을 쏟는 리르의 태도가 난쟁이를 심통 나게 만든 것 같았다. 그는 말을 이었다.

"쟤는 자네가 척 보면 보이는 그게 전부야. 도롱뇽한테서 우유를 짤 수는 없는 노릇이지. 난 저 아래에서 일이 어떻게 돌아가고 있는지가 알고 싶은데." 대장 나리는 한 손을 휘저어 북쪽과 동쪽 하늘을 가리켰다. "우린 쿼들링들 사이에서 꼬박 한 해를 보냈거든. 그 사람들은 작금의 사건을 전혀 몰라, 그게 데굴데굴 굴러와서 자기네 할머니를 치어 죽이는지 마는지. 자네가 칵테일파티나 쫓아다니는 생활을 접고 스스로 떨려 나와 사는 거야 봐서 알겠네. 하지만 그래도 자네들은 이 높은 새둥지에 앉아서 뭣 좀 들은 것이 있을 거야, 날개 달린 외국 종족들을 종류별로 상종하고 있다면 말이지. 오즈에서 새어나온 새로운 소식들은 어떤 게 있지?"

"언제 이후로 말이죠?" 리르가 물었다.

"우리가 1년도 더 전에 먼치킨랜드를 떠난 때 이후로." 대장 나리가 대답했다. "글린다 부인은 목베거홀에 연금돼 있었지. 레스트워터 호숫가에 있는 자기네 시골 영지의 저택에. 알고 있을지 모르겠지만. 오즈 충성령의 군대가 호수를 반이나 먹었고, 내륙으로 향하려 했지. 하지만 그 군대의 전함 선단이 마법에 의해 파괴되었어. 드래곤 한 마리가 빠져나와서 남쪽으로 날아갔지. 우리 추측에는 그래. 그리고 우리가 확실히 얘기 들은 건 그게 끝이었다네."

그 지점에 무엇인가 나쁜 기억이 있구나. 드래곤이 언급되는 순간 리르의 안색이 파리해지는 것을 보면서 브르는 그렇게 생각했다. 그래도 리르는 충분히 침착하게 가다듬은 음성으로 대답을 했다.

"그간 드래곤 얘기는 듣지도 못했고 무슨 조짐도 전혀 못 만나봤어요."

난쟁이가 코웃음 쳤다.

"어이구 그래, 팔자 좋으신 얼빵 도련님아, 그렇다면 레스트워터 주위를 겅중겅중 뛰어다니고 있는 이쪽저쪽 군대에 대해서는 들은 바가 있는가?"

"우리는 군대들 발길에 채이지 않으려고 이리로 온 겁니다."

거위는 갑자기 다시 살아난 듯이 후닥닥 일어나더니 리르를 질타했다. "하룻밤 자고 가라고 들여놓더니, 느닷없이 뜬소문 얘기야? 저 아이가 도착하는 바람에 자네 정신이 어떻게 된 거 아냐? 들어

봐요, 작은 사람아." 난쟁이를 보고서 그가 말했다. "우리가 마지막으로 들은 바는 체리스톤 장군이 호수를 점령했고, 하우가드 요새까지 맹공을 펼치고 있다는 거였어요. 먼치킨랜드인들은 영리하게도 자기네 요새를 비우고 나갔지요. 그렇게 해서 체리스톤의 병력을 고립시키고 일단 요새를 점령했다 하면 그 안에 가둬 놓으려고 말이지. 먼치킨랜드인들이 체리스톤을 거기다 박아 버린 거요. 체리스톤은 여전히 호수에 대한 접근권은 가지고 있지만 새로운 수도인 브라이트 레틴스를 향해 내륙으로 더 깊이 진군해 갈 수는 없게 된 거죠. 뚫고 들어가기보다 빠져나오기가 더 힘이 드는 요새들이 있지요."

"영리하군. 그런데……." 난쟁이가 말했다.

거위가 얼른 말을 이었다.

"눈에는 눈이니까, 먼치킨랜드인들은 북쪽의 글리쿤들과 동맹을 맺었어요. 그리고 스칼프스 산맥의 에메랄드 광산들을 점거했죠. 그쪽의 산길들을 방어하는 건 쉬운 일 아니겠소. 그리고 글리쿤들은 오즈 충성령으로 들어가는 철도를 끊어 버렸어요. 이게 놀랄 일은 전혀 아니지. 에메랄드 시에서 글리쿤들을 이용해 먹으며 단물을 빤 게 몇 십 년째니까. 그야말로 정신이 멍해질 정도로 예측 가능한 전개 아뇨. 글리쿤들, 그 트롤들은 땅딸막한 먼치킨랜드 족속들과 천생연분의 동맹 아니겠냐고요."

"그런 소릴 하려면 댁의 키가 나보다 요만큼이라도 크지 않다는 말도 해야지." 꼬마 다피가 말했다.

"먼치킨랜드 정부를 이끌고 있는 건 누군가요?" 브르르가 말했다. 이야기가 난장판이 되지 않게 하기 위해서, 그리고 정말 알고 싶어서이기도 했다.

거위는 가르륵거리는 소리 끝에 횟 하고 웃음 같은 소리를 내뱉었다.

"일단 리르부터가 먼치킨랜드의 수장 자리에 오를 자격이 있지. 자기가 나서서 주장만 한다면 말이야. 리르의 이모, 소위 사악한 동쪽 마녀라는 네사로즈가 마지막으로 트롭 가문의 수장이었던 사람이잖아."

리르가 어깨를 추썩였다.

"난 그 자리에 관심 없어. 어쨌든 난 이름을 리르 코라고 바꾸었거든. 그러니까 아마 난 자격이 없을 거야."

"오즈의 황제인 셸 트롭이 네사로즈의 남동생인 이상 먼치킨랜드 침략을 정당화하며 내세운 먼치킨랜드 총독으로서의 지위란 자기 혈통상의 권리를 근거로 주장했던 것이거든. 그러니 너도 합격일 거야, 리르."

"하지만 이름을 대 봐요. 지금 누가 먼치킨랜드를 하나로 묶고 있소?" 브르르가 물었다.

"북쪽으로 글리쿤 연맹은 어떤 추악한 트롤 할망구가 좌지우지하지. 이름이 사칼리 오아피시라고." 이스키나리가 대답했다.

브르르는 눈을 감았다. 그는 사칼리 오아피시를 기억하고 있었다. 브르르가 '겁쟁이 사자'라는 별명을 얻게 된 트라움 학살 사건. 사회적으로 그가 망신을 당한 것이 바로 그 사건 때문이었다. 고약하게 덧난 두드러기처럼, 그 자국은 결코 완전히 낫는 법이 없었고, 한순간 그 자리를 의식하기만 해도 화르륵 뜨겁게 부어올랐다.

"먼치킨랜드에서는 공식적으로, 몸베이라는 이름의 늙은 마녀가 총수령이야." 거위가 말했다.

"그 이름은 먼치킨랜드 이름이 아닌데." 꼬마 다피가 핏 웃었다.

"그 여잔 원래 길리킨인이지. 하지만 알는지 모르겠는데, 먼치킨랜드인들한테는 그래도 먹힐 거야. 그렇잖아." 이스키나리는 다시금 리르를 가리켰다. "그리고 그렇게 먹힐 만한 사람은, 황제라고 해 두지, 환영받지 못해. 그래서 몸베이가 어찌 됐든 먼치킨랜드를 규합하고 있는 거야. 몸베이의 군사상 전략 총대장은, 1년 내내 체리스톤을 하우가드 요새에 가둬 놓은 인물인데, 진주리아라는 이름의 새침하고 젊은 전사 공주님이시지. 자기 스스로 진주리아 장군이라고 자칭하고 있지."

"그래요, 뮬라마가 그 여자 얘기를 하더군요. 가만 보니 먼치킨랜드는 길이길이 힘센 여자들이 살판 난 땅인가 보군요." 꼬마 다피가 말했다. "네사로즈 트롭, 몸베이란 여자, 이 진주리아 장군까지. 먼치킨랜드를 그이들한테 내줄 밖에요."

"그렇지, 그 여자들은 혹독하기로나 음험하기로나 남자들에게 꿀리지 않아. 마법사의 박해 기간 동안 그 오랜 세월에 걸쳐 자기네 국경 안으로 피신해 왔던 수많은 동물들 중 하나에게 한 자리 줄수도 있었겠지, 하지만 웬걸, 어림 짝도 없었단 말이거든. 여자들이 권력을 나눠 가지려면, 여자들끼리 나눈단 말이야."

"그래서 거기 무슨 유감이라도 있어?" 꼬마 다피는 날카롭게 모가진 작은 돌멩이 하나를 집어 들어서 한 손으로 던졌다 받았다 했다.

난쟁이가 끼어들었다.

"우리 괄괄한 자기, 너무 그러지 마. 우리는 손님이잖나. 집주인한테 돌을 던지는 건 좋지가 않아."

"이건 새 소식이라고 할 것도 없는 얘기야. 네사로즈는 일단 권좌를 차지하고 앉자 더 이상 가련하게 까무러치는 연약한 아가씨가 아니게 됐지. 내가 듣기로는 그랬다던데, 엘파바 트롭도 빗자루를 휘둘러서 아주 성질을 제대로 부렸던 걸로 길이 이름이 남았잖아. 소식 전하는 사람을 죽여 묻으려고 하지 말라고. 이 몸은 그저 여러분이 제시한 의문에 답을 드리고 있을 뿐이니까."

다시 한 번 브르르가 끼어들었다.

"글린다 부인은 자유의 몸인가?"

"가장 최근의 소문을 듣자 하니, 글린다 부인이 오즈 충성령에 대한 반역으로 고발되었다고 하더라고. 어떻게인가 오즈 충성령 함대에 대한 공격을 수배했대. 그 여자가 그런 일을 할 수나 있었으려고. 글린다 부인은 바늘에 실 하나 못 꿸 여자인데. 한데 부인이 목베거홀에서 잡혀 나갔느냐 하면, 그건 내가 모르겠어. 내 정보원들로부터 그렇게까지 세세한 것까지 캐지 못했어."

"그건 부인만 잘못한 게 아니에요."

그들은 레인과 캔들이 돌아와 있었던 것을 미처 못 보았다. 둘은 어두워 가는 빛 속에 비단처럼 곱게 빛나는 하얀 작약꽃을 한아름 안고 있었다. 아이가 말했다.

"저하고 글린다 부인하고 둘이 같이 한 거예요."

"지금 가는 방향으로 계속 행진해 가 보렴, 꼬마야. 그러면 다시 레스트워터 호숫가 언덕에 다다를 거다. 체리스톤 장군에게 좋은 말로 죄송하다고 사과를 드리면, 장군이 그냥 널 남은 평생 감옥에 처박아 두는 걸로 용서해 줄지도 모르지. 단박에 널 죽여 버리는 대신에 말이다."

일리아노라는 숨을 삼켰고 리르는 호통을 쳤다.

"이스키나리! 좀 조심해서 말해!"

"누가 애한테 진실을 말해 주긴 해야지." 거위가 되받아쳤다. "그러지 않았다간 이 애가 널 빠뜨리고 있는 똑같은 위험에 끝내는 자기 스스로 풍덩 들어가 빠지고야 말 거야."

이스키나리는 목을 쭉 뽑아서 짧은 한순간이나마 위풍당당한 모습을 보였다. 적어도 거위치고는 위풍당당했다. 그는 캔들과 레인이 멈춰 선 곳의 돌들 쪽으로 후닥닥 건너질러 가서 두 사람 앞에 우뚝 섰다. 그 모양이 잘 보이는 브르르의 시각에서는 이스키나리의 흑연 같은 깃털이 레인의 팔에 늘어진 새하얀 꽃송이들을 배경으로 그림자놀이처럼 뚜렷이 윤곽을 그렸다. 거위는 레인에게 꽥꽥 고함을 쳤다.

"난 아가씨를 좋아할 이유가 하나도 없어, 오지안드라 레인 양. 하지만 어디가 망가진 꼬마 아이가 신나게 죽을 자리로 춤추며 달려가는 걸 가만히 내버려 두지도 않지, 내가. 아무리 그 아이의 동반자들이 태생부터 돌대가리들이라고 해도 말이야."

"아, 나도 너 싫어." 레인은 말하면서 들고 있던 꽃다발로 거위를 마구 때렸다.

거위는 눈도 끔쩍 하지 않고 부리질을 하여 달콤한 꽃줄기에 달라붙어 있던 개미들을 즐겼다. 브르르는 그의 끄떡없는 태도에 감탄할 수밖에 없었다.

캔들은 한아름 안고 온 꽃다발을 코까지 올려서 그녀다운 작은 미소를 감추었다.

4

그날 밤 한 이불을 덮고 자면서 리르는 캔들을 다독였다.

"당신 너무 바짝 다가들어 맴돌고 있어요. 그러다가 아이가 겁을 먹고 달아날지 몰라요. 저 애는 사자하고 함께 있는 게 마음이 놓이는 거예요. 자, 자. 울지 마요. 저쪽에 다 들리겠어요." 리르가 입속말로 타일렀다.

"당신은 항상 내가 현재를 볼 줄 안다고 그랬죠. 하지만 저 애를 보면 내 눈에 아무것도 안 보여요. 내 딸인데." 캔들은 가까스로 울음 끝을 잡고는 그렇게 말했다.

리르는 비단처럼 매끄러운 캔들의 옆구리 살결을 쓰다듬었다.

"어쩌면 그렇다고 해서 크게 놀랄 일은 아닐지 몰라요. 어쩌면 모든 부모들이 자기 자식들을 보면 다른 무엇보다 더 눈이 머는지도 모르죠."

"제대로 된 일이 못 돼요. 자연스럽지 않다고요."

"쉿. 저쪽에 들려요. 기억해요? 달 없는 밤이 지난 후의 아침이 가장 환한 법이잖아요."

마침내 캔들은 잠이 들었다. 설사 그것이, 리르의 추측에, 하나마나 한 자신의 위로를 듣지 않기 위해서라 할지라도 말이다. 하지만 그게 리르가 할 수 있는 최선이었다.

✤✤✤

약간 숲이 있을 뿐이시만 그래도 이곳에서는 골짜기보다 한여름 달이 더 빨리 지나갔다. 새벽이 초록 위에 새로 생겨난 불긋불긋한 빛들을 드러내었다.

"한번 '시계'를 좀 더 잘 살펴보고 싶군요. 당신이 그 물건의 대리 대사님 되시지요, 그렇죠?" 아침을 먹은 후 리르가 난쟁이에게 말했다.

대장 나리는 대답했다.

"난 이를테면 시간 기록인이라고 할 수 있겠지. 다만 난 시간의 흐름을 깜박 잊고 사는 것 같기는 하지만 말이야. 물론 좋지, 따라오라고. 이젠 더 이상 '시계'의 예언에 손해 날 것도 득이 될 것도 없을 판이니 말이야."

그들은 돌길을 터벅터벅 걸어 내려가 전날 밤 '시계'를 버려두었던 곳에 이르렀다. 그 장치는 오랜 세월에 걸쳐 비바람에 낡은 모습이 역력했다. 실제로 이토록 오랜 세월을 지내 왔으니 충분히 그럴 만했다.

"난 항상 이 '시계'가 못 믿을 뜬소문이라고 생각했어요." 리르가 말했다.

"이건 못 믿을 뜬소문 맞아. 그게 바로 핵심이라네." 난쟁이는 뚱하니 심술을 부리고 싶어진 듯했다.

"직접 보게 될 줄은 전혀 생각도 못했네요. 어쩐지 내가 상상했던 것보다 좀 작은 듯한걸요."

"우리들도 거의가 그렇지. 자네도 마찬가지야, 머저리 친구."

사람마다 있는 개인적인 결점들이 남들보다 더욱 많은 리르였지만 그의 결점 중에 도발을 한다고 바로 불끈 성질을 내는 것은 들어 있지 않았다.

"어쨌든 이 물건이 어떻게 작동을 합니까?"

"작동 안 해. 그래서 바로 위기인 거지."

무대의 막은 새로이 난 상처 자국처럼 벌름 입을 벌리고 있었다.

"이게 뭔가 실제 형상을 그려 보이고 있는 걸까요?"

"잔해지." 난쟁이가 말했다. "시계의 잔해고, 내 인생의 잔해야. 어느 쪽이든 별 차이도 없어. 아마도 수명이 다되어 때가 온 것일 거야. 물건도 죽을 수가 있다면 말이지만…… 내 생각은 그래. 비록 올해가 되기 전까지는 그런 생각 해본 적도 없긴 했네만."

"어쩌면 누가 이걸 고쳐 놓을 수도 있을까요?"

"그러니까, 어디의 무슨 마법사가 말이야?" 난쟁이는 곁눈질로 리르를 올려다보았다.

"난 자네 어머니가 엘파바였다고들 하는 이야기를 들어서 알고 있네. 사악한 서쪽 마녀 엘파바. 대단한 무대명이지, 그거야. 하지만 자네가 재능을 물려받았을지는 의심스러운데."

"전 그런 것 전혀 못합니다. 제가 하겠다고 나선 게 아니었어요. 그냥 혹시 그럴 수도 있지 않을까 생각해 본 것뿐입니다."

"'시계'의 마법은 오즈에 근원을 두고 있지 않아. 그러니 이곳에서 수리될 리 만무하지." 난쟁이는 수레바퀴 회전축을 걷어찼다. 『그리머리』가 들어 있는 서랍이 툭 튀어나와 열렸다.

"자네가 옛날 옛적에 한두 번 이 책을 찾아 나서기도 했지, 아마."

"『그리머리』입니까?" 리르가 추측했다.

"바로 그걸세."

"네, 그랬지요. 아무튼 한 번은요. 어쩌면 두 번일지도…… 난 그 책을 찾아 키아모코를 샅샅이 뒤졌어요. 하지만 거기에 숨겨져 있지도 않고 거기서 누가 꺼내 간 것도 아니더군요."

"한 바퀴 빙 돌아온 걸세, 이 대단한 책이 말이야. 이 책은 자네 아버지의 부인인 사리마에게 주어졌던 것이고, 그 다음으로 엘파바에게, 그 다음에는 글린다에게, 한 번만이 아니라 다시 또 갔던 것일세. 이 책이 사용되고 있지 않은 동안에는 나에게 돌아와 있었지. 하지만 이제 더 이상 시계가 이 책을 안전하게 지킬 수 없으니, 그리고 내가 '시계'를 통하여 누가 이 책을 가져야 할지를 확실히 정할 수도 없는 판이니, 그러니까 이건 이제 자네 것일세. 생일 축하 선물인 셈 치고, 반품은 안 받네. 난 이 책을 원하지 않아. 자네한테 준들 그 어떤 후보자에게 주는 거나 자격은 다 매한가지지. 게다가 내 들으니 자네 딸이 그 책을 조금 읽을 수 있다고 그러더라고."

"하지만…… 이 책을 오즈로 가져온 게 누군지, 시계에 마법을 건 게 누군지 그이가 이걸 돌려받고 싶어 할 텐데요."

"누군지 알게 뭐야." 난쟁이가 씹어 뱉었다.

"제 얘긴, 대장님의 윗분 말씀입니다."

"내 합법적인 주군이시며 주인님이신 분?" 대장 나리는 무례한 몸짓을 해 보였다. "그 양반이 나를 이 땅에 소환해서 할일을 주고 내가 봉사하며 일하는 시간을 잴 시계를 줬지. 그래 놓곤 여태껏 돌아올 줄을 몰라. 시계가 내가 근무해야 할 시간을 헤아려서 이제 다 헤아렸으면, 나 역시 이제 다한 걸세. 책은 이제 자네 거야, 젊은 친구."

"만약에 저도 이 책을 원하지 않는다면 어떡합니까?"

"책을 없애려고 해보게, 그리고 무슨 일이 벌어지는지 보자고." 대장 나리는 성질 고약한 미소를 지었다. "나라면 그 물건의 적이 되고 싶진 않을 거야. 난 그럭저럭 중립을 지켜 왔네만."

"그래요, 저도 중립적으로 살려고 해본 일이 있었죠. 항상 가능한 건 아니더군요."

두 사람은 둘 중 어느 쪽도 이렇다 할 이름을 붙일 수 없는 교착 상태에 빠져서 잠시 말을 멈추었다.

"자, 자네 그걸 받을 텐가?" 난쟁이가 물었다.

"내가 안 받는다면 그래 어떻게 됩니까? 내가 캔들을 데리고 이리로 온 것은 그녀를 보호하기 위해서, 그리고 나 자신을 보호하기 위해서였어요. 전 엘파바가 아니에요. 그렇게는 될 수 없어요. 전 제 한계를 압니다. 이렇게 강력한 물건을 받을 자격은 없어요. 내가 사용할 수도 없고, 안전하게 지킬 수도 없습니다."

"만약에 도련님이 받지 않겠다고 한다면, 내가 그걸 따님한테 드릴 텐데 그래도 되겠나?"

그래서 리르에게는 선택의 여지가 없었다. 그런 순간은 이르건 늦건 모든 부모에게 찾아온다.

5

레인은 리르가 『그리머리』를 가져다 성단소(제단 및 강단 옆쪽으로
성가대와 성직자들이 앉는 자리) 안에 넣는 것을 보았다. 그 크고 대단
한 책에 레인은 마음에 불편했다. 이제는 글린다 부인이 그 책을 읽
음으로써 어려운 상황에 처했다는 것을 레인도 알고 있었다. 그래
도 레인은 책에 아른아른 피어오르는 미묘한 광채를 여전히 느낄
수가 있었다. 입에 침이 고였다. 레인은 마법을 하고 싶어서가 아니
라 읽고 싶어서 몸이 달았다. 레인은 읽기를 너무 턱없이 조금밖에
못 했다. 체리스톤 장군이 가르쳐 준 몇 가지 안 되는 것들은 레인
의 머릿속에서 점차 쭈그러져 가고 있었다. 결코 자라나서 개구리
가 되지는 못할 올챙이들처럼 말이다.

"그거 어떡하실 거예요?" 최대한 아무렇지 않은 척 레인은 그렇
게 물어보았다.

"난 이게 네가 들여다봐도 좋은 거라고는 생각하지 않아. 이건
강력한 물건이란다, 내가 들은 바로는 정말로 그래."

"강력한 물건은 난데요."

리르는 빙그레 웃고 절레절레 머리를 흔들었다. 그런 걸 표현할 말은 몰랐지만, 레인은 미소란 아무래도 동시에 같은 장소에 있으려 하는 사람들 주위에 물웅덩이처럼 고이는 자연스러운 긴장을 피하거나 위장하는 경향이 있다는 걸 깨닫고 있었다. 하지만 리르의 미소가 자신에게 무슨 효과를 발휘하진 않을 것이다. 레인이 그러지 않게 경계할 터였다.

"어디다 넣어 둘 거예요?"

"모르겠다. 여기면 안전하겠다 싶은 곳이 하나도 없구나."

"제가 대신 가지고 있어 드릴게요."

"그건 너에게 보아뱀을 애완동물로 주는 거나 다름없는 짓일 거야. 어떤 아버지가 그런 짓을 하겠니?"

"아저씬 우리 아버지가 아니에요." 그냥 술술 흘러나온 말이었다. 반항하고 적대하는 말이 아니라 그냥 그렇다고 하는 것뿐이었다.

"사실은, 내가 아버지 맞아. 하긴 네가 그 사실을 의심할 수도 있다는 거야 물론 충분히 이해하지만 말이지."

리르는 『그리머리』가 저 스스로 벌떡 열릴까 봐 걱정되는 것처럼 책을 땅바닥에 내려놓고 그 위에 앉았다. 레인은 책이 리르의 궁둥이를 깨물어 주길 바랐다.

"네가 이 책을 펼쳐 볼 수 있다면, 이 속에서 뭘 찾아볼 셈이냐?"

"말이요." 레인은 영악하게, 정직하게 말했다.

"무슨 말? 마법의 말?"

레인은 모든 말이 마법이라는 얘기를 할 기분이 아니었다. 속으로 생각은 그렇게 했지만 말이다. 하지만 레인은 돌려 말하는 데에

능숙하지 못했다. 그녀는 벌새보다도 더 직선적이었다.

"불타는 말들이 읽고 싶어요." 결국 레인이 털어놓았다. 레인은 리르를 아버지로 생각할 수가 없었다. 도저히 그럴듯하지 않았다.

리르는 갑작스럽게 날카로운 눈을 하고 레인을 보았다.

"불타는 말이라니, 무슨 뜻이지?"

레인은 그 소리에 어깨를 움찔 했다. 그리고 자기가 리르한테 전혀 아무런 구속을 받지 않는 자유로운 몸이라는 것을 보여 주고자 곧 그대로 한들한들 다른 데로 가 버릴 마음도 있었다. 하지만 거기에 책이 있었다. 리르가 그 위에 타고 앉아 있었다. 레인은 리르가 그 책을 어디에다 넣는지 보고 싶었다. 만약의 경우를 위해서.

이 아저씨가 아직도 레인이 말하기를 기다리고 있는 건가?

레인은 억지로 미소를 짓는 것 이상으로 무슨 말을 할 수가 없었다. 주어진 글자들을 배우기 전에 아무리 억지를 쓴들 글을 읽을 수 없었던 거나 마찬가지였다. 그래서 엉덩이를 발뒤꿈치에 고이고 쪼그리고 앉은 채 기다렸다. 눈으로는 핼끔핼끔 『그리머리』를 곁눈질했다. 혹시라도 책이 새어서 바깥의 돌 위로 말들이 흘러나오기 시작할까 싶어서였다.

"불타는 말들이 읽고 싶다, 그거지? 응? 그런 얘기지?" 리르가 재촉했다.

리르는 눈을 깜박이고 있었다. 또다시 레인이 습득하지 못한 언어다. 사람들은 어떨 때 눈을 깜박이는가? 사람들이 어떨 때에 눈이 촉촉이 젖어드는가?

"어디에서 불타는 말들을 찾아내지?" 리르가 물었다.

레인은 얼음을 불길로 지지던 함대를 생각했다. 거기에 무엇인가가 글자를 이루고 있었다. 불길이 움직이는 그 움직임, 그리고 불길로부터 솟아나는 연기, 그건 마치 열기 속에 철자되고 있는 그 어떤 마법의 말을 숨기려는 듯했다. 아아, 하지만 그런 생각들은 전부 부질없이 번잡하기만 했다. 레인은 대신 싸늘해진 날씨에도 나와 돌아다니던 갑충 한 마리를 잡아서 집게손가락에 올려 곰곰이 그놈을 들여다보았다.

자기가 어떻게든 달래 주기를 이 남자가 바라고 있다는 것을 레인은 분명히 알 수 있었다. 그의 머릿속에 불타는 단어들이 있다. 레인은 그 단어들이 무엇일지 조금도 아는 바가 없었고, 자기가 그것들을 끄집어내 줘야 한다는 생각도 들지 않았다. 레인은 그냥 호수에 잠긴 시꺼멓게 탄 글자들을 보았을 따름이다. 글자같이 보이는 배들의 잔해 말이다.

"네가 자라면 어떻게 될까?" 리르가 물었다.

레인은 그에 대해 생각하고 또 생각했다. 그러다 종아리가 아파 오는 걸 느꼈다. 레인은 손가락을 콕콕 간질이는 갑충의 다리를 느꼈다. 언젠가, 아마도 언젠가는 이 다리와 이 손가락들을 가지고 있지 않게 되리라. 대신 이 남자처럼 키가 커다란 어떤 사람의 다리와 손가락들을 갖고 있게 될 것이다. 레인은 자기 생각 속에서 몸을 비꼬았다. 자기가 똑똑하게 굴 수 있다고는 믿고 있지 않은 이상, 정직하게 말하려고 애썼다. 그리하여 자기가 아버지라고 주장하는 남자에게 말하기보다는 오히려 벌레에게 하듯이 대답을 했다. 레인은 리르를 아버지라고 생각하지 않을 터였다.

레인이 자랐을 때 어떻게 되겠느냐고? 그녀는 대답을 속삭였다.

"가 버리고 없겠죠."

6

가 버린다. 다 크면. 무시무시한 생각이었다. 하지만 어느 모로
보면 레인은 이미 떠나간 것이나 다름없었다. 바로 지금도 말이다.
레인의 형상은 그들에게 돌아왔지만 그 아이의 영혼은 멈칫거리며
피하고 있다.

캔들은 레인이 별로 자신에게 추근거리며 귀찮게 구는 일이 없
어 몹시 상심했다. 리르는 스스로 물어보았다. 어떤 어머니가 그러
지 않을까? 하지만 가만히 보니 리르와 캔들의 따스함이 뻗대는 레
인을 녹이기는커녕 오히려 그 반대로 작용하고 있는 듯했다. 따로
돌며 본 체 만 체하는 아이의 태도에는 전염성이 있었다. 캔들과 리
르는 두 사람 공통의 괴로움을 각각 따로따로 혼자서 삭이는 법을
배워 가고 있었다. 한 이불을 덮고 자는 부부간의 친밀함도, 지금껏
둘이 쌓아 온 과거도 다 소용없었다.

어쩌면 리르는 다른 걱정거리들로부터 정신을 딴 데 팔아 보려
고 일부러 이복누이에게 매달리려는 것인지도 몰랐다.

리르와 노르는 짐작하기에 아버지가 같았다. 비록 리르는 멀고 아리송한 그 인물 피예로를 한 번 만난 일조차 없었지만 말이다. 하지만 노르 역시 리르에게서 어느 정도 거리를 둔 채 둥둥 떠다니고 있었다. 여러 해 동안 그가 꿈꾸어 왔던 장대한 재결합은 어쩐지 영 엉터리였다. 유괴, 감금, 탈출, 실종? 멀쩡한 듯 겉으로 드러내는 게 없는 노르의 태도를 봐서는 절대 그런 생각을 못 할 것이다. 노르는 마치 과자 사러 나갔다가 온 사람처럼 굴었다.

리르는 딸 옆에 얼씬거리며 성가시게 굴지는 않으려고 한 것과 마찬가지로 누나한테도 성가시게 굴고 싶지 않았다. 그는 때로는 우아하게도 보이는, 그리고 때로는 전혀 안 그래 보이는 나무토막 같은 태도로 오고가는 노르를 지켜보았다. 어쩌면 이게 노르의 보통 모습인 걸까? 리르는 알 수 없었다. 노르가 유괴되어 간 이래 한 번도 만난 일이 없었으니 말이다. 그 옛날 노르의 나이가 대충 지금 레인만 했던 그 시절에.

여자들에 대해서는 결코 자신만만하지 못하다 보니, 리르는 누나를 세심하게 관찰하고 있었다. 관심과 인내심과 의구심을 같은 분량씩 들여서, 혹시 어떤 식으로든 노르가 깊이 상처 입은 면모를 드러내지 않을까 지켜보았다.

마치 애처로운 인간 존재를 카탈로그로 써 내기라도 할 것처럼 골똘히 관찰했다.

안타까운 비참함이 사람에게 마치 이(蝨)처럼 어떻게 그토록 가깝게 파고 들어와 길이 자리 잡아 있는가를 인정하지 않고 회피하려는 또 한 가지 수단이었다.

너무 확 다가들어 겁주는 일 없이 노르와 가까이 이야기를 할 기회는 제법 자연스럽게 생겨났다. 리르는 이삼 주에 한 번씩 야생으로 자라는 밭에 내려가곤 하는 것이 습관이었다. 버섯과 고비를 따 모으고, 쑥부쟁이류의 깍지와 상추를 뜯었다. 다녀오는 데 오전 시간의 절반이 걸리는 길이었다. 그 다음번으로 다시 상추를 솎아내지 않으면 안 될 때가 되자 리르는 광주리 몇 개와 지지대 몇 대, 모종삽 한 자루를 챙겨 꾸리고 노르에게 같이 가자고 했다.

둘은 퍽 균일한 속도로 걸어갔다. 눈앞의 풍경이며 근자의 기후에 대해 잡담을 나누면서 걸었다. 때때로 침묵에 빠져들기도 했다. 새 한 마리가 엉망진창이 된 참나무 가지 위에 콩콩 뛰었다. 몇 마리 땅다람쥐들이 감춰 둔 식량을 더 불리는 일에 분주하여 마치 머리 위로 지나가는 뭔가의 그림자처럼 재빠르게 삭삭 달리며 다녔다. 바람이 굵은 가지들 사이로 톱질하듯 윙윙거렸다. 소리만 들어봐도 가을이 한 치 한 치 기어 들어오고 있는 걸 알 수 있었다.

"여기가 대대로 소출이 풍성했던 것처럼 저런 게 있네." 좀 더 햇볕이 따사로운 고랑 끄트머리에 기울어 있는 해묵은 돌 탁자들을 가리키면서 노르가 말했다.

"보라, 여기에 진실을 말한 마지막 사람이 누웠도다." 리르가 받았다.

노르는 어리둥절해서 눈을 깜박였다.

"미안해. 썰렁한 농담이었어. 하지만 저 돌들이 언젠가 옛날에 그런 이야기를 들려주고 있었다손 치더라도, 그 얘긴 벌써 오래전에 끝났어."

노르가 고개를 끄덕였다.

"돌들이 이빨 같다. 그리고 너희 은신처도, 그게 옛날에 한때는

뒤였든지 간에, 보기에 꼭 아가리 같아. 바람을 삼키고 있는 커다랗
게 벌린 입."

"양귀비 상단을 삼키고 있었겠지, 필경." 노르가 한쪽 눈썹을 치
올렸다.

"양귀비 장사를 몰라?"

"난 별로 아는 게 없어. 그 꽃이 바다처럼 시뻘겋게 흘러넘치는
한중간을 헤엄쳐서 오긴 했지만."

"때때로 유나마타 속이 양귀비 씨 깍지를 따 가려고 위험을 무릅
쓰고 이렇게 먼 남쪽까지도 내려와. 그렇게 따 간 수확물은 그이들
이 휘청거리며 벌이는 의식을 거행하는 데에 쓰이지. 그리고 불법
적인 아편 시장이 언제든지 덥석 거래를 하고 싶어 안달이고. 그에
대해서는 분명 너희 동료인 작은 먼치킨랜드 약제사가 속속들이 다
알걸. 수확물 중 일부는 암시장으로 새어 나와서 시즈와 에메랄드
시에 있는 어떤 영업집들에서 사람들이 피우지. 그렇다고 들었어."

"넌 단골손님이 아니야?"

"난 얼굴에 털이 난 이후로 업소는 어떤 종류건 들어가 본 적이
없어."

노르는 상추를 뜯으려고 몸을 굽혔다. 포기에 이제 꽃대가 올라
오려고 했다.

"그런 데 자리 잡고 있는 걸 보니 너희들의 비밀 요새는 양귀비
상인들의 회계실이었을지도 모르겠구나. 아니면 그런 거래를 방지
하기 위한 병력이 주둔했던 방위 본부였을지도 모르겠네."

"원래 뭐였는지 우리에게 얘기해 줄 수 있었을 사람들은 오래전
에 상추 밑에 묻혔지. 만사 추측일 뿐이야."

"하지만 거래가 이젠 끊어졌나 보네?"

"그런 것 같아. 에메랄드 시 당국에서는 물론 허락하지 않지. 아편이 징병된 병사들 손에까지 흘러 들어와서 군대의 사기를 허물어뜨릴까 봐 우려하니까. 오면서 양귀비를 거둬 가려고 누가 작은 초지에 선을 그어 표시해 둔 흔적은 보지 못했지?"

"아무도 못 봤어."

둘은 친근한 침묵 속에 일을 했다. 리르는 쑥부쟁이류가 겨울을 날 수 있도록 줄기에 버팀대를 세워 주었다. 그 식물들은 이른 봄에 베어 들이는 것이 가장 좋았다. 상추를 딸 만큼 다 따고 나서, 노르는 허리춤에 손을 얹고 몸을 쭉 폈다. 무더기로 따 모은 너불너불한 초록색 상추 잎들을 자기 숄 안에 던져 놓고 빨간무 쪽으로 관심을 돌렸다. 하지만 뽑으면 뽑는 족족 푸석하게 바람이 들어 있어서 그만 포기했다.

"다음은 뭐야?" 노르가 물었다.

리르는 두 발뒤꿈치를 딛고 몸을 폈다.

"너한테 보여 줄 게 있어."

노르는 기다렸다. 리르는 통옷 안에서 접혀 있는 종잇조각을 끄집어냈다.

"내가 이걸 키아모코에서 찾았어. 너 이거 봐도 괜찮겠어?"

노르는 가까이 와서 리르 곁에 쪼그리고 앉았다. 갈색이 돼 가는 종이는 하도 주름이 가서 나달나달 부드러워질 정도였는데, 이제는 흐릿해진 어린 여자아이 그림이었다. 거의 갓난아기라 할 정도로 어린 아이인데도 눈에 뚜렷한 총기가 보였다. 성격이 보였다. 어린 애답게 띄엄띄엄 쓰다 멈췄다 한 글씨로 이런 말이 쓰여 있었다.

피예로의 노르

이 그림은 나다

아빠 F가 떠나기 전에

그린 나, 노르

노르가 자기 자신을 추스르는 데는 반시간이나 걸렸다. 리르는
한 팔을 노르에게 둘렀다. 너무 가깝게는 아니고, 술친구끼리 어깨
에 팔을 두르듯이 그렇게 안아 주었다. 안아서 가두는 것이 아니다.
그냥 거기에 있어 주는 것이었다. 말을 할 준비가 되자, 노르는 집
게손가락으로 종이를 톡톡 두 번 두드리더니 이렇게 말했다.

"네가 이 그림을 찾기 전에 내가 먼저 찾았더랬어. 성에, 마녀 아
줌마 방에 있었지. 우리 아버지가 자기 정부한테 그려 준 거였어.
그리고 아줌마는 그걸 간직했고. 눈곱만큼도 감상적인 데는 없어
보이는 마녀 아줌마가 이 그림을 그 여러 해 동안 간직하고 있었던
거야. 내가 우연히 이 그림을 보고…… 아마 내가 어느 날 아줌마
방을 뒤지고 있었던가 봐. 아이들이 그렇듯이 지루해서 말이야. 그
림을 보고 거기다 이 글을 써서 원래 있던 곳에 도로 놔두었어. 그
래서 마녀 아줌마가 종이는 갖고 있을 수 있겠지만 우리 아버지를
나한테서 빼앗아 가서 혼자 간직하지는 못할 줄을 알라고 그랬지.
내 기억 속의 아빠를 가져가지 못하게."

"넌 그 시절을 얼마나 기억하고 있니? 너희 어머니와 오빠들과
나와 마녀 아줌마를? 그리고 너희 이모들도 있었잖아, 그 옛날 키
아모코에서?"

"유괴 당했을 때 나는 십 대 소녀 축에 들락 말락 한 나이였지.

512

그러니 난 거의 전부 기억하고 있어, 당연하지. 어쩌면 내가 기억하고 있다고 생각하는 것일지도 모르지만. 하지만 난 이건 잊고 있었어."

"그자들이 나도 잡아갔던 것 기억해? 하지만 체리스톤이 나 따위는 육로로 힘들게 끌고 갈 가치가 없다고 결정했지. 그자가 나를 자루 안에 넣어 묶어서 나무에 매달았어. 난 올 굵은 삼베 천을 조금씩 갉아 벌려야만 했지. 그러는 데 거의 하루가 걸렸어. 구멍을 뚫은 다음엔 3미터 반 높이에서 떨어져서 잘못하면 자살한 게 될 뻔했지. 그리고 내가 그렇게 간신히 돌아왔을 때쯤엔 넌 사라지고 없었어. 너랑 다른 사람들도 다 없어졌지. 나는 집으로, 우리가 살던 성으로 가까스로 돌아와서 마녀 아줌마가 돌아오기를 기다렸어. 마녀 아줌마는 그때 먼치킨랜드에 있었을 거야, 아마. 그건 바로 마녀 아줌마의 여동생인 네사로즈가 먼치킨랜드 분립을 조율해서, 먼치킨랜드가 오즈 충성령에서 떨어져 나왔을 바로 그때 일이었지."

리르는 너무 빠르게 이야기하고 있었다. 그는 속도를 줄였다.

"그자들이 너를 잡아가서, 너는 무슨 일을 겪었지?"

"내가 기억하고 있는 것들에 대해서는 말하고 싶은 맘이 들지 않아."

노르는 자기 어머니와 자기 오빠 이르지와 함께 있었더랬다. 그리고 그 이모들하고. 소름 끼치는 일이다. 어쩌면 노르가 옳을 것이다. 어쩌면 리르는 진정 알고 싶은 것은 아닐지 모른다, 아무튼 간에. 노르는 그때로부터 살아남은 단 한 명으로 살아왔다.

"내가 너를 찾으려고 잘 이야기를 해서 남쪽계단에 들어갔던 거 알고 있니?" 리르가 노르에게 물었다. "마법사가 왕좌에서 하야한 후에, 글린다 부인이 왕권 대행 총독이 되었을 때지. 나를 안내해 준 사람은 다른 사람 아닌 셸 트롭이었어. 셸 트롭, 마녀 아줌마의 남동생. 나한테는 외삼촌이지. 그때는 모르고 있었지만 말이야. 비열한 놈들 중에서도 최고 등급이었는데, 그런데 이제는 그자가 황제라지."

"우린 바로 전에 그자가 신이라는 얘길 듣고 왔는걸. 그자와 혈연이니까, 그러면 너도 성자쯤 되나?" 리르는 고개를 수그렸다. 그렇다고 신실한 마음으로 숙인 것은 아니었다.

"내가 마침내 감옥 안으로 들어갔더니, 너는 막 남쪽계단을 탈출해 나간 후였어. 바로 며칠 전에 말이야. 내가 너를 찾아내지 못한 게 그렇게 아슬아슬하게 어긋났던 거야. 네가 뿔멧돼지들의 시체 사이에 숨어서, 물컹물컹 부패해 가는 동물의 살점으로 몸을 감추고 운반되어 나갔다고 하던걸." 리르는 웃으려고 애를 썼다. "정말 그랬어?"

"난 그 생각 하는 건 상관없어." 노르가 말하는 태도가 리르에게 그것이 그야말로 틀림없는 진실임을 알려 주었다.

"그런 얘길 들으니 네가 목베거홀의 체리스톤에게 정말 가까이 갔던 것 같네. 그자에게 복수하고 싶지는 않아? 어쨌든, 마법사의 지시를 받고 그자가 너의 가족을 납치했고 살해했잖아. 아니면 살해되게끔 손을 썼든지. 훨씬 더 후에, 내가 에메랄드 시 구세군의 탈영병이 되어 도망칠 때에 그자는 나 역시 추적해 잡으려고 했지. 그자는 셰일샐로에 있는 세인트글린다라는 수녀원을 공격했어, 왜냐하면 우리가 거기 있다는 얘기가 그자 귀에 들어갔거든. 그자가……."

"우리? 너하고 캔들 말이야?"

"나하고 트리즘. 내 친밀한 벗이야. 우리는 하늘을 나는 드래곤들이 들어 있는 축사에 불을 질렀어. 스크로 족과 유나마타 족을 위협하는 데 사용된 드래곤들이지. 그래서 체리스톤이 우리 피를 흘리려고 출동한 거야. 그리고 체리스톤이 끝내 트리즘을 추적해 붙잡았을 때, 아마도 트리즘을 정말 죽도록 때렸을 거야. 들어 봐, 목 베거홀에서, 너는 체리스톤의 목줄기에 양날 단검을 찔러 넣고 싶지 않았니? 나라면 그랬을 거야. 그러고 싶었을 거야, 최소한."

노르는 상추 쪽으로 주의를 돌려 마치 그게 중요하다는 듯이 차례차례 크기별로 맞춰 놓기 시작했다. 다시 입을 열었을 때 그녀의 목소리는 평탄하고 태연했다.

"나는 어른이 된 후로 내 삶을 에메랄드 시의 패권 남용과 싸우는 데 온통 소모했어. 아니면 나 자신 안절부절 못하다 마비되어 버리지 않으려고 애를 쓰면서 보냈다고 해야 할까? 한 사람이 할 수 있는 일은 단지 그이가 할 수 있는 일, 그것뿐이야, 리르. 오늘 나는 상추를 조금 뜯을 수 있어. 오늘 밤에 너와 네 아내와 네 딸아이, 그리고 그럴 수는 없을 것 같은 내 남편과 너의 거위와 우리 동료들, 대장 나리랑 꼬마 다피한테 상추가 있어서 먹을 수가 있겠지. 어느 날 어쩌면 내가 내 손에 상추가 들려 있는 것을 보는 대신에 칼이 들려 있는 것을 보게 될지 몰라. 어쩌면 체리스톤 장군은 상추를 먹으러 왔다가 상추를 따는 데 사용된 칼날을 만찬 삼아 먹게 되는지 몰라. 내가 오직 그것만을 생각한다면, 다른 것은 아무것도 생각할 수가 없어져. 그리고 그러면 나는 이 돌들 밑에 누워서 더 이상 생각이란 걸 할 수 없게 된 이들 사이에 끼게 되는지도 모르지."

강철 같으면서도 따뜻한 목소리로 노르는 말을 보탰다.

"내가 너에게도 똑같은 질문을 할 수 있을 것 같아, 리르. 네가 『그리머리』에게로 인도해 줄지 모른다고 생각하고, 체리스톤은 너를 찾으려고 그렇게 열을 올렸지. 그 탓에 넌 네 딸하고 생이별을 했고. 내가 겪은 생이별보다 조금이라도 덜 잔혹할 것이 없어. 난 내 어머니에게서…… 그리고 내 아버지에게서 억지로 떨어졌지. 우리들의 아버지에게서 말이야. 너도 힘이 셌던 젊은 시절을 그자를 추적하여 거꾸러뜨리는 데 썼을 수도 있을 텐데."

"그럴 수도 있었을 거야." 리르가 동의했다. "하지만 내가 성공하지 못했을 시에는 레인이 언젠가 돌아올 집이, 아버지가 없어져 버렸겠지. 그 신세가 어떤지 우린 알잖아, 너와 나, 아버지 없는 아이들은."

"알지." 노르가 말했다. "우리는 상추를 알고, 그리고 그것도 알지. 우리는 체리스톤은 몰라. 이해 못 해. 하지만 그걸 이해할 필요는 없어. 없을 거야, 아마."

두 사람은 도로 숙소를 향해 걸었다. 이야기를 나누는 일도 없이 천천히 걸었다. 그 마지막 '아마'는 커다란 바윗덩이가 되어 두 사람 사이에 매달린 듯했다. 바로 그들 둘의 등에 멍에 지워져 그 무게가 고스란히 내리누르는 느낌이었다.

7

최근 들어 아내의 눈에 뚜렷이 떠오른 어두운 빛에 사자는 그만 어리둥절했다. 그는 일리아노라가 남동생을 만날 준비가 되어 있지 않았다는 것은 알고 있었다. 그녀는 리르를 찾아다니고 있었던 게 아니다. 그렇다면 혹시 리르를 결국 찾아냄으로써, 덮어 두었던 오랜 상처가, 살육당한 이들을 생각하는 심적 고통이 철썩 후려쳐 깨운 듯이 생생하게 되살아난 것이 아닐까?

이것은 브르르가 아무리 애를 써도 핥고 핥아 깨끗하게 만들어 줄 도리가 없는 덧난 상처였다. 혹시 레인이 노르를 따랐더라면…… 혹시 아내가 지금보다 조금 더 누그러지지 않았을까…… 하지만 그렇지 않다. 레인은 아무도 따르지 않았다.

단 하나, 브르르를 아주 조금 따랐을 뿐이다. 그 탓에 브르르는 몹시도 어색한 상황에 처하고 말았다. 아이의 부모와 고모가 한 가닥 관심이라도 받아 보려고 아이 주위를 맴돌고 있는데, 레인은 그래 봐야 조금도 관심을 나누어 줄 여지가 없으니. 아니면 그냥 레인이 그들에게 아무런 흥미를 느끼지 못하는 건지도 모른다.

그들 모두가 이곳 아가씨 물고기의 성단소에서 기다리고 있었던 것은 무엇이었나? 한여름달이 추수달로 바뀌고, 추수달도 다 가서 가면극달이 되어 오도록? 그들 모두가 레인에게 풀로 붙인 듯이 달라붙어서, 마치 레인이 무슨 계시라도 내려 줄 것처럼 굴고 있지 않았나? '시계'의 한동아리들은 그렇게 언제까지나 어정어정 머물고만 있었던 것인가? 그 질문은 바람결에 눈발이 날려 들어오게 되자 하나마나 한 것이 되었고, 일행은 어찌 되었건 정도의 차이는 있어도 모두 얼음에 발길이 묶였다. 몇 달이나 시간이 지나는 사이에 그들은 딱히 손님이라 할 수는 없게 되었다. 하지만 그렇다고 여기 안주할 터수도 못 되었다.

사자는 리르와 캔들이 부부가 개발하는 암호화된 약어로 이야기할 때에 옆에서 귀 기울여 듣고 있었다. 캔들이 하는 말은 좀처럼 해득할 수가 없었다. 저 여자 자체가 암호로구먼. 하지만 한세월 전의 일이기는 해도 리르에 대해서는 기억하는 바가 있었다. 브르르가 찾아갔을 때, 도로시와 그 나머지 뒤죽박죽 일행들과 함께 사악한 서쪽 마녀의 성으로 찾아갔을 때의 일을. 그 날개 달린 원숭이들! 브르르는 소름이 쫙 돋았다. 늙어서 오락가락하던 유모 할멈. 그렇기는 해도 그 할멈이 개중에는 제일 정신이 온전해 보였지. 사자와 리르가 식품 저장실에 갇혀 있는 사이에 도로시가 도무지 알 수 없는 방법으로 마녀를 무찔렀고. 그런 뒤에는 에메랄드 시로 돌아가는 그들의 긴 여정이 시작되었다.

그러는 내내 리르는 일행 중 말째였다. 수척해 보이고 가슴통이 텅 빈 꼭두각시 인형 같은 사내아이였다. 윗입술에는 그야말로 미미하게 수염자국이 잡히고, 목소리는 갈라지고, 도로시를 흘끔흘끔 곁눈질하는 모양새가 자기에게 이런 운이 오다니 믿을 수 없다는 식이었지만, 그러나 그 운이 정말 행운인지 악운인지는 아직 감을 못 잡던 그런 녀석.

사자는 그 녀석을 다시 만나게 되리라고 당시에는 전혀 생각 못했다. 이제 그게 그러니까…… 그때로부터 한 15년, 아니면 20년이나 됐나? 사내아이는 사나이로 변했고 여전히 무엇인가 확실치 못한 인상이 비쳤다. 하지만 그의 등은 군세었으며 캔들에게 보여 주는 애정은 부드러웠고 레인을 보는 눈은 그 아이가 너무나 소중한 보석이라서 차마 손을 댈 생각조차 못하는 듯했다. 레인이 그런 자세를 취한 건 본인의 잘못이다. 하지만 그건 그 아이 아버지의 잘못이기도 했다. 아이가 그런다고 그걸 그대로 받아들였으니까. 나라면 절대 안 그럴 텐데. 완벽한 부모의 잘난 체하는 미소를 띠고서 브르는 생각했다. 아니면 완벽한 개 조련사든지, 또는 완벽한 소송꾼이든지가 할 만한 생각이다.

✠✠✠

해빙기의 어느 날 캔들이 구워 먹을 산토끼 한 마리만 있었으면 정말 좋겠다는 말을 입에 올려서 리르가 미끄러운 길을 무릅쓰고 덫을 확인해 보러 갔다. 사자는 리르와 같이 가기로 했다. 둘은 쇠락해 있는 '시계'의 유해까지 온 길을 직직 미끄러지며 내려왔다. '시계'의 무대가 입을 헤벌리고 있었다. 그들은 파괴된 무대 장치들을 살펴보았다. 무너진 건물들 위로 눈이 쌓여 있었다.

"한 문명의 죽음을 상연 중이군." 사자가 말했다. 리르는 흥미를 가지고 들여다보았다.

"지진처럼 보이는데요. 그레이트 켈스에서 자랐으니까, 나도 지진은 볼 만큼 보았지요. 산들이 어깨를 부르르 떨면 낙석 비탈에 바윗돌이 우르르 굴러 떨어지지요. 아르지키 유목민들의 둥그런 펠트 천막이 폭삭 주저앉는데, 그러면 목축인들은 그냥 그걸 다시 세워요."

"대장 나리는 『그리머리』의 마법사가 은둔자가 되어 그레이트 켈스의 어느 동굴 속에 틀어박혔는데 지진이 일어나서 큰 돌덩이를 굴 입구에 쾅 처닫지 않았을까 하는 생각을 하고 있던걸. 마법사가 죽었든가 아니면 영영 갇혀 버렸다고 말이야. 내 생각엔 그자가 그렇게 위대한 마법사라면 마법을 써서 산이 활짝 열리게 할 수 있을 것 같지만."

"그래요, 엘파바가 먼 오지에 살았다는 마법사 이야기를 입에 올린 적이 있지요. 자기가 태어나기 전에 있었다고요. 그 나머지 모든 인물들과 마찬가지로, 그자도 오즈가 가장 황량할 때에 돌아오려고 무대 복귀 신호를 기다리고 있다 이거죠. 뭐 대충 그래요."

그들은 터덜터덜 '시계'의 모퉁이를 돌아가면서 혹 그 비밀에 접근할 길이 있는지 찾았다. 그리고 서로 상대방의 은밀한 속생각에 접근할 길이 있는지도 찾았다. 절대 어머니라고는 부르지 않는군. 그냥 엘파바야. 사자는 생각했다.

엘파바에 대해서 이렇거니 저렇거니 말하는 법이 없네. 리르는 생각했다. 진심으로는 엘파바를 어떻게 생각했던 거지? 정신이 돈 은둔자, 아니면 위험한 선동자? 아니면 마법으로 기워 붙여 날개 달린 원숭이를 만들어 내는 미치광이 여과학자?

하지만 브르르가 어찌 생각한들 무슨 상관이랴. 엘파바는 이제 죽었고 가 버렸는데. 죽어 사라져 버렸는데.

"몇 시를 가리키고 있지요?" 리르가 물었다.

"이건 진짜 '시계'가 아니야. 시간은 고정돼 있지. 이건 언제나 자정이 되기 1분 전이라네."

그들은 부서진 서랍 속이며 갈라진 덮개 문들 안을 이리저리 뒤져 보았다. 주황색 실이 감긴 실패 몇 개, 가위, 내용물인 끈적한 액체가 라벨에 묻어 손으로 쓴 글자를 알아볼 수 없이 흐려 놓은 단지들.

"난쟁이가 자지 않고 밤새 앉아서 다음 날의 계시를 준비하곤 했나요?" 리르가 물었다.

"아니야. 이것의 마법은 난쟁이를 뛰어넘은 것일세. 난쟁이는 그저 관리인이었지."

"이젠 관리하고 자시고 할 것도 별로 안 남았군요. 이거면 올 겨울에 땔감으로 요긴하게 쓰겠어요."

"내 생각에는 대장 나리는 이걸 뜯게 놔두느니 자넬 죽여 버릴 거야."

"그거야말로 극장에 대한 건전치 못한 애정이군요." 리르는 꿀꺽 침을 삼켰다. "건전하든 그렇지 않든 간에 애정 이야기가 나왔으니 말인데, 우리가 돌보도록 내 딸을 그만 놓아 줄 생각은 전혀 안 해 봤어요?"

사자가 그에게 날카로운 눈길을 쏘았다.

"우리가 그 애를 이리로 데려다 주었지, 그렇지 않나?"

"아, 그렇지요. 그리고 마땅히 그래야 할 만큼 고맙고 감사해요. 무용훈장들을 수여하고, 정말 잘했다고 나팔도 빰빠라밤 불어 드리고 다 할게요. 하지만 이제 그런 지 몇 달이 됐는데, 그런데도 레인이 줄곧 당신이 자는 방에 가서 자니까 캔들은 속상해서 어쩔 줄을 몰라요. 당신은 지금 딸아이와 그 애 부모 사이에 커다란 털북숭이 산울타리처럼 뿌리를 박고 서서 꿈쩍도 하지 않고 있는 꼴이라고요."

"난 레인한테 어디서 자라고 이르지 않아. 그리고 그 애한테 무슨 말을 하고 어떻게 생각해라, 어떤 감정을 느껴라 하고 가르치지도 않고."

"레인이 조금이라도 우리에게 마음을 열어 주지 않는다면 캔들은 미쳐 버릴 거예요."

"그렇게 놀랄 일이 아닐 텐데. 매사에 어쩔 수 없이 따라오는 약간의 손해라는 게 있는 법이잖아. 관둬. 솔직하지 못하게 굴기는. 내 얘기는, 애당초 자네들이 그 애한테서 손을 놓지 않았느냐는 거야, 어찌 되었든 간에. 도대체 어떻게 된 부모가 그런 짓을 하나?"

리르의 눈은 마노처럼 냉랭하게 메말랐다.

"당신은 아버지가 돼 본 일이 없군요. 그러니까 이해 못 하는 거죠. 자기 아이가 위험에 처했다면 어느 부모든 똑같이 했을 거예요."

"난 정당화가 뭔지는 잘 알아. 내 장담하지. 한때는 나 자신의 상처들을 핥고 앉아 있느라 한세월을 보냈지. 내가 한 행동을 달리 변명할 길을 애써 찾으면서 말이야. 결국에는 말이지, 자네 그거 아나? 내가 선택해 내가 한 행동에 대해 책임져야 할 사람은 딱 한 명나뿐이라네."

리르는 돌덩이에 주저앉아 눈을 걷어챘다.

"나에게 변명할 필요는 없어. 자넨 자네대로 이유가 있었겠지. 다만 나를 탓하지는 말라고. 그게, 글쎄, 자네가 그걸 뭐라고 부르는지 모르겠지만, 내가 그래서 이렇다는 식으로……."

"애정 이전(법률 용어로 제삼자가 부부, 연인, 친구 등 밀접한 애정 관계에 끼어들거나 이간질하여 멀어지게 만드는 행위를 가리킴)이죠."

브르르는 옛 친구의 입술에서 그 용어가 어쩌면 그렇게 바로 툭 튀어나오는지를 똑똑히 보았다. 사자가 나지막이 경고의 뜻으로 으르렁거렸다.

리르는 기세를 한풀 꺾었다. 머리를 푹 수그려 두 손으로 감싸 쥔 채, 리르는 이제 거의 10년 전 일이 된 레인이 태어났을 때의 이 야기를 사자에게 해 주기 시작했다. 당시에 리르와 한 친구는 셰일 샐로의 수도원에 들어갔다 그만 포위를 당하여 갇혔고…….

"알고 있네. 자네의 혈기 방장한 짝꿍 트리즘 본 카발리쉬지." 브르르가 이름을 대었다.

리르의 머리가 홱 쳐들렸다.

"시계 놀이꾼 무리에 연루되기 전에 내가 에메랄드 시 쪽에 서서 모종의 정부 업무를 수행하고 있었거든." 사자가 털어놓았다. "야 클이라는 이름의 늙은 수녀가 자네의 미남 애인 이야기를 해 주었네."

"그 부분은 이미 끝난 이야기예요."

리르는 하던 말을 이어서 자기가 어떻게 빗자루를 타고 수도원을 벗어났는가를 이야기했다. 밤을 타서 체리스톤의 군대 머리 위

523

로 날아서 갔다. 트리즘은 뒤에 남기고 떠났다. 가능하다면 육로로 도망치라고, 레인을 뱃속에 가진 몸으로 리르를 기다리고 있던 캔들을 남몰래 찾아가라고 놔두고 갔다. '새들의 회의'가 있은 후 리르가 약 여섯 주 뒤에 도착했을 때에 캔들은 트리즘이 정말 모습을 나타내었더라고 시인했다. 잠깐 왔다 갔다고 했다. 하지만 그래서 무슨 일이 일어났던지는 말하려고 들지 않았다. 뭔가 심상치 않은 일이 일어나긴 일어났다. 애정, 육욕, 폭행, 충격, 질투? 캔들은 결코 그 일의 성격을 밝히지 않았고 리르는 묻기를 멈추었다. 남편들은 주식에 돈을 배분하듯 침묵을 관리한다. 리르는 다시 떠났다. 죽은 공주의 시신을 코끼리의 묘지로 운구해 가는 길에 따라갔다. 그가 돌아왔을 때쯤엔, 캔들이 레인을 막 낳은 참이었다. 체리스톤의 부하들이 애플 프레스 농장을 정탐한 바로 그때였다. 그자들이 포위망을 좁혀 들어오고 있었다. 하지만 캔들은 올가미를 피하여 빠져나갔다. 자기 아이와 리르의 낌새를 채지 못하게 자기가 그들을 끌고 달아나기를 바라며 도망친 것이다. 캔들은 리르가 와서 발견하도록 갓난아이를 놔두고 갔다. 그 의도대로 되었다.

"그 병력이 어떻게 자네들이 어디에 숨어 있었는지를 찾아냈던 거야?" 사자가 물었다.

"분명 트리즘을 이용해 알아낸 거죠. 어떻게 했든 간에. 어쩌면 그자들이 그의 뒤를 밟아 거기까지 갔는지도 몰라요. 아니면 트리즘이 떠난 후에, 그자들이 그를 붙잡아 구타를 해서 정보를 들어냈는지도 모르고. 어느 쪽이건, 트리즘이 우리를 배반하고 우리 딸을 배반한 거예요. 의도적으로 했건, 아니면 어리석어서 그렇게 됐건 간에요. 어느 쪽으로 변명하건 용서할 수 없어요."

"그러고 나서 어떻게 되었나?"

에메랄드 시에서 온 구세군들은 캔들을 낚아채었다. 그러고 보니 캔들이 품에 안고 있던 포대기는 아이가 아니라 빨랫감을 둘둘 뭉친 것이었다. 캔들이 좀 모자란 여자라고 생각하여, 병사들은 그녀를 놔주었다. 더러운 쿼들링 사람인 덕분에 유리한 점도 조금은 있었다! 캔들은 출산에 따른 하혈이 그치지 않은 몸으로 가까스로 수도원에 다다라 몸조리를 하게 되었다. 이 모든 사실을 전혀 모른 채, 리르는 아이를 팔에 안고 서쪽으로, 인적 없는 황무지를 향하여 갔다. 바로 전에 작별하고 온 빈쿠스의 한 부족을 뒤쫓아 간 것이다.

"난 스크로 족을 알고 있네." 사자가 짚어 말했다. "그들의 코끼리 족장인 나스토야 공주도 알고. 자네가 그들을 만났던 그날 나도 같이 있었잖나. 우리가 키아모코에서 마녀를 죽이고 돌아가던 길에."

"심지어 당신조차도 당신이 그 자리에 있었다는 거짓 선전을 믿게 된 건가요!" 리르가 질타했다. "당신은 죽인 적이 없어요, 어떤 마녀건! 당신과 나는 부엌방에 갇혀 있었어요."

"말이 그렇다는 얘기지. 스크로 족 얘기나 계속하게."

성질을 누그러뜨리고, 리르는 이야기를 계속했다. 새로운 족장은 쉠 오토코스라는 위인이었는데, 오랜 세월 동안 죽어 가는 공주를 돌보아 온 덕택에 변장 마법에 관하여 어느 정도 알게 된 바가 있었다. 리르는 스크로 족에게서 은신처를 구하려고 간 것이었고, 오토코스는 그에게 베풀어 주었던 안전한 출입을 연장해 주기로 했다. 하지만 레인을 제대로 잘 숨겨서 만약 발각될 경우 스크로 족이나 레인 자신에게 닥칠 위험이 닥치지 않게끔 해야만 한다는 단서가

붙었다.

"잘 숨기다니, 뭘 어떻게?"

"무슨 소리인지 이해를 못하는군요. 내 딸 주위를 터덜터덜 맴돌면서 도대체 얼마나 오랜 시간을 지냈으면서, 그런데도 그렇게 까맣게 모를 수가 있어요?"

"그 애가 우리 나머지 일행들에게서 좀 서먹하게 떨어져 있긴 했지." 브르르가 최대한 점잖게 말했다. 그는 이미 감을 잡았다. 이제는 눈치 챘다. 그렇지만 그 얘기를 말로 듣고 싶었다.

"그 애는 초록색으로 태어났어요." 리르가 말했다. "그건 이마에 과녁이 그려진 채로 태어난 것과 같아요. 오토코스는 할 수 있는 데까지 해봤지만 그 애에게 찍혀 있는 혈통의 낙인을 감추지는 못했어요. 스크로 숙영지 주위를 돌며 죽 왕래를 감시하고 있던 이스키나리가 에메랄드 시 사람들이 일부 섞여 있는 어느 상단이 접근하는 걸 포착했지요. 그래서 난 아이를 데리고 반대 방향으로 튀었어요. …… 이때가 아마 레인이 돌쯤 되었을 때예요. 그렇게 육로로 한 바퀴 빙 돌아서 도로 애플 프레스 농장을 향한 거예요. 도로 먼 치킨랜드를 향해서 왔죠. 나는 어디로 가야 할지, 어디라야 우리가 안전할지 정말 알 수가 없었어요."

"오즈가 그렇지 뭐. 아무데도 안전한 데가 없는 세상 아닌가." 사자가 말했다.

"난 셰일샬로의 수도원에 발을 멈추어, 거기서 캔들과 다시 만났죠. 우리는 우리 초록색 딸 레인 때문에 두려워서 제정신이 아니었어요. 우린 젊었죠. 그러니까 내가 대략 스물네 살쯤 되었지만, 그게 풋내 나는 스물네 살이었다는 거예요. 멍청한 스물네 살이었지요. 우리는 어디로 가겠다는 목적지도 없이 그저 계속 자리를 옮겨야겠기에 길을 떠났어요. 길에서 우연히 한…… 뱀 부리는 사람을 만난 것이 우리에게 단 하나의 희망을 던져 주었고, 그래서 그 사람이 무슨 수를 써서 레인을 혈통이 분명치 않은 희뿌연 피부로 변장시켜 주게 됐어요. 그러고 나서, 먼치킨랜드 접경에 가까이 갔을 무렵에 나는 글린다 부인이 생각났어요. 글린다 부인은 이전에 몇 번인가 나를 도와준 적이 있었죠. 우리는 목베거홀로 찾아뵈었고, 글린다 부인은 나를 만나 보겠다고 접견을 허락해 주셨어요. 부인은 레인을 주목해 뜯어보더니 우리에게, 아이를 부인의 식솔들 사이에 숨긴다면 거기야말로 가장 안전한 장소일 것이라고 설득을 했어요. 저택 일꾼들 사이에 두자는 거죠. 그래서 레인 스스로도 자기 근본을 모르게끔 숨김으로써 자기를 스스로 팔아넘기는 일도 있을 수 없게끔 하자고요."

그러니까 일이 그렇게 되었던 것이다. 글린다 부인이, 엘파바의 손녀를 맡아 보호했다. 뭐, 사리에는 맞는군.

"물정 모르는 어린애를 위해서는 그렇게 하는 게 최선이었겠군." 사자의 어조는 거만했다. 자기가 들어도 거만했는데, 그래도 안 그럴 수가 없었다.

"이것 봐요, 그 애는 아직 살아 있다고요." 리르가 말했다. "지금 거의 10년이 지났어요. 그런데 레인이 아직 살아 있단 말이에요. 캔들은 붙들렸다가 놓여난 몸이고, 나는 십 대 시절부터 무법자로 살아왔어요. 하지만 레인은…… 레인은 무사해요."

"그자들이 찾았던 건 레인이 아니야. 그자들은 『그리머리』를 탐냈어. 아직도 그 책을 원하고 있지. 지금까지 오즈에 있었던 마법의 최고도의 비밀들이 그 몹쓸 책 속에 들어 있어. 놈들은 멍청하고 뚱하니 화가 난 꼬마 계집애 따위 눈곱만큼도 신경 쓰지 않았을걸. 그리고 자네가 그 애를 그렇게 만든 거지. 애를 내버렸으니까. 그 애의 유년기를 헛되이 내버린 거야." 사자가 말했다.

"누가 당신에게 그렇게 잘난 척 가르칠 권리를 주었죠? 그러니까 당신들이 그 애가 학교에서 집으로 걸어오는 길을 바래다 주셨다 이거죠, 정말 훌륭하세요. 감사하게 생각해요. 감사하다고 말씀드리지 않았던가요? 하지만 일단 그 애가 살아서 걸어 다닌다는 점을 알아 달라고요, 브르르 경."

리르가 차가운 분노를 품을 수 있는 사람이었구나. 브르르는 그 점을 깨달았다. 딱 엘파바가 그랬던 것 같다. 하지만 브르르는 야단맞고 훈계를 들을 처지가 아니었다.

"그러니까 정확히 얼마나 살아 있다는 건가? 레인은 여자아이답질 않아. 차라리 사람 모습을 한 수달 같지. 정말이지, 똑바로 보게. 글린다 부인에게 맡겨? 그 여잔 어린애를 키울 수가 없어. 글린다 부인은 덩굴아스파라거스 한 포기 못 키울 여자야."

"어쨌든, 당신이 레인을 다시 우리에게 데려다 넘겨 줌으로써 우리에게 두 번째 기회를 주었지요. 그 덥수룩한 갈기를 휘두르면서 레인 주위를 맴도는 것도 이제 작작 하세요. 그 애를 당신 뒤꽁무니만 졸졸 따라다니게 사슬 채워 놓지 마요."

"그 애는 버림받은 경험이 무려 한 번이나 돼." 브르르가 받아쳤다. "잘 들어. 난 뒤에서 이러쿵저러쿵 자네들 험담을 하진 않아. 그리고 절대 문을 걸어 잠그지도 않고. 레인은 언제든지 자기가 그러고 싶을 때 자네들 쪽으로 다가갈 수 있어. 그 애는 어린애야. 그러니 믿고 의지해도 될 사람을 장차는 믿게 될 걸세. 시간을 들여서 자기가 그럴 마음이 들 때에 말이지. 난 거기에 전혀 개입하는 바가 없네. 하지만 그 애가 그럴 준비가 될 때까지는 그 애를 여기에 자네들과 함께 달랑 떼어놓고 떠나지는 않을 거야."

그들은 서로에게 거의 고함을 지르고 있었다. 금방이라도 한판 붙을 자세로 서서 헐떡거렸다. 둘 다 아이가 잘되기를 바라고 걱정하는 마음은 똑같았는데도.

"정말 사려가 깊기도 하셨네요." 리르가 펄펄 끓어올라서 비꼬았다. "레인을『그리머리』와 함께 끌고 오시다니요. 오즈의 황제가 그 책을 이리 찾고 저리 찾으며 그간의 세월을 보냈는데 말이에요. 그거야말로 어린애를 데리고 오기에는 정말 안전한 상황이군요!"

"그런 모순된 상황에 나라고 생각이 안 미쳤겠나. 황제가 모든 마법적인 상징물들을 다 모아들이라고 공표한 마당에 위치를 확정하기 쉽게끔 우리가 동떨어져 고립되는 꼴이지. 자네는 자네 딸아이를 돌보자고 나까지 과녁에 정통으로 들어앉은 게 좋아서 한 짓 같나?"

리르는 궁지에 몰렸다. 그 책이 문제 상황에 정말 커다란 부분을 차지했다.

"『그리머리』가 황제의 손아귀를 앞으로 얼마나 더 오래 피할 수 있을까요? 특히 그 마법에 걸린 보관함이 때 이른 최후를 맞이한 지금……."

브르르는 어깨를 으쓱 했다. 최소한 리르의 어조가 다소 무던해지기는 했다. 사자는 터벅터벅 '시계'의 네 번째 모퉁이를 돌아갔다. 리르도 따라왔다. 작은 새 한 마리가, 말하는 굴뚝새가 하늘에서 몇

번을 내리꽂히듯 기류를 타고 날아 내려왔을 때에 둘은 막 시계의
자판을 올려다보던 참이었다. 암컷 굴뚝새는 실낱만큼이라도 놀라
거나 꺼리는 기색도 없이 드래곤의 주둥이에 착 내려앉았다. 인간
남자와 사자는 그 광경을 올려다보고 그만 입이 쩍 벌어졌는데, 거
기에는 몇 가지 이유가 있었다.

사자는 자기가 2년 전 '시계'를 처음 본 그 순간 이래로 내내 자
정 1분 전을 가리키고 있던 시계 자판이 이제는 정확히 자정을 가
리키고 있었기 때문에 가슴이 뛰었다.

"다시 만났네요." 굴뚝새가 사자에게 말 건넸다. 노란 벽돌길에서
황제의 병사들이 쫓아오니 도망치라고 경고해 주었던 바로 그 수수
한 새였다.

리르로서는, 그 새를 알아보느니 마느니 생각할 깜냥이 없었다.
굴뚝새들이란 어쨌든 이놈이나 저놈이나 다 똑같아 보인다. 적어도
사람이 보기에는 그렇다. 하지만 그 굴뚝새가 말을 하자 리르는 그
녀가 도시라는 것을 알아차렸다. 도시를 마지막으로 본 것도 10년
전이었다. '새들의 회의'가 에메랄드 시 상공을 날면서 "엘파바가
살아 있다! 엘파바가 살아 있다!" 하고 외쳤던 후의 일이다.

도시가 말했다.

"무지무지 다행스러운 일이네요! 하지만 내가 여러분에게 날개
를 달아 주어서 일주일은 더 빨리 날아오게 했던 거죠! 실례해요,
신사 분들, 하지만 댁네 거위가 방금 두 분이 잠깐 이쪽으로 수다
떨러 내려왔다고 가르쳐 주더라고요. 내가 전해야 할 말을 두 분이
듣고 싶어 할 거라고 생각해서요. 키노트 장군한테서 직통으로 갖
고 온 전갈이에요. 내가 큰독수리 말을 번역해서 얘기할게요. '명백

530

히도 불가능한 일이 몇 달 전에 일어났노라. 그녀가 돌아왔도다.'"

"그녀가 돌아와?" 리르가 물었다.

"엘파바가?" 사자가 물었다. 단박에 몸 속 피가 펄쩍 뛰어올라서 자기는 비켜 줘도 될 것 같았다.

"실례지만요, 선생, 엘파바가 아니에요. 도로시지요." 굴뚝새가 말했다. "도로시 게일 말이에요."

8

　아가씨 물고기의 성단소에서, 난쟁이는 리르와 사자에게 난리를
쳤다.

　"난 도로시인지 뭔지 안 믿어. 그건 그냥 소란거리 아니었나? 마
법사가 궁전에서 쫓겨나는 마당에 대중의 시선을 돌리기 위해 교묘
하게 갖다 붙인 사기 공작이었잖아?"

　"도로시는 저한테는 충분히 진짜 사람입니다." 리르가 말했다.

　"나한테도 그렇지요." 사자가 말했다. "그걸 증명하는 감정상의
흉터들이 잔뜩 남아 있는 판인데요."

　"일단 도로시라고 쳐요." 노르가 이야기를 앞질렀다. "난 그녀
가 돌아왔다는 얘기가 의심스러워요. 소위 이루어졌다는 도로시의
귀환이란, 전설적인 오즈마 이야기의 또 한 가지 변형판 같잖아요.
'아름다운 여주인공이 모습을 감추었다, 하지만 가장 암울한 때에
우리에게 다시 돌아올 것이다, 아멘.' 흥. 그 따위 흰소리는 개혁을
향한 우리의 절실한 필요를 뒤로 미루고, 대체할 뿐이에요. 잘 들어

요, 우리를 구해 주러 돌아올 이는 아무도 없어요. 우리는 우리끼리
해 나가야 하지요."

"도로시는 그런 얘기를 들을 만큼 아름답고 어쩌고 하지 않았
어." 사자가 말했다. "그래서 나는 도로시가 복귀 여행길에 오른, 누
구나가 선호하는 순교자가 됨 직할 것 같지가 않아. 분명히 도로시
가 아닐 거야. 본업을 접고 조롱 삼아서 도로시인 척하고 나선 남창
이겠지. 우리가 살고 있는 요즘 세상에서는 이쪽인지 저쪽인지 그
차이를 분간해 말할 수 있는 사람이 아무도 없으니 말이오."

"도로시가 맞다고 칩시다." 리르가 말했다. "대화가 진전이 되려
면 그래야 하니까요. 옛날 한때 난 도로시에게 반했더랬죠, 하여튼
말이에요. 도로시가 어떻게 돌아왔다는 거지요? 여기서 뭘 하고 있
다죠? 그래 어디에 있습니까?"

"내가 한 말은 말이지요, 선생, 도로시가 반년 전쯤에 왔다는 거
예요." 도시가 말했다. "저 위 글리쿠스로요. 스칼프 산맥이 아래위
로 꿈쩔꿈쩔 떠밀어 댔지요. 오즈 전역에서 진동을 느낄 수가 있었
어요. 어떤 이들은 지진이라고 불렀고, 다른 이들은 대차게 한 번
용틀임을 한 것이라고 말하네요. 하이머시(높은 자비라는 뜻)라는 이
름이 붙은 글리쿤 마을 하나가 납작하게 무너져 버렸어요. 깡그리
무너져서 조약돌만 남았다고들 그러더군요. 그래서 그 잔해를 치우
는데 거기에서 무슨 네모난 이동 수단에 들어 있는 이 여성을 발견
한 거예요. 벽으로 둘러쳐져 있는데, 열리는 곳은 철제 소용돌이무
늬 창살뿐이었죠. 그렇지만 그 주름 장식이 안에 있는 생물을 짜부
라지지 않게 버텨 주어서 도로시가 발견될 때까지 무사했던 거죠."

레인이 눈길을 들었다.

"우리한테도 지진이 났었어요. '시계'가 지진을 냈어요. 생각나세요? 건물들이 다 무너져 있고 그랬잖아요. '시계'가 양귀비 밭으로 굴러 떨어진 다음에요."

그들은 기억하고 있었다. 대장 나리는 마음이 편치 않아 보였다.

"우리 시계가 도로시의 지진을 일으킨 거예요?" 레인이 물었다.

"모르는 소리는 아예 하지를 마라." 대장 나리가 윽박질렀다.

"우리 모두 모르는 얘기들을 하고 살았죠. 안 그랬다면 영영 벙어리가 돼야 했을 테니까요." 리르가 넌지시 말을 하여 레인을 역성들었다. 그러자 침묵이 뒤따랐다.

캔들이 도로 화제를 본론으로 돌리며 끼어들었다.

"그래서 무슨 일이 벌어졌던 거예요? 누구 달리 다친 사람이 있었나요?"

"그쪽 글리쿤들한테야 정말 거의 완벽하다 할 만한 행운이었죠." 굴뚝새가 지저귀었다. "마을 사람들이 전부 다 어딘가 고지의 풀밭으로 소풍을 나갔던 참이니까요. 그날이 휴일이었던 모양이에요, 그래서 구태여 그날 그 동네 에메랄드 광산 굴 속을 들여다본 사람은 아무도 없었어요. 그게 굉장히 크나큰 행운이었죠. 알아요? 그 광산들이 전부 다 완전히, 깡그리 무너져 내렸다니까요. 하지만 나무에 매여 있던 암소 한 마리는 딱한 최후를 맞았죠."

"그래서 그 사람들이 이 도로시를 어떻게 처리했나요? 지금 어디에 있는 거죠?" 노르가 물었다.

"도로시가 글리쿤들한테 뚝 떨어진 게 뭔가 감옥 우리 같은 데 갇혀 떨어진 거였거든요, 이미 갇혀 있는 상태로요. 그러니 자기 집들이 다 무너졌다고 그이들은 도로시를 탓했지요. 그러고는 그 부

스럼쟁이들은 이럭저럭 몸을 추슬러 가지고 이렇다 할 피해가 없
었던 이웃 마을로 옮겨 갔어요. 가면서 도로시도 같이 데리고 갔고
요. 도로시가 머리를 부딪혀서 뇌진탕이 온 건지, 아니면 아침식사
라 치기엔 벌레 두 마리가 모자랄 때처럼 원래부터 뭐가 살짝 딸려
서 그 꼴인지 확실히 말할 수 있는 사람은 아무도 없었죠, 내 말 무
슨 말인지 알아듣겠죠?"

　도시는 도로시의 지능에 대한 의견을 말하면서 밝은 표정으로
주위를 둘러보았다. 아무도 아부 말 하지 않았다.

　"암튼 좋아요. 도로시가 어느 정도 기억을 회복할 때까지 몇 달
동안 그쪽 사람들이 돌봐 주었어요. 도로시는 분명히 무슨 작은 개
가 어쩌니 저쩌니 부르짖고 있었던 모양인데, 개는 어디로 갔는지
없었지요. 무너지는 파편에 맞아 짜부라졌든가, 아니면 도로시가
안에 갇혀 있는 동안 철창 사이로 빠져나갈 길을 찾아 도망을 쳤든
가 둘 중에 하나였겠죠. 도로시가 자기 이름을 기억해 낼 만큼까지
정신이 수습됐을 때쯤 눈이 왔어요. 먼치킨랜드로 내려가는 남행길
은 봄까지는 폐쇄되었죠. 눈이 쌓여 있는 계절과, 또 진흙탕이 되는
계절 동안에도 대부분 거긴 그래요. 누가 야영을 하며 그 산지를 뚫
고 지나가려면 그 철이 지나기를 기다려야만 하지요. 하지만 그쪽
글리쿤들이 콜웬 그라운즈에 경고를 했고, 도로시를 그쪽으로 내려
보낼 작정이었어요. 법률에 회부하고 뭐 그런 처리를 하려고요."

　"그러니까 도로시가 오즈로 돌아와 있다는 건가요?" 리르는 거
의 믿어지지가 않았다.

　"이야기로 듣자 하니 도로시가 자기가 오즈에 와 있다는 사실을
마침내 깨닫고 나서는 이렇게 말했대요. '그 암소가 신성한 암소였

나 봐요. 국가적인 사랑을 받고 뭐 그런 소인가요?' 그러고는 막 울어대더래요. 여행의 즐거움에 마음이 설레긴커녕."

"만약 글리쿤들이 먼치킨랜드인하고가 아니라 길리킨인들하고 동맹을 맺었더라면 도로시는 에메랄드 시로 와서 대단 번쩍한 축하 행사로 환영받았을걸." 사자가 말했다. "옛 시절이 돌아왔다! 음악, 행진, 그런 엄청난 야단법석이 전부 벌어졌을 테지."

"그런데 그게 아니라 하이머시에서 콜웬 그라운즈로 호송될 판이지. 먼치킨랜드 영토로 송환하려 들 테니까. 짐작이지만." 대장 나리가 넘겨짚었다.

"죄송하지만요, 하이머시('큰 자비'라는 뜻)는 이제 거의 남아 있는 게 없거든요. 도로시는 이웃 마을에 투옥됐어요. 리틀머시('자비가 거의 없는'이라는 뜻)에요." 도시가 말했다.

꼬마 다피는 킁 소리를 냈다.

"그 도로시를 이제 와서 누가 신경이나 쓴대요? 그저 성가신 존재일 뿐이잖아요. 초대도 받지 않았으면서 만날 어디에 뚝뚝 떨어져 오기나 하고 말이야."

"인간들이 어떻게 생각하는지 아는 척은 하지 않을래요. 정부의 고위 인사들이 생각하는 것도 모르겠고." 굴뚝새가 대답했다. "하지만 내가 들은 이야기로는 이번에는 그들이 도로시를 잡아 놓고 책임을 물을 거라더군요."

"산사태가 났을 때 도착해서 암소 한 마리를 치어 죽였다는 죄로?" 꼬마 다피가 깔깔 웃었다.

"이봐요, 암소도 감정은 느낄 줄 안다잖아요." 사자가 끼어들었다.

"아니, 아니죠. 그 소가 무슨 대단히 특별한 점이 있는 소나 그런 건 아니었어요. 그 도로시는 네사로즈 트롭과 그 언니 엘파바의 죽음에 관하여 심판을 받게 될 거예요. 바로 그래서 내가 이 먼 길을 와서 당신들을 찾은 거랍니다. 특히 리르와 사자를 찾아왔죠. 키노트 장군은 당신들이 이 일을 알아야만 한다고 생각했어요."

"우리는 노머시('자비 없는'이라는 뜻) 마을의 거주민들이야." 난쟁이가 말끝을 채었다. "도로시한테 무슨 일이 생기건 우리가 신경쓸 게 뭐야?"

"이해가 안 되는데. 먼치킨랜드인들은 네사로즈를 독재자로 여기지 않았나? 물론, 네사로즈가 분리 독립을 주창한 사람인 건 맞아요! 그러니까 그녀가 먼치킨랜드 자유령의 어머니인 거죠. 하지만 먼치킨랜드인들은 네사로즈의 독단적인 경건 때문에 나중엔 진절머리를 냈잖아요. 아무튼, 네사로즈를 동쪽 나라의 사악한 마녀라고 부른 장본인이 바로 그 사람들 아니냔 말이에요. 이제 와서 갑자기 그이들이 네사로즈를 그리워하게 됐단 말인가요? 운이 나빠서 네사로즈를 치어 버린 범인을 재판에 회부할 만큼?"

도시가 대답했다.

"난 그 문제에 대해서 뭐라 첨언할 준비가 안 되어 있네요. 난 그저 장군님이 나에게 하라고 한 일을 할 뿐이랍니다. 여러분은 이 도로시를 변호해 주러 가든 말든 알아서 선택하세요. 자, 됐어요. 난 요청받은 대로 전할 말을 전했거든요. 오늘 밤을 지낼 둥지를 권해준다면 기쁘겠네요. 그리고 아침이 되면 난 갈 거예요."

"시간 낭비도 어지간히 했군그래, 멍청이 도시 아줌씨. 우린 이 문제에 전혀 요만큼도 관심이 없소." 난쟁이가 주장했다.

"도로시는 네사로즈 살해 혐의로 기소됐어요. 교수형을 당할 거예요."

"잘됐군. 먹여 살려야 할 불법 이민자가 한 명 줄었어."

"난 리르와 생각이 같아요. 이건 이치에 닿지 않아요." 사자가 말했다. "그 사람들이 도대체 왜 그런답니까?"

"당신 그렇게 머리가 안 돌아갈 수 있나요?" 노르의 목소리는 짜증스러웠다. "눈길을 끌어 모으는 선전 장난질이잖아요. 모르겠어요? 그이들은 또다시 희생양 만들기를 하고 있는 거예요. 아마 몇몇 먼치킨랜드인들은 자기네 나라를 지키는 데 피로든 재물로든 너무 많은 자원이 들어가니 마음이 흔들리고 있을 거예요. 대중이 지금 대의에 집중하게 만드는 데에 공공연히 적을 조롱하는 한 판 푸닥거리보다 더 잘 듣는 건 없죠."

노르는 나머지 우리들보다 정치적인 제스처에 좀 더 감각이 있는 것 같아, 리르가 생각했다. 노르가 말을 이었다.

"먼치킨랜드인들이 이렇게 낮게 몸을 수그린다는 건 위험을 자초하는 일이에요. 우리는 겨우내 오즈 황제의 사정권 안에서 벗어나 있을 필요에 관하여 이야기하고 있었지요. 하지만 이걸 아세요, 우리들 가운데 특정 개인들은 먼치킨랜드 못지않은 위험에 빠져 있어요."

노르의 눈길은 의미 있게 레인 쪽을 스쳐서 공중으로 떠갔다.

"만약 엘파바가 아직 살아 있었더라면." 하고 노르는 말을 이었다. "엘파바의 존재가 황제가 먼치킨랜드에 대하여 주장하는 통치권을 무효화했을 거예요. 아무리 엘파바와 한 형제라도 엘파바 쪽이 우선권을 가지니까요. 나이도 위고 또 성별의 덕택도 있으니까."

"그리고 엘파바의 자식도 마찬가지로 우선권을 갖지." 사자가 피곤한 듯 말을 받았다. "설사 자네가 남자라 할지라도 그래, 리르. 그리고 자네의 자식은 오히려 자네보다도 더한층 우선권이 있어······ 저 애가 성년에 이르기만 하면 말일세."

이제 그들 모두가 레인을 바라보았다. 레인은 모두의 주목을 받아 몸을 꼬았다. 레인은 자기 진외숙 할아버지인 오즈의 황제 셸보다도 먼치킨랜드를 통치할 권리를 더한층 많이 갖고 있었다. 황제도 이를 아는 것이 분명했다. 트리즘 본 카발리쉬를 고문해서 레인의 탄생에 대한 풍설을 얻어냈다면 말이다. 먼치킨랜드인들이 레인의 소재를 파악하면 얻을 수 있는 이점이 적지 않은데 과연 어떨까? 먼치킨랜드인들 역시 레인을 찾아내는 데에 황제만큼이나 관심이 있을 터였다. 어쩌면 먼치킨랜드인들이 더 열성일 수도 있다. 레인이 떡 하니 먼치킨랜드에 존재한다면 그건 셸의 주장이 딛고 선 양탄자 자락을 느닷없이 확 잡아 빼 버리는 일이 될 것이다.

레인은 지금까지 10년간 위험했던 것보다 조금이라도 덜 위험한 처지에 있지 못했다.

"레인은 날아가지 않는 한은 안전치 못해요." 모두가 속으로 생각하고 있었던 것을 도시가 목소리로 입 밖에 냈다. "그리고 여러분도 저 애하고 함께 날아야지요, 물론. 새로 치면 저 애와 한무리잖아요."

"하, 우리는 날개가 몸통에 고정된 처지라서 말이야. 손질이 다 되어 석탄불로 된 작고도 멋진 침대 위에 누임을 당할 준비가 되어 있지. 맥은 반갑지 못한 뜬소문이나 물고 다니는구먼, 산들바람에 실려 날아다니는 팔랑팔랑 천진난만 여편네야. 항상 난리 난 듯이 찍찍 쨋쨋 소리를 지르면서. 앉아 잘 횃대는 어디 딴 데 가서 알아보시지."

캔들은 일행 앞에서 말을 하는 일이 거의 없었고, 목소리는 공손한 사람이었다. 그런 캔들이 자기 앞 탁자 위에 얹어 놓았던 손가락들을 꽉 주먹 쥐었다.

"도시가 묵어가겠다면 환영이에요, 대장 나리 당신이나 마찬가지로요."

리르가 중재를 해야 했다.

"도시, 나하고 같이 밖으로 나가죠. 잠깐 동안만요. 캔들이 그동안 횃대를 마련해 놓을 거예요."

이스키나리는 리르가 도시를 주목하는 걸 다르게 받아들인 게 분명했다. 거위들이 하듯이 공격적인 소리를 내면서 식식대었고 굴뚝새의 다리를 비틀어 뽑을 것처럼 달려들었다. 거위는 부리에 축축한 새똥을 철썩 얻어맞았다. 도시는 몸을 피하면서 우짖었다.

"이런, 맙소사! 우리들 모두가 왕년에 키노트 장군의 '회의'에 함께했던 왕년의 동지 아니에요?"

다시 바깥 공기 속으로 나와서 리르는 얼굴에 웃음빛을 지우려고 애썼다.

"시샘은 공기나 빛처럼 온 사방 아무데로나 흘러들어 가는군요." 리르가 도시에게 말했다. "저 늙다리 거위가 다른 새 꽁무니를 쫓는 걸 보는 날이 올 줄이야 생각도 못했어요."

"당신의 동물 친구가 아주 질색을 하는 줄은 알겠어요. 그 양반은 늘 그랬지만." 굴뚝새가 대답했다. "난 날 원치 않는 곳에 눌어붙어 있을 새는 아니에요. 아니고말고요. 난 비탈을 내려갈래요. 내 앞가림은 내가 알아서 할 수 있어요."

"그러면 민망하지요." 리르는 새를 끌어안을 방법이 있었더라면 좋았겠다고 생각했다. 그는 한 손가락을 내밀었고, 그러자 굴뚝새가 폴짝 뛰어올랐다. "내가 키노트 장군과 이스키나리와 나머지 여러분들 모두를 만났던 '회의' 때로부터 10년이 지났군요. 그 맵짜고 뻣뻣한 영감님은 어떻게 지내세요?"

"독수리 양반이야 예나 지금이나 준비 태세 완료에 침착하고, 체격도 여전하고 그렇지요. 비록 날개 이가 생기긴 했지만요. 애석하게도. 지금은 옛날만큼 높이 날진 못해요. 하지만 장군님이 당신에게 안부 전하라고 했어요."

"지금 그 양반 위치는 어딥니까?"

"그건 기밀 사항이에요, 미안하지만 말씀드릴 수 없네요, 선생. 키노트 장군은 이젠 명령은 해도 그걸 관철시킬 위력은 없어요, 안됐죠. 하지만 우리들 새들은 어디를 가든 반역으로 의심받는 신세예요. 마음대로 하늘을 날아다닐 수 있는 자유가 있다고 해서요. 그러니 우리는 몇 가지 특정한 사실들은 최대한 우리의 가슴털 속에 단단히 간수를 해야 해요. 신중을 기하면 기한 만큼 보탬이 되죠."

"우리도 그래야 할까요? 이 높은 우리 보금자리에서 특별히 주의 경계해야 할 새 종류가 있나요?"

"딱 짚어 이렇다고 말할 수는 없네요. 서로 다른 새들끼리 한자리에 떼 짓는 일은 좀처럼 없거든요. 그게 키노트의 '회의'가 거둔 대성공이었죠. 새들의 갖가지 부족 회합들은 서로서로 별달리 연관이 없어요. 그렇다고 서로 난리 치며 악다구니 하는 일도 없고 말이죠. 거의는 각자 자기 앞가림들이나 하고 산다고 말하는 게 낫겠네요."

"하지만 당신은 우리를 찾아서 도로시 이야기를 해 주려고 일부러 나왔잖아요."

"나라고 특별할 거 하나 없어요. 다만 나는 나대로 이유가 있었던 거죠."

리르는 한쪽 눈썹을 기울였다.

"난 다소 모성애가 강한 편이에요. 내가 당신들처럼 젖 먹이는 짐승은 아니니까 젖가슴은 없지만, 만약에 있었으면 가슴이 풍만했을 거예요. 하긴 내 귀가 그렇게 특출하게 좋지도 않고, 내 날개에는 흰 깃이 섞이고 아침에 지저귀는 노랫소리엔 쉰 소리가 섞인 판이죠. 하지만 이 도로시에 대한 말이 돌고 있기에, 그리고 혹시 당신과 사자가 도로시에게 누군가 유리한 증언을 하여 항변해 줄 이들이 필요할지 여부를 알고 싶을지도 모르겠다는 생각이 들기에, 내가 자진해서 그 임무에 나선 거예요."

"만난 적도 없는 인간 여자애한테 가진 것치고는 퍽 강한 감정이네요."

"그 도로시는 문제가 아네요. 그 도로시야 교수대에 매달리든 말든." 도시는 목소리도 명랑하게 그렇게 말했다. "문제는 당신이라고요, 도련님. 이런 말 하기 좀 그렇긴 하지만 아무튼 말이죠. 나도 젊었을 때는 몇 번이나 새끼를 깠어요. 그래서 지금 새둥지에 든 새끼 새들이 나를 부르라 치면 '할머니'를 부르기 전에 앞에다 '증'자를 부르다 숨이 다할 만큼 많이 붙여야만 할 지경이에요. 그러니 난 내 둥지에서 알 하나가 굴러 떨어질 때 그 느낌이 어떤지 잘 알아요. 당신의 아이는 그때 우리가 함께 날아가고 있었던 때에 막 태어나려는 중이었죠. 그리고 나는 황제가 보복을 하려고 독사처럼 당

신의 둥지를 습격해서 싹 쓸어가 버릴 것 같은 두려운 느낌이 들었
더랬어요. 난 직접 내 눈으로 보고 싶었어요, 리르 도령. 당신 아이
를 당신 날개 밑에 꼭 챙기게 되어서 내 맘이 기뻐요."

"당신은 여러 번 어머니가 되어 보았지요. 레인을 본 건 여기서
잠깐 저기서 잠깐, 잠깐씩밖에 안 된 것은 알고 있어요. 그렇지만
당신 보기에 저 애가 어때 보이나요?"

도시의 부리는 손톱처럼 딱딱한 재료로 되어 있었다. 리르가 빙
긋 웃는 웃음을 일아볼 수 있었던 깃은 양 볼의 솜털이 봉긋이 부
풀어 오르고 부리 양옆으로 조그마한 회색 콩알이 도드라지는 것을
보고서였다.

"빗자루 소년, 내 말 잘 들어요. 댁의 딸은 내가 지금까지 본 중
에 제일 못생긴 새끼오리예요. 하지만 내 그야말로 장담을 하겠는
데, 그 애도 하늘을 날 소질이 있는 애예요."

9

다음 날 아침 일단 굴뚝새가 떠나고 나자 본심들이 드러났다. 대장 나리가 말했다.

"우리가 도시 그 여편네를 신뢰할 까닭이 어디 있어? 그 쪼그맣고 소박한 부리로 내내 지저귄 게 몽땅 거짓말일 수도 있다고. 도로시가 정말로 돌아왔는지 우리가 어떻게 알겠나? 어디서 살해당해 뻗어 있을 개연성이 훨씬 더 많지. 도로시 이전에 오즈마부터 그랬듯이 말이야."

"말도 안 되는 소립니다. 도시는 여기까지 찾아오기 위해 스스로 상당한 위험을 무릅쓰고 몸을 던졌어요. 겨울이나 다름없는 연중 이 시기에 혼자서 오직 우리를 찾으려고 날아왔다고요. 거짓말을 할 이유가 하나도 없어요. 새들은 먼치킨랜드에도 오즈 충성령에도 연맹하고 있지 않아요."

"그렇지만 리르, 우리는 도시처럼 날아서 국경을 넘어갈 수 없잖아요. 전쟁 시인데 어림없죠. 장날에 장이라도 보러 가는 것처럼 어슬렁어슬렁 먼치킨랜드로 들어갈 수는 없는 일이라고요. 그쪽 경계 지역에 얼마나 독하게들 지켜 서 있을지 누가 알겠어요? 그러니까 당신이 도로시에 대해서 아직 미련이 있다고 한다면 좋아요, 그러세요. 그렇지만 요새 나왔다는 이 도로시가 결국 누구로 밝혀지든 간에, 당신의 아이를 위험에 처하게 하는 것은 원하지 않겠지요?"

리르는 아내의 말이 사리에 닿는다는 건 알았지만, 거기에 베푸는 마음은 깃들어 있지 않았다. 브르르는 헛기침을 했다.

"도로시는 오즈 충성령 사람들과 먼치킨들 사이에 벌어진 내전하고는 아무런 관계가 없어요. 도로시는 정치범이에요. 노르가 어렸을 때 그랬던 거나 마찬가지지. 만약에 레인이 같은 상황에 처했더라면, 우리가 지옥을 뚫고라도 레인을 구하러 가지 않았겠소?"

"자네한테는 일이 벌어지는 사사건건 그 뒤에 상처 입은 어린애가 눈에 치이는구먼. 아니 뭐 어떻다는 건 아니고." 난쟁이가 말했다.

"도로시는 지금쯤이면 중년 부인이 됐을 거예요." 브르르가 항변했다. "그리고 뭐가 어찌 되었든 간에, 도로시는 나에게 리르를 보살펴 달라고 부탁했더랬죠. 도로시한테도 똑같은 보살핌을 갚아 줘야 하는 게 아닌가요? 그 사람한테 오즈에 친구가 있나요, 우리들이 아니라면?"

"그건 논점을 벗어난 얘기야." 난쟁이가 고집했다.

"무슨 논점을 벗어난단 말씀이세요? 대장 나리 몸 사리는 논점이요? 난 자리 접고 일어나 떠날 채비가 다 됐어요."

노르도 그러했다. 브르르와 노르가 눈이 맞아 한 쌍으로 맺어지게 된 데는 이유가 있었다. 브르르는 이제 그 점을 좀 더 분명히 바라볼 수가 있었다. 노르는 집에 틀어박혀 살고 싶어 하는 여자가 아니었고, 브르르 역시 차라리 밖에 나돌고 싶어 하는 축이었다. 근년에 들어 엉덩뼈 쪽 관절염과 한 번 나기 시작하자 절대로 가실 줄 모르는 구취와 더불어 브르르는 전에는 그런 줄 깨닫지도 못했던, 사자가 된다는 것의 특질을 알아 가는 중이었다.

그 문제는 투표에 붙여졌다. 끝이 없는 통근에 지쳐 버린 대장 나리를 제외하고 모두가 떠나자는 쪽에다 표를 던졌다. 레인에게는 갈래 말래 물어본 사람이 없었다.

이스키나리는, 도시가 찾아왔던 때 이래로 리르에게서 2.5미터 거리를 두고 그림자처럼 졸졸 쫓아다니기 시작하여 말이 많은 것만 빼고는 꼭 숄을 둘러쓴 아르지키 족장의 아내같이 굴고 있었는데, 이렇게 말했다.

"가자고. 뭘 기다리고 앉아 있는 거지? 이 좋은 날씨를 놓치면, 우리는 도로시나 매한가지로 깊고 깊은 눈에 파묻히게 될 거야. 겨우내 꼼짝도 못하게 되겠지."

✤✤✤

춥지만 햇살 비치는 여드레째 날에, 얼었던 게 웬만큼은 녹은 날씨로 자갈 위에 쌓였던 눈은 걷혔지만 땅은 아직 진창길이 될 만큼 녹지는 않아 단단할 때에, 일행은 죽어 버린 '시계'의 수레채에 브르르를 장구 채웠다. 리르는 『그리머리』를 엘파바의 낡은 검은색 케이프로 싸서 한쪽 팔 아래 끼었다.

레인은 노르가 뻗은 손을 잡지 않고 피하며, 대신에 자기 조개껍데기를 아기처럼 팔에 안았다. 테이는 레인의 어깨 위에 올라탔다.

꼬마 다피는 고함을 쳤다. "빨리 와요, 당신." 대장 나리가 갑자기 발작이 와 죽어 자빠진 척을 하고 있었기 때문이다. 하지만 결국은 일어나서 쿵쾅거리며 뒤를 따라왔다.

레인이 갑자기 말을 한 건 일행이 비탈길을 3분의 1쯤 내려갔을 때였다.

"잠깐만요, 우리 빗자루 꽃을 깜박 잊고 왔어요."

"애새끼가 뭔 소리를 쩍쩍거리는 거야?" 난쟁이가 물었다.

리르는 손을 입에 올렸다. 오즈마 맙소사, 이 순간 압박감에 시달려, 또 『그리머리』가 있다 보니까 그걸 놓고 오다니…… 하지만 레인이 화살처럼 언덕 위로 달려 올라갔다. 잠시 후에 레인은 엘파바의 빗자루를 어깨 위에 메어 균형을 잡은 채 도로 돌아왔다.

"그 좀벌레 먹은 물건은 대체 어디서 꺼내 왔니?" 꼬마 다피가 물었다.

"아가씨 물고기 밑으로 쭉 깔린 돌들 밑 가로로 난 틈 속에 넣어 두었던 거지요." 캔들이 낮은 음성으로 말했다. "대체 얘가 어떻게 찾았을까? 난 우리가 그걸 충분히 잘 숨겨 놓았다고 생각했어요."

"물고기 아가씨가 나한테 그게 거기 있다고 말해 줬어요. 잊어먹지 말라고도 그랬어요." 레인이 말했다. "나 하마터면 잊어버릴 뻔했는데, 그래도 내가 기억을 했어요."

언덕길을 내려갈 때 일행과 함께한 감정이 과연 무엇이었던지…… 감상적인 기분인지, 사기가 오른 건지, 불안한지, 불길한지, 사명감과 귀찮은 느낌이 뒤섞인 묘한 감정인지 몰라도 하여튼 그어떤 감정이 한동안은 모두를 아무 말 없이 침묵에 잠기게 만들었다. 제일 먼저 그 침묵을 깨고 나온 건 이스키나리였다. 이스키나리

548

는 맥줏집에서나 부를 노래를 곧바로 꽥꽥 불러 대었다.

한밤중 캄캄한데, 우리 자기, 예쁜 자기
분위기 삼삼하네, 비둘기 자기, 오리 자기
내 사랑 당신 모습 안 보이면 안 보일수록
난 더욱더 운 좋은 놈, 신나고 흥이 나네
가까이 와 입 맞춰요, 가까이 와 꾸룩 울어요
내 당신을 올라타고 그냥 막……

일행 모두가 한꺼번에 그에게 닥치라고 했다.

✛✛✛

리르와 캔들은 '가스틸의 소매' 북쪽 통로로 길을 가 본 지가 무척이나 오래되어 되짚어 나가는 길을 거의 찾아갈 수가 없었다. 그게 육칠 년 전이었던가? 게다가 계절도 이 계절이 아니었다. 지금, 누추한 여행자들이 은신처를 버리고 길에 나서자 찬바람이 그들의 외투와 갈기와 숄을 움켜쥐고 이리저리 헤집었다. 리르는 뒤를 돌아보았다. 아가씨 물고기의 전당이 발붙인 비탈 벼랑을 슬그머니 곁눈질했다. 캔들을 쿡 찔러서 캔들에게도 보라고 했다. 건물은 시야에 가려 있었다. 어디 있는지 알아도 안 보였다.

대장 나리는 자기는 '시계'를 도로 먼치킨랜드로 끌고 들어가지는 않겠노라고 뻗대었다. 그는 그 자발없는 작은이들을 신뢰하지 않았다. 물론 자기 아내는 제외하고 말이다. 어쩌면 체리스톤 장군

549

이 '시계'가 레스트워터 호수와 드래곤들에 얽힌 모종의 재난을 예언했다는 것을 빌미로 방방곡곡 체포령을 내려 두었을지 누가 알겠는가? 그는 요행을 바랄 거면 차라리 오즈 충성령으로나 가겠다고 했다.

그래서 일행은 방향을 서쪽으로 돌렸다. '낙담' 평야와 털참나무 숲을 바라보고 나아갔다. 어쩌면 서로 헤어져야 할 순간을 뒤로 미루고 있는 것이었으리라. 그 순간은 올 터였다. 머지않아 올 것이다. 두 개의 거대한 호수 어느 쪽인가의 인근에서 결국은 헤어지게 될 것이다. 그 땅을 가로질러 가는 동안 지금까지 얼마나 왔고 앞으로 얼마나 거리가 남은 건지 확실히 아는 사람은 아무도 없었다. 하지만 오즈에서는, 이르건 늦건 가야 할 곳에 결국은 도달하게 마련이었다.

살짝 돌아가는 이 길, 서쪽으로 우회하는 이 행보는 일행에게 지금 잠시 과거의 길을 되풀이하는 느낌을 주었다. 일행이 함께 보낼 수 있는 시간이 얼마나 남았는지 누가 알까? (지금까지 누군들 그걸 안 사람이 있었을까?) 딱히 그렇게 이름 지어 부르지는 않더라도, 일행 모두가 코앞에 닥쳐 온 작별을 느끼고 있었다. 적어도 어른들은 모두 느꼈다. 레인이, 아니면 테이가, 또는 말이 나왔으니 말이지만 저 위 마비되어 웅크리고 올라앉은 타임드래곤이 생각하는 바는 짐작해 볼 수도 없는 노릇이었다.

일행은 고지의 초원을 뚫고 지나서 누더기처럼 빈약한 나무들이 난 급경사면을 내려가, 낮은 지대에 보호를 받아 군락을 이룬 전나무들 속으로 군데군데 살얼음이 반짝거리는 실개울을 따라 나아갔다. 썩은 침엽수 잎과 진흙 덕택인지 대기 중에 한 가닥 훈기가 돌

아왔지만, 그래도 공기는 얼음장 같은 한기를 품고 소용돌이치고
있었다.

일행은 덫 속으로 걸어 들어가는 중이었다.

아니면 이제야 드디어 집으로 걸어 돌아오는 참인가?

지금 어디로 가고 있는 것인지 일행은 몰랐다. 누군들 알랴?

‡‡‡

그러나 이번 주, 이 장소에서 세계는 특히 더 멋지고 장엄했다.
저 그레이트 켈스 동쪽의 병든 숲을 보라. 어떤 이들은 '낙담'이라
부르는 곳이다. 척박한 토질 탓에 널리 발붙여 사는 생명이 없는 이
곳. 켈스에서 불어 내려오는 바람 속에 자랄 수 있는 것은 덤불뿐이
며, 구태여 이런 땅을 붙들고 늘어진 건 독하고 끈덕진 농부들뿐이
다. 몇 집 안 되는, 칠도 하지 않은 농가들은 허름하고 농부의 자식
들이 사는 집이나 농부의 염소들을 두는 헛간이나 하나도 다를 게
없었다. 일행은 할 수 있는 한 인간들의 거주지를 피하여 차라리 누
추한 숲 속 토끼 지나다니는 길 한복판 사슴 똥 가운데서 야영하는
편을 택했다.

때마침 한바탕의 비바람이 몰아쳐 오더니 일행의 머리 위에 자
리를 폈다. 길이 진창이 되어 나아가는 속도는 한층 느려졌다. 불
도 피울 수가 없었다. 작은 소녀는 몸을 떨었다. 하지만 투정은 하
지 않았다. 나흘인가 닷새를 가서, 일행은 누군가가 이정표를 그려
놓은 고인돌에 마주쳤다. 한쪽 면에는 '빈쿠스 강여울, 서쪽으로 갈
것'이라고 끼적인 데에 왼쪽을 가리키는 화살표 한 개가 곁들여 있

었다. 다른 면에 쓰여 있는 글자는 이랬다. '먼치킨랜드와 레스트워터 호수.' 브르르는 동쪽으로 방향을 틀 참이었는데, 리르가 그를 멈추게 했다.

"우리가 지금 있는 위치가, 여기서 다른 방향으로 가면 하루나 이틀 거리 안쪽으로 애플 프레스 농장이 나와요. 레인이 태어난 곳이지요. 도로시가 글리쿠스에서 남행길에 나서서 재판에 붙여질 때까지 아직 두 달은 여유가 있어요. 농장에서 이삼 일 묵고 가지요. 최소한 거기 가면 머리 위에 지붕은 덮여 있으니까요. 젖은 봄을 말릴 수 있어요. 어린애를 따뜻하게 해 주고요. 어쩌면 뿌리채소를 심었던 텃밭에 이 여러 해가 지나고도 아직 살아남은 게 뭐 좀 있을지도 몰라요."

"감상의 추억 여행을 오자고 나선 길이 아닌데." 대장 나리가 말했다. 하지만 리르는 고집을 피웠다. 캔들은 먼치킨랜드까지 야영을 하며 인적 없는 땅을 가로질러 전진하기에 앞서 하루나 이틀 밤쯤 화롯가에 불기운을 만끽하며 보내자는 이야기에 찬성이었다. 가야 할 길에서 그저 잠시 동안만 옆으로 새는 것뿐이니까, 일행은 빙그르 방향을 돌려서 그레이트 켈스를 왼편에 두었다. 화산암과 상록수와 눈으로 이루어진 그 엄청난 요새 같은 산봉우리는 범접을 용납하지 않을 듯 쌀쌀맞았으나, 동시에 숨 막히는 장관이었다.

✢✢✢

그날 밤에는 잠시 비가 그쳤다. 일행은 모닥불에 둘러앉아 한 명 한 명 돌아가며 노래를 부르거나 이야기를 했다. 노르는 '네 가지

부적절한 악수법' 이야기를 했다. 캔들은 쿼아티 말로 노래를 했다. 무슨 노래인지 길기도 무척 길고 이루 말할 수 없이 지루했는데, 그래도 모두는 미소 지은 얼굴로 노래에 흠뻑 취한 양 몸을 흔들며 장단을 맞췄다. (레인은 예외였다.) 이스키나리는 거위의 족보를 줄줄 산더미같이 읊어 놓았고, 조는 건지 비몽사몽 말이 없던 대장 나리도 마침내는 그에 가담해 몇 편인가 양식이 의심스러운 짧은 시를 읊조렸다.

> 시즈의 그 어떤 젊은 학자 있었지
> 철학 퀴즈 보기 직전에
> 샴페인을 몇 잔이고 곤드레만드레 마셨네
> 그래야 열변을 토할 수 있으니
> "나 술 마시노라, 그러므로 나 존재하노라."

그리고……

> 상냥하고 세련된 윙키 아가씨
> 새끼손가락으로 문명화된 무슨 일 한다네
> 젊은 사내들을 흥분시키는 그 일
> 사내들은 외치지, "날 다시 범해 줘!"
> 뺐을 때 냄새는 좀 나지만 말이야.

"그만 됐어요." 노르, 캔들, 꼬마 다피가 한꺼번에 외쳤다. 심지어 리르마저도 음정이 맞는지 어떤지 조금도 확신은 없었지만 군에 복무하던 시절 불렀던 노래 쪼가리를 어찌 저찌 한데 얽어 불러 보려고 시도했다. 리르가 떠올릴 수 있었던 것은 그의 기억에 제목이 「오조 각하의 귀환」이라고 하는 노래의 한 토막뿐이었다.

> 오, 노래하라! 오조를 산 위로 태워 간
> 전쟁의 유령 쌍두마차를
> 그의 음울한 검은 반월도 달이로다
> 곧, 천둥처럼 오조가 오노라, 곧 복수하리라!

이 노래는 너무도 길게 늘어진 데다 그래서 오조가 이루려고 애 쓰는 과업이 무엇인지 아무도 확실히 알 수가 없었는데 리르는 군 대에서는 매사에 그런 게 기본이라고 말했다. 하지만 그때 꼬마 다 피가 자기가 어린 시절 들었던 것 중에서 뭔가를 기억해 냈다.

> 잭, 잭, 호박 대가리.

"가만 있자, 이게 노래가 어떻게 나가더라?" 꼬마 다피는 다시 불러 보았다.

> 잭, 잭, 호박 대가리
> 호박밭 땅 침대에서 깨어 일어나
> 호박빵으로 아침을 하고
> 넘어져서 호박 대가리 와자작 박살
> 농부에게 갔더니 농부 말하길

호박은 박살나지만 절대 죽진 않아
네 골을 호박밭 땅 침대에 심으렴
네가 쓸 새 호박 대가리를 키우렴
그게 농부가 해 준 말, 해 준 말, 해 준 말
그건 농부가 호박빵을 좋아했기 때문

레인은 이 노래가 무척 마음에 들어 손뼉을 쳤다.

"그거야말로 건실한 농업 사회에서 유래한 동요로군요, 의심할 여지 없이." 사자가 말했다.

"너도 뭐 노래 불러 볼래?" 캔들이 레인에게 물었다.

"난 전에 전에 얼음 속 사과 모양의 방 안에 갇힌 물고기 한 마리를 알았어요. 그치만 그 물고기가 어떻게 됐는지는 몰라요."

일행은 혹시 레인이 기억을 떠올릴지 모른다 싶어 기다렸다. 연장자들이 어린 사람들의 어깨 위에 기대를 떠 얹어 놓곤 하는 그 애정 어린, 성가신 끈기를 가지고 기다렸다. 하지만 레인이 다시 말을 했을 때에 레인은 그 물고기에 대해서 뭐라도 더 이야기 듣고 싶어 귀 기울인 일행의 기분은 전혀 깨닫지 못한 듯했다. 레인은 이렇게 말했다.

"난 우리가 어떻게 되는지도 모르는데요?" 레인은 그 말을 질문으로 했다.

"아, 그럼. 그걸 아는 사람은 아무도 없단다." 캔들이 말했다.

"우리가 뭐가 돼 가고 있는가 하면 농담이 돼 가고 있지. 아닌 척하지 말라고." 난쟁이가 말했다.

"우리가 어떻게 돼 가는가 하면 점점 잠이 오고 있는 거지." 리르가 확고하게 말했다. "오줌 눌 시간이다, 레인. 나랑 같이 저쪽으로 가자."

테이는 아무리 잠든 걸로밖에 보이지 않을 때라도 레인을 혼자 어디 가게 놔두는 법 없이 잽싸게 따라붙곤 했다. 지금도 레인이 움직이자마자 벌떡 일어나 레인과 아버지 뒤를 눈도 제대로 못 뜨고 허방지방 쫓아갔다. 리르는 점잖게, 그러나 레인이 그의 주변 시야각을 절대 벗어나지는 않을 만큼 살짝만 고개를 옆으로 틀고 있었다.

✟✟✟

일행은 그 후로 사흘을 더 헤매었다. 진창이 진 길을 힘들게 터벅터벅 걸어, 몰아치는 빗줄기를 뚫고, 때로는 비라기보다 눈처럼 되어 버린 진눈깨비를 맞으며 갔다. 지긋지긋한 낮은 산언덕들 사이에 그레이트 켈스에서 천년 초원으로 흘러내리는 물줄기들이 파놓은 이름 없는 골짜기들을 지나서 그들은 나아갔다.

"우리가 농장에 가까워 가고 있다면 당신은 그걸 알아챌 텐데." 일행이 야트막한 비탈을 잘못 타고 들었을 때에 리르가 캔들에게 말했다. 비탈진 길을 하도 걸어 모두가 발목이 아팠다. "당신은 현재를 볼 수 있잖소."

"이번은 이제 현재가 아니에요. 애플 프레스 농장은 이제 우리의 과거예요. 그리고 산언덕은 이 언덕이나 저 언덕이나 거의 똑같아 보이지요." 캔들이 말했다.

끝내는 비탈진 땅과 우묵 들어간 곳이 올바르게 들어맞는 지형을 발견해 냈고, 일행은 짐승들이 지나다녀서 여전히 길처럼 남아 있는 해묵은 농사 길을 따라 내려가기 시작했다. 일행은 점점 가늘어져 가는 겨울의 초원에 다다랐다. 여자 하나가 골반부를 비딱하게 하여 광주리를 받치고 손에는 녹슨 전정가위를 들고, 엷게 쌓인 눈과 옅어져 가는 빗줄기에 촉촉이 젖어 기이할 만큼 아름답게 빛나는 초록빛 속을 이리저리 오가고 있었다.

"이런, 이런. 놀랄 노 자인걸." 꼬마 다피가 말했다.

여자는 몸을 똑바로 세우며 돌아보았다. 두 손을 허리에 짚었다.

"얼씨구, 낯을 바꾸고 도망갔던 탕아께서 수녀원으로 돌아오시는군. 감격해서 찬양해야겠는데? 저장고에서 베이컨을 내다가 곰팡이 낀 끄트러기는 오려내고 손질을 하세."

"다시 만나서 반갑네요, 의사 수녀님." 꼬마 다피가 말했다. "여기서 뭘 하고 계시는 거죠?"

"당신이 꽁무니를 빼지 않았더라면 일을 두 배로 늘리고 있었겠지요. 용서를 구하러 돌아온 것이라면 우선 참회부터 흠씬 해 채워 줘야 되겠어요. 당신 길동무들은 누구지요?"

의사 수녀는 앞치마 주머니에서 안경을 꺼내어 초지 입구의 시계를 보느라고 조금 윗몸을 젖혔다.

"설마 저게 또다시 나타날 줄이야? 게다가 사자까지? 브르르 경이죠, 기억하고 있어요. 내가 아직 그렇게 늙어 횡설수설할 정도는 아니라고요. 그리고 난쟁이도 있네. 이제 보니 당신 사교 집단에 들어갔군요, 약제사 수녀."

"지금은 꼬마 다피라고 불러요." 먼치킨랜드 여인이 말했다. "난 수도원을 떠났으니까."

"내 그런 것 같다고 생각하고 있었죠."

의사 수녀가 안경을 짤깍 닫기를 어찌나 매섭게 했던지 한쪽 안경알이 튀어나와 눈 속에 폭 빠져 버렸다. 레인과 테이가 안경알을 파내 주었다.

"이교의 성가나 몇 곡 부르고 돈바구니를 돌려 보자고 여기 왔나요? 우리한테서는 잔돈푼도 위안도 받지 못할 거예요."

"의사 수녀님의 넓은 가슴에는 내가 항상 탄복을 금치 못했죠. 그렇지만 여기서 대체 뭘 하고 계신 거죠?"

"공동체를 히니로 묶어 유지하려고 애쓰는 일을 하고 있지, 그거 말고 뭐겠소? 2년 전 오즈 충성령의 군대가 수도원으로 진군해 왔을 때에 우리는 도망칠 수밖에 다른 방도가 없었지요. 당신이 살그머니 빠져나가 우리와 함께하지 않은 건 대번에 들통이 났다고요. 우리는 당신이 바로 고국으로 튀었구나 짐작했어요."

의사 수녀는 '고국'이라는 말을 할 때 마치 진창 구덩이를 말하듯이 내뱉었다.

"난 우리의 손님들을 갇혀 있던 방에서 풀어 주려고 돌아갔던 거예요." 꼬마 다피가 말했다. "그리고 그 일을 한 데 대하여 누구에게 미안하다 사과할 맘은 없어요. 난 층계에서 굴러 떨어졌지요. 그리고 정신이 들고 나니 여러분은 꽁지가 빠져라 벌써 땅끝까지 내뺀 후더라고요. 그때 보여 준 자매애가 감사하기 이를 데 없네요, 자매님."

"뭐, 지난 일은 지난 일이니 더 거론할 건 없죠." 의사 수녀가 태도를 새로이 하여 기운차게 말했다. "정신이 없다 보면 자칫 삐끗하는 일도 있는 거 아니겠어요. 그래 다시 수도회에 합류하러 온 건가요?"

"난 이쪽에 와 계신 줄은 모르고 왔는데요."

"그럼 우리가 어디를 가겠어요? 수도원은 깡그리 불에 타 버렸는데."

"의사 수녀님, 수도원은 돌로 지었잖아요."

"글쎄요, 내가 얘기하는 건 지붕과 마룻바닥 얘기예요. 가구도 그렇고. 그런 것들 있잖아요. 재건에 어마어마한 노력을 들이지 않고는, 돌아가자고 한들 돌아갈 만한 데도 못 된단 말이에요. 그런데 우리의 신성하신 오즈 황제 폐하께서 자기가 불을 놓아 태우라고 한 선교의 전초 기지를 보수하라고 자금 물꼬를 터 주실 참은 아니지요. 그래서 우리는 그간 이곳에 복닥복닥 모여 살았어요."

"어떻게 이 장소를 찾은 거죠?"

"애플 프레스 농장은 늘 수도원 소속이었어요. 원장 수녀님이 계시던 시절부터 말이에요. 어쩌면 당신도 기억을 하겠지만요. 우리들 중 몇몇 솜씨 좋은 장인들이 이 따로 떨어진 수도원 소유지에 인쇄기를 숨겨 두고 있었지요. 그걸로 가면 갈수록 점점 더한 황제의 신권 정치를 경고하며 널리 익명으로 선전 활동을 폈어요. 참 나! 그때 우리가 알기나 했을까요? 이젠 그자가 신이라죠. 믿어져요, 그래? 무대 조명을 받는 일 없이 한옆으로 비켜나 살아가려던 한 무리의 결혼하지 않은 여자들에게 그런 선전 활동은 똑똑한 한 수는 아니었지요. 게다가 글린다 부인이 우리의 후원자이신데, 더더욱 그렇죠. 아, 글린다 부인도 심려가 대단하실 거예요. 내 장담하죠. 그런 것 다 훌훌 털고 유유자적하시지 않은 한에는요."

꼬마 다피가 이전에 속했던 공동체 소식을 과연 어떻게 받아들일지 싶어서 브르는 그녀를 주시했다. 한때는 동지인 동시에 적수이기도 했던 옛 동료와 이 이야기를 나누는 동안, 그 작달막한 꾸러미 같은 먼치킨랜드 출신 여자는 별다른 기색 없이 편안해 보였다. 사자가 말했다.

"예전 한무리들의 소식도 그야 전부 훌륭하고 좋지만 말입니다, 지금 여기 우리 처지가 뻐근하고 쑤시고 축축하니 말이 아니에요. 그리고 배도 좀 출출한 정도가 아니고요. 혹시 우리를 집 안으로 들어오라 해 주시면 참 좋겠는데요."

이 말에 의사 수녀는 평소의 자선 의식을 되찾는 것 같았다.

"글쎄요, 우리가 여태 가져 본 중 가장 형편없이 적게 갖고 있기는 하지만, 그래도 우리가 가진 건 기꺼이 나누어 드리겠어요. 겨울 브로콜리가 입맛에 당기실지 어떨지 모르겠네요?"

"따뜻한 목욕이 더한층 끌립니다." 리르가 말했다. 의사 수녀는 다시 안경을 꺼내어 안경알의 빗물을 닦아냈다. 그러고는 빠지지 않고 붙어 있던 안경알을 통하여 리르를 뚫어져라 보았다.

"그 목소리 알 것 같다고 생각했지. 자네 리르로군, 그렇지 않나? 사람들이 엘파바의 아들이라고들 하는 그 리르. 아, 이제 국물이 팔팔 끓어오르는걸. 자네 이 무리와 함께 뭘 하고 있나?"

"저녁식사를 먹을 수 있지 않을까 하고 있는 것 같은데요, 아무래도."

"내가 뭘 좀 갖다 주지. 여러분들 모두 드실 수 있게 챙겨다 드리겠어요." 의사 수녀는 메었던 바구니에 쓰던 도구들을 다 던져 넣고 자기 어깨 너머로 뒤를 살폈다. "그렇지만 농장에 들어오는 건 안전하지 못해요. 내가 가서 일 좀 처리하고 다시 돌아오도록 하죠."

"왜 안전하지 못하다는 거요? 인적 없는 야생지에서 수녀들을

560

만난들, 우리 몸은 우리가 지킬 수 있는데." 대장 나리가 말했다.

"우선 먹어요. 이야기는 나중에 합시다. 바로 이 자리에 죽치고 앉고 더 이상은 절대 나가지 마요."

"글쎄요, 우리가 방어벽을 억지로 밀어 쓰러뜨리고 전진할 건 아니지만요. 이 말씀은 드려야겠네요. 어린애를 데리고 움직이는 중이고, 한기가 들었어요. 뜨끈한 우유술 한 잔 먹일 수 있으면 정말로……."

"방금 한 말은 명령이에요." 의사 수녀가 말했다.

꼬마 다피는 난쟁이의 한 팔에 손을 올렸고, 난쟁이는 보채기를 관두었다. 개처럼 그르렁거리며 투덜대기는 했지만 말이다.

"불을 피우세요, 그건 해로울 것 없으니까." 수녀가 말을 보탰다. "800미터쯤 더 올라가면 말리느라 내놓은 땔나무들이 잔뜩 쌓여 어질러져 있을 거예요. 과일나무들이 점차 성겨지는 끝자락 가까이에요."

일행은 사과나무 과수원을 뚫고 걸어갔다. 촛대처럼 갈래진 가지가지에 그 모양대로 얹혀 있는 눈 더미가 사과꽃과 닮지 않은 것도 아니었다. 그리고 리르는 자기가 여기에서 목격했던 마법의 순간을 상기했다. 캔들은 자기가 연주하는 음악의 힘과, 또 그녀 자신 품고 있는 어둠침침한 능력으로써 죽은 이들의 목소리를 불러올려 나스토야 공주가 인두겁을 벗고 코끼리의 본질을 되찾도록 도움을 주었고, 그리하여 공주가 원했던 방식이자 꼭 그래야만 했던 식대로 마침내 죽음을 맞이하도록 해 주었다.

이제, 이 과수원에 돌아오다니! 다른 계절에, 리르의 인생에 또다른 삐걱거리는 순간을 타서. 서러워 허망한 심정이 아닌 벅찬 마음이었다. 리르는 손을 뻗어 캔들의 손을 찾았고, 캔들은 그 손을 맞잡아 꾹 쥐어 주었다. 아마 모든 일이 다 괜찮게 풀리리라. 조만간에 결국은.

리르는 농가와 헛간 축사 건물들로부터 어느 정도 떨어진 곳에 옥외 화덕이 있었던 것을 기억해 냈다. 일행은 불을 지폈다. 화덕의 불 피우는 자리는 덮개가 있고 연통이 굽어 있어서 드문드문 비가 쏟아져도 불은 잘 탔다. 그들은 의사 수녀가 주고 간 브로콜리 중에 몇 개를 데쳤다. 더 좋은 것을 먹게 되리라는 희망을 품고 나무 같은 질감의 브로콜리 송이를 우적우적 씹어 먹었다. 레인은 불에 제일 바싹 다가앉았고, 파랗게 질렸던 얼굴에 차차 제 혈색이 돌아왔다.

수녀는 한 시간 안에 돌아왔다. 광주리와 자루에 단맛 나는 적포도주 여러 병과 햄 한 덩어리, 양파 다발과 서리서리 타래 지은 사워스위프트도 여러 줄 있었다. 식탁보에 싼 꾸러미를 풀자 양파를 넣은 빵 여섯 덩어리와 바닥이 탄 캐러멜 케이크 한 개가 나왔다. 사자가 말했다.

"기가 막히군. 포트와인은 설마 안 가지고 오셨겠지요? 아니면 시가 몇 대라도 혹시 가져왔나요?"

"수녀들이 시가를 밝히기란 숫제 흰개미들이 문지방을 갉아먹는 것 같죠. 남아나는 담배가 없네요."

"그렇게 말씀하실 줄 알았습니다."

안장주머니 밑에다, 의사 수녀는 펠트 천 네다섯 장과 모직 담요 두 장을 쌓아 실어 가져왔다. 비는 벌써 오락가락 그칠 것도 같았다. 하지만 어둑한 그림자가 푸르스름해져 오는 게 추워져서 서리가 내릴 듯했다. 리르는 집 안에서 묵게 해 달라는 요청을 다시금

입 밖에 낼 참이었다. 하지만 의사 수녀는 리르가 그럴 줄 미리 알았다.

"안됐지만 여러분이 묵어가는 건 절대 안 되겠어요." 의사 수녀가 일행에게 일렀다. "난 약제사 수녀를 보아서 정신이 헷갈렸어요…… 꼬마 다피요. 자기가 지금은 그렇게 불러 달라니까 뭐. 리르가 여러분 가운데 함께 있는 걸 알기 전에는 이게 얼마나 곤란한 상황인지 제대로 가늠을 못하고 있었던 거예요. 여러분이 농장 집 안으로 들어오는 것은 너무나도 위험한 일이에요. 여러분이 여기에 있다는 것을 누구도 절대 알아서는 안 돼요."

"댁의 수녀들 중에 밀고자가 있단 말인가요?" 사자가 물었다. "중립을 공언하는 수도원이 겨우 그 정도입니까?"

"나는 여러분을 보호하려는 거나 매한가지로 우리 자매들도 보호하려고 이러는 거예요. 우리는 지난 2년 사이에 에메랄드 시 군대로부터 온 사자를 세 번이나 맞이했어요. 그간 누가 왔다 갔는지 점검 확인 차 나온 거죠. 우리 자매회에서 목소리를 내는 사람들 모두가 똑같이 오로지 중립에 몸 바치고 있다고 내가 보증할 순 없어요. 내가 어떻게 자매들의 영혼 모두를 속까지 아노라고 주장할 수 있겠어요? 또 혹시 조사관들이 우리가 무엇을 숨기고 있다는 낌새를 챈다면, 자매들이 엄혹한 심문 앞에 버텨낼 수 있을 것임을 장담할 수도 없죠. 어느 모로 보나 여러분이 그대로 갈 길을 가는 편이 나아요."

"그자들이 무엇을 찾고 있나요?" 리르가 물었고, 그의 이복누이도 동시에 물었다. "마지막으로 왔던 게 언제였지요?"

"그간 하도 교묘하게 오랫동안 눈을 피해 있었기 때문에 개중에는 자네가 죽었다고 믿는 사람들도 있더군." 의사 수녀가 리르에게 말했다.

"하지만 죽으면서 『그리머리』까지 저세상으로 가지고 갔다고는 믿고 있진 않지. 그래서 그자들은 이르건 늦건 결국에는 그 책을 찾게 될 것이라고 확신하고 있어요. 먼치킨랜드 침략이 지지부진하다는 건 아마 소문으로들 들었겠지요. 체리스톤 장군의 군대가 레스트워터를 점령하고 있지만, 하우가드 요새 근처에서 벌어진 전투는 교착 상태에 있어요. 먼치킨랜드인들은 호수를 도로 빼앗아 오지 못하고, 에메랄드 시 병력도 먼치킨랜드 재병합을 완료하러 콜웬 그라운즈까지 진군하지는 못한 채 그러고 있죠. 먼치킨랜드의 농장들은, 침략군이 레스트워터 호수를 내놓고 후퇴할 때까지는 오즈 충성령에 빵도 곡식도 팔지 않을 거예요."

"후퇴라니 말도 안 돼." 꼬마 다피가 쏘아붙인 말은 혼잣말에 가까웠다.

"아, 날 그런 눈으로 보지 마요, 약제사 수녀. 먼치킨랜드는 굶주리지 않을 테니까. 하지만 빵을 팔래야 사 줄 사람이 없고 보니, 먼치킨랜드의 곡식들은 많은 부분 수확도 되지 못하고 들판에 선 채로 썩어 가죠. 한편으로 에메랄드 시는 빵이 고파 죽겠지만 마실 물은 넉넉한 상태고요. 체스판 위에 현재 상황은 아마 수가 막힌 상태라고 부르는 것일 거예요."

"이 상황 인식이 어떻게 해서 수녀들을 감시하는 것으로 이어지지요?" 사자가 물었다.

"당신의 그저 그런 얼굴에 코가 붙어 있는 것처럼 빤한 일 아닌가요? 에메랄드 시가 한 번 더 『그리머리』를 찾으려고 군사 작전을 일으킨 거예요. 그 책이 혹시 먼치킨랜드 중심부와 싸울 더욱 강력한 힘을 풀어내는 방법에 대한 은밀한 비법을 드러내 보여 줄지도 모른다는 요행심으로, 그래서 콜웬 그라운즈의 먼치킨랜드 정부 핵심을 강타하려고 그러죠. 침략전을 완수하는 거예요. 요컨대, 여러분 일행들이 위험을 벗어났다는 생각을 하고 있다면 애석하게도 완전 착각하고 계신 거예요. 리르 트롭과 함께 여행하는 이들은 누가 됐든 간에 스스로 위험을 초대해 들이는 셈이에요, 연좌제니까요."

"그런데 우리에게 브로콜리, 빵. 그리고 포도주를 주셨군요."꼬마 다피가 말했다. "자매님, 고마워요."

"난 서약을 그대로 유지하고 있는 거예요." 의사 수녀는 눌어 버린 캐러멜 케이크 부스러기에 떠 얹어 먹으라고 손에서 손으로 딸기 조림 병을 돌렸다.

일행은 의사 수녀에게 그 전설적 인물 도로시가 컴백 투어를 하고 있다는 소문을 들었다는 이야기를 해 주었다. 의사 수녀는 이 얘기는 미처 모르고 있었다. 하지만 별달리 관심을 보이지도 않았다.

"지금까지 한세월 대한재가 다시 찾아오지 않고 있었지요. 하지만 내년 여름쯤엔 필경 찾아올 거예요. 경작지에 해충이 들끓을 테고 먼치킨랜드인들에게는 오즈 충성령에서 나는 물산을 살 만한 쌈짓돈이 거의 남아 있지 않을 거예요. 그리고 교역에 대한 합의는 어떻게든 연기가 되겠죠. 지금 현재 자리를 잡은 불편한 균형 상태가 다소 평화로워 보이지요, 이런저런 충돌의 와중에 이편이든 저편이든 일주일에 죽는 병사 수가 겨우 몇 명뿐이니까요. 하지만 누가 먼저 두 손을 들지 알 수가 없는 판국이에요, 오즈 충성령이 될지 먼치킨랜드가 될지."

"무감각해지셨군요. '일주일에 죽는 병사 수가 겨우 몇 명'이라고요? 당신과 내가 전장으로 나가서 아픈 이들을 돌보고 마음 쓰던 시절도 있었는데요." 꼬마 다피가 한마디 했다.

"나한테 뭐라 하지 마요. 나도 할 수 있는 한은 마음 쓰고 걱정을 하니까. 하지만 내가 해결할 도리가 없는 일에 마음 쓰느라 정력을 써 버릴 순 없죠. 난 내 자매 수녀님들을 보살피고 우리에게 화가 미치지 않도록 지켜요. 지금 이 순간에 난 배고픈 이들을 먹이고 있고 국가의 적들을 숨겨 주고 있고 말이죠. 그런 일들을 다 하면서 거기에 또 국제적인 외교 문제까지 내가 어쩔 수는 없다고요. 버터 단지 이리 좀 줘요."

사자가 말했다.

"저기요, 여기 우리 일행 중에 어린 여자애가 있단 말씀입니다. 어린애라도 하룻밤 지붕 아래서 재워 주어야 하지 않나요? 우린 길을 나서서 노숙한 지 일주일이 넘었어요."

"저 애가 누군지 내가 짐작 못 할 거라고 생각하지 마요. 난 여러분 모두를 보호하려고 하는 거예요. 당신들은 전혀 지각이 없는 사람들인가요? 아니면 날 정말 믿지 못해서 그러는 건가요?"

의사 수녀는 한숨을 쉬고는, 몸에 맞춰 지어 풀을 먹인 수녀복 어깨를 벗어 내렸다. 수치심이나 쩔쩔매는 빛 따위는 조금도 비치지 않으면서, 의사 수녀는 수녀복의 가슴받이 부분을 거의 유두가 드러날 정도로 끌어내렸다. 의사 수녀의 어깨에 있는 흉터는 자글자글 주름이 잡혔고, 자두처럼 시뻘건 색이었으며, 엉긴 묵 같은 질감으로 번질번질 끔찍했다.

"야클 수녀님이 어떻게 해서 눈이 멀게 된 것인지 기억하고 있겠지요? 이 사내들은 심심풀이 노름을 하러 온 게 아니라고요. 나는 여러분한테 내가 할 수 있는 한도 안에서 최선을 다해 온건한 어조로 얘기하려고 했어요. 여러분이 애플 프레스 농장에 가면 위험하다고 말이에요. 그자들은 트리즘에게서 들어서 리르와 캔들, 당신들이 전에 한 번 여기 왔던 걸 알고 있어요. 그래서 여기도 당신들이 다시 찾아올지 모를 장소 중 한곳이리라고 의심하고 있지요. 그자들이 농장 집 부지 안 어디에서 어쩌면 지금이라도 『그리머리』를 찾을 수 있을까 하여 안팎을 홀라당 뒤집어 놓은 게 세 번이에요. 우리들은 할 수 있는 한 최선을 다하여 도로 얽어 맞추고, 또 얽어 맞추고 했지요. 이름 없는 신께서 톱날 수녀를 내려 주셔서 감사할 따름입니다. 그런 얘기예요, 이제 알아듣겠죠?"

의사 수녀는 도로 옷을 입고 여민 후에 하던 설교에 최종 결론을 내렸다.

"심지어 농장 집에 듣는 귀가 심어져 있을지도 몰라요. 내가 하는 얘기가 무슨 뜻인지 알아요? 우리 거처에 우글벌레(프랭크 봄의 『오즈의 마법사』 시리즈에 나오는 벌레)가 기이할 만큼 잔뜩 꾀어 있거든요. 내가 듣기로 그 벌레들이 말을 듣고 의사소통을 할 수 있다는 얘기가 있더라고요. 어떻게 그렇게 하는지 묻지는 마요. 내가 신비를 보고 이해하는 능력은 과학의 영역까지 확대되진 않아요, 오직 신앙의 영역에만 미칠 뿐이지. 그렇지만 그것들이 어떻게 신호를 보내 경고해서 또 조사관들이 파견 나오게 만들지는 못할 거라고 확신은 못하겠어요. 내가 자비로운 마음에 그만 실수를 해서 여러분을 농장에 묵게 한다면 말이죠. 알았지요?"

의사 수녀는 말을 맺었다.

"집안에서 묵어갈 수는 없는 거예요. 우리를 위해서, 하지만 또한 여러분 자신들을 위해 그러는 거예요. 오늘 밤에는, 좋아요, 헛간으로 가세요. 하지만 조용히 가도록 해요. 기침이 난 어린애를 위해서예요. 어둠이 내린 후에 가요. 내가 거름 담당 수녀가 청소하러 못 가게 해 둘게요. 하지만 내일이 되면 여러분은 그대로 가던 길을 가시는 거예요. 아무도 모를 거예요, 나하고 당나귀 말고는 아무도. 그리고 난 그 어떤 것이라도 참아낼 수 있어요."

"정말 할 수 있죠." 꼬마 다피가 너무나도 애석한 어조로 말했다. 의사 수녀는 이미 돌아간 후였다. "난 저 늙다리 계집이 전혀 맘에 안 들어요. 그렇지만 성깔과 강단 하나는 알아줘야 해요. 헛말은 안 하는 여자죠. 이 오즈의 그 어떤 사람이라도 고문을 당하면 저 여자가 굴하기 전에 다 먼저 무릎들을 꿇을 거예요."

10

새벽이 오기 전에. 수녀들이 막 부르기 시작하는 헌신의 노랫소리에 맞추어 의사 수녀는 길을 가는 그들이 이어질 여행길에서 쓸 수 있도록 넉넉한 물품을 챙겨 가지고 어김없이 찾아왔다. 의사 수녀는 어느 길로 가라거나 뭘 어떻게 하라는 조언은 하지 않겠다고 했다.

"당신들이 『그리머리』를 가지고 있는지 난 알고 싶지 않아요." 의사 수녀는 그렇게 말했다. "그렇기는 해도, 정말이지 이제는 '시계'를 놓고 가야 할 때가 되었다고는 생각하고 있어요. '시계'가 없으면 훨씬 빨리 움직일 수가 있을 것이고, 또 이제 '시계'가 당신들에게 무슨 소용이 되나요?"

일행이 남몰래, 눈에 띄지 않은 채로 애플 프레스 농장을 뒤로 하고 떠나갈 때에 리르는 상념에 젖어들었다. 그는 여기에서 한 여자를 사랑하는 법을 배웠다. 아내를, 그들 딸아이의 어머니인 여기 이 여자를 사랑하는 법을. 그리고 그보다 더더욱 사랑하는 법 자체를 배웠던 것이다. 리르는 그때 누구와 가까워진다는 것이 주는 찌르는 듯한 아픔을 맛보았고, 두려워졌더랬다. 제아무리 얼굴을 딱딱하게 굳히고 윗입술을 부들부들 떠는 일도 없이 바짝 다물고 있대도, 리르는 단순한 백치였던 과거의 자신을 애도하는 심정이었다. 리르는 그리 걱정할 필요가 없었다. 애플 프레스 농장을 떠나 북쪽을 향해 한층 건조한 대기 속으로 나아가면서 리르의 마음은 도로 지금 현재와 앞으로의 미래 쪽을 향했다.

농장에 있는 동안 이스키나리는 침묵을 지켰다. 리르는 농장을 떠난 뒤에야 거위도 전에 거기 갔던 일이 있었던 게 기억났다. 걸음을 늦추어 이스키나리와 나란히 걸으면서 리르는 그에게 수녀가 해준 말에서 어떠한 결론을 내렸는지 물어보았다.

"나는 단 하루 오후 만에 우글벌레들을 대대손손 끝장 내 줄 수 있었어." 거위가 말했다. "말 안 해도 빤한 일이라고 생각할 수밖에 더 있나. 하지만 누가 나한테 도와달라고 말이라도 했어? 아아아아 아니지. 그냥 멍청이 거위일 뿐이지, 이스키나리 영감은."

"이제 좀 도움이 돼 줄 수 있어. 날아 봐." 리르가 말했다. "우리를 위해 정찰 좀 해 줘. 의사 수녀가 주의 준 게 아무래도 확실히 근거 있는 말 같아. 어떤 냄비는 끓을 때까지 한없이 세월이 걸리지. 하지만 일단 끓었다 하면 사정없이 끓어 넘치거든."

"그래 주지." 거위가 말했다. "널 위해서야. 너와 캔들을 위해서. 아, 그리고 어린애를 위해서이기도 하지, 아마 그렇다고 해야 할 거야. 연장선상에서. 저 애가 조금 더 화끈한 뭔가를 보여 주면 좋겠다 싶긴 하지만 말이야. 매정한 말을 하고 싶진 않은데, 애가 알껍데기를 벗고 나오는 게 아무래도 좀 느린 것 같아. 안 그래?"

"나 같으면 뒤에서 구둣발에 채여서 이륙에 필요한 여분의 추진력을 얻기 전에 지금 당장 감시하러 날아가겠는데." 리르가 말했고, 이스키나리는 즉각 그 말에 따랐다.

그러고 나서 리르는 생각했다. 도대체 지금 우리가 어떻게 레인을 보호하겠다는 거지?

그들은 일렬종대로 걸어왔다. 애플 프레스 농장에서 멀어지면 멀어질수록 처지는 사람은 처지면서 일행 서로 간에도 점점 더 거리가 뜨고 있었다. 심지어 테이조차 레인과 조금이지만 거리가 벌어졌다. 마치 일행 모두가, 그들이 가서 안길 만한 안전한 피난처 따위 결코 없으리라는 이야기로 알아들은 것 같았다. 세상이 전쟁을 하고 있는 동안에는 결코…… 그러니까 아마도 영영토록.

리르는 레인 나이 때가 어땠는지를 회상하려고 해보았다. 여덟 살, 아홉 살, 열 살 때. 뭐였든 간에 하여튼. 그 나이에는 필경 키아모 코에 있었지, 아마? 노르와 놀았지? 아니면 혹시 노르는 이미 체리스톤과 그 부하들 손에 잡혀간 후인가? 어쨌든 리르는 평생 혼자였다. 지금 레인이 그러해 보이는 것처럼 혼자였다. 리르는 어머니와, 사악한 서쪽 마녀와 함께 살았더랬다. (어쩌면 어떤 어머니든, 아니면 어머니란 모두 다 사악한 서쪽 마녀일 수도 있겠구나 하는 생각이 이제 리르는 들었다.) 하지만 리르는 거리를 두고 따로 떨어져 살아갔다. 레인이 지금 자신과 캔들에게 거리를 둔 것과 딱히 다르다고도 할 수 없었다. 물론 엘파바가 리르에게 거의 관심을 보이지 않았기도 하다. 아니면 모종의 관심을 보여 주기는 했는데 리르가 너무 둔감하여 그게 관심인 줄 읽어내지 못했던 것인지도 모른다. 아마도 추측컨대 레인이 리르의 애정에, 애정을 넘어 레인을 향한 펄펄 끓는 열정에, 둔감한 것처럼 말이다.

우리는 우리 자신들에게 얼마나 아리송한 수수께끼인 걸까? 계속해서 더 많은 것을 배워 가면서 조금은 풀고 있는데도 이렇다.

거기에 진전이 있으면 있을수록 더욱더 많은 의미가 그 속에 깃들어 있는데, 어찌해 볼 수 있는 건 더 적어질 뿐이다. 인생을 살아가고 나이를 먹어 갈수록 더욱 구체적으로 손 안에 잡히는 것들이 많아지고 찰나 찰나가 아주 미세한 것들이 모두 소중해진다. 살아온 인생, 지내 온 시간들이 갈수록 모순에 차고 역설로 아로새겨지고 불가해한 것이 되어 가지만 그 때문에 의미가 없어지는가 하면 그렇지가 않다. 오히려 그 반대일 것이다. 아마도. 해명되는 것이 적을수록 더욱 의미 깊은 것이다. (총합이 문제되는) 수학 방정식과 같지 않을수록, (결정적인 비밀에 좌우되는) 음악과 더욱 유사한 것이다.

레인에 대해 앞으로 무엇이라도 알게 될까? 아니면 자신이 레인의 세계와 인접한 세계에서 살아가리라는 것을 받아들여야만 하게 될까? 미치도록 감질나게 가까운 거리에서, 하지만 언제까지나 하나의 수수께끼로서, 침범을 불허하는 레인의 개인성 속으로 점차 커 가는 수수께끼로서 그저 품고 살아가야 한다는 걸 받아들이게 될까?

차라리 아이를 곁에 데리고 있었더라면 싶은 생각이 불현듯 마음속에 일어난 것을 리르는 알아차렸다. 설사 아이가 여섯 살 때에 그의 품에서 억지로 떼어내졌을지라도, 6년 동안 아버지의 사랑을 가까이에서 충분히 받아 보았을 것을⋯⋯.

아니다, 리르는 그 생각은 할 수 없었다. 차마 할 수가 없는 생각이었다. 가상으로 '이렇지 않고 그랬더라면' 하는 것일지라도 안 된다. 리르는 레인을 빼앗긴다는 생각 자체를 견딜 수가 없었다. 설령 스스로 남에게 내주기는 할지라도 말이다.

저기에 레인이 퐁퐁 뛰어가고 있다. 발로 눈을 차올리면서, 머리는 푹 수그려 땅을 보고 달린다. 리르는 남은 평생 걸으래도 걸을 수 있었다. 결코 레인을 따라잡지는 않고 걸어갈 것이다.

이스키나리가 돌아왔다.

"그 까마귀 할망구 말씀이 자기가 알기보다도 더 옳았는걸. 전방 6.5킬로미터에 메나시에들이 깔렸어. 그것도 우리가 터벅터벅 걸어가고 있는 바로 이 길 위에. 옆으로 꺾어서 딴 길로 새야겠어. 서쪽으로 2킬로미터쯤 떨어져서 이 길과 나란히 가는 길이 있는데, 덜 번잡해 보여. 지금 당장 땅을 가로질러 그쪽으로 길을 바꿔야만 해."

일행은 '시계'를 돌리기 시작했다.

"가려는 목적지에서 자꾸자꾸만 더 길이 빗나가기만 하는구면." 대장 나리가 투덜대었다.

하지만 수레를 끄는 건 브르즈 대장 나리가 아니었다. 그리고 사자는 정통으로 사수들의 시야 안으로 인도할 길을 버리고 전향하는 데 대하여 아무런 유감이 없었다.

"빗나가면 빗나간 만큼 나중에 둥그렇게 돌아서 도로 동쪽으로 가면 되지요. 이래도 여전히 몰래 국경을 따고 넘어 먼치킨랜드로 들어가서 도로시를 변호해 주러 법정에 출석해야겠다는 마음이라면 말입니다만." 브르르가 말했다. "그렇지만 아마 도로시한테는 우리의 도움이 필요 없을지 몰라요. 그 사람은 올 때 온갖 종류의 치명적인 건축물들을 덤으로 갖추어 달고 오는 것 같으니까요. 처음에는 농장 집을 달고 오더니, 이번에는 쇠로 엮은 커다란 새장인지 뭔지 그런 것 속에 갇힌 채로 왔다면서요? 도로시는 물질 우주를 사정없이 다 때려 부수고 돌아다니네요. 대체 왜일까요?"

"쉬잇. 이스키나리가 반시간 전에 병사들을 보았으니 지금쯤 병사들이 쫙 퍼졌을지 몰라요." 리르가 말했다.

"그랬을 것 같지는 않은걸. 병사들은 카드놀이를 하고 있었어. 파이브 핸드 슬럿이더라고, 내가 카드 무늬를 제대로 읽은 거라면 말이야. 내 눈이 독수리눈은 아니지만. 별로 서두르는 기미는 없어 보였어. 그래도 수거위 한 마리가 더 날아가 봐야 하겠지만. 총소리가 나고 총에 맞아 죽는 외침 소리가 나거들랑, '모든 나라들 간에 평화를! 우리 시대에 평화를!' 하는 마지막 절규를 듣거들랑, 내 시체를 찾아서 날 가지고 거위털 덧베개를 만들어서 그걸 우리의 적 누구를 질식시키는 데 써 줘." 이스키나리는 그 생각에 저 스스로 우쭐한 기색이었다.

"우리한테는 적이 많기도 많지. 넌 계속 네 장례식 계획을 짜고 있을 거야, 아니면 우리를 위하여 정찰 임무에 나서 줄 거야?" 리르가 말했다.

"도시 그 여편네가 너희들을 전부 군사들로 만들어 놨군. 만약에 내가 다른 종류의 거위였더라면 섹시하다고 느꼈을지도 모르겠어." 이스키나리는 그렇게 말하고 날아올랐다.

‡‡‡

그로부터 약 열흘가량을 이스키나리는 일행에게 조기 경보 시스

템 노릇을 해 주었다. 그가 돌아와서 전방에 아무런 이상이 없다고 꽥꽥 울어 주면 일행은 그제야 다시 오륙 킬로미터쯤 전진을 하곤 했다.

리르는 『그리머리』를 직접 등에 지고 가고 있었다. '시계'의 서랍 안에 넣거나 선반에라도 올려 두려고 해봤지만 서랍은 열리지 않았고 선반은 덜컥 망가졌다. 덮개 문이 제대로 닫혀 걸리지를 않는데 그 이유는 문틀이 새롭게 더 부풀어 버렸기 때문이었다. 마비된 상태로도 '시계'는 이럭저럭 자기 의사를 표하고 있었다. '시계'는 이제 더 이상 『그리머리』를 원치 않았다.

✝✝✝

하루는 꼬마 흑멧돼지 한 떼가 기세 좋게 우르르 몰려들어 와 '시계'를 실은 수레바퀴 주위에 코를 들이밀고 쿵쿵거리며 사방에 오줌을 찔끔거려 놓았다. 테이는 시익 하고 날카로운 소리를 지르고는 드래곤의 죽어 버린 콧등으로 뛰어올랐고, 사자는 기겁을 해서 수레채를 걸멘 채 그대로 똑바로 일어나 섰다. 수레가 흔들리고 기울어져 자칫 한쪽으로 꽈당 넘어갈 것 같았다. 노르는 둘렀던 숄을 재빨리 벗었다. 노르는 목면으로 된 숄로 흑멧돼지 놈들을 내리쳤지만 놈들은 그저 웃을 뿐, 숲 속 나무들 밑의 식물들 사이로 계속해서 짓밟고 달려 나갔다.

다른 날 오후에, 일행은 벌이 없는 꿀벌 집을 가지고 숫제 포르노를 찍고 있던 곰 한 마리와 불시에 딱 맞닥뜨렸다. 브르르는 하마터면 "커빈스?" 하고 부를 뻔했다. 혹시라도 그 녀석이 옛 친구인

곰일까 봐서. 하지만 길리킨의 곰이 이 먼 남쪽 땅을 헤매고 있지는 않을 터였다. 그리고 이 곰이 조금치의 수치심도 보여 주지 않은 것으로 보아 말하는 곰일 리가 없었다.

노르는 다시 자기 숄을 벗어서 레인의 머리를 둘러 감았다. 그렇게 눈가리개를 하여 부적절한 광경을 너무 세세히 뜯어보지 않게끔 한 것이다.

"정말이지, 보기에도 역겨운 꼬락서니네." 꼬마 다피가 말했다. "야생동물이란 참."

"역겹다고? 독창적이지." 대장 나리는 몇 주 만에 처음으로 기운을 차려 그렇게 말하면서 아내를 쿡쿡 찔렀다.

"상거래가 되는 지점에 도달하면 우리 꿀 한 단지 사 보자고, 여보. 그래서 그걸 가지고 밀월을 보내 보지."

거위는 조언을 노래 부르는 음유시인이 되었다. "묵어가기 좋은 자리야." 하고 알려 주는가 하면 "앞으로 한참은 비탈길이야. 천천히 가야 할 거야." 또는 "하늘 끝에 비구름이 모여 있는걸. 오후 동안은 여기 발을 멈추는 편이 낫겠어. 전나무 가지 아래서 비를 피하게." 또는 심지어 "스카크들이 우리 뒤로 지나가고 있어. 속도를 올리자고, 혹시 그놈들이 저녁밥으로 사자 고기 스테이크를 먹기로 할는지 모르니까."라는 말도 해 주었다.

하루하루가 지나갔다. 겨울도 사위어 가고 있었다. 하지만 마지못해, 빙하 같은 속도로 미적미적 사위어 갔다. 마침내는, 숲 지대에 피는 꽃들이 망울을 터뜨리기 시작했다. 바닥 면에 기특하게도 일찌감치 피어나는 눈방울꽃과 필라레테 같은 꽃들이다.

‡‡‡

어느 날 오후 이스키나리는 일행이 거대한 호수 가장자리에 가까워지고 있노라고 보고하였다. 처음에 일행은 도로 동쪽으로 방향을 틀어서 길을 왔던 건가 싶었다. 하지만 이스키나리는 호수에 무엇이 사는 흔적은 전혀 보이지 않더라고 말했다. 쪽배 한 척 없고 마을도 없더라고. 희게 부서지는 물결 하나 일지 않고 편편히 깔린 검은 물 주위로 불모의 벼랑만 뚝뚝 잘려 있을 따름이라 했다. 심지어 물새들조차 살고 있지 않더라고.

"그러면 켈스워터야." 난쟁이가 말했다. "어이휴, 거기라면 내가 한두 번 가 봤지. 생각만 해도 소름이 돋는구먼."

"왜요?" 레인이 물었다. 레인이 겪어 본 호수라고는 오직 하나 레스트워터뿐이었다.

"죽은 호수거든. 문간의 발 깔개처럼 죽어 자빠졌지. 그 호수 물에서는 아무것도 헤엄치지 않아. 물고기도 개구리도 안 살아. 살아 있는 건 뭣 하나 그 물에 떠 있지도 않지. 소금쟁이 한 마리 없고 백합 밭도 없단 말이다."

"빨리 길을 돌아가도록 해야겠네요." 노르가 말했다. "그때 먼치킨랜드 반군들이 에메랄드 시 구세군에 반격을 가해 켈스워터로 몰아넣었던 때에, 구세군 병사들은 물에 빠져 죽은 것이 아니었어요…… 오히려 녹아 죽었지요. 켈스워터 물에는 산 같은 성질이 있어요. 차가운 산이죠. 병사들이 아직 첨벙거리고 있는데 이미 뼈에서 살갗이 떨어져 나오더라고, 이야기로 듣기에는 그랬어요."

"흠, 거 참 싱크로나이즈드 스위밍이나 연습해 볼까 하는 우리의 희망을 물거품 만드는 소린걸." 브르르가 말했다. "뭐, 좋아요. 남들

577

이 기사에서 날 두고 뭐라고 얘기들을 했든 간에 난 물가에서 러닝 셔츠 한 장에 밑 가리개 하나만 차고 뛰어 돌아다니고 싶다는 생각은 전혀 해본 적이 없으니까."

"어떻게 호수가 죽어요?" 레인이 물었다.

"그러게, 그리고 또 호수가 살았다는 건 또 무슨 얘기야?" 꼬마 다피가 말했다.

"스크로 족 중에서 누가 나에게 말해 주기로는 전설의 마귀 여신인 쿰브리시아가 거기 살고 있다더라고. 아니면 거기서 죽었다던가, 뭐가 어쨌다던가. 어쩌면 쿰브리시아는 그냥 거기 여름 별장을 두고 있는 것뿐인지도 모르겠구면. 기억이 안 나."

"쿰브리시아가 누구예요?"

"그만두세요. 아이들은 그런 이야기를 알 필요가 없어요." 캔들이 말했다.

"아니, 알 필요가 있지." 거위가 말했다. "쿰브리시아는 말이다, 우리 거위 새끼야, 럴라인의 반대 역이야. 오즈의 가장 오래된 이야기들 속에 나오는. 쿰브리시아는 마녀고, 저주이고, 뭔가 일이 잘못 돌아갈 때에는 항상 관련이 돼 있는 존재지……."

"평야에서 말 탄 병사들에게 잡히지 않고 뛰어서 달아나려고 하는데 신발 끈이 탁 끊어지면 거기에 쿰브리시아가 있는 거야." 노르가 말했다.

"쌕쌕 가쁜 숨을 쉬는 어린애한테 이상하게도 습포제가 듣지를 않으면 쿰브리시아가 아이에게 마마를 불어 끼얹고 있는 것이지." 꼬마 다피가 말했다.

"쿰브리시아는 자꾸 가려운데 아무리 해도 긁을 수가 없는 그 부분이지." 대장 나리가 말했다.

"그만둬요. 정말이에요." 캔들이 말했다.

"나도 한마디 해야지 않소." 사자가 말했다. "쿰브리시아는 온 세상이 너를 한방에 쳐 눕히기 전에 우선 눈썹을 치올리고 깔아보는 그 눈빛이란다. 쿰브리시아가 어디 있느냐고 물었지? 호수 속에는 없어. 마마 걸린 물집 속에도 없고. 신발 끈이나 말발굽에도 없단다. 쿰브리시아는 효과의 간섭 속에 깃들어 있는 거야. 단지 그것뿐이지. 가능성의 갈림길에 도사리고 앉아 키득키득 코웃음을 치며 우리를 비웃고 있단다."

"그런 허튼소리로 어린애를 아주 난도질하려고들 하네요!" 캔들이 모두에게 고함을 질렀다. 일행은 캔들이 얇은 리본 같은 목소리로 언성을 높이는 걸 듣고 자칫하면 웃음을 터뜨릴 뻔했다. 하지만 캔들의 얼굴 표정을 보고는 그만두었다.

자기는 그 대화에 가담하지 않았음에도 사과하는 어조로 리르가 말했다.

"하지만 그런가 하면 한편으로는 럴라이나가 있지. 은총의…… 은총의 존재이자, 그리고……."

대장 나리는 캔들 때문에 기죽지 않았다.

"누가 럴라인을 믿는단 말인가? 선의 여신? 관두라고 해. 럴라인은 옛날 옛적부터 자리를 떠서 담배나 한 대 빨고 있는 중 아닌가? 럴라인도 이름 없는 신이나 매한가지로 이미 꺼져 버렸다니까. 그야 물론 이야기 속에서는 꽤나 모양새가 예쁘장하지, 하지만 일단 오즈의 구석구석에 숨결을 불어 초록빛을 끼쳐 놓기를 끝낸 다음에는, 럴라인은 무대에서 사라졌어. 2막이 시작돼도 다시 출연 안 할

걸, 유감이지만."

"당신들 모두 정말 질색이에요." 캔들이 말했다. 캔들은 레인의 한 손을 꽉 붙들었고, 레인은 손을 빼려 했다. 하지만 이번에는 캔들이 놔 주지 않았다.

"색시가 질색하는 것은 이 세상이지." 대장 나리가 온건하게 대꾸했다. "우리가 그런 세상 얘기를 한다는 데에야 아무런 잘못이 없지요. 마마가 아무런 잘못 없는 거나 마찬가지지, 아니면 신발 끈이나. 색시가 싫어하는 건 색시 애가 여기 세상에 꼼짝없이 붙들려 있다는 그 사실이오. 뭐, 익숙해지도록 해보구려. 여기서 나갈 길은 딱 하나 마지막 길뿐이니까."

"럴라이나의 가슴에 안기는 거죠." 꼬마 다피가 중얼거렸다.

"그리고 내 분명 장담하는데 그 가슴 영 꺼칠꺼칠하다오." 난쟁이가 말했다.

리르는 다시 입을 벙긋 했지만 그러고 보면 더 이상 무슨 말을 할 수도 없었다. 이 세상이 움직이는 방식을 놓고 유감을 표할 도리는 없다. 오직 거기에 적응할 수만 있을 뿐이다. 그러는 동시에 어떻게 해서든 결코 포기하지 않기로 굳세게 마음먹고 덤벼야 한다. 레인에 대해서도 결코 포기하지 않으리라, 그리고 레인이 얻을 수 있는 기회에 대해서도…… 그것이 무엇이 되든 간에. 사실은, 누구에 대해서도 결코 포기하지 않는 것이다.

"나 죽은 호수 볼래요." 레인이 말했다.

"가까이 가지 않으면 다칠 일도 없는 거야." 난쟁이가 말했다.

하지만 일행은 이야기를 하면서 걸어오고 있었던지라, 갑자기 켈스워터가 눈앞에 활짝 펼쳐졌다. 맑게 갠 푸른 하늘 아래 잿빛 호수가 그 지역 전체를 우중충하게 흐려 놓은 듯했다. 숲은 호수로부터 100미터 거리 안에는 자라 있지 않았다. 어수선히 널려 있는 돌들과 모래로 이루어진 호변은 황폐하기 그지없었다. 노란피리새도 없고, 갈대도 없고, 통통 튀는 모래벌레도 없었다. 바람도 불지 않고 수면에 그림자도 비치지 않는다. 소금과 쇠 냄새가 끼쳐 온다. 대충 그런 냄새다.

"즉흥적으로 이곳 호숫가로 장소를 잡은 여름 캠프에 자기 집 애를 보내겠다고 큰돈을 지불할 집들이 잔뜩 있지, 암." 대장 나리가 웅얼거렸다.

"작작 해요, 당신." 꼬마 다피가 말했다. "정말 그만해요. 지나치게 섬뜩하잖아요, 어째서 그래요, 대체."

이스키나리가 다시 날아올라 빙그르르 선회했다. 일행은 호수로부터 한 6미터쯤은 되게 솟아 있는 석회암 곳 뒤에서 안전하게 대기했다. 거위는 날아오르다, 뚝 하강하더니, 다시 상승했다. 그들에게 돌아왔을 때 이스키나리는 어지간히 놀란 기색이었다.

"꼭 자석이 끌어당기는 것 같은 느낌이 나는데." 그가 일행에게 말했다. "볕 나는 날에 큰물 위를 날면 보통 상승 기류를 탈 수 있단 말이야. 그런데 이 물은 오히려 거꾸로야. 이 근처에서 꾸물거리지 말자고."

"어느 방향이 가장 안전해 보여?" 리르가 물었다.

"북동쪽." 이스키나리가 대답했다. "호수를 왼쪽으로 두고 가면 돼. 그렇게 가다 보면 켈스워터와 레스트워터 사이를 가르고 펼쳐져 있는 틸참나무 숲으로 접어들게 될 거야. 우리가 함께 가는 것도 거기까지지. 그 숲에 국경 순찰대가 잔뜩 도사리고 있지 않다면, 구출 임무를 띤 이들은 여기에서 동쪽으로 슬쩍 국경을 넘어갈 수 있을 테지. 그러면 다시 먼치킨랜드에 들어가는 거야. 다시 레스트워터 호숫가 언덕들 쪽으로 해서. 또 한 번 힘내서 쫙 가면 말이야. 그럼 갈까?"

일행은 갈 터였다. 그렇다, 갈 참이었다. 일행이 켈스워터를 뒤로하고 떠나려고 방향을 돌리는데 길 잃은 흑멧돼지 두어 마리가, 필경 이 며칠간 일행의 뒤를 따라온 것일 텐데, 숲의 지면에 우거진 덤불에서 튀어나와 비탈길로 돌진해 올라왔다.

쿰브리시아의 흑멧돼지들. 이 세상의 모든 요소들이 그러하듯이, 아무런 악의 없이 피해를 끼치는 골칫거리들이다.

흑멧돼지들이 쏜살같이 수레 밑으로 사자의 다리 사이로 빠져나가는 바람에 브르는 무지하게 깜짝 놀랐다. 하지만 테이가 그보다도 더 놀라 기겁을 했다. 흑멧돼지들은 한순간 수달을 붙들어, 낭떠러지 끄트머리의 땅바닥에 꼼짝 못하게 눌러 박더니, 당장이라도 엄니로 받아 버릴 듯이 수달을 갖고 놀았다. 브르는 수레채에 채워진 채로 몸을 틀었다. 다른 이들은 비명을 지르며 양팔을 휘저어 댔다. 레인이 앞으로 뛰쳐나와 그 꿀꿀거리는 무서운 것들 중 한 놈의 이마빡을 자기 조개껍데기로 호되게 내리쳤다. 그런다고 박살이 나지는 않지만, 그놈의 한쪽 눈구멍에서 피가 뿜어져 나왔다.

벼수달이 풀려나서 레인의 다리로 뛰어들었다. 레인의 허벅지를 타고 어깨 위로 물결치듯 구불텅구불텅 뛰어올랐다. 두 번째 흑멧돼지가 레인에게 돌진했다. 사자가 제일 가까이 있었기에 제일 먼저 지켜 주려 레인 앞에 다다랐다. 그는 단번에 발톱을 곤두세워 흑멧돼지의 털가죽 절반을 한 방에 확 긁어 날려 버렸다. 흑멧돼지는 분노와 경악으로 꿀꿀거렸다. 레인은 물러나 다시 캔들과 리르의 품에 안겼다. 브르르는 흑멧돼지가 혹시 또다시 눈속임으로 거짓 시늉을 할까 싶어 첫 번째 놈이 어떻게 되었나 보려고 몸을 틀었는데, 그 바람에 수레에 실린 '시계'가 그만 기우뚱 균형을 잃었다. 차축을 대신하여 드래곤의 날개에서 나온 버드나무를 깎아 박았던 것이 마침내 짜부라졌다. 바퀴가 안으로 꺾였다. 드래곤의 주둥이가 마치 마지막으로 한 번 더 이 종말의 극장 무대 위 자기가 붙박여 있는 자리에서 벗어나려고 애를 쓰는 듯 위로 쳐들렸다. 드래곤의 망가진 날개가 펄럭였다. 하지만 그 날개가 타고 날 바람 한 줄기 없었다. 이 탁 트인 무덤터 같은 곳에서는 기대할 수도 없다. 천천히, 그러다가 속도를 더하여 '시계'는 퀠스워터를 향해 경사진 비탈길을 맹렬히 굴러 내리기 시작했다. 바퀴와 차축, 자정을 가리킨 시계 자판과 꼭대기에 올라앉은 드래곤으로 장식된 숙명의 사원이…… 그리고 사자는 여전히 거기에 끄는 장구로 채워져 있는 채였다.

난쟁이가 손을 써서 부분적으로나마 구출을 했다. 낭떠러지 밑으로 질질 끌려 내려가면서도 난쟁이는 가까스로 옷 속 어디에 차고 있던 칼집으로부터 단검을 뽑아내어 가죽끈을 칼질해 잘랐다. 발밑에서 스르르 흘러내리는, 중력과 공모하여 그들을 축축한 물의 무덤 속으로 끌어들이려는 모래를 디디며 브르르는 살려고 발버둥 쳤다. 사자는 빠져나왔고, 난쟁이는 펄쩍 뛰어 몸을 피했다. 그러나 '시계'는 저 가던 대로 굴러 낭떠러지 끄트머리를 넘어갔다. 브르르는 때맞춰 뒤를 돌아보아 수레바퀴가, '시계'를 실었던 마차가, 극장 무대가, 그리고 마침내는 타임드래곤까지 기름 같은 깊은 물 속으로 사라져 가는 것을 목격했다. 그들이 마지막으로 본 것은 드래곤의 빨간, 새빨간 눈알이었다. 그 눈알이 마지막으로 향유했을 광경이 무엇이든 그것을 까무룩 지워 가리는 검은 액체가 그 눈 위를 내리덮었다.

"결국 아가씨 물고기가 잡아갔네요." 레인이 웅얼거렸다.

그리고 몇 시간이 지나 한숨 돌렸을 때쯤 사자는 속으로 생각했다. 어쩌면 '시계'가 난쟁이에게 절대 여자아이를 동행으로 데리고 가지 말라고 얘기했던 이유가 바로 그거였던가 보다 하고. '시계'는 아이를 네려가기로 한 그 결정으로써 저 자신이 파멸할 길이 열리는 줄 알고 있었던 것이다. 우리가 '시계'의 말에 따르지 않았더니, '시계'는 차단막을 내리고 파업을 했지. 더 이상 『그리머리』를 받아들이려 하지 않았어. 왜냐하면 일단 그렇게 된 이상, '시계'에게는 이것이 그저 시간문제였던 것이다.

11

그것이 타임드래곤 시계 무리의 마지막이었다. 나흘 후에, 일행은 각각 따로따로 길을 떠날 준비를 했다.

난쟁이는 딱히 어디가 좋다는 의사를 표하지 않았다. 먼치킨랜드로 야생지를 횡단하여 가든 아니면 북쪽으로, 오즈 충성령으로 더 깊숙이 들어가든 이제 아무래도 상관없었다. '시계'는 영영 사라져 버렸고『그리머리』는 리르에게 넘어갔다.

"먼치킨랜드로 가지요." 사자가 권했다. "전진 속도를 늦출 '시계'도 없고 지켜야 할 책도 없으니 우리에게 무슨 위해가 미치겠어요? 국경 순찰대가 쫓아온다면 내가 대장님과 꼬마 다피를 등에 태우고 달려서 떼어놓으면 돼요, 아무것도 아니에요."

그는 "유치원 감독교사 노릇은 이제 끝났잖아요." 하고 말하고 싶은 걸 참았다. 브르르는 난쟁이에게 목숨 빚을 진 처지였다. 뭐가 어찌 되었든 간에 사자에게는 먼치킨랜드 쪽이 더 안전할 터였다. 오즈 충성령 측에서는 브르르를 지금도『그리머리』의 행방을 찾기로 한 임무 도중에 어디로 사라진 무단이탈자로 여기고 있을 테니까 말이다. 브르르는 브라이트 레틴스로 잽싸게 날아갈 심산이었다. 아니면 콜웬 그라운즈로. 어디가 되었든 도로시의 재판이 개시될 장소로. 그는 과거에 늘 도로시가 좀 얼뜬 아이라고 생각했지만 그렇다고 악의가 있다고는 보지 않았다. 어쩌면 도로시를 도와줄 수 있을는지도 모른다. 누군가를 돕는다는 것은 퍽 괜찮은 일일 것이다. 브르르는 다른 사람 아닌 자기 아내를 돕는 일에서는 자기가 하고 싶었던 만큼 큰 몫을 해내지 못했다는 사실을 이제 서서히 인정하기 시작했다. 그는 일리아노라의 과거사를 걷어내 줄 수 없었다. 위로나 마법 어느 쪽의 힘으로도 되지 않았다. 그녀가 소녀 시절의 상당 부분을 감옥에서 보냈다는 사실은 그대로 남아 있다. 그는 노르를 원래대로 고쳐 놓지 못했다. 하지만 노르에게 해 주지 못했던 것을 어쩌면, 어쩌면 혹시 도로시에게는 해 줄 수 있을는지도 모른다.

이제 노르를 두고 떠나갈 참인 그가. 하지만 영영 떠나는 것은 아니라고, 둘은 그렇게 약속을 했다.

꼬마 다피는 한편으로 이토록 오랜 세월이 지난 후에 고향 땅에 돌아가게 되어 마음이 급했다. 그녀는 아이 적에 이주하였고, 에메랄드 시의 난치병 환자 수용소에 한동안 있었다가 수도회에 입회했다. 하지만 이 시험과 환란의 시기에 결혼한 유부녀가 되어 귀향하려는 참이었다. 꼬마 다피는 고국의 방어 성벽 위에 지켜 설 준비가 되어 있었고, 그럴 만한 놈을 만난다면 키만 크고 별 볼 일 없는 에메랄드 시 구세군 병사의 눈에다 침을 뱉어 줄 만한 기세가 등등했다. 하긴 키는 맞춰야 할 테니 올라설 사다리가 있기는 해야겠지만 말이다.

　꼬마 다피는 남편을 옆에 꼭 끼고 떼어놓지 않았다. 이제 뭘 하면 좋은가? 대장 나리는 결국 어떤 사람인가? 이제 『그리머리』가 리르의 손으로 넘어갔고 타임드래곤의 시계는 역사가 되어 버린 이 시점에? 어쩌면 꼬마 다피의 친척들인 먼치킨 사람들이 제법 친절하게 맞아 줄 터이고, 그래서 대장 나리는 가정을 꾸리고 생활하는 데 적응하는지도 모른다. 걱정 고생이 다 지나고 나면 둘은 꼬마 다피가 어린 시절을 보낸 고향인 센터먼치, 아니면 아예 글리쿠스 쪽으로 더 간 파애플루에 정착하고 살게 될지도 모르겠다. 어쩌면 대장 나리가 알고 보니 글리쿠스의 트롤 주민들에 대하여 친애감이 있었구나 하고 자각할지 누가 알겠는가. 그들은 농사를 짓지 않고 에메랄드를 캐어 생업을 삼는다. 혹시 모를 일이라고 꼬마 다피는 생각했다. '시계'가 없으니 조언을 구할 수도 없다. 그냥 둘이 같이 살면서 어떻게 좋은 방책을 강구해 봐야만 할 것이다.

　하지만 꼬마 다피는 가스틸의 소매에 흐드러지게 피어 있던 새빨간 양귀비로부터 몰래 주머니 몇 개에다 양귀비 꽃가루를 조금씩 챙겨 넣었던 게 참 다행이라고 생각했다. 적당히 조절해서 사용하기만 하면, 불쌍하게도 심화가 등등한 남편을 움직이게 만드는 데 꽤 편리하게 듣는다는 사실을 이제 파악해 가는 참이었다.

　일행은 한 작은 털참나무 숲 속에서 서로 작별했다. 기다란 띠 모양으로 새로 자라난 숲의 나무들에는 가지 끝마다 도토리가 맺히고 소리 없는 비처럼 일행들 속으로 떨어져 내렸다. 하프 줄이 얼기설기 엮이어 벽이 된 야외의 방이었다. 일행이 서로서로 못내 헤어지지 못하여 거기에 서 있는 동안 숲의 바닥을 따라 실바람이 후르르 불어 들었다. 그 바람이 털참나무 술들을 악기 현처럼 두르릉 퉁기어 부드럽게 쟁쟁거리는 음악을 빚어냈다. 그들 사이에 내려앉은 분위기를 한껏 불러일으키는 합주 악단이었다.

"자넨 자네가 초래한 싸움으로부터 더욱 멀리 가 있는 편이 나을 거야." 사자가 리르에게 말했다. "하지만 의사 수녀의 본을 받아 어디로 갈 건지는 나에게 말하지 말게. 우리가 모르는 편이 자네들에게 한층 안전할 테니까."

"나 자신도 모르는걸요. 이렇게 할까 저렇게 할까 드는 생각이 있기는 하지만, 지나 보면 판가름이 날 테죠. 당신을 따라 도로시를 위해 항변해 주러 갈 수 있었으면 좋았을 텐데요. 하지만 그건 너무나도 위험하지요."

"농담이 아니지. 자네가 브라이트 레틴스에 떡 하니 나타난다면 먼치킨랜드인들은 아마 자네가 원하건 원치 않건 간에 먼치킨랜드 총독 직위를 떠안기려 할 거야. 자네의 존재가 먼치킨랜드 상황을 긴박하게 몰아갈 테지. 자네가 총독 직에 오른다면 그걸로 셸 황제가 먼치킨랜드에 대하여 내건 통치권의 명분은 허사로 돌아가고 말 테니까. 그렇게 되면 자네 신변이 안전하지 않지. 그리고 레인에게도 결코 안전한 길이 아니고."

"지금도 이 애의 행방을 완전히 숨겼다고는 할 수 없지요." 리르가 동의했다.

"앞으로도 영영 완전히 자취를 감추게는 못할 거예요." 캔들이 덧붙였다. "그게 우리에게 내려진 저주일 거라 생각해요."

노르는 사자 앞에서 무릎을 땅에 짚은 채, 남편에게가 아니라 자기 무릎에 대고 말하는 것처럼 이렇게 말했다.

"난 가고 싶지 않아요. 하지만 떠나는 게 최선이겠죠. 당신은 재판에 가서 내가 할 수 있기만 했더라면 했을 일을 하도록 하세요. 어떤 장소에서든 공공연히 증언을 하는 건 나로서는 도저히 못할 일이에요. 그리고 난 레인을 보살피는 일을 돕는 데 아마 아직 쓸모가 있을 거예요. 만약 리르와 캔들을 알아보는 이가 있다면, 그래서 어떤 방식으로든 누가 접근해 오면, 내가 대신해서 레인을 지켜 줄 수 있겠지요. 저 애는 어쨌든 나의 조카딸이에요."

"알아요." 브르르가 말했다. "저 애가 당신에게는 나보다 더 가깝지."

"그런 뜻이 아니에요. 게다가 그건 사실이 아니지요. 아무도 나에게 당신만큼 가깝지는 못해요. 하지만 저 애가 더 큰 위기에 처해 있죠. 언젠가 저 애도 자라서 어른이 되겠죠. 우리가 생각하기보다 더 이르게 안전해질지도 몰라요. 우린 다시 만나서 서로 합칠 거예요."

리르는 자신은 의견이 다르다는 듯이 누나의 손을 잡았다.

"친애하는 벗들이여, 나라가 전쟁에 처해 있으면 거기 사는 시민들은 아무도 안전하지 않아요. 혹시 우리가 서로를 찾기로 했을 때에, 하긴 어쩌면 다시는 그럴 수 없을는지도 모르지만, 그런 기회가 온다면 아가씨 물고기의 성단소를 편지를 남길 장소로 사용하기로 하지요. 레인이 제일 좋아하는 그 돌 밑에다 서로에게 보내는 쪽지를 눌러 놓으면 돼요. 말대가리 같은 게 달린, 그 자그마한 물음표 모양 조각이 되어 있는 돌 말이에요. 좋아요?"

그들은 모두 고개를 끄덕였다. 배신으로 가득 찬 이 세상에서 그 예배당도 다른 어떤 곳 못지않게 안전한 곳이리라.

"이제 가야지요." 리르가 말했다.

"거위가 머리 위로 날아가거든 꼭 살펴봐요." 이스키나리가 사자에게 말했다. "자칫 내가 당신 쪽으로 실례를 하더라도 개인적인 감정에서 그러는 건 아니에요." 이스키나리는 머리를 날개 아래 처박았다. 서캐를 뒤지는 척 감정이 북받친 얼굴을 숨겨서 체면을 지키려는 것이었다.

레인은 꼬마 다피에게나 대장 나리에게 작별 인사를 하러 앞으로 니설 마음이 없었다. 그리고 브르르는 쳐다보려고도 하지 않았다. 하지만 레인은 이유를 알 수 없어도 계속 옮겨 가야만 한다는 필요성에 대해서는 이해하는 것 같았다. 레인은 자기 할머니의 빗자루를 땅바닥에 놓았다. 그리고 자기 조개껍데기를 그 옆에 내려놓았다. 레인은 겁쟁이 사자를 향해 걸어 나갔다. 레인은 껴안으려고 두 팔을 내뻗지는 않았다. 여자아이가 사자를 어떻게 껴안는단 말인가? 레인의 두 팔은 군대에서 보초를 서고 있는 경비병 모양으로 차렷 자세로 똑바로 내린 채였다. 레인은 앞으로 몸을 기울였고, 나무토막처럼 뻣뻣하게 사자의 뺨과 갈기와 눈썹에 몸을 맡겼다. 레인은 울지 않았다. 다만 그의 얼굴에 꼿꼿한 몸을 기댔을 뿐이었다. 브르르가 둘 모두의 몫만큼 울었다.

옮긴이　이지연

편집자, 번역가, 소설가. 어슐러 르 귄의 『어스시의 마법사』, 아서 클라크의
『2010 스페이스 오디세이』, 그레고리 머과이어의 『위키드』 등을 옮겼고,
SF 앤솔로지 『책에 갇히다』, 『퍼스트 콘택트』 등에 단편소설을 실었다.

위키드 5
레인 이야기
———

1판 1쇄 펴냄 2012년 8월 20일
1판 6쇄 펴냄 2019년 3월 14일
2판 1쇄 찍음 2024년 12월 1일
2판 1쇄 펴냄 2024년 12월 5일

지은이 · 그레고리 머과이어
옮긴이 · 이지연
발행인 · 박근섭, 박상준
펴낸곳 · (주)민음사

출판 등록 · 1966. 5. 19. 제16-490호
서울특별시 강남구 도산대로1길 62(신사동)
강남출판문화센터 5층 (우편번호 06027)
대표전화 02-515-2000 · 팩시밀리 02-515-2007

www.minumsa.com

한국어 판 ⓒ (주)민음사, 2012, 2024. Printed in Seoul, Korea

ISBN 978-89-374-2848-7(04840)
ISBN 978-89-374-2820-3(세트)